荣如德译文集

XV

上海译文出版社

- 伊萨克扬等《希望的旗帜》
- 普列木·昌德《变心的人》
- 卡尔娜乌霍娃《好朋友的故事》
- 安东诺夫《绿山谷集体农庄》
- 罗森菲尔德《阿尔玛斯山谷探险记》
- 马夫尔《小游击队员》
- 马丽尔若娃等《魔针》
- 依腊谢克《不屈的好汉们》

目录

希望的旗帜

（亚美尼亚作家短篇小说选）

［亚美尼亚］阿·伊萨克扬等　著

希望的旗帜

阿维季克·伊萨克扬

这是离圣母院不远的塞纳河左岸……

在古老的巴黎的这个地区错综复杂地交织着许多弯弯曲曲的狭街窄巷。无数小酒店、小饭馆就是穷汉和无家可归的人的歇脚地。在灯红酒绿、城开不夜的京都，这些安静的角落总是热诚地向在寒风凄雨中瑟瑟发抖、被饥饿和疲劳折磨得半死的穷人提供灯光和温暖。在这里花几个苏[1]可以得到一杯热的黑色汁液代替咖啡，再花十个苏就可以吃一盆杂烩羹哄骗一下饿火中烧的肚子。

一贫如洗的演说家和哲学家们的口才在此地可以得到淋漓尽致的发挥——他们纵横议论，妙语如珠，许多重大的国家、国际和社会问题在他们嘴里都可以迎刃而解。此外，这里花几个苏还可以在硬邦邦的地板上酣睡一宵，或者像个孤儿似的把疲乏的脑袋伏在肮脏的桌子上坐着打一会儿瞌睡。谁知道，也许躺在硬木板上的穷汉头脑里会产生比那些盖锦被、睡软褥的人的想象中更美丽的憧憬。这是大自然仁慈而公平的恩赐！

* * *

时间已经过了半夜，从“路易·卡托斯”酒店里闪出一条黑影，那人腋下挟着一只空口袋，一顶早就看不出本来面目的帽子直压到眼睛上。在街灯光下，帽子的主人更清楚地显出一付可怜相：黑黑的脸已很久没接触剃刀，颧骨高高地突起，伛偻的身上一件大衣已经破旧不堪。

小酒店里的烦嚣声和杂乱景象使他的神经快要炸裂；他既不能迷迷糊糊打一会瞌睡，又不能回忆过去。小酒店里的空气本来就够混浊，再加上廉价纸烟又浓又辣的烟味，难怪他要头昏脑涨。

直到在花岗石河岸上几家旧书摊附近站住了脚，他才平静下来，深深喘了一大口气。

冬天寒冷的空气用冰凉的手指搔他的太阳穴和前额。恶心的感觉消失了。他继续走去……

他走着，目不转睛地看着塞纳河平静的水流；浓浊的河水在黑暗的河床里悄悄地、神秘地流着，经过折射反照出沿岸的灯光——有红的、有黄的、有白的……

一辆汽车嘟嘟叫着开过。在灯光明亮的车厢里闪过一个裹着毛皮的女人；她闭着眼睛把头靠在一个青年男子的肩上。

阿尔沙克用淡漠的眼光向这对男女看了一下，又朝着河那边转过头去。这时候他的心灵、他的生活真像在他面前无声地翻滚的黑色波浪……

一个身上没有穿大衣的瘸子一跛一拐地迎着他慢慢走来。

"这人怪可怜的，"阿尔沙克心想，"他上哪儿去？去干吗？谁会在等他？他似乎比……更可怜，看来这个城市里还有比我更不幸的人。"

那个遭到生活无情践踏的不幸的人对阿尔沙克阴郁地凝视着走了过去，谁知道他胸中积着多少忧愁！……

每天清晨三四点钟阿尔沙克就到中央菜场去找活干。今天因为他受不了小酒店里令人窒息的空气，所以比平日较早离开了那里。虽然从午夜就有人把食物运到菜场去，不过最忙的时刻总要到清晨三四点钟开始。

这个巨大的城市此时还在熟睡。所有的街道都笼罩在寒冷的沉寂中。虽然这沉寂使阿尔沙克的神经得到舒适的松弛，但是刺骨的寒风一分钟比一分钟猛烈，使人禁不住发抖，——这寒流简直像是直接从北极袭来的。

阿尔沙克沿着梯级跑进地下铁道车站。从地下铁道的大口里吐出热呼呼的暖气。一群男人和女人挤在铁栅门旁。阿尔沙克也去坐在那

---

① 法国货币，五个生丁合一个苏，二十个苏合一个法郎。——译者注

边，背向着从隧道里透出来的怪舒服的热气。他从袋子里掏出几张报纸，用它们把脚裹起来，一直裹到膝盖上，再用报纸做成无指手套的样子把手也包起来，然后一动也不动。

这地下铁道对于穷人简直是天堂！

阿尔沙克失业已经第九个月了，他是被国际经济危机撵到街上来的。这还不算，他甚至没有找工作的权利，因为他是外国人。阿尔沙克以前在一个亚美尼亚人开设的汽车修理场工作。当局装做不注意这件事，因为那时经济危机还不特别严重；但危机渐渐加深，迫害也跟着加强了。汽车修理场的主人害怕因违法遭到罚款，把阿尔沙克解雇了。

假如他不是外国人，现在还能得到国家的救济。阿尔沙克为争取这份权利煞费苦心，可总是徒然！必须“运动”经手的人，——可是打哪儿去弄钱呢？……

在失业的最初几个星期，阿尔沙克卖掉了手表和衣服，欠下了还不清的债，但总算勉强对付了过来。后来所有的钱都用完了。求职无着，借贷无门，所有的路都通到一条总的死胡同里。

阿尔沙克仿佛又回到了那些早已逝去的日子里。掩映在花园绿荫中的可爱的故乡、小溪的潺潺细语；父亲、母亲——这个神圣的女人！弟弟、妹妹、同年伙伴们……这一切都到哪儿去了？……

创伤，创伤，创伤！……父亲被古尔人[①]杀死，母亲被赶出老家，不知去向；妹妹被土耳其人劫走；弟弟生肺病死在孤儿院中；同年伙伴——波果斯、阿尔塔舍斯、底格兰……他们如今在什么地方？他们背着装满书和本子的书包吵吵嚷嚷上学去好像还是昨天的事。他读《祖国语言》，废寝忘食地看《我村里的路》，——啊，这是一部多么美妙的小说！这本书他背也背得出来。阿尔沙克研究本族人民通史的劲头特别大；他对算术不大感兴趣，至于语法……“我走，你走，他走”；“我吃，你吃，他吃”[②]。的确，从前我们都吃，可是现在——我不吃，你不吃，他不吃。那么谁吃了呢？当然也有人吃。我

---

① 古尔人是居住在伊朗、土耳其及伊拉克等阿拉伯国家的一个民族。——译者注

② 这是俄文动词变位：动词词尾随着主语人称不同而变动。——译者注

不吃——这是事实；你不吃——这大概也是事实；但是他，他一定吃的。他吃。“我不吃，我不吃……”阿尔沙克头脑里反复旋转着一句话：“我不吃”。思想给裹在一团漆黑中乱做一堆，可是脑海中仍然不由自主地出现这句话：“我不吃，我不吃”。

睡在旁边的一个人鼾声如雷。阿尔沙克立刻回到现实世界，他的思想重又恢复常态。

“这场该死的战争！……”他成了土耳其军队的士兵，打仗的时候右腿受了伤，伤势还轻；不过直到现在，每当暴冷或者阿尔沙克困乏的时候，腿就会变得沉重，好像拖着一个哑铃；受伤后进医院，后来和约签定，协约国占领了伊斯坦布尔……

阿尔沙克当了电车售票员；日子过得似乎还不坏：他常常漏夜看书，当时不知有多少新书吸引着他！……眼前突然出现了西拉尔碧迷人的形象……但她狠心抛弃了他，跟别人走了。也许这样反而好些：要是西拉尔碧留在他身边，既没有面包，又没有宿处，他俩的命运不知还要悲惨几倍。以后他逃亡到保加利亚、罗马尼亚[①]；偶尔能找到一些活干，那时就有几天饱饭吃，但更多的日子他过着失业者的饥饿流浪生活，后来辗转来到马赛、巴黎。但那时还能凑合着混过日子，可是现在，现在……

在一座大厦的钟楼上，钟声划破黑暗和寒冷慢慢地敲了起来：当，当，当，当！已经四点钟了！

沿着所有的大街小巷，卡车和无数的马车装着沉重的货载往中央菜场而去，去满足饕餮的巴黎的口腹之欲。

这个有四百万张嘴的庞然大物眼看着快要醒过来了。它在一夜间已经把食物全部消化，醒来后又将坐在餐桌边如风卷残云一般吞噬一座座不可胜数的食物之山——这些东西是千千万万劳苦人用双手播种、收割、筛净或捕捉、腌藏、晒干了从加拿大、加利福尼亚、土耳其、突尼斯、西班牙、意大利、从赤日炎炎下无边无际的田野上历尽惊涛骇浪、穿过原始森林送到这里来填塞这个怪物的血盆大口的……

阿尔沙克懒洋洋地从遐想中醒过来，伸了伸麻木的手，把报纸的

---

① 第一次世界大战后土耳其军队曾向亚美尼亚人展开血腥大屠杀。——译者注

碎片折好放在袋子里，然后走出地下铁道车站。

在无语的昏暗中，一幢幢高楼大厦都混成黑乌乌的一团。街灯闪着黯淡的微光。

迎面来了一些气势汹汹的骑兵。这是现实还是噩梦？骠壮的马匹喷着鼻气、蹬着铁蹄愈来愈近。震耳欲聋的马蹄声撼摇着城市，引起心头的恐怖。在阿尔沙克发抖的心里又出现了战争时期血腥可怖的景象。他躲在一处凹壁中。阿尔沙克借着街灯微弱的灯光看见那些骑兵围住了一批钉着脚镣手铐的青年和老人：他们有的郁郁然垂头丧气，有的凛凛然昂首挺胸……

无言的沉默，沉默，沉默！

他们走了过去，看不见了。

阿尔沙克走出藏身的地方，他好像从梦中醒来似的喘过了一口气；他的心跳缓和了一些。那些人是谁？他们被押到哪儿去？进监狱，流徙，还是终身放逐？他不知道。

* * *

阿尔沙克走进了广大的市场。这里是整整一个世界！光，光，到处都是光。马车、卡车、人、车；又是卡车，又是马车，又是马；有冷得手脚僵硬的人，有晒得皮肤发红发黑的人；男的，女的，数不清，也看不尽。喧嚷、拥挤、人的喊叫、马的嘶啸、笑声、闹声、吼声、骂声混成一片……

从马车和卡车上卸下大大小小的箱子、捆束、篓子、木桶。数不清，也看不尽。

以前人家要他干活不必正式征求同意。活很多，人手不够。那时人家常常叫他，需要他，他就去背一捆捆货物或者推滚木桶……

在经济危机来临前，法国人还要挑比较“高尚”、收入较好的事情做。可是现在：“对不起，我自己也在家里赋闲，自己的面包我不给别人。请回府吧！……”

尽管如此，命运有时还向阿尔沙克微笑。间或有人喊：“快给我把这货物搬到那边去！……”虽然货物相当重，不过报酬还不坏：两个法郎，有时甚至能得三个半法郎。

阿尔沙克从货车之间挤过去，站在几辆卡车前面等待……什么活也没有！好几个钟头过去了……只有一个搬运工人叫他帮着一起搬走好几篓沉重的货物。搬好以后，那工人仔细向他看看，在口袋里掏了一阵，给了他两个法郎。

小贩们把自己的商品夸得天花乱坠；顾客脸上带着怀疑的神情细心察看并挑选食物。卖掉的商品渐渐离开菜场。手推车、马车和卡车把商品分送到大街小巷，最后消失在这个大都市的无数冷僻角落里。

阿尔沙克在菜市场上徘徊了半天，但是他再也挣不到一个铜子儿。

他走过一排排无穷长的摊子。这里摆着多少好吃的东西啊！

难道所有这些东西今天就要吃光？难道明天又是这样，后天也是这样，一年以后还是这样……永远这样下去？

难道在这一切东西中间就没有他的一份？是的，当然没有！

瞧，这里是备货充足的肉摊：整只剖成两半的牛、小牛肉、猪肉、野猪肉，还有鹿肉、野兔肉、家兔肉……再过去是禽类摊：有鸡、鸭、火鸡、野鸡、鹧鸪、松鸡。另外一些摊子卖面包、黄油、奶酪。蔬菜的花色繁多：有数不清的白菜、大葱、马铃薯、甜菜、莴苣、洋蓟、芦笋。水果有新鲜的，也有水果干——它们的种类名目不可胜数。

那边是水产摊——卖河里和海里出产的东西。这里的水产可谓应有尽有！有各种各样的虾、螃蟹、牡蛎、甲鱼、虾蟆……

丰富的食物看得他头晕目眩……触鼻的臭气熏得他恶心难忍……

* * *

阿尔沙克从这里向菜市场垃圾堆积场走去。那里都是一堆堆腐败发臭的食物。不少无家可归的饥饿贫民已经在垃圾堆里翻掘。阿尔沙克也开始寻找。他往袋子里塞进了几个马铃薯和微烂的胡萝卜、两棵煮过的甜菜、一个压烂的西红柿和几个洋葱头。够了！袋子已经装满。他把袋子扎好口扛在背上，点起一支烟卷，斜瞅着那些乞丐，自己走出堆积场。

在散落菜市场各处的纸片和干草中间可以捡到不少腐烂的或者从篓子里掉出来的蔬菜、瓜果、花生和旁的东西。

在菜市场的大堆栈门前放着几只给职员食堂倒残羹剩饭的垃圾

箱。也有破布、钉子、木板碎片、折断的梳子、线头、断绳、旧报纸扔在里边。

在市政局的大卡车来把菜市场上的垃圾集中运走之前，垃圾堆就是巴黎贫民的淘金场。

成群的乞丐像蚂蚁一样在堆积场上蠕动，瘦骨嶙峋的手在垃圾堆里乱翻，光脚把垃圾扒开，溃烂化脓的眼睛什么也不放过……

那些可怜的乞丐什么都要，甚至连猪也不吃的东西他们也捡来吃。

一个老头儿发现了一块肉，立刻把它塞进没有牙齿的嘴里去。

一个弯腰曲背的老太婆活像用瘦弱的肩膀承担着世上的全部苦难，她翻了一阵，找到一块面包和一段吃剩的香肠；她一下子就把面包咬住，把香肠小心地藏了起来——也许还要去给孙子吃呢。

另一个皮肤全都折成皱纹的干瘪老太婆用颤巍巍的手捡了块破布，摸了摸，在亮光里照了一下放进袋子。

有的全家人都在这里扒垃圾——父亲、母亲、孩子都苦得不像人样。

过去和现在，几代人都这样在走投无路的贫困的魔掌中靠这些垃圾维持生存；几代人这样生活过，而且还要这样生活下去，直到……

人们服从着不可抑制的生的欲望，在迫使他们生存下去的自然威力的驱策下曳步缓行；他们从未见过命运向他们微笑；几世纪的天才所创造的这个都市没有给他们任何好处。这些人的心在艺术的奇迹面前从未激荡过，他们又能从科学技术的新成就得到什么呢?

瞧，他们把肮脏的袋子扛到肩后，踏着缓慢、蹒跚的步子离开菜市场回……家去。

他们踯躅在这个豪华都会的大街上，几乎是爬一般地经过许多建筑艺术上的奇迹和大理石的宫殿。

许多商业公司和银行呈现出的一派景象是空泛无聊的豪华、令人愤怒的奢侈和不可思议的富足；周围的一切都在沸腾、喧嚷、翻滚，可是穷苦的人们还在没精打采地踽踽而行……

他们向郊区走去，在那里赤贫的泥塘里有成千上万身上生满脓疮、眼睛里燃烧着饿火的男人、女人、孩子过着非人的生活，全家人睡在用干草、破布和纸铺成、老鼠和虱子横行的“床”上过夜。太阳从来也照不到那里。

触目皆是灰色的坟墓、暗无天日的地狱生活、可怕的疾病、永远存在的死亡的威胁、令人作呕的恶臭……

“这个城是世界的眼睛。哦，这只该死的瞎眼！它看不见自己脚边的贫困——默默无言、然而触目皆是的贫困。”阿尔沙克想起了他的朋友沙里·布莱的话。

阿尔沙克离开了菜市场……到哪儿去呢？

塞纳河壮丽的岸上这座巨大的城市正在从几百万人在这一夜间所经历的噩梦、不安和苦痛中渐渐苏醒。这座庞大的蚁穴醒过来，准备开始它一天平常的生活。工人们结伴走向工厂，学生忙着上学，商人上店铺，职员上机关。

阿尔沙克每天看见这些人，而每天都觉得陌生：没有一张熟悉的脸。真是怪事！在天天遇见的滚滚人流中竟没有一个亲近的人。这些陌生人头脑中都有一个他讳莫如深的世界。谁知道这些世界里藏着些什么思想、欲望、痛苦、心事、打算、渴念、计谋、企图！

疲倦和饥饿折磨着阿尔沙克；他走进一家简陋的咖啡店，要了杯咖啡和几个小面包，津津有味地吃了顿早餐；他在袋子里掏了一阵，摸出一个苹果和一只香蕉。

阿尔沙克重又背着袋子走路，眼睛老是看着地上，希望能找到一些值钱的东西。他捡了几张碎报纸、一些掉下的钮扣、钉子、绳子，把所有这些东西分别塞在衣服口袋里。

有些人曾经碰上好运气捡到一个铜币，可是他从未捡到过。就是在任何事情上，幸运又何尝向他作过微笑？

他经过许多气派豪华的商店，一边偷偷地斜瞅着放在大玻璃橱窗里的商品。

这里是一家化妆品商店，那边又是卖珠宝钻石、妇女饰物的商店。

他的视线被一家食品店的橱窗所吸住：这里有花色繁多的食品、各种颜色的酒、令人垂涎三尺的鲜果。他站住片刻，后来加快脚步继续走去。

这里是内衣店。

“跟我有什么相干？”阿尔沙克咬牙切齿地说出了声。

他已经有两个多月没换衬衣了。他一共只有两套衬衣：一套在洗，可是他没钱付给洗衣妇。秋天阿尔沙克住在桥下的时候，衣服他自己洗，但现在冷了。他用报纸代替衬衣裹在身上。这样既清洁、又暖和。

忽然，阿尔沙克在一家商店墙上的镜子里看到了自己。他站住了仔细看了好久。他变得像谁了？难道这真的是他？长发散披，脖子和前额像抹了煤灰似的变黑了，脸好久没刮，两颊枯黄，嘴唇没有一丝血色。衣服……已经破得不能再破，而且溅满了泥浆；要是把拧出来的脏水灌进蛇的嘴里——蛇也会死去……皮鞋布满皱纹，左脚的大脚趾已经露在外面。

他在伊斯坦布尔的朋友这时也许怀着羡慕的心情在说：“我们的阿尔沙克多走运——他住在巴黎！”他痛心地把手一挥。哦呵，他们怎么知道阿尔沙克在这个豪华的巴黎侘傺潦倒，怎么知道他是何等憎恨这个使它的牺牲者沉沦苦海、濒于死亡的城市呵！

难道阿尔沙克还活着？他已经奄奄一息，只是在苟延残喘罢了。他既无力气，也无精神。连洗一把脸的兴致都没有。这样已经一连有许多日子。

唉，他真想头也不回跑出这个可诅咒的城市！去做一个普通的牧人，或者在田野上收割庄稼，或者在庄园里当雇工……他有什么了不起的要求？只要有经常的工作，有一角御寒住宿之地，有一碗饱饭吃——就够了。

阿尔沙克沉浸在深思中沿着人行道的边缘没精打采慢慢地走，遇见衣着漂亮的行人立刻羞惭地让开。在严厉的警察身边经过的时候，他总是带着一副可怜相提心吊胆地溜过去。

在一处十字路口有一大群人在等候通行。有的汽车排成长蛇阵在马路上疾驰，有的汽车跟电车面对面停在十字路口。

……又是一排各各不同的奢华的商店。这里是家具店，隔壁是理发店，过去是儿童玩具店、水果店，再过去有一个装潢富丽的橱窗放着各种殡葬用品：用假花和鲜花编成的花圈、服孝用的绥带、大理石的墓碑。

阿尔沙克向里边瞅了一眼：店里有一个老头儿坐在角落里用假花编花圈。

“可以肯定说——他不是为我在编花圈。八成是编了给他自己用。反正这一切对我毫无关系。我活着的时候跟谁也不相干，死后随便让谁来收我的尸都可以。这与我无涉。”

他以迅速的脚步走过了殡葬用品店，但这时有一个念头紧盯着他：“死！”为什么不死？这种苟延残喘的“生存”有什么意思？他在世上过的到底是什么日子？整天流浪。前途茫茫。生活像一付千斤重担眼看着就要把他压死，在这种情况下难道他还想活下去？往塞纳河里一跳——所有的问题一下子都能解决。去年秋天也有过这样的事：一个和他同住在桥下的朋友走到桥上，脱下一件短外套，头朝下向河里纵身一跳。那时这件事使阿尔沙克吓得魂飞魄散；他从那边逃了出来，在另外一个离那边很远的地方安了身。

阿尔沙克素来害怕死亡，在战场上他也常常想到死亡，但死神绕过了他。

“这样的生活你有什么撇不下的？”他自己问自己，“你活着为谁，为什么？你在世界上抱着什么希望？”

不为谁，不为什么，也没有任何希望！……

“只要没有死的恐怖，没有这种荒唐的恐怖就好了……我并非爱生活，但死总是可怕的……仅仅为了这缘故我才活着。”

死——不是件容易事，死——绝不是闹着玩的。每个人身上都潜伏着强烈的、不可解释的生的欲望。一切动物——不论大小、不论强弱、不论幸运与不幸——都想活。天上的鸟、水中的鱼、泥里的蛆——都想活。渴念着死亡的究属例外……

他也可以像大家一样，跟大家一起活下去。显然，想活下去这种愿望本身已经是勇敢精神。归根到底，这终究是一个世界，这里什么都可能发生，——谁知道，也许命运有朝一日会向阿尔沙克转过脸来。

至于死，它会自己光临，用不到你去请。

于是阿尔沙克断然把手一挥结束了这场自己与自己的争论。

*　*　*

阿尔沙克把袋子里的食物交给饭馆老板，木板的碎片照例给老板娘生火。他用这些东西以及在马路上捡来的钮扣、线头、钉子换得一杯热咖啡和宿夜的地方。

阿尔沙克吃完了一餐极其寒酸的午饭，又走到街上。

为了摆脱苦苦缠住他的思绪，他喜欢漫无目的地在街上闲逛，眼睛看着脚下或者注视各种各样的物件。

今天阿尔沙克决定去看两个从前跟他同营当兵、现在也住在巴黎的朋友——阿剌木和塞德拉克。目的无非又是请他们帮忙给他找些活干。不论什么活，在城里或在乡下——都行。要找他们是能找到的，因为他们熟人多。

不过这时去找他们还早。阿剌木每天傍晚到一家心爱的小酒店去玩牌；塞德拉克在裁缝作坊工作，七点钟以前看不到他。

这正是吃午饭的时候。行人如潮水充满了街道。大家都急于快些坐到餐桌边吃饭。

阿尔沙克向一家挺阔气的饭店大窗里张望了一下：无数小桌子上摆满了银餐具、玻璃器皿，桌旁坐着服装整齐的男人和女人。

这些女人身上的一切都像是假的。阿尔沙克觉得她们的头发、眉毛、睫毛、嘴唇和脸颊的颜色，甚至举止、动作——都是假的，可是她们却公然大啖精美的食品。

爵士音乐压倒了不断的笑声和喋喋不休的饶舌。

一个苍白憔悴的青年在阿尔沙克旁边津津有味地咀嚼着一块面包，他好像跟那些有钱人在同桌进餐，一边目不转睛地看着一张摆着美酒佳肴的桌子。

警察把他们俩从窗前赶开。

阿尔沙克继续向前踱去。

一个老太婆向一个衣著华丽的女人伸出骨瘦如柴、不住颤抖的手。那女人厌恶地扭过头去把鼻子埋在毛皮大衣洒足香水的领子里，连忙招呼正在旁边经过的一辆汽车。

阿尔沙克绕了个圈子，沿途捡了两张人家扔掉的报纸，然后回到住的地方去。走到圣母桥上，他站住了。

桥下被太阳照亮的石墩旁躺着和坐着几个流浪汉。他仔细看了一回——一个熟人也没有。

那些衣衫褴褛的、可怜的生物已经失去了人样。他们也是母亲十月怀胎生下来喂奶抚养大的。是谁把他们扔到巴黎的街上变成饥饿、肮脏、无家可归的流浪者?

栏杆旁有一群行人——男人、女人和孩子——好奇地看着这些人类中的可怜虫,有些人还嘲笑他们。

阿尔沙克向那些得意扬扬的有产者狠狠瞪了一眼,他走下石级,一边自言自语:"在东方对这样不幸的人还表示同情,可是这里……"还在土耳其的时候,他经常从亚美尼亚报纸上看到、从亚美尼亚人那里听到,说欧洲是文明的中心,欧洲人是高尚、有教养、有博爱精神的……但事实令人大失所望,这原来是最虚伪的谣言!有产者距离做"人"的境界还很远很远。

阿尔沙克的心这样对他说着。他回到住的地方,没跟那些同在天涯沦落的伙伴们招呼,独自靠壁坐下,两手抱膝。

夕阳送来了一些能唤起生气的温暖。

那些可怜的人有几个闭着眼睛,忘掉世上的一切沉浸在自己的内心世界里;这个世界不用说总是美丽如画,温暖如春,被一连串奇妙的幻想所照亮——这是一切穷人取之不尽的宝藏。

这种状态阿尔沙克是非常熟悉的。

为了躲过残酷的现实,他也常常在幻想的世界里找到可靠的避难所。

人的心里充溢着许多不可抑制、不可抗拒的愿望,它们坚决要求实现,即使不能真的实现,哪怕在幻想中实现也好……

阿尔沙克躺在硬板或者方砖上可以暂时忘却忧愁。他能在幻想中补偿损失,使死去的亲人复活,称心如意地安排生活。

要是没有幻想,难道他还受得了生活的重压?至少在幻想的世界里他可以看到自己衣食不用愁,周围亲近的人也个个都是喜气洋洋、充满活力。

阿尔沙克点起一支烟卷。他半合着眼睛坐在自己吐出的烟团后面。烟弥漫开来扩散成云雾,最后使这个冷酷无情的城市完全消失,把阿尔沙克带到一个灿烂的幻想世界。

脚步声把他惊醒。一些患难朋友走了。太阳整个儿躲进了浓密的乌云；天空低得仿佛快要碰到屋顶。

阿尔沙克沿着梯级走上去，从皮鞋里伸出来的一个脚趾撞在一块石头上；袜子破了，脚趾疼痛难忍；阿尔沙克痛得眼泪迸涌。他一跷一拐、泪眼模糊地看着路上遇见的行人。他是多么希望得到怜悯和同情，哪怕只有一个人关切他的痛苦也能略消孤独的愤怒。但所有这些人类中的"我"都无动于衷地走了过去，连正眼也不给他一个。本来嘛，饱食终日的人的目光几曾注意过衣衫褴褛的人？阿尔沙克想起了患难朋友沙里·布莱的话："有钱人以为穷人是不知道痛苦的。"

寒风从十字路口吹来。

寒冷加剧了他的失望；阿尔沙克从来没有像现在这样觉得孤独。

过了一会，好像老天故意要他眼红似的，他看见一家灯火辉煌的鞋店。这里有多少各种式样、价格令人咋舌的鞋子！愤怒在他心头翻腾；霎时间他产生一种愿望，他的手握成两个拳头开始摇晃；阿尔沙克想打破橱窗……让警察把他抓进监狱去：狱监是天堂、暖角，有免费的面包吃……有许多人这样做，因为至少可以在监狱中挨过一个冬天。但这时他想起警察把被捕者送往监狱去的时候常常把他们毒打，——至少他的伙伴们是这样说的。对于没有护照的外国人，虐待就特别凶狠残忍。

他的身体太衰弱了——挨打他受不了……不，他怎么也经不起这折磨，要是能立刻关进监狱，那自当别论。

* * *

阿尔沙克走到圣米歇尔林荫道上阿刺木常常去的一家小酒店门口，他向里边张望了一下，——阿刺木不在。

大概时间还没到，这一点阿尔沙克知道得很清楚。

他开始在酒店门前的人行道上徘徊等阿刺木，心里盘算着跟他说些什么。

巴黎的天空被无数的灯火染成红铜色。

大街上飞驶着各种式样、各种牌子的汽车。这里那里站着神气活现的警察。来往行人络绎不绝：有衣冠楚楚的男人，也有花枝招展的女人；青年人挽手成对，高声笑着，脸上一团高兴。在这里走过的也有上了年纪的人，他们饱经忧患，神情严肃，心里都有着一大堆痛苦和心事。不过阿尔沙克总觉得所有的人都比他幸福……

从豪华的咖啡店和饭店里倾泻出明亮的灯光。

阿尔沙克觉得坐在那里的人只有一件心事——就是尽情享受。

“穷人在马路上挨饿受冻，这对于有钱人不是什么了不起的事情。有钱人认为世界上人人都吃饱穿暖，人人都有一个跟他一样的大肚子，”阿尔沙克看着那些无忧无虑的有福之人，心里这样想着。

三个年轻人站在人行道上谈话。阿尔沙克听到几句亚美尼亚话。他侧耳细听：是的，他们是在说亚美尼亚话。他想：

“不妨去请他们帮帮忙；说不定能碰上好运气——给我一些活干……”

他走过去又退回来，重又走过去，摘下帽子犹豫地说：

“对不起，请原谅，你们能不能给我一些活干，我是想说，能不能找……我是个亚美尼亚人。”

“什么？您说什么？”

阿尔沙克把他的请求更清楚地重说了一遍。

“很抱歉，一点办法也没有。这是危机！”

阿尔沙克站着不走。说实在的，他甚至不懂这回答的意思。一个年轻人把手伸进口袋摸出一个硬币递给阿尔沙克。阿尔沙克茫然愣住了。

“拿着吧。”那年轻人说。

阿尔沙克舌头像打了结一样呐呐地说：

“我可不是要钱，是要工作。”

年轻人把钱硬塞在阿尔沙克手里，然后跟另外两个人一起走开了。阿尔沙克想追上去把钱还给他……阿尔沙克还从来没有请求过布施，他拿的每一件东西都是用劳动换取的……由于激动，他的手不断哆嗦，手心发烫，——这个硬币像一团火烧着他的手。

阿尔沙克踉踉跄跄走了几步，他站住了。何必辜负年轻人这番好意呢？人家也是聊表同情。难道阿尔沙克还不是苦命的化身吗？他摊开手掌——里边是五个法郎。他几乎流下了眼泪……

这件事使他更清楚地看到自己处境的可悲。不，他并不生那陌生人的气；他是生自己的气，恨自己的穷，怨自己的命。

阿尔沙克不自觉地跟着人群随波逐流，他想走一阵；他的神经快要破裂；每一张脸、每一条声音、每一阵笑声都像锥子钻他的脑袋；电车的铃声、汽车的喇叭声活像在锯、在割他的心脏……

那边围着一群行人。他也停下脚步。一个无脚残废者在奏小提琴。阿尔沙克想起了他的一个在战场上失去一条腿的朋友；他还想起另一个人：那人在巴黎一家工厂里被轧断了一只手。阿尔沙克本想把五个法郎全给那个可怜的提琴家，但在迟疑片刻后，向杯子里扔了五十生丁。

他跨着大步子回到那家小酒店门口开始等阿刺木。他来了！阿尔沙克拦住了他。阿刺木只看一眼，马上就明白了阿尔沙克悲惨的处境。

“是你，阿尔沙克？近来怎么样？怎么好久没看到你？”

“甭提了！”

沉默。两人的目光接触了。又是沉默。

“还是那样。用市场上捡来的垃圾换一顿鸟也吃不饱的饭，用别的破烂换一份坐着过夜的权利。要是没有沙里 · 布莱——我跟你谈到过他，你应该知道这个人，——我早就寻短见了。”

阿刺木咬住嘴唇。

“阿刺木，亲爱的，给我找点儿活吧，我什么都愿意干，只要有块面包吃就行。”

“我的好朋友，我能帮什么忙呢？所有的人都给这该死的危机逼疯了……”阿刺木想说：“人人都跟你一样穷，”但他感觉到了这话的虚伪，就换别的说：“找什么活呢？你一件手艺也不会，语言也不全通……”

“叫我现在怎么办呢？跳塞纳河吗？我没有衣服，没有鞋，衬衣已经破得不堪设想，连理发的钱也没有……我已经几个月没进澡堂。你认识的亚美尼亚人很多。哪怕让我到饭馆里去洗盆碟、刨马铃薯也行……我已经走投无路……”

“阿尔沙克，朋友，你把塞纳河忘掉。别泄气，忍耐一下。好在你上过战场，打过仗，而且打得好像还不坏；跟战争比起来这一切都算不了什么，好日子总会来的，”阿刺木鼓励着朋友，“你记住，有我时时刻刻在想到你，我并不是说现在不可能找到工作，但非常非常困难。要知道我也没有经常的工作，全靠纸牌帮忙。我的侄儿生了肺病，我应该照顾他。”

阿刺木忽然住了口，同情地望着阿尔沙克。

阿刺木咬住嘴唇思索了好久；最后他眼睛看着地上，说：

“明天你上我家去，我们一起吃午饭，考虑考虑，也许能商量出个办法来……亲爱的，我说的话你别见怪：我有一件旧的外衣，还不坏，鞋也有，我再给你一套衬衣……暂时你先把这十个法郎拿去，去洗个澡，理理发……再见吧，我的朋友，玩牌的同伴在等我呢。我要给他们点厉害看看！那些埃及来的阿拉伯小伙子很有钱。生活是残酷的东西！”

阿刺木紧紧握住阿尔沙克的手，又说：

“巴黎就是这样：要是没钱，人家瞧也不会瞧你。伦敦、柏林也是这样；纽约就更糟。钱，钱，钱……战前我们在祖国简直不懂得钱的作用，瞧不起钱。理想、名誉、道德在这里吃不开。钱——这是人的灵魂。不，是上帝！上帝创造了宇宙，人创造了钱。这个思想是巴黎、是许多大城市使我产生的。钱，钱！嘿，我要跟那些外乡人好好干一场！……”

阿刺木匆匆握了一下阿尔沙克的手，走进了酒店。

“阿刺木是个好样儿的，这个人有办法！”阿尔沙克心想。

* * *

阿尔沙克拐进一条狭巷来到一家小酒店里。他头脑里反复旋转着：“钱，钱，这些城市，这个城市，钱，钱！”去找塞德拉克还早。阿尔沙克一个人坐在角落里，要了一杯热牛奶和一个面包。桌上放着一份报纸。阿尔沙克把报纸展开，但看不进去：沉重的心情和迫切要求解决的问题妨碍着他集中思想。

“今天是决定性的一天；塞德拉克一定会做他所能做到的一切。再说我也不是狮子大开口，——只要混饱肚子就行……”

阿尔沙克略略垫了垫饥，开始看报。长篇大论他不看，只看零讯。

“柏林。某破产的大商家杀死了妻子和一个小儿子，然后自杀。”

“维也纳。一失业者跳到火车下被辗死。”

“伦敦。政府门前大规模的示威游行队伍被警察驱散。双方都有人受伤。”

“伦敦。发现一女人及两小孩的尸首共三具，他们是在厨房里因煤气中毒身死的。”

“纽约。早晨在市政厅附近发现失业者尸首四具。市内酷冷。由于大批人无处安身，死亡率与日俱增。”

“芝加哥。一大厂主之子遭匪徒绑架。如不赎票，该孩将被杀。全市警察缇骑四出。”

“这世界真可怕！”阿尔沙克把报纸撂开喃喃地说，“阿剌木说得对：钱，钱，这些城市……这些城市里的人这样多，人的生命已经一文不值。你有钱，你就是人；没钱，就像蚂蚁一样被踩死……倒霉的是没钱的人！受苦的是失业者……这个城市吞噬着所有像我这样的人……”

阿尔沙克胳膊肘支在桌上，双手抱头，闭上眼睛。现在他不动脑筋……他默不作声，思想在打盹，但庞大的巴黎在他周围喧嚷、呼哧、喘息、咆哮……汽车的轰响、机器的洪鸣、数百万人不齐整的大合唱、孩子的叫喊、老人的叹息——这一切汇成一片无法形容的嘈音。里边有得意人的欢笑、不幸人的呻吟、街头流氓的破口谩骂、新生婴儿的呱呱试啼、垂死老人的奄奄一息……

这就是都市这个怪物的声音！

阿尔沙克抱头闭目默默独坐，一边聆听着杂乱的声音。他觉得这个城市像一匹巨兽张开血盆大口吼叫着，磨着獠牙，在贪婪地吞噬一切弱者和不幸的人……

他被这城市嚣杂的声音引起一种不可名状的恐惧，恐惧压迫着他的心，这恐惧比死更可怕……

“巴黎太可怕了……哦，我是多么想找到回故乡去的路啊！即使不到自己村里，到任何一个村里去都可以……然而这条路已经消失不见！”

一切都不见了，一切，一切！……

* * *

七点钟，阿尔沙克忧郁、怅惘地站在裁缝作坊门口，工人一个接着一个从里边走出来。

阿尔沙克和塞德拉克握了握手。阿尔沙克向朋友叹了苦经。

“我尽量想办法，亲爱的……不过你要混饭吃只得干粗活：譬如说洗地板、搬重物、干零星差使……”

“我乐意干，乐意干，只要有活！”

“亲爱的阿尔沙克，”塞德拉克考虑了一下说，“听说在‘救世军’[①]那地方可以得到很好的安排。你没到那边去试试吗？你到那边去安身总比过流浪生活强吧？”

“那地方也许很好，可是没我的份。你去瞧瞧那边门前排着多长的队：老头儿、老太婆、孩子、瘸腿、瞎子、没手的……凭良心说，去占他们一个位置简直是造孽。不是随便什么人都能进去的，有许多人只得在马路上过夜……”

沉默。

阿尔沙克把跟阿刺木见面的事告诉了他。

“阿刺木有他的一批朋友，”塞德拉克说，“可是我整天坐着，连把腰挺直的机会也没有，跟谁也不接触。你还是跟他靠紧些。你为什么不上我家去？我也许能找到一些衣服给你。你说没有毛巾，——我给你。我们都是弟兄，不要灰心失望，世上还有比这更糟的事，忍耐一下……这十个法郎你拿去，将来你有了还我，算是借的。我等你，你一定要来……”

* * *

阿尔沙克怀着一颗轻松的心向饭馆走去。“当然，应当忍耐一下。阿刺木也是这么说。世上的一切——好的、坏的——总有到头的

---

① “救世军”是基督教别派所创的一个国际性反动“慈善”团体，总部在伦敦，支部遍设于世界各国。现在美英帝国主义利用它作为进行诽谤性反苏宣传的武器。——译者注

时候……明天我可以不上中央菜市场了。我要休息休息。今夜我也要伸直腿好好睡一宵；明天去洗澡、理发。钱够了……”

阿尔沙克走进一家小店买了包烟卷。“烟草是好东西，没有它我们还要苦。”

剩下的钱他决定用五个法郎晚上请客，请沙里·布莱——他的忠实的、亲爱的沙里；其余的钱留在明天用。在从饭馆到小酒店去的路上，阿尔沙克听到了不堪入耳的骂人话和嘶哑的女人声音。原来是两个年纪已经不轻的妓女为一个“客人”在争吵，而那个“客人”已经在她们争执最激烈的当儿溜之大吉。她们看见阿尔沙克，立刻不吵了，用手肘你推我、我推你准备向他走过来，胭脂搽得血红的脸上笑靥迎人。

阿尔沙克刚摆脱她们的纠缠，从拐角那边又有一个人拄着拐杖在路上笃笃地敲着直向他走来。这是一个残废的年轻女人，她的一条腿被锯到膝盖以上。又是一连串亲昵的邀请……阿尔沙克提心吊胆地塞了一个法郎给这可怜的女人，连忙匆匆离去。

“巴黎是个不折不扣的地狱！”

他在小酒店里遇见了他的朋友们。他们围着沙里·布莱坐在纸烟的浓雾中，他们面前放着肮脏的酒杯。跟往常一样，布莱激昂地摆动着双手正在慷慨陈辞：

阿尔沙克怕妨碍他们，所以悄悄地在门口坐下来。

“……是的，正是这样！秀桑，亲爱的大嫂，你要勇敢地把自己托付给大自然，别去想到死。如果你要考虑这个问题——那一切都完了。说到那个世界，它是由两个部分组成的：一个是天堂，一个是地狱。天堂里很好：有美味的瓜果、清冷的溪流、新鲜的空气，可是那里的人无聊极了——全是些呆头呆脑的苦行僧、乳房干瘪的老处女，整天唱着赞美虚荣的上帝的颂歌。简直要叫人闷死！……”

“够了，够了，我再也不要听了！”一本正经的酒店老板娘秀桑太太因为自己最崇高的情操受到侮辱而尖声喊叫起来。

“好极了！现在我跟我的朋友们说，不跟你说！地狱里有意思得多——那里有地球上的头面人物：从古代埃及国王到罗马皇帝、土耳其苏丹、波斯王、欧洲国王和他们的宠妃、大臣、统帅、银行家……

还有克里奥佩屈拉[①]、阿斯佩细亚[②]、庞巴杜[③]、至神至圣的教皇……不过在到那个世界去以前我们在这个世界上还有几笔账要算……”

他呷了一口酒，在沉默片刻后向阿尔沙克说：

“过来，到我这儿来！你在受苦，我的可怜的土耳其军队的勇士！”沙里叫阿尔沙克坐在自己身边，“你到哪儿去了？”他拍拍阿尔沙克的肩膀问。

“我去找了两个同乡。”

“他们怎么说？”

“他们答应帮我找工作。”

“你该相信他们，这样至少今夜你能安心睡上一宵。怎么样，他们还说些什么？”

阿尔沙克说，他们给了他一点钱，还答应明天找些衣服给他。

“好极了！”沙里·布莱说，“你的同乡还没有丢掉他们从东方带来的人性。很快我们的文明把他们也要带坏。那时连他们也会像我们这里的那些野兽一样把自己的灵魂、良心连同黄金一起埋入土中。到那时他们就成为欧洲人了。”

一阵撕心裂肺的咳嗽呛得马赛尔上气不接下气，他不屑地说：

“文明！”

阿尔沙克在桌上放下一个十法郎的硬币。

“今天我们喝一气。”他轻轻地说，眼睛盯着沙里·布莱。

沙里用两个指头把钱夹起来，好像这是一粒泥巴。他晃着那个硬币，高声说：

“大家看看！”所有的人都向他转过头来，“好好看看这个小婊子！从前在某一个偏僻的角落里，一个无名的劳动者流着汗铸出了这个硬币，它经过千千万万下流坯的手，它那瘦小的身体干下了不知多少卑鄙无耻的勾当，如今落到了这个外国穷光蛋手里！……马上它就

---

① 克里奥佩屈拉（公元前69—前30）——古埃及女皇。——译者注

② 阿斯佩细亚（约公元前470—？）——古希腊一才貌双全的杰出女子，雅典大政治家伯里克里斯之妻。——译者注

③ 庞巴杜（1721—1764）——法国国王路易十五之宠妃。——译者注

要落到‘路易·卡托斯’掌柜的手里。路易·卡托斯，把这小婊子拿去，给我们拿酒来，给我们酒！……”

“拿酒来，我们要为这个不死的婊子干杯。”一个流浪汉呐呐地说。

“等一等，先让我向它致贺辞，然后再干杯。”沙里·布莱拿起酒杯站起来。

“静一点！静一点……”沙里·布莱神秘莫测地把酒友们的脸一张张看过来，他开始说，“我们的祖先该隐[①]用他遭天谴的双手造起了第一座城市，从那天起城市就中了邪。他的孙子陶巴尔该隐最早使用铜和铁。他用铜铸成钱币，用铁铸成宝剑。钱和剑到处把人变成奴隶。有的人造市场，有的人筑堡垒。商人起来保卫前者，军人起来保卫后者。千百年来钱的力量终于战胜剑的力量，商人战胜了军人。于是剑成了钱的听话的工具。

“钱可以买到一切：爱情、健康、生活的欢乐、天才、自由、女人、骄傲、名誉。

“一切都可以卖钱：爱情、健康、生活的欢乐、天才、自由、女人、骄傲、名誉。

“钱促使人犯罪。为了钱监狱都客满了。

“交易所、银行、政府部门、教堂以及所有的房子里——到处都能听到钱的声音。为了钱，在地球的每一个地点上都有战争爆发。人人都为钱奋斗。大家都为了钱互相残杀。

“打倒金钱，永远打倒它！”

“打倒金钱，打倒金钱！”在座的人高声齐呼。

“可是我要为金钱干杯。但愿它永远不要从我们的口袋里绝迹！”一个流浪汉插进来说。

“你这个蠢货，你即使为钱干一百杯，它也不会自己流到你口袋里来的！”他旁边的一个人反驳他说。

“我为你们大家干杯。一切没有财产的人——换句话说就是一切丧失权利的人——万岁！为你们干杯，我的朋友们！”沙里·布莱举

---

① 该隐是《圣经》传说中亚当的长子，曾谋弑其弟阿维尔。——译者注

杯热烈地说。

“说得对，亲爱的沙里！”朋友们应声说。

有人拉开一条破嗓子开始唱被判上断头台的人之歌。其余的人也跟着唱，他们眏着眼睛，和着领唱的人：

世界没有履行诺言。
它像个水性杨花的女人，
亵污了生活的清泉，——现在
又要来砍我的头。

我跟撒旦交上了朋友，
它像个水性杨花的女人，
骗了我：把我撵到街上，
叫我学着饿狼长嚎。

我的脸已经好久没洗，
胡子已像野草丛生，
现在他们给我洗刮干净，
明天好做个整洁的鬼魂。

我上无片瓦，
下无寸土，
茫茫大地，
何处容我存身？

明天是我的死日，
我的尸首将送往坟场，
黄土盖我身体，
首级放在脚边。

酒店老板路易听得感动了，他呼呼地喘着大气把两瓶酒搁在沙里面前：

“这算我请客！”

“万岁，荣誉团勋章获得者米歇尔·贝尔纳万岁！”沙里在大家一致赞同下高喊。

路易-米歇尔·贝尔纳的眼睛笑得完全看不见了；他耸起肩膀精神抖擞地走到柜台后面去。

“路易，我跟你说过上千次，叫你去请发荣誉团勋章。这次你总该听听你无私的老朋友的话了……”

大家都捻着胡髭赞同沙里的意见。

沙里·布莱常常跟米歇尔开玩笑说：你已经开了三十年的酒店，为祖国立下了许多大功，促进了祖国的富强，你有资格受到褒奖了。只要花一点点钱，请请一位议员的客，靠他的帮助弄一枚勋章，把它佩在钮孔里，然后臂上挂一柄伞，挽着你太太的胳膊，昂首阔步走在巴黎的大街上。别人哪一点比你强?

这番忠告照例总是在大家的哄笑声中结束。

沙里·布莱快五十岁了；他身材瘦长，筋骨外露，眼睛呈淡灰色。在尖尖的鼻子和尖尖的下巴之间是两片弯曲的薄嘴唇。他的面颊松垂，像每一个酒精中毒患者一样。沙里·布莱年轻时当过新闻记者，在一些民办报社做过事。他写过许多针对当前社会问题的充满热情的文章。对杯中物的嗜好把他毁了。他的意志消沉了，精神愈来愈颓唐，不知不觉地跟社会的渣滓混淆在一起。但他赢得了流浪汉一致的尊敬，在他们中间算是唯一的“贵族”流浪汉。沙里·布莱住在妹妹家里。许多年前沙里还有相当社会地位时，他给妹妹在一家大出版社里找了个工作。知恩不忘的妹妹在可怜的哥哥不能再握笔杆以后就一直供给他的衣食。

为了弄钱喝酒，沙里·布莱在头脑清醒的时候就到旧书商那儿去买些旧书卖给过去的朋友拿一点佣金。赚来的钱他总是跟旧朋友们一起花；为他们沙里从不吝惜用掉最后一个生丁。

阿尔沙克是他特别关怀的对象。沙里·布莱对他的照顾甚于别人，因为他是一个孤苦无告的外国人。在这个总崩溃的世界里，沙里·布莱是阿尔沙克有力的支柱。

酒店老板米歇尔是沙里的童年朋友，他们住在同一个街区。千万桩共同的往事把他们联结在一起，他们始终相亲相爱。沙里·布莱管米歇尔叫做“路易·卡托斯”，因为他稍稍有些像“太阳王”①：他也有一张红红的脸，也是一个贪吃的胖子。酒店就叫了这个名字。

沙里·布莱是这一贫民区所有的小酒店都欢迎的客人。但米歇尔的这家其貌不扬的酒店最吸引他。这里的人对他特别欢迎。只有在此地沙里·布莱才能跟朋友们畅所欲言。

沙里的朋友有性情沉郁、眼睛布满血丝的约翰，皮肤黝黑、脸上肌肉灵活的亚弗雷德，悒悒寡欢的保罗·马赛尔和年纪最小——三十岁——刚从监狱里放出来的阿纳托里。他们个个都是衣衫褴褛，无家可归，今天肚子还没混饱就得考虑明天的日子怎么过。他们被社会遗弃，被卷入争取生存的斗争。这些穷光蛋的足迹纵横遍及全国，他们不止坐过一次牢，大桥下、田野上、树林中、港汊里都有他们睡过的地方……

在这个美的总汇处，蓬头垢面、眼睛红肿的人看着这个“地球之都”的繁华景象，黄金从四面八方滚滚涌来找刺激和享受，可是穷人永远与这一切人间欢乐无缘。他们的命运永远是寒冷、饥饿、肮脏、无处栖身的长夜、遭人轻蔑和嘲笑……

“沙里，你话还没说完。刚才你的话里提到，说我们要算账。”约翰提醒他说。

“你给我倒酒，我就说；不倒你什么也甭想听见。对，对，倒得满满的……好，你是个好样儿的！是的，我们要跟社会算账。算账——这就是把旧的社会推翻，创造新的社会……你们要学俄国人的榜样！……”

沙里站起来，昂起了头伸出一只哆嗦的手。他沉默半晌，朝四周看了一下，以庄重的语气开始说：

“这个社会已经彻头彻尾腐烂了。它是一具尸首。必须把它埋葬。必须把它扔进垃圾坑去。”

---

①“路易·卡托斯”即“路易十四”（Louis quatorze）的音译，“太阳王”是法兰西国王路易十四（1643—1715）的外号。——译者注

秀桑太太几乎一直不在听沙里说话，自管用一块脏毛巾揩着杯子，可是听到这几句话她突然把抹布一扔，怒冲冲地打断他说：

“够了，够了，疯老头！要推翻社会……上帝饶恕他吧！”

“是的，是要推翻社会！”保罗支持他的朋友。

“我的上帝，我的上帝！”秀桑太太反复叫着。

“上帝是没有的！”约翰用拳头猛敲桌面喊道。

“饿汉没有上帝！”亚弗雷德喷着烟雾插嘴说。

“面包才是我们的上帝。”马赛尔嘟囔着说，他又给一阵咳嗽呛得半死，然后吐了口痰。

路易在柜台后面用手掌托着腮帮子向沙里眏眏眼睛表示同情。

“说下去，布莱！”性情沉郁的约翰说。

沙里把身子挺得笔直，解开紧窄的衬衫领子，眼睛狠狠地瞪着秀桑太太。

“必须打倒所有的有产者、资本家，打倒所有的富人！”

“对，对，全都打倒！”其余的人兴奋地喊道。

只有阿纳托里和阿尔沙克保持沉默。

“可您是基督教徒啊。您怎么能有这样的罪恶念头！富人不也是我们的兄弟吗？”秀桑太太惊恐地说。

“可我们不是他们的兄弟……”

“谁给我面包，谁就是我的兄弟……”

“兄弟不夺去兄弟的面包……”

“是的，富人是我们的兄弟，秀桑太太，但他们对于我们是杀害亲兄弟的该隐。你得记住这一点！”约翰阴郁而平静地补充说。

沙里 · 布莱继续说：

“很好！你们说——是谁在吮吸不幸的劳动者的血，是谁在惨无人道地折磨他们？是谁把他们撵到街上，使他们的女儿沦为娼妓？”

“是我们的富人兄弟。”

“是谁发动了这场野蛮的战争，夺去了两千万条年轻的生命？可是这些野兽还没有解渴。”

“是谁把亿万财富在战场上化为烟尘？这些钱可以救不知多少人摆脱赤贫的厄运。”

“这都是我们的富人兄弟干的，都是他们干的！”

“说得对，沙里，说得对！”听的人一致说。

“这难道是富人的罪过吗？战争又不是他们发动的，是那些国王、总统。再说他们也是为了祖国、为了国家的利益。”秀桑太太说，她眼睛不看沙里。

“好！……现在你听我沙里老头说。你说富人没有罪过，是吗？你的头脑太简单了，不过你别见怪；我妹妹玛蒂尔达的见解也跟你一样……国家！他们的国家是什么？国家是富人的。国王或者总统，还有军队——都是他们的奴仆。你可知道你的‘无辜的’富人兄弟为什么要战争？是为了钱袋，为了钱……对于银行家、工厂主、资本家、有产者来说，没有也不曾有过祖国。他们的祖国——就是市场。富翁们只需要市场，旁的正义、良心、爱情、人性都不需要……那么我们干吗去为这些万恶的市场主人打仗？谁要让世界面临毁灭，谁要叫老人和孩子遭到毒打？这一切我们都不要，而是资产阶级需要。他们靠了这一手捞进几千万，几万万，在金碧辉煌的宫殿里吃山珍海味，喝美酒佳酿。这些混蛋一个法郎也不肯给饿汉，可是自己为了喝一个婊子鞋里的香槟酒，不惜一挥数千金……而我们——我们祖国的儿女——在他们眼睛里又是什么呢？只是一些饿狗罢了！我们、我们的孩子以及除了富人之外的一切人——都是些‘无名小卒’。”

“应该毫不留情地踩死这帮吸血鬼！”一个人的声音支持着沙里。

说话的是约翰；其他的人都保持着沉默。

沙里坐到原来的座位上。阿尔沙克擦亮一根火柴给他点烟卷。保罗给他斟酒。

七张嘴毫不偷闲地吐着浓烟。

阿纳托里用大拇指的黑指甲捺熄了烟卷，慢吞吞地以诉苦的口吻问沙里·布莱说：

“沙里，请原谅，我也有几句话想说……沙里，我们是什么人，能去拯救世界，跟强大的资产阶级算账？我们是什么人？不过是一群流浪汉罢了……我不是指你。我们什么也不是，我们是零。人家甚至不把我们当人，我们没有自由，没有劳动的权利。我们什么也不是，工人管我们叫流氓无产阶级；是的，我们是流氓无产阶级，我们是零。我不是指你，沙里……”

大家一会儿望着阿纳托里，一会儿望着沙里。

阿纳托里还是用那种口吻继续说：

“以前我也像你这样想，可是在桑代监狱里我遇见了几个因为参加示威游行被捕的工人，他们是社会党人，我跟他们认识了；他们教会了我许多知识，使我明白了不少事情。他们有书，他们偷偷地看，然后跟像我这样的人解释。他们看完了马克思的《共产党宣言》……”

“这本书我知道，我年轻时也看过《共产党宣言》和旁的一些东西。我认识若来士[1]，不止一次听过他的讲话。”沙里插进来说。

“你当然看过，我不怀疑，我自己只是听说。那时我看到了我们流氓无产阶级的确什么也不是。无产阶级——这才是力量。无产者正在全世界联合起来，他们有政党，有经费，他们出版报纸，有自己的领袖，议会里有自己的代表；他们的旗帜到处都一样……可是我们什么也没有，什么也没有。无产阶级才是巨大的力量，在它的旗帜下有千千万万的工人……未来是属于他们的！……我们只会破坏，不会建设。我们没有旗帜。可是无产阶级知道要什么，为什么斗争，需要做些什么，该建立怎样的新秩序。无产阶级有自己的旗帜。

“于是我这样想：当无产阶级开始向资产阶级进行伟大的斗争时，我们应该……跟他们走。无产阶级大军是唯一能拯救世界、跟资产阶级算账的力量；只有它才能在旧制度的废墟上建立新秩序。那时人人有面包、自由和幸福——这才是真正的、从未有过的幸福！虽然现在到处都写着‘自由、平等和友爱’的字样，甚至监狱门前也写着，可是我们在生活中却找不到它们的影子。

“现在我有一个理想……要是能在一个厂里当工人有多好哇！那

---

① 若来士（1859—1914）——法国以及国际社会主义运动的著名活动家。曾力阻第一次世界大战的爆发，激烈反对军国主义，1914 年被军国沙文主义反动集团所暗杀。然而他在反对战争的活动中仍站在资产阶级和平主义的立场上。——译者注

时我一定加入无产阶级的组织，站到无产阶级的旗帜下，那时我就幸福了，因为我有了生活的目标……可是现在我又是什么呢？”

阿纳托里的声音渐渐沉寂下来。

沙里·布莱垂下了头。其余的伙伴们也都默不作声。阿尔沙克听过沙里多次“演说”——每次都大同小异：总是抗议、激动、愤怒；每次听了都使他心情暗淡，十分难受。可是听了阿纳托里的话，阿尔沙克的脸色逐渐明朗，最后终于闪出光芒。现在他的一双充满喜悦的眼睛一眨不眨地看着阿纳托里。

“我的头愈来愈重，”沙里摸摸额角说，“阿纳托里有了自己的思想……阿纳托里在桑代监狱的大学毕了业；巴黎大学跟它相比也算不了一回事，桑代监狱的文凭要高得多……米歇尔，我不愿回去了：你给我跟阿尔沙克在隔壁房间里腾出个地方来，让这外国人好好睡一觉……”

酒店的门打开来换换空气。两个人伏在空下来的一张桌上睡觉，其余的人躺在地板上；阿纳托里把一个袋子铺在地上，上面再铺两三张报纸，把一只背包枕在头下。

这几个月以来，阿尔沙克第一天脱去衣服伸直两腿躺在一张沙发上。他睡不着，一连串思想在他沸腾的脑海中翻滚。

阿纳托里的话使他睁开了眼睛。做工人现在成了他的理想。他觉得自己找到了一条真正的道路，这条路能帮他从这个泥塘里挣脱出去。

他意识到自己成长了、强壮了。现在他在这个世界上有了理想，他也清楚地看到了生活的意义。进工厂，在无产阶级大军中当一名战士，向贫困和压迫穷人的人斗争。死，为争取被压迫者的解放而死——这已经是幸福了！

* * *

阿尔沙克已经全身心地跟无产阶级在一起。从今以后，他的灵魂、肉体和血液都忠实于无产阶级的旗帜……

在旧日的一个村子里

阿维季克·伊萨克扬

这事离现在已经很久，还是在第一次世界大战以前。那时我常常到希拉克地区某村我年轻时的一个朋友家去作客。我们的友谊还是在小学时代开始的；我们俩——瓦尔坦和我——在一张课桌旁坐了三年。

小学毕业以后，我进了教会中学，瓦尔坦回到他的故乡。他父亲不希望儿子继续求学。他父亲是个生活富裕的农民，自己当家，很需要一个助手。“念了几年书也够了，”他对儿子说，“你又不想当高僧。回来吧，家里要个当家人。”

我们就此分道扬镳，但是我跟这个同学的友谊并没有中断。

八月初，正是农忙季节。

这天，我和瓦尔坦吃过晚饭，坐在新房间里闲谈。

这是一个明亮的夜晚，简直难以形容地明亮，我们虽然不点灯，然而房间里亮得可以看书，可以写字。

村子里很静。在八月的骄阳下从旭日东升一直挥汗干到夕阳西下的农民们，都已入了梦乡。

月亮给睡着的人们送来了恬静，柔和的月光像微风轻轻拂去大地一天积下来的暑气。

我和瓦尔坦回忆着在小学读书的年代和当时的同学，我们重新沉浸在童年嬉戏的欢乐中。后来瓦尔坦又谈了乡村生活中一些有趣的事情。

忽然，一声嚎叫划破了夜的宁静：

“阿托的儿媳妇要死了，快去救救她呀！”

这可怕的喊声沿着村里几条狭窄的小巷一家一家传过来。

“阿托的儿媳妇要死了，快去救救她呀！”

“这是我们一个邻居的儿媳妇。”瓦尔坦说。

我们听到我们屋子的窗下有嘈杂的说话声和脚步声。屋子附近响起了两下枪声，使我们的心里充满了惊恐。

瓦尔坦的母亲披着衣服向我们的房间里探进头来。

“阿托的儿媳妇生孩子快要死了，她流了许多血，得去救救她！”

我俩无可奈何地互相望着，我和瓦尔坦都没了主意。

“我煮了点咖啡，听说这可怜的女人只剩一口气了，也许咖啡能给她提提神，你们说对不？”

瓦尔坦连连应声说：

“对，对，快点！”

我们穿好衣服，急忙向阿托家走去。

阿托家的过道和厨房里聚着不少人，简直挤不过去。

“她已失去了知觉。她丈夫阿瓦克放了两枪想惊醒她，可是没有用。”有一个人说。

最后人们让开一条路，我们走了进去。厨房里靠墙的地上有一张铺。一个女人躺在那里，头发披散在枕头上，脸上连一丝生气都没有——眼睛闭着，鼻子像被削尖了。她丈夫硬把她的嘴撬开，一个老太婆用汤匙给产妇灌咖啡，但是咖啡不断从她的嘴角倒流出来。

厨房里的空气混浊得发了臭：一个很小的通气孔几乎不通空气，门口又给人们堵住了。汗臭、血腥、烟味和人呼出来的碳酸气更使人感到窒息。

“她不是头生……阵痛很快就过去了，孩子也顺利生了下来，但是她流了很多血，很多很多，怎么也止不住……现在这可怜的女人怕是活不成的了。”一个上了年纪的农妇对我们说，看样子是个乡下的收生婆。

这时出现了一幅可怕的景象，我简直不能相信我的眼睛：那垂死女人的丈夫忽然使劲扯她的耳朵，打她的脸。

“干什么，你这野人！”我喊着向他扑过去，

她丈夫用惊愕的眼光望着我。

“他想把她弄醒过来。”有人说。

我弯下身去看那垂死的女人。被褥都浸在血泊里，她的头发和枕头也浸饱了血。我拿起她的手想按按脉息。脉搏已经停止；好像最后一口气也已经离开了这个不幸的女人。我摸摸她的脚——冰冷的，僵硬了。

瓦尔坦拿来一面镜子放在她面前，镜子上覆着一层水汽——这就是说她还活着。

还该做些什么呢？不知道。我跟在场的农民一样束手无策。

“空气，需要空气！”我突然想到这个念头。

“病人缺少空气，她喘不过气来，大家走开，她需要安静！”我叫着说。

瓦尔坦赶开了人群。

房间里立刻流进新鲜的空气。我也不考虑办得到办不到，对瓦尔坦说：

“要请医生，立刻就去。能不能到城里去请？”

“好。”瓦尔坦说完，就派一个农民到谷仓去叫醒他家的仆人备马。

“小孩呢？”我问。

“让这害死亲娘的孽障变成灰吧！”那年轻产妇的婆婆呼天抢地说着。

“是个女孩子，她生到世上就带来不幸……”另外一个女人补充说。

孩子是生下的，但是死了。在混乱的当儿这新生婴孩被塞在角落里，后来大家把她给忘了……直到这时才想起有一个孩子，但是她——已经死了……我心里难过已极。我和瓦尔坦也告辞了，不过我们要求他们把病人的情况随时告诉我们。

阿托家附近有几头牛正在安闲地反刍食物，它们对这个村子的角落里所发生的悲剧无动于中。

一个老头儿跟在我们后面勉强拖着脚步走出来。

“请等一下，两位好心人，我有一句话说！”他叫住我们。

这是产妇的公公阿托。

我们停住了脚步。

“我家的梁倒了。我们全家都靠着她。看在上帝分上救救她吧。你们看怎么样，那大夫会不会来？呵，我的命真苦……她挨不到天亮的，我的好媳妇……”

他的声音发抖，脸上老泪纵横。

我们安慰老人说：大夫会来的，病人会好起来的。

但是不见仆人来，马还没有备好。

趁等待的时候，我写了封信给我认识的一个医生。我心里矛盾重重，我明白请医生来已经没用，太迟了，病人还能活几分钟已经屈指可算，但我还是继续写信。

“瓦尔坦，”我问，“你家里为什么不备些药品？”

“药品？！难道我能治病？”

“难道不能几个村子联合起来请一两位医生或是成立一个小医院吗？”

“这谈何容易呵，”他沉痛地说，“我们的农民穷困不堪，很难跟他们解释。这事应该由政府关心，可是我们的政府像魔鬼一样，最怕一切好事情；即使我们想这样做，政府也要阻挠的。人民过着贫穷和愚昧无知的生活，落在他们头上的只有灾难和不幸。你们受过教育的城里人必须关心这件事，农民是无能为力的……”

我们的谈话被跑来的一个乡下小伙子所打断。

“阿托的儿媳妇死了……”

我们跟着他走去。阿托家门口有一个男孩子在伤心地痛哭，他拼命想挣脱爷爷的手，一边嚷着：

“哦，妈妈，还是让我死的好，妈妈！”

阿瓦克也哭得死去活来，瓦尔坦硬把他从屋子里拉出去。

邻居们从四面跑来。闹声、哭声、喊声嚷成一片……

我在痛苦的沉思中回到瓦尔坦家里。

贫穷的农民，不幸的、受尽苦难的农民……在城里我们提到你们的时候总是夸夸其谈地说：“农民是民族的支柱，光明的象征，文化的基石，语言、歌谣的保存者，在抗击祖国敌人的浴血战斗中捍卫了自由的英雄……”从这里看得出我们是多么虚伪……在讲台和报刊上我们竞相赞美你们，可是你们却在贫困中死亡，被疾病吞噬，你们在苦难的重负下呻吟，愚昧无知的黑夜包围着你们……

羞惭和怜悯撕扯着我的心。纷乱的思绪挤满了我的脑子。我怀着铅一般沉重的心蒙眬睡去。

醒来我发觉自己和衣躺在床上。我起来向窗外看出去。

这是一个阳光普照的早晨，鸟儿在歌唱，装载着麦捆的大车咿咿呀呀地响着。打麦场上，人们正在铡草。几头牛拖着插满石钉的木板慢慢地打转。小伙子们站在木板上一边唱歌一边赶牛。

瓦尔坦来说，阿托的儿媳妇和死去的孩子在黎明时已经埋葬了。没有时间做斋事。在农忙季节，乡下每一个钟点都很宝贵。只能等打完了麦子再超度亡魂。

我在房间里呆不住，想到田野里去一个人静静地思索一番。在回去的路上，经过谷仓时我看见了阿瓦克和他的儿子。他们俩忧郁地默默坐在木板上，牛懒洋洋地拖着木板。我像影子一样从旁边溜了过去。“死神闯到他们家里还没过一小时，他们已经又在工作了，可怜的人！”

这情景引起我一个强烈的愿望，我想上阿托家去看看……

老头儿坐在屋前抽烟。稍远一点架着一堆火，火上放着一只铁锅，地上堆着死者染满血污的破衣服。一个女人在向火堆里抛干粪。

我把这一切告诉了瓦尔坦。他摇摇头。

“饥饿是无情的。他们没有别的办法，为了不致饿死，就得去打粮食。不管他们愿意不愿意，都得干活。农忙的日子是农民生死存亡的关头，他们连搔一把头皮的时间也没有。眼泪对穷人来说是一种奢侈。”接着他严肃地添上一句，“只有吃饱肚子的人才有工夫伤心。”

傍晚，我骑马回城里去，一路上寻思：亚美尼亚的农民走什么道路、到什么时候才能抛开这面戴了千百年的贫穷和无权的枷锁?

为了生命

捷列尼克·捷米尔昌

“您说，我们的苏维埃生活有它的规律性。我同意您的说法。但有时生活会搅乱这种所谓规律性。”

“尽管这样，规律性仍然存在……”

一位青年女医生没让我把话说完。她作了一个手势，仿佛恳求我不要说下去。她的眼睛凝视着远处，好像那边有什么东西引起了她的注意。

我甚至觉得她把我忘了。

但她忽然向我转过脸来激动地说：

“您设想一下……十年前我碰到过这么一件事……我刚在医学院毕业……人民委员把我叫去，说要派我到阿尔塔沙特区的一个村子里去。说真的，我当时吓了一跳。怎么？刚毕业马上就去独立工作？我说出了心中的顾虑，可是人民委员对我说：

‘没关系，没关系，到了那里会得到经验的。开始的时候谁都一样。’

‘可是，格里高良同志，’我说，‘我会把事情弄糟的。说不定我还会在人民面前丢医学的丑。’

‘您应该努力不丢科学的丑，’人民委员回答我说，‘万一事情搞不好，我们会把您调回来的。’

必须去。当时我才入党，不应该讨价还价。可是我缺乏经验，这使我担心。要知道我连一个病人也还没独立医治过呢！

总之，我上阿尔塔沙特去了，再从那边到指定的村子。

那边有一个诊所，其实只是个医疗站，而且设备也还不全。您明白设备不全的诊所意味着什么吗？我简直没法想象一个人能在那里做些什么。

在我到那边的第二天，诊所里送来了一个病人。

他是邻村的阿塞拜疆人给送来的。原来他们要把病人送到阿尔塔沙特去，可是半道上病人的情况突然恶化，于是只好把他弄到我的诊所里来。

我把病人检查了一下。他的家属把他送到我诊所里来做得对——病人未必能挨到阿尔塔沙特。他衰竭到了极点，已经奄奄一息。

我把这情况告诉了病人的家属，他们开始争论起来。病人的母亲坚持要把儿子送到城里去，可是病人的伯父劝她把儿子留在这里。

我产生了一种显然是青年医生独有的犹豫心情。坦白说：我有些害怕责任。这事就发生在我开始独立工作的头几天，天下偏偏有这等事情。

怎么处理这个病人呢？让他走？当然，这可以使我卸脱责任。可是对良心还是要负责任！病人肯定将死在路上。他需要立刻动手术。不错，我的诊所还没有布置就绪，我可以名正言顺地拒绝动手术。

这时病人的家属还在高声争执。必须结束这种无谓的争论。这只要我说一句果断的话就够了。当时我下定决心：动手术！不然病人就要死去，或者死在这里，或者死在路上。不能向危险屈服。必须行动起来！

我把病人的伯父拉到一边，用半生不熟的阿塞拜疆话在护士的帮助下说明了情况。我说这个问题得马上决定。或者同意动手术——那我就努力拯救病人，或者把他送到城里去，不过这等于死亡。但在此地也不能保证他的生命没有危险。

那老头开始去说服病人的母亲，可是她说什么也不同意把儿子留在这里。她用力扯自己的头发，仿佛这能救她儿子的命。这可怜的女人显然对我不够信任。本来嘛，我才二十岁挂点儿零。

但还有另一个原因使病人的母亲不同意动手术。她认为儿子总难免一死。她想推迟死亡的到来，所以迟迟不肯作答。这也是可以理解的：母亲嘛！她的确不能贸然答应，因为这对他可能就是判决。

我不隐瞒，这种不信任伤害了我的职业自尊心。我忽然在自己身上感觉到共产党员的性格，我要排除障碍，要办到那看起来好像很难办或者办不到的事情！我用坚决的口吻要求他们停止争论，并且坚持要动手术。

病人被抬进了我的应诊室。老伯好容易把母亲从儿子身边拖开，拉她走出了房间，但他自己随即跟病人的另外两个亲属一起又回来了。我允许他待在一旁看我动手术。病人命在顷刻，我没时间去研究那些细致的亲属关系。

必须马上动手。我命令护士：

‘瓦尔杜什，亲爱的，把器械拿来。’

我又向病人看了一眼。他像一具尸首，几乎已经停止了呼吸。

死神已经在他瘦削的脸上盖了印。

病人的年龄很难确定。不过我对这问题也不感兴趣。我只问他的家属：

‘他以前生过什么病？’

原来他害过伤寒。接着又发生中毒现象，这常常是伤寒的最后阶段。

我把病人作了仔细的检查。他的身体从肩部到胸廓已经溃烂肿胀。这是脓毒集中在一处引起的脓性蜂窠组织炎。

必须从胸廓至肩部作一切口。我没施麻醉就动手术。病人什么也不觉得，毫无反应。他只把眼睛微微睁开又重新闭上——这就是他的全部反应。

我已经记不清我那时的感觉，但在动手术的时候我好像感到一阵冲动，这在当时平添了我的信心。

我作了切口，排除了脓毒，再用雷佛奴耳[①]洗干净。然后填上药棉，用凡士林涂在切口边上，暂时不让伤口长好。

做好了一切必要的措施，我走出应诊室，让病人留在沙发上。

当然，一下子不可能见效。

病人的母亲和伯父留在他身旁。

黑夜来临了。我们默默地坐着，直盯着病人。病人的母亲每隔一会就向我斜瞅一眼，我感觉到她想从我的脸上知道：她的儿子已经得

---

① 雷佛奴耳——一种链球菌特效剂。——译者注

救了，还是仍在危险中？可是这连我自己也不知道。

病人的伯父也常常看着我。在他锐敏的目光中我感到一种呵责的意味，不过有时也流露出希望。

我完全理解他们的心情，并且感觉到责任丝毫也还没有从我身上卸脱，——这仅仅是事情的开始，甚至可能是斗争最尖锐的阶段。

但我不是神明，病人可能死去。要是那样，他的家属将对我衔恨，咒骂，将归罪于我的过分冒险、手术错误和缺乏经验。

整整一夜我没离病人一步，我勇敢地向自己反复说着：‘无论如何我也要把他救活——这是荣誉的事业。’

天快亮时我又把他检查了一遍。新的手术不必做了。现在只需要细心的护理。而这就要决定于我了。看来我真的能把他救活！

在那个难堪的夜里最使我不安的大概就是病人伯父锐利的目光。这个农庄庄员八成是个文盲，但经历过生活斗争的试炼，在他的目光中我看到了不少东西。我看到了毫不掩饰的诧异神情，他仿佛在说：这样重大的事竟托付给这么个黄毛丫头。但有时我在他的目光中也看到别的东西，那就是对勇敢精神的钦佩，对科学的崇敬以及看到女人做这样的事不比男人差而显示的惊服。

有时他的目光使我感到沉重。我觉得自己面前好像坐着一位威严的法官，他正在草拟无情的判决书。

哦，这正是难忘的一夜！

过了一星期，病人已经摆脱了死亡的威胁。我甚至比他的家属更高兴，虽然他们也高兴非凡。

但是离开恢复健康还早——病人只是不再像一具尸首了。他的瘦弱简直叫人害怕。

生命力渐渐回到他的身上。有时他把眼睛睁开一会儿，以毫无表情的目光对我们看看，接着重又疲乏地闭上眼睛。

不过贾法尔——这是病人的名字——的情况在一天天好转。他以异乎寻常的速度开始复原。

不久我就把他转为门诊病人。不过我向他的家属提出一个条件——每隔一两天要把他送来换药，还叮嘱不要把伤口弄脏。

贾法尔被送回家去了。我以为家属很快就会把他送来换药，但过了几天，甚至过了一星期也没来。大概他已经痊愈了。

我全身心地投入了工作，每天应诊看病。现在工作起来已经镇静、有信心了，几乎不感到胆怯和惶惑。

一天，我坐在写字台旁看报。有人走进我的应诊室，干咳一声。我把报纸搁在一边，向进来的人看了一眼。

我面前站着一个二十二岁左右的青年，他以恳求的目光望着我。他想向我走近些，可是有写字台挡着。于是他默默地伸过手来。

我把护士叫来跟他谈谈，——他看来是阿塞拜疆人。

‘瓦尔杜什，你问问他是谁，有什么事。’

那青年怀着歉意微微笑着，困惑地站在那里，嘴里含糊不清地不知说些什么。

瓦尔杜什问他：

‘您是谁？您有什么事？’

他用阿塞拜疆话回答：

‘大夫……大姊……是我呀……难道您不认识我了？……我就是……就是那个病人。’

我惊奇地看那个一点不像病人的青年。但这时瓦尔杜什猜到了，她说：

‘大夫，这不是我们的贾法尔吗？’

难道这是真的？我一直以为贾法尔至少有四十岁，可现在站在我面前的却是个朝气蓬勃的健康青年，黑黝黝的脸上一双明亮的眼睛炯炯有神。

难道这个出色的小伙子就是我们救活的那个垂死的、跟尸首差不多的病人？我认出了这是贾法尔以后，简直说不出有多高兴。

他惶惑而激动地抓住我的手，想吻我的工作服的衣边。但我没让他这样做。

‘怎么样，贾法尔？你来有什么事吗？’

他急忙回答：

‘跟我走……走，艾基姆—巴其[1]。’

---

① “艾基姆”是“大夫”，“巴其”是“大姊”，都是阿塞拜疆语。——俄译本注

‘到哪儿去？’

‘到我们家去！’

他使劲把我往外拉。街上停着一辆铺着毡毯的马车。马背上也披着美丽的小毡毯。

贾法尔又急急地说：

‘到我们家去！妈请你去！’

‘不，贾法尔，我不能去。我这里有事。’

‘妈一定要请你去，艾基姆—巴其。’

我向贾法尔道了谢，但对他的邀请还是婉辞了。

贾法尔坚持了很久，但我还是没去。

过了两个钟点，他又来了——这回他母亲也来了。她恳请我到他们家里去。瓦尔杜什和闻声跑来的人也都劝我去。我答应了。

我们没多久就到了一个村子里。进了他们家的院子，他们叫我稍待片刻，接着不知从哪儿拖来一只羊牵着它在我周围绕圈子。后来就把这只羊宰了。

我给这仪式弄得又窘又恼，就呐呐地说了一句：

‘你们这是闹的什么把戏？……’

可是谁也不来听我。我们走进了房间。那边所有的亲戚和邻居都已到齐了。

大家在桌旁就坐。贾法尔的伯父走到我跟前，怀着特殊的敬意握了握我的手，接着依照阿塞拜疆的风俗把一只手在额上和心口按一下。然后在我旁边坐下。

客人们纷纷夸奖我，感谢我救了贾法尔。大家都为我的健康干杯。

贾法尔的母亲对我说：

‘我生了贾法尔，可是你对他恩同再造，艾基姆—巴其。从今以后我儿子的生命就是你给的了……’

她把我搂在胸前热烈地吻我。

我得向您承认，当时我深受感动，我第一次体会到我所做的事情之可贵。事实上我确实救了一个人的生命！但随即我又这样想：‘我有权利受到这样的尊敬吗？我不过做了应该做的事情罢了。’

我回答贾法尔的母亲说：

‘大娘，我没做什么了不起的事情。我只是尽了自己做一个医生的天职，这样的尊敬和夸奖我是担当不起的。’

那时贾法尔的伯父从桌旁站了起来。

‘你这样想就是你的美德。祝你幸福，我的孩子！’

这次宴会开得很长。大家都尽情欢笑，唱歌的唱歌，做游戏的做游戏。直到深夜他们才送我回去。”

* * *

青年女医生讲完了她的故事。我们俩都不说话。我不愿打破这沉默。我的思想不由自主地又回到这个短故事的一些小章节上去：凶险的病势，已经站在门口的死神，跟尸首相差无几的身体——可是，像奇迹一样，生命从残骸中重新放出光辉！

青年女医生凝视着远处。她脸上掠过一丝笑容。接着她转过头来对我说：

“在这个故事里难道您看到您所说的那个规律性了吗？”

我回答她说：

“是的，这里边一切都前后一致，合乎规律，并且一切都体现了我们苏维埃传统的精神：对科学的崇敬、对人的热爱、对责任感真正的理解以及向困难作斗争的勇气。这一切行为都源出于构成苏维埃生活规律的特征和观念……难道不是这样吗？”

青年女医生若有所思地说：

“说真的，我不知道……也许是这样……”

“怎么会不知道呢？您自己……”

她又打断我的话头，说：

“好吧，我再给您讲一个故事。您听了就会明白，有时候规律性还是会失踪的……

……这个故事发生在上面我所说的那件事以后两年。那是在卫国战争期间。我在陆军医院工作。有一天，我工作了二十小时，累了，几乎站也站不稳。勉强走到家里，马上和衣倒在床上。我刚睡着，就被叫醒：一列军车即将到达，要接纳伤员。

我又走到医院里去。

伤员们被抬到医院的院子里，准备过一会把他们分配到各病房去。

我走到一个伤员跟前。他的脸一半遮着，就因为这缘故我向他走过去。那是一个英俊、高大、紧锁双眉的俄罗斯人。看起来他不过二十六七岁。

‘您觉得怎么样？’我问。

他恶声恶气地回答我说：

‘再好也没有了！’

他的回答包含着不必要的讥刺，也许还有抱怨和责备的意味。我明白他的心境，所以再也没说什么。

当时我旁边有医院里的几个护士。她们听到了伤员的回答，打趣地对他说，他不应该对医院里最好的一个医生这样不礼貌。

伤员又用嘲笑的口吻说：

‘啊，请原谅！我这样回答真该死！’

‘没关系，没关系，一切都会好的，别难受！’我用热情、愉快的声调对伤员说，然后就走开了。

当伤员分配到各病房以后，我发现那个病员正好分配到我那里。

我总是努力和病人接近，跟他们谈心，听他们的故事。这也可以说是治疗手段。伤员们常常情绪低落。那时需要很大的本领才能使他们从黯淡的心境中解脱出来。

那伤员一动不动地躺着，闭着眼睛一语不发。他只偶尔有片刻动静，其实也只是皱着眉头看看周围的人而已。

我终于开始跟他说话。我走到他的床位前，努力现出快乐的样子，说：

‘您瞧，我们又碰头了。看来这是命运。’

我料他又要用粗鲁或讥笑的口吻回答我，可是出人意料，他竟温和地说：

‘大夫，请您原谅我说话无礼。’

他的伤势很重。他的一条腿已经锯到膝盖。

平常我给他换药包扎，并竭力在谈话中散他的心。我对他说，他的伤很快就会长好，最后的治疗阶段只要把义腿装成功，他就可以出院了。

我努力安慰他，可是有一次他沮丧地跟我说，他的一生完了，他不值得再活下去了。

我激动地反驳他这种看法：

‘这是懦怯！您怎么好意思有这样的思想！’

他固执地、几乎是斩钉截铁地说：

‘我是个哥萨克。我不应该只剩一条腿。’

我听了这话非常惊奇。

‘舍米亚金同志，战场上一切都可能发生。哥萨克是战士，他就难保不受伤。’

舍米亚金抑郁地说：

‘哥萨克应该使敌人残废，而不能自己成为残废。’

‘要是万一发生了这样的事呢？’

‘那就宁可死去。’

我用手在他额上轻轻地抚摸了一下，于是他平静了下来。

‘您的神经给搅乱了，这是可以理解的。您休息一个时期，身体好了，那时您的思想就会转变的。’

他执拗地说：

‘不，不，我不要活了。成了残废回家去？不，这不是生活？’

‘但您是个共产党员！’我对他说，‘您必须战胜任何不幸，任何灾难！’

‘是的，我是个共产党员，’他说，‘但我不愿做一个残废的人。’

我竭力安慰他，鼓励他，但毫无效果。他常常蒙着被子一动不动地躺上几小时；你弄不清他到底睡着还是醒着。他既不抱怨，也没有任何要求。

一天夜里，护士跑来把我叫醒。她说：

‘快，快，大夫！……舍米亚金的伤口在流血。’

我马上跑去检查伤口。原来开始了活动性的静脉炎。看情况必须锯到膝盖以上。

我把主任医师请了来。他检查了伤口，开始沉吟。接着他向我转过身来，仿佛在等着听我的意见。我问他：

‘该怎么办，萨法尔·阿里耶维奇？’

‘锯。没有旁的办法。’

我怀着一颗沉重的心开始作这次危险的手术。发炎的情况很严重，对能否得到完满的结果我没有充分把握。但手术还是进行得很顺利，我抑制着心跳肯定了这一点。

然而病人总的情况大大恶化了。原因很明显。一个耻于残废的人现在残废得更厉害了。这对他的刺激比肉体上的痛苦更甚。

当然，我明白他的心情。但我知道他是个教师，当然是个受过很好教育的人，因此他对待自己这样残酷使我感到诧异。为什么哥萨克就不应该残废？为什么他不能容忍自己生理上的缺憾？

我极需跟他谈一谈，想向他证明他的想法是错误的，但我不得不避免争论，因为他失去了大量的血，不能跟他谈这些话使他激动。

他的精神状态坏极了，我对这种状态的害怕简直甚于静脉炎。

我常常去看他，跟他谈上很久，设法驱散他的悲观思想；我向他描述学校里的新生活，与教育青年的工作联系着的总是非常动人的生活。我说，他回家以后一定会全身心地投入工作，他将看到他对社会是有好处的，人们也会高度重视他的劳动。那时他心里就会感到愉快，‘创伤’也会忘掉。

可是我跟他说这样的话就像同一块石头说这些话一样。在他的精神状态中我看不到一线微光。他固执地反复说他活下去没有意义。

有一天夜里，护士又跑来找我。

‘快，快，大夫！……又是大量流血！……’

我跑到病人那里，见床上全是血，地上也有血。病人失去了知觉，他苍白、冰冷，像个死人。

我掀开被子一看——绷带松开了，被扯得粉碎。这是一幅可怕的景象。看情形病人已经因流血过多而虚脱了。

我轻轻地摸摸他的脸——他活着。我立刻检查伤口：又发炎了，而且蔓延了开来。无疑是病人感到恶化后，在绝望中扯碎了绷带。

怎么办？

我草草地把伤口重新包扎好，立刻去把主任医师请来。他来了以后，甚至没走到病人床前就把手一挥：他已经明白是怎么回事。他急急地问？

‘是谁值班？’

值班的是护士阿什云。主任医师向她说：

‘您值班值得不好，怎么能让伤员解开绷带？’

护士辩白说：

‘他刚才急躁得厉害，后来说要喝水……我去拿水……回来的时候就看见了血。’

主任医师解开了我扎的绷带，仔细看过伤口后，脸上露出难色。他问我：

‘怎么办？’

‘萨法尔·阿里耶维奇，您说该怎么办？’

‘应该您说，在这种场合下我无能为力。’

‘怎么办呢，萨法尔·阿里耶维奇？’

‘不知道，亲爱的。’

‘能不能……’

‘怎么？再往上锯？’

‘是的……’

‘为什么？为了作“实验”吗？这不是时候……’

我向他苦苦哀求，其实我这样做是有些荒唐的，因为主任医师一向爱护病人，很有自我牺牲的精神，要是有一线生机，他是不会拒绝动手术的。

但我仍想说服他，我说：

‘必须动手术！不能坐视不救！’

他含糊地回答说：

‘是的，不能坐视不救……可是再锯也不能……其实锯了也是没用的……伤口还会往上发炎。这很明显……’

我重又向他哀求：

‘萨法尔·阿里耶维奇，给他动手术吧。也许我们能把病人救活。’

萨法尔·阿里耶维奇发怒了：

‘您可明白这是个什么问题？难道您要我钻到他腹膜里去吗？动手术已经无济于事。让病人继续受痛苦是残酷的！’

他吩咐给伤员盖好被子，临走的时候说：

‘注意伤口……别无他法……’

‘别无他法！’我留在病房里，又难过，又激动。我得向您承认，当时我流泪了。但我看到病人动弹了一下。他清醒着。会不会他听到了我跟主任医师的谈话？想起刚才那么不小心，我窘极了。我跑出病房，找到了主任医师，又向他‘进攻’：

‘给他动手术吧！我求求您。’

萨法尔·阿里耶维奇耸耸肩膀，说：

‘我不能。但既然您这样坚持，我同意您去动手术。也许像俗语说的那样：真主会保佑您……’

我道了谢，连忙跑进病房，催促护士：

‘快，快，阿什云！耽搁不得。马上开始……’

舍米亚金并不抗拒手术。他直盯盯看着我，我不知道这是恶意的还是善意的目光。突然我从他眼睛里看到了泪花。他干吗流泪？这使我觉得奇怪。不过我没去研究他的感受，那时顾不到这些。

手术经过情况良好。危险过去了，但保卫生命的斗争还需要作长期的努力。我每小时都在担心伤口会不会继续往上发炎，像主任医师所预料的那样；但这样的不幸没有发生。我从阿什云身上抽了两次血输给伤员。

日子一天天过去。现在我看得出我的那个病人得救了，心里高兴万分。我带着幸福的笑容走进他的病房，可是舍米亚金不知为什么每次都用被子把脸遮住。我不明白是什么缘故。他不愿见我？还是生我的气？如果是生我的气，那又为什么？真猜不透他的心思。

我走到病床前，亲切地问他觉得怎么样。他把脸露出片刻，低声说：

‘我很好……’

说罢又蒙在被子里。我就走开去，尽可能给他安静。

舍米亚金的健康情况一天好似一天。不久他已经可以拄拐杖了。但他不急，我也不坚持。更使我高兴的是他的精神状态显著地好转了。的确，他起了巨大的变化：他的脸变得开朗了，我再也没从他嘴里听到悲观失望的话。

有一次我跟我们的几位医生坐在工作室里。忽然我看见舍米亚金在走进来。他满有把握地移动着拐杖。他走到我面前。我又惊又喜，向他说：

‘好极了。您已经能走了？恭喜您。’

他轻轻地说：

‘谢谢您。’

‘舍米亚金同志，您来干吗？’

‘我想最先到这儿来拜访。’

‘拜访各位医生？’

‘不，专诚拜访您。’

‘谢谢，可是……’

‘您为我出了这样大的力……’

我们的话谈不起来。舍米亚金显然感到惶惑，很不好意思。他的感觉传染给了我。我把他送到病房门口。在那里他突然对我说：

‘大夫，我……我离开您不能生活。’

这一下突如其来的表白弄得我茫无所措。不过我仍企图把他的话往开玩笑的方向扯。

‘当然，当然，我亲爱的，短期内您的确还少不了我。我有责任把您完全治好。’

‘为什么“有责任”？’

‘我是医生。这是我的天职。’

‘啊，原来只是为了这缘故……’

我明白我的话很使他失望。显而易见，他想听到的不仅是关于医生的天职的话。可是难道他真以为我努力挽救他的生命有旁的个人动机吗？这个念头对我来说非常突兀。

是不是我表现了过分的热情而他以为我对他产生好感了？不，我对所有的病人绝对一视同仁，同样顽强而热情地保卫他们的生命。

舍米亚金看到我沉思起来，就轻轻地对我说：

‘我希望能经常看到您。’

‘我本来就每天查病房…… 不过您得向我保证以后要自己保重。’

他微微张动嘴唇说：

‘我保证……’

‘好，现在您回病房去吧，安静地躺一会。您的第一次散步时间已经太长了。’

他顺从地说：

‘好……我去躺下。’

他走了。我这才开始满肚子寻思。原来这就是他抛弃悲观思想的原因！原来是为了这缘故他才有这样的转变！这么说，是我使他对我产生了这种感情？我该怎么做？怎么办呢？

的确，我的处境非常尴尬。我曾给自己提出救他生命的任务。这已经做到了。但这个‘救’字只能指他的生理状态。现在问题牵涉到病人的精神生活了。要不要向他说我不接受他的感情？但很可能这又会使他掉入他好容易走出的悲观圈子。再说，他真正走出了这个圈子没有呢？

要是报之以同样的感情又怎么样呢？可是我没有权利这样做：我已经结了婚，我爱我的丈夫，他当时在前线。

我明白，外科学的使命已经完成，现在开始要借助于心理学、哲学等了。总而言之，我的处境是最不值得羡慕的了。

我考虑再三，终于选择了一条既不要我承担任何义务、又不使病人失望的道路。我还是和以前一样经常跟舍米亚金长谈，态度竭力保持愉快、亲切、活泼，一点也不露出内心的焦虑。不过每当他开始认真地向我吐露自己的感情时，我总把他的话扯成玩笑。当然，长此以往总是不行的。果然，有一天我收到一封情恳辞切的长信。舍米亚金在这封信里向我表示了爱情，他详细地解释这种感觉是怎样产生的，以及这种感觉对他是多么重要。原来在进行最后一次手术之前，他听见了我跟主任医师的谈话。他听到我的哀求，也看到我如何热心地为拯救他的生命而斗争。尽管这斗争是医生的天职，但在这天职中他看出了一片赤诚之心，于是他开始沉思，重新考虑一切过去认为无望、黯淡和多余的事情。那时就是他思想上的一个转折点。他恍然彻悟，的确，应该为活下去而斗争，不应该懦怯地逃避生活残酷的考验。于是他重又感到他应该活下去，同时也体会到我对他来说是无比亲近的人。

他在信的末尾庄严地写着：

‘……从今以后我要好好活下去，并且像您一样不屈不挠地斗争。从今以后生活就有意义了，因为有您在世界上……’

这封信使我又高兴，又难过。我看到我的病人已经走上精神复原的道路，然而我的治疗任务绝不包括赢得病人对我的好感。

我没有回信，因为我不知道怎样答复才能使舍米亚金不伤心，不生气。我觉得不应该使他心境黯淡，但同时我也不愿以不可能实现的希望去搪塞他。

第二天，舍米亚金在走廊里拦住了我，他像小孩子似的嘟起嘴唇，问：

‘大夫，您为什么不复我的信？’

‘我很高兴看到您的生命脱离了险境。我也高兴看到您振作了起来，重新开始正常地考虑和憧憬健康、愉快的生活。’

‘您不反对我给您写信吧？’

‘当然不反对。您写好了。我尊重每一种纯洁、高尚的情操。如果这对于您恢复健康、对于您情绪走上正轨有帮助，那您就写吧。’

我认为我的回答已经清楚而且十分坦白地说明了我的意图。舍米亚金若有所思地说：

‘对，对，给您写信对我有巨大的帮助。这是我的灵药……’

最后那句话他是微笑着添上的。

从那天起我差不多每天都收到他的信。我痛苦地看到，他对我的感情一封信比一封信增长。可是我还存着一个希望，希望病人很快恢复健康出院——那时这个恋爱故事就可以告终。我打算好好歹歹‘挨到’这一天，不让他的感情受到伤害。但是我的希望落了空。

从他的信上我看出他这个人很聪明，思想很深刻，但他极不沉着，任性得厉害。

不久我就发现他对我的态度不很满意。现在他心里燃烧着熊熊的烈火，这使他无法保持缄默，耐心顺从。必须采取措施进一步明确我们的关系。

有一回，我们坐在花园里，我开门见山地问他：

‘您要我用同样的感情回答您吗？’

他有些惶惑地回答：

‘不……我不知道……我只是爱您。您是我的一切！我的整个生命都在您身上！’

我觉得他对我这个问题的回答不完全真诚。他的眼睛和热烈的语气分明包含着旁的意思。于是我这样想：既然他现在能这样热烈地谈他对我的感情，那就是说他已经完全复原，不再需要我的这一系列‘治疗程序’。因此，可以把曾经帮助他走上生命之路的‘精神拐杖’抽去了。

我十分严肃地说：

‘如果您真产生了某种想法，那是不必要的。我有丈夫，我非常爱他，也永远不会离开他。’

他受窘之余，感慨地说：

‘哦，大夫，您误解我的意思了！’

‘我误解什么了？’

他低声说：

‘我也有家——有妻子、孩子……我还有母亲，我对她非常尊敬，决不愿伤她的心……对您我没有任何需求。我只请求您容许我爱您。’

‘但是您有家，有妻子……这会使我们的关系复杂化。我不愿使你们的家庭不和睦。’

‘我对您怀着一种特殊的感情，’他说，‘这并不妨碍我对家庭的关系。’

过了一会，他重又激动地说：

‘只有怀着对您的爱我才有生命！只有爱着您才能活在世上！’

我直截了当地对他说：

‘您说仅仅为了我才值得活下去，这样的想法可未免太狭隘了。您考虑到祖国没有？考虑到人民没有？考虑到党没有？您，一个共产党员，难道能说这样的话？不，不是为了我您才应该活下去，而是为

了整个我们的祖国！清醒一下，共产党员同志！'

他抓住我的手紧紧地握着。后来他垂下了头，什么也不说，拄着拐杖匆匆离去。

一连数天他非常忧郁，话也不说，老是闷闷不乐。看来以前的悲观思想又回到他脑海中来了。他的情况使我很不安，于是我主动去看他，想多少驱散一些他的忧思愁绪。

但他像中了魔似的又向我谈起了他的感情。不过这一回我从他的话里听到了跟往常不同的心音。他凄凉地望着我说：

'希望我对您的感情不要使您不安。偏偏在我精神上和物质上都没有这种权利的时候，我爱上了您。我非常清楚地明白这一点，所以不要求得到同样的回答。但可能正因为如此，我才比任何时候更深刻地感到自己的残废。我觉得您白白救了我的生命。'

他的话里有一种夸大的意味。他把自己的不幸看得太严重了，因此他眼睛里看出来自己和周围的一切都蒙上一层灰暗的色彩。当然，他的不幸是巨大的，但不应该就此否定生活的意义。

我一时找不到回答他的话，只得怏怏地离开了他。

我们医院里有一位非常聪明的女医生沙赫纳扎良，她年纪已经不轻了。我把全部情况告诉了她，想跟她商量商量。起初她责备我说：

'你何必把这事看得这么严重？简直是自寻烦恼！'

但后来她看了舍米亚金的信，并且听完了关于他的故事，她自己也激动了起来，她的眼眶里甚至闪起了泪花。

'这年轻人真可怜！你不应该卷入他的感情旋涡。可以让他尊敬你，可以让他敬佩你的人格，但爱你同时又爱他的妻子——这是昏话！你得坚决、严肃地跟他谈一谈。'

'我已经跟他谈过了。'

'那就更严肃地再谈一次。在这种事情上不能吞吞吐吐。必须有一席严厉的谈话斩断他心中的乱麻。我认为他现在完全健康了，他可以听你把话说完。'

我好久鼓不起勇气跟舍米亚金作这样的谈话。我不愿向他讲大道理，不愿指挥他的思想行为。因为说那些话有些不痛快，甚至可能像假正经。但有一个念头老在我脑中转：上次他谈到他的残废、谈到他无法弥补的大不幸时，我发现其中有一些夸大的意味……

有一次在跟舍米亚金的谈话中，我从很远的地方扯起，小心翼翼地向他说：

‘我们医院里有钢铁般意志的好汉真不少！他们多么英勇地熬着自己的不幸！’

‘是啊，’舍米亚金轻轻地说，‘我们这里有许多硬汉子。’

‘我最佩服霍里亚克中尉……’我继续往下说。

舍米亚金顿时笑逐颜开。他钦佩地说：

‘不错，他的确是个好样儿的！……’

‘他失去了一只右手。可他怎么样呢？难道他失望消沉了吗？不久前他还跟我说：“现在我主要的任务是学会像运用右手一样地运用左手。我相信一定能做到！”’

舍米亚金微微一笑，说：

‘他跟我谈过不止一回。说我有那些悲观思想应该害臊。但他又该另当别论。他天生是乐观的性格。’

‘问题不在于性格，’我不同意他的看法，‘他获得了一种观点，使他能不那么严重地感到自己的不幸。他不是光想自己，他也考虑人们，考虑生活，考虑自己将来如何参加劳动……’

舍米亚金抬头看着我，急急地问：

‘您说这话有什么用意？’

我像事先打算的那样坦率地回答他：

‘我是想说，您对自己的不幸的看法不够正确。您只是从个人的立场看这个问题……’

说到这里我顿住了，因为说这样的话不是很容易的。我想缓和一下自己的语气，就说：

‘您得原谅我的率直……要是我处在您的地位，可能我也会同样灰心失望，不过我决不把注意力完全集中在个人得失上面，那时我会觉得比较轻松，我的失望的情绪也可能缓和下来，甚至完全消失。’

舍米亚金全神贯注、一眼不眨地默默望着我。他正陷于苦思中。我用不太高的声音继续说：

‘上次您的话使我惊奇极了。向一个女人说：您只是为了她才愿意活在世上，您的生活的全部意义都在她身上，——这真是荒乎其唐。在周围进行着你死我活的斗争的今天，这就更加荒唐。请您看一看：我们全国人民正在浴血奋战保卫祖国，把世界从法西斯瘟疫的灾难中解放出来。在漫天遍野的烽火中只看到自己的不幸或者只沉浸在对女人的感情中——这的确是荒唐思想，不是共产党员应有的观点。’

我尽最大的可能把话说得温和，唯恐脱口说出欠妥的话把他惹恼，但同时又很坚决，一点也不吞吞吐吐。

舍米亚金依然不作声。直到最后才用几乎听不出的声音喃喃地说：

‘是的，是的，您也许说得对……得把一切再考虑一下……’

他拿起拐杖走了。

第二天，他到我工作室来。他默默地从口袋里掏出一封信，放在我桌上后就匆匆地走了。

我马上把他的信看了一遍。他信上说，我对他恩重如山，说我不仅拯救了他的生命，还使他重新获得了比生命更重要的东西——他的党性。他承认自己一直从狭隘、自私的观点看自己的不幸，在这一点上他对不起党。他不为自己辩解，只是说疾病和生理上的衰弱压倒了他的精神力量，才产生这种心理状态。

接着他又写到他对我的感情。他说他真的爱上了我，但这种感情不是我的外貌或者年轻引起的，而是我内心的力量、我不倦地斗争以及像保卫自己生命一样地保卫别人生命的精神使他产生了这种感情。我的斗争精神使他折服，他从中看到了人的全部瑰丽面貌。正是这一切使他对我产生好感，因此他现在可以肯定地说，他的爱是对人格的爱。

他请求我不要非难他对这种爱的需要。他将高高兴兴回家去，回到妻子、孩子那里，但他仍将想念我，并且给我写信，如果我允许他这样做的话。在信的末尾舍米亚金再一次强调，他对我的感情是对人格的爱。

我被他不绝口的赞扬弄得惭愧而惶悚。他的欣喜若狂的心情显然是夸大了的。但我认为这对他有好处：这样能进一步巩固他跟生活的联系，这种联系一度在他的精神力量遭到巨大不幸的打击时差点儿断了。

几天以后，舍米亚金出院回家了。临别我抱住他亲吻。分手的时候我们俩都已经热泪盈眶。

我对他说：

‘回家去吧，到你们的学校里去开始工作，您一定会明白活在世上太有意思了！’

他轻轻地说：

‘我对这一点已经没有任何怀疑。’

后来他又热情奔放地说：

‘哦，往后我将比从前工作得更好！我向您保证。’

舍米亚金走了。不久我就接到他的信。信上说，他已经到了家，并且很快活。他怀着莫大的喜悦在学校里工作，他真诚地惋惜他没有四十条生命，而只有一条。接着又是对我的赞辞。

大约过了一个月，我接到舍米亚金妻子的来信。她感谢我那么关怀她的丈夫，感谢我救了他的生命。她请我到他们家里去做客。

后来有一次我又接到舍米亚金八岁的儿子写来的一封信。他那歪歪斜斜的字体，也写着请我去做客的话。”

* * *

青年女医生讲完了她的故事，垂下头去似乎在想什么事情。我们默默地坐了一会，我不敢打断她的沉思。

黄昏已经来临。天色很快地黑下来。女医生仿佛从回忆中清醒了过来，她对我说：

“刚才我们说什么来着？哦，对了，关于我们生活的规律性……”

她忽然微笑着问道：

“在这个不太平常的故事里，您也看到规律性了吗？”

“当然看到了，”我回答说，“在这个故事里我看到了我们苏维埃生活严格的规律性。您为拯救别人的生命英勇地斗争，您努力想使一个人重新获得劳动的可能，重新得到幸福。您也做到了。在这件事情上您不但尽了医生的天职，您也尽了一个人的天职，一个共产党员的天职。”

“我不知道……真的不知道……”她喃喃地说。

她从长椅上站起来，临别的时候说：

“公园要关门了。我该走了。再见！”

于是我们分了手。

图书馆里的姑娘

——一个女人的故事

斯捷潘·左利扬

1

我们的城虽小，但很美。一边靠着森林，周围群山环抱。溪水从山上活泼泼地流下来。夜里全城入睡的时候，从各处传来瀑布的轰鸣声：赫许，赫许，赫许！这声音一直在耳朵里响！只有当火车尖声叫着开近城来、车轮的隆隆声响彻群山和森林的时候，才把所有的声音都压下去。我们的小城真好！每家屋前都有花园，每个院子里都有一口井。从郊区的村庄里经常运来许多各种各样的食物。牛奶有的是，鸡蛋也不贵。冬天冷的日子不长，夏天也不很热。微风整天吹拂。虽然常常下雨，但雨过天晴的时候，简直像在天堂里一样。总而言之不像你们这里埃里温①那样！

你们也许要问："既然你们城里这样好，你干吗要到这里来呢？"当然，要是我做主，我说什么也不搬到别处去住。是我女儿坚持要我搬到埃里温来。当时我曾经竭力要留在我们的小城里——可是没成功。

"不行，"我女儿说，"你应当跟我住在一起。"

我有什么办法呢？我在这世界上剩下的一切就是她——我唯一的女儿，也是我唯一的安慰。我这样想："我给人家洗衣服，把她拉扯大，让她念书，现在怎么能把她一个人撇下？母女俩隔得远远地分开住总不大好。"要是我的儿子埃尔凡德活着，我也许会留在我们的小城里。可是他去打仗失踪了。在战争②的第一年，他因为是独子得以免征，那时我高兴极了；可是我们的房东米哈克跟神父的儿子瓦加尔沙克律师来向他劝说，叫他去当志愿兵。

“应当救国家。”他们说。

我儿子不同意。

“要是我去当志愿兵，”他说，“母亲和妹妹谁来照应？”

可是他们回答他说：

“好在你母亲还能洗衣服，她能养活自己和你妹妹。要是有困难，我们随时会帮助她。可是在这全国青年纷纷去当志愿兵拯救我们亚美尼亚民族的紧要关头，像你这样年轻力壮的小伙子待在家里不害臊吗？难道你就不报名？”

这些责备和劝说使他讨厌极了，于是他报了名，可怜他一去就没回来……唉，这事还是不去想它的好！

儿子走了以后，只剩下我们母女俩。我们住在刚才我已经说过的那个米哈克的房子里。他是个富商，火车经常从梯夫里斯[③]给他运来几个车皮的布匹，他再卖掉。他跟城里最有名的人物都有来往。他衣著讲究：衬衫始终浆得笔挺，戴着呢帽，西装干净簇新，好像刚从裁缝店里送来。总之他是我们那个小城里的头面人物。战时米哈克在一个委员会里做事，登记志愿兵，征集捐赠的钱财物品。米哈克一家——他和妻子丽桑卡，还有两个女儿安涅琦卡和索涅琦卡——住在上面，我和女儿住在下面地窖里。地窖里有好几间房，都是他用的。里边堆着木柴和准备冬天吃的食物。我们住在一间小房间里，天花板很低，墙壁用石灰刷白，地上铺砖，有两扇小窗；有人在街上走过，我们只看得见他们的脚。我住这间房出两个卢布房租，另外还得每星期给房东家白洗一次衣服。

我们就这样过日子。我去给人家洗衣服，维多丽亚在学校里念书。我对念书的事一窍不通，不过听人家说她功课很好。当然也有人像米哈克和他妻子丽桑卡那样一再对我说：

---

① 埃里温是亚美尼亚苏维埃社会主义共和国的首都。——译者注

② 这里是指 1914 年开始的第一次世界大战。——译者注

③ 梯夫里斯现在名第比里斯，是格鲁吉亚苏维埃社会主义共和国的首都。——译者注

“你又没钱，干吗去送她上学？还是叫小姑娘待在家里，让她干点儿活帮凑帮凑你。”

可是我不去听他们的话。我想：“我宁可熬穷也要让她念书。我只有这么个女儿……”当我的埃尔凡德牺牲的时候，维多丽亚已经小学毕业。我请求给她在图书馆里找了个工作。她的工作又轻松、又干净：借书给人家看，把弄破的书缝一缝、粘一粘。她自己下了班回家常常看书看到深夜。

“维多丽亚，”我说，“你吃点面包吧。”

“好妈妈，我看完这一页就吃……”

她朗诵起来跟教堂里的神父一样好听。有时她跟我谈看过的书。她也谈那些写书的人。

“妈，”她常对我说，“写这本书的人是个普通老百姓的儿子，可是你瞧他写出了多好的东西！”

她亚美尼亚文和俄文的书都能看，她看了就讲，在别的地方人们是怎样生活的，那里也是有的人发财，有的人贫穷。她的话有许多我听不懂。维多丽亚喜欢讲那些大城市，讲许多年以后世上将是个什么样子——那时我们也许已经死了。我听着，听着，有时我说：

“唉，维多丽亚，这一切我们反正都看不见了！”

“看得见的，妈妈，”她说，“将来我们看得见的……”

这时有一个消息传到城里，说沙皇被推翻了[①]。周围的人都欢天喜地！到处挂起了红旗。人们几天不离开马路。各处都有人演讲，哪儿都可以听到“革命万岁！”的欢呼声。我那时不懂什么叫“革命”。我觉得这欢乐迟早要到头，因为在我想来，没有沙皇就没有国家。过了几天，一个名叫盖克·阿扎强的人从梯夫里斯来讲了一次话。他讲得妙极了！谁听了都会出神。他说，以前那些官员、大人、市长今后再也不要了，那些人都是沙皇的走狗，他们全得换掉……接着马上把我们的警察署长逮捕起来，林务区长、法官逃跑了，警察的肩章被扯了下来，有几个还挨了揍，有几个逃得快便宜了他们。

这一切我都是亲眼目睹的。我心想：“为什么要这样对付他们？

---

① 指 1917 年的二月资产阶级民主革命。——译者注

这些警察犯了什么罪啦？”维多丽亚对我说：

“妈妈，这是他们活该，因为他们把自己出卖给了沙皇。”

打那天起城里天天开会。我的维多丽亚忘了睡眠和休息。她白天上图书馆，晚上去开会，夜里看书看报。

“孩子，”我说，“听听妈的话，够了，不能看这么多的书。你已经毕业了，你还要看这么多书干吗？”

“唉，”她说，“妈妈，你什么也不懂。我还要看很多很多书。人家受高等教育，上彼得堡、莫斯科，我至少也得在家里自修。”

“你这样下去眼睛、脑子都要搞坏，”我跟她说。

可是她哪里肯听。上床也捧着本书。有时我生气了：

“听着！你不吝惜自己的眼睛，也该吝惜一下煤油。煤油现在贵多了。”

可是她对我说：

“妈，别跟我纠缠。煤油我买给你。明天我要在会上讲话。得搜集材料。”

“孩子，”我说，“你老去开会干什么？难道这是你的事吗？你瞧人家米哈克的女儿。要是开会是好事，房东的女儿也会去的。她们书比你念得多呢。”

“请别把我跟她们往一块儿扯，”她说，“她们只知道扑粉搽胭脂，整天不做事。”

这话她说得不错。这两位小姐的确天天扑粉，一会儿上戏院子，一会儿上俱乐部，一会儿又去火车站。整天拿着小伞在城里闲逛。

“不错，她们是常常扑粉搽胭脂。可是人家不像你这样剪短了头发跑来跑去开会。”

“妈，我要留长头发做什么？”她问，“我又不像她们那样想找男人。”

“姑娘家都想找男人的。那些常跟你一起散步的小伙子，他们是你的什么人？”

她回答我说：

“同志。”

“你的同志应该也是姑娘，而不是小伙子。”我说。

“唉，妈妈！你什么也不懂。”她回答说。

的确，我是什么也不懂。日子一天天过去，她仍旧开会，上图书馆，看书。我们街坊上有些女人来跟我说，维多丽亚在哪里发了言，哪里讲了话。我没了主意，心想：“这孩子太任性了，得好好管教管教她。”房东米哈克也在我面前说她不好：

“你的女儿头脑不大清楚。”

“米哈克先生，”我说，“她做了什么坏事了吗？”

“她太放肆了。什么都要管，跟谁都要争论。”

“这又怎么样呢，”我说，“是这种年龄嘛。一点办法也没有。她说她喜欢这样。反正她不像别人那样夜里在外面逛。”

“现在还不致这样。你是个穷女人，你的女儿应该守本分。”

我发现他好像很气恼，不过没去问他。直到晚上才知道维多丽亚在一个大会上把他叫做“有产者”。这是维多丽亚自己告诉我的。

“哎呀呀！”我对她说，“叫我怎么见人呵！你怎么敢这样说话？你算是老几？难道人家不知道你的父母是谁？你要他把我们从这屋里赶出去还是怎么着？”

“谅他也不敢！即使把我们赶走——也没什么大不了。这样的房屋有的是。”

她大声说着，毫无顾忌。

“少说几句吧，”我向她请求，“给上面听见了，我和你脸上都不光彩。”

“他甭想使我们不光彩，他自己才难保不出丑呢。”

“他干了什么？难道城里还有谁比他更体面的？”

“你还说这种人体面！他店里有两个伙计，他一个子儿也不给他们。他是学校的董事，可是教员常常三四个月拿不到薪水，而他用这些钱做买卖发财。”

“这又怎么样呢？他大概是手头紧，要钱用。他总没有把那些教员干脆辞退啊。”

“唉，妈妈，”她说，“你什么也不懂，我们还是甭谈这事了吧。”

“她这样下去会出什么事吧？”我想，“我该怎么办呢？怎么才能使她回到正路上来呢？”

什么都不顶事。我还是给人家去洗衣服，她在她的图书馆里高兴做什么就做什么，遇上谁就跟谁说话。

有时我到她的图书馆去——叫她办一件事，顺便看看她在干些什么。大多数时候她在借书给人家，有几次我看到她在跟几个青年男女说话。她跟他们解释，这是本什么书，该怎样理解它。对每个人都有不同的话……有时她跟上了年纪的人、跟教师也要争论，那些话我这个愚昧无知的女人以前从来没有听说过。不过我看得出，他们都说不过维多丽亚。我想：“这姑娘是怎么搞的？连对自己的老师也不客气！”我为她脸红，可是她全不在乎。

“你的女儿真行，不愧是个布尔什维克，”有一次我到图书馆去听着他们的谈话时，她以前的一位老师说，“我们怎么也说不过她。”

关于布尔什维克我以前也听说过，可是我得承认，当时我不知道那是些什么样的人。于是我决定问一问：

“布尔什维克是什么人？”

他回答我说：

“就像你女儿那样！”

* * *

后来宣布说要选举一个什么会代替沙皇。有些人造谣说要选一个新的沙皇。但是维多丽亚告诉我，任何沙皇——不管新的、旧的——都不会有了，代替沙皇的是一个会；我不知这个会叫什么，反正将由它来管理国家。再过几天就要选举。我们那条街上张贴着许多很大的宣传品，叫大家在指定的日子去投票。维多丽亚也参加了这个工作。她跟以前一样常去开会，把一些纸发给大家——总之整天在外面跑。我们的房东太太丽桑卡问我：

“安娜，你打算投谁的票？”

“我怎么知道？”我说，“没我投票也不碍事。”

“不，”她说，“为什么不投？一定得把票投进箱里去。你打算投第几号候选人的票？”

“我不知道，”我回答说，“维多丽亚叫我投五号。”

“不，”她说，“五号不值得投。你投四号，这个才是好人，其他都是骗子。”

维多丽亚回到家里。我告诉她丽桑卡叫我投四号的票。她听了十分生气。

“多谢她出的好主意！他们自己才是骗子，她跟她丈夫。他们是在叫你投骗子的票！”

她开始给我解释，为什么要投五号的票，然后说：

“你照我对你说的做就是了。”

她给了我一张纸，叫我把它投在箱子里。

在选举的那天，我到学校里去。墙上挂着五只箱子，箱子旁边坐着五个人。到的人很多，数也数不清。我们的房东米哈克也在那里。

“安娜，你也来了？”他对我说，“你打算把你的票投在哪只箱子里？”

我把手里的一张纸给他看。他拿起来就把它扔掉。

“这个不行，”他说，“呶，拿去，把这个投进去。”

他另外给了我一张纸。当时人很多，我不好意思说是维多丽亚叫我这样做的。我心想：“管它，我往箱子里投这张纸或是那张纸反正没什么两样。还是让我快些把它投了回去做自己的事。”

后来维多丽亚知道了这件事，非常生我的气。

“你投了自己敌人的票，”她说，“你连好歹也分不清。”

“为什么？”我问，“哪来什么敌人？既然一定得投票，我就投了。”

“投票不能随随便便，”她说，“你应该投票选举能关心你、保护你的人。”

“唉，”我说，“在我的埃尔凡德死的那天，上帝已经把保护我的人夺走了。现在还有谁来关心我？谁来保护我？”

“不，”她说，“你错了，五号会保护像你这样的人。”

“我什么也不懂！”

“既然不懂，就应该听懂的人的话。”

她跟我吵了一场，她因为我没照她的话做，所以很生气。

现在她早晨天蒙蒙亮就起来跑到火车站去。回来后茶也不喝又到图书馆去。

“孩子，”我说，“你常常上火车站去干吗？”

“给图书馆拿书和报纸。”

“你不是说你们的书报都是邮局送来的吗？”

“现在有一部分得上火车站去拿。”

但是我注意到，她从火车站拿来的书报都放在家里不带到图书馆去。有一次我问她：

“为什么你不把这些书报带走？”

“暂时先在这里放一放，”她说，“回头我再拿走。”

她常去接晚班火车。有时她带着“同志”一起回来。

“妈，你们认识一下。”随即又说，“这位同志没地方住。他要在我们这儿过夜。”

我怎么能不答应呢？人家明明没地方住。我给那些“同志”铺床，从维多丽亚的嫁妆里拿出干净的被单和枕头。我想：“让他们好好休息吧。人家也是有父有母的，或许也睡惯软绵绵的枕头。他们今天在异乡客地应该得到照应。”那些年轻人睡了一宵，总是天一亮就走。

“他们到哪里去了？”我问维多丽亚。

她回答说：

“到离城不远的一个村里去了。”

过了几天，他们一会儿这个、一会儿那个带着一捆捆的书报又来了。间或维多丽亚把从火车站拿来的书报交给他们，那些人就离开几天，有时好像完全失踪了，可是后来又在我家出现。但不久我觉察到他们是在干什么秘密工作。他们老是交头接耳。晚上来得很迟，外面已经全黑了；早晨天一亮就走，那时邻居还都在睡觉。

他们走的时候总是四下张望，看有没有人在监视他们。

“这样下去不会有好结果，”我想，“总有一天大祸临头。”

事情果然不出所料。

2

我现在讲的这件事情发生在五月一日。说实话，在这以前我压根儿不知道五月一日是个节日。

在那个难忘的早晨，有两个人来叫维多丽亚。她请他们进来。那两个人年纪都很轻，穿着工装，他们问起了一面旗帜。我忘了告诉你们，在几天以前，维多丽亚曾经带来一块红布，她花了整整两天工夫准备一句口号："革命万岁！"她从白布上把字剪下来粘在红布上。做得很好看，很醒目。那两个小伙子对旗帜很满意，他们夸奖维多丽亚说：

"维多丽亚，你真行，旗帜做得好极了。"

而维多丽亚每当人们夸她的时候总是涨红了脸。这次也是这样，她红着脸催促他们：

"得了，得了，少说废话，这不是时候。快把旗帜拿去，不过先别展开。我跟着马上就来。"

那两个小伙子把旗帜折好，走了出去。

"他们把它拿到什么地方去？"我问女儿。

"今天的节日要用。"

在她写口号的第一天，我什么也没问她。我以为她这是给图书馆做的，因为自从沙皇被推翻以后，维多丽亚给图书馆绣过两次旗帜。可是这次那两个小伙子几乎是偷偷地把它拿走的，所以我想问问这到底是怎么回事。

"五月一日是什么节日，维多丽亚？"我问。

"五月一日是劳动者的节日。今天全世界的工人都在庆祝。就在这时候，欧洲和美洲所有的城市里都有工人集会。"

"好，那么在我们的亚美尼亚教历上这个节日注明没有呢？"我问。

"僧侣们要把这个节日写上他们的教历干吗？他们在自己的教历上光写些不存在的圣徒的纪念日，为的是骗骗老百姓，使他们永远愚昧无知。"

"住口，"我说，"不许造孽，孩子，你还年轻！'不存在的圣徒'，这是什么意思？照你说，僧侣们难道这样笨，会把胡诌出来的圣徒的名字写在教历上？"

"不，他们不笨，而是狡猾，他们竭力想愚弄像你这样的人，不让你们懂事，要你们上教堂，点蜡烛，吻僧侣的手，把他们当作圣者。其实世界上根本没有什么圣者。这都是僧侣们胡诌出来骗人的。”

我听了呆若木鸡。

“马上给我闭嘴！”我喊着，“要不然上帝会降石雨把我们打死。”

我吓得连连划着十字，可是她笑了起来。

“我可怜的妈妈！这没用，别划十字了。上面没有上帝，没有圣徒。上面只有臭商人米哈克和他不要脸的老婆、女儿。此外那边什么也没有。”

“住口！给他们听见了——准把我们撵出去。”

“只要他们敢，”她说，“我们很快就要叫他们知道，到底该谁撵走谁。他们住的房子是别人花劳动盖起来的……”

她这样还说了很久，后来穿好衣服走了出去。可是她说上面什么也没有，没有上帝，没有圣徒；说亚美尼亚教历是骗人的；这些话伤透了我的心。我跪下来祈祷。后来我打算买些蜡烛上教堂去，但随即又改变了主意。我想：“以前我也不知点过多少蜡烛，求上帝保佑我的埃尔凡德免遭灾祸——我的祷告难道救了他啦？不，上教堂去没意思。维多丽亚的话也许有道理。要是那些圣徒多少有点儿灵，我的埃尔凡德不会在外国失踪。”想到埃尔凡德，我的眼泪就涌出来。我决定去看看这个五一节到底是怎么个节日。

我出了家门。看见我们城里最大的一条街上挤满了人，连一枚针也插不进去。天气很好，阳光明媚，使人心里挺高兴。音乐响着。人们唱着歌，孩子们欢欣雀跃。许多人都是节日打扮，好像在等待着什么。不多一会，一批学生四个一排奏着音乐走过，接着又是一批，城里竟有这么多学生，每个人都拿起旗帜。在学生之后是职员，他们也拿着旗帜。跟着是一支军队，打着很大的达史那克[①]的党旗，奏着音

---

① 亚美尼亚的民族主义政党，产生于19世纪90年代初，系从小资产阶级立场演进至赤裸裸的民族主义者——拥护大资产阶级的立场。十月革命时期，它采取了积极反对无产阶级革命的立场。后来更堕落成为外国武装干涉者的走狗。——译者注

乐。军队后面出现一辆篷车，车上安着铁砧、锻铁风箱，两个穿铁匠衣服的人在打铁，仿佛在说：你们瞧，我们是怎样干活的。后来又有一辆敞篷马车经过，里边坐着一个全身穿白、头发散披在肩上的姑娘，她向四面散扔鲜花。人们什么都想得出来！这辆敞篷马车过后，还有一排排的人走过。忽然，在大街尽头出现了另一队人；他们高举着昨天维多丽亚粘字的那面旗。我从红旗上的白字认出了它。他们把旗帜钉在一根木杆上高高举起。风吹着旗帜哗喇喇地飘，大家都看到了旗上的字。起先我没有发现维多丽亚。后来一看——她也在其中，恰巧在擎旗帜的人旁边。她裹着红色的头巾，头发从巾下钻出来。队伍里大多是年轻人，只有少数几个年纪比较大的。我认出一个教师和一个路灯管理员。女的有维多丽亚和另外两个姑娘。

忽然，维多丽亚唱起了《国际歌》。

那时走在他们后面的一群人唱起了另一支歌，一个衣着很讲究的人大声说：

“脱帽！在唱《我们的祖国》[①]呢。”

大家都向火车站走去，我也跟着人们走。

消息传来，说火车站将有人演讲。

“既然出来了，就去听听他们讲些什么。反正家里也没事情。也许真能讲些中听的话。”我这样想着。

车站前人山人海——约莫有两万人。米哈克带着他的妻子、女儿也在那里。他们都打扮得很漂亮。看见了我，他们觉得很奇怪：

“怎么，你也来了，安娜？家里一个人也没有。要是给偷走了东西怎么办？”

“不要紧，”我说，“不会出什么事的。我想看看这是个什么样的节日。”

他们往前走，我留在老地方。人真是满坑满谷。乐队奏着音乐。最后，一个衬衫浆得笔挺的人走上讲台。我一下子就认出了他。他是神父的儿子瓦加尔沙克律师，几年前就是他跟我们的房东米哈克一起撺掇我的埃尔凡德去当志愿兵的。他向四周看了一下，干咳一声，开

① 达史那克的党歌。——俄译本注

始说：

“同志们！今天全世界都在庆祝五一节……”

他这样往下讲，往下讲……可是他的话很深奥，我有一大半听不懂。末了他把帽子一挥高呼：

“五一节万岁！”

音乐响起来了。人群中有很多人脱下帽子。

在律师之后讲话的是我认识的一个教师。他说的话跟瓦加尔沙克差不多，末了也像他那样高呼：“五一节万岁！”教师之后又有许多人讲了话。有的讲得缓慢、平静，有的像疯子似的挥动双手直着嗓子大喊，但结尾都是一样的：“五一节万岁！”在每个人讲话以后都要奏乐，人们脱帽向演讲人鼓掌并高喊：“乌拉！”忽然，维多丽亚裹着红头巾、手里拿着旗帜走上了讲台。一看见她，我的心猛地一沉。

“她是谁？这姑娘是什么人？”人群中议论纷纷。

“这是图书馆里的姑娘。”

他们只是随便交谈，可是我急得要命。我心想：“难道这是姑娘家的事？”我的腿直哆嗦，心跳得厉害，嘴里干得像火烧。我站着比死人只多一口气。“要是米哈克看见我怎么办？他会说些什么？”我脑中闪过这念头。

维多丽亚开始说：

“同志们！刚才这儿对你们讲的那些话，都是骗人的谎话，因为那些先生嘴上说的是一回事，做的完全是另一回事。那些先生对你们说，全体劳动者、全体工人都应当团结起来，可是他们自己却不肯跟为劳动者的幸福而斗争的俄国工人团结。刚才在这里演讲的那些先生所说的话——都是骗人的假话。希望我们全体人民都明白这一点。他们是人民的敌人。”

在她之前演讲的人都只谈节日，可是她谈的是人民、制度和政府。

“如果一个政府经常打仗和压迫人民，这还成什么政府？这样的政府还是干脆不要的好！”

教师和瓦加尔沙克的话我听不懂，可是维多丽亚的每一句话都像一个沉甸甸的砝码落在我的头上。起初我想走，但后来决定留下。我想："那些人会不会因为她竟敢反对他们而冲上去打她？裁缝的儿子马卡尔不也是这样挨打的吗？"

在她说话的当儿，我的三魂六魄都已不在身上。我记不清这样经过了多少时候，直到她说完，我才像一块石头从心上被搬去一样松了口气。这时人丛中群情哗然。节日已经不像节日。当我女儿走下讲台的时候，我想走到她跟前去好好教训教训她，可是我没法向她那边挤过去，于是我就回家去。

我心里直发愁："我们向来规规矩矩过日子，可是如今我这大把年纪还要被城里人笑话。"

我这样想着坐在大门口，这时我发现米哈克带着妻子、女儿也回来了。米哈克看见了我，故意大惊小怪地说：

"安娜，恭喜你！你教养了一个好姑娘！没说的，太好了！"

"这算什么好姑娘？"他妻子怒冲冲地说，"简直是个疯丫头，活像挣断了链子的疯狗。"接着她又向我说："我问你，你怎么会养出这样一个出卖民族的女儿？"

他们夫妻俩责备我，两个女儿在一旁哈哈大笑。

"你女儿破坏了我们的节日！这样的女儿还是没有的好。"米哈克又说。

"她丢尽了你和她自己的脸！"他妻子还在一边帮腔。

我不说话，但心里承认维多丽亚的行为很不好。

维多丽亚迟迟不见回来，我开始着急了。终于，她脸色苍白、上气不接下气地回到家里。

"妈，"她说，"今天我不回家睡觉了。你不用等我。"

"为什么？"

"有人要抓我。"

"谁？"

"政府。"

"为什么？"

"因为我今天的演讲。"

我吓呆了，心想好好教训她一番，可是她对我说：

"妈，我不能听你的话。你不明白……我走啦。"

“听我说，孩子，你上哪儿去呢？”

“反正总有地方。”

“到底上哪儿去？你去找谁？”

她不吭声。

“你可怜可怜苦命的妈，”我说，“要是连我也不相信，你还能相信谁？”

我求了好久，总算劝她说了出来。

“我躲到姑妈家里去，不过你可对谁也不能说。”

我的姑子住在紧靠火车站的近郊区。

“你要在那边待到几时？”

“这慢慢会知道的。”

她急急忙忙把书报、信件、纸张收拾起来。然后把所有的东西打成一个小包裹，拿了件单大衣走出房间。当时她的脸色就像这墙壁一样惨白。我想跟她去，把她送到姑子家里，可是维多丽亚不答应。

“妈，”她求着我说，“你别去……”

她走了。但我忍不住跟在她后面走出大门。

夜黑得厉害。我心里感到害怕。

“我的上帝，你要可怜可怜我那迷了路的孩子啊！”我默默地祈祷。

3

我不知道维多丽亚走后过了多久——一小时，两小时，还是五小时，我记不得了。上面米哈克和他的妻子早已经睡了，可是我眼也不合躺在床上缩做一团。我心里很不安宁……忽然我听见有人沿着楼梯走下来敲我的门。起先我以为是维多丽亚回来了，大概人家告诉她没有什么危险。叩门声又响了，但跟维多丽亚敲门的声音完全不同。她敲起来很轻，很短——只敲两下，不多敲，而且马上就叫我：“妈妈！”这次的敲门却很粗野，是用靴子使劲踢的。我的心跳得厉害，心想：“是谁在敲门，这么半夜三更的？”

“谁啊？”我问。

“开门！”回答我的是一个陌生的男人声音。

我起来穿好衣服向门口走去。

“您是谁？有什么事？”

“我们是巡逻队，”那人说，“快开门？”

我仔细一听，门外好像不止一个人。我更怕了。我想：“别是强盗吧？”近来抢劫案很多，盗贼常用计诳进人家屋子，连走在路上也会被抢、被偷。

“你们有什么事？”

“你开了门自会知道……”

我执意不肯开门：这么晚怎么能随随便便放生人进门。

“我不能开，”我说，“我一个女人没人保护。你们要我什么？”

“别啰嗦！”他们喊着，“再不开我们就要破门了！”

这时我听见上面米哈克醒了。他咳嗽着开始在房间里来回走。这稍稍壮了下我的胆。我想：“要是这些人真是强盗，他也能听见我的喊声，他没睡。”

我开了门。进来的人都带着武器。

“这儿谁是维多丽亚·达涅良？”他们问我。

“是我女儿，”我说，“不过她现在不在此地。”

“她在哪儿？”

“不知道，”我说。“她傍晚出去以后没到过家。”

“她到什么地方去了？”

“不知道。”

“你怎么会不知道？”其中一个大概是长官，他向我怒喝。“你的女儿到哪里去你应当知道。她在什么地方？快说！”

“不知道。我怎么知道她上哪儿去了？我可以对天立誓，真的不知道她在什么地方。”

“你不可能不知道你的女儿在什么地方。”

我完全没了主意。这时米哈克来了。

“什么事？”他问那些人。

“我们要找维多丽亚·达涅良。”

米哈克一来我就放心了。我想那些人卖他的面子也许就走。但他们开始搜查房间，把每一个角落、所有的箱子和橱里的东西都翻得乱七八糟。他们哪儿都搜遍了，但是找不到维多丽亚。于是把维多丽亚所有的书都集在一起带走。他们在一张纸条上写下拿走十五本书。他们自己在纸上签了字，再给米哈克签字，然后交给我。

“看见了吗，安娜？”在他们走后，米哈克说，“现在你总明白，为什么我常常叫你管教管教你的女儿了吧？这一切我早已经预料到了。”

“你说得对，先生，句句是真话！现在我该怎么办呢？怎么救我的孩子？她受不起惊吓，会吓死的。”

“现在已经晚了！”他说，“她今天讲了这样的话谁也救不了她啦。”

他说完就走了。整整一夜我眼也没合。后来我索性起来收拾给扔乱的东西，到天亮时勉强把房间整理好。第二天早晨，我家来了不少邻居。他们听说我家被搜查了，纷纷前来打听那些人说了些什么，问了些什么。跟大家一起来的还有住在邻屋的一个我认识的女人。她叫尤哈蓓尔。她经常坐在自己家门前打毛线袜或是嗑瓜子。城里一有什么消息——她已经打听得一清二楚。有时尤哈蓓尔也来跟我聊聊。她听说夜里我家有人来找维多丽亚，立刻大惊小怪地说：“这可不得了哇！”——接着就告诉我，城里逮捕了许多布尔什维克。

“你家维多丽亚最好在一个安全的地方躲几天，她是个姑娘，——万一被抓去坐牢，这对她可是个耻辱。要是她待的地方靠不住，让她到我家里来，我会把她藏起来。”

她说得那么亲切诚恳，对我的不幸是那么同情，我心里想：“这个女人良心真好！”

“谢谢。我的维多丽亚在一个地方很靠得住。”

“她在哪儿？”尤哈蓓尔问。

我这蠢老太婆竟告诉了她：

“她在姑妈家里。地方很可靠，在车站区。”

“是这样。”她拖长了声调说，并且很奇怪地抿紧嘴唇。

我立刻懊悔自己说溜了嘴。

要是她去跟别人说了，这消息就会在城里传开来。可是话既出口，要追也追不回来。

果然出了事情。

两天后维多丽亚在姑妈家里被捕了。我痛不欲生，心想："他们怎么知道的？怎么会给他们找到的？"

我带着这样的念头去找尤哈蓓尔。

"我女儿在她藏身的地方被捕了。除了你，谁也不知道这地方。也许是你说出去的吧？"我问。

"不，我跟谁也没说过。"她嘴上这么回答，脸却涨得通红，眼睛也不看我。

直到后来我才知道她是被派来向我刺探消息的。她的弟弟是个暗探。

我责怪自己害女儿被捕。但是懊悔已经晚了。现在必须想法救她。

第二天早晨，我到监狱里去探望维多丽亚，去问问她觉得怎么样。城里议论纷纷，说监狱里打囚犯。监里的人对我说，那里没有维多丽亚·达涅良这么个囚犯，不过她也许关在学校里。当时监狱里的囚犯关满了，新囚犯都关到学校里去。于是我就到那里去。

"维多丽亚·达涅良在这里吗？"我问。

"在。"

"可以不可以见她？"

"不行。"

"我是她母亲。"

"全都一样。哪怕你是上帝也没用。得有许可证。你去弄到那张纸，我们才能放你进去。"

我去找监狱长，得到了见女儿的许可证。他们看了那张纸才让我们见面。我被放进一条走廊，然后他们把维多丽亚叫来。她披着大衣走出来，昂着头发剪短的头站在我面前。旁边有一个士兵押着她。她从老远一看见我就说：

"妈，是你？你来干吗？"

她的声音很平静，好像什么事也没有发生。

"孩子，怎么才能救你？去求谁呢？"

“不要去求谁。”

“她疯了还是怎么着？”我心想。

“我去找米哈克，”我说，“去求他想想办法。”

“不，我不许你去找米哈克。我宁可坐十年牢也不愿靠他的帮助出监狱。”

“为什么，孩子？”我问，“米哈克怎么了你啦？”

“米哈克是我们的敌人。”

于是她就开始向我解释。那个士兵听着。我向她眏眏眼睛，表示有旁人在，叫她不要说了。可是维多丽亚理也不理。跟她说话就像跟这墙壁说话差不多。

“说什么我也不能让你留在此地，”我说，“除了米哈克，我找不到第二个人。我去求他帮帮忙。”

“别去。要是我知道由他作保而被释放，我马上就回到监里来。”

她还疯疯癫癫说了许多话。我从学校出来，就去找米哈克。

我把事情一五一十告诉了他，然后说：

“只有你能帮助我。请你想想办法把我的女儿放出来吧。”

可是他回答我说：

“这不是我的事。你去找监狱长。”

他把我打发了出来。我不敢去见监狱长。我决定先去求求那些在委员会里工作、懂得这些事情而且知道我女儿的人。我又去找维多丽亚的老师——就是在图书馆里跟她争论的那位老师。他也说：

“我没办法，这不是我的事。”接着还说，“你女儿的祸闯得太大了，我不能被牵连进去。”

“那怎么办呢？总该念她年轻！她还不懂自己做的什么事。”

“才不呢。她太懂了。你的女儿是民族的叛徒。她要俄国的布尔什维克来破坏我们的国家。”

我觉得求他不会有什么好处，于是决定去找我们教区的神父。也许他能帮忙。他认识那些人。但他也是像老师那样说：

“你的女儿是民族的叛徒。我什么也不能为她做。”

“神父！看在上帝分上，救救我吧！”我向他哀求。

他把手插在法衣袋里，在凉台上来回踱步，理也不理我。我的哀求不起作用，巴尔塞格神父不肯帮助我。

“这就是‘慈悲为本’的神父，”我想，“嘴上一直说必须帮助穷人，可是我遇到患难的时候，就理也不理我。这就是上帝派下来‘济世救众’的出家人！”

我伤心已极，最后只得去见监狱长。求见的人很多，我得等上好久。我一边坐下来等候，一边听人们的谈话。有的儿子或女儿被捕了，有的被抓去了丈夫。他们说城里逮捕了八十个布尔什维克。如果要逮捕的人不在家里，就把他们的父亲、兄弟或妻子带走，还进行搜查。忽然一个穿黑衣服的女人走到我跟前。

“你是不是维多丽亚·达涅良的母亲？”她问。

“是我。有什么事吗？”

我向她一看：她眼睛哭得红红的，睫毛上的眼泪还没有干。

“你的女儿把我害得好苦呵！”

她哭着。眼泪像泉水一样涌出来。我给弄得稀里糊涂。

“怎么害苦了你？”我问。

“你女儿给我的阿什云看禁书使她走上了邪路。如今我的女儿也被捕了……”

她边说边哭。她用手帕才把眼睛擦干，眼泪又涌出来了。

“我只有这么个女儿。现在她给抓去了。”

“亲爱的大嫂，我有什么办法呢？难道我愿意这样吗？”我说。

“都是你女儿不好，”另外又有一个女人说，“阿什云怎么能不听她的话？维多丽亚对谁都有一套办法，听了她耐心亲切的劝说谁都会跟着她走。我的儿子也被牵连在内。可怜他已经被捕了。”

另外还有几个女人走到我跟前，但她们不怪我，也不怪维多丽亚，只是陪着我伤心，想着怎么能快些救出我们的孩子。

轮到我去见监狱长了，一个小伙子向我走来说：

“老妈妈，你白等的，监狱长反正不会听你的话。”

“为什么？”我问他。

“因为你女儿被认定是个布尔什维克。在她那里搜出了一些文件。她没法分辩。”

“不管怎么样，”我想，“我要去问个明白。去求求他。我要对他说，维多丽亚走错了路，她年纪还轻，能改过来，她再也不会做这种事了。只要他能饶恕她。说不定监狱长能看我可怜把我的女儿放出来。”

我这样打定主意走进了监狱长的办公室。桌后坐着一个长头发、翘胡髭、年纪还轻的人——这就是监狱长，旁边坐着神父的儿子瓦加尔沙克律师，他跟往常一样打扮得齐齐整整，穿着上浆的衬衫，戴着眼镜。我恭恭敬敬走到他们面前，行了个礼。他们俩把我从头到脚打量了一番。

“有什么事？”监狱长问。

“我来为我的女儿求情。”

“什么女儿？”他问，“她是谁？”

“她昨天被捕了。我的儿子去当志愿兵死在战场上，现在我只剩下一个女儿，可是连她也被抓了起来。叫我怎么办呢？”

“你的女儿是谁？把姓名说出来。”

“是个在图书馆做事的姑娘，叫维多丽亚·达涅良。”

监狱长向瓦加尔沙克律师看看，嗯了一声，并且冷冷一笑。

“这么说，她是你女儿？那么你要什么呢？”他换了一种声调问。

“我请求把她释放。她年纪还很轻，万一有了好歹那怎么办？我家里没别人了……我只有这么个女儿……她还年轻，不懂事！”

“嗯！不懂事？！怕不是这样吧！”

他跟律师交换了一下眼色，接着两个人都笑起来。我忍不住了，我冲着瓦加尔沙克说：

“你笑什么？你跟米哈克撺掇我的儿子去当志愿兵，他在战场上牺牲了，现在你们又想夺去我唯一的女儿？”

律师顿时脸色发白。

“这两件事河水不犯井水。”他说着把鼻梁上的眼镜架正了正。

“怎么河水不犯井水？他们都是我的孩子。都是我辛辛苦苦抚养长大的。”

“你说的全是废话，”他说，“这两件事根本没有关系：你儿子爱祖国，愿为祖国的解放而斗争；可是你的女儿跟出卖我们祖国的叛徒勾结在一起。”

他神气活现地说完这话站起身来。

我气昏了。

“第一，”我说，“我儿子当兵完全不是自愿的。是你们给他报了名硬把他送往前线去的。你们答应帮助我，可是一个子儿也没给。现在又来害我的女儿。卖国？这跟卖国有什么相干？她只是因为年幼无知讲了几句话。难道这样就要把她抓起来？”

“什么讲话不讲话！”他回答，“问题不在讲话上面。你女儿跟布尔什维克暗中有勾结。她私下接受他们的钱想破坏我们的政权。”

“这是没有的事，”我说，“除了薪水，我没有看见她得到过旁的钱。就连薪水她也是交给我的。我女儿没有什么罪。这完全是冤枉她。”

可是监狱长说：

“还说冤枉她？！你女儿是主犯。她出卖了祖国，她是叛徒。”

血直往我头上涌。

“你们自己才出卖祖国！你们谁也及不上我女儿，她是清白的，可是你们……”

监狱长按了下铃。走进来一个小伙子。

“把这疯老太婆带走！”监狱长下令。

4

从那天起，除了把希望寄托在上帝身上以外，我的一切希望都破灭了。但自从儿子死了以后，我连上帝也不相信了，虽然对它还存着一线希望。我认为，如果上帝没有施恩于我的儿子，也许会怜悯并保全我的女儿。我每天到监里去——维多丽亚已经转到那边——给她送饭，有时送些衬衣去。那时我老了，已经不能再给人家洗衣服挣钱了。偶尔在有钱人家干活的时候，他们也指责我女儿的行为，说我教养了一个“卖国”女儿。

他们说维多丽亚暗中接受金钱企图危害亚美尼亚。还说了许许多多坏话。有许多邻居同情我，但又不能公开跟我说。

不久我的钱用完了。我想起维多丽亚上月没拿图书馆的薪水。我决定去领她的钱。

“她的薪水分文不发。”图书馆主任对我说。

“这是为什么？”我问，“她上月的薪水也没有领。”

“我接到命令不能发。”

我没拿到钱。虽然我照旧给她送吃的，不过只能送些便宜的东西：有时莴苣，有时土豆，只做了两三回肉饼。

有一次我去探监，看见门口聚着一大群人。他们站在那儿，一会儿往监狱墙上、一会儿往院子里看。街上散扔着面包、干酪、碎碗、破盆、肉块。从监狱里传出嘈杂的闹声。我问人家：

“是怎么回事？谁把吃的东西这样乱扔？”

“被捕的布尔什维克。”

“他们怎么啦？”

有一个人告诉我：

“今天监里打了一个囚犯，所以他们把吃的东西扔出来。这叫绝食。”

啊，原来是这么回事！我的心怦怦地跳，差点儿气闭。我走到一个戴帽子的男人跟前，用发抖的声音问：

“先生，监里打了谁？哪一个囚犯？”我的心跳个不停。

“是一个小伙子。”那位先生告诉我。

我略略放下了心，我想把饭送进去，可是没被接受。

“为什么？”我问一个看守人。

“上面命令不许接受。”

“为什么？”

“老太婆，这不干你的事。”

看守人中有一个年轻的卡尔斯[①]人，他长着一对大眼睛，额上有个伤疤。他对我很好：态度挺和气，管我叫“老妈妈”；他很同情我，不论我求他什么事他都肯帮忙。但这次他不在。当我跟看守人说

---

① 卡尔斯是亚美尼亚古城之一，在今土耳其东北部，靠近苏土边界。——译者注

话的时候，监里的囚犯唱起了《国际歌》。他们雄壮的歌声把监里的玻璃也震得格啷啷响。声音最响亮、最清晰的是维多丽亚。齐整的歌声从所有的牢房里传出来。看守人慌乱地走进走出，竭力想阻止唱歌，但丝毫不起作用。我吓得心快要跳出来了，我心里想：“马上要把他们全都杀了。”可是他们还在唱，而且维多丽亚的声音特别响。我眼眶里挤满了泪水，我忍不住哭了起来。

“维多丽亚，我的女儿，我宁愿为你这响亮的歌声死去！”我向女儿叫喊。

看守长把我喝住：

“你是什么人？你嚷什么？”说着他怀疑地盯着我看。

“我是维多丽亚·达涅良的母亲。唱歌的是我女儿。”

我这样说是想得到他的同情，不料他怒气更大了。

“快走开，要不！……”他顿足咆哮。

这时我认识的那个卡尔斯年轻人过来悄悄地跟我说：

“老妈妈，走吧。待在这儿不方便。”

我只得走出去。

“今天一点办法也没有。你明天送来吧。”他把我送到门口向我劝说。

可是我还是放心不下：

“我的维多丽亚没挨打吧？”

“没有，你放心。不过他们不接受任何吃的东西。”

“这怎么成？他们就这样饿下去吗？”

我一边说，一边寻思：“他们准是疯了？人怎么能不吃东西？”

“他们不会死的，”他对我说，“你不用着急。”

“放我进去吧。让我去说服我的维多丽亚。她年纪还轻，不懂得自己做的什么事。”

“不！”他说，“你说服不了她。她的同志们不吃，她一个人说什么也不会吃的。”

“也许他们只是不要吃你们的东西，那就把我的给他们！”

“不，反正他们不肯吃的。我们也不能为你传递东西，他们必须吃我们的东西……”

他向我解释，布尔什维克绝食是表示对狱中制度的抗议。我一点也不懂。他们干吗要绝食？真是胡闹！为了什么抗议不抗议把自己饿坏了怎么办？

我回到家里饮食不思。我的女儿在监里挨饿，我该怎么办吧？我整夜未曾合眼。

那天是米哈克的妻子丽桑卡的命名日。上面在放送音乐，高朋满座。我蜷曲着身子坐在床上，听上面唱歌、干杯。每干一杯就响起音乐，客人们唱歌——这样几乎直到天明。后来又听见他们把桌椅拖开，开始跳舞。他们跳舞跳得天花板不断震荡，我觉得天花板眼看就要当头塌下来……

他们乐了一整夜，天快亮时就走到凉台上去重又唱歌跳舞。我一方面伤心悲痛，另一方面这吵闹声也不让我安睡。

第二天早晨，天完全亮了，我重又去给维多丽亚送东西。我煮了几个鸡蛋，热了一些牛奶，就动身了。

但东西还是没送进去，说是囚犯继续拒绝进食。这样一连有三天。这三天中监里的歌声一直不断。我的维多丽亚的声音仍旧最响。

但有一次我送饭去的时候，那边的人叫我以后不用再劳神了。

“为什么？”我问。

“囚犯即将解到埃里温去。”

“去做什么？”

“这跟你就不相干了，”那个卡尔斯小伙子说，“你以后不用再送东西来。我跟别人谁也没说过，因为我看你可怜，所以告诉你。”

我明白这里头定有蹊跷。我好几次听人说囚犯常常被拉去秘密枪决，一方面继续接受探监的人送来的东西，装做囚犯还在狱中……有一个叫马卓的就是这样被枪毙的。直到一个星期以后，家属才知道他已被处死。我一边求看守人告诉我，他们将在什么时候解走，一边吓得浑身发抖。

“别的我什么也不能告诉你。刚才告诉你的话，你也应该谢谢我呢？”

“谢谢，谢谢，不过你还是告诉我的好。我求求你。你好人就做到底吧，告诉我。我求求你。”

“不！我不能。你要我被革职、枪毙吗？”

“他们不会把你怎么样的，”我向他劝说，“这里没有第三个人。除了天上的上帝，谁也听不见我们的话。告诉我，他们将在什么时候解走？白天还是夜里？几点钟？”

在我苦苦哀求之下，那卡尔斯小伙子心软了。

“今天夜里十二点。你要是告诉别人，那就糟糕。”

“你放心，我还有头脑。”我安慰他说。

我跑到家里连忙开始给女儿准备路上的吃用。我煮了些鸡蛋，烧了一只鸡，面包里夹了干酪。我很快地把所有的东西打成一个小包裹，里边再放了几套衬衫裤和一件外衣。八点钟还没到，我就出门上火车站。我想：“宁可早一些到，谁知道——也许他们改变主意提早把囚犯解走呢？与其坐在家里，不如到那边去等。”我在家里待不住，老觉得维多丽亚已经被押走，我再也看不见她。我给这些念头弄得头都晕了。没有一个亲近的人能安慰我。我拿着包裹上路，可是力弱体衰，勉强拖着两腿。街上暗得很，路泥泞难走，天上一颗星也没有。我走到火车站已经筋疲力尽，就在一条长凳上坐下来休息一会。这里男人、女人很多，他们都坐在自己的行李上等火车。我累得血管里的血几乎不流动了。

忽然有一个男人向我走过来问：

“大婶，你上哪儿去？”

“我不上哪儿。我的女儿要解到别的地方去了，所以我来送她。”

“解到哪儿去？谁把她解去？”

“政府。政府逮捕了她，现在要把她解到埃里温去。”

“为什么要逮捕她？”

“好像说因为她是个布尔什维克。”

那人沉默半晌，然后“嗯”了一声，说：

“他们能让你跟女儿谈话吗？”

“为什么不让？我又不是外人，是她的母亲。我唯一的女儿要解走了，我们能不能再见面还不知道。难道连最后一面也不让我们见吗？”

那人摇摇头走了。接着我看见有一些士兵走来。

“让开，让开！”他们把人群轰散。

那是什么？我一看——是囚犯们被押来了。

我的心开始剧烈跳动，两膝直哆嗦。我的维多丽亚是不是也在里边？士兵把那些人挤得很紧，我愈走愈近，想看看维多丽亚是不是跟他们在一起。我看着，看着，可是什么也看不见。士兵把囚犯围得那么严实，里面的人一个也看不见。夜黑得厉害。天上一颗星也没有，再加上泪眼迷惘，因此我什么也看不清楚。

忽然，被武装士兵团团围住的囚犯们在黑暗中唱起了《国际歌》。啊，你们不知道他们唱得多雄壮！人们从四面向他们跑来：有的从车站跑来，有的从车站附近的屋子里跑来。不一会就聚拢来一大群人。我听出了维多丽亚嘹亮的歌声。一听到我这可怜的孩子的声音，我像上次在监狱里一样忍不住大声叫喊：

“维多丽亚，我的女儿，我宁愿为你这响亮的歌声死去！”

我想走近些。我才跨了一步，一个士兵就喝住我：

“退后！站远些！退后！”

“哼，你这么神气干吗！”我心想。

我想从另一边走过去。

这里我又被同样的喊声喝住：

“走开！退后！”

我被用力一推，险些儿摔倒在地上。

囚犯们齐声唱着雄壮的《国际歌》，我的维多丽亚的声音又是最响。

我想喊一声，告诉她我在这里，但就在这时，好像有意跟我作对似的，在离我们很近的地方火车头叫了起来，接着一列火车轰隆隆响着进了站。

火车停下后，囚犯们被带进火车头后面的第一节车厢，那边窗上都装有铁栅，像监狱里一样。我拿着包裹跟在他们后面走过去。月台上拥挤不堪，乱作一团。我差点儿看不见那群囚犯了，后来看见士兵的刺刀才找到他们。我跑到他们那节车前的时候，正好最后一个囚犯被押上车，他后面走着拿枪的士兵。他们怎么能不让我跟我的孩子见上最后一面就把他们解走？不，不管怎么样，哪怕刺刀戳穿我的胸膛，哪怕把我扔在车轮下辗死，我也要跟维多丽亚说几句话！

我这样想着站到车窗前叫喊：

“维多丽亚！亲爱的维多丽亚！”

还好，那些士兵不知道我在叫谁，所以什么也没说，可是维多丽亚听见了，她向车厢窗外应声喊道：

“妈妈！是你吗？再会吧！”

“是我啊，亲爱的维多丽亚！我给你送吃的和衣服来了。”

我刚说完，监里的一个看守人就过来抓住我的手用力一推。

“不许跟囚犯谈话。走开！”

“把她赶走！不许她说话！”看守长命令。

“为什么不许说话？你们这帮狠心的人要把我的女儿押到哪儿去？我的女儿不是布尔什维克，我的女儿……”

我一边喊，一边往前扑过去。可是他们不让靠近车厢。

“妈，不要着急。你别理那些混蛋！我是布尔什维克，随便他们把我怎么样！”维多丽亚向我喊着。

维多丽亚的同志们也说：

“大婶，你不用着急，回去吧。”

说是容易：“不用着急！”可是我的心已经碎成一片一片。我哭着、喊着还竭力想走近车窗。

一群人听见喧闹声聚拢来。可是我怎么挣扎也不能走近车厢。第三次铃声已经响了。忽然我听见维多丽亚的声音：

“再见吧，妈妈！”

车才起步，维多丽亚和她的同志们又唱起了歌。我跟着火车奔跑，一边喊：

“维多丽亚！维多丽亚！”

火车愈开愈快，我还跟在车后跑……

后来怎么样——我记不起了。早晨我醒来的时候发现自己在车站食堂的一间小房间里。我旁边站着一个穿白围裙的食堂女服务员，她关切地望着我。

“大婶，你觉得怎么样？”她问，“现在好些了吧？”

直到这时我才知道自己在追火车的时候晕倒了。几个铁路工人把我扶起来抬到食堂里。他们把值班医生请来，给我吃了些药，使我恢复了知觉，后来我睡着了。这都是女服务员告诉我的。

过了一会，把我抬来的人来看我了。他们年纪都很轻，穿着铁路员工的制服。他们有两个人。

“怎么样，老妈妈？你真是个勇敢的女人！”他们钦佩地说，“你跟在火车后面跑，一边喊：‘维多丽亚！’你的心怎么受得了的？噢，对了，维多丽亚是你什么人？”

“是我女儿。”

“我们猜想也是这样。”

后来才弄明白，原来他们俩都认识我的维多丽亚。

“老妈妈，维多丽亚是我们的同志。你别怕，只管放心。一切都会好的。”

求上帝保佑这两个年轻人身体健康——他们鼓励我，安慰我，给我喝加糖的茶，还为我雇了一辆敞篷马车，让我坐好了，然后说：

“你回去吧。”

在我上车的时候，其中一个年轻人走近我身边向我耳语：

“老妈妈，你有什么困难就来找我们。你是我们的母亲，不用跟我们客气。维多丽亚是我们的同志。有事你只管来找我。我叫彼得烈。”

这几句话使我安心不少。

“求上帝保佑你！世上到底还有好人！”我心里暗暗说着。

这时我才发觉我的包裹丢了。我对面包、鸡和鸡蛋倒不太可惜，而是维多丽亚的衣服也跟着不见了。

邻居看见我坐着马车回来都很惊奇。他们也许这样想：“洗衣妇安娜也坐马车了！”在这以前我一生只坐过两次敞篷马车。一次我们的房东太太丽桑卡病了，我被差去雇车。我雇好了一辆车，赶车的对我说：“坐上吧，我们一起去！”另一次我还很小。

我坐了敞篷马车回到家里，丽桑卡站在凉台上看着我，她冷笑着说：

“嘿，安娜变成个阔太太了！坐了马车逛街！”

这话像刀子割我的心。我想："人家伤心还来不及，可是她还要开玩笑。"但我不作声。

我没心思说笑话，所以连看也没向她看一眼。

"你来，我有话跟你说。"

"什么事？"

"来洗地板。"

"你只知道拿人家开玩笑！我才不来洗地板呢。"

"什么？你怎么啦？"

"我的维多丽亚被解到埃里温去了。"

你们猜她怎么说？

"做得好。对叛徒应当这样。你也值得为这点小事伤心吗？来吧，别装腔作势了。来洗地板。"

我气愤极了：

"怎么？难道我做母亲的不能怜惜自己的女儿？连狗也懂得怜惜自己生的小狗。你以为我还不如一条狗？不！现在我没工夫洗地板！"说完我向自己房里走去。

从那时候起丽桑卡就不跟我说话，也不叫我去干活。她另外找了个女人，是个逃难来的，叫她干活。那个人不会洗衣服。她使劲搓绞，把衣服都弄破了；洋蓝也乱放，衣服都像染了蓝颜色。

5

我的维多丽亚被解到埃里温去以后过了两三个星期，一直没有信来。我心神不宁，几夜没睡。我每天问送信的人：

"有没有安娜·达涅良的信？"

"没有。"

我请求他，万一我不在家的时候把信从一扇破玻璃窗里扔进去。我不愿信落到丽桑卡或她的女儿手里。这样又过了一个月，信还是没有。我头脑里出现了各种各样的想法。她会不会被枪决了？彼得烈常安慰我：

"她没有信来也不要紧。我确切地知道他们平安到了地方，现在都很好。”

我去找过他好几次，他始终叫我不要担忧。这小伙子心地真好！

“老妈妈，要是你有什么困难，别客气，只管直说。我是你的儿子，你是我的母亲，”他每次都这样说。

但我不好意思说。虽然我的境况很困难，可是从来没有求他周济过。我怎么能拿他的钱？！又过了一个月另一星期，我总算接到一张字条：“妈妈，我身体很好，你自己保重。别伤心，别为我担忧。维多丽亚·达涅良。”

她这样写着：“别担忧。”我整天想她，脑子里只有她，可是她却叫我“别担忧”。

过了一个时期，我又接到这样一封短短的信。

半年过去了。到了十一月。我简直坐立不安。我想：“我半年没看见我的女儿了。这样我哪儿还像个做母亲的？”最后，我忍不住又去找彼得烈。

“彼得烈，我想上埃里温去看看维多丽亚。”

“她暂时没有危险。你去也没用。我得到消息，知道维多丽亚身体很好。”他又开始安慰我。

“不，我得上埃里温去亲眼看看她。”

“那么路费你有没有呢？”他问。

“没有。不过我有一条毯子。我可以把它卖了作路费。”

彼得烈想了一会。

“好吧，既然你拿定主意要去，你也不必花自己的钱。我把你当自己的母亲送去。我有免费坐火车的权利。”

“谢谢，谢谢，好孩子。求上帝让你所有的愿望都实现。”

“这是我的责任。我受维多丽亚同志的好处太多了。不过你告诉我：到了埃里温你打算上哪儿去，住在谁家里？”

真的，这一点我完全没想过。我去找谁？住到谁家里去？街上又不能住人。现在不是夏天能在露天过一夜。快到冬天了。山上已经下了雪。

“彼得烈，我自己也不知道去找谁。我在那边既没有亲戚，又没有熟人。我从来没到过埃里温。也从来未坐过火车。”

的确，我还一次也没离开过我们的小城。我步行上萨里久赫去做过几次祷告——此外哪儿也没去过。坐火车更是没有的事。

我曾经上车站去过几次——去送我们家的亲戚，给他们把行李放进车厢。不过我自己从来没乘过火车。

“没关系，你放心，”彼得烈安慰我说，“我跟我认识的一个列车员说一声，叫他把你送到我的一个好朋友阿尔都什家里去，他家离埃里温的车站很近。”

好心的彼得烈一切都为我安排好。

动身前我把维多丽亚留在家里的衣服——一条旧的围裙、一件毛线衣、几双袜子——打成一个包裹。我在另外一个包里放了些吃的东西。自己一件一件穿了好几件衣服，然后围上围巾上火车站去。

噢，我忘了说一件事。临走前我上米哈克家里去了一次。我想：“我到那么远的地方去，谁知道还能不能回来……让我去跟他们告辞一声，可以安心地上火车站去。我请他们留一分心照料一下我的房间。虽然我在门上套了一具锁，可是谁知道他们……再说，我终究是他们的房客，我到哪儿去应该跟他们说一声。”我打定主意就到上面去。那时是晚上八点钟光景，天已经黑了。米哈克和丽桑卡在家，正在喝茶，吃蜜饯。米哈克跟往常一样敞开衣领坐着，丽桑卡裹着开司米围巾。两个女儿在房间的一角试新衣。哦，他们这两个女儿哪！我不喜欢她们：成日里扑粉、搽口红——然后出家门上大街、林荫道、火车站。整天只知道闲逛。她们在家里不是互相斗嘴，就是跟母亲吵架；一走到街上又亲热得肉麻：“亲爱的安涅琦卡”“亲爱的索涅琦卡”——好像她们真是一对好姊妹。在家里像冤家，走到街上亲热得肉麻！

我虽是个没念过书、不识字的女人，很多事情不懂，可是女人的事情我很清楚……

我才走进他们的房间，安涅琦卡和索涅琦卡立刻交换了一下眼色，笑了起来。

“来了！”她们说。

他们大概以为我来求他们帮助。她们带着嘲笑的神气望着我，我装做没看见她们。我把两个包裹放在门口，脱下楚维亚克[1]，把围巾搭在手上，走到桌前行了个礼，说：

“晚上好！”

丽桑卡扭过脸去理也不理，米哈克皱紧眉头侧目看了我一下，很不乐意地说：

“你好。你有什么话要说？”

他说的每一个字好像都是用钳子从嘴里钳出来的。

“没什么，先生。我来问你们好。今天我要上埃里温去。”

我还没说完，丽桑卡霍地在椅子上转过身来大喊：

“你要什么？想弄些路费是不是？遇上困难你就想起我们了？你甭向我们请求。你在谁家干活，就去求谁。我受够了！我们养了你多少时候！够了！‘上埃里温！’给你备车，给你路费，让你去看你那没出息的女儿？你休想！……”

她像冰雹打在铁皮屋顶上那样哒哒地口也不让我开。她把那女难民弄破衣服、地板洗得不干净全推在我身上……她气得快要爆炸了。

“你要上埃里温？过来，走近些！我来把你打扮起来，你这臭货！”

在这以前我一直不吭声，等她平静下来。我知道她认为自己受了委屈。但当她骂我“臭货”的时候，我再也沉不住气了。

“你自己才是臭货！我不要你的钱，也不要你的面包。我是来告辞，不是来借钱的。”

我怒从心上起，再也不跟米哈克、丽桑卡客气，连在嘲笑我的他们的两个女儿也被我骂到：

“你们这两个没人要的老小姐笑什么？应该笑你们自己。老是追男人，城里没一个男人不见你们害怕。整天跑车站去搂住别人的脖子……”

我把她们骂得哑口无言，再也不笑了。

“闭嘴！不许你在我家里这样说话，要不我马上叫人把你抓起来！”米哈克用拳头猛敲桌子怒喝。

---

① “楚维亚克”是高加索、克里木一带人穿的一种平底无跟软鞋。——译者注

“为什么？”我问他。

“就因为你说这样的话。”

“那为什么不把你老婆抓起来？她说的话比我难听得多。”

“住口！”

“爸爸，把她赶出去，她是个疯子。从她女儿被捕那天起她就疯了。”

“你们自己才是疯子！不要脸的东西！让你们三辈子嫁不到男人！”我也嚷了起来。

我穿上楚维亚克，拿起包裹就走。心里好像轻松了许多。我甚至为自己把一肚子气都吐了出来感到高兴。我想起我那可怜的女儿常谈起富人没有良心，她说：“你给他们好处、为他们干活、唯唯诺诺的时候，他们就对你好。”这话一点不错。我在自己房门上再加了一具锁，然后到火车站去。彼得烈穿了大衣、提着灯已经在人群中等我了。

“老妈妈，你怎么来迟了？”

“没什么。我耽搁了一会儿。”

我没有把这事告诉他。

我跟着他上了火车。彼得烈给我跟列车员介绍了一下：

“这位是我的第二母亲。你得把她送到埃里温。她这是第一次出远门，你别让她路上感到寂寞。”

列车员是个高个子年轻人，穿着黑大衣，头颈里挂着一支哨子。

听了彼得烈的话他笑了起来。

“你放心，哪怕火车停了，我背也要把她背到埃里温。你瞧，我要载送多少人，难道一个老妈妈还送不到？”

“我知道你一定能把她送到。但我希望她在路上不觉得不舒服。到了埃里温，你把老妈妈直接送到阿尔都什家里去。别让她一个人待着，她还是头一回上大城市。”

“好。”列车员说。

第三次铃响，火车开了。车厢里闷得很。人很多，窗又不开。车上大部分是士兵。他们开往卡尔斯去。那时正是卡尔斯附近战事最紧张的时候。他们谈着该死的战争、昂贵的物价和当时发行的纸币，一致抱怨战争拖得太久。他们受苦已经好几年。家里日子难过，没有面包。可是战争不知何日方能结束。

我给马合烟熏得头疼，眼睛辣得受不了，但是我不说。我可怜这些离乡背井的人。他们大概每个人都把妻子撇在家里，有的也许还撇下小孩、父亲或母亲。他们是因为心里难受才吸烟，想暂时忘却自己的痛苦。不久他们就要去上战场……难道我忍心把这些人最后的一点消遣也剥夺吗？不论问谁：

“孩子，你上哪儿去？”

“到卡尔斯去打仗。”

“唉，你们的母亲现在不知多伤心呢！”

我看着他们，想起了自己的儿子。

火车向前开着。列车员——他叫塞德拉克——时常走进走出检查车票，后来他在我身边坐下。

“老妈妈，你觉得怎么样？你喜欢坐火车吗？”他问。

为了不让我感到寂寞或者胡思乱想，他一路上不断跟我说笑话。这小伙子挺好的，我从来没遇到过这样的快活人。

早晨天刚亮，我解开一个包裹，给了他两个鸡蛋、一只鸡腿和一点面包。

“吃吧，塞得拉克。你就像我的亲生儿子一样。”

“好。我们到了埃里温，你送什么谢我？”他说着笑了。

士兵们在亚历山大堡[①]下了车，我们还坐了一整天的车，半夜才到达埃里温。那时代火车走得很慢。据说是煤不够，路也常常出毛病。埃里温的车站上灯也不亮，只有大厅里有一点火光，但就连那一点点灯光也像快熄灭的炭火一样。等所有的旅客都下了车，车厢里走空了，然后塞德拉克领我到阿尔都什家里去。

*　*　*

阿尔都什也在铁路上做事，就住在离车站不远的一座砖房里。他妻子是个俄罗斯女人。他有两个浅蓝色眼睛、淡黄色头发的孩子。当

① 亚历山大堡就是现在的列宁阿坎，在亚美尼亚西北部，靠近苏土边境。——译者注

他知道我认识彼得烈时，很诚恳地接待了我。谢谢他们。

他们安排我睡了。第二天早晨我醒来的时候，阿尔都什的妻子已经生起了茶炉子，早点也准备好了。我想帮她张罗，可是她不让我动手：

“不，老奶奶，你路上辛苦了，再睡一会吧。”

但是我到埃里温来不是来睡觉的。得早些跟维多丽亚见面。我穿衣服的时候，阿尔都什来了。他们煎了几个蛋，桌上有蜜饯和加糖的茶。吃早饭的时候我把所有的情况都告诉了阿尔都什，最后说：

“阿尔都什，现在我该怎么办呢？我想去看看我的维多丽亚。”

“这可以。我们就说你是远道来的，请他们准许你们母女一见。”

喝完早茶，我和阿尔都什走了出去。阿尔都什拿了包裹走在前面，我围上围巾跟在他后面。到了监狱里，我们请求见见一个被监禁的姑娘。那天正好是接见日，所以很快就得到许可。

有一个人问我们要见谁。我说：

“我的女儿维多丽亚·达涅良。”

我不知道那人是监狱长还是副监狱长，他叫来了一个看守人，对他说：

“把维多丽亚·达涅良带来。”

我和阿尔都什被带到另一间屋里。隔了一会，我听见走廊里有人叫了一声：

“维多丽亚·达涅良！”

不知道是因为害怕呢，还是别的缘故，我的心像被捉住的一只小鸟怦怦乱跳。我的维多丽亚不知弄成什么模样了？她身体好吗？她的衣服穿破了没有？

我这样想着，没注意栅栏那边站住了一个穿着男式上衣的姑娘。维多丽亚！我一下子就认出了她。她的脸色苍白，瘦了许多，只是一双眼睛还跟以前一样闪闪发光，本来剪短的头发长了散披在肩上。她走到栅栏前看着我——显然一时认不出来，因为她没想到我会上埃里温来。

“妈妈，是你？”

我的心跳得更厉害了。要知道我有六个月没听到她的声音了。

“是我，亲爱的维多丽亚！”

我说着哭了起来。实在忍不住了。

“安静一下，妈妈！你到这儿又不是来哭的！告诉我，你来有什么事？你那儿有什么新闻？”

我们谈了一会，后来我问她：

“几时才能放你出去，孩子？你什么时候回来？”

“快了，妈妈。很快我们都要解放了。”

她说着眼睛往看守人那边看。

“真的？这么说，你的事情已经弄明白了？”我喜出望外。

“我们不用他们弄清楚就能得到自由。我们的同志很快就要来解放我们。”

看守人听了这话就喊：

“不许说这种话！小姐，请谈正经事。”

我们又谈了一会。分手的时候我们说定：我第二天就回去。

但回到阿尔都什家里以后，我知道土耳其人占领了亚历山大堡，道路被切断了。我该怎么办呢？除了坐着等待，没有别的办法。

于是我留在埃里温阿尔都什家里。增加穷人的负担非常不便。但阿尔都什对我说：

“没关系，老妈妈。你别这样想。也不要心里不安。你是我们的母亲，在这里就像在自己家里一样。一块面包我们总能给你弄到。”

“没关系，老奶奶，没关系。”他妻子也说。

这样过了几天。我焦急地等着把我的维多丽亚放出来。到底会不会放她出来呢？阿尔都什常安慰我：

“快了，她马上就会出来了。”

过了两天，城里显著地热闹起来了。特别是火车站。工人们一群一群聚集在一起讨论着什么事情。我不明白是怎么回事，阿尔都什回家来说：

“走，老妈妈，到监狱去！”

“去干吗，阿尔都什？”

“今天我们的同志，包括维多丽亚在内，将要出狱了。”

“真的？”我觉得奇怪。

“是的，是的。政府换了。如今政权在我们手里了。”

我这才知道阿尔都什跟我的维多丽亚一样也是个布尔什维克。

我们出了门。我们那天看到的事情说也说不完。周围是一片欢天喜地的景象！我们走到监狱前。大门口有一群人拿着旗帜。有一个人登上路牌在向从监狱里走出来的囚犯讲话：

“同志们，你们经历了许许多多的苦难……”

他说着，我睁大了眼睛寻找维多丽亚。但是在这么一大群人中间一时怎么能找到她。我四面看着，哪儿也看不见她。忽然，当那人讲完了话，我一看——在他站的地方爬上了一个姑娘，是维多丽亚！她仍穿着一件男式上衣。她站起来说：

“我们大家盼星星盼月亮盼望的这一天终于来到了！……”

她说了很久……她说着，我哭着，眼泪像断线的珍珠。但这次的眼泪跟以前不同了——这是高兴的眼泪……

她说完后，我好容易挤到她跟前，抓住了她的手。

“维多丽亚！”

“哦，妈妈！”

“是我……亲爱的维多丽亚，是我……”

我们拥抱、亲吻，我怎么也平静不下来。眼泪扑簌簌直往下掉……

* * *

在这以后我在埃里温还待了一个半月，跟我的维多丽亚住在一起，因为土耳其人占领了亚历山大堡，我回不到我们的城里去。我很不安。第一，这个城市我很陌生；第二，我惦记着家里——那边不知出了什么事没有，会不会被偷了。这些念头使我坐立不安。我们上食堂吃饭，然后维多丽亚去做她的事，我留下来继续想念家里。家里怎么样了？我的东西会不会给人拿走了？我巴巴地等着路通了可以回去。

一天——这是在正月末——我们听说有一位政委要坐火车上梯夫里斯去。维多丽亚向某人提出了请求，我就被安顿在这列火车上。我在冬天冷得最厉害的日子里回到我们的小城。那时节正冷得够呛，我们在车厢里也直发抖。到了我们的车站，我看见了彼得烈。

“你好，老妈妈，你好！”

“上帝保佑你健康，彼得烈！”

“你谈谈这次远行的经过吧。维多丽亚同志好吗？”

他详细问了我所有的事情。我告诉他，这次出门很顺利，还转达了维多丽亚的敬礼。她的确叮嘱过要我向彼得烈致敬，谢谢他对我的一切关怀。我看到他胸前有一条红色的带子。

“怎么，彼得烈，你也是布尔什维克？”

“是的。就是维多丽亚同志介绍我入党的。”

“原来这样！”我心想。我这才明白为什么他这样尊敬我的维多丽亚和尊敬我。

他看见我有行李，就叫了一辆马车扶我坐上。路上我又想：“不知道家里弄成什么样了？那边有没有出什么事？”

邻居看见我坐了马车回来倒并不大惊小怪。丽桑卡站在我们那座房子门前的街上。看见了我，她亲热地一连串说了许多话：

“安娜，你总算回来啦！我们一直惦记你：这可怜的人不知出了什么事情没有？是不是平安到了地方？路上有没有害病？”

我理也不去理她。

“我们把眼睛也望穿了。老是担心你会不会出什么事。”她继续说。还请我去喝茶。“去吧！去吧！你一路上准是累了，冻坏了。到屋里去喝杯热茶暖和一下。茶炉子还生着。”

我进了院子。米哈克迎着我走过来。

“是你啊，安娜？我简直以为自己眼花了。我心里老是想着：‘安娜出什么事啦？怎么连一点消息也没有？’”接着他也请我去喝茶。“上我们家去；你准是冻坏了。走吧。”

但对他我也不理睬。我默默地拿着行李向自己房间里走去。

米哈克说：

“安娜，人家在跟你说话嘛！快到我们家去喝杯茶。”

我谢绝了，一边自管走到地窖里。我房间的门上套着一具新锁。我好像受到一个沉重的打击。我的腿开始哆嗦，愣住了半晌。看来准是他们把我的锁扭断了进去偷了东西。怪不得他们这样再三请我去喝茶，八成是想对我说一套花言巧话。

“这又是什么新鲜事？这锁是谁的？”我问。

“你到上面去。锁是我们的。钥匙在我们那儿。”丽桑卡说。

“出了什么事？我的门被打破了还是怎么着？”

“不是。你上我们家去，我们把一切都告诉你。”

“我上去干吗？把钥匙给我。我要进去看看我遇上了怎样的倒霉事。”

“什么倒霉事也没有。你别激动。我们又不是你的仇人。我们决不能让人家偷你的东西！”丽桑卡用甜腻腻的声音安慰我，一边不断劝我，“你上去喝一杯茶，我把一切都告诉你。”

两个月以前，她几乎是把我从他们家里撵出去的，可现在……到底是怎么回事？为什么他们要请我去喝茶？我不再固辞，就去了。才跨进他们的房间，我立刻在门口呆住了。房间里的景象使我大吃一惊。地毯、窗帘、桌布都不翼而飞。餐具橱里空空如也，屋里剩下几把椅子，床上只有一条普通的线毯。总而言之屋里好像失窃了。主人身上都是些破旧的衣衫，从前的漂亮衣服都不见了。

他们两个女儿从另一间房间里走出来。

“您好，安娜！您觉得埃里温怎么样？”

“还好！城市总像个城市。”

我一看——她们姊妹俩也都穿着旧衣服。过去那份骄气也不见了。“这里面一定有原因。或者是他们遭抢被偷，或者是布尔什维克把他们的财产没收了！”

“这是怎么回事？”我问，“你们的东西呢？”

“在地窖里。”丽桑卡回答说。

我一下子就明白了：原来他们害怕布尔什维克。

“你们为什么把我的锁拿下来？”

“这没关系，”丽桑卡说，“我们给你换了一把更牢、更好的锁。”

“那么把钥匙给我。我去看看房间里弄得怎么样了？说不定耗子把我的衣服都咬破了。”

“你不用操这份心。现在那里有一头猫。”

“我的天哪！有猫了？要是它把碗盏盆碟都打破了怎么办？”

“它什么也不会打破的，”丽桑卡说，“我们把东西都藏得好好的。”

“藏在哪儿？”

“橱里。”

“什么橱？我又没有橱。”

“藏在我们的橱里。”

“你们的橱怎会到我房间里去的？”我莫名其妙。

“是我们放的。”

这时我才发现他们房间里少了一只橱。可是他们为什么把它放到我那儿去，我不明白。

“你们干吗要把橱放到我那儿去？”

“我们怕给旁人拿去。我们想：还是把它放在我们可怜的安娜房里让她去用吧。”丽桑卡说。

“那边还有些别的东西。您用好了，安娜。”她的两个女儿也附和着说。

“当然，还是让我们的安娜去用这些东西好得多。”米哈克也添上一句。

我弄得稀里糊涂，人好像在地板上生了根。

“我什么也不明白……把钥匙给我，让我去看看我不在家的时候你们自作主张在那边搞了些什么名堂。”

“我们一块儿去，”丽桑卡说，“这具锁是密锁。你一个人不会开的。”

我们到了地窖里。她把门打开，我简直不相信自己的眼睛了。

房间是我的房间，可是跟以前大不相同。

他们把一口橱放在靠壁，里面满是各种各样的餐具。他们把一条地毯铺在我床上，另一条把地板完全铺没；他们的白猫呼噜噜摇着尾巴在房间里走来走去。墙边放着椅子，房间中央是一张小圆桌，上面铺着桌布；我自己的饭桌给推到角落里，上面叠着他们所有的窗帘。一切都变了样，我简直认不出这是我的房间了。墙上挂满了他们的青铜框油画。一句话，我的地窖变成了一个富丽的房间。他们雪亮的茶炉子——大概是镍的——在屋角闪光；火炉旁边放着一只大箱子。我想把它打开，可是箱子锁着。

“这箱子是怎么回事？”

“里边是我们的衣服。安娜，旁的东西你只管用，这箱子可不能动。你女儿是布尔什维克。要是人家知道你是个布尔什维克的母亲，即使看到这些东西也不会说什么的。”

现在我全明白了。

“谢谢。我不需要你们这样抬爱。我自己的东西够用了。你们的财产请从这里拿走。”

米哈克和丽桑卡开始央求我：

“东西暂时在你这儿放一个时期。你随便用好了，安娜。”

“我不要。快拿走，我不要别人的东西！”

他们重又开始恳求，可是我说：

“不行就是不行。快把你们的东西拿走。”

于是他们全家开始搬东西。要是在以前，他们谁也不肯做这种事。可是现在你们瞧瞧他们！妻子比丈夫干得利索，丈夫比妻子搬得勤快，女儿比父母更加灵活。真不懂他们哪来这份力气和本领！

“难道我们的东西碍着你了？”他们嘴里嘟囔着，但一边仍继续搬东西。

他们搬完后，我把房间收拾好，坐下来休息一会。

我在自己的小城里还住了两个月光景。后来接到我的维多丽亚的信，她叫我到埃里温去和她一起住。我把所有的东西都收拾起来，卖掉了一些，就动身了。

到现在我在埃里温已经住了两年。我的女儿在工作，我就靠她供养。我不再去给人家洗衣服了。现在我一心一意照料我的女儿，做饭，看家。

维多丽亚还跟从前一样常常去开会，有时到乡下去把那边的妇女组织起来，教她们文化。

我的生活很安定，再也听不见丽桑卡和她丈夫的唠叨。没有人把我呼来喝去：“把皮鞋拿去擦一擦，来收拾房间，把地板洗洗干净。”虽然我失去了我的埃尔凡德，但我有维多丽亚……现在我什么也不怕了。

我的故事就讲到这里。

司机阿刺木

斯捷潘·左利扬

有一次我坐汽车到山上去探望一个患病的朋友。他是遵医嘱到那边去疗养的，可是他的弟弟突然打急电叫我去。我在城里的一个朋友把他的小汽车借给了我。

我们的车以每小时将近六十公里的速度行驶，我想到很快就能到目的地，赶上我朋友的弟弟来接我的时间，因此很满意。

起先我们在平坦的大路上前进，路的两旁伸展着结穗累累的麦田；这里那里堆着一捆捆割下的草，空气里充满了干草味。虽然路很平坦，来往车辆也不多，不过我仍旧不大放心。说实话，我每次坐汽车到远地方去，总感到一种内心的不安和怀疑。您一定要问："这是为什么？"说明白了就是我对司机不大信任，尤其是对陌生的司机。任何时候都保不住他们能平安无事把你送到目的地，保不住他们不离开路线去搭顺路的乘客或者接受货运——谁知道他们还会搞出什么花样来！人家明明在捉弄我，而我又不能向他说："凭凭良心吧！这是不应该的！"在那种时候我心里总是非常不痛快。对从事旁的职业的人还可以批评几句，可是对汽车司机就不能批评，这也不知是什么道理……

因此我坐汽车老是不大放心。现在也是这样，我跟司机并排坐着，常常用怀疑的目光看他。他是个三十一二岁的男子。他的前额和右颊有几道细长的疤痕，这使他的相貌显得不太可亲。他左手的中指有些异样，不能弯曲——大概是筋受了伤。他像在夏天里一样，不戴帽子（帽子给他塞到行李箱里去了），袖子卷到胳膊肘上；我见他手上刺着一些奇怪的字母，也许是他的姓名的缩写，反正我不知道。看见人家身上刺花总使我产生不愉快的印象。现在我的司机就有这种讨厌的标记，再加上他老是紧绷着脸，于是我作出了结论：算我倒霉，遇上了这么一位仁兄大人。

这一切都加强我对他的不信任，我拿定主意要小心提防。可是怎么能预防各种意料不到的事情呢？

车走了一段路，我问：

“同志，您叫什么？”

“什么？”他向我侧过半边脸说。

“我问您叫什么名字？”

“阿剌木。”他像不大乐意似的说完又把脸转回去凝视着远处。

于是我也不作声了。

道路在麦田之间蜿蜒曲折地往山上爬。路旁掠过一幅幅美妙的图画：灌木丛生的高原，远处群山的锐峰，青翠欲滴、枝叶卷曲的森林。但我只是默默地欣赏，因为我的司机还是那样紧绷着脸，思想集中。

我在沉思中忽然看见前面路上停着一辆“莫斯科人”牌小汽车；老远就看得见司机在引擎旁不知忙着什么，车边站着的看来是整整一家人——爸爸、妈妈和两个孩子。八成是汽车已经抛锚很久，因为当我们的车开到他们那里的时候，那些人的脸上都是一付不安的愁苦相。

我的司机突然把车刹住，跳下车向“莫斯科人”的司机跑过去。他们交谈了两三句话，接着两个人一起开始检修引擎。阿剌木起先站着察看什么东西，后来又弯下身子把头探到车底下去看。“开始了，”我暗暗对自己说，“要是这两位司机认真动手修理，我们至少要在此地耽搁一小时，这样我到目的地天就要黑了。”

不过还好，全部过程没超过十分钟。阿剌木把汽车仔细检查了一遍，然后开动引擎，直到把“莫斯科人”送走，他才回来坐到自己的座位上。

“阿剌木同志，那边出了什么事？”我问。

“没什么。”他只简短地回答了这么一句又不开口了。

我们的车继续前进；路弯弯曲曲地向山上愈爬愈高。迎面开来的载客和装货物的汽车风也似的驶过。我们的车一会儿深入树林，一会儿开到空地上，那时我们眼前就展现出一幅幅不断变换的景象：远山起伏成波状，一座座围在疏林中的村落如星罗棋布。

我们的车速相当快，看样子可以把时间争回来，在天黑前赶到目的地。

不过我的乐观情绪没维持多久。汽车突然减低速度停了下来。难道是什么机件坏了？不……离我们不远有一辆卡车的前轮陷在路旁一个水坑里；拴在车后的两头公牛在使劲把车往大路上倒拖，可是卡车一动不动……阿剌木用铁链把卡车挂在我们车后。引擎啪啪响了一两阵，一鼓作气把汽车拖上了大路……

“还好，问题解决得还算快，”我心想，“以后恐怕不会再耽搁了。”但是……我们的车还没走上两公里，我的司机又把车停下，自己向一个谷地里跑去。我把头探出车窗，见谷地里停着一台拖拉机。拖拉机旁有一个男人和一个女人在焦急地走来走去；一个十来岁的男孩子激动地在他们身边转。有一点是很明显的：拖拉机发生了故障。可是这跟我的司机有什么相干呢？他能帮什么忙呢？如果他仅仅是出于好奇，那么难道他不知道我要赶路吗？

“他看一下就会回来的。”我努力安慰自己……可是——我的天哪！……旧戏又重演了。阿剌木走到拖拉机旁，跟那个男人（大概是拖拉机手）谈了几句话，就蹲下身去检查轮子。“这个人在干什么？他干吗这样好管闲事？”我心里很气愤。过了五分钟、十分钟——阿剌木还不来。又过了十分钟……我忍不住走去看看他为什么久久不回来。我看到那男人在把拖拉机前面被掘松的土踩结实，而我的司机跪在那里全神贯注察看机器的内部。我回到小汽车前继续等待。我又等了十分钟——阿剌木还不来，我等了半小时。时间一分钟一分钟过去。终于，他疲乏地回来了，我们立刻继续赶路。

“他们是您的亲戚吗？”我问他，一边竭力不让自己怒形于色。

“不是。”

“那么是跟您认识的？”

“也不是。”

我气得说不出话来。他大概也感觉到了，于是一边继续望着前方，一边像顺便提起似的说：

“他们没人帮助恐怕对付不了……”

“他在辩解了。”我看着他疲倦而阴郁的脸上淡漠的神情心想。他闭紧嘴唇聚精会神驾驶着汽车；道路成之字形弯弯曲曲通向山中。和我们同向或相向的车辆常常绕过我们驶去，有些车停着在换轮胎或者加水、加油。要是有一辆车停着而一时不明停车原因的，我的司机就要去了解发生了什么事，然后视情况给予帮助。

暮色苍茫中我们总算到了目的地。当我走进别墅的大门时，阿剌木说：

“我们好像到迟了一些，不是吗？”

“迟了三个钟头，”我有气无力地说，“我总算能平安到达，这还要谢谢您呢。”

阿剌木没再说什么。但过了两小时，当我换了衣服在跟我的朋友谈话的时候，有人通知我，说外面有人找我。

“让他进来，”我说，一边寻思，“有谁会来找我？”

我的疑团直到阿剌木进来时才得冰释。

我的朋友是个很有教养的人，他看见了阿剌木，就站起来走出房间，他大概以为我还没付清汽车账，以为司机要跟我单独谈话。

“晚上好！”阿剌木向我走过来说。

“晚上好！”我相当冷淡地回答。

“请原谅，”他说，“我发现您在生我的气，对吗？”

我不打算掩饰我的愠怒。

“是的，”我说，“我们应该在天黑前到达，可是我们到迟了三小时，天已经完全黑了。我的朋友空等了我两小时，他已经失望了。我们停车的次数太多了！……”

“不错，”他也同意这话，“可是明明看到人家需要我的帮助时，怎么能不停车呢？”

“他又在辩解了。”我心里这样想。我说：

“为什么别的司机不停车呢？”

阿剌木看了我一下。他脸上的疤痕泛出了红色，他在房间里走了一阵，问道：

“可以坐吗？”

他坐下后把两手交叉放在胸前。

“我想问您一个问题。”他说。

“请教。”

“假如您一个人开汽车在没人的地方抛了锚，您打算怎么办？”

阿剌木凝神看着我的脸。

他的问题的意思我不大明白。

“我不太了解您的意思。”我说。

“我是想说：要是您的车在一个荒僻的地方出了毛病，而您又只有一个人，那时您希望的是什么？”

“当然希望得到帮助。”我说。

“可是人家不但帮助了我，甚至还救了我的生命。”他突然改换口吻说，他的声音十分诚恳。

“怎么会这样的？……在什么地方？”我很感兴趣地问。

“在战争时期……事情发生在乌克兰。”

他的话加强了我的好奇心。

“如果可能的话，请您谈谈这件事。”

“您已经累了，我不愿妨碍您。”

我告诉他，说我已经休息过了，现在不想睡。

阿剌木终于答应了我坚决的请求。

“一般说，我不喜欢讲这件事。但今天您生了我的气，那我就讲一下吧。我的故事很短。

“您当然还记得战争爆发的头几天，那时法西斯强盗向我们疯狂进攻……他们企图在我们的军队里引起慌乱，速战速决；我们一边撤退，一边准备找一个地方站稳阵地，遏止他们的猛攻。

“那时候我接到命令要运走我们团的档案……我保证用我的卡车把它们不缺一只角送到目的地……当时我还是个缺乏经验的司机：在部队里服役总共才六个月，刚刚学会开车，至于开卡车还不到两个月。我接到这个命令的时候，法西斯的飞机已经在席多米尔城的上空猖獗，滥炸城市和路上的难民……既然命令下来，就必须把档案送到。我们才驶出席多米尔（跟我一起走的还有一个战士，他是团部的文书），法西斯强盗又开始从空中轰炸、扫射汽车和难民……公路给难民占满了：马车、汽车、自行车像潮水一般呈四五行一起走……还有许多骑马和步行的人。法西斯强盗对准这条路扫射，火雨不断从上面倾倒下来……

“我跟大家一样毫不停歇地驾车前进……在扫射的时候连躲的地方也没有，所以我急急于抢救这批重要的货物……我们的车在公路上愈往前走，路就愈加危险：法西斯强盗不断加强火力。车走了五十公里，我决定离开公路索性穿过田野笔直行驶……我甚至因为自己的机警而得意忘形了，我想：照这样下去我非但能躲过扫射，而且还能提早到达目的地……文书也同意我这办法。但请您听下去。我们离开大道才百来步路，我的车的前轮就掉进了泥塘里。车渐渐开始下陷……继续行驶是不可能的了。引擎没有损坏，可是车轮像生了根一般动也不动。我和文书开始把车拼命向后推。可是白费力气。往前又不能走：周围全是泥塘、水、芦苇……

“‘真糟糕，’我心里想着，一边向大路上看有没有人发现了我们来帮忙的。

“可是有谁来帮忙呵！炸弹和子弹当头飞下来；汽车、马车和人挤做一团向前飞奔逃避轰炸和扫射。不能指望别人帮助，必须依靠自己的力量。我再一次发动引擎，想跑出这个该死的泥塘地，然而一切都徒劳无功。

“可是法西斯强盗还在继续倾倒钢铁。我从司机仓里看到炸弹纷纷落在大路上，机枪从空中扫射难民；我的车已遭到扫射；子弹像牛虻一样嗡嗡地响着在我们周围飞舞，在车顶上、车门上擦过……您看这个指头，我就是在那边受的伤……

“每当我走出卡车去察看车轮，不让它们完全陷入泥塘的时候，我早已把生死置之度外。

“忽然在离我们相当远的地方有一辆卡车停了下来；司机和他的一个同路人跳出司机仓跑到我们跟前。

“‘出了什么事？’司机问。

“我告诉他说我想缩短路程把车开到田野里，想不到在泥塘地里抛了锚。

“他一听就全明白了。

“‘一看就知道你不是本地人，所以会出这样的事。’他说。

“‘是的，我是亚美尼亚人。’我承认说。

“‘明白了！车没坏吧？’他问。

“‘没有。’

“他跑回去把自己的卡车倒过方向开到我们的车旁，在距离两米的地方停了车。‘链条！’他向坐在车内的战士们喊了一声。一个战士立刻取来一条铁链（这种链条是冬天司机用来缠在轮胎上防滑的），跳到地上。

“现在您总该明白，他们把我从何等绝望的境地救了出来。

“那司机用链条把两部卡车连接起来……这时法西斯强盗发现了我们，开始从飞机上向我们扫射。那位司机理也不去理它。对了，我要告诉您，他是个乌克兰人，就是那一带地方的人，他名叫伊格纳特（这是我以后才知道的）。不一会，伊格纳特喊了一声：‘上车！’

“等他的同志们坐好了，我和文书也走进了司机仓，于是伊格纳特发动引擎。一，二，——我们的卡车从泥塘里爬上了坚实的土地。但伊格纳特并不马上解开链条，他一直把我们的车拖到公路上。见我们到了大路上，伊格纳特这才说：‘现在可以走了！’

“我的车走在前面，他的车跟在我后面。

“我们旁边还在滚滚流着汽车、马车、自行车、骑马和步行的人组成的潮水，火雨依然从上面不断地倾泻下来，打死和受伤的人纷纷倒下……

“我们这样行驶了几十公里……终于到达目的地。那里又交给我一批文件，命令我把档案送到大后方去。

“办完了事，我跑去寻找伊格纳特，准备跟他告别，并且向他道谢。

“我打听到他右手受了伤，不过还好，伤势不重。但我还是很难过。我打心眼里向他说了声‘谢谢’。伊格纳特微笑着回答：‘同志，这算不了什么。我不过尽了我的义务罢了。我们应该互相帮助，这才不愧为苏维埃人。’”

说到这里，阿刺木仔细地望着我。

“这个乌克兰人真勇敢，”我说，“他的确救了您的生命。”

“是啊，”阿刺木点点头，“现在您认为怎么样？人家在患难中难道我不应该帮助他们吗？”

我低下头去，哑口无言……

穆库奇同志

莫符塞斯·阿拉齐

1

除了穆库奇，一切都起了变化。

他在皮革厂里当了十年看门人。在这十年中，国家的制度改变了两次，厂里换过五个厂长，但是谁也没看到穆库奇有所改变。无论你问哪一个人，他一定会睁大了眼睛说："穆库奇？哦，他还是老样子，还在看他的门。"

每一个新厂长第一天就职开始熟悉厂内各个角落时，总注意到穆库奇。每当新厂长办好手续后，也总是意味深长地对穆库奇说："暂时你可以继续工作，以后我会下必要的命令。"

但是这命令始终不见下来，穆库奇本来就不明白厂长的意思，照旧看他的门。不知怎么的，结果总是把他忘掉。在很短的时间内，厂长对于穆库奇这个人就会习惯下来；渐渐地每一个厂长都会开始感到这不像是个活人，倒像厂里一座被安定了地方永远不动的石柱雕像。

穆库奇的外貌从来不改变。他是个中年人——在这种年龄，像他这样的人似乎老是这个样子，无情的岁月对他们仿佛毫无影响。

他那多肉的脸上长着浓眉大眼，一个大鼻子完全藏在毛茸茸的黑胡子里，他的脸似乎有些虚肿。怎么会虚肿的呢——或者由于饥饿，或者是没睡醒！最大的可能是两个原因都有。从他目光呆滞的大眼睛里可以看到长期的忧伤凝成的麻木神情。

穆库奇一年四季穿着一件肮脏的灰色短大衣。这件衣服是用一块块破碎的薄军服呢拼凑起来的，但是这种呢子的本色连痕迹都已消失殆尽。在短大衣里面塞了许许多多的破布，老远看来，会把穆库奇当作一个长着两条腿的袋子。

但最有意思的是穆库奇的鞋子：从他的鞋上看得出靴革昂贵的全部历史。这双鞋的“基础”是一双沉重的美国皮鞋，在它穿到穆库奇脚上之前，已经为两双脚服务过了。因为打了大量的补丁，这双鞋的本来面目已经看不清楚了。而且为了把补丁弄牢，什么都用到了——有铅丝，有铁钉，有线！

恐怕不能不承认，每一个新来的厂长马上就会注意到这种奇怪的不相称现象（一个皮革厂的看门人竟穿着这么可怜的一双鞋！）。于是新厂长没一个例外地吩咐发皮子给穆库奇做鞋。但是穆库奇过了几天就把这块皮子换了面粉，继续穿他那双补丁不断增加的旧鞋。

说实在的，穆库奇并不特别关心他的鞋子。因为他如果去定制一双新皮鞋，迟早还是要穿破的；而那双旧鞋却怎么也穿不破，它将永远为他服务——这一点他深信不疑。

2

任何人头一次遇到穆库奇，都以为他是从土耳其逃来的。要是有人问他是哪里人，穆库奇自己也回答不清楚。他从小跟父亲从一个村子流浪到另一个村子，可是这个到处流浪的亚美尼亚人究竟是生在什么地方的，连他自己也不知道。穆库奇的全部财产只有一条千补百衲的杂锦被和一只撞瘪了好几处的锅子，光凭这一点也可以肯定他是个难民。穆库奇惯于贫穷，所以渐渐地不懂得悲伤了，因为他开始生活的时候恰恰是整个亚美尼亚民族浪迹天涯的时代。

“只要有面包，其余的一切都是小事。”他常常这样说。

他把妻子和四个孩子安置在紧靠工厂的一所破房子里。要不是这几位不速之客，未必会有人把脚跨进这小房子里去。屋顶已经倾斜，悬垂在台阶之上，仿佛只是出于恻隐之心才拖延着不塌下来。

孩子们整天尖声哭叫，像一群小猫。穆库奇早已听惯了他们的叫声：他们要面包。

“面包！”这叫声在穆库奇家里是不断的。

因此每当改变一次国家制度的时候，穆库奇唯一关心的就是面包问题。

“听说面包要便宜了，是真的吗？”他遇到什么人都这样问，一天要问好几次。

这话是谁说的，在什么地方说的？其实在任何地方也没有人这样说过，只是穆库奇衷心希望听到这个令人振奋的消息。

苏维埃政权建立，可怜的穆库奇终于被派去给工厂领面包，因为高兴，这个沉默寡言的人一下子变得健谈了。穆库奇感到幸福，好像所有的面包都是给他一个人的——他多年来一直半饥不饱的肚子终于能尽量吃饱了。

“我去给工人领面包！”他欣喜若狂地把这事见一个人告诉一个人。

看得出他是多么热情地履行着自己的职责。穆库奇背着一只大袋子，负着重荷不知疲倦地跑东跑西；他背后的面包的暖气和香味使这可怜的人打心眼里觉得高兴。有时他甚至幻想起来：也许会给他一只很大的圆面包，向他说：“穆库奇，拿去吃个痛快吧！”

有时面包来得比较迟，穆库奇得站在供应站里等上很久，那时他心里就会开始担忧。他觉得马上会有人来说：“面包没有了，你们自己去想办法吧！”

白天，穆库奇常常回家去看看。他和他妻子老是发生同样的误会：穆库奇空空如也的肚子在悄悄地说：“老婆会不会弄到一些蔬菜张罗一顿饭吃？”而他妻子这时也在想：“穆库奇会不会弄到一点面包拿回家来？”

妻子在失望之余，大发雷霆，于是照例要爆发一场“面包战争”。

“亏你有脸空着两手回家来！孩子们在挨饿，可你全不放在心上。”她嚎哭着说。

她的声音愈来愈响，在穆库奇耳朵里变成了疯狂的尖叫声。虽然他有大哲学家苏格拉底那样的耐心，这时也忍不住了：

“你又大喊大嚷干吗？安静点儿，你去看看人家在吃什么。”

他在妻子的叫骂之下跑到厂里去了。

3

苏维埃政权巩固了。有的人欢迎它，有的人认为自己失去了财势而诅咒它。只有穆库奇对这次变迁好像是个局外人。

头几天的狂欢、新政权的建立、激动人心的演说、雄赳赳的红军行军队伍使沉着冷静的穆库奇也为之兴高采烈。他参加过几次群众大会；穆库奇站在最后面听人家演讲，有时他感到自己全能听懂，因为这是在谈像他那样的受苦人的权利。

但是过了几天，为面包担心的思想使这个可怜的人十分苦恼，演讲人的话他也听不懂了，他们说的不是他的心里话，于是穆库奇不再去开会了。

“面包，面包！”他希望所有的人、所有的演说家众口一词说这两个折磨着他饥饿的心的字：“面包！”

凡是不涉及面包的一切演说和决议，穆库奇都认为是“空谈”。农民只有在星期天或是在漫长的冬天晚上，吃饱肚子后才谈谈山海经给自己和别人开开心。至于城里人是被穆库奇认为“老爷”“高贵的人”的，他们可以在任何时候闲扯空谈。

穆库奇把一切城里人打扮、认得几个字——哪怕只认得几个印刷体大字——的人都归在“高贵的人”一类。虽然发放工资、面包和别的食物时他都亲眼看见，但穆库奇经常有这样的幻觉：仿佛他周围的人是在另外一个地方得到面包和其他一切东西。

“像我这样的穷人还熬得起饥饿，有钱人是饿不起的。”穆库奇心里这样想着。

这也是可以理解的。穆库奇在旧社会里长大，过去的印象在他的头脑里已经根深蒂固，像一把坚硬的胡桃埋在里边：不论你怎么砸——也砸不出核仁来。

4

但是世界的变化太大了！周围所发生的一切穆库奇还是看到和听

到的。过去高高在上的人滚下来了，底下的人升了上去。

“当然，”有时他这么想，“现在大家互相都称呼‘同志’（穆库奇很喜欢听这两个字），这很好。”但是为什么大家对他还是“像家里人一样”叫穆库奇呢？人们从他身旁走过时总是说：“怎么样，穆库奇？”

自然，有人跟穆库奇亲切地说话，他是高兴的。但是既然建立了新制度，大家也应该称他“同志”。

现在大家都说，政权已转到贫农和工人手里了，可是谁弄得清楚那些城里人想出的花样，谁知道他们有些什么打算。难道穆库奇不会被派去当一个什么“长”了吗？老实说，职位与权利也应该分派给每一个人，就好像母亲分面包给饥饿的孩子一样。可是什么也轮不到穆库奇的头上。他即使活到一百岁，头上还是那顶破羔皮帽。

请你们说说，为什么厂里的理发员经常搪塞穆库奇呢？穆库奇不论什么时候上他那里去，他老是说：

“稍等一下，我先把……”

穆库奇上理发员那里不知去了多少次，每次都听到这两句话，结果总是原封不动地怏怏而归。终于，这可怜的人生气了，再也不到理发员那里去，他已经记不起最后一次理发是在什么时候。

穆库奇非常明白，理发员就是不愿意为粗人出力：刮穆库奇的胡子只会白白把剃刀弄钝。

本来嘛，穆库奇也不是瞎子——他很清楚地看到：这坏小子经常用自己的旧剃刀掉换刚买来的新剃刀，他还盗窃发给他做围身和手巾用的布。穆库奇知道，这坏蛋所以要当苏维埃工厂里的理发员，就是想干他的卑鄙勾当：把公家发的理发用具偷去开一爿自己的小理发店。

这一切穆库奇都知道，只是他不愿意招冤家。要是把审判权交给他，他知道该怎么整饬一下这个昧良心的坏蛋。

……是啊，除了穆库奇，一切都在改变！

唉，穆库奇的运气也真不好！

厂里来了一位新厂长，这是一个很刚愎的人，个儿瘦小，戴一副眼镜。他完全不像以前的几个厂长。这个新厂长不但经常注意穆库奇，他还每天责备穆库奇。整日里只见这个灵活、捷敏的厂长在厂里每个角落跑来跑去。他在动什么脑筋，穆库奇不知道。他茫无所措，不知道怎么才能在新厂长面前表现得好一点。过了一个月，穆库奇对这个想法失去了最后的一线希望：他甚至开始感到，厂长已经打定主意要把他辞退，只是暂时还找不到碴儿。

要不是出了一件倒霉的事，穆库奇的铁背连这样沉重的负担也能忍受过来，不说一句怨言。

一天早晨，发现工厂仓库里不见了一大捆皮子。

不用说，不幸落到了穆库奇的头上。他不时被民警局叫去讯问，厂长一天要盘问他好几次。

“你是看门的，你就应该负责！”

穆库奇赌神罚咒，说这件事跟他毫无关系。可是他看到人家不相信他。厂长怒气发作，他像只喜鹊一个劲儿地说：

“你是看门的，你就应该负责！”

这还不算。连老婆也不让穆库奇安静。

“你的丈夫一定要给抓去。”邻居们像苍蝇似的在她耳边嗡嗡响个不停。

于是她见天跪着没命地喊叫：

“光凭我丈夫是个看门的也不该把他当贼，叫我们全家去要饭！难道就没有人为我们讲一句话？很清楚，这件事里面一定有阴谋……”

“你又来了！我才不怕呢。”穆库奇紧绷着脸像个真正的男子汉那样对她说。

但这样不能给他妻子多大安慰。

她继续嚎啕大哭，四周围着许多邻居；孩子们望着母亲，害怕了起来，也放声大哭大喊。

天慢慢地在黑下了，穆库奇的心里也蒙上一层阴影。

有一次他走到工厂空地上一座没门没窗的颓败小屋里，在一块石头上坐下来，闷闷不乐地凝视着地上。

“我的事糟透了，恐怕得不到宽恕，八成要给抓去。谁能为我说话？人家才不来理我呢。孩子们怎么办呢？这些该死的皮子是谁偷的呢？除了这个坏蛋理发员，不会有别人。好像所有的人都瞎了眼，都看不见这混蛋老在厂长耳边嘀嘀咕咕。他一定在诬告我，说皮子是我偷的。”

黄昏渐渐来临，穆库奇心里的黑影愈来愈浓。

忽然他听见有人高声喊：

“穆库奇，你在哪儿？”

穆库奇全身震了一下，不知怎么才好，他默默地走出去。

站在他面前的是工人马尔加尔。

“你到哪儿去了？我找了你整整一个钟头。走吧！”

5

“唉，好端端碰上这种倒霉事！”穆库奇心想，“还是把我杀了干脆。不然，他们会要叫我在大会上丢脸。”可是，好像故意跟他过不去似的，马尔加尔领他去坐在第一排。现在很清楚了——他们要叫他当众出丑。

这么多人！而且个个都像在生气……穆库奇这时宁可钻到地下去，只要不在这一大群人面前出丑。

穆库奇看到台上有一张铺着红呢的大桌子，桌后坐着五六个人。所有的人他都认识，可是看起来好像是陌生人。真想问问他们：“穆库奇碍着你们什么啦？你们干吗这样盯着他看？”

一方面是怕，一方面是羞——怎么办呢？虽然春天的天气挺暖和，但他却在浑身发抖。

坐在身旁的工人们在给穆库奇壮胆。但他像聋了一般，他的思想飞到老远的地方去了。

没说的，事情糟透了，穆库奇甭想得到宽恕。在这一大群人面前有什么办法呢？他们当然不会检举厂长。因为他是“贵族老爷”，跟乡下佬穆库奇不同。瞧，厂长坐着，样子很得意，隔着眼镜望着大家，好像在说：“你们都在我手掌之中……”

穆库奇能说些什么为自己辩护呢？就算他这么说：“我是个穷人，没有知识，我怎么知道东西是谁偷的，怎样偷的；我可以对天立誓，我什么都不知道……”

墙上一张很大的列宁像望着穆库奇。

“听说他是个好人。要是列宁在这里，他一定能为我说话……不让他们毁了我……”

铃响了。会议开始。大家说的话穆库奇怎么也听不懂。直到他听见一个工人萨阿克响亮的声音时才清醒过来。萨阿克说得很清楚，但是很生气，他仿佛不是在说话，而是在喷溅火星。看来他痛恨穆库奇。可是这又奇怪了：他竟称穆库奇为“同志”。既然萨阿克恨穆库奇，他怎么会是他的同志呢？

不但如此，当萨阿克说话的时候，厂长不时从座位上跳起来，好像有针在刺他。他还频频举手想要回答。没等萨阿克说完，厂长已经面红耳赤地嘴里嘟囔着什么匆匆离开会场。大家都望着他，有一个叫谢尔果的工人轻轻地对穆库奇说：

“瞧见了吗，穆库奇，我们是怎么整这个厂长的？我们工人办事很干脆！……”

不，事情有些不大对头。又有人谈起了穆库奇“同志”。而且仿佛在夸奖他。听见没有？“穆库奇不怕寒冷，不怕饥饿，一直坚守自己的岗位。要是厂长是个好人，至少也该问这么一遭：‘穆库奇，你住在哪里？你生活怎么样？’”

毫无疑问，大家想帮助穆库奇，保护他。于是这可怜的人心里无数条看不见的线解开来：他刚才好像一池水上了冻，现在开始融化了。

穆库奇屏住了呼吸紧张地听着。真是怪事——他们又在谈像他那样的穷人的疾苦了。

忽然马尔加尔在推他。

“现在由穆库奇同志讲话。”主席重复地说着。

马尔加尔在他耳边轻轻地说：

“现在该你说话了，穆库奇。有什么说什么，别拘束。”

穆库奇莫名其妙地站起来，想喘一口气，他轻轻地用喑哑的声音开始说：

“同志们，我人虽穷，可是我不出卖灵魂。皮子是谁偷的，我一点也不知道。我只说一句话：是坏人害了我……你们认为怎么对就怎么办吧……”

说罢，他深深地喘了口气坐下来。主席补充了几句，另外还有两三个人作了短短的发言——会议就结束了。工人们围住穆库奇说：

“穆库奇同志，别灰心，我们胜利了，记住，有我们大家在撑你的腰。”

人们走到他跟前，拍拍他的肩膀，称他“同志”。

穆库奇走出会场。他心里是这样愉快，仿佛在腾云驾雾一般。他是在往家里去，还是往厂里去——他自己也不知道。他现在有这么多的朋友保护着他！

好像有千万条声音从四面八方在喊他：“穆库奇同志！”

穆库奇的心里洋溢着喜悦，他明白现在他什么也不用怕了；他第一次觉得自己不是孤独的，他背后有强大的后盾——他的同志们。这个思想仿佛使他成长起来了，勇敢起来了，两手充满了力量。于是穆库奇骄傲地高声说：

“嗨，你们听着，从今以后谁也打不倒我啦！……”

6

过了三年，我回到自己出生的城市。一天晚上，我去参加一个有关政治问题的会议。我听着一个个人讲话，眼睛看看工人们，把他们的现在和过去比一比。变化真是太多、太大了！

一个头发剪得很短、样子挺年轻的人走上讲台，他稍稍等了一会儿，开始跟一切热烈拥护革命的工人一样激昂、大胆、豪迈地说：

“同志们，有人把我们包围了，想窒杀我们。他们想用面包窒杀我们——结果失算了；他们想用武力——也没有用。让他们好好记住：旧时代已经过去，我们的头脑清楚了，眼睛睁亮了。现在谁也不能战胜我们。”

回答他的是震耳欲聋的掌声。

这位演讲人我好像有些面熟。我正想问工人马尔加尔，但他先告诉我了：

“你知道这是谁？他就是我们的穆库奇。”

“什么？是穆库奇？他的大胡子和几百斤重的靴子哪里去了？”

马尔加尔笑了起来：

“我知道你要问的。他的靴子和口袋似的短大衣送进了博物馆，胡子剃掉了。要不是他老婆不肯，他跟唇髭也告别了。现在穆库奇在我们厂里当工人。干起活来，他好像才二十岁。”

……在回家的路上，我回忆着往事。我心里想：我们的穆库奇是怎么改变的，当年家乡的城市里没有他这个人真是难以想象的事情。

我一边走，一边沉浸在回忆中……耳际还在响着主席萨阿克洪亮的声音：

“现在由穆库奇同志讲话……”

播种黑土的人

阿克塞尔·巴贡茨

1

我问阿瓦克：

“那幅幕布还在吗？”

“还在。”

“那么他的母亲呢？”

“他母亲仍旧相信……”

阳光照耀着我们面前阿拉克斯河流域的田野。风从河上吹来，岸边泛黄的芦苇微微摇晃。

我跟阿瓦克走到收割完毕的田边，在唯一的一株法国梧桐下坐下来。我的同伴抹去给太阳晒得发烫的额上的汗，眼睛看着绿荫深处。枝头蹲着一些肥大的白头翁和灰色的麻雀。它们有些心神不定，似乎在互相询问：我们是何等样人，有没有带枪，会不会抓起石子打它们？后来它们渐渐放下了心，因为有一只老白头翁责怪它们不该无故大惊小怪。不过那些鸟儿还是飞到高一些的树枝上去以防万一。它们消失在绿叶丛中，只是喊喊喳喳的鸟语还能听到。

天这样热，人又疲乏，我的眼皮愈来愈重，当我闭上眼睛的时候，听到许多镰刀的声音和麦穗倒下的沙沙声。后来声音愈来愈响，这时比较凉快了，我又听到许多短刀铿锵的碰撞声。芦苇在喧嚷……

我躺在阿瓦克旁边，透过喧嚷的芦苇望着亚拉拉特山。一朵雪白的云停在蓝色的山影上。芦苇晃动的时候，蓝色的山影也跟着晃动，甚至在灼热的空气中闪着寒光的山巅白雪也在微微颠荡。

我深深吸着从山巅上、从雪一般的白云中、从对于我永远是高不可攀的青云里飘下来的凉意……

泥土给太阳晒得起了龟坼。从很深的裂缝中升起焚土的气味。一只蜘蛛在裂缝上织成一张网。我用一根麦秆碰了一下蛛丝网，从黑土的深缝里立刻爬出一只毛茸茸的饿蜘蛛。它以骇人的速度在金色的网丝上打转，急不可耐地寻找食物。

草丛中有一只黑色的甲虫在搬运一小块粪土。就是它，这运粪的甲虫，被埃及人叫做圣虫，因为他们相信甲虫在转动地球，就像现在这甲虫推动一块圆圆的粪土一样。它出现在草丛中有很大一会儿，后来连同它的玩具一起掉进隙缝里去了。

我用指头捺着泥土——这世界上最古老的物质。不知多少人脚、马蹄和车轮在这地上经过；它也不知经受过多少回日晒风吹、雨打雪飘。

泥土总是逆来顺受、永恒不变……

远远可以看见灰色的园墙和屋垣，它们都是泥土砌成的。这些墙垣饱受日晒、风吹和雨打，有的地方出现了窟窿，有的地方只剩下它们的尖端。

这些墙垣在宽广的平原上像是一匹匹跪着的骆驼。有的伸长脖子；有的弓起背脊；有的蹲伏着；有的曲着前腿，而且后腿似乎也快要弯下了。

即使一直走到巴比伦这个古老的世界，走到盐湖旁，走到美索不达米亚遭到兵燹的原野上，你到处都能看见这古老的泥土、这纪念碑似的法国梧桐以及神圣的甲虫。

在这儿的原野上，墙垣很快就会倒塌，铁轮会把毛茸茸的蜘蛛辗死，可是地里却每年有新的种子撒下。

“起来吧，阿瓦克，这晌凉快些了……”

* * *

他叫塞托，塞托·叶兰。

他是高个子还是矮身材，声音深沉还是尖细，会不会吹芦笛，有没有心爱的姑娘，他从阿拉克斯河边的田野上回来时有没有像我们这样在这株法国梧桐下歇过脚，——这一切我的同伴阿瓦克没跟我说；也许他说过，但在我的记忆中并没有留下这些印象。现在，当我写到这个我没见过的人时，我只记得我的同伴所讲的故事中的一点：塞托·叶兰是村里最好的播种手。

在这一带，阿拉克斯河每年春天总要泛滥一次。春潮在田野上留下淤泥，岸边的芦苇丛就变成绿色的小岛。等潮水在地上留下淤泥退出田野，播种的人就脱去鞋子，把裤腿卷到膝盖上，背上一筐种子，开始播种。他慢慢地向前走，一边用右手撒出一把把沉甸甸的种子。种子在太阳下闪光，像一群小麻雀跌落在地上。

这就是播种手塞托，一个勤劳的庄稼汉。他有个母亲，有一间破旧的小屋子，屋前有两株白杨，白杨树梢上每年有一只熟悉的鹳鸟来筑窠，它给叶兰老婆婆带来春天的喜悦。

要是鹳鸟不再从淤泥地上衔来青蛙，那就是说阿拉克斯的潮水已经退去。那时塞托就要背上筐子，拿起种子，而母亲也要去翻松院子里的菜畦。一部分菜畦照例是邻家的鸡的牺牲品，叶兰老婆婆养的一只猫常常躺在葱畦里。

……这是一个极平常的、人人明白的故事。塞托家的村子在达史那克的后方，那里正在秘密准备发动起义，只等红军的骑兵从南方开来。在达史那克的铁蹄下，每一个夜晚都是奸淫掳掠的恐怖之夜。夜里，一方面，饥饿的人群被押往战场；而另一方面，那些宁愿挥汗耕田浇苗、宁愿在贫穷的茅屋里过和平生活的人又从前线逃走。

当村里听到从南方传来的第一声炮响、敌人掉转马头开始狼狈逃遁的时候，敌人后方爆发了起义，就像告示居民从达史那克统治下得到解放的第一声春雷激起了回响。

太阳高照，鹳鸟飞翔，淤泥在太阳下泛出油光。忽然，在一群起义农民埋伏狙击白军骑兵的芦苇丛中响起了一排枪声。

塞托在法国梧桐后面跪下来开枪。一伙逃命的白军骑兵立刻散开，但后来重又聚拢来驱马向着那唯一的一棵把黑影投在空野上的树冲去。

傍晚，红军骑兵开进了村子。

直到第二天早晨，重炮也已经开到，这时，同志们用芦苇编的担架把播种手的尸体沿着一条窄径抬到他家里。他露着两腿，腰间沾着干涸的淤泥和凝滞的血块。毫无表情的眼睛呆呆地不知看着什么，像停在苍穹中的灰色的浮云……

……可以想象到，他曾经流着血在潮湿的地上向水边的芦苇丛爬过去，粗糙的指头在地上抓着，时而下意识地去摸摸被骑兵用马刀砍伤的肩膀。后来他脸朝下倒在冰凉的地上，就像以前金黄色的种子从他手里撒下来一样。

我看着那扇不高的门，门里边毫无动静。院子里的两棵白杨在夕阳下显得特别高大。

叶兰老婆婆没看见儿子的尸体，也没看见葬礼。当人家告诉她说塞托的尸体正在抬来的时候，她喊了一声霍地跳起身来，但没有走到门口……她失去知觉足足有四天。当时人家说她活不成了……

2

要是在山村里，这座房子就像一所旧式的谷仓。屋顶上应该有一个圆孔，麸皮就像暖和的潮水一个浪头接着一个浪头从高高的打麦场经过这个孔涌到里边去。然后用土把这个孔堵住，一条无家可归的野犬会在这里的麦秸上度过一冬，到三月底就会生出五六条小狗。

要是在山村里就会这样。

但这座房屋是平原上一个村子里的教堂。教堂里的帷幕和圣像都已除去。铁匠拿走了一只给孩子施洗礼用的圣水石缸，现在他烧红了犁铧就扔在这个石缸的浑水里。教堂已经改为俱乐部，剩下的只有三级往下走的石阶和两个现在挂煤油灯的铜烛台；此外还剩下芦苇的屋顶，门一开芦苇就像风中残烛摇曳不定。俱乐部的芦苇顶下栖住着一些老鸽子，当外面风雪交加的时候，它们就躲在久经煤烟熏蚀的壁龛里，那里从前是放银制器皿的。

现在，刷白的墙上装饰着新的图案，古老的穹顶下响起了新的言语。在这个地窖里可以听到青年一代愉快的声音。

门高处的石上，在苏维埃政权建立的头一年就画上镰刀和锤子，下面写着："工农联盟万岁"，从字迹看得出笔法还不老练。现在这简单的图案意味着一种神圣而质朴的信仰，它意味着一个无比壮丽的时代的开始——新的人从黑暗的旧世界奔向光明的新世界，在石上、纸上留下了自己最初的足迹，怀着愉快而自豪的心情开始自己生命中新的一页。

在十一月的某一天，这个芦苇屋顶的俱乐部里发生了这么一件事。

所有的灯都点亮了，但是穹顶下还很暗，仿佛灯光把黑暗衬得更浓了。只有舞台被照亮，而台上的灯光勉强只能照到前几排；人们互相挨得紧紧地坐在很矮的长凳上。

门不断打开，十一月的风闯进来，把芦苇和灯火吹得直摇晃。人们从这扇门进来，往下走三级石阶就消失在黑暗中，只看见一点一点的烟头火像夜里发光的甲虫。

姑娘们在布置舞台。十一月的天气田野里有些什么呢？……带刺的灌木已经枯黄，野蔷薇的枝叶还保存着绿色，开放在寒冷的秋天的野花独享着秋天的太阳。姑娘们用野蔷薇枝和野花编成花环和花束，再装饰以张开的棉铃，然后把这些东西挂在墙上围着红缎带的相片旁边。

角落里一些旗帜庄严地守卫着一面普通的旧红旗，那面旗上有着跟俱乐部门口同样的简单图案：镰刀和锤子。这是当南方响起第一声炮响时起义者举起的第一面红旗。

门一开，十一月的风吹进来，芦苇摇来摆去，灯火几乎被吹熄，后来重新亮了起来，旗帜迎风飘动。那面旧红旗像身经百战的老兵，它仿佛在用轻微的沙沙声向那些绣着金边的新旗叙述：在那些可歌可泣的、光辉的日子里，庄稼汉把它高举起来作为象征解放的火炬；那时它飘扬在村屋上空，听到过子弹的嗖嗖声，看见过最先倒下的一些人血肉模糊的尸体；当铜管奏起哀乐的时候，它曾经在牺牲者的墓前俯首志哀。

聚在台上的人们对两个青年工人从城里送来的一幅新幕布很感兴趣。这两位工人把幕布高高卷起，只要把绳子一拉，幕就会一层一层落下来。但他们把这个庄严隆重的时刻安排在最后，要等大家到齐了，他们——从城里来的那两位青年人——开始致贺辞的时候，才让大家看这幅幕布。

门又开了，有人擦一根火柴照亮石阶，一群人走了进来。可以听到靴子的橐橐声；接着那一群人走到灯光下，聚在俱乐部里的人看见其中有一个穿大衣、戴暖帽的人。他摸索着往前走，因为他的厚厚的眼镜片蒙上了一层水汽。

他跟另外几个人一起走上台去，在穹顶下屋中央交谈的人们走到前面坐下来，他们挤得很紧，台上几乎看不出最后几排坐着什么人。那个穿大衣的人拭了拭眼镜，好奇地向周围看着。台上的灯光和台下的嘈声使鸽子在屋顶下不安地骚动起来，有几只鸽子在人们头上飞过，然后消失在黑暗中。

那个刚来的陌生人微微一笑——不知是因为看到了鸽子，还是因为感觉到温暖和安宁；他用清晰的嗓音开始讲话。

他好像在跟一个人谈心。他谈到那一去不复返的苦难的日子，谈到那充满了欺骗、虚伪、剥削、道德败坏、毒刑拷打、横行霸道的时代，那时候只有饥饿、战争、监狱和压迫。他讲到那些年代的时候，听的人有很多回想起了在他们记忆中留下不可磨灭的印象的事情。有的人回忆起挨饿的日子，有的人想起了没从前线归来的丈夫或儿子，有的人想起他们到有钱人家去敲门求助时受的窝囊气；他们的背上至今还留着遭人毒打的老伤痕。

后来那人又讲到起义，这是争取自由的唯一出路，也正是这唯一的道路把人们带到了光明之岸。他讲到创造性的劳动：沙漠得到灌溉，工厂的烟囱里升起浓烟，英雄们在艰苦的劳动中把自己的意志锻炼成最坚硬的钢。

他突然结束了他的话……大家沉默了片刻，接着响起热烈的掌声。仿佛千万只鸽子从原地跃起在人们头上扑翼飞过。

歌声开始荡漾，音乐也跟着响起来了，接着又有人致贺辞，又是愉快的歌声；一位青年工人走到台前热情地开始说话。他谈到他们送给村俱乐部的一些礼物，其中包括一幅幕布——就在这时，厚厚的幕落下来了。

一个惊讶的浪头直滚到最后几排座位。

幕上画着一个肩背木筐、裤腿卷到膝盖上的播种人的巨幅全身像。他用右手往地里撒的金色的种子在灯光下闪闪发亮。

“塞托 · 叶兰……”

“跟塞托一模一样。”

“瞧他的眼睛，眼睛……”

“这是我们的土地……这是我们的芦苇丛，那是我们的山……”

那位不知名的画家是不是认识塞托·叶兰，有没有到这村里来过——这很难说。也许是他大胆的想象创造了这幅使在座的人惊奇不迭的画。

第一个印象就是永远难忘的。

幕布微微摆动，从下面看起来，好像播种人在迈步行走，河上吹来的风使芦苇摇晃。在远处蓝色的雾中隐约可见亚拉拉特的两座山峰[①]；在十一月明亮的夜里，从村里的屋顶上看去，它们的确是那个样子。

两个女人——叶兰老婆婆的亲戚——肯定说幕上画的是塞托·叶兰。其中一个女人还站起来用她瘦小的手在播种人的光脚上碰了一下——好像要把自己手上的热气传给他。其余的人低声叹息，哭着悼念死去的塞托。

就在这天夜里产生了这个瑰丽的神话。

* * *

多少节日过去了……

这个芦苇顶的地窖俱乐部现在还在，晃动的幕上播种人还在把金色的种子慷慨地撒在黑土上。

一个耳聋眼花的老婆婆常常到这里来。她拿着一把芦花扫帚扫地，生气地赶走蹲在舞台两旁的铜烛台上的鸽子，掸去幕上的灰尘。

旁边没人的时候，叶兰老婆婆就跟她儿子的像轻轻地谈话。

* * *

阿瓦克在街道的拐角上接我。我问他：

“那幅幕布还在吗？”

“还在。”

“那么他的母亲呢？”

“他母亲仍旧相信……”

---

① 即大亚拉拉特（高 5 156 米）及小亚拉拉特（高 3 914 米）。——译者注

“没有人打破这神话，这样很好。”

接着阿瓦克把村里的新闻告诉我，还跟我谈到这里的人们。

街上有一队人走过，音乐声响，我听到铜管奏出胜利的歌声。

我眼前出现了那个雄赳赳的播种手，他在我们的黑土上撒下一把一把金色的种子。

将军的妹妹

拉契亚·柯恰尔

自从一位将军过去默默无闻的名字，在战争年代中响彻全世界以后，信就像雪片似的，从遭到命运无情的捉弄而分散在天南地北的亚美尼亚侨民那里不断飞来。

有一次，副官照例把一天的信件送来。将军不慌不忙地拆开信封，把信浏览一遍，然后搁在一旁。但有一封信吸住了他的注意力。

将军的女儿也注意到父亲反复地看一封长信时那种抑制着激动的神态；那封信是一个女人写的，笔迹相当纤细。

将军把信折好，在房间里来回踱了几次，然后对女儿说：

“你拿去看吧，玛格丽泰。”

> 我尊敬的同胞，朋友或者哥哥！我简直不知道怎么称呼您好……

信的开头这样写着。

> ……您不认识我，可是我早已把您当作亲人。关于我的情况您讳莫如深，而我从听到您的名字的那天起，我的生活意义就完全集中在一个希望上。一个失去了很久的世界又在我心头浮现，仿佛黑夜里忽然升起了太阳。我想给您写信已经有一年多了，可总是鼓不起勇气。我怕如此灿烂地照亮了我的心的希望会破灭。我觉得自己手里好像捧着一个水晶花瓶，欣赏着它，生怕把它跌破了。在希望的世界里生活总比失望好吧？我就是这样想。但是不，我不会失望的。难道生活中不存在幸福的巧事和奇怪的偶合

吗？因此，我在长久痛苦的犹豫之后，终于决定给您写信。不管后果怎么样，——您应该知道我是谁。

那么我到底是谁？到底是什么激动着我呢？我是苏联忠实的朋友，一个热爱苏维埃亚美尼亚的美国籍亚美尼亚女人。爱苏联、爱苏维埃亚美尼亚——这是每一个流落异国的真正的亚美尼亚人的义务。我要让您知道我的悲惨的一生。我不知从何说起，我的手在发抖，一行行的字在眼前跳舞。

……我生在梵湖岸上一个偏僻的小村里。我对童年时代就像今天早晨的事一样记得很清楚。青青的山，百花盛开的谷地，结实累累的果园，美丽的湖，阿赫塔马尔寺就在湖中的岛上，男女老幼都到那边去作祷告。世上还有像我们的故乡这样美丽的地方吗？可是命运残酷无情地夺去了我们的祖国。这事您还记得吗？您是否还记得阿赫塔马尔寺奇妙的图案装饰？现在离开那时已经三十年了。当时我是个七岁的小姑娘。但是，说真的，这仿佛还是昨天的事。

直到现在我还记得在我们的穷乡僻壤响起的枪炮声、使我睁不开眼睛的黑烟和浓烈的火药气；父亲握紧拳头、血流满面倒下去，以及母亲散乱的头发浸在血泊里的惨象至今犹在目前。这些回忆实在太可怕了！

那天我悲号着在广阔无垠的田野上奔跑。我不知道人家为什么要杀害我们。我们全家和整个村子在土耳其弯刀下惨遭毒手。[①]幸免的只有我和我的七个兄弟中的一个哥哥，他比我大八岁。

我们躲在山洞里。夜里像两只小野兽从洞穴里爬出来在兵燹场上走来走去找寻食物，不时被亲人和熟人的尸体绊跌。

我永远忘不了那几个夏天的夜晚！在烧得精光的村子里一个人也没有，只有一些无家可归的猫在长着野草的土屋顶上凄凉地叫着……

---

① 1915—1916 年间，在德国的支持下，土耳其政府曾大肆屠杀土领亚美尼亚的人民。被杀者约一百万人。逃往俄领亚美尼亚的也有一百万人，有许多人沦为难民逃亡到世界各国。——译者注

有两个月我们就这样白天躲在山洞里，夜里在尸首的国度里走来走去，什么也不等，什么也不找。突然，俄国军队来了。我哥哥跑去欢迎他们。那些哥萨克把我们抱到他们的马鞍上，把面包和糖分给我们。我们看到了快乐的面孔，听到了快乐的笑声。我最早听懂的俄国话就是“面包”和“兄弟”……这些话在我们稚嫩的心灵中灌输了多少光明啊！

一切不愿遭到屠杀的人都纷纷逃命。我耳朵里直到现在还响着接连不断的哀号、呻吟和哭声，还听得见垂死的人的祷告。母亲抱着小孩，爷爷带着孙儿——这些无家可归的人往哪儿跑呢？他们为什么要离开耕地和牧场、翠谷和青山、美丽的果园和堆满粮食的谷仓，去饿死在无人知晓的路上呢？就是为了逃到俄罗斯亚美尼亚去，所有的路都通向那里……

这些路像是永远也走不到尽头。我勉强走着，我的脚肿了，弄破了好些地方。哥哥把我掮在肩上，拄着一根拐杖行走。可怜你为我什么苦都尝遍了！

你瞧，我已经确信了……

这一切至今犹历历如在目前；一切都在我的脑海中原封不动地保存了下来。

我记得，我们在一片美丽的绿色谷地里走，那里有许多庄严的圆顶石教堂。哥哥说这就是我们母亲生长的地方阿拉什克特。后来又看到一座大城市的石砌城墙。哥哥告诉我，这是卡尔斯。

在流浪生活中我的足迹遍及许多道路。光明和阴暗的景象都已经从我的记忆中消失，只有童年时代还没有忘记。我们在卡尔斯歇了一会脚。这里已是俄罗斯亚美尼亚。看样子好像没有人再敢来迫害我们了。可是敌人还在追来，于是我哥哥拿起了枪去迎击敌人。从此我再也没见到他。

哥哥走后，只剩我孤苦伶仃一个人。我跟着陌生的人群匆匆赶路，到处找他，可始终没找到。我在村道上徘徊彷徨，要饭度日，顾不得蓬头赤足、衣不遮身。现在我从美国一个大城市里写信给您，这里谁也不知道这事。连我的儿子也不知道他的母亲小时候要过饭……

我在偏僻的路上流浪，老是等着在某处山道上遇见背着枪、长得跟父亲一样魁梧的哥哥。可是哪儿也见不到他。不过我还是坚信能找到他，坚信他将在一支伟大的军队中当上将军，我要跟他一起去报杀害我们父母兄弟的血仇。

难道我这些回忆什么也不能提醒您吗？我真想看到您，在您读这封信的时候看到您。

……外国人把我带到此地收养在孤儿院里。我的童年和青年时代就在凄凉的岁月中匆匆飞逝。许多蒙着一层阴影的事情后来也明朗化了。我听说俄国人又来帮助我们苦难深重的民族，把支离破碎的亚美尼亚缀合了起来，使我又有了祖国。它是我们的希望，是一切浪迹天涯的可怜人的希望。

我完全沉浸在对祖国的怀念中。不管做梦或是醒着，祖国总是出现在我的面前：瞧，那就是古老的亚拉拉特平原；那是积雪的玛西斯山巍峨的高峰；那是从平格尔丘陵的泉水中奔流而来的银色阿拉克斯河。

我熟知苏维埃亚美尼亚有多少小学和高等学校，有多少剧院。我背得出亚美尼亚所有的学者、作家和演员的名字。我也知道哪些国务活动家在忠心耿耿为祖国服务。

我在美国遇到了不少同胞。我跟一个亚美尼亚侨民结了婚，给儿子取了我哥哥的名字，希望有朝一日能跟他重逢。生活中什么事都可能发生！

又一次可怕的战争爆发了。我童年时代的恐怖经历又在我的祖国的孩子们眼前重演了。

作为一个母亲，我不能安坐在家里。遭到法西斯野兽蹂躏的苦难同胞的呼号从遥远的俄罗斯传到我耳朵里。我把所有值钱的东西都捐献给阵亡的红军战士的子女，希望法西斯妖氛早日从我的祖国被扫荡干净。我把所有的积蓄捐献出来作为建立“沙逊的大卫”①飞行大队的基金。

---

① “沙逊的大卫”是亚美尼亚一部民间同名史诗中反抗外国侵略者的英雄。——译者注

战争的头两年我简直要闷死了。我的心几乎停止了跳动，光天化日在我眼中却像漫漫长夜……直到无线电传来苏军在斯大林格勒城下胜利的消息，我才第一次松过一口气来。

哦，这无线电不愧是人类奇妙的发明！……我在无线电里第一次听到你的名字，我的遥远的亲哥哥。你没有忘记我吧，没有忘记你出发前在卡尔斯托付给李帕西梅老婆婆照顾的可怜的小妹妹安娜伊特吧？老婆婆的丈夫说在萨达拉巴德战役中看到过你……

回答我！难道你不是我的哥哥？

哦，如果我太心急了，那就请您原谅。但生活中也许真有这样的巧合……我们的姓氏相同，我哥哥的名字也叫奥凡涅斯。难道您不是他？这不可能。我决定写信给您绝不是为了打破盛着我的希望的水晶花瓶。

我床边墙上挂着您的照片。我经常看着您，觉得您像在对我亲切地微笑。只有对亲姐妹才会作这样的微笑。仿佛您知道我的下落，在目光中流露出做哥哥的慈爱以减轻您可怜的妹妹的痛苦。日前有一个朋友——一位美国女画家——来看我。她向您的照片一看，竟叫了起来：

"天哪，他跟您的儿子小奥凡涅斯多像啊！是你们的亲戚吧？您的脸为什么这样苍白，安娜伊特？出了什么事？"

于是我下定决心要写信给您。请您给我回信，哪怕三言两语也好。有您这么个人存在，姓着我们这一族的姓氏，我已经感到幸福。即使您不是我的哥哥，不是我母亲的儿子，您也还是我的兄弟。您为我已经做了许多事，亲兄弟也未必能做得更多。

祝您长寿，祝我们的民族、我们亲爱的苏维埃亚美尼亚——一切分散在异乡客地的亚美尼亚人心中不灭的火焰和牢固的支柱——万世长存！

请容许我签上：

您的妹妹安娜伊特

将军的女儿读完了这位不相识的女人的信，见父亲沉浸在深思中望着波罗的海白色的海岸。夕阳的光线在他黝黑的脸上跳动。他默默地在地图旁一动不动地站着。女儿对父亲的生活道路连最小的细节也非常熟悉，她一切都明白，她悄悄地走到父亲身边，把头靠在他胸前。

“爸爸，写信告诉她，说您是她的哥哥。”

将军抚摸着女儿的头发，考虑了一会儿，又沉默半晌，然后说：

“不，玛格丽泰，不能欺骗这样的女人，我们得跟她说实话。但巧合比她想象的还要多。她所写的一切我都记得，我也参加过卡尔斯和萨拉卡梅什的战役。当时土耳其人曾经进逼艾奇米亚津寺院之前。我们的人民在萨达拉巴德一仗中把他们击退了……必须写回信。我们一块儿来写。”

将军在女儿身旁坐下，拿起笔来开始写：

> 亲爱的妹妹！您的来信使我们激动万分。我出生的地点不在土耳其亚美尼亚，而是在高加索，也从来没有一个叫安娜伊特的妹妹。但现在您可以把我当作亲哥哥。我们虽非一母所生，但我们是同一个民族的儿女。从今以后我在浩瀚无垠的大洋彼岸有一个妹妹了，并且我对她还有责任未尽。
>
> 您的哥哥奥·布

鹿

瓦赫坦格·安那尼扬

1

有一次，我们听说有一群鹿离开了洛里高原，翻过哈尔-哈拉山，在捷里然河的一条支流沿岸的森林里定居下来。

卡扎赫城[①]人沙卡尔爷爷是个猎人，他会同几个朋友——阿尔泰姆、阿托和柯恰尔——沿着阿克斯泰夫河左岸急忙向哈拉夫山麓走去。在此地阳光普照的长谷中有富足的饲料——橡实、山毛榉的坚果和其他野果。这里真是鹿的天堂！

我也跟这些猎人同往。

我们每个人肩后都背着枪，挂在颈脖上的长耳朵风帽装着面包和干酪。阿尔泰姆和阿托带的干粮比较丰盛些——他们还有柿子；我和柯恰尔叔叔带的都是煮熟的土豆。我们大家的情绪都很高，都想早些赶到那边。

在这以前，我只在书本上见到过鹿，此外还看见过钉在沙卡尔爷爷家门口的一个头角峥嵘的鹿首。我望着这鹿头时每次都张口瞪目……

傍晚，我们走到捷里然河岸上一处过冬地。在这里河变得狭窄了：它已经不像河，倒像一条小溪。

从过冬地有几条狗狂吠着向我们迎面跑来。接着有一个红面孔、戴着很大的高顶毛皮帽的老人走出土窑，他叫我们到他屋里去。

沙卡尔爷爷在一块石头上坐下来，用帽子擦了擦从脸上直往下淌的汗。

“不了，古卡斯爷爷，谢谢，我们要赶路。”他说。

“你们这样还当我是自己人吗？……哪有过门不入的道理？”老人生气了。

“你何必这样说呢，古卡斯爷爷？我们是去打猎，不是来做客的……”

“放心，不会叫你们空着手回去的，林子里满是鹿。今夜好好休息休息，明儿一早我给你们每个人备一匹好马——这样不消半个钟头你们就能到目的地。”

听到有马，沙卡尔爷爷不再坚辞了，我们就留在古卡斯爷爷家里。

牧人们宰了一只小羊，把炉子里的火添旺了，按照传统的风俗请我们饱吃了一顿。

2

我们起身时外面还很黑。我们看看古卡斯爷爷，他动也不动。马匹连影子也没有……

“你的马在哪儿，古卡斯爷爷？我们怕要到晚了……”

“马立刻给你们备好。”老人沉着地回答。他走到木箱那儿拿出一个大肚子的酒瓶，给我们每人倒了一茶杯山茱萸酿的伏特加。“这就是给你们的马，坐上去走吧。”古卡斯爷爷笑着说。

我们喝了酒。伏特加顿时像火一样沿着我们的血管燃烧起来，我们的腿变得很轻，跑起来比马还快。

原来这就是古卡斯爷爷说的“好马”！

白天我们待在另一处过冬地。傍晚，天色开始转黑，牧人们已经把畜群赶回家来，这时我们继续前进——沿着河流往山上走。

我们很快到了捷里然河发源的小溪旁。这小溪在一个树木繁茂的长谷里流。长谷的一面山坡是朝北的。这面山坡上有一片阴沉沉的原始森林。阳光照不到这里来，巨大的树木在里边慢慢地腐烂着，树身

① 卡扎赫是阿塞拜疆西北部一城市，距亚美尼亚边境很近。——译者注

上长出很多木耳。白天，这林子就是鹿和獐的藏身之处。

隔着小溪，在长谷的南坡上是稀疏的栎树林和几片小草坪。这里很暖和，饲料又多。夜里，鹿从长谷的北坡涉水过溪到南坡的草坪上去吃草。黎明时它们喝些溪水，然后又回到北坡的密林里去。

沙卡尔爷爷停下脚步，指着自己脚下一条小径。在潮湿的地上有几十个脚印，有母鹿留下的，有小鹿留下的，也有雄鹿留下的。曾经有一大群鹿经过这里到水边去，然后又经过这里回去……在脚印之间还有零零落落的红色小丸状兽粪，——这是说还有獐跟在鹿后面往溪边跑去。

太阳已经下山。鹿马上又要到水边来了。

沙卡尔爷爷叫我们沿着小溪互相间隔百步左右分散开来，他嘱咐我们躲在树桩或树干背后——不许动，也不许作声!

我们就这样布成一条切断鹿群道路的“散兵线”。到水边去的动物没有一只能逃出我们的射程。

九月的暖风轻轻地吹着。明月升起，照亮了金黄色的秋林，也照亮了长谷南坡绿中带黄的草坪。柔和的月光从树干之间的隙缝里泻下来，像一条花纹颤动着的、活的地毯铺在小溪和通向溪岸的小径上。

大自然渐渐沉入甜蜜的睡乡。只有小溪发出单调的潺潺声，偶或有一只鸟在睡梦中叫几声。

等待的时间很长，令人焦急。

终于，从上面传来了并不响亮、但很有力的声音，好像一头公牛深沉的哞叫声：布……布……布……

我们屏住了呼吸，那声音又响起来，而且比刚才近了。有一只动物沿着山坡跑下来，听得见枯枝在它脚下脆裂的声音。鹿! ……

一头鹿停在离我不远稍高一些的地方。黑暗中我看不见它，但能听到费力的、断断续续的喘息声。

忽然远处发出应叫的声音：嘛……嘛……嘛……

那声音比较尖细：这是另一头年轻的鹿在叫。

我附近的那头老鹿听到应叫声开始兴奋地从鼻子喷气，呼哧，它嘶哑地号叫一声，跑到溪岸上开始疯狂地用角和蹄挑掘泥土。

我呆呆地望着这庞然大物。它的声音中包含着热情、嫉妒和愤怒。听起来好像在说：“谁敢来阻碍我的幸福？”

这头鹿在小溪旁暴跳如雷。它频频狠命地喝水，但水浇不灭它心头的火焰。巨大的鹿角上勾着枯枝、黄叶和一簇簇连根拔起的青草。它顿着蹄足，它那嘶哑的、骇人的、充满愤怒的叫声震撼着树林，鹿的激动也传染给了周围的大自然。

“嘛……嘛……嘛……”远处又传来这样的叫声。在这尖细的声音中，我感觉到青春的血气、勇敢和自信。

隔不多久，那头壮鹿也打我的身旁经过，黑暗中几乎擦着我的身体。它身上发出一股雄鹿在九月里交配期特有的、刺鼻的气味。在两百步外就能嗅到这种气味。

奇怪，情欲竟会使这些动物如此失去理智，心里的激动竟会使它们的眼睛变得这样模糊，把旁的任何感情全都撇开！在这样的时刻鹿在十步外就分不清人和树桩。

鹿的发情期一年只有一次。因为雄鹿一年中只有一次有权利跟雌鹿相会。保存后代的本能使雌鹿在任何别的季节里都远离雄鹿，不让雄鹿靠近。大自然创造了英明的、确定不移的法则。试想，要是鹿不在秋天相会，而是在春天或者初夏相会，那会怎么样呢？这会给整个鹿的种族带来大不幸，——因为那样小鹿就会在冬季的严寒中生下来冻死。而现在这样小鹿的出生期将在温暖的日子里——春天或是初夏，那时正是百花盛开、草木欣欣向荣的季节。母鹿怕失去自己的孩子，所以在秋天以前一直严格遵守清心寡欲的生活戒条。

我站在树下想着这一切的时候，那头壮鹿已经过了小溪。我又产生了许多新的感觉。

这头壮鹿该有一颗多么勇敢的心竟敢去跟像那头老鹿那样凶猛的野兽搏斗！

在月光下，我从树干间的隙缝里看到那只壮鹿的头，它头上长着一对匀称、尖锐、没有叉枝的角。

“这就是沙卡尔爷爷常说的小勇士。”我脑海里掠过这样的念头。

它才一岁半，这是它头一次参加雄鹿的情场角逐。这头壮鹿就像一个刚长大的少年，血气方刚，不怕任何危险；它大胆而又莽撞，为了爱情会毫不迟疑地牺牲自己的生命。有时壮鹿仗着体轻角尖，能战胜强大的老鹿，在短时期内占有雌鹿。老鹿多枝的钝角虽然能置它于死地，但是相当灵活的壮鹿来得及躲开这一击，并且把自己像叉一样尖锐而匀称的角刺入敌人的腹下部或者心脏。

现在我就看到了这样的一场搏斗。老鹿把自己沉重的身体藏在树荫里，后腿抵着溪底严阵以待它的年轻的情敌。它的样子很可怕。月光透过树叶照见了它的一对大角和一只周围布满皱纹的大眼睛。

我举起了枪，一会儿向那头鹿瞄准，一会儿又对自己说："等一下，看它们这场恶斗怎样收场。"

那只壮鹿勇敢地走近庞大的老鹿，但当老鹿向前猛冲想把这胆大包天的小家伙踩死时，壮鹿灵活地往后面一跳，绕树跑了一圈，不等笨重的老鹿转过身来，就把叉一般的尖角对准老鹿腹部刺去……一声骇人的长鸣响彻了整个树林。

就在这一刹那，我听到耳边一声枪响，那老鹿噗咚掉在小溪里。这是阿尔泰姆开的枪。

那头壮鹿跳了起来，像獐一样敏捷地消失在丛林中。

我们欢呼着围住了那头死鹿。

我们马上生起篝火，剥下鹿皮，挖去内脏，开始烤鹿肉。

"今夜鹿不会到这里来了，这可以肯定。"沙卡尔爷爷说完，把他的皮袄铺在篝火旁的地上躺下睡了。

这一夜我睡得很不好——雄鹿呼偶的叫声老是在我耳际响着，使我怔忡不安。

3

早晨阿尔泰姆说：

"沙卡尔爷爷，我们连这一只鹿也没处安放——实在太大了。够了，我们回家吧。"

沙卡尔爷爷斜瞅着阿尔泰姆。

"嗳！……五个猎人只打到这么一头小玩意儿不怕人家笑话？……难道猎人沙卡尔下得了这样的台？"

当然，打死的那头鹿并不是“小玩意儿”。它大得很。但是对沙卡尔爷爷来说，它总归是“小玩意儿”，因为这不是他打死的。我也知道，如果沙卡尔爷爷不亲手打死一头鹿回家，他是“下不了台”的。

我们派人到过冬地去借来几匹驴子把鹿驮走。一整天我们就在树林里采树莓。这里的树莓多得使整个树林变成了一片红色的海洋。林子里没有一只野兽不享受这大自然慷慨的恩赐。熊、狐狸、鹿、野兔在这里大张绮宴，鸟儿也开怀大啖，但是树莓怎么也吃不完，林子还像一片红的海。在我们山里树莓成熟很晚。

我们也把树莓吃了个饱，到中午比较暖和的时候，我们在芬芳的草上躺下来睡得挺香。

我们在傍晚起身。那边有一棵蜜梨树。我爬到树上，摇下不少梨。我们吃了个痛快，然后继续沿着小溪向上走去。

“昨天开了枪，今夜鹿不会到这儿来了。得走远一些。”沙卡尔爷爷说。

我们向前又走了五六公里。

长谷的南坡有一块草地。它周围全是树林，那里的草很密，像海水一样起伏波动。

沙卡尔爷爷命令我们站在草地上端的树下，不许发出声响。

鹿藏身的地方恰巧在我们对面长谷的另一面山坡上，草地就在鹿和我们之间。很清楚，鹿下了山坡到溪边喝过水后也会到草地上来吃草。那时就可以开枪打一个痛快。

软绵绵、香喷喷的秋晚又降临大地。森林又入睡了，只有树叶发出轻微的沙沙声，听不见从山上吹来的风的呼啸，月亮从树背后露出调皮的脸，慢慢地浮到天空中。

颜色渐渐泛黄的草摆动着柔软的身躯，枯萎的秋叶一张接着一张落到地上来，跟昨夜一样，间或有一只不知名的鸟在睡梦中惊叫。我们站着一动不动地等待，每一个轻微的声音都使我们屏息聆听。

这次小溪离我们较远，它的潺潺声传到我们耳朵里已经很轻很轻。

大自然神秘的悄语以及各种轻微的声音，像催眠曲一样使我蒙眬睡去，我好像在梦中听到我已熟悉了的鹿鸣声：布……布……布！……但这的确是鹿在那边山坡上的树林里叫。那声音很刺耳，忽而带着恫吓的意味，忽而又十分凄凉，但始终是那么倔强地在呼唤它的配偶。

一阵微弱的咩叫在回答那声音。这是雌鹿的叫声。树林里一下子充满了窸窸窣窣的声响。猎人们知道，这是雄鹿在聚拢来，它们立刻就要为争夺雌鹿展开一场鏖战。

果然，不出几分钟，有五六头鹿从小溪对岸来到草地上。它们奔跑着，互相给予对方狠狠的打击……可以听到鹿角沉重的碰撞声和那些动物急促的喘气声。

我们躲在树荫暗处，但草地被月光照亮着，所以那时发生的一切我们都看得很清楚。三头大雄鹿——两头老鹿和一头壮鹿——在追逐一头年轻的雌鹿。有两头还很小很小的雄鹿也紧随着那头雌鹿不放。不知是由于愚蠢，还是想躲避大鹿的撞击，这两头幼鹿一会儿从前面、一会儿从旁边朝那头雌鹿扑去。它们跳跃的姿势很可笑。

但那时没有时间细细观察。我抓起枪对准奔跑的鹿群中央开了一枪。几乎在同时，另外几个猎人的枪也响了。

只有沙卡尔爷爷好像刚从瞌睡中惊醒，他忽然跳起来，带着几分睡意开始喊叫：

“喂，是谁？……出了什么事？”

说着他出人意外地转过身去手忙脚乱地朝完全相反的方向开了一枪。

我们都笑了起来，从埋伏的地方跑到草地上。那里被打中的两头鹿正在痉挛地挣扎，用角和蹄足挑掘泥土。

我们很快就生旺了篝火，把鹿剥去皮，取出内脏。我们好像还不够快乐，就对沙卡尔爷爷开起玩笑来。

“喂，老爹，刚才你朝那个小山丘开枪干吗？”阿尔泰姆问沙卡尔爷爷。

沙卡尔爷爷凝视着火堆闷闷不乐地坐在那儿。

“沙卡尔爷爷，你是朝什么地方瞄准的？瞄准鹿的眼睛还是……”

沙卡尔爷爷一语不发。

我们理解他的情绪。像他这样一位著名的猎人，在发生这件事以后还有什么脸回到村子里去？还有什么脸见村里的妇女？……人们会笑他。

“你们已经使我一生英名扫地……猎人沙卡尔还从来没有受过这样的奇耻大辱。”他终于沉痛地说，“明天阿尔泰姆这个小子就要在村里当众夸说他打死了鹿，而我，猎人沙卡尔，跟在他后面扛死鹿。这样我活着还有什么意思呢？”

我们不再笑了，开始安慰沙卡尔爷爷，说这样的事算不了什么，这都是机会，运气。

“唉，别提了，我一生没遇到过这样倒霉的事……我，猎人沙卡尔，背向鹿群转过身去把子弹打进一棵树——难道有这样的事？……难道我的眼力就这样不济了？……”

“你打的是哪一棵树？”阿尔泰姆鼻子里哼了一声问。

“就是那棵大肚子的栎树。”沙卡尔爷爷指着远处一棵矮壮的栎树，懊丧地说。

我们朝那边望过去。树下仿佛躺着一件很大的东西。

“嗳，那边好像有鹿角……”阿尔泰姆忽然认真地说。

“你们把我也嘲笑够了！”沙卡尔爷爷像要哭出来似的说。

我们跑到那棵粗壮的栎树跟前。你们猜怎么着？树下竟横着一头巨大的鹿。我们都惊讶得目瞪口呆。回到原地一看——沙卡尔爷爷正捧着肚子哈哈大笑，怎么也笑不停。

“唉，你这个黄毛小子！”他对阿尔泰姆说，“你的脑袋瓜儿里装的是什么玩意儿？你以为猎人沙卡尔会在打猎的时候睡觉？猎人沙卡尔会把子弹白白打进树里去？……唉，你这个自作聪明的小子！”

我们尽情大笑了一阵。然后大家吃了烤鹿肉，喝了些山茱萸酿的伏特加，高高兴兴回家去。一路上我们的歌声和欢呼声在山谷里荡漾……

情人泉

迦列金·谢奉茨

1

直到现在，我好像还看到那水清见底、涓涓不绝的小河岸上爷爷的花园。这里是一棵高大异常的胡桃树，那边有一株垂柳和一株梨树俯临水面，仿佛在跟它们枝条下咕咕地奔流的小河调笑。河水勇敢地冲洗着胡桃露出的树根，但这吓不倒胡桃树，因为它的根在地下长得很深很深；它平静地摇摆着树枝昏昏欲睡，从高处看着顽皮好动的小河。活泼泼的河水有时带着落叶、有时带着云雀的羽毛、有时带着花儿或小草从它旁边匆匆流过。我们小时候也常常把东西扔在河里，让它带走；至于带到哪儿去——我们不知道。

我们真正熟悉的只有花园和岸上的土“沙发”——那是一块平地，长着桑树、苹果树、梨树、山茱萸……“沙发”后面就是山坡；从前这里连小河的影子也还没有的时候（它是我爷爷用双手引来的），长着樱树和樱桃，上面一直到山顶长满了草莓、蛇莓、野山茱萸、醋栗丛……其中有些灌木给我爷爷连根挖掉了，这块地方就变成一片繁花似锦的草坪——那都是我们可爱的故乡的艳丽花朵。

从前，我们只要从山上跑到花园里，争妍斗娇的百花和鲜红成熟的草莓已经在点头点脑迎接我们。连蝴蝶也在欢迎我们，它们在眼前翩翩飞舞，几乎要停在我们肩上……我们差不多像打滚似的滑到爷爷的小河边。从河边开始种着一排排果树。我们爬上最近的一棵桑树，把桑子吃了个痛快，贪婪地望着远方。这个大花园在我们眼中就是整个世界，而我们便是它的主人。我们的爷爷为我们开辟了这个世界。哦，这儿有多少甜蜜的回忆呵！

听奶奶说，现在是花园的地方从前乱石遍布，稀稀落落地长着一些野生灌木。现在河岸上的树都是爷爷种的。他的榜样也带动了邻居；那些人有许多已经去世，他们的名字就活在自己栽培的花园中。他们改造这块古老的土地，清除乱石，把山坡变成了大果园。

我们每天自己吃饱了还扛着一篮篮的果实气喘吁吁回家去。我们走到山顶上；爷爷在一块悬岩的阴暗处坐下来，锐利的目光眺望着我们周围的景色。远处巴尔古沙特河在夕阳下闪耀着珠光宝气；我们左右两边都是金黄色、沉甸甸的麦穗；它们像临盆的少妇凝重地摆动身躯，迎着从庄严的群山向它们吹来的微风深深万福。在我们山中宽广的谷地里到处有花园，数不清的鸟群在花园上空盘旋翱翔……

邻近的花园里有小径通来跟我们园中的小径接连，从爷爷的花园攀上山脊。爷爷坐在浓荫下等邻居们一起回去。邻居带了小孩走来，由于山路崎岖而累得浑身是汗。他们在我们旁边坐下来休息一会儿，爷爷说：

“那里有一处情人的地方。人累了只要往那儿一看——马上就会神清气爽。”

邻居惊奇地笑着说：

“你已经满了一百岁，可还老是把爱情挂在嘴上；你啊，真是愈来愈年轻了，阿柯普爷爷。”

爷爷每次都这样回答：

“不管太阳把土地晒得多凶，地里总找得到水分。人也是这样：不管年纪多大，爱情的火在心里总不会熄灭。”

奶奶不止一次地开着玩笑说过他：

“你又海阔天空地乱扯，又想起了你的爱情是不是？孩子们要喝水了，起来，走吧！”

“既然时光不早，大家起来走吧！”

于是我们向村里走去。

2

有一次，爷爷把一柄锹子和一把铁梃缚在骡子背上，对奶奶说：

“老太婆，我看我们花园后面的山顶上有一处水很大的泉源藏在石头底下。”

“就算这样，”奶奶说，“可是那边的石头好硬，你对付不了。”

“这又算得了什么，”老爷爷若有所思地说，“只要有水就行！”

在这次谈话以后隔了好一会，爷爷干完了花园里的活，果然爬上山去，用铁梃凿坚硬的石层。他凿得筋疲力尽，一直到他的手开始发抖。行人问他：

“你在干什么，阿柯普爷爷？”

爷爷把腰挺直，回答说：

“我在找情人泉。你们等着瞧吧，这地方将来不知有多美呢！谁见了都会爱上。行人可以在这儿坐一会欣赏泉水。要是喝这里的水，可以解心头的渴。”

大多数人把这话当作开玩笑。有一次我们的邻居延吉巴尔问他：

“阿柯普爷爷，您这是闹着玩儿还是真的想在这儿引水？”

爷爷愕然望着他。

“天哪，延吉巴尔，我可没有第二个目的。我们爬到这山上来，总是又累又渴，直想喝水。所以有一次我这么想：我们老是急急忙忙走路，可是有些人也许想多欣赏一会这儿的美景，他们又何必匆匆赶路呢？然而为了喝水不得不急急忙忙地走。其实这个地方就在大路边上，要是能让人家喝上水多好。将来他们想起我——谢天谢地；想不起——老天也会原谅他们的。”

岩石很难凿穿。铁梃底下常常有火星迸裂，但爷爷还是不断地干。他凿的拱形窟窿愈来愈深。终于，地下出现了潮气，仿佛山岩在不间断的打击之下开始出汗了。但爷爷，我的一百零五岁的老爷爷没把活干完。他病倒了。他躺在气窗下的毡毯上。起初爷爷还用牛尾帚赶苍蝇。白如银霜的长须遮满了他的胸膛。可是后来他衰弱得连牛尾帚也举不动了。老爷爷软弱无力地躺着，透过气窗看见一小块天空。

“唉，老太婆，我在这世上所有的愿望都实现了，只有一件憾事——情人泉我还没找到。”

“你还是为自己想想吧。”奶奶埋怨他说。

“我有什么可想的？我要找情人泉，可是精力不济了。真遗憾！”

最后一天，死神已经站在门口了，爷爷叫出了我的名字。我被拉着手带到他床前。爷爷的眼睛慈祥地看着我；他费力地张动嘴唇说：

“我要死了，孩子，你可别把情人泉给忘了。”

我放声大哭，他闭上了眼睛还在说：

“泉水，情人泉你可别忘了……”

这是他最后的遗言。

3

我们成了孤儿分散到天南地北。我到过无数地方，看到了不少事物，可是跟故乡疏远了，因为我在那边没有亲人。但是在任何地方、任何时候我始终记着爷爷的话。我一直责备自己：光阴一年一年似流水消逝，头发在渐渐变白，可是爷爷的遗志我还没实现。我受着良心的折磨。

直到三年前的战争时期，我在医院里养好了伤，得到十五天的假期，我决定要去实现爷爷临终的要求。

我回到了阔别二十五年的故乡。那边的人们热烈地接待了我。我把一切告诉了村苏维埃主席。他哈哈大笑说：

“啊，亲爱的朋友，刚刚在三个月以前我们把爷爷凿的源头变成了一个人人称赏的清泉。”

当天我们就到那边去。

我看到：从前绕过泉源的那条小径扩展成了一条宽敞的汽车路。岩崖对面是一个美丽的拱形建筑，还有一块石碑，泉水分成四股从青石中喷出来。碑上的刻词光华闪烁：

情人泉

阿柯普·艾里兹巴良于19××年为有情人凿泉

集体农庄庄员于1943年扩建并立碑

我俯下身去尝了口水，在石上吻了一下，再环顾周围巍峨的群山；树木繁茂的花园像绿色的海洋，远处的巴尔古沙特河闪着钻石的光彩，我耳朵里忽然响起了爷爷临终的话：

“情人泉你可别忘了！”

安努什的遭遇

诺拉·阿达勉

汽车在食堂旁边停了下来。安德罗立即走出司机室，一本正经向食堂门口走去，西蒙不知为什么开始手忙脚乱地把一捆捆的书重新叠放起来。安努什对他说：

“我求你们一件事——别耽搁太久了。”

“你怎么啦，安努什？跟我们一块儿去吧，啊？这不过是个集体农庄的食堂——去坐坐又何妨！”

食堂的橱窗上用鲜明的彩色画着两柄交叉放着的烤肉的铁签，签上有热腾腾的烤肉，还画着一大酒瓶，上写：“上等红酒”。

安努什只是把手一挥：男人都是一个样。她把汽车上经常乱扔的螺栓、铁片和一块块橡皮堆在一个角落里，在长凳上铺好几张报纸，然后坐下来，把一只小小的手提箱放在身旁。手提箱里放着礼品：一条很阔的红色缎带是给女儿的；一辆小汽车给阿肖季克；还有给奶奶的糖果。其实糖果是给大家吃的，但如果不把那些糖果拿给奶奶，她就会生气，至少有两天好像受了天大的委屈。

可怜的阿尔明知道母亲的脾气。他有礼物总是第一个给她，要是给妻子带来什么贵重点儿的东西，总要等没有旁人的时候才拿出来。

现在没有人送东西给安努什了。

安努什把手放在膝盖上端端正正坐着，一双淡褐色的大眼睛望着沐浴在阳光中的街道。她想起了一个幸福的日子，那天她也是这样坐在汽车里，伤心地哭着。她哭的原因是把一双新皮鞋忘记在火车上了。这双鞋是阿尔明给她挑选的——深灰的底色镶着红边。

“这算是对文娱会演的纪念，”当时他说。

事情确是这样！他们去参加文娱会演，在剧场里演出。他们演的是一场包含着各种礼节与风俗的集体农庄婚礼。阿尔明奏乐，安努什跳舞。她跳得多欢哪！这事已经过去很久了！在回去的路上，他们下了火车坐上汽车，这时安努什发觉鞋子没有了，她哭了起来。可是她对丈夫说是头痛。直到家门口，她才说出丢了新买的一双皮鞋。阿尔明高兴极了！

“原来你为了这才哭啊，我亲爱的！只要你身子舒服就好了！一双鞋算得了什么？这双鞋一点也不漂亮，灰溜溜的。回头我给你买两双！”

他死了以后，安努什觉得一切欢乐从此永远完结了。往后的日子只有悲伤。但是，大概生活的力量比人强。安努什没去寻找欢乐，但欢乐还是有的。她是区苏维埃代表，今天有事到区苏维埃一间间不舒适的办公室里去挤了一阵，后来又在图书分配站打了半天交道，现在回家去马上就能看到孩子们，心里真愉快。晚上打开她管理的图书馆，把新书整理分类，这也是愉快的事……

安努什满以为要等很久她的两位同车的人才会回来。因此，当安德罗红着脸、面带愠色突然跑回来开始发动引擎时，她觉得非常奇怪。接着西蒙也来了，他脸上挂着尴尬的微笑。跟在他后面走出来三个喝得醉醺醺的人。其中一个安努什认识：这是邻村一个集体农庄里的生产队长。他在西蒙后面叫着：

“嗨，老乡！你怎么跑了？怎么不请请客呢？你们有钱，有库班[①]给你们撑腰……”

“嗳，这话多难听！你说，你要什么？”西蒙好言劝他，“我们触犯你们什么了？是怎么回事？”

“你们没有触犯我们，可是我们要触犯你们！你是党支部书记，你们在城里以每公斤五个卢布的价钱卖出马铃薯，又到库班去以每普特[②]十个卢布的价钱买进小麦——这经验也该介绍介绍！我看哪，你们的农庄是个投机农庄！”

---

① 库班是北高加索一条河名，两岸土地肥沃，粮产丰富，是苏联著名的“谷仓”。——译者注

② 1 普特合 16.3 公斤。——译者注

“瞧你，”西蒙用和解的口吻说，“消息一点也不灵通。我不当书记已经有四个月了。因此这些事现在跟我完全无关。你懂了吗？”

汽车开始放气，接着就开动了。车已经开动的时候西蒙才跳上车，他掏出一包烟卷，开始划火柴。

“那个人干什么？”安努什问。

但是西蒙继续把一根点不着的火柴在盒上擦，他不像在回答她，而是在自言自语地说：

“这跟我有什么相干？我现在是俱乐部主任。”

安努什没有再说什么。二十公里路不算远，不用谈话也很快就能到达。安德罗开足马力。进了村子，西蒙拿起一包书在自己家的胡同口跳了下去。卡车继续向图书馆开去。

到了一座小屋子门前，安德罗翻下车板，安努什把一捆一捆的书递给他。然后她自己小心地跳到地上，谢绝了那小伙子的帮助。

“告诉我，刚才你们在那边是怎么回事？”

“怎么回事？”安德罗马上气冲冲地说，“他骂我们骂得对。他说：‘你们喝酒还早，应该先把债还了！’西蒙问：‘我们欠的是你父亲的债还是怎么着？要你这样比谁都操心干吗？你们的农庄本钱大，不在乎！’于是他就羞辱我们，说：‘你们只知道依赖本钱大的农庄……’有什么办法？我们没有话说……随它去吧，反正我不打算在这儿待下去。我要到公路上去工作。”

“这样做对吗？干活的人都跑散了——农庄不是更困难了吗？”

“这跟你有什么相干？这些事你根本不知道。春天种马铃薯的时候，把烂的、冻坏的马铃薯往地里扔。结果什么也没长出来。只有某些地方见了青。我母亲种这马铃薯的时候还哭呢。”

“哭！”安努什生气地说，“她对自己的菜园子就不会哭啦！瞧，你们地里马铃薯的茎叶就像一堵绿墙，土地明明都是一样的。”

“问题不在于土地。‘红光’集体农庄的土地也是这样——可他们的生活怎么样？每年缴公粮的时候好像去喝喜酒；分劳动日跟过节一样，还请演员来表演。我们的农庄主席太不顶事了。”

“农庄主席只有一个，庄员有几百。”

安努什重复了自己常常从死去的丈夫那里听来的一句话。人们常当着她的面骂新来的主席，她已经习惯了。人们说：“阿尔明当主席的时候，难道我们是这样生活的？”人们没有忘记他，这使安努什感到安慰。

新的农庄主席萨罗·楚比克扬不认识阿尔明：他到农庄来时阿尔明已经死了。在第一次会议上他就满有把握地向大家许愿：“我们要把小麦堆满全区！”那时就有人小心地提出不同的意见：“小麦管小麦，而我们主要的力量是在马铃薯和饲畜业方面……”

但是推荐楚比克扬来当主席的区委督导员说，这里什么是主要的，什么不是主要的——区里都很清楚。

曾经有过这样的事：这一年庄稼给冰雹打坏了，冬天农庄得到国家和邻近的农庄的援助。第二年应该还债，但是人们并不鼓足干劲干活，又存着这样的希望：“反正会来援助的！”有些比较狡猾的人把马铃薯在城里卖掉，然后到库班去买价钱便宜的粮食。后来全村都跟着这些人学。当农庄经过交涉弄到几个运粮食的车皮时，连安努什自己也很高兴。

结果怎么样呢？这已经是第三年了：每家人家都有一袋袋满满的小麦，每家院子里的马铃薯都种到台阶前——连脚也插不下去，可是干起活来大都吊儿郎当。大家对劳动日已经不寄予希望。农庄始终没还清债务。

安努什拖着疲乏的脚步、怀着忧郁的心情往家里走去。在这以前她一直抱着一种希望：也许一个丰收的年头能扭转乾坤。但丰收自己是不会来的。不好好侍弄土地，怎么能等它给你好处？瞧，在这夏季的大晴天里，一个庄员坐在自己的小院子里，闲着不干活，这样还有什么可指望的？啊，原来是米纳斯·捷尔翔，他还是农庄里干活最好的一个呢！

安努什停下了脚步。

“你好，米纳斯！你怎么，病了？”

米纳斯微微抬起身子。

“唉，怎么跟你说呢，安努什？身体不坏也不好。我坐在这儿等着。自己也不知道在等什么。”

从小花园里的几株李树背后跳出他的妻子阿斯米克。

“我们闲着！”她大声嚷着，“我的心像火烧，可是我们就这样闲着！不去干活，什么事也不管……”

米纳斯直摇头。

“别吵了，老婆，够了！今天你已经吵过一场了，够了……”

“你等着，我还要吵得更凶呢！说真的，安努什，我对他已经没有希望了，”她轻蔑地朝丈夫那边摆一摆头，“我早晨自己去了。我对那个楚比克扬说：‘你要叫我在露天睡多久？我只要一辆汽车运一个钟点石头。你到底有没有人心？’他回答说：‘你没有权利到我办公室来提出这样的要求。’我说：‘谁没有权利？我没有权利？！你错了！就是我的孩子、我的孙子、曾孙也要到这里来，他们也有权利！’”

“你搞到什么了？有什么结果了？”米纳斯绝望地问，“他答应过给一辆车，可现在又说：‘这不是我的事。车不能给你们。’所以我坐在这里向公路上望着：也许哪一位司机肯帮一下忙……”

安努什不再听下去，她往回走到图书馆去。安德罗还没有把车开走。他轻轻吹着口哨，吹的是一支轻快的调子，他聚精会神地在搞着引擎里的什么东西。

“安德罗，你现在有时间吗？你跟米纳斯到采石场去一次，给他去运石头。”

这个建议并没使安德罗高兴。

“我哪有时间？”他不乐意地说。

“得了，要不是那件事，你们还要在食堂里坐上很久哩。运些石头只要一个或者一个半钟点就行了……”她看那小伙子非常不愿意去运石头，于是说：“我以区苏维埃代表的身份跟你说话。”

安努什这时并不考虑区苏维埃代表的职权范围。她跨进司机室。安德罗无奈只得把车开到米纳斯家门口。

米纳斯一看到卡车立刻跑去拿绳子、麻袋和工具。阿斯米克敏捷地爬上车厢，开始站在车上差遣丈夫拿这拿那。

“谢谢你，安努什，愿老天保佑你健康！”她叫着说。

安努什挥了下手沿着村道走去。空气里飘荡着烤面包的香味。邻家院子里一位少妇正在烤小麦饼。

“安努什，城里有什么新闻？”她从炉子前抬起绯红的脸喊了一声。

“有新闻。库班的集体农庄不再卖粮食给我们了！”安努什忿忿地回答，她并不停下脚步往自己家里走去。

* * *

奶奶坐在门口的石阶上。满院子都是太阳，望过去是黄澄澄的一片。奶奶淌着眼泪，她用一根粗而短的指头擦着眼泪，一边叹息连连。刚才来了个女客人瓦尔杜什。当然，她一下子就明白这个瓦尔杜什脑袋里在想些什么。但是奶奶也不是好对付的。谈话是转弯抹角开始的。瓦尔杜什老是问：农庄对前主席的家属有没有照顾？奶奶抱怨着说：照顾很少。现在这位主席你向他请求运一点木柴来都办不到。她只好差孩子们到树林里去捡枯枝，可是自己忍不住心疼。

“当然喽，家无主——扫帚颠倒竖，”女客人接嘴说，“有什么办法呢？人死不能复生。不过女人一个人生活有困难。就是男人单身过日子也不好。有这么一个人，我并不因为他是我亲戚所以夸他，——实在不能不夸：真是少见的好人！他的工作又好——牧场主任。就是加路斯特·卡契尼扬！当然，哪个姑娘都乐意嫁给他，可是他要娶一个正派的、有文化的女人。要是寡妇他倒并不计较。他会把孩子们当亲生的一样看待。住到女的家里去他也同意。对老年人他一定尊敬。”

这位女邻居回去时毫无收获：可能奶奶没听完全，也可能不懂她的意思。奶奶坐着，慢慢地摇摆着，后来拍了一下自己的大腿开始用尖细的声音拖着调子诉苦，长长的句子时常被悲怆的呜咽所打断。

她哭着死去的儿子。伤心地责备他：撇下自己的儿女、母亲就这样走了……叫谁把孩子拉扯大？叫谁送老太婆入土为安？奶奶换了口气又哭起来：

“你在的时候我们背后好像有一座山撑着。如今呢？只要一阵风就能把我们吹跑了……”

后来她忽然不哭了，叹了口气，把头巾重新扎好，用完全另外一种声音吆喝着把闯到菜园里来的一只花母鸡赶出去。

奶奶好容易从石阶上站起来，走进凉爽的房间，眯着一双红红的眼睛走到一口橱旁边。她没有马上看见媳妇。安努什从街上进来后坐在床上。

“孩子们到哪里去了？”她问。

“当然，”奶奶生气地说，“我是屋里的一条狗，谁也提不到。对我不用说‘你好’，也不用说‘再见’！我连个名字都没有了：嘴上叫‘娘’，心里恨不得骂一声‘老妖精’……照老规矩……”

安努什知道现在她最好不作声。奶奶动怒时常常威胁着说：“我到卓薇克那儿去住！”万一奶奶真的离开应该在那里度过晚年的儿子的家，到出嫁了的女儿那里去，安努什怎么有脸做人？

“老规矩改变了，娘。”安努什这话说得非常轻，与其说她想劝婆婆不要死捧着“老规矩”，毋宁说只是想稍稍减轻心头的重负。

但是她的猜测马上得到了证实：她早就认为老太婆听不见的只是她不愿表示听见的话。

“对，我的好媳妇，你说得对！老规矩改变了。当年我走进婆婆屋里的时候，连跟猫说话也怕。我不敢多看丈夫一眼。可你跟我说话一点顾忌都没有。好吧，我不开口。我永远不开口就是！”

为了不让自己恼怒，安努什竭力回忆着婆婆最好的地方：她在家里干那么多的活，她是多么爱孩子们，抚育他们……

安努什站在婆婆面前默默地低着头，像一个顺从的媳妇所应该做的那样，直到听见孩子们的声音，她才跑到台阶上去。

“你们来了，亲爱的、世界上最好的孩子！哦，你们拖来了这么一大堆枯枝啊！足够生三次炉子。”

阿肖季克把糖果装在他的新小汽车里送去给奶奶。礼物收下了，但是奶奶的气还不平。她紧绷着脸叮叮当当地分着盘子准备开饭，给大家舀斯巴斯——用奶浆、小麦和香草做的糊汤。

安努什换了衣服，去上班以前她在写字台前坐下来，打开一只塞满亡夫的各种文件的抽屉。她难得打开这只抽屉。看到这些纸上阿尔明所写的大而清楚的字她非常痛苦。很久以前，在他死后没过几天，安努什从这里拿出阿尔明写着工作札记和计划的一本笔记本，拿出交给新的主席。楚比克扬当着她的面马上把笔记本塞在自己写字台最下面的一只抽屉里。大概直到现在它还放在那里。安努什只撕下了一页留给自己。这一页上写着："必须培养安努什成为农艺师……"那时她曾经笑她的丈夫："我能成一个什么样的农艺师？"阿尔明肯定地说："你能成为一个很好的农艺师，你懂得土地。"那时安努什花了整整一年工夫准备成为农艺师。她学会了以跟从前截然不同的、主人翁的观点考虑农庄里的问题。

有一天，阿尔明兴冲冲跑进屋子来，把一本支票簿在头上挥着。"我们账上有五十万卢布了！再过三年就会变五百万！"安努什知道农庄的这些钱是怎么积起来的。

现在安努什坐着，在一张纸上计算农庄的收入和亏损。"要是阿尔明在，今天我们会有什么呢？温室。可是为什么现在没有温室？沼泽地没有疏干，泥炭没有利用，我们的果园都荒芜了。农庄的养蜂场和从蜂蜜上得到的五十万卢布收入到哪里去了？"

这天她上图书馆去迟了一些。她走出屋子，街上就有一大帮孩子拿着书跟在她后面跑来。图书馆里马上挤满了经常的读者。青年人来换书。老年人一行一行读着报纸。

西蒙来了。他每天到这里来看邮件。寄给俱乐部的报纸西蒙从来不看，怕弄皱了。他把报纸整整齐齐地装订起来放在一口大橱里，这些报纸就一辈子躺在里边。领到簇新的、光彩夺目的、翻也没有翻过的书，西蒙也把它们放在这口橱里。

"你真傻，"他看着图书馆里那些给翻得变厚了的和弄破的书常常教训安努什说，"你把那些漂亮的、价钱贵的书藏起来。有人来检查或是城里来了客人，就把它们放在显著的地位。"

安努什微带倦容坐在那里望着那些新书，心里有些愁闷。雅库勃叔叔走过来在她的小桌旁坐下，这是个上了年纪的农庄庄员，是个历史小说和有关宇宙构造的书籍的爱好者。

"我听说你今天从城里带来了新闻，是吗？"

安努什一时摸不着头脑。

"就是关于粮食的事……"雅库勃叔叔微微摆动粗糙的棕色手指，"当然，我认为这是傻话。他们为什么不卖了？谁能禁止？不过我还是想知道——你是打哪里听来的？"

"我听到了，"安努什直截了当地说，"听得明明白白！我还听到人家把我们的农庄叫做投机农庄。”

“怎么叫‘投机农庄’！”雅库勃浅灰色的小眼睛里露出新奇的神情。

“难道还不是投机……”安努什微微感到困惑地说，“高价卖出马铃薯，低价买进粮食。”

“这也是傻话。聪明人不会说这样的话，”雅库勃叔叔用不屑的口吻说，“苏维埃政府并不禁止集体农庄的自由贸易。一个集体农庄帮助另一个集体农庄，这对国家来说也没有损失。这就是集体农庄的制度。”

人们很感兴趣地听着他们的谈话。雅库勃叔叔说得很有把握，从容不迫。

“集体农庄的制度！”安努什激动地说，“瞧吧，这就是集体农庄的制度。”她从旧的小公事包里拿出一张写着各种数字的纸。“我们应该这样在我们的农庄里生活！”

雅库勃叔叔伸手到军便服的胸前口袋里摸出眼镜把它戴上，然后小心地拿起那张纸。他慢慢地大声念着，当他在某个词上顿住时，安努什就很激动地给他提示。

“这些果园可以辟在卡普特山的东坡——那边本来想开一条水沟……照理到今年我们的牲畜可以增加一倍……”

“嗯，嗯，”雅库勃读完后说，“这不是阿尔明拟订的。上面有还债的计划。阿尔明在的时候，农庄没有债务……”

有人把那张纸从他手里拿走，它在人们手里传开了。

“纸上什么都可以写，”雅库勃叔叔说，“你说一百遍‘花生酥’——嘴里还是甜不了！”

“你等着吧，”不知是谁的孩子气的声音以嘲笑的口吻说，“将来库班的庄员们拒绝把粮食卖给你，你又没有劳动日……那时你就觉得甜了。”

“什么叫‘拒绝’？绝不会有这样的事。譬如我在那边有一个朋友。他叫叶甫陀基姆·费陀罗维奇，对我像亲兄弟一样。他的生活水平可高呢：他家里有电话，浴室里有自来水。粮食堆满谷仓。难道他会拒绝我？永远也不会！我们这里是山区，粮食长得不好，那就应该帮助我们。”

“这话向你的叶甫陀基姆说去！”瓦尔淑大婶忿忿地打断雅库勃的话，“是打什么时候起我们这地方不长粮食的？还不是从你和主席在山坡上种冬季作物被风把雪全都刮走的时候开始的？[①]难道我们的土地连马铃薯也不长吗？我们种马铃薯本来产量最高，现在农庄的马铃薯又在哪儿？”

“你是不是财迷心窍了，瓦尔淑？”雅库勃叔叔刻毒地问，“我还记得你家从前连地板也没有，就住在泥地上。现在住进新房子去了，你的孩子也都成了人，可是你还贪心不足！”

“房子不是你给我盖的，也不是你给我的孩子念的书！”瓦尔淑不甘示弱，“我不是责问你，而是责问农庄！农庄对我负责，我对农庄负责。我有权利责问。可是你东跑西跑，尽丢我们的脸。”

“我给你们指出库班这条路，难道是我做错了？是不是饿着肚子去干活的好？”

“是的，也许这样好些！”瓦尔淑并不罢休，“这样大家会早些觉悟过来。你自己说的，你的叶甫陀基姆家里有电话，可是你这傻瓜给一袋子别人的小麦蒙住了眼睛，还得意呢！”

雅库勃啐了一口，把门砰的一声关上走了，连一本书也没有借。

安努什把书拿到书库里。西蒙正站在那儿。他的脸色不大高兴。

“人家骂我们什么你说出去干吗？”他为了不让阅览室里的人听见压低嗓门说，“一个人喝醉了酒什么都说得出来！你还不了解我们村里的人吗？他们马上就会把这事一家一家传开去……”

“让他们传开去好了，”安努什说，“也许有人会觉得惭愧。”

“这跟你有什么相干？你做你的工作，拿自己的工资，还要什么？”

“我在这里不是外人。”安努什气咻咻地说，“我丈夫把所有的精力都献给了这个农庄。我的孩子要在这里住下去。可是我们都像瞎了眼似的，什么也没看见，什么也看不见。”

“谁没看见？看得非常清楚呢。我为了要求解除支部书记的职

---

① 冬季作物在秋季播种，应该在雪下过冬。——译者注

务，不知费了多少力气！这些话我都藏在这里。”西蒙用手掌边敲敲自己的喉结。

“这么说，一点办法都没有了？我们就这样生活下去？”

“楚比克扬不走，就得这样生活下去。上面发给他的计划把全部土地都算在里头，不管有沼泽、泥塘。可是他一句话也不说……”

“以后这样的事没有了！农庄可以自己决定在什么地方种什么。”

西蒙始终坚持着一点：

“人总是珍惜自己的地位的。你丈夫也做过农庄主席，你应该懂得这一点。”

“你别把阿尔明跟楚比克扬扯在一起！”安努什正颜厉色地说，“阿尔明在的时候，我们的农庄参加过展览会。”

她不愿再听下去，自管回到她的小桌子跟前。一天的工作结束了。

家里点着一盏小灯，孩子们和奶奶已经睡了。安努什走到床前。小心地把脸贴在阿肖季克的小手上。

奶奶不喜欢弹簧床，她睡在铺毡毯的床上，盖着两条厚厚的绒被。安努什走过她旁边时，跟往常一样把被角在奶奶背下塞好。平时奶奶总睡得很熟，但今天她忽然睁开眼睛，恶声恶气地说：

“不用费神！好像你非常关心婆婆似的。其实你心里是怎么想的？算了吧，你还没想婆婆已经全都知道了！”

“睡吧，娘。”安努什轻轻说了一声很快地钻到自己被窝里去了。

老太婆坐起来，两条腿垂在床前。

“好吧，我答应了。不过你们得记住，这屋子里谁是长辈。我应该得到尊敬。要不，我就走，把孩子也带走。这是我最后的一句话。”

安努什睁开了眼睛。她在说些什么？

“有什么办法呵？”奶奶惨然喟叹一声，“我还是别活到这一天的好！让他到这里来住也好，”她继续严肃地说，“我不反对。孩子们也好有个依靠。”

老太婆唉声叹气地脱下羊毛袜，然后皱起眉头微微张动嘴唇开始数着什么。

“有人给我做媒来了！”安努什心里明白，“但这是谁呢？”

解开这个谜，除了悲伤以外没有使她产生任何感觉。但总有点儿好奇：是谁想娶阿尔明的寡妇？

奶奶结束了她的无声的计算。

“那个人……是叫加路斯特吧，他在牧场里工作……比你年轻……还没满二十五岁。他是在我们的大谷仓烧掉那年生的。这倒没有什么。聪明的女人能叫年轻的丈夫什么事都跟她商量。有人做这样的工作，家里干酪、黄油就不用愁了。婚礼不必举行。你又不是大姑娘。去登一下记就行了。你在听吗？”

“我听着。”安努什轻轻地说。

“不管怎么样，家里总有个男人了。到秋天把马铃薯卖掉，然后到库班去买粮食。慢慢再买一头牛。”

“够了，娘。睡吧。我不想嫁人。”

奶奶把手一挥。当然，安努什应该这样说。哪一个女人会承认说要嫁人？究竟难为情的……

老太婆躺下睡了。她把被子裹紧，不再作声。

安努什仰卧着，眼泪沿着两鬓淌下来，流到耳朵上，浸湿了头发。动一动，擦擦眼睛，睡得舒服些，这一切她都感到困难。

“啊，阿尔明，阿尔明！”她心里反复说着这个名字，“你活着为了伟大的事业。你还多么爱孩子们！如今这爱还剩下什么呢？另一个人要到这屋子里来，你的孩子要叫他‘爸爸’……你的名字将被忘记，这怎么行？从前你对我说的关于爱情的那些话我还记得。我现在怎么能接受别人的爱情？”

“妈妈，你在哭？”忽然阿肖季克轻轻地问。

安努什愣住了，她鼓起所有的力量亲切地悄声说：

“不，我的好孩子，妈妈有你在身边怎么会哭呢？睡吧，我的宝贝……”

大自然的许多创造本来就是给人以安慰和喜悦的：譬如这个夏天的清晨，洁净如洗的天空中浮着一片片羽毛似的青云，没有风，空气新鲜，温暖的土地还蒙眬未醒。但是清晨的时间跑得多么快呵！挤好牛奶，把鸡放出去，生旺炉子——云已经从青色变成了金黄，微风吹来，树木开始喧嚷，太阳升起来了。

“别忘了叫他们送柴来！”奶奶吩咐说，“我再也不放孩子们到林子里去了。”

安努什不喜欢跟主席见面。萨罗·楚比克扬看见她，脸色就显得阴沉忧郁，说起话来也只有一两个字儿，而且从来不朝她看一眼。她这个人的存在使人们想起另外的时代和变化，对于这些变化楚比克扬觉得他是没有错的。但是周围的人常常指责他，叫他向阿尔明学学。然而某些人最讨厌给他作榜样的人。

安努什明白这一点。可是没有办法，总得去找他。一开始割草，牛马都别想要到。就近的草地上已经开始割了。俱乐部门口聚着不少人，有好些人背着镰刀。安努什一看手表——庄员们这么晚才去干活，而且还慢悠悠的。三夹板的木牌上张贴着一张变了色的黄纸，上面有什么东西能使他们这样感兴趣?

安努什走近了些。墙报前面站着几个割草人、一个农庄饲马员，还有生产队长格黎科尔·达扬……

“这上面写的都对，”达扬说，“这一切在我们这里都可能实现，都是我们自己放弃的……”

安努什好容易挤到墙报跟前。当然，这是一期旧的、有几处已经撕破的报纸——五一专号，但在墙报中央钉着一张她昨天计算出一些数字的纸。安努什向四周看了看。谁把这张纸钉在这里的？她把那张纸撕下来在手心里捏成一团。

“是你写的？”达扬问她。接着他添上一句：“写得对。”

但安努什并没回答他，她转身向青年们说：

“你们早该下地去了。”

“来得及！”有一个人愉快地叫了一声。

但是另外一个人在她背上拍了一下，用抱歉的口吻说：

“是这样的，安努什婶婶，割草机还没修好，用镰刀干不了多少活！”

安努什向村苏维埃走去。

泉水旁有两个姑娘在用桶打水。安努什怕弄湿了鞋，她踩着石块绕过一条盛满清澈的泉水的木槽，向一个小山丘走上去。

一匹马用蹄足踩得污泥飞溅来到泉水跟前。安努什回头一看。马上坐的是萨罗·楚比克扬。他的一套料子很好的灰色西服的裤腿塞在靴筒里，跟往常一样，打着领带，戴一顶被顽童叫做“绅士帽”的软帽。

楚比克扬开始跟那两个姑娘说话。安努什听不见他的话，但是明白他在骂她们——开始的时候声音不高，最后他用破锅似的声音嘶哑地喊叫起来。

两个姑娘默默站着。后来其中一个铁匠马尔卡尔的女儿努妮克冲着主席的脸笑起来，提起自己的水桶走了。

村苏维埃门前站着几个人。人们默默地望着农庄主席。

他对姑娘们大声说：

“跟你们已经说过：一早就得去干活！你们没听见还是怎么着，你们这帮懒东西，不害臊的二流子！……”

安努什背后站着两个庄员：阿科普·萨陀扬和萨姆威尔·布杜米扬。

“瞧我们的主席抓得多紧！”萨姆威尔说，“这下可精彩了！”

“这叫做指桑骂槐。他这是在骂我们，”阿科普说。

萨罗·楚比克扬对谁也不看，他把马拴在木桩上，走上台阶，砰的一声把门关上。

阿科普数着一串桃核念珠。萨姆威尔带着赞叹的口吻说：

“哦，马尔卡尔这个女儿胆子可真不小！这丫头有种！”

“本来嘛，”安努什痛心地说，“年长的不好好干活——叫年轻人看谁的榜样呢？”

这时楚比克扬走到台阶上。

“这儿成了茶馆啦？你们开起会来了是不是？这是聊天的时候吗？嚼舌根人人都学会了，就是没人学会干活！”

“唉，唉！……”人群中有人故意大声地叹着气。

“我不准这些娘儿们胡说八道！在这里神气活现……简直像哪儿派来的宣传员！”

这暗示太露骨了，所以大家都向安努什转过头去。她好像给什么滚烫的东西泼了一身。血往脸上和心上直涌。但是安努什依旧站在那里，直盯着楚比克扬的脸看。这样一来他也不得不向她看了。

“我知道谁在打我的职位的主意，我知道从我来的第一天起谁就看不惯！有人已经背着我在发号施令，自作主张调度农庄的汽车，还张贴字条。我倒要问问——这里要是您来领导会怎么样？会做出什么成绩来？”

安努什不能再保持缄默了。

“成绩我不敢说。我只知道一点——要是我来领导，农庄绝不会永远负债，田野不会荒芜得长满杂草，也不会有‘投机农庄’这样的坏名声。”

她转过身子从给她让路的人们旁边走过去，这时最要紧是不能哭出来，不能丧失自己的尊严。

* * *

晚上小赫巧跑到图书馆来。

“安努什，会计员彼特罗斯叫你到村苏维埃去，快点儿去！”

安努什叫一位送书的姑娘——经常志愿来帮她忙的助手之一——坐在图书出纳台前，自己就跑到村苏维埃去。

彼特罗斯·加扎良是被选出来接替西蒙的新任党支书。他不大爱讲话，认真得有些拘于形式，现在是集体农庄的会计员。

“这个人虽然不太机灵，不过很安分。”庄员们曾经这样笑他。

但是彼特罗斯却并不很安分。他从头些日子起就跟楚比克扬闹翻，他俩的工作关系一直搞不好。

安努什在去村苏维埃的路上心里寻思：彼特罗斯为什么要叫她去。是不是楚比克扬向他告了状？她内心愈来愈愤激，准备把使她苦恼了很久的关于农庄、关于村中的生活和关于楚比克扬的心里话全部说出来。

但是在村苏维埃尘埃厚积、不很舒适的小房间里人很多，平常晚上只有支部书记坐在这里。安努什看到瓦尔淑，格黎科尔·达扬以及村里的许多人，不由在门口站住了。

“要开会？”她很惊奇地问，“为什么不早通知？”

“今天我们不是开会，”彼特罗斯回答，“不过是我们一些党员想谈谈自己的事情。来，你坐下！”

大家都看着安努什走过去。她感到很不自然。安努什觉得大家有什么事情在等待着她。瓦尔淑第一个说话。她声音很响，很坚定：

“这是说，人们有了这样的意见：够了！应该把楚比克扬赶走。我们想派你当主席。”

这一点完全出乎安努什意料。

“你怎么，笑我？”

“嗳，”格黎科尔·达扬拖长了声调说，“瓦尔淑，你说得乱七八糟！干吗要‘派’？我们有党组织，有区委会，有全体大会……这事不能草草不恭。”

“区委会会支持我们，”彼特罗斯说，“我们这儿有许多事要做，可是手给缚住了……”

“但为什么要我当主席？我懂什么呢？难道没有别的合适的人啦？”安努什激动地问。

“我跟你说，你是有正义感，大家尊敬你。人们对你信任。你从阿尔明那里也学到了一些东西，不会没有的。”

“这个主意是楚比克扬给提醒的，他提醒得很好。”达扬冷笑着说，“我今天一听到他这话，立刻认真考虑这个问题。安努什，你不要推辞，你是我们这里适当的人！我们和你一起有许多事情要做。”

“我需要帮助，”安努什正眼望着同村的人说，“我需要很大的帮助。”

她站起来，两手按在胸前，她太激动了，已经无暇考虑自己的动作和措辞。

“我们把自己的房子拆了，现在要共同把它建造起来！”瓦尔淑大婶严肃地说。

在这个短短的夏天的夜里，每个人把心里藏了很久的话都说了出来……

当大家从烟雾腾腾的房间里走出来时，天边已经露出了鱼肚白。男人们各自回家去了，瓦尔淑和安努什还站在黑暗的胡同口。

“你知道我回忆起什么来了……”瓦尔淑说，“我的佐拉克是在他爸爸死后生下的。现在他二十五岁了。那年我因为想念丈夫病倒了。人们把我送进医院。我出院的时候抱着新生的孩子，心想：家里不知怎么样了？我的大儿子瓦冈听说生了孩子要煎蜂蜜鸡蛋给妈妈吃。可是他没有油，蜂蜜也没有，两只鸡倒在下蛋。他往锅子里敲了几个鸡蛋就放到火上，自己出来迎接我。鸡蛋没有油烧焦了，直冒烟，屋子里很脏，乱七八糟。我坐下来吃这鸡蛋，眼泪淌了一脸，可我自己对自己说：'不能倒下去，不能倒下去！'果然，我没有倒下！我紧紧靠拢农庄，靠拢人民——所以我没有倒下……"

"怎么，你在向我宣传动员？"安努什微微一笑。

"我是想鼓励你。"瓦尔淑严肃地回答。

安努什走到自己家门前，没有马上进去。她站在木板凉台上，倚着柱上望着天色渐渐亮起来。她给自己计划好的生活——宁静、安谧的生活——消失了。她那清静舒适的图书世界认为自己忠诚地完成了职责的感觉将要为每天向困难、向大自然、向自己斗争所代替。今后永远也不能说："一切都完成了，我可以休息了。"今后的生活就像一条没有尽头的路……

一匹马从远处跑来。在寂静中可以很清楚地听到马蹄的嘚嘚声。骑马的人从马鞍上跳下，把缰绳系在树上，把一只厚毡背包搭在肩后，跨进院子。

"加路斯特！"安努什叫了他一声。

她忽然想起了昨天的事，心里暗暗惊奇：她觉得这一切仿佛已经是另一种遥远的生活了。

加路斯特 · 卡契尼扬用愉快而又有些惶惑的眼光望着她。他穿着一套新衣服。穿在一件厚厚的工作衬衫外面的上装紧裹着他魁梧的身躯。他很洒脱地从肩上拿下背包，把它放在门口。

"那里是两块干酪。我是拿来给孩子们的。"他走到安努什跟前拉起她的手，"你好！"

"他已经以当家人自居了。"安努什想着冷冷一笑。

加路斯特对她的冷笑却报以幸福的微笑。

"他爱的根本不是我，"安努什忽然明白过来，"他是什么时候爱上我的？他爱的是未来的妻子……"

“你怎么不说话，安努什？你没有话要跟我说吗？”

“你所等待的永远不会实现，加路斯特！”

他并不离开站着的地方，只是放下了她的手。

“我明白，你认为我不配，是不是？”

“不，”安努什迅速地回答，“我一直很看重你。”

“也许你为了孩子才犹豫是不是？我会像保护眼珠一样保护他们！”

安努什骄傲地昂起了头。

“我的孩子每个人都会喜欢！这一点我不考虑。”

“那你考虑的是什么呢？”他痛苦地问，“告诉我，也许这对我也有意义。”

告诉他些什么呢？

他解开上装的钮扣，把肩膀舒展了一下。幸福的微窘从他脸上消失。他的神情变得很固执。

“唉，安努什，安努什！”加路斯特突然把两手往腰带里一插，“我一直幻想着：丢掉牧场的工作带你住到城里去……我为我们的生活拟订了远大的计划！”

安努什举起一双浅褐色的眼睛看着他。

“我的家在这里。我在这里住得很好。”

“这里没有什么好的！”他生气地回答，“你以为我不知道你是怎么生活着的？他们连柴也不肯给你送来。这里过的是什么生活？我在牧场里一点一滴积聚起来的，楚比克扬整瓢整瓢泼出去……”

“那你为什么不作声？你觉得无所谓？”

加路斯特在她的问话中听到责难的语气。他想在这个女人面前为自己辩护，显出自己是个思想崇高、行为正直的好人，他内心觉得自己确是这样。

“你要明白，安努什，我是怎么样一个人！换了另外一个人在我的地位早跟楚比克扬干起来了。但是我有高尚的情操。我在牧场工作，把牧场搞得很好。你高兴可以上区委会去问，他们对我的看法怎么样！”

他显示了他最好的一面。也许安努什不知道这点？也许她会改变主意?

安努什回答的话使他不解：

“牧场很需要好的工作人员。”

“你没有回答我……”

“我都跟你说了。”她叹了口气。

加路斯特垂头丧气，把帽子在手里扭着，拖着沉重的脚步从院子里走出去。

“等一等！”安努什在台阶上叫了一声，“把你的背包拿去。”

他把手一挥，开始解开马。

“你过来。”安努什第二次叫他。

加路斯特顺从地走回去。

“以后不许有这种事！”安努什厉声说，“拿去交回给仓库里！”

“你跟我说什么？”加路斯特拿起背包就往外跑。

天完全亮了。太阳已经爬上山顶。安努什走进了屋子。

“如今的人一点也不知羞！”奶奶在一口放食物的小橱里不知拿什么东西，一边嘟囔着，“大清早就在窗下跟人家谈情说爱，还以为自己是年轻姑娘不成？也不怕给邻居笑话！……我做姑娘住在父亲家里的时候……”

“娘，给我吃早饭！”安努什在桌旁坐下来简单地说。

奶奶忽然不作声了，她圆瞪着一双老眼愕然望着媳妇……

作者小传

阿维季克·伊萨克扬

当代最负盛誉的诗人之一、亚美尼亚文学的经典作家阿维季克·伊萨克扬1875年10月30日生于亚历山大堡（今列宁阿坎）。1893年伊萨克扬中学毕业后到国外去继续深造。1895年回国后，因从事反对沙皇的活动被捕入狱两年。1898年初，出版了他的第一本诗集《歌与创伤》。1903年他的第二本诗集问世。诗人这一时期的创作，用愤怒的声音抗议“这个世界的羁轭”，号召向暴政、强权和邪恶斗争（《自由铲》及其他）。

他在1905年第一次俄国革命的良好影响下所写的一些诗和短篇小说，有力地表现了斗争的主题（诗《我的心在那边……》《山坡上》，小说《沙克罗·瓦里什维里》《义勇队员》等）。

1908年他又被捕。释放后他写了抨击资产阶级生活法则和不合理社会的长诗《阿布尔·阿拉-马阿里》（1909）。这首长诗被译成世界上好多种文字。

诗人衷心庆贺伟大十月社会主义革命的胜利。1919年，他写了卓越的长诗《沙逊的姆格尔》。长诗叙述了亚美尼亚人民为争取“老百姓的法律和权利”向“国王、沙皇、官吏、封建主、财主”所进行的斗争。

在卫国战争年间，伊萨克扬发表了许多激动人心的政论，写出了《战斗的呐喊》《永远怀念扎吉扬》《行军歌》等出色的诗篇，并因而荣膺斯大林奖金一等奖。战后，伊萨克扬积极参加争取和平和各民族友好的斗争。

伊萨克扬是有很大代表性的诗人。他的名字早就享有世界声誉。

还在 1916 年，杰出的俄国诗人亚历山大·布洛克就说过："伊萨克扬是一位第一流的诗人；现在这样灿烂、豪放的天才也许全欧洲找不到第二个。"瓦列里·布留索夫认为他是亚美尼亚新文学三颗明星（约翰尼湘、屠玛尼扬、伊萨克扬）之一。

伊萨克扬还是第一流的散文作家。除了诗歌的各种不同的体裁（抒情诗、歌谣、传奇、寓言、长诗等），在他的创作中占重要地位的还有短篇小说、散文诗、童话、长篇小说《卡罗师傅》等。此外，在伊萨克扬的创作中占特殊地位的还有对一些亚美尼亚作家的回忆以及论述俄国和世界文学某些代表人物的文章。

伊萨克扬的作品曾多次重版并被译成苏联以及世界许多民族的文字。

伊萨克扬是亚美尼亚苏维埃社会主义共和国科学院院士、亚美尼亚苏维埃社会主义共和国历届最高苏维埃代表、苏维埃亚美尼亚作家协会主席。曾获两枚列宁勋章及奖章多枚。

捷列尼克·捷米尔昌

捷列尼克·捷米尔昌 1877 年生于阿哈尔卡拉基城（在格鲁吉亚境内）。在教会中学读书时，因参加学潮被开除。而后搬到梯夫里斯继续求学，于 1897 年毕业。

捷米尔昌在气象台作过观测员，当过乡村邮局的局长、慈善机关的技术秘书等。1899 年，他的第一本诗集出版。1905 年他到瑞士去受高等教育。1910 年回到梯夫里斯从事教育工作。

革命前，他除了诗以外，还写作和出版过一系列散文和戏剧作品。当时作者的写作技巧已臻于成熟。

苏维埃政权在亚美尼亚建立后，捷米尔昌的创作进入了一个新的阶段。在二十年代和三十年代的作品中，突出的有讽刺喜剧《勇敢的那扎尔》，短篇小说《只有一个》《梅尔凯》《萨托》《纳尔吉兹》《拉希德》《尼佳尔》等。在这些年中，捷米尔昌写了将近十部戏剧作品。

在卫国战争时期，他发表了一系列反映苏联人英勇斗争的短篇小说，他还致力于创作篇幅浩繁的历史小说《瓦尔丹南克》，该书于 1945 年出版。《瓦尔丹南克》是苏维埃亚美尼亚文学最重要的作品之一。小说表现了亚美尼亚人民在五世纪反抗波斯统治的英勇斗争。

战后，捷米尔昌发表了一些新的短篇小说。目前他在写另一部长篇历史小说《梅斯罗普·马什托茨》。

捷米尔昌还是一位翻译家。他曾把一些俄国作家的作品译成亚美尼亚文，其中包括果戈理的《死魂灵》。

捷米尔昌的许多作品被译成俄文和其他文字。他曾获列宁勋章和劳动红旗勋章。1953 年，他被选为亚美尼亚苏维埃社会主义共和国科学院院士。

斯捷潘·左利扬

斯捷潘·左利扬在 1890 年生于卡拉克里斯城（今基洛夫阿坎）一个农民家庭里。1906 年在俄罗斯中学毕业。

1909 年斯·左利扬的第一篇短篇小说发表；1919 年他的第一本小说集《忧郁的人们》出版。

斯·左利扬热烈欢迎苏维埃政权在亚美尼亚建立。迁居埃里温后，他把所有的经验和才能都献给了建立和发展苏维埃新文学的事业。他的小说《革命委员会主席》（1923）和《图书馆里的姑娘》（1925）属于写革命和国内战争题材的最优秀的社会主义现实主义散文作品之列。

1935—1939 年间，斯·左利扬写了长篇小说《一个人的生活史》，这部小说为广大的苏联读者所熟知。

斯·左利扬也是苏维埃亚美尼亚儿童文学的代表人物之一。他的《流浪者阿尔少》（1926）、《黑塞托》（1923）、《红鹳》（1936）、《童话集》（1941）等书受到儿童和青年的热爱。伟大卫国战争期间，这位作家在《纯洁的灵魂》一书中反映了苏维埃人的爱国主义精神和英雄气概，表现了他们纯洁、瑰丽和丰富的内心世界。斯·左利扬写了长篇历史小说《巴普王》，在 1946 年出版。《巴普王》和捷米尔昌的

《瓦尔丹南克》奠定了苏维埃亚美尼亚历史小说的基础。

斯·左利扬还是亚美尼亚读者熟悉的一位优秀翻译家。

斯·左利扬的许多作品被译成俄文、乌克兰文、格鲁吉亚文及其他国家文字。

1953 年斯·左利扬当选苏联最高苏维埃代表。曾获劳动红旗勋章、荣誉勋章及奖章多枚。

莫符塞斯·阿拉齐

阿拉齐（原名莫符塞斯·阿鲁均尼扬）1878 年生于舒拉维雷城（今格鲁吉亚境内沙乌米扬市）。1898 年中学毕业。

1899 年阿拉齐在彼得堡的工科大学参加了革命活动。1901 年因参加学潮被捕，释放后仍继续革命活动。1903 年阿拉齐又被逮捕并流放到外高加索。1905 年流放期满，继续学习未成，于是到故乡从事革命和文学工作。这时他与党组织建立了联系。

1906 年发表了阿拉齐反对资产阶级民族主义者的讽刺短篇小说《唐·卡拉彼特远征尊僧国》。

第一次俄国革命失败后，阿拉齐从事宣传工作，他曾在好几家革命的报社任职。从 1911 年到 1917 年，阿拉齐发表了许多对革命的最后胜利充满信心的短篇小说：《最后一梦》《太阳》《血花》《未完工的房屋》《红吻》等。1914 年，阿拉齐积极参加阿·阿科比扬主编的无产阶级作家刊物（《工人文艺》《红石竹》）的工作。

1920 年格鲁吉亚孟什维克政府逮捕了阿拉齐。1921 年格鲁吉亚建立了苏维埃政权后获得解放。1923 年阿拉齐的第一本短篇小说集出版。

阿拉齐在苏维埃时代所写的作品中最优秀的当推短篇《穆库奇同志》《千头人》和中篇《在月光下》《瀑布的反光》。高尔基对他的短篇小说《穆库奇同志》曾给予很高的评价。1940 年，阿拉齐出版了自传小说《燃烧的地平线》。

在伟大卫国战争年代，阿拉齐发表了好几篇反映苏维埃人劳动功勋的短篇小说。阿拉齐的许多作品被译成俄文及其他文字。

阿拉齐是亚美尼亚苏维埃社会主义共和国最高苏维埃代表。曾获列宁勋章、劳动红旗勋章及荣誉勋章。

阿克塞尔·巴贡茨

阿克塞尔·巴贡茨1900年生于高里斯县一个农民家庭里。他念完小学五年级，被作为优秀生保送到县中学。由于他在社会民主党的报上发表了一篇讽刺高里斯县氏和县政府的小品文而被捕。释放后被派到乡村当小学教师（1915—1916）。1917年中学毕业。曾当过校对员和记者，在孤儿院教小学的同时，在工艺专科学校学习。1920年考入农学院，毕业后到亚美尼亚工作。

1921年发表了他的一篇童话《笨蛋》。巴贡茨的文学生涯是从1924年发表了他的《外省特写》开始的。此后经常有他的短篇小说发表，1927年出版了单行本《黑暗的峡谷》。接着又出版了短篇集《播种黑土的人》《雨》《友爱的榛树丛》和讽刺中篇小说《奥符纳坦·马尔奇》。还发表了长篇小说《卡尔姆拉卡尔》和关于哈恰都尔·阿鲍维扬的未完成的长篇小说片断。

《友爱的榛树丛》《播种黑土的人》以及未完成的长篇小说《卡尔姆拉卡尔》都是以革命历史为题材的。这些作品反映了国内战争时期人民群众政治觉悟的提高、各民族的团结和友谊。阿·巴贡茨还是一位出色的讽刺大师。他的中篇小说《胶列斯》是亚美尼亚讽刺文学的典范之一。

巴贡茨积极参加亚美尼亚的社会活动和文学活动。他是第一次全苏作家代表大会的代表。他的创作是对苏维埃亚美尼亚文学珍贵的贡献。1937年逝世。

拉契亚·柯恰尔

拉契亚·柯恰尔（原名加勃里耶良）生于1910年。孤儿柯恰尔起初在植棉专科学校学习，后来在工农速成中学毕业并在亚美尼亚作家协会附设的文学院听课。

在工农速成中学学习时，他就发表过一些特写和短篇小说。1934年出版了他的第一部重要作品《瓦冈·瓦尔江》。1937年，他的讽刺中篇小说《奥格逊·瓦斯普尔游记》问世。1941年发表了小说集《时代》。

柯恰尔创作上收获最丰富的阶段是伟大卫国战争的年代和战后时期。他以报纸的前线记者身份，到过很多战区，写了一系列的特写和短篇小说，并印成单行本《前夜》《神圣的宣誓》《英雄的诞生》。但反映战争事件更全面的要算他的长篇小说《大家庭的孩子们》——这是苏维埃亚美尼亚散文中最优秀的作品之一。

拉·柯恰尔的许多特写、短篇以及长篇《大家庭的孩子们》已被译成俄文。

柯恰尔曾获红星勋章及奖章多枚。他是苏联共产党党员。

瓦赫坦格·安那尼扬

瓦赫坦格·安那尼扬1905年生于伊捷凡区沙马赫扬村的一个农民家庭里。他自幼当过雇工。苏维埃政权在亚美尼亚建立后，加入共青团，进党校学习，积极为农民报纸《庄稼人》工作，后来任该报主编。

1930—1931年间，他出版了两本关于农村生活的小册子，后来又出版中篇小说《在火环中》，这部小说描写在亚美尼亚建立苏维埃政权的斗争。

在伟大卫国战争以前，瓦·安那尼扬还出版过另外几本书（《在紫色高地上》《山洞里的居住者》）。战时，他志愿从军当随军记者，写了许多写和短篇小说，后来印成单行本《在战场上》。1945年他的惊险小说《地狱门的秘密》出版，以后又出版了《战后》《猎人的故事》(三册)《我们牧场里的人们》《谢万湖边》《山中的童年》《豹谷的俘虏》等书。

中篇小说《谢万湖边》非常著名，曾被译成俄文以及苏联各民族和人民民主国家的文字。根据这部小说还改编拍摄了影片《山湖的秘密》。

1947 年“苏联作家”出版社出版了《猎人的故事》。

瓦 · 安那尼扬曾获荣誉勋章及奖章多枚。他是苏联共产党党员。

迦列金 · 谢奉茨

迦列金 · 谢奉茨（原名格里高良）1911 年生于高里斯区亨卓斯克村一个农民家庭里。幼年丧父。1929—1931 年他在巴库铁路图书馆和党报《共产党人》报社工作，后来又在某机器制造厂的报纸编辑部工作。1932—1933 年迦 · 谢奉茨在莫斯科大学生物系学习。1933—1935 年他在苏联军队中服役，在空军学校学习。复员后又回到《共产党人》报编辑部工作。1941 年在师范大学文学系函授班毕业。

1938—1941 年间迦 · 谢奉茨担任文艺杂志《苏维埃作家》的主编。卫国战争时期他在军队里。1946—1952 年他在埃里温主编儿童杂志《少先队员》；1952—1954 年他是亚美尼亚对外文化联络协会主席。

迦 · 谢奉茨的第一篇短篇小说发表于 1928 年。此后他发表了许多短篇和特写。第一本题为“登天”的短篇集在 1936 年出版。1938 年出版了长篇小说《在港湾里》以及另外一些作品。

卫国战争结束后，他出版了中篇小说《龙山姑娘》(1945) 、《自由大街》(1947) 、《伊朗随笔》(1949)，一本特写集以及长篇小说《德黑兰》(1952) 。《德黑兰》是作者最重要的作品，曾被译成俄文及其他文字，为广大的苏联读者所熟悉。1947 年迦 · 谢奉茨的儿童故事集《第一排》出版。他是苏联共产党党员。

诺拉 · 阿达勉

诺拉 · 阿达勉 1910 年生于敖德萨一个医生家里。她毕业于巴库的国立大学。

自 1937 年起，诺拉 · 阿达勉住在埃里温。她在共和国报纸《共产党人》编辑部担任文学编辑。同时她从事翻译工作。她翻译出版的有：瓦冈 · 格里高良的《早晨》、奥尔涅斯 · 施拉兹的《我的同志洛里克》以及其他亚美尼亚诗人的许多作品。

1953年诺拉 · 阿达勉第一次发表自己的风格独特的作品。她的短篇小说刊登在《新世界》《星火》《农妇》等杂志上。

1954年诺拉 · 阿达勉的第一本《短篇集》出版，1955年《星火》小丛书上发表了《难堪的会见》，“苏联作家”出版社出版了这位女作家的短篇小说集《生活的开端》和《在青山旁》。

诺拉 · 阿达勉在她的作品中涉及的主要是苏维埃家庭、道德和日常生活问题。

译后记

与普希金一样，亚美尼亚新文学的奠基人哈恰都尔·阿鲍维扬（1805—1848）的一生也非常短促。他是在某一天离家外出后永远失踪的。但这位伟大的亚美尼亚作家、教育家给亚美尼亚文学留下了不朽的遗产。他的长篇小说《亚美尼亚的创伤》对以后亚美尼亚文学的发展有巨大的影响。在19世纪下半叶及20世纪初的亚美尼亚批判现实主义代表人物中，可举戏剧家加勃里埃尔·宋杜克扬（1825—1912，代表作为剧本《裴波》）、散文作家加扎罗斯·阿加扬（1840—1911）、彼尔奇·普罗善（1837—1907）、阿科普·巴罗尼扬（1842—1891）、亚历山大·施尔凡扎德（1858—1935，代表作为长篇小说《混乱》）、诗人约翰奈斯·约翰尼湘（1864—1929）、奥凡涅斯·屠玛尼扬（1869—1923，代表作为长诗《安努什》）、阿维季克·伊萨克扬等。

在伟大十月社会主义革命成功后的第三年，苏维埃政权在亚美尼亚建立了起来。亚美尼亚人民在布尔什维克党的领导以及伟大的俄罗斯人民兄弟般的帮助下着手建设新生活，并且创立了具有社会主义内容和民族形式的苏维埃亚美尼亚文学。苏维埃亚美尼亚文学吸取了俄罗斯和亚美尼亚民主文学和无产阶级文学的优良传统。在苏维埃年代里，与俄罗斯文学的联系进一步扩大了。高尔基、马雅柯夫斯基、法捷耶夫、肖洛霍夫等的作品对于加强苏维埃亚美尼亚文学的思想性和党性起了重大的作用。为了在文学上采用社会主义现实主义的方法，在亚美尼亚作家中曾经展开反对资产阶级思想的各种残余的斗争。苏维埃亚美尼亚文学的先驱者、布尔什维克诗人阿科普·阿科普扬（1866—1937）还在二十世纪开始的十年中就奠定了与无产阶级紧密联系的文学的基础，他也是在苏维埃亚美尼亚诗歌中第一位塑造了列宁形象的诗人。在恢复和改组国民经济时期，阿科普扬曾以饱满的政治热情讴歌作为共产主义建设开端的列宁关于全国电气化的伟大计划。

苏维埃亚美尼亚文学在开始发展的头几年，还不能以相当的深度反映已经实现和正在实现中的伟大变迁，但在苏联的现实条件之下，由于迅速发展的经济建设的影响，特别是在 1932 年苏共发布了“关于改组文艺团体”的决议之后，苏维埃亚美尼亚文学得到了飞跃的发展。它真实地描述了时代的特点，表现了从资本主义压迫下解放出来的人民在社会主义劳动过程中的创造力量，绘出了苏维埃亚美尼亚热火朝天的建设景象。这一主题在阿拉齐、捷米尔昌、恩 · 扎利扬、亨科扬、斯 · 左利扬、尔 · 萨利扬、西拉斯、阿拉克斯、柯恰良、曼维良等作家的散文、诗歌和戏剧创作中得到了一定的发挥。

在伟大卫国战争时期，亚美尼亚文学反映了亚美尼亚人民对法西斯主义的憎恨，歌颂了社会主义祖国的不可战胜以及苏联各族人民牢不可破的友谊。许多作品表现了苏维埃人在前线、后方史无前例的英勇斗争和苏联人民对布尔什维克党的无限热爱。有四十多位亚美尼亚作家曾在卫国战争的各个战区作战。亚美尼亚文学人道主义传统的杰出代表阿维季克 · 伊萨克扬曾经发出愤怒的呼声谴责希特勒侵略者。在战争年代中，捷列尼克 · 捷米尔昌和斯捷潘 · 左利扬还写下了两部卓越的长篇历史小说：《瓦尔丹南克》和《巴普王》。

战后，亚美尼亚文学更进入了一个空前繁荣的阶段。有不少作家的作品不但为亚美尼亚人民所欢迎，还获得了全苏的荣誉。其中散文作品主要的有长篇《大家庭的孩子们》（柯恰尔著）、《德黑兰》（谢奉茨著）、《为了你，莫斯科！》（塔巴尔江著）、《希拉克》（阿哈符尼著）、《亚拉拉特》（西拉斯著）、中篇《谢万湖边》（安那尼扬著）等。

本书选译了九位苏维埃亚美尼亚作家的十一篇短篇小说。其中《希望的旗帜》无情地揭露了资本主义社会的吃人本质，指出流氓无产阶级只有跟着无产阶级走上革命的道路才能得到解放和新生。这篇小说是诗人伊萨克扬的最佳散文作品之一。捷米尔昌的《为了生命》歌颂了医生“救人如救己”的高度责任感。斯 · 左利扬的《图书馆里的姑娘》通过一个普通洗衣妇的叙述反映了布尔什维克地下活动和苏维埃政权在亚美尼亚建立这一划时代的历史变迁。小说明显地受到了高尔基的《母亲》的良好影响。阿拉齐的《穆库奇同志》展示了新社会改变人的巨大力量。柯恰尔的《将军的妹妹》以感人的笔调写出了被迫逃亡到外国的亚美尼亚侨民对苏维埃亚美尼亚的向往和热爱。女作家阿达勉的《安努什的遭遇》表现了新时代妇女的成长。

这十一篇小说除《图书馆里的姑娘》一篇译自俄文版《斯·左利扬选集》(国家文学出版社，莫斯科，1956) 外，均译自阿尔沙鲁尼编辑的俄文版《亚美尼亚短篇小说集》(“苏联作家”出版社，莫斯科，1956)。为了使读者对这些小说的作者有进一步的认识，在书末附了作者小传，根据的资料是《苏维埃亚美尼亚作家》(亚美尼亚国家出版社，埃里温，1956) 一书。

译者

变心的人

［印度］普列木·昌德　著

关于作者

普列木·昌德（1880—1936）是杰出的印度作家，现代印度现实主义文学的奠基人。他十三岁就开始写作。1907 年用乌尔都文发表了他的第一篇小说《世上最宝贵的东西》。这篇小说和其他一系列以爱国主义为题材的短篇小说，组成了这位作家的第一个短篇小说集，这个集子被英国殖民者下令焚毁了。

普列木·昌德极其熟悉印度农民的生活。在他的许多作品中都刻划了印度农民的悲惨命运。普列木·昌德以自己的创作愤怒地抗议种姓禁限[①]，对处于被奴役地位的印度劳动者寄与无限的同情。普列木·昌德的短篇小说是风格独特的写生画，它们生动地表现了印度社会生活的真实面貌。这些小说的主题大多是愤怒地控诉留存在印度的荒唐习俗、等级禁限和妇女的无权地位。

伟大十月社会主义革命对于普列木·昌德的世界观的进一步形成，具有很重大的影响。这位作家颂赞伟大的社会主义国家，那里没有人剥削人的制度，他几次表示他的一个希望：愿这个理想最后将在印度实现。

普列木·昌德是全印进步作家协会的积极倡议人和组织者。他也是列·托尔斯泰、契诃夫、高尔基的作品的热情宣传者。

译者

① 印度居民本分四个种姓。1950 年印度宣布为独立共和国以后，根据宪法规定，各种姓不平权的现象和各种形式的种姓压迫是被禁止的。

两头牯牛的故事

1

在动物中间，驴子算是最笨的。我们说某某人是个十足的傻瓜，常常就叫他驴子。驴子的确是这样笨呢，还是人们因为它的老实和无比的耐性才认为它笨，这很难说。母牛有时也会用角撞人，当它保护小牛的时候，那就比狮子还可怕。狗虽然是小动物，有时也会发怒。可是从来没有人听说过驴子发脾气。随便你把这可怜的畜生怎么打，给它吃腐烂的草，它的脸上从不露出一点不满的神色。驴子即使在春天跳跳蹦蹦地玩儿的时候，它的模样也不是高高兴兴的。它的脸上经常保持抑郁的神情。这种神情在任何情况下都不改变：不管是幸福或是悲哀，不管是如意还是倒霉。圣人贤士的一切美德在它身上都达到了顶点。尽管这样，人们还是叫它笨蛋。

哪儿也没有看到过这样轻视美德的。看来在这个世界上，老实是没有用的。请看看在非洲的印度人：为什么他们这样穷苦？为什么印度人不准到美国去。可怜的印度人既不酗酒，又不乱花钱，干起活来不惜力气，也不跟谁争吵，默默地忍受侮辱，可是他们还是被人看不起。有人说，他们不够文明。也许，如果他们学会了以打击回答打击，学会在打架的时候扔砖头，他们就会被认为是文明人了。

驴子有一位老弟，它比驴子聪明一点，那就是牯牛。有些人认为牯牛比驴子还要笨，可是我们不认为这样。有时牯牛会用角打架，你甚至可以遇到非常倔强的牯牛。所有的牯牛都用不同的方式表示自己的不满。因此，牯牛的修养不如驴子那样好。

2

菜园主捷胡里有两头牯牛，一头叫希拉，一头叫莫地。两头牛都是马拉哈尔种，模样好看，又健壮，干活又好。它们由于长期生活在一起，结成了亲密的朋友。当它们面对面或者并排躺着的时候，常常用它们那种无声的语言谈心。我们说不出它们是怎样互相了解的，但是它们无疑是会使用那种无声的语言的，可是自称为万物之灵的人呢，却没有这种本领。它们互相舐着，嗅着，表示对朋友的关怀。它们有时也会用角互相争斗，但是一点没有敌意，只不过是闹着玩儿罢了，正像最要好的朋友有时也会你打我一拳，我打你一拳一样。要不是这样，友谊就会是脆弱的，不可靠的，对这种友谊是不能完全信赖的。牯牛被套上了耕犁或者牛车的时候，它们总是有节奏地摇晃着脑袋走着，每一头牛都竭力使大部分重量压在自己的脖子上。中午或者傍晚，活干完以后，牛被卸了下来，它们就互相舐着，互相减轻疲劳。饲槽里出现饲料的时候，两头牛会同时站起来，把头伸到饲槽里去。只要有一头牛把头从饲槽里伸出来，另一头牛也会这样做。

有一天，捷胡里把两头牛送到他舅兄的地里去干活。两头牛不明白为什么把它们赶到别的地方去。它们认定主人把它们卖了。谁知道它们乐意不乐意，可是加亚——捷胡里的舅兄——费了九牛二虎之力才把两头牛带到自己家里。他从后边赶它们，它们就向两边跑开；他用绳牵它们，它们就死挺着向后退。他要想打它们，两头牛就低下头来挺出牛角，威胁地哞哞叫着。要是老天爷赐给它们说话的本领，它们一定会问捷胡里："你为什么要把我们可怜的哥儿俩从你家里赶出去？我们不惜力气为你干活。要是你觉得这还不够，你可以叫我们多干一些。我们愿意为你干到死。我们从不抱怨饲料不好。不管你喂我们吃什么，我们都顺从地吃光。你为什么把我们卖给这个凶恶的人呢？"

傍晚，希拉和莫地到了新地方。它们一整天什么也没吃，饲槽里放着饲料，可是两头牛碰也不去碰一碰。它们心里很难过，活活地跟它们认为是自己的屋子分离了。陌生的屋子、陌生的村庄、陌生的人——一切对它们都是陌生的。

一对朋友用它们的无声语言商量了一阵，相互眏眏眼睛，然后躺下来睡觉。等村里的人都睡着了，两头牛用力挣断了缚住它们的绳索，向家里走去。绳是很结实的，谁也料想不到牯牛会把它挣断。但是希拉和莫地这天夜里力气特别大——它们把绳子扯成了好多段。

第二天清早，捷胡里看见两头牛站在饲槽边。它们的脖子上还挂着几段断了的绳子，腿上的泥浆沾到齐膝，可是眼睛里闪现着热情的光。捷胡里高兴极了。他跑到它们跟前拥抱起它们来。这一幕亲切拥抱和热烈接吻的情景感人极了。捷胡里的孩子和村里别的孩子都跑来看，他们高兴地拍着手欢迎这两头牛。虽然这样的事在村里并不是头一回，但总是很有意义的。孩子们决定用一点东西奖赏这两头英雄的牯牛。有的给它们拿来一点面包，有的拿来一点糖浆，有的拿来一点麸皮。

“谁也没有这样的牛。”有一个男孩子说。

另一个也附和他：

“从这么远的地方跑回来也只有它们。”

第三个孩子补充说：

“它们不是普通的牯牛。它们前世是人哩[①]。”

谁也不敢反驳他的话。

捷胡里的妻子看见了牛，非常生气。

“真是该死的畜生！”她叫了起来，“一天活也没干，就逃跑了！”

捷胡里开始为他心爱的牛辩护：

“它们为什么该死？那边准是连吃也不喂给它们吃，那它们有什么办法呢？”

“当然喽，只有你懂得怎么喂牛，”他的妻子带着一脸瞧不起的神色说，“你以为别人就只把它们浸在水里！”

“要是那边喂它们吃的，那么它们为什么要逃跑呢？”

“因为我父亲不像你这个笨蛋那样把牛宠惯，所以它们逃跑了！

① 印度教的信徒相信人死了以后灵魂会投胎。——俄译本注

那边既然给它们吃，就要它们干活。可是你的牛是懒虫，所以一下子就逃跑了。应该喂它们吃干麦壳。不给它们吃麸皮和豆饼，看它们怎么样。要吃就吃，不要吃就让它们饿死。”

于是她关照长工只给牯牛干麦壳，里边一点东西也不加。

两头牛把头伸到饲槽里。“多难吃啊！也不加上一点东西，又没有汁水！怎么吃呢？”它们用期待的眼光望着门那边。

“你这个家伙！”捷胡里对长工喝了一声，“快在饲槽里放一点豆饼！”

“女主人要打我的。”

“你要放得使她看不出。”

“不，主人，到那时候你也站到她那一边去了。”

3

隔了一天，捷胡里的舅兄又来把牛牵走了。这次他把它们套在一辆车前。

莫地有好几次想把车掀翻到路旁的沟里，但是耐性较好的希拉挡住了它。

傍晚时到了家，加亚用粗绳把两头牛缚住，为了惩罚它们前天逃跑的事，结结实实地把它们打了一顿。然后他只在饲槽里扔下一些干麦秸，给他自己的牛呢，又吃豆饼，又吃面粉。

希拉和莫地从来没有受过这样的侮辱。捷胡里从来也不打它们一下。但是他只要喊一声，它们就会跑得更快。可是到了这里被这样痛打，又只给一点干麦秸当晚饭！它们对麦秸连看也不看。

第二天，加亚把两头牛套上耕犁，可是它们像起了誓似的，一步也不走。加亚打它们，打得自己也累坏了。当他用棍子对准希拉的鼻子狠狠地刺了一下的时候，莫地按捺不住心里燃烧着的怒火，拖着耕犁拼命地跑。结果耕犁、套具都被撞坏，绳子也被扯断。要是它们脖子上不缠着长长的一段断绳，加亚可不一定追得上这两头牛呢。

“逃是逃不成的。”希拉用它无声的语言说。

“他差点没把你弄死，”莫地回答，“现在他们要把我们打得更凶了。”

“让他们打吧。既然生下来是牛，难道还逃得了挨打？加亚和另外两个人在跑来了。他们手里拿着棍子。”

“要是你同意，”莫地说，“我来好好地迎接他们一番。让他们也知道知道，我们不是好打的。”

但是希拉劝阻它的朋友：

“不要这样，老弟，安静地站着别动。”

莫地不同意：“要是他们打我，我也不客气。我要把他们摔倒在地上。”

“不行！这不合我们的规矩。”

莫地耐足火气站住了。加亚跑过来，把两头牛追到了就牵回家去。幸亏这次他没有打它们，要不然莫地一定要发作起来。加亚和他的帮手看到莫地的眼睛里布满血丝，他们明白，暂时还是不要惩罚它们的好。

饲槽里又给两头牛扔下干麦秸。一对朋友又没去吃它。

但是，当人们开始吃饭的时候，屋子里走出一个小姑娘，她给两头牛各塞了一块面包，接着就跑开了。难道一块面包能充饥吗？可是牯牛的心里轻松了一些。原来这屋子里也有好心肠的人！那小姑娘是屋主人的女儿。她的妈妈早死了，后母老是打她。所以她很同情这两头牛。

两头牛整天耕地，它们倔强的时候就挨打。晚上，它们给系在牛栏里。天黑了，那个小姑娘又给它们各拿来一块面包。她的纯洁的爱支持着牯牛，它们没有瘦弱下去，而事实上它们一天只吃几束干麦秸。但是，其他的人使它们愤怒到了极点。于是莫地用它那无声的语言对它的朋友说：

“希拉，我再也忍不下去了。”

“你打算做什么？”

“我要用角把一个人挑起来再摔在地上。”

“可是你总知道，那个给我们吃面包的好心小姑娘是屋主人的女儿。要是你摔死了他，那可怜的小姑娘就成了没爹没娘的孤儿了。”

“那我就把女主人挑起来。谁叫她常常打那个小姑娘。”

“可是你忘了对女人是不许无礼的。”

“你对哪桩事都不答应。那就听着：我们今天把绳子挣断了逃走。”

“好，这我同意。可是怎么挣断这么粗的绳子呢？”

“我有法子。先要把绳子嚼烂，你一使劲它就断了。”

夜晚，等小姑娘喂它们吃了面包走开以后，两头牛开始嚼绳。但是，绳子粗得嘴咬也咬不住。可怜它们用尽了全副力气，一点没有结果。

忽然那个小姑娘又来了。牯牛高兴得摇头摆尾，开始舐她的两手。小姑娘亲着这两条牛，说：

“我给你们把绳子解开。你们快逃，不然他们会把你们弄死的。现在他们正在商量怎么在你们的鼻孔里穿铁钩。”

她把绳解开了。但是两头牛还不走。莫地用它的语言问它的伙伴。

“现在你干吗还不逃走？”

“逃走并不费时间，可是明天这个孤儿要倒霉了。大家都会猜到是她把我们放走的。”

突然，那小姑娘喊了起来：

“姑夫家的牛跑了！哎，爹，爹！牛逃跑了！快来呀！”

于是两头牛就跑了。加亚从屋里冲出来跑去追牛。两头牛愈跑愈快。加亚开始叫喊，后来又回去叫别人帮忙。可是一对朋友已经跑得很远了。它们一直向前跑，直到发觉跑到了一个陌生地方为止。它们不知道该怎么走到它们应该走的路上去。它们走过几个村子，但都是陌生的。两头牛在一片田地的边上停了下来，开始考虑以后怎么办。

“我们大概是迷了路了。”希拉说。

“你这个宝贝，没头没脑地乱跑！应该用角当场把他挑起来。”

“要是我们把他弄死了，人家会怎么说呢？宁可让他破坏规矩，我们又何必学他的样？”

两头牛饿得慌，可是田里只有豌豆。它们就开始咬豌豆，一面不时留神听着有没有人走来。

两头牛吃了个饱，为了庆幸自己得到了自由，开始跳跃、玩耍。

后来它们哞哞地叫了起来，把头角钩住，开始互相斗角闹着玩儿。莫地一步紧逼一步地使希拉后退，直到希拉跌进沟里为止。那时希拉发火了。它掉下去以后，定了定神，跳起来向莫地冲过去。莫地见玩耍快要变成真的打架，于是就退到了田地的边上。

4

哦，这是什么？一头大公牛在向它们跑过来，它大得像一只象！一对朋友惊慌地向两旁看了看。跟这么一头公牛打架，那等于找死，不打吧，反正也逃不了。它一直向它们奔过来。呜，多怕人的脸啊！

“我们俩倒霉了，”莫地说，“我们怎么脱身呢？快想个办法出来。”

希拉忧急地回答：

“公牛这时凶得发了疯。我们向它求情是没用的。”

“趁现在还不晚，我们逃吧。”

“逃跑就是懦怯。”

“那你就独个儿死在这儿。我要逃了。”

“要是公牛来追你呢？”

“快点想个脱身的办法吧！”

“只有一个办法：我们俩一起打它。我从前面攻，你从后面攻。它受到两面夹攻，说不定会逃走！要是它向我冲来，你就用角撞它的肚子。这是很冒险的，可是没有别的办法。”

于是一对朋友不顾自己的性命，向那突然来到的牛冲过去。那公牛从来没跟这么团结齐心的敌手打过架。它惯于一对一打架。它才向希拉冲去，莫地就从后面向它进攻。当它回过头来对付莫地的时候，希拉又向它袭击。公牛打算把它们个别解决，可是那一对朋友很机灵，不让它这样做。当公牛狂怒起来向希拉撞去的时候，莫地看准了机会从旁边跳过去，把角刺进它的肚子。公牛更加暴跳如雷，它掉过头去，这时希拉用角撞了它的另一面腹部。那头倒霉的公牛终于受伤逃走，朋友俩追了它好久，一直追得公牛因为受伤、疲劳而喘不过气来，倒在地上为止。直到那时，两头牯牛才放过了它。

一对朋友得到了胜利，高兴得如醉如狂，它们继续前进。莫地说：

“我想结果那公牛的命。”

“落水狗不应该再打。”希拉责备它说。

“这都是假慈悲。应该把敌人打得再也爬不起来。”

“还是考虑考虑怎么走回家去吧。”希拉改变了话题。

“先吃点东西，然后再考虑。”

前面是一片豌豆田，突然从两面跑来两个手拿棍子的人。希拉站在路上，很容易地逃脱了看守人的手掌。可是莫地在浸水的田里。它的蹄子陷在烂泥里，所以它没逃走，被他们抓住了。希拉看到朋友上了当，它也回来了：要倒霉就一起倒霉。看守人把它也抓了起来。

早晨，一对朋友已经被关在牲畜栏中了。

5.

这对朋友在一生中，还是头一次整天没得到一星星饲料。它们弄不清楚，这儿的主人是怎么个家伙。甚至加亚也要比他好得多。牲畜栏里关着几头水牛、几只山羊、几匹马和几只驴子，它们面前都没有饲料，全都饿得站也站不住，像尸首似的横七竖八躺在地上。一对朋友站了一整天，一眼不眨地望着门那边，可是竟没有一个人给它们拿饲料来。两头牯牛试着舐那有点咸味的黏土墙壁，可是这能充什么饥呵？

到了傍晚，它们还是什么也没吃到。希拉心里燃起了怒火。它对它的朋友说：

“莫地，这样我再也忍不下去了！”

“看来我们要死在这里了。”莫地垂头丧气地回答。

“不要一下子就这么泄气，老弟。该想个法子从这儿逃出去……我们来撞墙壁。”

“我可没力气撞它。”

“我不相信！你从前多么夸口自己力气大啊。”

“从前是这样，可是力气全用完了。”

牲畜栏的墙壁不很结实。希拉拼命用尖角向墙上一撞，就有一大块黏土从上面掉下来。这使它更有劲了。它退后几步，又向墙壁冲上去，每撞一下，就有几块黏土掉下来。

正在这时候，看守人掌着灯走进牲畜栏来了，他是来察看是不是所有的牲畜都在。他看到了希拉把墙壁撞坏了，用棍子狠狠地打了它一顿，用粗绳把它系在一根柱子上。躺在地上的莫地问它的朋友：

“怎么样，你挨了打，可是你得到了什么呢？”

“至少，我做了我所能做的一切。”

“看，你被系得更结实了，你的努力有什么用？”

“不管把我系得多结实，我还是要斗争下去。”

“现在别再想逃走了。”

“完全不是这样。要是这样躺下去，那就是等死。你只要想一想，要是把墙撞坍了，有多少生命得救呵！这里有许多我们的弟兄在受苦。有几个眼看着快要死了。再过几天，我们全都活不成了。”

“大概你是对的。好，现在我来试试我的力气。”

于是莫地用角向墙上已经被撞过的地方撞去。黏土纷纷掉下来。它的勇气增强了。它用跟死敌决斗似的力气把角向墙壁刺去。经过两小时不断的撞击，墙壁终于从上面坍下了半米。莫地用加倍的力气又撞了一下——半堵墙壁倒塌了。

墙一倒，那些躺在地上的半死不活的牲畜都醒过来了。三匹马一下子从墙洞里跳了出去。接着山羊也逃跑了，在山羊之后，水牛也从牲畜栏里消失了。只有两匹驴子依旧站在老地方。

希拉问：

“你们干吗不逃走？”

一匹驴子回答说：

“待会儿又要给抓住！”

“那又怎么样呢？现在你们可以逃哇。”

“我们怕。我们还是待在这儿的好。”

已经过了半夜了。两匹驴子还站在那儿考虑：逃还是不逃。莫地拼命想扯断缚住希拉的绳子。可是怎么也扯不断，于是希拉对莫地说：

“你逃吧，把我留在这里。也许我们将来还能见面。”

“希拉，难道你以为我这样自私吗？”莫地噙着眼泪回答，“我们在一起过了多少日子，既然今天你遭了难，难道我能把你丢在这里自己逃走吗？”

“你要挨一顿毒打的。人家猜得到这是你干的。”

莫地骄傲地回答：

“你为了撞墙壁脖子上给套了这么粗的绳子，要是我也为了这件事受点儿苦，这又算得了什么呢？可是我们的弟兄得救了。它们将怀着感激的心情怀念我们。”

莫地用角把两匹驴子也赶出了牲畜栏，然后回到被俘的朋友身旁，躺了下来。

早晨，录事、看守人和其他人员火冒八丈高。只要知道这一点就明白了：莫地挨了一顿毒打，它也被粗绳系在柱子上了。

6

两头牛系在牲畜栏里，整整给关了一星期。没有人扔一根草给它们。一昼夜只给一回水，它们就靠它支撑着。两头牛瘦弱得站也站不起来，像一副皮包骨的架子。一天，墙外打起了鼓，两头牯牛被牵到外面。门口聚着五十来个人。他们端详着这两头牛，接着都带着轻蔑的脸色走开去。谁要买这两头快要饿死的牯牛？忽然，有一个相貌粗鲁、眼睛里布满血丝的大胡子走到牛的跟前，用指头触触骨头，跟录事谈了起来。两头牛一看到那大胡子的脸，它们就预感到事情不妙，颤栗起来了。它们很清楚地知道他是什么人，懂得他为什么要买它们。两头牯牛恐惧地交换了一个眼色，垂下了头。

“我们不该从加亚家逃跑。现在我们活不成了。”

“听说老天爷对大家都很仁慈，”莫地带着苦笑说，“为什么他不把仁慈布施到我们身上来呢？”

“我们的死活对于老天爷都是一样。我们顶多再活上几天。老天爷借那个小姑娘的手救了我们一次。现在他再会来救我们吗？”

“你瞧着，这个人会把我们宰掉的。”

“你急什么？牛肉、牛皮、牛角、牛骨——都要派用场的！”

讲好了价钱以后，大胡子把两头牛牵走了。一对可怜的朋友勉强移动着脚步，可是因为害怕，还是继续走着，一路上绊跌了好几回。只要它们放慢脚步，那人就用棍子打它们。路上它们遇见一群奶牛和牯牛在绿草地上吃草。那群牛看来都很快乐，身上的毛又光又滑，精神饱满。有的在跳跳蹦蹦地玩耍，有的舒坦地躺下来咀嚼刚才吃的东西。它们的生活多么幸福啊！但它们都是自私自利的家伙——有两个弟兄落到屠夫手里将要遭到悲惨的命运了，这一点它们是谁也不关心的。

忽然，这一对朋友觉得它们好像在一条熟悉的路上走着。对，它们从加亚家逃出来的时候就是走的这条路！它们经过的田野、花园、村庄，都是熟悉的。于是两头牛加快了脚步。它们的疲劳和虚弱全都消失了。

“啊！你瞧！这不是我们吃草的地方吗？我们就是从这口井里吊水的。对，一定就是那口井！”希拉兴奋地说。

“我们快到家了，”莫地说。

“谢天谢地！”希拉应声说。

“我马上就跑回家去。”

“可是他是不是肯放呢？”

“他只要敢阻拦，我就用角撞他。”

“犯不着跟他纠缠，我们快跑到牛栏里去吧！到了那边，我们哪儿也不去了。”

一对朋友高兴得发疯了，它们像小牛似的跳跳蹦蹦向家里奔去。到了牛栏。莫地和希拉跑到各自的圈栏里。

大胡子跟着追来。

捷胡里正坐在门口晒太阳，看到了两头牛，连忙走过来轮流着拥抱它们。一对朋友的眼睛里扑簌簌地掉下欢乐的眼泪。不知是哪一头牛舐着捷胡里的手。

大胡子跑过来，拉住了牯牛的牵绳。

“这是我的牛。”捷胡里说。

“怎么是你的？我是从市场上把它们买来的。”

“我认为你根本就是个贼。识相点，快滚开！这是我的牛，除了我，谁也没有权利把它们在市场上卖掉。”

“我要到警察局去告你。”

“随便你往哪儿告去。这是我的牛。它们不肯从我的家里跑开——这就是证据。”

大胡子动火了，他想用强把牛牵走。但是莫地把角对准了他。大胡子倒退了几步。莫地向他逼过去。大胡子拔脚逃跑了。莫地在他后面追着，直到把他赶出村子为止。后来，它站住了，监视着敌人的行动。大胡子站在老远的地方恫吓，叫骂，扔石头。而莫地像一个得胜的战士，站着挡住他的路。村里人看着这幕情景，都笑了。

大胡子吃了败仗，只好走开，莫地踏着骄傲的步伐回到家里。

“我担心你在火头上别把他撞死了。”希拉说。

“要是他碰我一碰，我就不让他活。”

“现在他不会再来了。”

“要是他再来，我要教训教训他，看他敢不敢把我们牵走。”

“要是他开枪把你打死呢？”

“我宁可死，不跟他走。”

“我们也有灵魂，不过谁也不懂得这一点。”

“那是因为我们太听话了。”

很快，饲槽里放满了豆饼、麦秸、麸皮和谷子，一对朋友开始吃东西了。捷胡里站在它们旁边，抚摸着它们，一大群小孩子看着这一切。整个村子仿佛都高兴起来了。

女主人走进了牛栏，她也在两头牛的头上吻了一下。

一又四分之一西尔[①]小麦

1

有一个村子里住着一个农民，名叫善卡尔。这个老实的穷人只管自己种田，不去管别人的事情。他不知道什么叫欺骗，也没有受到伪善的毒化。他不懂得掠夺的手腕，自己也不担心被别人掠夺。要是家里没饭吃，他就炒一点豆子吃，要是连豆子也吃不上，他就用水充饥，然后躺下睡大觉。可是逢到有客人上门，他的平静而俭朴的生活就被扰乱了。特别是逢到神职人员来，那时他少不了要向邻居去借——他自己可以饿着肚子睡觉，可是怎能叫神职人员也挨饿呢？他们是老天爷的使徒啊！

一天傍晚，有一位圣者到他家来借宿。这位圣者的仪表不俗：身披黄绸袈裟，背后长发飘飘，手托青铜水钵，脚穿木底凉鞋，鼻上架着眼镜。他的浑身打扮，一望便知是位高僧，他们常在富贵人家举行宗教仪式，乘着豪华的车辆到圣地朝拜，吃的是山珍海味，使心灵和老天爷融合。当时善卡尔家里只有大麦粉。他怎么能用这东西款待客人呢？在古代，大麦也许还很值钱，可是在我们这时代，大麦对于贵人来说简直是不能吃的。善卡尔非常着急：拿什么来敬这位贵客呢？他决定去借一点小麦粉，可是走遍整个村子也没有找到。村子里住的都是些普通人，这里哪会有供贵人吃的东西。还好，他总算在村里的祭司家里弄到了一点小麦。他借了一又四分之一西尔小麦，关照妻子磨成了粉。圣者饱吃了一顿，安安稳稳睡了一觉。第二天早晨，他给主人祝了福，就上路去了。

祭司每年要向农民征收两次粮食作为献礼。善卡尔认为他不必单独去还那一又四分之一西尔小麦，干脆在献粮的时候比往常的五西尔多献一点就可以清账了。到了四月里，祭司来收献粮了，善卡尔给了他约有七西尔半小麦，也没说什么话，以为自己已经不欠债了。祭司也不问他要。可怜的善卡尔怎么想得到，他这辈子再也还不清这一又四分之一西尔小麦了！

过了七年。祭司变成了放债人，善卡尔从农民变成雇工了。他的弟弟孟加尔跟他分了家。他们住在一起的时候都是农民，分了家都变成了雇工。善卡尔一直不愿在他们兄弟之间燃起互相敌视的火焰，可是他的努力最后仍旧落空。当家里第一次分成两座炉灶生火的那天，他伤心地哭了。从这天起，两兄弟成了冤家。一个哭的时候，一个就笑；一个伤心难过的时候，一个就大吃大喝。骨肉之情、同胞之情、手足之情——全都化为灰尘。他像栽树一样辛辛苦苦地栽培了家庭的好名声，用自己的血灌溉了这株树。如今看到这株树被连根拔掉，他的心被悲痛撕得粉碎了。他足足有一个星期没碰一碰吃的东西。他在六月里的毒太阳下干活，晚上怀着一颗沉重的心躺下睡觉。精神的痛苦和繁重的劳动耗尽了他的力气，累坏了他的身体，吮干了他的脑汁。他病倒了，好几个月没起床。这日子怎么过呢？他家只剩下了一半地——两个半比格[②]，还有一头牛，这跟一无所有差不了多少！……事情已经到了这般地步：在自己地里干活只是为了维持家庭的传统，至于要活命，只得去当雇工。

一天，善卡尔干完活回家去的时候，祭司在路上拦住了他，说：

“善卡尔，你几时上我家来一次！我们要算一算账。你很久以前就欠了我一笔债，一共是七满[③]半小麦，可是你根本不打算还。你是想赖账吗？”

善卡尔愣住了，他问：

“我几时向你借了这么多小麦，会欠到七满半？你弄错了，我不欠你一把谷子，也不欠你一个铜板。”

“就因为你这么昏头昏脑，才活该没饭吃！”

---

① 西尔是印度的重量单位，1 西尔约合 0.9 千克（906 克）。——俄译本注

② 1 比格等于 1/4 公顷（2 500 平方米）。——俄译本注

③ 1 满约合 32 公斤，7 满半约合 264 西尔。——俄译本注

祭司对善卡尔提起了七年前借给他的一又四分之一西尔小麦。善卡尔听了吓得目瞪口呆，心想："我的天呐！我在收获季节早把这笔债还给他了，可是他竟要把我害死！还有，他年年来收献粮的时候，还要拿算命钱。这简直卑鄙极了！他从这倒霉的一又四分之一西尔小麦中孵出了一个要把我吞掉的魔鬼。这几年中哪怕他只要提到一次，我一定会不声不响把小麦称还给他。不，他准是故意不提！"

"先生，你回想一下吧，我并没有把这一又四分之一西尔小麦当一笔债还你，可是我在每年收获的时候总是多交一西尔、有时多交两西尔的。可是现在你要我还七满半！叫我到哪儿去拿这么多小麦啊？"

"借贷的事情是一粒谷子也要计算的，献粮你高兴可以献上几满。你献的粮不能抵账，就是献二十西尔也没用。账簿上在你名下记着七满半小麦，你可以算一算。你还了账，我就把你的名字划去；你不还，这笔账就会愈欠愈大。"

"先生！你何苦折磨一个穷人呢？我连吃的都没有！叫我到哪儿去拿这么多小麦啊？"

"随便你到哪儿去拿！我的谷子一粒也不肯放弃。你在阳间还不清，到阴间也要还的。"

善卡尔听得直打哆嗦。要是他不是个愚昧无知的人，他就会说："很好。到阴间我们再算吧。那边的秤码不见得比此地的重些。反正我们谁也证明不了这笔账，那又何必担心呢？"

但是善卡尔不会这样想，他也不会耍滑头。他欠的债给记上了账簿，而且是欠的婆罗门[①]的，要是他不还，死后一定被打入地狱。他想到这里浑身就哆嗦起来。

"先生，何必到阴间去算呢？"他说，"我欠的债我会在阳间还清。我在阳间受苦也受得够了，为什么还要到阴间去受罪呢？可是这难道是公平的吗？你把芝麻大的小事化成了天大的灾难！你是个婆罗门哪，你不应该这样坑害人呀！你早就应该讨债，我也就不至于遭到这样的灾难了！我好歹要把这笔账还清的，可是你得在老天爷面前作

① 婆罗门是印度的僧侣种姓，是四个种姓中最高的一种。

出交代。”

“你怕老天爷，我才不怕他呢。天上有我的亲戚朋友。圣者和贤人都是婆罗门。出了什么事，他们会保护我的。你到底什么时候还账？”

“我家里一粒谷也没有，就是向人家去借也借不到这么多。”

“那可不行！已经过了七年，我一天也不能再等了。你现在还不出小麦，你就写一张借据。”

“既然要还，你要小麦还是借据反正都一样。你要折多少钱？”

“市价是一卢比[①]买五西尔。我少拿你一点，就算五又四分之一西尔折一卢比吧。”

“不要。既然要还账，就照市价折还。我便宜了四分之一西尔，就永远会觉得受了人家恩惠似的。”

账算好了，小麦一共折合六十卢比。立了一张六十卢比的借据，利率三分。如果一年之内不还清，利率就要增加到三分半。除此之外，善卡尔还得付半卢比的印花和一卢比的手续费。

全村的人都骂那祭司，但是没有人敢当面说他。谁敢公开反对一个大家都难免要去向他借钱的人呵？

2

整整一年，善卡尔过着最最清苦的生活，仿佛他发下了誓在限期之内把债还清。过去他家里中午不生灶火，一家人只吃一点炒豆。现在连炒豆也不吃了，每天晚上只给儿子吃一点面包。过去善卡尔一天抽一巴萨旱烟。这是他一向不能戒除的嗜好。现在连这点嗜好也作了清苦生活的牺牲品。善卡尔折断了旱烟管儿，把盛烟草的罐子也打得粉碎。他家里本来只有几件最必要的衣服，现在他们身上只挂着一些勉强能遮遮身体的破布条儿。这样省吃俭用，成绩居然出了意外：到年底他积下了六十卢比！善卡尔决定拿这笔钱去还祭司的账，对他说，其余的马上也能还清了。现在只是十五卢比的事了，难道祭司不

---

① 卢比是印度的货币单位，1 卢比合 16 安那，1 安那合 4 巴萨。

肯等一些日子吗？当他把钱恭恭敬敬交给祭司的时候，那婆罗门觉得很惊奇，他问：

“你是向人家借来的吗？”

“不，先生。托你的福，我今年挣的钱不少。”

“可是这里只有六十卢比呀。”

“是的，先生，请你先把这些收下，其余的我在两三个月内还清。你先解除我的债务吧！”

“等你把钱还清了，我才能解除你的债务。再拿十五卢比来。”

“先生，你发发慈悲吧，我们已经很久连晚饭也不吃面包了。我又逃不出这个村子。不消几天，我就会把其余的钱还清的！”

“我不喜欢多啰嗦。你不把所有的钱拿来，从今天起就要按三分半利率起息。这些钱你可以放在家里或者存在我这里，随你的便。”

“好吧，你把我拿来的这些先收下吧。我再到别的地方去想办法借十五卢比。”

善卡尔走遍了整个村子，但谁也不借钱给他。倒并不是因为不相信他，也不是因为村里人都没钱，而是因为谁也不敢去插在祭司和他想吞噬的祭品中间多管闲事。

3

物极必反——这是永恒的自然规律。善卡尔熬了整整一年的苦还是还不清债，他那咬紧牙关苦干的精神就一落千丈。既然他这样熬苦也只能积存六十卢比，那叫他上哪儿去找一个方法能积得更多呢？既然欠债，那么欠一满和欠一又四分之一满又有什么两样呢？他开始憎恨劳动。希望是精力的母亲，有了希望才有力量和生命之火。希望是世界的动力。善卡尔失去了希望，他变得什么都不在乎了。他抑制了整整一年的那些欲望，现在已经不像叫化似的垂立在门口。这些欲望现在变成了魔鬼在撕扯他的胸膛，不得满足决不罢休。总不能无限地在破衣服上打补丁呀！现在，善卡尔拿到了钱再也不存起来了，而是买一点吃的穿的带到家里。从前他只抽旱烟，现在他对别的麻醉品也吸上了瘾。现在他一点也不担心还债的事了，仿佛他不欠任何人一个巴萨。从前即使害疟疾也要去干活，现在他总是找寻借口想待在家里。

这样很快地过了三年。祭司一次也没来问他要钱。祭司是个狡猾的猎人，他要看准时机作致命的打击。过早惊动猎物是他的忌规。

一天，他把善卡尔叫了去，把账簿翻给他看。除去以前付的六十卢比，善卡尔还欠一百二十卢比。

“我这一辈子还不清这么多钱了。只好到阴间再算吧。”

“可是我要在阳间向你讨债。要是本钱还不出，那你至少也得付利息啊。”

“我有一头牛，你可以牵走；一间草屋，你也可以拿去。别的东西我没有了。”

“我拿你的牛做什么？你有一些比较值钱的东西可以抵账。”

“是什么呢，先生？”

“不是什么特别的东西。那就是你自己。你反正要上别的地方去干活。我正好要雇个长工。你就在我家干活付利息，要是运气好，也许其余的钱也能还清。不过你只能在我家干活，不能到别处去，直到你把债还清为止。你又没有任何财产。我怎么能在这种事情上凭空相信你的话？谁担保你能在几个月中还清债务？你连利息也付不起哩，怎么还谈得上还本钱？”

“先生，要是我给你干活付利息，那么谁来养活我呢？”

“你有老婆、儿子；他们总不会坐着发呆的！好吧，我每天给你半西尔大麦当早饭，一年你可以得到一条被子、一件衬衣。你还要什么呢？是的，你给别人干活可以得六安那一天。我可不准备付给你，因为我是为了收利息才叫你当长工的。”

经过一番短暂而痛苦的考虑后，善卡尔说：

“先生！这不是叫我当一辈子牛马吗？”

“当牛马还是干活，你高兴怎么说就怎么说。可是我不拿到所有的钱是决不让你太平的。你逃走了——有你的儿子还债。要是你们家里的人都死绝了，那就是另一回事了。”

善卡尔有苦无处诉。谁肯给一个雇工担保呢？他又有哪儿能躲，哪儿能逃呢？第二天，他开始给祭司干活了。为了一又四分之一西尔小麦，他被套上了奴役的锁链。这个不幸的人的唯一安慰就是把现在这样受苦都归结到是自己前生造了孽。妻子不得不干她从来没有干过的活，孩子们都挨饿，可是善卡尔一点办法也没有。他只好无能为力地眼看着这一切。那几粒小麦像一副沉重的枷锁似的套到他身上，他一辈子也不得翻身了！

善卡尔给祭司当了二十年牛马之后，终于离开了这个悲惨世界。他死的时候还背着一百二十卢比的债！祭司不好意思让这不幸的人没脸去见老天爷，他也并不是那么残酷蛮横的，所以并没有逼他到阴间还账。他去扼住了善卡尔的年轻儿子的咽喉。善卡尔的儿子直到今天还在给祭司干活。谁知道他几时才能得到解放？谁知道他还能不能得到解放？

读者，不要以为这个故事是空想出来的。这是真实的事情。还有不少善卡尔和这样的祭司在这个世界上呢！

地主的井

1

乔古把一杯水拿到嘴唇边时，一阵恶臭直冲他的鼻子。

“这是什么水？”他气呼呼地问他的妻子甘吉，“这水怎么能喝：是臭水啊。我的喉咙渴得直发燥，可是你给我喝这样的臭水！”

甘吉每天傍晚去打一次水。要多打几次实在没力气，因为井离得很远。这水是她昨天打来的，当时一点没有气味。今天怎么会有臭味呢？她把水嗅了一下，的确有股尸臭。准是什么动物掉到井里淹死了。可是，到哪儿去打不臭的水呢？

谁肯让她去打地主井里的水？连走近一步都要挨一顿臭骂。村里还有第三口井，在村子的那一头——那是放债人的井。那边也不让打水。此外，村里没有别的井了。

乔古已经病了好几天。他勉强忍住口渴，默默地躺着。可是过了一会，他又开始说：

“我实在熬不住了！把水给我。我把鼻子按住，也许能勉强咽两口。”

甘吉没有把水给他。她懂得病人喝了臭水会更加难受。但是她不知道把水烧开了就能喝了。

“你怎么能喝这水呢？”甘吉说，“谁知道是什么东西在井里淹死了。我去给你打一点新鲜的井水来。”

乔古惊奇地望着她，问：

“你到哪儿去打新鲜的水？”

“村里不是还有两口井吗？一口是地主的，一口是放债人的。难道那边连一杯水也不肯让我打吗？”

“你到那边去什么也得不到的。你只会挨一顿打，手脚都被打断。还是待在家里的好。高贵的婆罗门会咒骂你。地主会用拐杖打你，放债人会把我们欠的债加上四倍。他们有谁明白穷人的苦处！即使我们快要死了，也不会有人来看看我们，哪还谈得上周济。这样的人会让你打他们井里的水？”

这是一番沉痛的话，但句句是真。甘吉能回答些什么呢？但她还是不让他喝那臭水。

2

晚上九点钟。累了一天的庄稼人都早睡了。地主家的大门口聚着几个爱闲扯的人。他们不是谈战场上的骁勇事迹——军人豪勇吃香的时代早已过去了。他们在谈的是打官司的手腕。他们记得在一桩很棘手的案子里，地主怎样巧妙地向警察局长行了贿就太平无事了。那地主真是神通广大，他竟把一份极重要的案卷的副本弄到了手。当时执法吏和预审推事异口同声地说副本实在难弄到手。一个要五十卢比，一个要一百卢比，可是地主连一个子儿也没花就弄到了副本。这可要会耍手段呐！

这时，甘吉走到了井旁。

油灯把朦胧的光投在井上。甘吉在井边蹲下来，开始等候一个适当的机会。

全村的人都喝这口井里的水。对谁也不禁止。只有甘吉他们这些不幸的人不能用它[①]。甘吉心里对于被传统奉为神圣的种姓禁条和限制激起了怨恨。

“为什么我们是下贱的，而那些人是高贵的呢？”她心想着，“只是为了他们脖子上挂一条圣带[②]吗？其实他们都是十足地道的骗子。他们又偷，又骗，还挖空心思打官司欺压好人。前两天，就是那个地

---

① 低贱种姓的人是被禁止使用公井的。——俄译本注
② 高贵种姓的人脖子上挂圣带。——俄译本注

主偷了一个穷羊倌一只羊，把它宰来吃了。那位可敬的班蒂特①家里一年到头大开赌场。放债人卖的荤油里羼素油。他们叫我们干活，可是到了付工钱的时候就比要他们的命还难受。他们到底哪一点比我们高贵呢？他们的嗓门比我们响，这倒是实在的！我们可不到每个岔路口去大叫大嚷，说我们是高贵的人……”

这时传来了脚步声。有人在向井边走来。甘吉的心别别地跳起来。要是给人看见了她在这里，可就倒霉了！那时少不了要挨几下脚踢。她拿起水罐和绳子，弯着身子从井那边跑开，躲在一棵树的浓荫中。这些人还会饶过谁吗？他们曾经把可怜的麦汉古打得吐了几个月的血。事情仅仅是因为他不愿白白干活。

两个女人走到了井边。她们一边打水，一边谈着：

“那些男人都是老爷！自己坐下来吃晚饭，叫我们来打新鲜的水！家里又没有钱，买几个新水罐也买不起。”

“男人看见我们一空下来就不乐意。好像一把尖刀刺了他们似的。”

“这话对极了。从不见他们拿起水罐去打水！从来没有过！他们只会使唤你干这个做那个，活像我们是什么老妈子似的！”

“在家里你不是老妈子还能是什么人？你不吃不穿吗？有时还要偷几个卢比自己用用。你不是老妈子是什么？”

“别羞我了，大嫂。我直想休息休息，别过这个日子了。要是我在别的人家这样苦干，不知要舒服几倍哩。丈夫也会感谢我。可是在这些人家里你就是干到死也得不到感谢。”

两个女人打好水以后就走开了。甘吉从她躲着的地方走出来，到了井边。地主家的大门口已经一个人也没有了。那帮吃饱了饭没事做的人都已经走开。地主自己也闩了大门进屋里睡觉去了。甘吉松了一口气。现在没人来阻挠了。童话里的王子拿活水和死水的时候，恐怕也不及甘吉这时的行动小心谨慎。她悄悄地爬到井台上，用绳子缚住了罐口，警觉地向四下看了一遭，就像一个士兵夜间侦察的时候爬上

① 班蒂特是懂梵文的学者，他们大多在庙宇里司神职。——俄译本注

敌人的堡垒那样。要是现在她被抓住，那是绝对没有希望得到饶恕的。她虔诚地向老天爷祈祷，然后鼓足勇气把水罐放到井里去。

仿佛过了无穷长的时间罐子才落到水里。没有发出一点溅水声。甘吉很快地把绳子一把一把往上拉。罐口已经看得见了。任何一个大力士都不能这么快把一罐水吊起来。

甘吉弯下身去，想把水罐拿起来放到井栏上，突然地主家的门打开了。对于甘吉来说，就是猛虎的血盆大口也不及这扇打开了的门可怕。

绳子从她手里滑掉了。水罐扑通一声掉到井里。溅起了一片水声。

“嗨，是谁在那儿？是谁？”地主嚷着向井边走过来。

甘吉跳到平地上，连忙逃跑。

回到家里，她看到乔古正在咕嘟咕嘟地喝那臭水。

变心的人

1

今天阿狄梯亚的刑期已满，应该回家了。在他回来前一天，他的妻子卡路娜就把墙壁刷白，把家里的一切都收拾好。卡路娜三年来省吃俭用，积下了几十卢比，现在都花完了，为的是像像样样地迎接她的丈夫。她为他准备了两件德霍梯①，做了几件新衬衫，给儿子又做了一件新外套和一顶新帽子。她兴奋激动得不时去搂抱她的儿子。要不是生下了这个小孩子，要不是他像太阳似的照亮了她的惨淡的生活，卡路娜也许经不住命运的打击。这男孩子是在她丈夫被判处徒刑以后一个月出生的。卡路娜有了儿子，才熬过了这三年的离别痛苦。她想："当我把儿子给他看的时候，他将多么高兴啊！他看见儿子以后，起先一定很奇怪，然后就会把他抱起来，搂在怀里，说：'卡路娜，你送给了我这宝贝，就是给了我幸福！'他一听到孩子的咿咿呀呀的声音，监禁的痛苦就会忘得一干二净。儿子的天真、明亮、灿烂的目光能消除所有的苦恼。"卡路娜沉醉在这个理想中，高兴得忘记了一切。她又想："将有很多人跟着阿狄梯亚来，当他出现在门口的时候，欢呼声将震得天动地摇。这将是一个多么感人的场面啊！"卡路娜为那些将跟着她丈夫来的人铺下了一条旧地毯，准备了一些请客人吃的东西，现在她不时地用期待的眼光望着门外。她的眼前重又浮现出丈夫的坚毅、崇高、充满热情的面貌，她重又回忆起他被押走时说的话。他的自持力、在警棍的打击下也没有挫折的精神力量、他那镇静的微笑——这一切在卡路娜心中，难道有一天会磨灭吗？

想起了丈夫，她那憔悴的脸上露出自豪的表情。在最可怕的日子里，正是这些回忆支持着她。有多少次她跟儿子饿着肚子躺下睡觉！

家里常常连买灯油的钱也没有。但是卡路娜从不流一滴绝望的眼泪。她的一切苦难总算到头了。丈夫回来是莫大的幸福，当他和她在一起的时候，她再也没有别的愿望了。

完成了漫长的旅程的天空旅行者，急急忙忙地赶去休息了，在那里，黄昏已经为它铺好了黄金的床褥，撒下了灿烂的花环。这时卡路娜看见一个男人拄着拐杖走来，他好像是一切衰弱的人的痛苦的化身。他每走一步就停下来咳个不停。他的头低垂着，卡路娜看不见他的脸。那个陌生人在她看来像个老头儿。但当他走得更近一点时，卡路娜认出了他。这就是她心爱的丈夫。可是天哪！他变得多厉害啊！青春、活力、蓬勃的朝气、匀称的身材——一切都消失了。在她面前的是一副外面包着皮肤的骨头架子。没有人跟她丈夫同来：没有朋友，没有同伴，也没有帮助的人。

卡路娜一认出他，她就跑到街上去，想投在他的怀里，但她抑制了这个愿望，在原地呆立不动。她的全部希望幻灭了。所有的喜悦都变成泡影，随着潮涌的泪水消失了。

阿狄梯亚走进了屋子，微笑着向卡路娜看了一眼。但在这微笑中反映了一片痛苦的大海。卡路娜感到浑身软弱，仿佛她的心脏停止了跳动。她一动不动地站着，用黯淡无神的眼光直望着丈夫，似乎不敢相信自己的眼睛。她的嘴里没有迸出一声呻吟，也没有吐出一句欢迎的话。坐在她手上的小孩子也惊慌地睁大了眼睛看着那副骨头架子，紧贴在母亲怀里。

卡路娜终于用惊慌的声音问：

“你怎么啦？简直一点也认不出你了！”

“不要紧的，我不过瘦弱了些。在你的调养下我会恢复健康的。”阿狄梯亚回答说，他努力想笑一下。

“唉！”卡路娜继续说，“瞧你干瘪得这样！简直像一根绒线针。难道那边连饭也不给你吃吗？你自己说的，对政治犯是很客气的。你的同志们为什么不照顾你？他们不是曾经愿意为你牺牲自己的生

① 德霍梯是由一块完整的料子做成的男人衣服。——俄译本注

命吗？”

阿狄梯亚皱起了眉头。他伤心地回答：

“卡路娜，这是一次极其痛苦的考验。我没想到，我才被关进监牢，人们就离开了我，没有一个人关心我的境况。看来，这就是对于为人民牺牲自己生命的人的奖赏。我知道人们很快就会忘记那些为他们服务的人。但是同志和战友的背信弃义却是我亲自体验到的。我不怨任何人。为人民服务这件事本身包含着奖赏。我曾经幻想着因此得到荣誉和尊敬，我错了。”

“那边难道连饭也不给你吃吗？”

“还是别提的好，卡路娜，”阿狄梯亚回答，“这是一段悲惨的故事。这些事不必再谈了。我能活着回家，已经是不幸中的大幸了。照这么说，我命中注定还能见你一次。要不是这样，我早就到另一个世界去了——我熬过了多少苦难呵！我要躺一会。站不住了：我走了很长一段路。”

“你也先得吃点东西，再安安静静地休息。”卡路娜说罢，又对着儿子说：“这是你的爸爸，好孩子，这是你爸爸。走到他那儿去，他会亲你的。”

阿狄梯亚噙满了眼泪看着那孩子。他受到了良心的责备。他以前从来没有这样感到过自己的软弱无力！要是老天无比慈悲的胸怀能使他恢复健康的话，他再也不去参加民族运动了。他有什么权利把这个孩子生下来就推入贫困和苦难的深渊？从今他将膜拜拉克什米女神[①]，把自己微不足道的生命都放在抚育这孩子上面。

卡路娜抱着儿子站起来，在盆子里放了一些吃的东西，拿给丈夫。阿狄梯亚用饥饿的眼光望着盆子，好像很久没有看见过任何食物了。

他知道在多日的饥饿之后不能多吃东西，但是他忍耐不住，他向食物扑过去，一下子吃光了盆子里的东西。卡路娜暗自想着：“他从来没这样吃过。”她在喂孩子吃东西的时候，忽然听到一声叫喊：“卡路娜！”她走到丈夫跟前，问：

---

① 拉克什米女神是象征富裕、美丽、幸福、成功的女神。——俄译本注

“你叫我吗？”

阿狄梯亚的脸色苍白。呼吸断断续续。他用手撑着在吃东西的地方的床褥上躺下。卡路娜着急了起来：

“要不要去请医生？”

阿狄梯亚用手势阻止她去，他说：

“不必了，卡路娜。我应该把全部真情对你说。我生了结核病。有好几次差点儿要死了。但是看来我被注定在临死前还能见你们一面，因此没有死。别哭，亲爱的。”

“我马上去请医生来。”卡路娜忍住了号哭说。

阿狄梯亚摇摇头：

“不要，卡路娜。你只要跟我在一起待一会。现在我没有任何希望了。医生早已不肯给我看病。我自己也觉得奇怪怎么能走到家里。谁知道是什么神力把我从那边拖出来的。也许这是将熄的灯火的最后一闪了。哦，卡路娜，我对不起你。这将永远折磨我。我没能给你幸福，也没能为你做一点事情。现在我要死了，在你身上留下寡妇的烙印[①]，把抚养孩子的重担压在你肩上。”他长叹一声。

卡路娜把自己控制住了，她问：

“你哪儿疼？我来点灯。你怎么一句话也不说？”

阿狄梯亚在床褥上翻了个身，他回答说：

“什么也不必做，亲爱的。我哪儿也不疼。我觉得我的心好像在往下沉，好像沉到水里去似的。活生生的想象在逐渐幻灭。只看见一盏快要熄灭的油灯。我要把心里所有的话都说出来。我为什么要把这愿望带走呢？卡路娜，要是我问你话，你肯回答我吗？”

软弱、悲伤、痛苦，仿佛都从卡路娜的心里消失了——代替它们的是坚定的精神，它嘲笑死亡，不怕任何危险。利剑藏在镶嵌宝石的天鹅绒剑鞘里，强大的能力潜藏在平静的水流中，女人的温柔的心里也藏着勇敢和自持力。就像愤怒能使宝剑出鞘、科学能开发水力一样，——爱能鼓起女人心里的勇敢和坚定的精神。

卡路娜抚摸着丈夫的头，亲切地、喃喃地说：

---

① 按照印度宗教法律，寡妇不能再嫁。——俄译本注

"你为什么不问啊，亲爱的？"

阿狄梯亚感觉到卡路娜的手温柔地抚摸着他，他说：

"你觉得我的一生过得怎么样？我的一生配不配得到奖赏？听着，卡路娜，你从来没有对我隐瞒过什么，你现在也直爽地说：你认为怎么样，我应该嘲笑还是痛哭自己的一生？"

卡路娜用庄重的语调回答：

"你为什么提这样的问题，我亲爱的？难道我在什么时候指责过你不成？你的一生就像圣人的一生：是忘我的、纯洁的、理想的一生。从前，每当我被力不胜任的重活累得筋疲力尽，我有好几次想劝你放弃你那崇高的理想，但就是在那个时候，我内心也明白这样是屈辱你的。如果你过去一心想发财，我也许会满意，但是我的心里就不会像现在那样充满了自豪和愉快。如果我想祝某人得到最大的幸福，我一定祝他的一生能像你一样。"

卡路娜说的时候，她那过早憔悴的面容被一种从内心发出来的奇妙的光芒照亮了，阿狄梯亚骄傲地望着他的妻子，说：

"好了，卡路娜，现在我安心了，我不再为孩子担心了。我找不到比你更可靠的人能抚养孩子。我相信，生活道路的崇高、光辉的理想将永远在你面前。现在我死也安心了。"

2

过了七年。

普拉卡什十岁了，他长成了一个可爱、强壮、快乐的孩子，他灵活、大胆、矫捷。他不知道什么叫恐惧。卡路娜看着他的时候，她那颗受尽痛苦的心就得到了安慰。人们认为卡路娜命苦。但是她从来不怨命。当丈夫活着时她觉得宝贵的首饰，她都卖掉了，将卖得的钱买了几头奶牛和水牛。她是一个农民的女儿，所以对她来说，养牲畜并不是陌生的事。这项工作成了维持她和孩子生活的手段。

卡路娜必须日夜不停地干活，但她很满意。她的脸上没有一丝绝望或者悲伤的痕迹，只是闪现着意志和毅力的光芒。她的整个面貌洋溢着自豪的感情，眼睛放射着奇异的光芒——无限的深远，无比的明亮。一切痛苦——对丈夫的怀念和命运的无情打击——都溶化在这深远的目光中。她把自己的生命都献给了普拉卡什。她的幸福、她的愿望、她在这世界上的一切，都为儿子而牺牲了。但这并不是说卡路娜对儿子一味溺爱。不，她非常严格地留意他的行为。她对于儿子，在母亲的慈爱中结合着父亲的严厉。直到现在，丈夫临死前的话还在她的耳边响着。听那几句话时照亮了她的脸的那种喜悦心情，当时在她眼睛里闪耀的骄傲的光芒，直到现在还没有离开过卡路娜。对丈夫经常的回忆，使他在她眼里栩栩如生。她时时刻刻觉得他还活着。她觉得阿狄梯亚每时每刻在保护着她。她的衷心的愿望就是把儿子栽培成一个对得起他父亲的人。

一天傍晚，有一个老乞婆走到门口来讨饭。卡路娜当时正在喂奶牛。普拉卡什在屋旁玩耍。这孩子忽然想作弄一下那乞婆。他跑到屋里拿了一餐盘的麦壳，然后跑到街上。那乞婆张开了她的一个袋子。普拉卡什把麦壳抖在袋里，很响地拍着手跑了。

"唉，你这个孩子！"乞婆用一双燃烧着怒火的眼睛目送着他说，"你跑来开我的玩笑。这都是父母把你教成这样的！你一定能光耀你的门第。"

卡路娜听了她的话，走到街上，问：

"是怎么回事，老大娘？你是在跟谁这样说话？"

乞婆向普拉卡什那边点了点头，回答说：

"这不是你的儿子吗？你想一想：他拿了一盘麦壳倒在我的袋子里。里边本来有一小把面粉，现在也被他跟麦壳搅混了。难道能这样作弄穷苦人吗？一个人不会一生不过穷日子的。你们何苦在人家面前神气活现。"

卡路娜厉声叫了一声儿子：

"普拉卡什！"

普拉卡什并不害羞。他神气地昂起了头，走过来说：

"她为什么到我们家来要饭？为什么她不干活？"

卡路娜竭力想责备他：

"你不害羞吗？你还大叫大嚷哩！"

"我为什么要害羞？她为什么来要饭？难道我们有什么东西是白

白得来的？”

“要是你没什么东西给她，就应该干脆对她说：‘你走吧。’为什么你做出这种恶劣的行为来？”

“可是还有什么办法能教她不再要饭呢？”

卡路娜生气极了，她喝了一声：

“我这就打你一顿。”

“为什么？在别的国家里乞丐要抓去坐牢，而不是不管他们。”

“可是年老衰弱的人怎么能干活呢？”

“那就让她去投河。她何必活着呢？”

卡路娜什么也没回答。她给了那老乞婆一点面粉和大豆，送她走了。但是儿子的荒唐的话撕扯着她的心。他从什么地方学得这样冷酷无情的？这个思想在夜里也折磨着她。

快到半夜的时候，普拉卡什忽然醒了过来。灯还点着。卡路娜坐在那儿哭。普拉卡什抬起身来，问：

“妈，你还不睡？”

“睡不着。你怎么醒了？想喝水吗？”卡路娜问，她把脸别转过去。

“不，妈。不知怎么的，眼睛自己睁了开来。妈，今天我犯了很大的过失。”

卡路娜慈祥地望着儿子。普拉卡什继续说：

“我今天对那个老婆婆很不好。妈，原谅我吧。以后再也不会有这样的事了。”

说到这里，这孩子哭了。卡路娜感动极了，她抱住儿子，热烈地吻他的两颊，问：

“孩子，你说这话是为了安慰我，还是真的后悔了？”

“不，妈，”普拉卡什抽噎着回答，“我真的很懊悔。要是那个老婆婆再来，我一定要给她很多钱。”

卡路娜的心里充满了极度的幸福。她仿佛觉得阿狄梯亚站在他们面前，用赞许的目光望着儿子，说：“卡路娜，别伤心，普拉卡什决不会辱没他父亲的名声。你的全部愿望都会实现的。”

3

但是，普拉卡什嘴上说的是一套，事实上做的却是另外一套。日子一久，他的性格中的这个特征愈来愈明显了。他是个有天赋的少年，在大学里经常得奖学金，卡路娜也竭尽全力供给儿子各种费用，可是钱他总不够用。他能够头头是道地做一篇论节俭的好处的演说，而自己却在学那些一味崇拜时髦的人的样。他老是怀着一种愿望想炫耀一番。普拉卡什的心和理智经常是矛盾的。良心要求他为周围的人做点事情，冷酷的理智却把一切都限制在他自己的范围内。普拉卡什认为，为人民服务就像耕耘一块长不出庄稼的荒地。在这条道路上，顶多只能得到荣誉和尊敬。可是这种奖赏是不经久、不可靠的：用整个生命的代价争得的一切，可能在刹那间化为灰尘，因此他一心想过享乐生活。他渐渐对节俭感到厌恶。他看不起贫穷困苦。他已经丧失了同情心，丧失了善良的感情，只有患得患失的头脑。那里边哪来什么痛苦、同情？那里只有爱慕虚荣和个人打算。

信地省正在闹水灾。千千万万的人破产了。学校派了一个赈济灾民代表团到信地去。普拉卡什的思想上起了斗争：去还是不去。要是他把这些时间花在准备考试上面，那一定能够考得第一等。当代表团准备出发的时候，他假装有病。卡路娜写信给他："我知道了你没到信地去以后，我很难过。其实，即使有病，你也是能去的。代表团中不是也有医生吗？"普拉卡什并没有答复母亲这封信。

奥里萨发生了饥荒。饿死的人不计其数。国大党[①]组织了一个赈济饥民委员会。凑巧这时学校决定派一批学生到锡兰去考古。卡路娜在信中劝普拉卡什到奥里萨去，但是普拉卡什一心想到锡兰去。他犹豫不决了好几天：到哪儿去好。最后，锡兰战胜了奥里萨。这次卡路娜并没有写信责备他。她悄悄地哭了。

普拉卡什从锡兰回来后，到家里去过假期。卡路娜非常亲切地接待了他。普拉卡什惭愧得很，他拿定了主意，如果有机会，他一定要

---

① 国大党是现在印度的执政党。——俄译本注

使母亲高兴一下。他怀着这种心情回到学校里。但是考试的事一下子使他忙得不可开交。考试完毕后，普拉卡什没有立刻回家。学校里的一位教授准备到克什米尔去作一次旅行。普拉卡什也跟他去了。考试结果揭晓了，普拉卡什考得了第一等，这时他想起了家。他马上写了封信给卡路娜，把自己要回家的事告诉她。为了让母亲高兴高兴，他写了几句关于为人民服务的话：

“现在我要实现你的教训了。我决定去做教育方面的工作。我得到了受人尊敬的职位，可以为人民服务了。甚至我们的领袖们也尊敬大学教授。领袖们到现在还是非常崇拜学位的。现在我得到了这个崇高的称号，真正排除了横在为人民服务的道路上的障碍。我们的领袖们对天才、勇敢、忠诚远不如对学位那么尊重！从今大家都将尊敬我，委托我做极重要的工作，那种工作以前我是连请求也不敢的。”

卡路娜心里的希望又复活了。

4

第二年年初，校长写了封信给普拉卡什。信上说，政府颁发奖学金给普拉卡什到英国去深造。普拉卡什高兴得像发了疯，他拿着信走到母亲跟前，说：

“妈，我得到了政府的奖学金，要到英国留学去了。”

“哦。你打算怎么办呢？”卡路娜发愁地问。

“怎么办？”普拉卡什把她的问题重复了一遍，“谁肯放过这样的机会？”

“你不是要去当志愿兵吗？”

“妈，你难道以为只有当志愿兵才能为祖国服务吗？我从英国回来以后，也能为人民服务的。说实在的，妈，一千个志愿兵也不如一个法官对国家的贡献来得大。我要去参加公民服务局①的考试，并且相信一定能顺利通过考试。”

① 这是印度宣布独立以前的一种行政机构。过去，印度人要成为国家官吏，必须经过特别的考试；要得到高级的行政职位，还须到英国去留学。——俄译本注

“你难道想做法官？”卡路娜惊奇地问。

“一个愿意为国家服务的法官，能够比一千个议会主席作出更大的贡献。虽然，报上不会赞扬他，他的讲话不会受到掌声，游行时人们不会拉他的车，大学生们也不会写信向他致敬，但是只有法官才能真正为人民服务。”

“可是，把那些为人民服务的人关进监牢、判处枪决的不正是法官吗？”

“但是如果法官的心充满了慈悲，他可以用软功达到别的法官即使用枪决的办法也不能达到的目的。”

“这一点我永远也不同意。政府不给它的工作人员这种自由。它制定了统一的法律，全体政府工作人员必须执行这法律。这种法律的本质就是进一步巩固政权。要这样就必须压制任何要求独立的表现。如果某一个法官违反了政府的指示，他就当不成法官。要知道，正是印度的法官把你父亲毫无理由地判了三年徒刑！三年的监禁杀害了你的父亲。孩子，听我的话：不要受官职的诱惑。我宁可让你吃苦饭，穿布衣，但你要为你的祖国服务。我不愿你当法官，过奢侈的生活。你要明白，从你坐上法官椅子的那一天起，你的思想就会和其他法官一样。你将在官场中争权夺利。我给你举一个普通的例子：一个姑娘住在父母家里的时候，她认为父母的家就是自己的家；一旦她走进了公婆的屋子，她就开始把别人的家当作是自己的家了。父母、兄弟都住在老地方，但是他们的家她已经不认为是自己的了。这就是生活的规律！”

普拉卡什生气了：

“你难道要我穷一辈子吗？”

“如果过穷日子可以保持自己的独立性，那我干脆对你说：宁可过穷日子。”卡路娜严厉地望了他一眼，回答说。

普拉卡什坚决地问：

“这么说，你的愿望就是这样？”

“是的，这就是我的愿望。”卡路娜用同样的声调回答。

普拉卡什什么也没说。他默默地站起来，走出了房间，接着写了一封拒绝的信寄到学校去。但是，从此以后他好像遭到了什么大不幸。他把所有的时间都消磨在自己的房间里，面色阴沉沉的，对什么都漠不关心，哪儿也不去，也不跟任何人见面。出来见母亲的时候老是垂头丧气，一会儿又走了。这样继续了整整一个月。普拉卡什的脸上变得没有一丝血色，精神萎靡，像孤儿一般，眼睛充满了哀怜，微笑已经从唇边消失，仿佛他的全部活力和朝气也跟着那封拒绝信一起离去了。

卡路娜明白了他的情绪，竭力使他摆脱那些忧郁的思想，可是受了侮辱的老天爷是求不动心的。

一天，卡路娜实在忍不下去了，她对普拉卡什说：

“孩子，既然你出国的愿望这样强烈，你就去吧。我不来阻挠你。我后悔当时阻拦了你。要是我知道这对你竟是这样大的一次打击，我决不会挡住你。我这样做是有一个主意的，因为你父亲的灵魂乐于看到你成为人民的公仆。他临死的时候曾经嘱咐你走这条路。”

普拉卡什冷冰冰地回答：

“现在我怎么能去呢？拒绝信我已经写出了。不见得有人会为我等到现在。一定已经选定别人了。如果你要我在乡下白白地过这一辈子，那就随你的便吧。”

卡路娜心碎了。她实际上是希望他自愿放弃这次出国留学，可是她失败了。

“也许，到现在还没有选定别人，”她说，“你写一封信，说是改变了主意，我去寄。”

“现在没有用了！”普拉卡什怒冲冲地回答，“人家会笑的。我决定按照你的意志安排生活。”

“要是你诚心诚意作出这样的决定的话，你就不会这样了。你用消极抵抗的办法跟我斗争。你抑制了自己的志愿，认为我是你道路上的障碍，你在这样的情况下服从我的意志又有什么意思呢？要是你的心里的的确确产生了为人民服务的愿望就好了！你今天就写封信给校长。”

“现在我不能写。”

“你就永远这样悲观失望了吗？”

“我没有力量做任何事情。”

卡路娜没有再说下去。过了一会，普拉卡什看见母亲好像要到什么地方去，可是他什么也没说。卡路娜出去也不是什么不平常的事。可是到了晚上卡路娜还不回来，普拉卡什担心起来了。妈妈到哪儿去了？他老是这样问自己。普拉卡什在门口整整坐了一夜。心里产生种种忧虑。现在他想起了卡路娜出去的时候神色是多么忧伤，她的眼睛是多么红肿。普拉卡什当时怎么没有注意到呢？他被个人主义蒙瞎了眼睛！

是的，现在普拉卡什想起了——母亲是穿了一件新衣服出去的。她手里拿着一把伞。难道她到很远的地方去了吗？去问谁呢？普拉卡什担心会发生什么可怕的事情，他嚎啕痛哭了。

这是一个黑暗的、恐怖的八月之夜。天空像在噩梦中似的布满了乌云。普拉卡什不时望着天空，好像卡路娜躲在那可怕的云层中。他决定天一亮就去找母亲，要是……

有人敲了一下门。普拉卡什很快打开了门，看见了卡路娜。她的脸色非常忧伤、冷漠，仿佛今天她的幸福消逝了，对她来说，现在世界上什么也没有了；仿佛她在岸上看到她那载满货物的小船在慢慢地沉下去，可是无法救它。

"妈，你上哪儿去了？"普拉卡什不安地问，"为什么这么晚才回来？"

卡路娜不看儿子，回答说：

"我出去有事情。耽搁了一会。"

她把一只封好的信封扔在桌子上。普拉卡什好奇地把它拿了起来。信封上是学校的印章。普拉卡什把信拆开来看了一遍，一阵淡淡的血色涌上了他的脸庞。

"妈，你这封信是哪儿来的？"

"你们的校长交给我的。"

"你到学校里去了吗？"

"我还有什么办法呢？"

"可是昨天不是没有火车吗？"

"我搭了一辆顺路的汽车到那儿的。"

普拉卡什不作声了。后来，他用嘶哑的声音问：

“既然你不愿意，为什么又要我去呢？”

卡路娜不满意地回答：

“因为你一心要去。我不忍看到你闷闷不乐。为了满足你的愿望，我费了二十年的心血。现在我阻挡不住你的虚荣心。祝你旅途平安——这是我的真诚愿望。”

说到这里，她泪如雨下，她再也没有说什么。

5

普拉卡什开始准备出国了。卡路娜所有的一切都花在给他置办行装上面。甚至还借了一点债。做了几套新西装，买了几个皮箱。普拉卡什只顾忙着准备。一会儿定这个，一会儿买那个。

他什么也看不到——看不到这一星期来卡路娜衰弱了许多，看不到她的头发变白了，看不到她的脸上出现了许多皱纹，他只看到英国。虚荣心像一道帷幕似的蒙住了他的眼睛。

动身的日子到了。一连好多天天气不好，这天太阳露了脸。卡路娜把丈夫的旧东西拿到外面去。她直到现在还在箱子里保存着他的细布斗篷、用自织的粗布做的短外套和裤子，还有一条棉被。她每年要把所有这些东西拿出来晒晒太阳，仔细地刷干净，再放到箱子里去。今天，卡路娜又把丈夫的衣服拿出来了。不过不是拿出来晒太阳，而是把它们分给穷苦的人。她恨丈夫。所有他的东西——餐盘、圣带、表，曾经为阿狄梯亚使用过很长时期，卡路娜也曾经对这些东西祈祷了二十年，现在都给扔到院子里。

她把阿狄梯亚背了好多年的背包扔在垃圾箱里。卡路娜曾经对着丈夫的相片俯首祈祷了二十年，今天，这张相片被无情地扔在地上。卡路娜不愿家里剩下一件会使她想起丈夫的东西。她的心被痛苦和失望捣碎了，除了向丈夫以外，她还能向谁发泄自己的愤怒？她现在还剩下什么呢？她跟谁去倾诉自己的苦衷呢？她能对谁剖白自己的心意呢？要是阿狄梯亚活着，普拉卡什难道会乐于戴上奴役的锁链吗？其实，在这件事情上，就连阿狄梯亚也只能可怜可怜她，此外他也没有任何办法，可是，有谁能跟她这样解释呢？

普拉卡什的朋友们设宴为他饯行。他很晚才跟几个朋友一起乘了汽车回到家里。当行李都搬上了汽车之后，他走进屋子，对母亲说：

“妈，我走了！我一到孟买就写信。我求你不要为我伤心，每次接到我的信，就马上写回信。”

卡路娜这时的心情，就像死者的亲人看到死人被抬出去时的心情一样：他们失去了自持力，忍了好久的眼泪像断线珍珠似的纷纷落下，失去亲人的全部悲痛都往外奔迸。一阵激动剧烈地震撼了她的脆弱的心灵。她觉得自己好像滑到了水里，浪涛摇晃着她，不知要把她冲到什么地方去。她的嘴里没说出一句伤心的话，也没说出一句祝福的话。普拉卡什伏在母亲脚边哭了，然后走出了屋子。卡路娜像一尊石像似的站着。

突然，一个邻居跑进来说：

“可敬的大嫂！你的儿子走了。他哭得多伤心哪！”

这几句话使卡路娜醒了过来。她向四周一看，她身边已经一个人也没有了。屋里笼罩着死一般的寂静，仿佛连心也停止跳动了。忽然卡路娜抬起头来，向上看去，她好像看到了阿狄梯亚，他在哭，手里抱着普拉卡什的尸体。卡路娜昏了过去。

6

卡路娜继续生活着，现在没有什么使她和外界接触了。她想象中所创造的一个自己的小天地，像一场梦在渺茫中消散了。从前，当她心里怀着无数希望，在生活的黑夜中走路的时候，她总看到前面有一线光明，如今，这一线光明熄灭了，希望也落空了。从前，她一天喂奶牛吃两顿，常常抚爱它们，如今，奶牛给缚在牛栏旁，眼巴巴地望着门，始终等不到女主人出来。谁也不来搂抱小牛，谁也不来亲它们。为谁挤牛奶，为谁搅牛油呢？谁来吃这些东西呢？卡路娜变得沉默寡言，谁也猜不透她的心事。

但是过了一个星期，卡路娜的生活又变了样。她的小天地逐渐扩大，把整个宇宙都包括在里边了。使船停泊在岸边的锚拔起了。现在船就要向无限广阔的大洋飘航，即使它注定了要被汹涌的怒涛吞没，它也不怕。

卡路娜坐在门口，把整个街坊上的孩子都聚集拢来，给他们吃牛奶。她搅牛油一直搅到中午，这些牛油也是街坊上的孩子们吃的。然后，她又煮了各种食物喂狗。现在每天都是这样。狗、猫、蚂蚁，都成了她无限亲切的朋友。她对谁都愿意亲切关怀。从前，她的慈爱留不住一个普拉卡什，如今，整个世界都受到她的爱抚。

一天，普拉卡什来了信。卡路娜接到手里马上就扔掉。后来又把它拾起来撕碎，走去喂鸟去了。可是夜里卡路娜很久没睡着，她被种种矛盾的心情折磨着。她想着："普拉卡什对于我是什么人？我跟他有什么相干？普拉卡什对于我到底是什么人？"于是她的心回答了："普拉卡什是你所有的一切。你把自己全部不朽的爱给了他，你又永远地失去了他。他是你呼吸的空气，是你生命中的阳光，是你那些没有实现的愿望的甜蜜的回味，是在你的眼泪之湖中嬉耍的天鹅。"

卡路娜点了灯，开始把普拉卡什的信的碎片捡起来，仿佛这是她的破碎的生命。每一片碎纸她都看作是她那失去的爱的一小部分。所有的碎片都捡起来以后，卡路娜在灯前坐下来，开始把它们拼起来，好像在把千丝万缕断了的爱线接起来。

哦，伟大的母爱！可怜她整整一夜坐在那儿粘信。这封信是两面都写字的，所以很难把碎片放到正确的地方。有几个字、有几句话不见了。她又开始寻找缺掉的一片碎纸。一夜过去了，可是信仍旧没有拼齐。

白天到了，整个街坊的孩子都来吃牛油，喝牛奶了，狗和猫也跑来了，鸟儿也飞来了，开始在院子里跳跃。有的蹲在臼上，有的蹲在露台上。可是卡路娜没空招待他们。

到了中午，卡路娜还对信坐着。她不觉得饿，也不觉得渴。黄昏来临了，可是信还没有拼齐。信上所写的话她渐渐地看懂了。普拉卡什乘的轮船正在很远的地方行驶。她心里好像激起了什么东西。这是什么？卡路娜闹不清楚。当一个人快要渴死的时候，难道能用露珠解他的渴吗？卡路娜想把儿子信上的每一个字都看清楚，牢牢记在心头。

这样过了三天。晚上，三天三夜没睡的卡路娜微微闭上了眼睛。

她看到一间很大的房间，里边摆着不少桌椅。在中间的高台上坐着一个人。卡路娜对他仔细一看——原来是普拉卡什。一个囚犯被带到他的面前，囚犯给钉上了手铐脚镣，背脊弯着——这是阿狄梯亚。

卡路娜睁开了眼睛。热泪从眼中滚滚流下。她把信的碎片重新集在一起，把它们烧了。除了一小撮灰烬以外，什么也没剩下。这是一堆葬火，它烧掉了把她的心撕得粉碎的母爱。在这撮灰烬中集中了一切：她的平静的童年时代、凄凉的青春时期和悲惨的寡居岁月。

* * *

清晨，邻居走到卡路娜家里的时候，她已经死了。她把阿狄梯亚的相片贴在空虚的心口，好像在丈夫的爱中找到了安慰。

普拉卡什乘的轮船在往欧洲驶去。

敲木棒游戏

1

我那些受过英国教育的朋友是不是同意我的意见，那没有什么紧要，不过我总认为敲木棒在一切游戏中是最有趣的一种。甚至现在，当我看到孩子们玩敲木棒游戏的时候，我经常会产生一种强烈的欲望，想跟他们一起玩一场。

玩这种游戏不需要一片平坦的草地，不需要球场，不需要木棍，也不需要网。只要从任何一棵树上砍下一根树枝，做成木棒，哪怕只有两个人，也可以玩起来。许多英国游戏的最大缺点，是游戏器具太贵，至少得花费一百卢比，才能玩起来。敲木棒可完全不是这样，这是一种不需要花一文钱的最好的娱乐。可是我们却这样醉心于英国的一切东西，而轻视自己本国的东西。在我们学校里，单是游戏一项，每年就得向每个学生收几个卢比。可是谁也没有想到，最好还是玩不需要任何费用的印度游戏。英国游戏是专门给有钱的人玩的。为什么要把这些娱乐硬是教给穷人家的孩子呢？当然，敲木棒游戏有击伤眼睛的危险。可是玩板球游戏，难道就没有敲破头、震伤内脏、折断腿的危险吗？我至今在额上还留着一个木棒的伤痕，然而在我的朋友中，也有把板球棒用作拐杖的人。总之一句，这是兴趣问题。我在所有的游戏中最喜欢敲木棒。

当我回想起童年的时候，最甜蜜的回忆就是这种游戏。一清早从家里跑出来，爬到树上，砍几根树枝，做成木棒和敲的棍子。于是只看见一群游戏者兴高采烈，玩得入迷，发棒和接棒，争论和吵架，还可以看到那种不拘的环境，完全没有“可接触的人”和“不可接触的人”①、富人和穷人的区别，也没有贵族的气派、傲慢、摆架子……

只有在这时候，所有这一切才都忘怀了……

家里的人都在生气。父亲坐在方凳上吞食烧饼，他似乎把自己的气愤都发泄在这些烧饼上了。母亲追赶我，一直追到大门口。在他们看来，我的茫茫前途像是在水面上飘泊的一只破船，可是我却只管迷恋于游戏，时常忘记洗脸和吃东西。木棒不过是一根小棒，然而在它上面却集中了世界上一切娱乐的喜悦和欢欣。

在我的朋友中，有一个男孩子叫加雅，比我大两岁，瘦长的个子，生着极长极细的手指，像猴子的一般，而且他敏捷和灵活得也像猴子。无论木棒被敲得多么高、多么远，加雅都能扑上去把它接住，像壁虎捕捉甲虫一样。我不知道他是不是有父母，住在什么地方，靠什么生活，但他在我们这一群玩敲木棒游戏的人中，是一名冠军。加雅加入哪一队，预先就能肯定这一队一定得胜。我们在老远一看见他，大家都朝他奔去，向他问好，竭力想把他拉到自己一边来。

有一次我和加雅两个人玩。他发棒，我接棒。这真是奇怪的事情：我们发棒可以整天不知疲倦，可是对接棒却一分钟就感到厌倦。为了想逃避这种不愉快的义务，我采用了一些虽然不合游戏规则但在这种场合却可以容许的诡计。然而一切都没用；我怎么也轮不到做上手，不想办法，加雅是不肯放过我的。

于是我就跑回家去。既然请求他他不肯，那又有什么法子呢？加雅向我追来，抓住了我，挥了挥木棍说：

“在没有轮到做上手以前，你不能走！发棒的时候你倒很起劲，发完了，就想溜！”

“要是你发一整天的棒，那么我就该接一整天吗？”

“当然，那你就一整天不能走掉！”

“那我现在怎样，饭也不能吃，水也不能喝吗？”

“当然，在没有轮到你做上手以前，什么地方也不能去。”

“怎么，我是你的奴仆？”

---

① “不可接触的人”指印度最低下的种姓。——俄译本注

“是的，是我的奴仆。”

“我现在立刻就回家，看你能对我怎样！”

“你怎么能回家？你怎么，开玩笑？轮到我做上手了，现在该是你接棒。”

“既然这样，那么把我昨天给你的果子还我。”

“果子早在我的肚子里了。”

“从肚子里挖出来。你为什么吃掉我的果子？”

“是你自己给了我，我才吃的。我又没有问你要。”

“你不把我的果子还给我，我不预备玩下去了。”

我认为我是合理的。总之一句，我不是随便给他吃果子的，而是有着某种目的。谁给人家恩惠的时候没有自私心呢？甚至布施也有着一定的打算。加雅既然吃了我的果子，他怎么还有权利要求我继续玩下去呢？人们给人贿赂，必有所得。加雅不是想白白地取得我的果子吗？这果子值五巴萨。这点钱甚至加雅的父亲也未必有。加雅的这种举动是完全不合理的。

可是加雅很倔强，他继续拖着我：

“轮到你做上手的时候，你才能走。我不承认任何的果子。”

在我这方面，我认为自己是合理的，他却坚持着不合理的事情。我挣脱了身子想跑。他重新把我抓住了。我骂他。他回骂得更加厉害，而且不仅如此，还打了我几拳。我敲掉了他的一颗牙齿。他用木棍敲在我的背上。我大声哭喊起来。加雅无法抵抗这种武器，就逃跑了。我立刻擦掉眼泪，忘记了背上的伤痛，微笑着跑回家去。我是警察局长的儿子，因此受到下层等级孩子的殴打，即使在当时，我也感到是屈辱的。不过我不告诉家里任何人。

不久，我的父亲被调到一个新的地方去。我非常高兴能够看到新的世界，完全不因为和朋友们分离而感到烦恼。父亲很懊丧。因为老地方的收入很不差。母亲的情绪也不好，因为这里一切东西都便宜，而且她跟我们这一区的妇女感情很融洽。可是我却高兴得忘了一切。我把我们所要去的那个地方描摹给朋友们听。那里几乎没有这里那种低矮的房屋。那里的大厦高得直耸云霄。那里有英国学校，教师打了学生就得坐牢。朋友们睁得大大的眼睛和惊奇的脸色，说明了我在他们的目光中变得多么的伟大。我们这些把事实变作谎言的人，难道能够懂得孩子们把谎言看成事实的能力吗？我的这些可怜的朋友是多么羡慕我啊！他们似乎在说："兄弟，你是幸运儿，你走了，而我们却必须在这个荒凉的乡村里待下去，一直到死。"

2

过了二十年。我成了一个工程师。有一次，我在区内作检查旅行，到了从前住过的那个乡村，暂时住在邮局里。我一看到过去的那些地方，我的心中立刻勾起了童年的甜蜜回忆。我拿着手杖出去散步，想去看看小时候游戏的地方。

涌现在心头的童年回忆感染着我，我渴望着看见过去的那些朋友。可是结果除了这乡村的名字没有改变以外，其余的一切都是生疏的了。过去是一片废墟的地方，现在是一幢幢的石屋；过去生长无花果树的地方，现在成了一座美丽的花园。这地方大大地改变了。要是我不知道这个乡村的名字和方位，我未必能认识它。我真想扑倒在地上嚎啕大哭，并且对它说："你已经忘了我。我到现在还想看到你旧时的容貌。"

突然在一块空地上，我看见几个孩子在玩敲木棒游戏。刹那间我完全忘记了一切。忘记了我现在担任着很高的职位，穿着绅士的服装，受到大家的尊敬，握有很大的权力。

我走到那些孩子的近旁，问其中一个说：

"听我说，可有一个叫加雅的人住在这里？"

这孩子害怕地回答：

"哪一个加雅？是马夫加雅吗？"

"是的，是的，正是他。"虽然没有充分的把握，我却肯定地这样说。既然有人名叫加雅，那么他说不定就是我的旧相识！

"是的，他住在这里。"

"你能把他叫来吗？"

这孩子跑去了，不久就同了一个皮肤黝黑、身材魁梧的人回来。

这个男人的身材异常高大。我从老远就认出了他，我想迎上去拥抱他，可是想了想，还是在原来的地方站着。

他走近以后，我就问：

“告诉我，加雅，你认识我吗？”

加雅行了个礼。

“先生，当然认识的。怎么不认识呢？您过得好吗？”

“很好。把你的情形讲给我听。现在你在干什么？”

“在议员先生家里当马夫。”

“我们的那些朋友：马太、莫罕、杜尔加，现在在哪儿？你知道他们的情形吗？”

“马太已经死了。杜尔加和莫罕在当邮差。您呢？”

“我是区里的工程师。”

“先生，您在从前早就显露了很大的天才。”

“现在你常玩敲木棒游戏吗？”

加雅惊奇地对我看了看。

“先生，难道现在还谈得上敲木棒游戏？连喘气都没有时间，成天只是想着怎样多赚几个钱来买米。”

“今天让我们两个人来玩一下。你发棒，我来接。我还欠你一次呢。我想今天让你继续玩下去。”

劝了很久，加雅才同意了。他是一个穷苦的马夫。我是一个职位很高的官员。我们之间有什么共同之点呢？这可怜的人很是惶惑不安，我也感到局促。使我不安的，倒不是因为我是在和加雅一同游戏，而是周围的人感到这次游戏十分奇特，他们把它看成一幕戏剧，因此在我们周围聚集了一大群看热闹的人。在这样的人群中，游戏还有什么乐趣呢？可是我不能放弃这游戏。最后我们决定两个人远离这人多的地方，找一块清静的地方两个人游戏。我和加雅坐上了汽车，开到野外去。我们随身带了一柄小斧。这一切我做得非常认真，而加雅却把它当作开玩笑。他的脸上既不表示兴趣，也不表示愉快。可能是我们之间地位的不同妨碍着他。

我问他：

“老实告诉我，加雅，你曾经想起过我吗？”

“先生，我怎么能想起您！难道我配这样想吗？从前我虽然和您一起玩耍过，但这算得了什么呢？”加雅困惑地说。

这回答使我很扫兴。

“然而，加雅，我倒是时常想起你的。尤其是你请我尝过味道的那根木棍。你还记得这件事吗？”

“那时是小孩子啊，先生，请不必提起这件事了。”加雅愁容满面地回答。

“原来这样！可是对我说来，这是我童年的最愉快的回忆。那时我在你的木棍上尝到的那种不寻常的滋味，现在我无论在尊敬或财富中都体味不到。”

我们离开了那个地方两三英里。周围是一片静寂。西面平铺着一片平原，伸展到数英里以外，在这片平原上我们从前采过花，编成耳环挂在自己的耳朵上。五月傍晚的天空泛现着火红的暮色。我爬到树上砍了一根树枝。片刻之间就做成了棍子和木棒。

游戏开始了。我把木棒放在一个小穴里，用棍子一敲，使它跳起来。木棒向加雅身边飞过去。他张开了手臂，好像在捉鱼。木棒落在他的后面。从前游戏的时候，木棒好像会自动飞到加雅手里去的，而现在仍然是这个加雅哟！从前，不管他站在哪里，木棒无论从右面、从左面，必然会落到他的手掌里。似乎加雅有着使唤木棒的权力。无论木棒是新的、旧的、小的、大的、尖的、粗的，他会毫无例外地把它们接住。好像他的手里有着一块吸引木棒的磁石似的。可是今天木棒显然不到他的手里去。况且是我开始发棒，我还采用了各种各样的诡计。我用不光明的手段补足了技巧上的缺陷：甚至输了以后我还是继续发棒，虽则按照游戏规则是该让给加雅发棒的。有时敲得太轻，木棒掉落在近处，我就把它拾起来再敲一次。加雅看见了这一切犯规的行为，可是什么也不说，好像把一切游戏规则都忘记了。过去他掷棒掷得很准，木棒击中棍子发出洪亮的声音。好像加雅手里掷出来的木棒只有一个任务，就是要击中棍子。可是今天木棒却老是击不中目标。它总是落在棍子的旁边：忽前、忽后、忽左、忽右。

玩了半小时，有一次木棒击中了棍子。我耍无赖说，木棒没有击中棍子。

加雅并没有表示什么不满。

“可能是没有击中棍子。”他平静地说。

“要是它击中棍子，那就是我欺骗你了！”我说。

“当然喽，先生，您是不会欺骗我的。”加雅同意说。

要是在童年的时候我这样耍无赖，我难道还能活吗？这个加雅一定会扼住我的喉咙。可是今天我却是多么轻易地欺骗了他！真是个蠢驴！一切都忘得干干净净了。

突然木棒又击中了棍子，而且像从枪里射出来一般的有力。在这样的证据下，最初我没有勇气抵赖。“但为什么不再试一次呢？”我想，“这对我又有什么损失？他相信了最好；不相信，我让给他发棒。借口天黑，我很容易逃避接棒的义务。”

加雅对自己这次击中目标很是高兴，他喊了起来：

“击中了，击中了！您听见响声吗？”

我装作不懂他的意思：

“你看见击中的吗？我可没有看仔细。”

“还听到声音呢，先生。”

“说不定是木棒击在石头上呢？”

我自己也感到惊奇，怎么我的嘴里会说出这句话来。这和指白日说是黑夜有什么区别！我们两人都听到木棒击在棍子上的响亮声音，然而加雅马上就同意了我的意见：

“嗯，说不定是落在石头上。要是击在棍子上，一定是另外一种声音。”

我重新开始发棒。可是在我这次明显的欺骗以后，我对加雅的纯朴感到了怜悯。因此当木棒第三次击中棍子的时候，我慷慨地决定让给加雅发棒。

“现在已经天黑了，明天再玩吧。”加雅建议。

我想：“明天有很长的时间，谁知道我该接棒接多久呢，不如现在就把这件事结束了。”

“不，不，天还很亮呢。开始发棒吧。”

“木棒看不清了。”

“没有关系，看得清的。”

加雅开始发棒了，可是现在他把敲木棒的技巧完全荒疏了。他敲了两次，两次都没有敲中。不到一分钟，他把发棒的机会输掉了。这个可怜的人接木棒奔跑了整整一小时，可是自己却没有玩到一分钟。

我对加雅表示慷慨：

“再敲一次吧。第一次不算。”

“不，不要了，天已经黑了。”

“你把游戏荒疏了。难道真是一直都不玩吗？”

“哪儿有时间玩？”

我们坐进汽车，开亮了车前的灯，回到原来的地方。加雅在路上对我说：

“明天我们这里举行敲木棒比赛。所有过去参加游戏的人都会来的。您来吗？您什么时候有空，我就把他们召集起来。”

我说，我傍晚时有空的。第二天我就去看他们比赛。在一块空地上聚集了几十个人。有几个是我童年时的朋友。但大部分都是我不认识的青年。

比赛开始了。我坐在汽车里观看他们比赛。今天加雅的游戏技巧使我大吃一惊。当他敲的时候，木棒高高地飞到空中。今天加雅身上已经消失了昨天那种困惑、犹豫和萎靡的痕迹。他童年时早就萌芽的那种游戏技艺，现在到了成熟的地步。要是他昨天对我这样发棒，我准会懊丧得哭出来。他的棍子一敲，木棒直飞到二百码的高度。

有一个初学的青年想要无赖。他说他是当木棒在空中飞的时候接住的。加雅肯定说，木棒落到了地上又弹起来的。两人几乎打起来，可是这青年人让步了。他看到加雅狂怒的脸色就怕了。

我没有参加游戏，可是看别人游戏也感到同样的愉快，正像童年时代自己游戏的时候一样，忘记了世界上的一切。现在我才明白，昨天加雅并不是在游戏，不过是装装样罢了。他根本没有认真跟我玩。我欺骗他，游戏时使用不光明的手段，然而他毫不对我生气：因为他不是在游戏，而是在陪我消遣，依顺我任性的行为。他在发棒的时候饶了我。在他看来，我是一个显要的官员，这在我们中间筑起了一道墙。现在我能得到他的重视和尊敬，然而不能得到他的友谊。在童年的时候，我和他是相等的，在我们之间没有什么区别。可是现在我占着很高的地位，我只值得他对我谦让，他把我看作与他不相等的人了。他已经成了大人，而我却还是孩子。

好朋友的故事

[苏联] 伊·卡尔娜乌霍娃　著

主要人名表

小黄雀——本名塔妮雅·鲍格丹诺娃。好朋友小队队员。

莲娜——小黄雀的姐姐，教师，青年团员。

卡嘉阿姨——莲娜家的邻居。

米拉——莲娜的同学。

高立亚——莲娜的同学。

安德烈——莲娜的爱人，水兵。

叶高尔老伯——倍克里亚特村农庄庄员。

符拉西也夫娜——倍克里亚特村农庄庄员，村中学校的老工友。

迦琳娜——教师。

玛莉雅——教师。

米嘉——符拉西也夫娜的儿子，水兵。

萨施卡——好朋友小队小队长。

纽拉——好朋友小队队员。

瓦丽雅，席尼雅——两姐妹，好朋友小队队员。

彼佳——好朋友小队队员。

米沙——好朋友小队队员。

阿辽沙——好朋友小队队员。

玛茵珈——纽拉的朋友和同学。

克里摩施卡——倍克里亚特村的一个孤儿。

塔茵珈——纽拉的妹妹。

德米特里也夫娜——校长。

玛露施珈——叶高尔老伯的女儿，米嘉的未婚妻，青年团员，农庄管理处会计员。

斯杰潘诺夫娜——纽拉的妈妈，农庄牧场工作人员。

娜斯佳老大娘——挤奶妇。
依万老爹——农庄主席。
瓦西亚——阿辽沙的父亲，铁匠。
彼得——邮递员。
纳鲍科夫——区党委书记。
杜娘婶婶——农庄养猪场管理员，斯达哈诺夫工作者。
基姆卡——杜娘婶婶的儿子，苏联英雄。

第一部　夏

莲娜和小黄雀

小黄雀本来叫塔妮雅，可是爸爸总是开玩笑地叫她小黄雀。今天，她放学回家已经不早了。

她在学校的更衣室里找大衣上的一条腰带找了半天，还请女工友帮她的忙。女工友满屋子地找，一只只套鞋都翻了过来，后来又找到窗台上，窗台上平常总是放着一大堆孩子们丢失的东西——不成对的手套啦、腰带啦、暖手筒啦、手帕啦。小黄雀差点儿要哭出来；女工友叽叽咕咕地在生气。这时候淑伊珈扯了扯小黄雀的胳膊，对她使了个眼色：大衣袖子里不是露着一条腰带吗！

这两个小姑娘噗嗤一笑，趁工友掉过头去的当儿，就踮着脚尖溜出了更衣室。过了一会儿，小黄雀又回来，把门推开一条缝，叫了一声："老妈妈，腰带我已经找到了！"

现在一定得赶快跑回家去，要不然，莲娜倒要从学校里回来了，可是小黄雀还没有把房间收拾干净，还没有把汤热好。

偏不凑巧，家门口有两个邻家的小姑娘在甩一条长绳子，另外还有一个小姑娘不大灵活地在中间跳，一面气喘吁吁地数着："六、七、八……"

每跳两三下，她脚上穿的那只大毡鞋，大约是她妈妈的，总要钩住绳子，让她扑倒在雪地里来个狗吃屎。但是她立刻就能若无其事地站起来，连身上的雪也不抖掉，重新再跳，不肯把自己可以跳二十下的"一份权利"丧失一点点。

小黄雀看在眼里实在别扭。后来她突然把书包向雪地上一扔，喊了一声："来吧，甩快一点！"

那两个小姑娘闭紧了嘴唇，加快地甩着绳子，人行道上的雪也被打了开去，小黄雀跳得非常快，并且跳得很高、很稳，好像脚跟底下装上了弹簧。

绳子打在人行道上，打起了一块块的干雪，有时行人走过，也都闪在一旁。小黄雀上气不接下气地数着："十五、十六、十七、十八、十九、二十——好了！"

那两个小姑娘放下了甩酸了的手，很佩服地用赞叹和羡慕的眼光望着小黄雀，小黄雀就拿起书包，神气十足地在大家目送之下向屋子里走去。

但是，这时候小黄雀看见工场里的大钟上已经是三点缺两分，她轻轻地叫了几声："哎哟！哎哟！哎哟！"就撒开腿往家飞跑。

不用说，家里是乱七八糟的：碗也没洗，灰尘也没掸，汤还是冷的，上面漂着几朵凝住了的油花，可是莲娜眼看就要回来了。

小黄雀第一件事是走到桌子跟前去，看看有没有一只三角形军用信封靠在墨水瓶上，上面有爸爸整齐的笔迹。

但是没有信。

小黄雀轻轻地叹了口气，斜起一只眼睛瞅了一眼日历：一九四四年三月十四日，——已经有一个月零五天没有接到爸爸的信。莲娜又要着急，又要把辫梢在食指上卷来卷去了。

小黄雀摘下了帽子，本来想把它放在桌子上，可是后来忽然想起了什么，就一下子塞在大衣袖子里，接着把大衣往前室一搁，便动手打扫。

她一面很快地用抹布干活，一面想：

"为什么灰尘老是堆在最尴尬的地方？不是在桌子底下，就是在墙角落里，或是在莲娜的床底下，我得弯着身子爬进去，并且每次总要把头在铁杠上撞得很痛。"

灰尘还要积在门旁爸爸的一只黄皮箱上。莲娜一来就要用手指在它上面抹一下的。先得把那箱子揩干净。

小黄雀并不怕莲娜，但不愿使她难受，因为莲娜肩上的担子是那么重。她在师范学校学习，又担负了很重的社会工作，一星期要到医院里去值两次班。她要做饭、买东西、给小黄雀补袜子、洗衣服。不过什么事儿她做起来都很有条理，很镇静，一点也不手忙脚乱。她的辫子拖到腰带下面，可老是梳得光溜溜的，她那白净的脸上难得泛起红晕。她从来也不提高了嗓子说话。

小黄雀只要一做什么事，面孔就胀得通红，像一棵甜菜，前发竖得笔直，扁平的鼻子上冒着一颗颗的汗珠……洗一方手帕，肥皂泡沫就会四处乱飞，溅得地板上都是一个个白点子，脸盆也会在小方凳上跳舞。那时邻家的卡嘉阿姨就会从门外探进头来，很严厉地说：

“我还当是什么声音？大概是修炉匠来把炉灶砸破了，原来是小黄雀在洗手帕。”

小黄雀因为自己不像莲娜那样，所以常常发愁。不过有一点还能给她安慰，就是有时候莲娜看看她，又笑嘻嘻地斜着眼睛望望妈妈的相片。相片上的妈妈也是鬈发、扁鼻子，她在笑，在她的左颊上有一个笑涡，也像小黄雀一样。

小黄雀记不得妈妈了，因为小黄雀才满一岁的时候，她就死了。莲娜代做了妈妈的家务工作。

爸爸上前线作战也已经有两年，莲娜姐姐现在对于小黄雀既是爸爸，又是妈妈。

房间已经收拾好了。汤放在煤油炉上，在做功课之前还可以看这么半个钟头的书。

小黄雀爬上沙发，打开一本书。于是她就在汪洋大海中航行，和强盗搏斗，攀棕榈树，寻找宝藏，在船舱里睡觉。（这时汤已经烧滚了。）莲娜坐在地窖里；许多勇士在救她的性命，——剑光闪闪，盾牌当当……（锅盖在锅子上跳动，发出铮、铮、铮的声音）。等到小黄雀发觉，自己原来还是在乌拉尔山区一个小城的一间房间里的沙发上，锅子里的汤已经剩下不到一半了。

这样的事不知有过多少次了！

莲娜又将掀开锅盖朝锅子里看，小黄雀就只好涨红了脸低下头去。小黄雀决定去和邻家卡嘉阿姨商量一下。也许汤里应该加上点水。

卡嘉阿姨家里最重要的居住者是一只大雄猫。它叫马尔富特。以前都以为它是只雌猫，叫它玛尔茀施珈，后来才发现是只雄猫，于是就叫它马尔富特了。卡嘉阿姨睡觉的时候用一个枕头，马尔富特倒要用两个。配给到鱼的时候[①]，卡嘉阿姨就切一小块给自己吃，其余的都替马尔富特藏起来。她非常喜欢马尔富特。

卡嘉阿姨过去是做裁缝的，整天在家里轧轧地踏缝纫机，战争爆发后，她就把缝纫机移到角落里，用一条小毯子盖了起来，她说：

“够了！打扮姑娘们我可打扮够了，应该去做点事情，我要和全体人民一起去帮助我们的军队！”

于是她就进了军事工厂。她只是老担心马尔富特独个儿待在家里怎么办。

“小黄雀，你一天要来看它这么两三次，”她对塔妮雅说，“不然，它会觉得寂寞的。”

它有什么寂寞？整天躺在高枕头上唱唱歌。

这一天，卡嘉阿姨刚下了早班回来，她的眼睛红红的，脸上的神色很疲倦。她既不想洗把脸，也不想换件衣服，就站在桌旁弯下身子来吃冻土豆。

“卡嘉阿姨，”小黄雀说，“我又把汤烧干了。”

“一定又是在看书。”

小黄雀不响。

“唉，小黄雀，小黄雀，你什么时候才能懂得样样事情都要当心呢？好吧，有什么办法呢？我没有工夫跟你胡扯，我现在就要去帮第二班的忙。吃中饭你们姐妹俩有一盆你们自己的汤该够了，晚上来拿我的去吃。我不到明天是不会回来的。”

“卡嘉阿姨，您不是才下班吗？”

“这又算什么！有订货，是前线的！必须如期交货。”

卡嘉阿姨说着，一面用纸包了一点土豆、一小块面包、一撮盐，接着扣上棉衣的钮扣，就向门外走去。只有小黄雀和马尔富特孤单单地留在屋子里。

现在该做功课了。

莲娜回来的时候，小黄雀已经上床睡觉了。小黄雀很快地从床上

---

① 苏联在卫国战争时期，粮食和其他食品是凭证配给的。

跳起来，披上睡衣，抱住莲娜，很关心地望着她的脸。莲娜的脸色显得比平常苍白，两眼下凝集着几簇阴影。

“有爸爸的信吗？”一开口她就问。

小黄雀摇摇头。

“这不要紧，姐姐，”小黄雀急忙说，“明天大概就有了。一定有的。你为什么回来得这么晚？好姐姐。”

“我们下了课，给医院卸木柴去了。”

“累了吧？”

“嗯，累得很。我想吃点东西。”

莲娜掀锅盖的时候朝小黄雀看着。小黄雀脸红了。

“汤不全在这里边，”她说得很快，“喏，那边锅子里还有一盆多哩。”

星星已经在窗外的天空中闪烁发光。马尔富特从屋里出来，到走廊里作晚间的散步，它溜达了一会儿就去睡了。工厂的夜班汽笛呜呜地响起来。莲娜坐在桌旁画图样，小黄雀在床上翻来覆去睡不着。

“姐姐，”她噘着嘴说，“我睡不着。”

“十岁的孩子在十点钟一定要睡觉，可现在已经快一点了，你想些有趣的事情，很快就会睡着的。”

“叫我想些什么呢？”

“譬如战争快结束了，爸爸就要回来了，那时我们将生活得多好啊！”

小黄雀努力去想这些事情，可是钻进她头脑的不是这些，而是些乱七八糟的事情：一只大毡鞋，雪地里的棕榈树，马尔富特在跳绳，忽然它又弹起竖琴来了：“叮，咚、咚！”

莲娜坐到床上，搂抱着小黄雀。

“小黄雀，你听！小黄雀，醒醒！有命令！”

小黄雀睡眼惺忪地醒了过来，坐在被窝里。

小屋子里响起了一个全国熟悉的、柔和的声音，这是广播员在报告好消息：

“最高统帅对马林诺夫斯基将军发布命令。”

“第三乌克兰战线的我军，在下游强渡德聂伯尔河，占领了鲍合斯拉夫城，并且展开进攻，今天攻克了赫尔松城……”

小黄雀和莲娜互相拥抱着听广播。和她们一样在听广播的，有邻家的人们、工厂里的工人、矿井里的矿工、医院里的伤员、阵地上的战士、盖满了雪的小屋里的农庄庄员、开满了花的扁桃树下的乌兹别克人、别洛露西亚森林里的游击队员、皮帐篷里的埃文基人、草原上的哥萨克、高山上的达格斯坦人。整个辽阔广大的国家里有千千万万颗心听着命令的每一个字，跳动着，就像一颗庞大无比的心。

为什么莲娜要卷辫子

雪在昨天仿佛还是一条毛茸茸、软绵绵的白地毯，盖没了街道、屋顶和花园，今天已经松了下去，颜色微微发黑，有点像淘气孩子口袋里的放了很久的糖。到处的雪都在融化，大地蒙上了一层烟渣，失去了洁白的色泽。再过一夜雪就无影无踪了。

只有台阶下和低洼里几处地方的雪还不甘心就此融化。

北方温和的春天已经降临。

黏腻的新叶含羞地露出了身子。

松树上挂出了鲜嫩的、淡绿色的松果。

街上有几个小姑娘手里拿着几枝雪花。花园里，头上戴着浅蓝色小帽子的梅花雀在歌唱。

早晨街上的人很多，他们是来等报纸的。女贴报员还来不及弄平那张潮湿的报纸，就被挤在一边了。人们贪婪地读着报上的新闻，读到前方打胜仗的消息时，他们都觉得非常高兴、非常自豪。

“我们的军队在向罗马尼亚边境推进了。”

“克里木全部解放了，你们在报上看到了吗？”

“第一批矿物已从克里伏洛什运来了……”

“我们的军队还渡过了一条什么河哩！”

“是呀……当时一定是很困难的……”

“可还是渡过了啊！”

人们看完了报，就很快地散开，各自去上工了。前方还需要飞机、坦克，还需要弹药……每一分钟都很宝贵。

工厂里的工作真是搞得热火朝天，一分钟也不松劲。车间里轰隆隆的响声不分白天黑夜，始终没有停过。从前的一座静悄悄的城市，现在到处是紧张工作的喧嚣声，人们的心里充满了对前方的关怀和必胜的信念。他们忘记了睡眠和休息。黑夜和白天一样，都在工作。

卡嘉阿姨有几天没有下班回家了。当她跑回来洗洗脸、休息一下的时候，在她脸上找不到一点疲倦的神色，她的眼睛是那么炯炯有光，她的声音是那么坚定响亮。

“我们工厂里的人在创造奇迹！他们简直忘了下班，想使机器转动得更快。老是想更快、更多地供应前方……”

卡嘉阿姨说着，说着，说到一半，突然把头埋在手中睡着了。她睡了两三个钟头，醒来用冷水洗把脸，又重新跑到她工作的那个工厂里去了。

* * *

小黄雀又念完了一个学年。

她把一份满是五分的成绩报告单交给莲娜签字，把一些不需要的教科书送到学校里以后，就空下来了。

花园里一串串鲜甜的野樱桃已经熟透，在春天的柔和的阳光下，在台阶上坐一会儿真舒服啊！

莲娜瘦得多了。她正在准备毕业考试。她一早就到学校或是图书馆去。回家以后，匆匆地吃一点东西，就又坐下来看书。常有几个女朋友来找她，她们一起看书写字，互相问答，辩论，有时甚至会争吵起来。

小黄雀和卡嘉阿姨只是千方百计地想使莲娜吃得胖一点。卡嘉阿姨常从工厂里带一点肉冻回来，有时带一点冷拌菜，带一根腊肠、一瓶牛奶，总之，把给工人值夜班时吃的东西都带了回来。

但是，莲娜的脸颊还是在陷进去，腰带上不得不钻上一个新的扣眼。

考试那天，不管小黄雀怎么要求，她从早晨就没吃一点东西。

她从学校里回来，一丢下书包，就倒在沙发上说：

“五分！现在可要睡，睡，睡……”

小黄雀给她脱去了鞋子，拿爸爸的一条格子呢毯把她盖好了以后，便到卡嘉阿姨的房间里去了。

莲娜一连睡了五个、六个、七个钟头，然后起来洗了脸，吃了点汤，又坐下来准备新的考试。

又过了几天，她又是这样说：

“五分！现在可要睡，睡，睡……”

这样整整地闹了一个月。

小黄雀注意到，越是接近考试完毕，莲娜就越是焦急，她常常把辫子在左手的食指上卷来卷去。小黄雀知道，这表示有什么事情正使莲娜烦心。

莲娜近来常常走到地图跟前，全神贯注地看着上面，这时小黄雀就非常奇怪，因为莲娜不是向正在进行战斗的西面看，而是向没有一面战旗①、只有乌拉尔山像一条土黄色的毛一样横着的东面看。

最后一次考试终于结束了。

莲娜心满意足地回到家里对小黄雀说：

“我也是全部五分。我们把我们的成绩报告单藏起来，将来给爸爸看。”

“全部五分！全部五分！”她忽然拉直了嗓门唱起来，声音响得叫隔壁房间里也能听见，她把左脚的鞋跟顶在地上转了一转，小黄雀高兴得叫了起来。她心里想：“瞧！莲娜原来也会胡闹！”

可是莲娜忽然想起了什么事，郑重其事地对小黄雀说：

“现在，小黄雀，你可不大好办啦。因为我现在不单是你姐姐，而且是你的老师了！”莲娜伸出食指，高傲而严厉地望着小黄雀。

晚上为了祝贺莲娜考试成绩优异，卡嘉阿姨从工厂回来，用一个罐子带了一点牛奶，并且不知从哪儿还弄来了两个洋葱头。

“这是同班的一个女同志送的，”她说，“她母亲从乡下给她带来的。”

她们喝牛奶茶，吃葱拌绿豆酥。马尔富特当然也在一起。卡嘉阿姨老是把莲娜叫做“教员同志”。小黄雀很高兴，可是莲娜的食指常常使她感到不安。莲娜老是把辫梢在指头上面卷来卷去。忽然，莲娜

---

① 插在地图上的颜色小旗，是表示战线的。

眼睛望着一边，用一种平直的口吻说：

“明天我们的分配工作委员会就要开始办公了。我将派到哪儿去，倒是很有趣的事。”

“什么？”卡嘉阿姨问，接着把马尔富特从膝上抱下来放到地上。

小黄雀手里拿着一只碟子呆住了。

“当然啰，我是不会留在这儿城里的。”

小黄雀放下了碟子。

“那我怎么办呢？”

“你当然和我一起。”

“学校呢？”

“派我去的地方，一定也有学校的。”

“那么淑伊珈呢？”

“她们当然留下喽。”

小黄雀的目光扫视了一下整个房间。

“房间呢？”

“房间会给保留的，这房间是爸爸的，他是军人。卡嘉阿姨会照管一切。要是爸爸有信来，卡嘉阿姨马上就会打电报给我们。”莲娜低声补充了几句。

卡嘉阿姨弯着腰坐在那儿，脸好像忽然瘦了许多，她甚至没有注意到，马尔富特在撞她的手肘讨牛奶。

“嗳，姑娘们，我的姑娘！我要是不和你们在一起该怎么办呢？会不会派到近一点的地方呢？你们能不能来过假期呢？……”

“不知道，卡嘉阿姨，不过我想不会很远，总是在我们这一省里。”

忽然，小黄雀觉得非常难过：要离开这间屋子，她就离开她出生的地方，在这儿，她曾经和爸爸一起生活过，开过新年枞树晚会，每天总要把黄皮箱揩得干干净净的，这儿的一切都是那么亲切、方便，连厨房里水龙头流出来的水也是那么流畅……离开卡嘉阿姨，离开马尔富特，离开淑伊珈，离开学校……她的眼睛里立刻涌满了泪水。

卡嘉阿姨看了看她，高兴地说：

“这又算什么，这很好嘛！年轻人应该出去见见世面。不要老是像老蘑菇那样呆在一个地方。还有不少好地方哩！”

“再过两年我要进专科学校学习去。”

“那好极了！”

但是，小黄雀并不相信这样是好的。

“好吧，小黄雀，我们来看看，我和你到哪儿去好一点……”

莲娜走到了地图旁边。

“也许会派我到那里去，”她指着乌拉尔区，“那里有高峻的山岭和黑压压的森林，森林里有很多蘑菇……小黄雀！”

“会不会派到那里去呢？”小黄雀用手指胡乱地指了一下，呜咽着问。

“啊，这里可更好了；你看见没有，这里有像伏尔加那样的大河。你可以钓鱼，划船。”

“这里呢？”

“这里是冻土带。我和你骑鹿到那边去好吗？”

可是，小黄雀倔强地闭起眼睛，摇着头说：

“我哪儿也不想去！我要在这里，在这里！”

莲娜大笑了起来。

“唉，小黄雀，小黄雀！你还爱看旅行小说呢！我不会给派到那里去的，你指的这是中国！”

小黄雀有点不好意思起来了。

卡嘉阿姨也走到地图跟前。

“来，莲娜，我的家乡雅罗斯拉夫里在哪里？”

莲娜用手指在地图上划了个圈圈。

卡嘉阿姨弯下身子，用一双近视眼看着地图上绿色和黄色的点子，蓝色的弯弯曲曲的河流，一个个表示城市的小圈，忽然她叹了口气，用低沉的、从胸中迸出来的声音说：

“哦，我们的家乡可真不错，我说姑娘们！我们家乡没有那种阔叶林，地方很宽旷，一眼望过去就没有个边！小山岗上的白桦树，株株都像待嫁的姑娘。牧场上绿草齐着腰，浅水湾边还待着天鹅！等到花园里开遍鲜花的时候，红红绿绿的真好看；蜜蜂嗡嗡地响！割草我也不落在人家后头哩！”

小黄雀很惊奇地望着卡嘉阿姨。卡嘉阿姨坐正了，挺起了胸膛，脸上有点微红，她的眼睛里像是一汪蓝色的海水。

“拿起镰刀，这么一挥，草就倒下来了！马上有一股气味散开来！镰刀割草割多了，也变成了绿色的……”

小黄雀已经不再呜呜咽咽地哭了。

当小黄雀上床睡觉的时候，她还想着浅水湾边的天鹅、毛茸茸的蜜蜂、白桦……

仿佛闻到有一股割下的青草的气味，又好像有一股开了花的苹果树发出的香气；小黄雀想快一点去看看那宽旷的地方。

毕业生

街上正稀里哗啦地下着快人的夏雨。

小黄雀站在客堂里发愣，衣架上挂满了客人的大衣，角落里有许多套鞋。小黄雀把套鞋数了数——一共是十只。就是说，屋子里有五个客人。

房间里传来一阵阵笑声和快乐的喊叫声。

小黄雀打开了房门，房间里的一切都“翻了过来”：莲娜的床没有了，桌子拉到了房间中央，写字台和食橱上有自己的和人家的食具，椅子上和沙发上都是一卷卷的东西。莲娜和四个女朋友坐在桌子旁剥还在冒热气的土豆，手烫得很痛，她们不住地在吹自己的手指。

“小黄雀！”莲娜叫了起来，“快来帮忙。今天我们班开晚会哩！马上就有不少人要来，可我们还什么也没有准备好。”

“嗬，也没什么特别的东西要准备的。”

“没什么？瞧，带来了多少东西！”

忽然，莲娜吓得跳了起来。

“姑娘们，面包呢？”

“对啊，面包呢？”

“谁有配给证？”

“要快一点去拿面包呀！”

“瞧，”薇拉，一个胖胖的、眼镜戴在翘鼻子上的姑娘说，“我这儿有十张配给证，是我们和另外几个孩子的。每一张能领明天的两百克面包，——够了吗？”

“够了，够了！”

“谁去领面包？”

“我不去，”米拉说，“我一定会把配给证丢掉的。”

“让薇拉去吧。”

“对，薇拉，你是我们的团支部书记，我们无论什么事都信任你。你去。”

“好，我去，”薇拉说，“可是我到了面包店里，眼镜就会蒙上水汽，怪讨厌的。”

大家都笑了起来，小黄雀也跟着她们一起哈哈大笑。

她喜欢屋子里大家忙忙碌碌、笑口常开，喜欢帮忙，可是现在，又太那个了……老是听到有人喊：

“小黄雀，把刀子拿来！”

“小黄雀，到卡嘉阿姨那儿去把碗盏拿来！”

“小黄雀，烧茶……”

她在房间里跑来跑去，像是生了翅膀，她自己也很欣赏自己：她干起活来多利落，多快！要是少了她，那还行？尽管她把不知谁的一个碟子从灶台上碰下来打碎了，可是这又算得了什么？谁做事还能不碰坏一点东西？今天根本就不必提这些个，犯不上扫兴。她把碎片塞进了炉灶的烟渣堆里。

饭终于开出来了。

小黄雀看得眼花缭乱：一大盆土豆色拉，拌了很多翠绿的葱，还有张开嘴的鲱鱼和腌蘑菇。

一个女学生带来了一大串新鲜的红肠。

“我奶奶真慷慨。”她很高兴地对莲娜说。

“小黄雀，你会切吗？”

“当然会！”

小黄雀小心地把香肠接到手里，闻着那股香味，向厨房里走去。她把一柄刀在灶台边上磨了好久。桌上的香肠发着亮光，红红的，油水很足。……就在这时候，门铃响了。小黄雀跑去开门。客人成群地涌进来。他们笑着抖抖衣服，热溜溜的夏雨的雨珠溅到小黄雀的脸颊上。大家嘻嘻哈哈，互相问好……小黄雀忽然想起了一件事，连忙往厨房里跑……啊，天呐！

桌子上蹲着马尔富特，咕噜咕噜地在嚼香肠。

“坏蛋，小偷。”小黄雀叫了起来。

小黄雀把香肠从马尔富特嘴里抢了过来，拿香肠打马尔富特。

“去你的！去你的，小偷！”

马尔富特受了侮辱，吓得半死。它从来还没有被人打过，用香肠打，更是第一次。

可是小黄雀也没有把马尔富特怎么样。她切去了咬过的地方，小心地把香肠在水龙头下洗了又洗，然后拿出来放到桌上。她的脸涨得通红。可是谁也没有觉察到出过什么事儿。

人似乎已经到齐了。

几乎所有的客人都是姑娘。其中只有一个年轻的男人，戴一副凸出的圆片眼镜，看样子眼睛近视得厉害，还有一个上了年纪的男人。

小黄雀认识他：这是莲娜敬爱的尼古拉老师。

在所有的客人当中，小黄雀最喜欢米拉，她常来和莲娜一起做功课：她个子很高，人长得很匀称，很健壮，梳一条黑色的辫子，盘在头的四周。在小黄雀看起来，她像是童话里的女王。

小黄雀悄悄地走到莲娜跟前问她：

“人都到齐了吗？”

“我们还要等一个同学高立亚。”莲娜低声回答，又大声地说：

“朋友们，高立亚会不会出事？这儿是四楼，他的身体还没完全好哩。”

“这样吧，我和瓦夏去帮他的忙。走，瓦夏！”尼古拉说。

可是米拉用肩膀推开了瓦夏。

“我跟您去，尼古拉老师。”她说着垂下了眼睛。

“您？”

“是的，”米拉涨红了脸，伸出两条结实的手臂，“我的气力比瓦夏大。”

尼古拉看了她一下，很尊敬地点了点头，给她把门打了开来：

“走吧。”

其余的人并不坐下吃饭，在等待着什么，他们笑起来已经不是那么高兴了。

门铃响了，小黄雀又忙着跑去开门。尼古拉和米拉侧着身子向门里挤。他们扶着一个穿军装、拄拐杖的瘦削小伙子。他的一条腿已经没有了。胸前有两枚勋章和一排金色、红色的胸章闪闪发光。

小黄雀把房门开直。莲娜移来了一张最舒适的安乐椅。

大家都在桌旁坐了下来。尼古拉斟好了酒，站起来说：

“我亲爱的朋友们！今天我们还在一起，可是在最近期内我们就要分散到各个地方去。但是我相信，不管你们到什么地方，你们都不会辜负祖国对你们的信任。要知道祖国在这样艰苦的时期还让你们能够学习！我们现在应该想想那些离我们很远很远的人，他们在为保卫我们的生命、保卫我们的幸福、保卫各民族的自由而战斗！让我们来祝贺引导我们走向胜利的人健康！”

“朋友们，”高立亚说，“我们友好地在一起学习了许多年，我们谁也不应该忘记谁。在刚刚开始工作的时候，可能大家都会遇到一些困难。但是我们应该同甘共苦。”

“最主要的是：我们应该永远记住，我们可以进行和平劳动的每一个日子，都是前线用极高的代价换来的。”米拉打断了他的话，“我们必须工作得使我们在任何一个战士面前都不感到惭愧。”

“我们一定要这样工作。”莲娜说。

大家都一下子说起话来，并且争先恐后地互相打听：

“你几时走？”

“过一个星期。”

“我明天走。”

“我很幸运，我被派到我爸爸妈妈住的乡村里去工作。”

“高立亚留在城里……”

“还有米拉。”高立亚微笑着说。

“我要到一个地图上没有的村子里去。”莲娜说。

小黄雀吓了一跳：这算什么——地图上没有的？她和莲娜到底会到哪儿去？

她已经张开了嘴想问，可是这时候门铃又响了，小黄雀只好先跑去开门。

门槛上站着一个高大的水兵，衣服穿得很整齐，身材很端正。他看着那些大衣、套鞋，说：

“我大概没有走错吧！这儿是不是在举行毕业生晚会？”

小黄雀点点头。

“莲娜在这儿吗？”

小黄雀又点点头。

他打开了房门，站在门槛上。所有的人都从座位上跳了起来。

“安德留沙！”

“安德烈！”①

“你从哪儿来？”

“来住几天啊？”

只有高立亚还坐在安乐椅上，还有莲娜站在桌旁。安德烈一面回答那些问题，一面直向桌子走去。

“莲娜，”他说，“你好！”他隔着桌子向她伸出一只手。

莲娜没有抬起眼睛，握了握他的手。

忽然小黄雀看到莲娜脸红了，前额和两颊都泛起了绛色的红晕，连金发下的耳根也涨得通红。

可是，客人们不知为了什么都对沙发上面的一张图画发生了兴趣，开始仔细地欣赏它，还展开了争论。

可是那张画根本没有什么好！

这一切叫小黄雀很不高兴……

地图上没有的乡村

小黄雀的腰有点痛。她很生气。在马车里摇摇晃晃的实在不太舒服。皮箱老是落到脚上。不知是一根什么棍子刺得背心好痛。堆在车里的干草一点也没有用。轮子老大不愿意地轧轧响，惹得小黄雀心头

---

① 安德烈是正名，安德留沙是爱称。

火起。

小黄雀把双手放在头下躺着，一会儿看看白茫茫的天空，一会儿看看穿蓝点子衬衫的赶车人——叶高尔老伯。

她累得很，她对一切都觉得讨厌；快点到吧！……

小黄雀觉得她离家已经很久很久，事实上只过了两天。两天前，朋友们送她们，安德烈一眼不眨地看着莲娜，要她保重，要她经常给他写信。

这两天里面，小黄雀乘过一段时间的轮船，现在是在这马车里。

她可真受够了，这时候她摆出了一副生气面孔。

莲娜好像觉得是应该这样的，她坐着，两腿悬在车外，她收拾得很干净、整齐，看看两旁，一面老是问叶高尔老伯：

“你们的集体农庄大不大？你们的主席怎么样？村子里小朋友多不多？”

叶高尔老伯不厌其详地一一告诉她。他已经像自己家里人似的称呼她了，有时还叫她“姑娘”。

“莲娜怎么这样快就跟人家搞熟了？”小黄雀这样想。

马车的轮子从一个小丘滚到另一个小丘、又从一个小丘滚到另一个小丘，滚过原野、草地、森林，滚过驼背的小桥，滚过绿油油的草坪，滚过白茫茫的沙地。马儿上山的时候走得很慢，有时停下来，肚皮一胀一缩地喘着气。

这时叶高尔老伯跳下了车，很同情地说：

“唉，真是些宝贝马！实在太老了！等战争结束了，我们着实得好好休息休息！从前我们有很多好马，我们把那些马献给了军队，现在这几匹马，当然是……”

这时莲娜也站起来步行了，小黄雀却因为倔强和不高兴，赌气躺着。

下山的时候马总算跑得还快。皮箱开始跳动起来，不知什么东西发出了一阵铿锵的叮当声。

小黄雀坐起来用双手紧紧按着肚子。

“再不到，我的肠子也要痛断了。”她对莲娜说。

现在是夜里，但是四周却很亮。不过光线不是玫瑰色的，而是淡绿色的。明亮的天空中看不到星星。要是周围不是那么静的话，谁也不会相信这是在夜里。

这时走的一段路是在树林里。下垂的枞树枝发出一股针叶和酸涩的树脂的气味，附近几株松树上的每一根细枝都看得真切。鸟儿不唱歌，一定是在温暖的窠里睡着了，只有一只鸟却不停地在嘁嘁喳喳地叫“我睡了，我睡了”。那就睡你的吧……可是她——小黄雀——却睡不着，还在马车里颠颠簸簸。

小黄雀噘起嘴唇正准备哭诉，可是这时已经走出了树林。叶高尔老伯说：

“你看，莲娜，我们的村庄已经看得见了。现在离那边已经不远了。”

小黄雀坐起来向远处看。她眼前是一片草地，草地上笼罩着薄雾，还有一条小河，河对面的斜丘上有许多玩具似的小房屋，向小丘上一溜歪斜地排上去，消失在树林里。

终于到了村口。

叶高尔老伯勒住了马，整了整他的衬衫，抚平了头发，用一种主人的眼光看看马车，理了理马身上的鞍具。莲娜也把衣服扯扯平，甚至连小黄雀看了他们的样也很庄重地坐到马车的边上去了。

叶高尔老伯打开了咿啊响的大门。

“姑娘们，现在来看看我们的村庄吧。”他说着把马匹放慢了脚步。

路先是经过几个菜园子，后来看到了许多没有窗子的正方形小屋子。宽阔的大门上挂着一具具又大又重的锁。那些小屋不是筑在地上，而是筑在四根尖柱上的。

“这是什么？”小黄雀问。

“谷仓。”叶高尔老伯说。

“那为什么筑在柱子上呢？”

“这是筑在鸡脚[①]上，为的是让空气流通，谷子才不会霉烂。”叶高尔老伯用低浊的声音说。

---

① 俄罗斯童话中有一种筑在鸡脚上的小房子，里面住着一个妖婆。这里叶高尔老伯是引来作谷仓的譬喻。

原来这就是筑在鸡脚上的小房子！

小黄雀避开莲娜，扭转头去眨眨眼睛，嘴里叽叽咕咕地哼着："小木屋，小木屋，背朝树林面朝我……"[①]

她把眼睛睁开一条缝看了看，小房子还是老样子，没动。也就是说，它们都是些非常普通的小房子。

"这是养禽场，"叶高尔老伯指给她们看，"那边是牲畜场……这是猪圈。"

路并入了一条乡下的街道。两旁是高高的栅栏和有两片倾斜的屋顶盖着的大门，房屋都相当大，都是用厚木板搭成的。那些房子有五六扇迎街开的窗子，窗子离地很高，小黄雀的手碰也碰不到。

在每座房屋的窗下都攀着豌豆藤，上面还有几朵小黄花。

屋子里的人都在睡觉，没有一个地方能看到一点灯火、一缕炊烟。四周是一片寂静。只有马车的轮子在轧轧地响，从一扇大门底下跳出了一只猫，它跑过街道，抖抖爪子看着那几个过路人。它有点像马尔富特；小黄雀轻轻地叹了一口气。

到了一座台阶前，上面挂着一块蓝色的木牌："培克里亚特村消费合作社"。

在一座小屋的顶上飘扬着一面红旗。

"这是农庄的办事处。"叶高尔老伯说。

树林合抱着村子，围成一个半圆形，一直延伸到菜园附近。可是有几棵松树要跑得更开些，好像是无法停止，一直冲到了街上。房屋与房屋之间就多着这样的树。

"这是学校。"叶高尔老伯说。

街道在一座高高的山岗那边已经到了尽头，山岗的顶上有三座由新刨的木板搭起来的新房子，四周围着低矮的篱笆，被灿烂的朝霞照得闪闪发光。

"下车吧，姑娘们，"叶高尔老伯说，"上山的时候马拖不动了。"

小黄雀很高兴地跳到路边的草地上。她的脚马上被冰凉的露珠弄

---

① 这句话本来是童话里的妖婆走到筑在鸡脚上的房子前面的时候说的。

湿，禁不住打了一个寒噤。

马匹还是继续往前走。

过了一会儿，叶高尔老伯已经打开大门，拉住马勒，把马匹牵进了学校的院子，然后脱下了帽子说：

“好吧，欢迎你们！”说着他稍微沉默了一会，又添了一句：“真是一对可爱的小鸟儿！”

符拉西也夫娜

这座小屋子实在是太好了，有三扇拭得非常干净的窗子，向下可以看见全村，有两扇窗是朝树林的。

墙脚下伸出了一些不知名的鬈曲的小草，台阶旁端端正正地长着四簇向日葵，金色的沉甸甸的葵花头迎着晨风摇晃。台阶一级一级地一直铺到绿草地上。在那片把房子和菜园隔开的篱笆旁边，是许多开着黄澄澄花朵的长南瓜藤；上面有许多蜜蜂忙忙碌碌地飞着，像是在侦察什么似的。

“你们就住在这里，现在我去把符拉西也夫娜叫醒。”

叶高尔老伯用鞭子在窗子上敲了几下。小黄雀听见屋子里面的门一响，然后有一个人扳动门搭，台阶上的门就打开了。门槛上站着一个身材很高的大娘，她穿着一件长得拖到地板的手织的衬衣，肩上披一件棉袄。花白头发编成的粗辫子一直拖到膝盖上。

叶高尔老伯摘下了帽子，说：

“好啊，符拉西也夫娜！来招待客人吧。瞧！我把女教师接来了！”

“请里边坐。”符拉西也夫娜略略点一点头，就走进了屋子。

小黄雀和莲娜跟在她后面走。叶高尔老伯把皮箱拿了进去。

小黄雀的一双潮湿的脚踩在干干净净的地板上，留下了许多污黑的脚印。

厨房里非常清洁。俄罗斯式的炉灶白得发光。食具架用报纸剪成的花边装饰得很漂亮。桌子擦得光滑耀眼。

“瞧，什么都给你们弄得整整齐齐的了。”符拉西也夫娜说着打开了一扇小门。

房间不怎么大，但是很舒适。两扇窗是朝东开的，从外面透进了玫瑰色的纯洁的曙光。两张床、一张桌子，还有两条小板凳。窗子上挂着北方织造的老式白窗帘。

莲娜很满意地打量了一下房间，小黄雀却无心欣赏，因为她的脚正在微微地哆嗦，这是在马车上一动不动坐了好久的缘故；她软弱无力地坐在一条板凳上。就在这时，符拉西也夫娜对她嘀咕起来了：

“把屋子踩得到处是脚印！湿鞋子早就该脱在门口了！现在弄得洗也洗不清，刨也刨不掉！还算是城里人，有知识的！也该体恤体恤人家才对啊！”

符拉西也夫娜唠叨了一阵，忽然很快地跪倒在小黄雀面前，敏捷地脱掉了她脚上的镂空皮鞋和袜子，用一块很干净的抹布狠狠地擦干了她的脚，又不知从哪儿弄来了一双肥大暖和的绒线短袜给她套上。小黄雀连口也来不及开，符拉西也夫娜就把她的袜子在洗脸盆里漂了一漂，顺手往炉子旁边一挂。

符拉西也夫娜还是叽叽咕咕在自说自话，她把一双大毡鞋塞在莲娜的手里。

“快烘烘脚吧！穿了这样的鞋子没头没脑地就到我们这儿来了！你瞧着嗓子马上就要哑了，你还成个什么老师？”

她虽然粗壮，但是身材却相当匀称，她那胖胖的身体动起来还相当轻快，在小厨房里走来走去，脚下的地板不会吱吱作声，架上的食具也不会叮当响。她拿进来一大捆木柴，毫不费力地用一只手整块整块地拿起来向炉子里抛。

叶高尔老伯站在门槛旁，用调停的口吻说：

“你轻一点吧，符拉西也夫娜，瞧你把这一对小鸟儿给吓坏了……”

“这算得了啥？”符拉西也夫娜说，“我这还只是个开头，我火气大的时候你还没看到哩！”

说完她就生起茶炊来了，把通气管弄得砰砰地响，拍着铜茶炊气咻咻地说：

“快开，对你说快开，你这兔崽子！姑娘们都冻僵了。”

过了一会，她忽然不响了，坐在板凳上，把双手放在胸前，很注意地看着这两位远道来的客人。

小黄雀早已吓得目瞪口呆；她坐在板凳上，向前伸出一双套在肥大的厚袜子里的脚，一动也不敢动。那双大袜子穿在她的脚上很不合适，袜跟突向右面，袜头突向左面。

莲娜却很安详地微笑着说：

“看，您的火气多大呀，符拉西也夫娜！我的小黄雀可给您吓坏了。”

忽然，符拉西也夫娜也笑起来了，她笑得那么自然、年轻、快乐，这小屋子里马上洋溢起一种温暖、舒适的气氛。

“小黄雀！真是一只小黄雀！好了，别怕，小鸟儿，这可不好了！我就像我的那具茶炊，火头一过，一下子就会凉的。现在该去安顿了，待会儿土豆就要烧好。要什么就叫我好了。”

莲娜马上动起手来，小黄雀努力帮她的忙，不过一举一动都非常小心，老是不大信任地望着自己的长脚掌。

床已经铺好了，枕头上盖上了枕头巾；书整整齐齐地摆到了书架上，妈妈的相片挂在窗间的墙壁上，爸爸的相片挂在靠莲娜的床的墙上；墨水缸放在桌子上。好了，这房间就可以住人了……在这里过的日子到底是好是坏？还不知道。

符拉西也夫娜站在门槛上；她手里拿着一块花地毡。

“小青鸟睡哪一张床？”

小黄雀笑了：

“我吗？我睡这张……不过我叫小黄雀……”

小黄雀已经完全不怕符拉西也夫娜了。

“反正都一样。我们这儿的地板在早上是冰冷的。不要光着脚踩到地板上，不然，你可知道，我不是好惹的！”

于是符拉西也夫娜就把那块花地毡铺在小黄雀的床边地上。

“这是你们什么人？还有个姐姐，是吗？”

“是妈妈……不过这相片还是很久以前拍的，十年以前。”

莲娜掉过头去看着一边。符拉西也夫娜明白了，也就不再问起她们的妈妈了。

“那么爸爸在哪儿？”

“在前线。”

“哦，哦，我也有两个人在那边。”

符拉西也夫娜走出去以后，重又回进来。她手里拿了两盆鲜艳的天竺葵。她把它们放在窗台上，屋子里立刻显得更漂亮了。

太阳已经从树林背后升起，强烈的光线射在窗上，花儿沐浴在阳光下，发出火红的透明的光彩，活像两堆小小的篝火。

可是小黄雀对这幅美景并不注意。她实在想睡，不时地把眼睛睁开，用手揉它们。莲娜虽然看到了她这副样子，但还是像平常那样，并不就此随她去搞。

“先得洗个澡，换一身衬衣，再吃点东西，才能睡觉。”

于是小黄雀只好在那滑稽的洗面台旁揩了个身，换了衬衣，披上了睡衣。

“请吃吧，茶已经弄好了。”符拉西也夫娜来叫了。

厨房里又温暖又舒适。炉子在响。那大茶炊里吱吱地正翻腾着。煮土豆的锅子上升起了一股香喷喷的白热气。

小黄雀吃着放了不少粗盐的酥土豆，喝着热腾腾的红萝卜汁，耳朵里老是嗡嗡地响：“五分，五分，睡，睡”；小屋子开始像马车在村路上一样两边摇晃起来。她只恍恍惚惚地听到，有一个人用一双粗壮的手把她抱起来，走过去放在床上，用一件毛皮的沉重的东西把她盖好。

小黄雀就这样在这新地方睡得又熟又香。

山　上

小黄雀醒了过来。太阳已经不朝房间里看，不知溜到别的什么地方去了。窗子开着，微风掀动雪白的窗帘。薄薄的亚麻布上绣着一幅婚礼图：几匹马，细长的脖子，拔塞钻似的尾巴；新娘的腰部很细很细，鲜花放在最出人意料的地方：马匹的嘴里，新娘的脚下和白云飘渺的天空中。

莲娜在另一张床上缩成一团睡着。

屋子里一片寂静。

窗外传来了各式各样的声音：不知哪里有一只公鸡在高声啼叫，召唤母鸡。远远传来了歌声，铁铺里的铁锤响叮当，还夹杂着母牛的哞哞叫声。一只小麻雀蹲在窗台上，老在一个地方跳，把头左右摇晃，后来在花盆里啄了一下什么东西，不大满意地喊喳叫了一声，就飞开去了。

符拉西也夫娜走进了房间就叫：

“该起来了，你们这对睡不醒的宝贝！今儿晚上你们不想睡啦？太阳已经在向西沉了。起来，我领你们去看看学校。”

学校占的地非常大，一望无际；它坐落在一座山岗上，四面用低矮的篱笆围着。小山岗下是村庄。村子后面有菜园、田野，再过去是草地；草地上有一条小溪流过，弯弯曲曲地绕了几个圈圈，再往回流，流到不知在哪里的一个小池沼里去了。

另一边尽是树，一株株地向小岗上排上去，一直延伸到老远。

“咱们去看看教室。”符拉西也夫娜说着就把学校的门开直了。

“这样的学校就在城里也不丢人呀！”

的确，宽阔的长廊里光线非常充足。四扇大窗都敞开着。四扇门可通教室。教室里也非常光亮，空气也好。窗子是朝一个小花园开的。学校里一切都井井有条、整齐清洁。种在门槛旁的枯枞树枝发出一股气息。还有刚洗过的地板的气味。静悄悄，空洞洞，一片假期景象。

符拉西也夫娜对莲娜和小黄雀的赞叹感到很愉快。她带着一种主人的骄傲心情领着她们到处看，用一串钥匙开门时总要发出叮叮当当的声音。

“瞧！这儿就是咱们的教员室。那边是迦琳娜老师住的。这儿是热水壶。孩子们冬天要烤火，再说学校里是不准喝生水的。在家里也许可以随便让他们怎么去，学校里可就一切得有个规矩。怎么样，喜欢这学校吗？”

“很喜欢！”莲娜真心地夸了一句，符拉西也夫娜就更起劲地告诉她说：

“这学校是从前的校长伊凡造的。他亲自打图样，亲自监工。村苏维埃把材料全都拿了出来，区里对他说：‘伊凡，造得像样些。现在，让我们的孩子念书，也是件挺重要的事，不比从前了……’这样他就下劲干了。”

“现在他在哪儿？”

“他在前方，好姑娘，在前方哩！他是和我的一个儿子同一天走的。我们正在等一个新校长。这几天里就要来了。听人家说是个女的，很认真。”

“还有哪几位老师？”

“一年级是迦琳娜，”符拉西也夫娜笑嘻嘻地挥了挥手，“是个淘气姑娘！嘻嘻哈哈地整天唱歌。是从乌克兰到我们这儿来的。二年级是玛莉雅，她有负担，年纪已经不轻了，在这儿教书也教了快十年了。她是本地人，就住在山下的村子里。她也够忙的了：家里人多，还得种田、看牛，可是她只有一个人，丈夫在前方牺牲了。唉，这时局可又有谁能享福！在打仗嘛！”

符拉西也夫娜用挂锁把校门锁上了。

“我们的集体农庄并不大，总共三十五户人家，搞得可没啥毛病，区里对我们也没啥意见。现在留下干活的是些什么人呢？老太婆跟小孩子。老头子有十来个，这伙人现在可吃香呐！大伙天不亮就干活，一直干到天黑，人手还是不够。这头要割麦！那头要割稻，这里要锄草，那头的土豆又熟了！真是要命！”

“学校怎么帮助农庄呢？”

“学校里的活就是念书，”符拉西也夫娜很严厉地说，“那儿是我们的马厩，现在没牲口，给了农庄了，先前是有一匹的。这儿是草屋、谷仓，瞧，那是菜园。”

符拉西也夫娜打开了围墙上的一扇小门。小黄雀高兴得呆住了。她出生以来还没见到过这样的菜园和这么多的蔬菜。从前在别墅里她有过一个种洋葱的小苗床，两步长，一步宽。洋葱是又小又少。这儿的菜畦却有这么长，望不到尽头。里边是样样都有！有洋葱、有胡萝卜、有大头菜！有这么多的菜啊！

土豆的茎叶铺在地上连成一片，白菜的叶子像大象的耳朵。甜菜的叶子就像绸子一样对着太阳闪闪发光，有的发红，有的发绿，豌豆上开着一朵朵的花，仿佛是许多蝴蝶蹲在那儿休息。

“这是什么？”小黄雀问。

“这是番茄。”

小黄雀弄不懂了，这怎么会是番茄呢？番茄是圆的，红红的，这却是一丛开着黄花的绿色灌木，有些地方结着绿色的果实。

“这是大豆。那儿，看到吗，那儿是黄瓜。”

大豆不像大豆，黄瓜小黄雀也没看见；她只看到那么些粗糙的叶子。

“那边菜园后面是校田，种着大麦。”

“你们的产业可真不小。”莲娜说。

“当然啰，没这些还成！”

符拉西也夫娜得意地摇着她那串沉甸甸的钥匙。

“莲娜，现在您得去见见玛莉雅。她现在是代理校长。您要在那边把什么都说妥了。还有向村苏维埃要口粮的事也得说说好。小黄雀就在家里待会儿。”

小黄雀很想和莲娜一起去，可是她怕拗了符拉西也夫娜的意思。莲娜看来也认为符拉西也夫娜说得很对。

“到玛莉雅那儿去，我该怎么走？”

“这样，下了山，打大街走，靠右边第六座房子。”

“好，我这就去。”

莲娜很抱歉地对小黄雀看了一眼，就朝那小门走去。小黄雀把嘴唇噘起来了。

夜色已经笼罩了大地。夕阳落到树林背后去了，天上的晚霞光芒四射。燕子忙忙碌碌地在空中飞舞，像是在捉迷藏。向日葵的脸转向西方。田野里、小丘上荡漾着一阵凄凉的杜鹃的啼声：“咕咕，咕咕，咕咕”。

小黄雀站在台阶上，竖直耳朵听着，睁大眼睛望着。那边路上的车子一辆接着一辆，一个男孩子牵着一匹马，马拖着一部不知什么机器。机器不住地发出沉重的轧轧声。一群牲口从树林里出来在路上走。前面走着几头山羊，踏着细碎的脚步。突然它们跳了起来，把很小的角你对着我，我对着你，过了一会儿，纵身跳过了水沟，接着所有的羊一起叫了起来。跟在它们后面的是绵羊，密层层的像一阵浊灰色的波浪，再后面是母牛。它们各自在街头、胡同口走开了，走到大门口停下来，伸长脖子，发出了一阵可怕的叫声，把小黄雀吓得汗毛直竖。

“沙恩卡！”在夜晚的空气中响起了一阵喊声，“出来踢皮球好吗？”

“不出来了！我要和妈一起锯柴呐！”

小黄雀在台阶的栏杆上坐了下来，仔细地听着从村子里传来的各种声音，这是丰富多采、辛勤劳动、但对小黄雀还是陌生的生活中传来的声音。

看门将军

“小黄雀，你和我一起去吗？”

“上哪儿？”

“先到玛莉雅家去拿我班上的学生名单，然后去跟孩子们认识认识。”

“当然去啰！”

小黄雀立刻就从山上往下直冲。莲娜只得跟在后面哇啦哇啦地叫，要她停下来。

“小黄雀，你等我一等，你还不晓得走哪儿去呢！”

街上一个人也没有，大家都在地里、草地上、菜园里干活。几只白母鸡在尘土中找食物，时而有一条狗汪汪地叫，把那油光光的鼻子从门底下伸出来。高屋子里传出了一阵阵的笑声、轻微的哭声和玩具木鸭咯咯的响声：很清楚，那边是一个托儿所。铁铺里锤子敲得叮当响。农庄的办事处里不知是谁在拼命地喊：“乌斯切—拉马[①]！乌斯切—拉马！”竭力想和区里通电话。母鸡在鸡栏里发出各不相同的咯咯声。

小黄雀和莲娜从农村消费合作社那里拐了个弯，走进一条胡同，

---

① 这是一个地名。

在一家大门口站住了脚。小黄雀抓住门环，推开了一扇小门，忽然她吓得往旁边直退。小门里伸出了一条黑母牛的头，它用一对锐利的角威胁着小黄雀。小黄雀立刻砰的一声把小门关好，用背靠在门上。莲娜笑得嘴也合不拢来了。

“我昨天也是这样吓得要命！这儿不敲门是走不进去的。这条母牛叫玛姆席里，它不放生人进院子，它不喜欢外人！”

莲娜在窗子上敲了几下。有一个人从窗子里向外面看了一看。接着小门打开了。

玛莉雅是个上了年纪的、瘦削但是肩膀很宽的女人，她站在门槛上，穿着一双男靴，系一条大裙，扎一块头巾。她那双疲倦的眼睛注视着小黄雀。

“进来吧！”她用自己的身体挡住那条母牛，说，“别怕。玛姆席里，走开，这是自己人。”

玛姆席里大声喘着气，对小黄雀斜着一只淡紫色的眼睛。小黄雀不知不觉地踮起脚尖，飞快地跑上台阶，溜进了堂屋。莲娜很镇静地走过去，玛莉雅还在骂那条母牛：

“你真是我的淘气鬼，挡起人来比栅栏还凶！”

但是，看来玛姆席里的脾气很犟，因为在玛莉雅砰地把门关上以后，小黄雀听见那头牛用角把门撞了一下。堂屋里很暗，小黄雀一下子就打翻了一只水桶，又撞在一只大木桶上，撞痛了左脚。终于，她只得不知所措地在那里呆立不动。

房间里静悄悄的，只听到在遮住通隔壁房间的门的印花布帘幔后面，透出一阵飒飒的声音。小黄雀斜视了一眼，看到了两只全神贯注的眼睛，这两只眼睛透过帘幔的缝隙盯住她看。她摆出一副若无其事的样子，端端正正地坐在椅子上。缝隙后面又伸出了一只满是雀斑的鼻子。小黄雀很快地凝神一看——鼻子不见了，眼睛被睫毛盖上了一半。小黄雀刚掉过头去——眼睛和鼻子又从缝隙中钻了出来。这样一来一往地搞着这无声而有趣的游戏。

不过，小黄雀还是在听玛莉雅说话。

“喏，莲娜，这是您班里的学生名单。不过您马上都要跟他们认识还有些困难。只有很少一部分学生住在倍克里亚特，其余的都分散在前后左右邻村里。最好您还是去碰碰纽拉的头，她是班长，这小姑娘很好，很负责。您只要关照她一声，她就会为您把孩子们召集到学校里去的。”

“我一定去和她碰碰头，现在就先到本地的孩子家去串串门儿。”

“也好，那您就到这儿来，”玛莉雅走到窗前，把一座座的小屋子指给莲娜看，“这头是左雅，那边是瓦丽雅和席尼雅两姐妹，那边是瓦尼亚。”

“那边草地上的一座独屋里是米沙；不过您不要去找他，可能会叫您碰上钉子。”

“为什么？”

“因为米沙是个大孩子，他已经十三岁了，可是还刚到四年级。他现在是村子里唯一的小伙子，其余的还都是些小孩子。他在农庄里干成年人的活，老实说，干得还很不错，可是在学校里……”

玛莉雅没讲下去，只是眯起眼睛，摇摇头说：

“我怕您对付不了他。”

“不要紧，”莲娜说，“我试试看。纽拉住在哪儿？”

“她住在霍尔姆村，离这儿有两公里左右。有不少路哩。”

“不要紧，”莲娜说，“我们走得动。”

“哦，还有，莲娜，您现在还得领导您班上的少先队工作。我们还没有少先队辅导员；区团委答应派人来，不过您也知道，现在他们那儿每个人都有工作……您班上有十个少先队员——他们是五一节入队的……怎么样？行吗？”

“当然行。我从前在自己学校里也是当少先队辅导员的。”

“那就再好也没有了。要知道您的班是我们学校最高的班级——必须给大家做榜样。”

“我一定努力干，玛莉雅。谢谢您的帮助。小黄雀，我们走吧！”

小黄雀跟在莲娜后面没走几步，忽然很快地回过头来对帘幔看了看。帘幔的缝隙大了，两只眼睛直怔怔地望着小黄雀，满是雀斑的鼻子嗅了嗅，忽然一个舌头从帘幔后面吐出来。小黄雀用拳头对舌头扬了扬，就神气十足地随着莲娜走出去了。

“那里边是谁，是个男孩子还是丫头？”她边走边想，“下次给我碰见了，就给他点苦头吃，看他再敢捉弄我不！”

左雅家的桌旁坐着五个女孩子，在那儿舀碗里的牛奶喝。她们的年纪相差很小。桌子下面一只小猫在舐泼在地上的一摊牛奶。

听见了敲门声，她们一下子回过头来呆住了，手里紧紧地拿着木汤匙。她们目不转睛地看着莲娜。牛奶从木汤匙里一滴滴落到桌面上。

莲娜问一个大一点的女孩子：

“你是左雅吗？”

那小姑娘一声不响。

“怎么，你怕我吗？——我是你们的新老师，我是来和你们认识认识的。你是不是左雅？”

小姑娘摇摇头表示她不是。四个小的女孩子突然怪叫起来。莲娜弄得莫名其妙，直发怔。

“你们怎么啦？孩子们，我又没欺侮你们……”莲娜自己几乎要哭出来了。

怪叫声愈来愈响。小黄雀走到那大一点的女孩子跟前问她：

“你叫什么名字？”

“桑茵珈。”

“左雅呢？”

“在草地上。她在耙草。”那小姑娘说的时候简直要哭了，细小的泪珠已经开始从她的脸上流下来。

“呸！”小黄雀说，“你们这群哭丧鬼。”

莲娜和小黄雀走出了房间，可是莲娜站住了脚。

“小黄雀，怎么能就这样走了呢？她们一定给什么东西吓坏了，所以才哭……”

莲娜没有想到第一次碰到孩子的结果竟是这样。

小黄雀把门推开了一点儿，——怪叫声听不见了。那五个孩子还是那么坐在桌子旁边一本正经地喝碗里的牛奶。莲娜边走边想，走出屋子了。

安珈家里是明窗净儿，井井有条。窗槛上有鲜花，书架上是整整齐齐的一排书，斯大林的画像用白色的绣花绸巾装饰着。画像的下面是一张相片，相片上是个有胡须的炮兵。

安珈正在安顿她的胖弟弟睡觉。

“睡吧！你乖乖地睡吧！”她轻轻地说。

可是那小孩不想睡，他用一根肥软的手指一会儿点安珈的鼻孔，一会儿又去点她的眼睛。

安珈看见莲娜就用围裙擦干净了自己的手，把头发掠了一掠。

“你好，安珈！”

“您好！”

“你升上了四年级了吗？”

“是的。”

“珈琳娜老师教过你吗？”

“教过的。”

“现在要在我班上了。”

“是要在您班上了。”

“安珈，你学习得不错吧？”

“不错。”

“你得的分数怎么样？”

安珈兴奋起来了。

“全是五分，只有一个两分。”

“一个两分！是哪门功课？”

“唱歌。”

“怎么搞的？”

“师傅说我不是在唱歌，是在拉警报。”

莲娜勉强忍住了笑，可是小黄雀已经笑得前倒后仰了。

“应该说‘老师’，安珈。”

“老师。”

谈话显然并不成功。

“妈妈就要回来了吗？”

“要天黑才回来。”

“你是整天只有一个人吗？”

“是的……”

那胖小孩再也不愿躺着了，他叫了起来。莲娜和小黄雀告辞出来了。

在瓦丽雅和席尼雅家门口靠着一柄锹子。

在巴符洛夫家门口是一柄铁耙。

在萨莫申家门口干脆就是一段桦树柴。

姐妹俩摸不着头脑，不知所措地站在街心。

“怎么样，奇怪吗？”有一个低沉而客气的声音说。

在一扇敞开的窗子旁边坐着一个满头白发的老大爷，他在吸烟斗，时而喷出一股股浓厚的淡绿色的烟雾。老大爷的鼻子上架着一副大眼镜。窗槛上放着一张报纸。

“我看你们像是城里人。我们这儿风俗还不晓得。瞧，那边门口的扫帚、钉耙都是‘看门将军’。这是告诉人家主人不在家，也就是说不用进去了。您是哪一个？是新来的老师吗？”

“是的……”

“我说是……我叫叶洛霍夫，今年九十三岁。敢情您是听说过的喽？”

“听说过，听说过。”莲娜说，——可是老大爷并不在听她的话。

“虽然九十三岁了，可是我的眼睛还挺尖的呢。瞧我不是看见你们了吗！”老大爷笑了一阵，忽然很生气地问：

“干吗没事在村子里乱跑？”

“我是想跟我的学生认识认识。”

“傻子，这会儿割稻的割稻，培垄的培垄，铲野草的铲野草。大大小小全都在干活。您也该知道这不是出来乘风凉的时候。只有我一个人待在家里，还有那边左雅家的几个黄毛丫头。黄昏再来吧！”

莲娜顺从地点点头要走了。

“等一等，同志，”老大爷说，“我这下可搞不清楚了，”他用一根被烟草熏黄了的手指点着一张登在报纸上的地图，“这上面哪儿是我们的军队，哪儿是鬼子的军队？”

莲娜走近他，弯身朝地图上一看，看见那张报纸放倒了地位。她悄悄地把报纸倒过来开始给他解释。小黄雀一眼不眨地看着那老大爷。

“哦，”他说，“明白了。你能去教孩子了。你的确懂事。我是有心试试你罢了，我自己本来知道。别看我老了，现在老头儿也有头脑了。”

说完，老大爷慈祥地点点头，放莲娜走了。

莲娜和小黄雀上山到学校里去。莲娜一路走，一路默默地想。

“小黄雀，”她忽然说，“我们什么也没搞成。总之，像是有点不大对头。”

小黄雀同情地点点头。

晚上，符拉西也夫娜把莲娜训了一顿：

“莲娜，你还是不要把鞋走破，别去串门儿了。现在庄稼人的屋子可不是住人用，只是睡觉用的。我们这儿的晚上，你自己也看到是怎么样的：只要地里天还没黑，就是在凳上坐一会都是丢人的事。咱们的军队在前线恐怕什么时候都不能睡。从前井边整天有不少多嘴的老太婆在那儿唠唠叨叨，现在村子里这样的人一个也没有了。要是想跟这儿的庄稼人认识认识，那就得到地里的工作队里去跟他们一起干活。到那个时候，你会真正感觉到他们有多可爱。赶明儿去找纽拉，她会给你把别村的孩子都召集来。我也要到霍尔姆去一趟，大娘们在埋怨，说是她们的井坍了，村苏维埃托我去检查检查，察看察看。明儿个打清早咱们就走。”

符拉西也夫娜在林子里

符拉西也夫娜给了小黄雀一双俄国式小靴子。

“喏，这是给你在玛莉雅老师家向她娃娃弄来的。要不你穿了镂空鞋就别想在我们的林子里走。莲娜，我给你预备了一只篮子。夏天到林子里去就像上菜场，空手回来是丢人的。把刀子带着。不然你们这些城里人就喜欢乱拔蘑菇、弄坏菌根，在这上头我可不肯马虎，蘑菇是要割的。”

小路先是弯弯曲曲地穿过碧绿的草地，穿过白杨丛、赤杨丛，后来又蜿蜒曲折地伸到一个针叶林的边缘。

树林里冲出了一个人，骑着一匹神气活现的小马，他踏住马镫略略抬起身来，扯开一条孩子气的嗓子厉声大喊：

“嗳，大娘，别在林子里跟我捣鬼：别点火，要不我就把你们……”

他没说完就拍马跑远了。

符拉西也夫娜朝他挥了挥手，说：

“去你的吧！吓得我半死！你到学校里来——我教你尝尝老娘的拳头。”

“这是谁？”小黄雀问。

“这就是米沙，”符拉西也夫娜冷冷一笑，“他现在代了骑巡员，看守这片林子。做了官了！”

小黄雀很奇怪，米沙是个怎样的人呢？说什么莲娜吃他不消，他又是个“官”儿，干起活来又是第一……

“现在你可以开开眼界了，小黄雀，这就是树林。”符拉西也夫娜说。

这儿蓝色的枞树密密地排成了一堵墙。青灰色的苔藓爬满了黑色的树干。太阳费了很大的力气才透过浓密的枞树条，让一个个金色的光点落在针叶上、青草上、鬈曲的凤尾草上。蚊子在小黄雀的头上嗡嗡地吵个不休。

小黄雀惊恐地看着那堵苍绿的枞树壁，一步步地挨近符拉西也夫娜。在这片树林的暗处一定有不少怪东西！瞧，那边就有一条蛇昂着它那扁狭的头在小路上爬，小黄雀哇地叫了出来。

“不用怕，”符拉西也夫娜说，“这是黄领蛇。你瞧，它昂起了头就是要让你看到它耳朵后面有黄点子，这就是说，不是毒蛇，没有什么可怕的。”

小黄雀实在不欣赏这片树林，她记起了普希金写的童话，这儿也许真有一个魔鬼在慢慢地走着，他的秃顶上长着一个大肉瘤；也许在树枝上还坐着一个女妖怪。普希金是不会凭空捏造这些事情的。

“你怎么啦，小黄雀！”莲娜看到小黄雀愈想愈怕，就笑着说，“这不过是童话呀！”

“那你自己为什么老是朝两旁看呢？”

“不要紧了，”符拉西也夫娜说，“咱们这就要上那小山岗了，那边的树林就不可怕了，那边大多是些松树和白杨，枞树少了——比这儿要亮得多了。”

的确，上面山岗上的树林里要亮一点。树木都是叉开的，蜥蜴翘着尾巴在松树干上爬，鸟儿打着唿哨，嘁嘁喳喳地叫个不停，啄木鸟用它的长鼻子笃笃笃地啄着树干。

从晒热的针叶和淡紫色的花朵上飘下一阵阵蜂蜜似的馥郁的香气。

符拉西也夫娜不是只管在树林里走，——她一会儿侧身，一会儿弯腰，一会儿看看一只蘑菇，一会儿又摘下一根不知名的草。她对小黄雀说：

“你看，小黄雀，再过去就是松树了，这儿一定有白蘑菇。那边的白杨林里有红帽蘑菇。不过我顶中意的是棕蘑菇。喏，这就是好的！煮着吃也好，腌着吃也好！总之，这东西在饭桌上人人爱吃！”

符拉西也夫娜一面说话，一面常常弯下身子挥一下小刀。

小黄雀朝她的小篮里看了一看，里边可什么都有！红蘑菇，白蘑菇，花蘑菇！在一种玫瑰色的蘑菇上凝着几颗露珠，在一种薄薄的蘑菇上有缨子和细毛，像孩子的脸颊一样……满满的一篮子五光十色的鲜艳的蘑菇。

“瞧，”符拉西也夫娜像讲课似的说，“老百姓说得对：‘夏天好时光’；可真是十足道地的好时光：草莓吐出了红色，还有红蘑菇、野蔷薇、棕蘑菇。你看，那边山楂的脸蛋红喷喷的，灭蝇蘑菇[①]像穿花绸衣裳的小姐。不过，小黄雀，你可千万别用手去碰它，毒得厉害哩！说它能毒死苍蝇是一点也不假的。”

符拉西也夫娜摘下一朵竖得高高的淡紫色的花，对小黄雀说：

“小黄雀，这种花名叫‘薇露妮珈的头发’，你拿它去洗头，头

---

① 一种红颜色、有白点子的毒菌。

发就会长得很长，小辫子就能拖过腰带。”

小黄雀看得眼花缭乱，可是采到的东西很少。她的篮子里只翘着一只弯弯曲曲的黄蘑菇。

“符拉西也夫娜，”小黄雀开始垂头丧气地说，“为什么你那么多，我什么也找不到呢？”

“你机灵点儿看看，别白白地来这儿逛一趟。桦树底下找黑蘑菇，松树和枞树底下找棕蘑菇，不过白蘑菇你留下让我来摘。小黄雀，你是不识这东西的。”

树林又密起来了，在地上投下了深蓝色的阴影。丛丛野草生到小路上，几乎把路也遮没了。

“符拉西也夫娜，”莲娜问，“孩子们冬天怎么能走这林子上学呢？这儿一定有狼啊、熊啊这样的野兽吧？”

“是啊，莲娜，咱们这是在抄小路走啊，从霍尔姆到倍克里亚特还有村道哩。战前孩子们上学是有马送的，现在你也知道，马不够用，孩子们只好走着上学了。”

“那他们是不是走村道呢？”

“我们是叫他们走村道，可是他们偏喜欢抄这条小路走。不过你也不用怕，我们这儿已经二十年没听见过有熊了。有一次，那时我还年轻，带着两个孩子走着，走着，忽然看见一个女当家的从林子里……”

“什么样的女当家？”小黄雀问，“谁家的？”

“就是母熊，树林里的女当家。我看了看它，它也有两只小熊跟着。我可真吓坏了，怎么办呢？我想，可糟糕了！带着两个孩子怎么跑得了呢？我朝它行了个礼说：‘熊妈妈，你有两个孩子，我也有两个孩子。看在上帝分上你走开吧，别碰我，我走我的。’”

“它怎么样？”

“它看了看我——就进了林子。”

“走了？”

“走了……你不用怕，这是老早的事。现在已经听不到说有熊了。”

“那么狼呢？”

“狼——我可不能说，狼是有的。现在村子里的猎人都走光了，去打法西斯野兽了，所以那些该死的灰狼就多起来了。孩子们都结了队上学，随身带着桦树皮和洋火。一有什么就点起来，狼是怕火的。”

莲娜的脸色微微发白，眼睛瞟着那片丛林。

小黄雀马上抓住了一根粗大的树枝当作棍棒，摆出军人的架子朝两旁看着。不要紧了，就是有狼来袭击，她也能保护好莲娜和符拉西也夫娜。那棍棒使她走路不方便，有两次差点儿要碰到小黄雀的鼻子，符拉西也夫娜笑着说：

“小黄雀，你快给我丢掉那长枪吧。夏天狼是不会走近人的。”

小黄雀松了一口气，把棍棒扔掉了，不过她的脚步却是愈走愈快。

小路穿出林子就沿着一片麦浪滚滚的燕麦田伸过去。

那边一条小溪的对面，就是霍尔姆村了。

大家庭里的小当家

还在台阶上，她们就听到了没命的叫喊声。

符拉西也夫娜刚打开门，屋子里就冲出了一股烟云似的白色水蒸气。叫声来自一只放在炉子旁边的大木桶。一个圆脸蛋的小姑娘，面孔涨得通红，裹着的头巾已经落在肩上，系一条妈妈的长围裙，在用一个大澡刷子擦一个露在木桶外面的不知是谁的头。三个已经洗好了澡的孩子端端正正地坐在一条小板凳上，用毛巾裹着。叫喊声震得窗上的玻璃也轻轻地发抖了。

“别哇啦哇啦的，住嘴，塔茵珈！”符拉西也夫娜一声喊。

叫声马上停住了。

“怎么，纽拉，你在给他们洗澡吗？干吗不在脚盆里洗。木桶里多不方便！”

“大婶，她可实在是太胖太刁了：每次都要从脚盆里翻出来，过后我还得把地上的水弄干。”

“我和新来的莲娜老师一起来找你。你跟她聊一会儿，让我用我的法子来收拾这淘气家伙。”

塔茵珈把头缩了进去，一古脑儿躲到木桶里去了。

符拉西也夫娜很快地把裙子撩起来，从纽拉手里接过澡刷子，就动手给塔茵珈洗澡。纽拉解下头巾，脱去围裙，掠了掠头发，有点不好意思地走到莲娜跟前。

“请里边儿坐。”她指着一扇通向一间干净房间的门说。

小黄雀立刻就觉得纽拉非常可爱。她有点像莲娜。她那雪白的圆脸上也有一种宁静的神情；金色的头发也梳成两条辫子拖在背上；她的动作也是那样不慌不忙。干干净净的花布衣衫紧贴着她那匀称的身体。一对浅蓝色的大眼睛看起人来热情而严肃。

莲娜和小黄雀跟着她走进了房间。

纽拉很快地用抹布拭净了两张椅子，拉到桌子旁边。桌子上整整齐齐地放着一堆教科书，还有一本儿童读物，翻在第二十页上。

小黄雀看了一眼，是一本《基洛夫的少年时代》。

“纽拉，”莲娜说，“我希望你能给我把我们班上住在邻村的孩子召集拢来。你什么时候能办好这件事？”

“给您召集全体小朋友呢，还是只召集少先队员？”

“全体小朋友。我要和他们认识认识。”

纽拉稍微想了一想说：

“莲娜老师，白天我不能走开。这几天妈妈整天在草地里，弟弟妹妹又不能托给别人照应。要不我去求求特洛霍娃奶奶，托她在我们家里照料一会儿。”

“你可以用少先队递步哨①的方式去通知大家。你知道该怎么做吗？”

“知道……”

“我们来看一看，谁住在哪儿，怎么搞好一点。”

纽拉从桌子抽屉里拿出了一只整洁的讲义夹，上面用大字写着：“四年级教室日志”，她就和莲娜一起伏在一张名单上看。

小黄雀溜出来走到厨房里，矮胖的塔茵珈气喘吁吁地坐在一条长

---

① 就是一个传一个地传开去的办法。

板凳上。她的身体是浑圆的，小黄雀奇怪她怎么不会从板凳上滚到地板上。符拉西也夫娜用毛巾在给她擦。

“小黄雀，来帮帮忙！你来给这几个小家伙把衣服穿上！”

板凳上放着几件已经准备好的衬衣和小衫。小黄雀拿了一件淡红的小衫，开始迟钝地把它套进一个有亚麻色头发的孩子的头上。那个头忽然稀里呼噜地嗯嗯直响，两只手乱七八糟地在小衫里狂暴地反抗。

“你怎么搞的，小黄雀，”符拉西也夫娜气呼呼地说，“你给男孩子穿衫子干吗？长裤和衬衫都是给他准备的。”

小黄雀难为情地放下了手，符拉西也夫娜很快地脱下凡涅特卡身上的衫子，给他套上一条长裤，轻轻地拍拍他说：

“去，快去玩吧！”

就像平时一样，符拉西也夫娜一动手，厨房里的一切就马上变了样：穿好衣服的孩子都跑开去了，木桶也拿出去了，地板也揩好了，符拉西也夫娜已经在砰砰砰砰地挥动铁叉，把铁罐和瓦罐放到炉子里去。

莲娜和纽拉从房间里走了出来。

“怎么样，商量好了吗？”符拉西也夫娜问。

“商量好了。”纽拉看了看收拾得井井有条的厨房，低声地说，“谢谢您，好大婶。”

“得了，得了，你去和小黄雀走走，我就在你家里待一会儿；跟这群胖小子搞了半天，也有点累了。还有什么要做的吗？”

“还要给他们弄饭和挤一条牛的奶。”

“好吧，你只管去，什么事情都会弄得好好的。”

这两个姑娘踏上了台阶。

“去看看兔子好吗？”

“好！”

菜园里放着三只大笼子，里面有许多灰色和黑色的家兔忙忙碌碌地在窜来跳去。

它们看见了这两个小姑娘，就很滑稽地把浅红色的鼻子贴在铁丝笼上。纽拉扯了一片白菜叶拿给小黄雀。

“喏，你去喂它们。”

兔子把菜叶咬成许多小块，互相争夺，从这边跳到那边。可是小黄雀很快就讨厌它们了。

“走，我们到小河边去溜达溜达。”纽拉说。

那条河实在不能算河，不过是条小溪。走到水齐膝的地方逆流涉过去，拍拍水，摸几个湿漉漉的贝壳，擦上细粒的黄沙洗洗手可真有趣！

这两个小姑娘玩得筋疲力尽，浑身是水，就伸开了四肢往河岸上一躺。

“你喜欢《基洛夫的少年时代》这本书吗？”

“非常喜欢。”

“你喜欢看书吗？”

“太喜欢了！”

“你有没有看过《神秘岛》？你知道吗，这本书里边讲到他们怎样到了岛上，讲到各种各样稀奇古怪的事情，还讲到他们那里有一只猴子……”

“不，我比较喜欢看写实际生活的书，要的的确确有这么回事情。我有这么本书，叫做《幸福的童年》，这里边所写的东西都很有意思，别的还有《白哈巴狗》……”

“童话你喜欢吗？”

“那还用说！我们特洛霍娃奶奶讲童话故事讲得好极了。冬天我们靠在炉子旁边，捻低灯芯，她就开始讲故事，有几个人甚至听得汗毛凛凛的。我可不当一回事，我知道，这不过是故事罢了。”

小黄雀愈来愈喜欢纽拉了。

“我们做朋友吧，纽拉！”

“好，不过……”

纽拉有点发愁。

“你知道我不只是一个人。”

“怎么不只是一个人？”

“我还有一个玛茵珈要我带，她是个淘气鬼。”

“那又怎么样？”

“你懂吗，她的俄文得两分，又不遵守纪律，又不爱清洁。小队把她交给我带。我要帮助她学俄文。”

“那你就帮助她好了，可是玩儿的时候或是到林子里去可以不带她呀！”

“不，不带她我就哪儿也不去。我有责任使她变好。拖船就得拖嘛！可真是害人精，不过她唱歌倒唱得挺好。”

“那怎么办呢，纽拉？”

“小黄雀，你不能也跟她要好吗？”

小黄雀扯住自己的一绺额发，想了一想。

“好吧，你就去把那个玛茵珈叫来吧。”

纽拉跳起身来就喊：

“玛茵珈，玛茵珈！快跑到小河边来！”

一会儿玛茵珈出现了。一看就看得出是个淘气鬼，因为她的一双眼睛老是骨碌碌地朝两旁看。她们互相介绍以后认识了。

纽拉立刻就管教起玛茵珈来了。

“今天又没梳头？”

“梳过的，你瞧，天晓得，真是梳过的啊！”

“不要赌神罚咒，不要撒谎！要是这样就不接受你做少先队员。为什么衣裳上有个洞？”

“这可不知道，不知道，早上明明没有的，天晓得，真是没有的！”

“又来了？拿去缝好！”

纽拉从外衣袋里拿出一枚穿着一根长线的针给玛茵珈。

玛茵珈坐下来，奇形怪状地伸出一双脚，开始一大针一大针地补那个洞。

“没重音的元音怎么发，学会了吗？”

“学会啦！”玛茵珈唉声叹气地说，接着就念了两个字给她听。

“是要这样才对！现在要梳头了！”

纽拉拿给她一把梳子。

可是淘气的玛茵珈发脾气了：

“去你的吧，真讨厌！”

她对纽拉皱皱鼻子，就跑开去了。

“讨厌的拖船！”她远远地叫了一声。

“这下你看见了吧，她怎么样？难道我能撇下她不管吗？”

傍晚客人准备回家去的时候，纽拉带着一群弟弟妹妹送客人到村边。玛茵珈跟在他们后边。小黄雀等两个大人走过去之后，拉住纽拉说：

“我们就这样做朋友了？”

“是做朋友了。”

“永远友好？”

“永远友好。”

小黄雀伸出一只手，纽拉把自己的一只手放在上面。

玛茵珈冲到了她们跟前。

“你也把手放下来，玛茵珈，”纽拉叹了口气说，“不过得学好才行！”

三个女孩子紧紧地拉住了手。

“永远友好！”小黄雀说，“同甘共苦。”

“同甘共苦！”纽拉和玛茵珈像回声一般地重复说了一遍。

克里摩施卡在菜园里

小黄雀觉得很寂寞。

那天只有她一个人孤单单地待在家里。

符拉西也夫娜在天刚亮的时候就到农庄去了。

“在这样的日子里良心也不耐烦休息，”她说，“即使在休息的时候我也得去帮帮人家的忙。”

莲娜也是整天不在家。她一会儿和玛莉雅编制学龄儿童的名册，一会儿又到区里去，一会儿又去找学生们。最多的时间是坐在农庄管理处里摇电话机和区里联系，打听战事情况和胜利消息。因为报纸要隔两天才能到，可是人们却需要立刻知道消息。前方发生些什么事，我们的军队到了哪儿了，这都是最要紧的事。

青年团委托莲娜用电话收听消息，然后把它记录下来贴在农庄管理处的门旁。

前些时候，人们听战报总是躬着背，互相避开目光，痛苦地咬着牙根，而现在他们听的时候看的时候，仿佛年轻了许多。个个都挺起胸膛，用骄傲的目光互相望着，脸上挂着微笑。

一些以前陌生的地名：三河、维斯拉河、雅西[1]……飞也似的在村里的街上传播，从木头房子里传到熏得墨黑的铁铺，传到白天黑夜都有人在干活的田野里。大娘们在井边就是说罗马尼亚呀、保加利亚呀，好像这些地方就在这儿附近的区里似的。

“你当家的现在在哪儿？”

“没写明，总是在外国。”

“他觉得怎么样？”

“不中意。信上说：看了他们的地就发笑，地不像地，像是老奶奶的被子；走到哪儿都是一块一块的。”

“都是些个体农民，这样说，都是穷人喽？”

“嗯。很落后。”

现在，繁重的工作也不觉得繁重了。一个人顶五个人的活也成，几夜不睡，腰酸背痛，也不碍事，只要战士们的靴子耐穿，只要军队里的菜汤油多一点，只要面包够吃。战士们真没辜负人民的关怀和热爱。看，他们挺进得多快，没多久就已经……我们必须更紧密地团结在一起，迎着胜利前进。

庄员们从地里回来的时候，总要到管理处的台阶跟前弯一弯看看战报。他们一面念，一面高兴得手舞足蹈。

符拉西也夫娜关照小黄雀不要离开学校地段，她说：

“待会儿要是女校长或者区里有什么人来，那你就来叫我。”

今天符拉西也夫娜到学校里去揩窗子，但是小黄雀还是只有坐在家门口守望的份儿。小黄雀可真觉得有点无聊。

这天显得分外的宁静和晴朗。小黄雀拿了件旧皮袄，把它摊在菜园的栅栏旁，盘腿坐下来开始第一百次看《铁木尔和他的伙伴》[2]，

---

① 三河和维斯拉河都在波兰境内；雅西，城名，在罗马尼亚南部。

② 这是苏联作家阿·盖达尔的著名作品。

可是又懒得看下去。白色的三叶草清香扑鼻；穿着毛茸茸皮大衣的野蜂懒洋洋地嗡嗡叫；讨厌的蚱蜢不时地跳到小黄雀的膝上，歇一会儿，用脚爬一下，就跳过去了……

小黄雀放下书，站起来伸了个懒腰，忽然……她看见远远地在菜园的一端，有一个别人家的孩子在摘红萝卜！并且是满不在乎的样子！他倒不是偷一个红萝卜放在裤子上擦擦，塞进嘴巴，很快地从别人家的菜园里跑出去。不是这样，那小家伙稳稳地坐着，一把一把地拔出红萝卜来挑选，还把它们放在一只圆篮子里。小黄雀气得要命，跳起来向他冲了过去。

“你这在做什么？这样大胆？你干吗摘我们的红萝卜？”

那孩子因为觉得突然，震了一震，不动了……后来向小黄雀看了一看，就镇静地又拔了一个红萝卜。

小黄雀跺着脚喊：

“住手，跟你说话呀！”

那孩子看也不看小黄雀，只是耸耸肩。

“去，去！”他轻蔑地拖长声音说，“去，去！”

“什么？”小黄雀问。

“我们村子里哪儿来你这样的人？”

“你是在说我？”

“是说你。”

小黄雀握紧了拳头。

“你小心点！我去叫符拉西也夫娜，到时候就有你受的，看你还敢不敢到我们的菜园里来……”

小黄雀往学校里直奔。

“符拉西也夫娜！”她喊了起来，“符拉西也夫娜！”

符拉西也夫娜很快地走到台阶上，手里拿着块潮抹布。浑浊的水从抹布上一滴滴地掉在台阶的木板上。

“什么事？小黄雀，你叫什么，啊？出了什么事？”她惊慌地问。

“那边……菜园里……有一个野孩子在偷红萝卜……一大把一大把地拔……全都给弄坏了。”

"偷红萝卜？！"

符拉西也夫娜挥了挥潮抹布，向菜园里跑去。小黄雀简直害怕起来了，她想："这小鬼可倒楣了！"

可是符拉西也夫娜忽然放慢了脚步，用手遮住阳光一看，就停了下来，默默地绞干抹布上的水。

小黄雀张开了嘴。

"把嘴闭拢来，"符拉西也夫娜说，"当心乌鸦飞进去。大惊小怪的，我当是怎么回事。这是萨施卡。"

"那又怎么样呢？"

"什么'怎么样'？人家是在做事。"

符拉西也夫娜走近了那孩子。

那孩子从地上站了起来。

"好，萨施卡。"

"您好。"

"怎么，在拔红萝卜吗？"

"嗯！妈说该拔了。"

"那好，好小子！"

小黄雀笔直地站着，惊讶地把眼睛在符拉西也夫娜和萨施卡身上转来转去。

符拉西也夫娜看了看她，笑起来了。

"你啊！抓到了贼了！他在把红萝卜密的弄疏。他是管萝卜田的。"

"怎么把萝卜弄疏？"

"你们在城里学了些什么啊！你瞧，"符拉西也夫娜弯下身子，用手分开茎叶，"看见没有，排得多密。这样可什么也长不出来，只能长几条小尾巴。"

"那他呢？"

"他把多余的拔掉，留下的就有长大成熟的地方了。"

小黄雀满脸涨得通红，连耳根也发热了，瞧，可真的出了洋相[①]。

---

① 这是当了傻瓜，出丑的意思。

她不好意思地向萨施卡瞟了一眼。

“可不可以让我也来拔？”

“好吧，来帮忙吧……萨施卡，你得教教她。”

说完，符拉西也夫娜就走开了。

萨施卡神气活现地看着小黄雀说：

“怎么，出洋相了吧？”

小黄雀只好闷声不响。她温顺地问：

“哪儿我可以拔？”

“你就去这块地上拔吧。不过得小心点：把瘦小的拔起来，好的留下。”

“这可以拔吗？”

“可以。”

“这个呢？”

“嗳，嗳！……这个很大呢。”

他们两个人默默地干了一会儿。

“你叫什么名字？”

“小黄雀。”

“什么？”萨施卡抬起了头，“叫什么？”

“小黄雀。”

“这是鸟呀。”

“就是这样，”小黄雀噘起了嘴唇，“我爸爸给我起的绰号，其实我叫塔妮雅。不过谁也不这样叫我。”

“你爸爸在哪儿？”

“在前线。”

“我爸爸也在前线。你爸爸是当什么的？”

“坦克兵。”

“哦呵！好吧，那就叫你小黄雀吧。我一定关照孩子们不许拿你的名字开玩笑，不然，你知道……”

又干了一会儿活。萨施卡一面想，一面说：

“小黄雀……你刚才像头鹅一样冲过来乱叫‘我们的菜园，我们的菜园’。菜园是学校的。所有的小朋友栽的。你可就像头鹅似的公公地乱叫。”

“得了，去你的，我又不晓得。”

“不晓得，不晓得……真是傻瓜！”

小黄雀有什么办法呢？她只好把手动得更快。他们两人的态度平和得多了，突然不知从哪儿传来了一阵低低的声音在嘲笑她：“又蠢又矮，像只小鸭，乱叫乱嚷，我可不怕。”

小黄雀站起来，四面看了一下，后脑上的一绺头发竖得笔直。周围连一个人影也没有。

忽然，一丛黑色醋栗灌木上的枝条微微动了一下，小黄雀看见了一个熟悉的、满是雀斑的鼻子和一双眼睛。

“啊，原来你在这儿！”

小黄雀扑了过去。灌木后面坐着一个小孩，看样子不过五六岁。他一看见小黄雀就用一只手遮住了脸。小黄雀抓住了他的肩膀说：

“你又在捣什么鬼？”

孩子吓了一跳，哭诉似的叫了起来：

“夏施卡[①]！”

萨施卡跑到小黄雀跟前，拉开了她的手。

“别碰他！”他说，“你这么大了还想欺侮小孩子。”

“为什么他要骂我？”

“还好意思说哩！你这惹不起的小姐！走，克里摩施卡，去帮我的忙。”

克里摩施卡呜呜咽咽地跟在萨施卡后面，小黄雀就在那丛灌木旁边坐了下来。显然，她在那孩子身上又碰了钉子。那孩子似乎又没有错，倒是她把小题做大了。小黄雀坐了一会儿，想了一想，人已经凉了半截，就起来向萝卜田走去干活了。

天很热。太阳晒得人们弯着的背发烫。小黄雀额上的汗珠有黄豆那么大，一颗颗地涔出来。她不时停下来歇息。萨施卡已经向前移过去了。克里摩施卡在小黄雀旁边喘气。可是到萝卜田的尽头还远

---

① 一方面是孩子气，一方面是情急，所以把“萨施卡”叫别了音，变成了“夏施卡”。

着呢！

小黄雀的腰快断下来了。放手吧？反正没有人一定要她干活。

放手可多丢人，这是自己拈来的事。还有，瞧，人家克里摩施卡也不抱怨。

谢天谢地，萨施卡也累了。他说：

“好，我们歇一会儿吧，伙伴们！”

小黄雀站直了身子，脸立刻亮堂了起来，她匆匆地说：

“走，那边栅栏旁边有件皮袄。那边好，有树荫，还有三叶草的香味。”

他们在那件皮袄上伸手挺脚地躺了下来。疲乏的背脊得到了甜蜜的休息。白云也像累了似的在天空中慢慢飘浮。蚱蜢不拉它们的提琴了。只有不知停息的蜜蜂没放下工作。

“你这是本什么书？”萨施卡问。

“《铁木尔和他的伙伴》。”

“是吗？”萨施卡马上坐了起来，“老师对我们讲起过这本书，可是我们还没看过。让我看看。”

他们就开始看书里的插图。克里摩施卡用手指在书上点点指指，老是问长问短：

“这是谁？这是在干什么？”

起先小黄雀一件件地告诉他，后来就不耐烦了。

“我们最好还是来念吧。”

那两个男孩子很高兴，很赞成。小黄雀和萨施卡轮着念。克里摩施卡一眼不眨地盯着轮到念的人看。念了很久，嗓子也念哑了。黄昏的阴影已经盖没了半个菜园。向日葵掉过了头。花粉和花蜜载得重重的蜜蜂在回家了。

“不行了。”小黄雀说着阖上了书。

萨施卡沉思地嚼着一根小草。

“亏铁木尔想得出这些办法来。我们如果也这样，那不是很好吗？我们周围也有很多军属啊！”

“好，那么我们也……”

“我们也有一个小队，可是什么工作也没有……又不派辅导员来……”

“现在我姐姐就要当辅导员了。不过她严得很哩……”

“严不要紧。重要的是工作要做得有意思。不然就会搞得无聊透顶……”

“一定有意思……你们的小队长是谁？”

“我。”

“哦！”小黄雀尊敬地看了看那孩子，心想，“我就偏偏会碰上他……”

“你知道吗？萨施卡，”小黄雀低声说，“我已经和纽拉，还有玛茵珈做了永远的朋友，你也和我们一起来吧。”

“好，不过我已经有了一个好朋友，我到哪儿都要和他在一起。”

“他叫什么名字？”

“他叫跛腿阿辽沙；他爸爸是农庄里最好的铁匠。”

“好，那就再加上他。”

“我呢？”克里摩施卡问。

“你还小呢，你就做我们的一个候补朋友吧。”

克里摩施卡几乎要哭了：

“我不要做猴布朋友……”

“别吵，克里摩施卡，”萨施卡和他解释，“候补朋友是顶大顶大的哩！”

“那就好了，”克里摩施卡又神气起来了。

两个男孩子想回家去了。

“你明天来吗，萨施卡？”小黄雀问。

“来。”

“不骗人吧？”

“什么话……”萨施卡说着就向栅栏门走去。

深　晚

窗外的夜色明澈而带点淡绿。厨房里很舒适，小黄雀甚至连觉也不想去睡了。一只笨重的炉子轰隆轰隆的，里边不时爆出火星来。要是眯着眼睛朝火里看，那就什么都看得见。一会儿像一场战争，森林在燃烧，大炮在轰鸣；一会儿像森林上空远远地升起一片朝霞……当木柴烧旺了、腾起金色火焰的时候，小黄雀好像看见了美丽公主的宫殿，蟒魔王的宝藏，又像看见了一堆堆黄金，上面躺着吝啬骑士，饿得骨瘦如柴，已经是快死的样子①。

放土豆的铁锅开始沸腾了："普——拍，普——拍，"热气直冒，白沫四溢。水溅在煤上，留下了黑色的斑点。铁锅在灶上微微跳动。这家伙肚皮非常大，的溜滚圆，看起来好像马上就会叉起腰跳舞似的。

但是，放着明天一天吃的菜汤的大锅子，生气地叱责它说："沙——沙，够了，够了！"茶炊恶狠狠地喷着一股股白色的水汽，用嘲弄的口吻骂着："别烦！别烦！"于是铁锅就不跳舞了。

符拉西也夫娜在摆饭了。她把面包切成薄薄的小片，使人家看起来以为有很多很多。

莲娜在切绿色的大葱，葱先是长长的一根根从桌子上垂下来，过了一会就变成香喷喷的一堆，在碟子里放着了。大家都不说话，在这一天里都已经够累了。符拉西也夫娜的一双手在哆嗦，当她揩食具的时候，发出了叮叮当当的响声。

茶炊已经放在桌上，土豆也在碟子里准备好了。

大家都吃了一点；歇了一会儿以后，就谈起话来。

"我们老是在心里盘算，莲娜，再拿啥来好好地支援前线，"符拉西也夫娜说，"我们想做些寒衣，可是区里说：'用不着，咱们的战士什么都有'。报上写着：我们的庄员兄弟在攒钱买飞机。我们看他们的样行不行？"

"行。"莲娜说。

"不过我们这农庄不大，单靠我们一定搞不起来的！"

"我们叫邻近的农庄也来参加，把全区都发动起来。"

"成！就这么办。莲娜，你去召集女团员，好好地动动脑筋就动

① 美丽公主、蟒魔王和吝啬骑士都是俄罗斯童话中人物。

手干。”

“好，”莲娜说，“我现在就……”

她跳到自己的房间里，把皮箱上的锁儿关得怪响，回来就把一束钞票交给符拉西也夫娜说：

“我和小黄雀就算头一个缴款吧。”

符拉西也夫娜庄重地站起来。

“我收下‘集体农庄庄员号’飞机的第一笔捐款！”符拉西也夫娜说完，就把钱藏在一口大木箱里。

“我今天也干了活，萝卜弄疏了。”小黄雀瞟着符拉西也夫娜说，看她会不会把刚才闹的笑话说出来。

符拉西也夫娜没响，只是突然对小黄雀眨了眨左面的一只眼睛，好像在说：“你还记得吗，刚才抓贼的事？”

小黄雀放下了心，想：“她不会说出来了。”

“要是不拔掉，就只能长出几条小尾巴似的东西。”小黄雀郑重其事地说。接着就把萨施卡和克里摩施卡的事告诉了莲娜。

莲娜鼓励了她一番。

“很好，你也做起工作来了，”她说，“往后就不会觉得寂寞了。”

“萨施卡是个好样儿的，”符拉西也夫娜夸赞他说，“不欺侮人，也不说粗话。可是，克里摩施卡，小黄雀，你别去惹他，他是个孤儿。”符拉西也夫娜叹了口气。

莲娜呢，也有她自己想做的事。

“符拉西也夫娜，”她说，“我把学校里的教材看了一下，简直呆住了：书扯坏了，地图用破了，叫我怎么去教孩子呢？”

“要补的你就补一下，要粘的你就粘一下；现在可不是干着急的时候。”

“我也是这样想。我们这么着：后天您别到农庄去，调上一点浆糊，我们把少先队员召集拢来，可以补的都把它补好。”

“好吧！”符拉西也夫娜说，“我明儿个到草地去关照纽拉妈妈，叫她把纽拉和霍尔姆村的孩子都叫来。”

“我跟您一块儿去，好吗？”小黄雀问。她知道用什么方法来讨好符拉西也夫娜。她紧紧地挨着她，越挨越近，然后爬上她的膝盖，钩住了她的头颈。

“好吗？”

“得了，明儿一起去就是了，”符拉西也夫娜说，“你这小狐狸。”

符拉西也夫娜用两条手臂抱住小黄雀，把她挨紧自己。抱住她很舒服、很暖和，像抱住个小炉子。符拉西也夫娜摇晃着摇晃着，开始唱起歌来了：

“我坐在小炉边，
放好补钉，一针一针缝……”

“这大概是一支老歌吧？”莲娜问。

“你怎么说的，莲娜！——这可是我们这儿每个孩子都会唱的，要是你想听老歌，我就唱给你听听，这几个歌儿现在已经没人记得了。要就是几个老大娘也许还记得，不过她们的嗓子不行了，我还拉扯着对付得上，挺棒哩。你听我出嫁时候唱的歌和哭调。”

符拉西也夫娜突然把小黄雀从膝上放下来。小黄雀正想发作，可是已经来不及了。

符拉西也夫娜用双手把脸遮上了一会儿，然后用一种低沉的丹田音唱起来了：

“哦，我年纪轻轻心头苦，
哦，我年纪轻轻害怕呵，
举目无亲叫我日子怎么过，
对谁都要忍气吞声，
对谁都要逆来顺受，
早晨起得蒙蒙早，
晚上上床黑乌乌，
一日三餐只好吃得半饱又半饿。”

符拉西也夫娜唱得那么凄凉，那么忧郁，唱得小黄雀的嘴唇直哆嗦。连莲娜也莫名其妙地在暗暗掉泪。

符拉西也夫娜的脸颊上，热泪纵横。她已经不在看那两个姑娘了。她一面解松她的一条灰白色的发辫，一面在回想自己的往事，她的声音开始颤抖，终于噎不成声。

过了一会儿，符拉西也夫娜恍然省悟过来，揩揩眼泪说：

“我打出嫁的时候起就这样整天哭哭啼啼，一直到苏维埃政权建立为止。”

小黄雀不平地说：

“不，我可不愿这么去出嫁，我要在结婚的时候跳舞。”

她甩了甩一绺头发，气咻咻地继续说：

“要是这样，最好就压根儿别结婚。”

莲娜和符拉西也夫娜笑起来了。

“你真是个小机灵鬼，简直跟大兵阿尼卡[①]一样：当然，你将来的生活可不会那样了，因为你生活的时代不是旧的时代了。”

“是这样嘛！”小黄雀老三老四地说，说完就去睡了。

灰母牛要回家去了

莲娜又不在家里。她跑到学校里准备迎接明天的工作去了。

小黄雀坐下来给爸爸写信。算起来这是第几封信，她简直说也说不上来了。可老是没有回音……小黄雀背着人的时候已经哭过几次，但是莲娜要求小黄雀还是每星期写一封。她说：“也许爸爸所在的地方是不能写信的，可是他总还能收信。让他和家里人音讯不通总不大好。”其实莲娜比小黄雀还要心急，因为她不仅是等爸爸的信，而且还要等安德烈的信。

小黄雀的信写得很长，并且常常去查字典，怕拼错了字。屋子里一片寂静。

忽然小黄雀听到符拉西也夫娜跟谁在说话。这是怎么搞的？台阶

---

① 大兵阿尼卡是童话中的人物。

没响，门也没作声，怎么会有人走进来呢？

难道能任它去不看一下吗？！小黄雀悄悄地把门打开一条缝，伸出了她那好奇的鼻子。

符拉西也夫娜坐在床前的地板上，手里拿着一个给耗子咬坏了的小袋子，伤心地摇着头，对又深又黑的床底下恶狠狠地说着话。

“耗子啊，耗子，”符拉西也夫娜说，“你这五雷轰身的短命鬼，你又来了是吗？！我做了个新袋子，你这耗子就把它给咬破了。啊！你不害臊吗，耗子？瞧我来收拾你！”

符拉西也夫娜一本正经地在跟耗子谈话，小黄雀愈听愈好笑，愈听愈有趣。她轻轻地走到符拉西也夫娜跟前。

“符拉西也夫娜，”她低声问她，“它懂吗？”

符拉西也夫娜突然恍然大悟，脸红红地从地板上站了起来。

“那谁知道，说不定是懂的……你就什么都一定要听吗？呣！呣，你这个好凑热闹的鼻子！”

小黄雀斜着眼睛向床底下看了看，看那儿有没有给那几句厉害的话吓得发抖的耗子？可是床下什么也没有。

“准备起来吧，小黄雀，咱们到草地里去，待会儿就快要叫吃饭了。”

这时，村子里还是像平时一样空荡荡的。只有叶洛霍夫老爹坐在窗下老地方，动着嘴唇在念报。

在农庄管理处里响着慢吞吞打算盘的声音。忽然门槛上跳上了一个美丽的姑娘——农庄会计员玛露施珈。她跑到符拉西也夫娜身边垂下了头说：

“符拉西也夫娜大婶！符拉西也夫娜大婶！”

符拉西也夫娜用欣赏的眼光看了看这含羞的姑娘，突然紧紧地搂住了她。

“没有，米嘉没有信来，玛露施珈。可是你别疑心，信会来的！那时我就立刻来找你！”

那姑娘红着脸，在符拉西也夫娜脸上亲了一下就跑去工作了。打算盘的声音变得又快又轻松。符拉西也夫娜脸上现出了微笑。

“她是我大儿子米嘉的未婚妻，你说她好不好？”

“嗨！”小黄雀表示称赞。

草地上百花怒放：有亮晶晶的白瓷色雏菊，野菊苣张着蓝蓝的眼睛，野蔷薇开得火辣辣的。蜻蜓振动翅膀在草上飞舞。

草地上慢慢地走着许多吃得饱饱的大母牛。小黄雀立刻发现那些牛分成两群走。一群是黑点子白牛，另一群是毛色像天鹅绒似的灰牛。

“为什么它们会两样的呢？”小黄雀问。

“瞧，那几条白牛是我们农庄的，那几条灰牛是别人家的，从老远的诺夫哥罗得来的。德国鬼子打来的时候，那儿的农庄庄员把它们赶到我们这儿来了。”

“现在就待在我们这儿吗？”

“是待在这儿。马上就要回家去了。它们的挤奶妇接到消息说，她们老家已经解放了，现在可就像热锅上的蚂蚁一样，等区里的命令一到就走。”

田野里走着几个穿白围裙的挤奶妇，一只手拿着桶，另一只手拿着小方凳，走到母牛身边就坐在小方凳上，额头靠在母牛暖烘烘的肚子上开始挤奶。牛奶射到桶边上发出响声，浮起一层密密的泡沫。有时牛奶射到了外面。一滴滴的白牛奶就在长长的草上滚动。一桶满了，挤奶妇就用一块纱布把桶盖好拿到柳树丛后面去。那边有一辆由一匹白点子黑鬃马拖着的两轮马车，上面放着三只有盖的白铁桶，牛奶就倒在这里面。马旁边是谁呢？萨施卡！还有克里摩施卡也在一旁打转。

“怎么你也在这儿？”萨施卡看见了小黄雀，说。

“我跟符拉西也夫娜一块儿来的，”小黄雀接口就说，“我们来告诉纽拉妈妈，叫霍尔姆村的孩子明天到学校里去补地图和书。你也来。你现在在干什么？”

“你没看见吗？我正要把牛奶送到牧场去。”

“送到那边做什么？”

“那边把牛奶做成凝奶运到区里医院里去。”

“你明天来不？”

“怎么不来！弄好了以后我们念书好吗？”

“好。”

“我也来……”克里摩施卡细声细气地说。

“你？……”

克里摩施卡的眼睛里马上涌上了眼泪。

“好了，别哭，别哭，你也来烧浆糊。”

克里摩施卡立刻高兴了起来。

“烧浆糊啊！烧浆糊啊！”他喊得非常尖厉，连那匹马也吓得耳朵直耸；克里摩施卡两脚朝天地滚倒在草地上。

“小黄雀！”符拉西也夫娜在叫了，“你在哪儿？”

小黄雀答应着跑了过去。符拉西也夫娜站在一堆火旁边。火堆上面的一只吊锅里牛奶在沸腾。一块麻布上放着几块面包。许多杯子堆在一起，挤奶妇都准备吃饭了。火堆旁有一个瘦小干瘪的老大娘，穿一条肥大得像一口钟似的打裥裙子，正在忙忙碌碌地走动。

“娜斯佳，”符拉西也夫娜说，“你们吃饭吧，我跟她来干一会儿活。你们可真累了吧？”

“累了，哦，真的累了！……两只手酸得要命。”

那老大娘说话的口音不像本地人。

“你看，牛这么多！挤奶的却一天比一天少。有的到城里去了，有的给叫到田里干活去了。”

“那么，就让我们稍微帮会儿忙吧。”

符拉西也夫娜用劲扳过那老大娘的身体，脱下她的围裙，系在自己身上，拎起了一只桶。

“走，小黄雀……”

老大娘拿起一把汤匙在一个杯子上敲了几下。

“吃饭了！吃饭了！”她叫着说。

那些疲倦的挤奶妇一面搓着麻木的手掌，一面慢吞吞地往火堆跟前走。没有一个人不走过符拉西也夫娜的身边来向她问好。

“你好，符拉西也夫娜！”

“好，符拉西也夫娜。”

“儿子有信来吗？”

“这个塌鼻子的小姑娘是哪家的啊？”

“你好，斯杰潘诺夫娜，”符拉西也夫娜对其中的一个说，“关照纽拉明儿个和孩子们到学校里去，老师说的。”

符拉西也夫娜说完，向一条大黑牛走去，在小方凳上坐下来开始挤奶。转眼间一桶就满了。

“喏，小黄雀，拿到马车那边去。”

小黄雀全身侧向左边，拖着一满桶牛奶，看到牛奶溅到她的镂孔皮鞋上，怕起来了。

“哦，我一定拿不到那儿，”小黄雀心里想，“起码给我泼翻一半。”

不过事情并不太糟。小黄雀站正了，牛奶就不溅出来了；只是在桶里边有点摇晃罢了。

终于拿到了马车那儿。小黄雀把桶放在地上。

“喏。”她对萨施卡说，一面擦了擦额上的汗。

“倒出来。”萨施卡漫不经心地说了一声，自己不知在刨一根什么棍子。

这下可实在不行了！要提着一满桶牛奶爬到车子上，还要把桶提得高高地倒进有盖的白铁桶里去！

“你怎么啦！”萨施卡说，“笨家伙！”他敏捷地跳上了马车，“把桶给我！”

小黄雀使了把劲，把桶交给了他，溅出的牛奶泼在自己胸前。萨施卡利落地把牛奶倒进了铁桶。“接住！”他抛下空桶的时候说。

空桶掉在草地上，受了委屈似的发出白铁的当啷声。这一切使小黄雀受够了气。

她跑到符拉西也夫娜那儿的时候，第二桶也已经满了。于是一切就重新开始。不过小黄雀终究摸熟了。她拿第五桶的时候，一滴牛奶也没有泼出来。后来，终于做到了这样：符拉西也夫娜的奶桶还不满一半，小黄雀就很快地回来了。于是萨施卡也不再看不起她了。

那些挤奶妇休息完毕，接着又干起活来。符拉西也夫娜脱下围裙，重又使劲地扳转娜斯佳的身体，给这老大娘把围裙系好，自己便在草地上躺了下来。

“怎么样，娜斯佳，打算回家了吗？”

“是打算回家了，亲爱的，我的好人。鬼子已经从我们那里给赶走了。得赶快办起事来。”

“娜斯佳，你给这精灵丫头讲讲你们是怎么到我们这儿来的吧。我也乐得再听一遍，我想这样的小孩子一定得知道这些事儿。好让他们明白人民克服了多少困难。”

“我讲，我讲，符拉西也夫娜。趁洗奶桶的水还没开，我来讲给你们听。”

小黄雀已经在草地上坐下，紧靠在符拉西也夫娜的膝旁准备听了。

娜斯佳老大娘讲故事

“敌人逼近我们家乡的时候，我奉命把我们农庄的牛群带到这儿来。我集合了一个不小的载重车队，你们算一算——挤奶妇和她们的孩子、家具杂物、奶桶、水桶、干粮、锅子、火柴，——搞成了一个大车队。

“我们在一个大晴天出发了，我在村子边对大伙说：

“‘大娘们，不要悲伤，不要流泪。不要让敌人看着我们流泪而发笑。我们不是去别的地方，只是在我们国家里搬一搬家。’

“‘好，’她们说，‘你放心，娜斯佳，我们不伤心。’

“于是，我们就离开亲人上路了。就是这群牛在前边走，孩子们拿了长树枝跟着跑，后边是一长列车队。车轮轧轧地响，小娃娃的哭声又大，锅子、水桶乒乒乓乓。真是道地的音乐。阳光普照，鸟儿歌唱，好像一切都很好。过了一会儿，车子上山了，从那个小山上还可以最后一次看看我们的村庄，再过去已经是另一个区了。我看到我的两只手在发抖。我走得挺爽快，眼睛枯涩涩的，可两只手老哆嗦，——我实在拿它们没办法。我对自己的人看了一眼。看见她们的脸干巴巴的，像是瘦了一点。个个都咬着嘴唇，一声不响。我心想，这下可糟了，叫我们怎么能不伤心呢。车子爬上了山顶，我就严厉地学着军人的口气说（手还在发抖）：

“‘不要回头！’

“这句话就一连串地传下去：

“‘不要回头！不要回头！’

“这句话离我还近的时候，说得非常坚定，后来好像愈来愈低弱，好像说起来很吃力。最后的一个大娘轻声地这样说：

“‘我不回头。’

“于是我们就翻过了故乡的山岗。脚下已经是别区的地方了。

“我们走着，走着，唱唱哭哭，编编辫子，敲敲水桶。天黑以后，我们到了指定休息的那个村子。那边为我们预先准备好了兽医，牛有青草，人有面包。孩子们给领到俱乐部去，给小米粥吃，我们给安置在几间屋子里。

“歇了一会儿，宿了一宵，重又赶路。

“一路上到处都组织得很好，我也没什么可说。我们就这样走着。

“事情很顺利，有一次可出了岔子。我们在树林里走，突然听见树林里有一阵可怕的响声。好像有人在砍灌木，还有牛群吼叫的声音，像是在宰杀它们似的。我们走进了一座小林，突然都哇的一声叫了起来，原来我们看见一群牛在撒野。一定是敌人炸了一个村子或是炸死了看牛的人。牛群发疯似的乱奔：眼睛里满布血丝，没命地吼叫，脚蹄掘起了泥土，嘴里溢出白沫。大概有两天两夜没挤过奶了。这样会使牛变疯的。那时也不容你细想。我把大娘们叫来，我们就开始挤那几条别人家的牛的奶，揩揩它们的奶子。

“那些牛安静下来了。

“跟我们那些大娘是不用多说话的，她们自己也明白。她们不忍看财富丢在林子里，也不忍让那群好牛受苦。于是就把那几条牛赶进我们自己的牛群，一起朝前走了。

“过了一天，我们又收留了几条牛，后来又收了几批。十来天工夫，我们的牛群大得不得了了。一共已经有两百多条。

“那时我们只得打落了牙齿往肚里咽。我们总共只有九个挤奶妇，一天得挤三回奶，你想想，才挤了最后一条牛的奶，就得开始挤第二回了。你们想想，这是好对付的吗？

“第一天就这样过去了，我们的大娘们走到锅子边吃晚饭了。大家坐在草地上，我给她们分稀饭。我听见一阵很轻的什么声音……一看，原来我的小组长玛露施珈坐在那儿捧着个汤盆在哭，眼泪直往稀饭里淌。

“‘你怎么啦，玛露施珈？’

“我看了一看，她的手指肿了，手心像鸭绒枕头似的鼓了起来……

“手指不能弯曲，汤匙也捏不住……另外的几个大娘也是那样。大家都坐着，一声不响，眼泪滚到稀饭里，把稀饭都弄咸了。

“我去擦擦她们的手，我自己也差一点叫出声来。

“这已经够苦了，可是在挤牛奶时的苦还得加倍。我们没奈何只得把奶挤在地上，因为奶桶和运输工具都不够。我们真没脸挤那些好的牛奶——连看也不敢看它们。离开了那地方，一看——地上都是一片乳白色。远远看起来简直美得很——又像绿色森林里露出一小块一小块雪融土露的地方，又像白色的天鹅栖息在林中的空地上。可是只要一想——心就痛起来了：这样好的东西流在地上，我们又有多少孩子吃不到它啊！

“我们大家都恨得咬牙切齿。

“我想：我们要把这些牛奶看成我们自己流的血，这笔债一定要向该死的法西斯强盗讨还！

“后来我注意到，我们大伙都在瘦下去了。没有油水吃，离目的地还远着呢。我想应该搞一个过滤漏斗。让大娘们吃点奶脂。

“于是，我就在一个农庄里借漏斗，他们有三个。可是他们怎么也不肯借。说是自己要用。

“‘哼，’我说，‘你们为什么这样凶呢！让大家表决一下，看看你们有没有知好歹点的。’

“那农庄的主席这样笑着说：

“‘赞成把我们的命根子给那些过路人的，举手吧。’

“我想这下可糟了。我朝一边望了望。小屋子里一点声音也没有。怎么回事？再看……大家都眼巴巴地望着一边不吭气。再往那边看……我们那九个大娘站在角落里，手高高举着，那些手多么可怕！……

“人们有生以来没有看见过这样的手！

“忽然我看见，一个女庄员揩去眼泪，举起了一只手，马上像长起了一片树林：全农庄的人都举起了手。大家一声也不响。

“主席走到我跟前说：

“‘请原谅，娜斯佳，是你对。把漏斗拿去吧！并且，我们诚心希望你们在这里待上这么个把礼拜。我们的大娘会照顾牛群，你们就休息一会儿。可真累坏了你们了。’

“我们在那个农庄里住了三天。于是赶路就轻松得多了。我把奶脂给伙伴们吃。只有脱脂的奶才倒在地上。这样走到了一条河边。我们知道哪儿为我们架好了一座浮桥。等到走近那条河可叫苦了，原来那顶桥已经被该死的德国鬼子炸毁了。

“我站在那儿想：‘到哪儿去求人帮助呢？’战争时期没有工夫给你想上半天。这时突然飞来了一架敌机，开始向我们扫射。天呐，真是不堪设想！

“大娘们抱住孩子，乱糟糟地东奔西跑，用自己的身体保护住孩子。马匹直挺挺地站着，可是那群牛，我的妈呀，什么也不懂。它们该跑开去，可是它们偏偏聚拢在一起，低着头，用一只眼睛瞟着。我看见牛一头又一头地倒下去。我的一头心爱的牛克拉莎芙珈的脸上流着血，眼睛里淌出了眼泪。

“我对那该死的飞机拼命地喊：

“‘你要怎么样啊？这儿可全是些孩子跟不会说话的动物啊！’

“可是那该死的飞机怎么样呢？它又扫射了一阵才飞开去。

“我想它一定马上还要来，再来对我们所有的人扫射。河那边有一片小树林，是个藏身的好地方。突然我想起爸爸对我讲过一个故事，说一头麋鹿游水游过了一个湖。我想既然麋鹿会游泳，为什么牛不会呢？应该试验一下。我挑了一头壮些的牛，骑在它背上赶它下了河。我浑身在发抖，因为我怕掉下水去。

“‘老黄牛，牛妈妈，’我嘴里咕咕哝哝地说，‘救救我们吧，我的好黄牛……’我才把它抽了一鞭，忽然看见它游起来了！我的老黄牛游起来了！我的牛妈妈游起来了！我把头巾拉了下来，挥着它，又是笑，又是哭。

“‘大娘们，’我叫了起来，‘好大娘们，牛会游水啊！快把牛群赶下水来，在牛背上坐好！’

“我的那些大娘骑上了牛背，孩子们骑上了马。我们的牛群游着游着，大家都渡过了河，好在河窄，一会儿就进了树林。当然，车子不得不丢掉了。当那该死的飞机第二次来袭击的时候，我们的影子也不见了。

“好了，旁的已经没什么可说的了。以后就悄悄地到了你们这儿。牛群的一半送给了缺少劳动力的庄员，一半我们要赶回家去，我们回去还多了几条哩。现在只有一个念头——马上回去！过一天像是过一个礼拜，过一个礼拜像是过一年。”

娜斯佳说完，就去用开水洗奶桶了。

淘气鬼玛茵珈把世界变了样

萨施卡第一个到学校。他站在门槛上，垂下双手，紧贴着裤缝，清晰地、按士兵的方式报告说：

“四年级学生、少先队第一小队小队长萨施卡按照您的命令报到！”

莲娜微微一笑，非常和气地说：

“你好，萨施卡。”

“您好，莲娜老师。”

“你先进来坐下吧，我们再等一会儿别的孩子。”

课桌上，讲台上，窗槛上放着一堆堆撕破和弄脏的教科书。角落里有几幅卷成长筒的地图。

莲娜一早就在学校里忙着把课本和参考书分类，把首先要粘补的拣出来。

厨房里传来一阵炉门开关的声音、什么东西敲击的声音和不很响亮的歌声。那儿是符拉西也夫娜在烧浆糊。大门旁边不知是谁在忙忙碌碌，气喘吁吁，抓东拉西。

小黄雀以为是只猫，可是萨施卡却老是朝门口望，老是很担心地皱眉头。

门忽然大开，门槛上出现了克里摩施卡。他把一根手指塞在嘴里，皱着眉头，怀疑地对旁的人看了一转。

“啊，克里摩施卡，”莲娜说，“你也到我们这儿来啦……”

克里摩施卡指着小黄雀，用一种突兀的低音说：

“她。”说完不响了。

“她怎么啦？”

“她……”

“你说呀，克里摩施卡，不用怕。”萨施卡在给他的小朋友打气。

“她叫我来烧浆糊。”

“你会吗？”

“会。”

“好，那你就跑到厨房里去找符拉西也夫娜，帮帮她的忙。”

“那么萨施卡呢？”

“萨施卡在这儿和我们一起。”

“那我也要在这儿。”于是克里摩施卡就坐到第一张课桌上、萨施卡的旁边去。

现在，门已经关不上了。少先队员们都准时来到。来了跛脚、瘦削、淡褐色皮肤的阿辽沙。他有一对蓝蓝的眼睛，走路全靠左腿。还来了矮胖、头大的多嘴彼佳。来了瓦丽雅和席尼雅两姐妹。她们是双生的，两个人非常像，小黄雀怎么也分不清楚。左雅和安珈也来了。少先队员们的后面还有一大群其他的孩子。

小黄雀看到莲娜认识每一个孩子，都能够叫出他们的名字，还问他们的家，觉得很惊奇。

“怎么样，萨施卡，爸爸有信来吗？”

“昨天有信来。”

“你妈一定很高兴喽？”

“她哭了，”萨施卡若无其事地说，“她老是那样，一有点什么就哭……她们的心肠真软。”

“莲娜是什么时候跟他们大家认识的。”小黄雀心想，“哼，她可真有办法，一点也没跟我谈起过。她连萨施卡父亲的事也晓得，什么事都有数……”

孩子们见了新老师还有点拘束，在课椅上必恭必敬地坐着，谈起话来细声细气。莲娜在等霍尔姆的孩子。

过了一会儿，霍尔姆的孩子也都来了。纽拉和玛茵珈肩并肩地站在门槛上，这两个女孩子就像童话里的针线女和懒小姐似的，成了一个鲜明的对照：纽拉干干净净，擦得头清脸白，衣裳也是平平整整的；而玛茵珈却是蓬头垢面，一件千补百衲的外衣上又添了个新的窟窿。可是不知为了什么，纽拉的脸上显得有点害臊和惶惑，玛茵珈的眼光却好像要跟人吵架似的。

“您好，莲娜老师。”

“你好，纽拉。”

纽拉推了推玛茵珈，暗示她该问好。

“您好，莲娜老师。”

这两个女孩子还站在门槛上，堵住了出口。

“可以不可以……”纽拉很不好意思地问，“再进来一个？”

“再进来什么？”

“这孩子不会惹人讨厌的。我没有地方安排她。”

纽拉往旁边一闪。门外出现了矮胖浑圆的塔茵珈。

“谁也不领她，”纽拉伤心地说，“可总得把她安排在一个地方啊。特洛霍娃奶奶在家里带别的孩子，就是不领她。我真没有办法。”

“好吧，让她进来，”莲娜说，“好在今天我们还不上课。现在我们开始干活吧。”

莲娜分了分工：小黄雀、萨施卡、瓦丽雅、席尼雅粘课本；彼佳用干净的报纸把粘好的书包起来；跛脚阿辽沙写得一手好字，就由他写书面。

纽拉和玛茵珈补地图。莲娜关照她们把两幅破碎的地图粘起来，缺掉的部分到另一幅上去剪。

“纽拉，我把这桩事交给你跟你的朋友，因为你最细心，这桩工作就是需要仔仔细细地去做才行。你从这里剪下贴到这里来。注意看好，要完全合得准确。”

符拉西也夫娜拿来了一锅浆糊。他用一只汤勺把浆糊分在几个空罐头里，把锅子放在角落里的地板上。

“不够就到这儿来拿。莲娜，我能不能上农庄去两三个钟点？待会儿回来收拾一切。”

“您去吧，符拉西也夫娜，您在这里现在反正也没有什么事可做。”

于是大家就开始紧张地工作了。

小黄雀很高兴拿到一本又旧又脏的书，她把书页铺平，把不整齐的书边修去，贴上封面，这样就把破破烂烂的东西，弄得很体面了。

她努力想工作得快一点，免得耽误彼佳和阿辽沙的工作。她一会儿缩缩鼻涕、伸伸舌头，一会儿哼哼唧唧、斜眼望望萨施卡。萨施卡的工作是愈做愈快，愈做愈熟练。

不过萨施卡有时会突然翘起一根粘着浆糊的手指，左手翻书页，看起书来。过了一会儿又会恍然大悟，于是干起活来更加快了。多嘴彼佳很敏捷地把书用报纸包好，每次都要对自己的杰作欣赏一番。阿辽沙剪下白纸，贴在封面上，端端正正地写上课本的名称。

当萨施卡和小黄雀拖拖拉拉粘不好的时候，阿辽沙就在已粘好的书的封面上画一些浪线和花朵。有几本书，简直弄得相当漂亮。

玛茵珈和纽拉在地板上爬来爬去，爬遍了教室的每一个角落，摆弄着剪刀，在补地图。

克里摩施卡和塔茵珈在一个角落里玩算盘。敞开的窗子外面送来一阵小白花的甜津津的香味；微风吹动了莲娜蓬松的头发。

孩子们全神贯注地工作着。小黄雀甚至没有觉察到时间是怎么过去的，突然觉得背有点酸，手指给浆糊粘得腻嗒嗒的。旁的孩子也开始伸伸懒腰，东张西望起来。谈话就开始了。

“你怎么搞的，”彼佳埋怨小黄雀说，“粘得不好了！你看，封面要掉下来了。叫你们女孩子做点儿事，就老是这样没头没脑的。叫我拿什么包呢？拿回去，你出了次货。出了校门，瞧我给你吃拳头！”

小黄雀正想回敬他几句，突然一声号哭响遍了整个教室。大家都吓了一跳。莲娜手里的一叠书也掉了下来，她飞也似的跑到了有两个小孩在玩耍的角落里。纽拉站在那儿伤心地直喊：

“叫我拿她怎么办呢？我现在再把她放到哪儿去呢！我的冤家！”

矮胖浑圆的塔茵珈坐在浆糊锅里，一面高声尖叫，又浓又黏的白浆糊沿着她两条结实的腿流到地板上。克里摩施卡站在旁边目瞪口呆。

孩子们都笑了起来，闹哄哄地、你推我挤地向前拥。塔茵珈看见大家都注意她，觉得很高兴，若无其事地憨笑着，一面在浆糊锅里越陷越深。

“她拿起了锅子。我碰了她一下……她就坐下去了。”克里摩施卡结结巴巴地说。

纽拉的眼睛里已经满是泪水。

“不要紧，纽拉，”莲娜说，“把她领到厨房里去，给她洗个澡，衣服也洗一洗。”

纽拉猛地一拉，把塔茵珈从浆糊锅里拉了出来。

“你这个死丫头！”她生气地拍了那小女孩一下。弄得浆糊直往四下飞溅。塔茵珈给拖进了厨房，瓦丽雅、席尼雅两姐妹擦干了地板，接着大家又重新干活。不过，现在嘴巴的工作倒比手要多了。

“塔茵珈真不好！”

克里摩施卡觉得他成了这一天里的主角。

“我才这么一碰，可她就坐下去了……”

“我说嘿，女孩子老是招麻烦，闯祸。现在恐怕浆糊要不够用了，要干不成了。”

孩子们显然都很累了。

“好，今天的活就干到这里吧，”莲娜说，“把书放在窗台上，地图要挂在黑板上吹干。萨施卡，来帮我一下。”

莲娜把玛茵珈粘的一幅地图从地板上拿起来，萨施卡帮着她挂上黑板。她退了一步，看了一看。

“这是怎么回事？”她惊恐地问，“这搞的是什么玩意儿？”

孩子们一窝蜂似的拥到地图前面。忽然，爆发了一阵哄堂大笑。

“是玛茵珈搞的！”

“真聪明！”

“可厉害，她把整个世界都给变了样！”

撒哈拉大沙漠的中间出现了黑海；阿尼牙湖弄到帕米尔高原上去了[①]；几条不知名的河竟会流入北冰洋；一条小河把伏尔加河割成了两半……

“你是怎么搞的，玛茵珈？”

玛茵珈垂下了头，用像要哭出来的声音慢吞吞地说：

“这儿有几个洞，我把它给补上了，是从那张地图上剪下来的，您关照这样做的……”

她说的时候那副模样实在可怜，眼泪汪汪的，头往下愈沉愈低，可是小黄雀发现，她的眼睛里却有一种调皮捣蛋的神色。

“真是淘气鬼！”小黄雀心想，“她这是存心气气莲娜！”

莲娜很快地看了看玛茵珈，莲娜的脸色立刻变得非常严肃。

“好吧，”她严厉地说，“孩子们，你们可以走了，明天到时候再来，玛茵珈，你留在这儿。趁浆糊没有干，你仔仔细细地把贴上去的东西都撕下来，用抹布揩干净，再好好地重贴。我看着。”

显然，玛茵珈想尖声叫起来，可是莲娜已经转过身去，萨施卡却往前走了一步，紧靠着她说：

“你小心点儿！”

玛茵珈吓了一跳。

手上生了老茧

一天晚上，符拉西也夫娜等莲娜等了好久，她老是哼哼唧唧地在自说自话，把几根麦穗翻来弄去。她一点不理睬小黄雀，甚至有一次碰到小黄雀的时候，竟叫了起来：“走开！”好像小黄雀是头猫似的！小黄雀生气了，符拉西也夫娜扯了扯她的头发，说：

“好了，好了，嘴上好挂油瓶了……符拉西也夫娜在想正经事，你给我别响！”

莲娜回家以后，符拉西也夫娜让她吃了点茶，接着把桌子收拾干

---

① 撒哈拉大沙漠在非洲，黑海在苏联境内。阿尼牙湖在欧洲，帕米尔高原在亚洲。

净，一本正经地说：

“好，莲娜，我要跟你谈桩事情。”

“什么事？”

“玛莉雅说，新校长给耽搁住了，她不知出了什么事情。可是校田里的大麦，它可不能等的。它可不管校长来还是不来。大麦该割了。瞧，有的已经熟透了在落下来了。”

符拉西也夫娜拿出一束麦穗，在桌子上抖了一抖。雪白的台布上散满了银色的颗粒。符拉西也夫娜轻轻地用手指碰碰它们。

“天呐，这是春莳的粮食啊！目下每一颗麦粒都是宝贝，可这些粮食却在塞鸟的嗉子。真不像话！”

小黄雀立刻害怕起来，她脑海中出现了许多嗉子胀得大大的鸟儿和空空如也的田野，铺子里可连一块面包也没有。

“咱们怎么办呢？”符拉西也夫娜问，她一面用试探的眼光看着莲娜。

“怎么办？”莲娜说，“我们自己来收割。”

“人呢？”

“我跟孩子们。”小黄雀插了一句。

“你给我算了吧，小黄雀……大孩子现在都忙着……莲娜，谁去割校田的麦呢？”

“学校里的工作人员：您跟我，还有玛莉雅，还有小黄雀帮我们的忙。您看怎么样，对付得了吗？”

符拉西也夫娜还是那样一本正经地望着莲娜。

“您会不会搞啊，莲娜？”

“我一定能学会。你们这里的孩子不也是有人教他们的吗？总不见得一下子就什么都会的，我们明天就开始工作。”

这时，符拉西也夫娜咧开嘴笑了。

“你这姑娘真是好样儿的，莲娜。我可老了，总有些不大放心。我想，你是城里人，也许会说：‘我是教师，我的事情是教孩子念书。’”

“我是青年团员。”莲娜很安详地说，“你告诉我，要做些什么。”

“咱们得自己出主意，自己动手干。现在农庄可没法帮咱们的忙。他们自己的事才勉强能对付。老老小小都起早摸黑地干活。孩子们也不能惊动。当然，困难一定有，不过只要好好地干，一个礼拜就可以收完了。”

“对，”莲娜说，“既然要做，就一定要做好。”

* * *

第二天，符拉西也夫娜一早就把两姐妹叫醒。她已经煮好了茶，早餐包也准备好了。一把镰刀用麻布包着靠在墙脚下。她们喝了茶就动身走了。

玛莉雅在地里等她们。她穿了一双宽大的男靴；腰里束一条肥大的围裙。

旁边地里的人们也正在黎明前的薄雾中忙碌地干活。微风吹动大麦，发出响声。露珠浸得脚发冷。梦中醒过来的第一只鸟儿含羞地开始啾啾轻啼。

符拉西也夫娜用手指摸了摸镰刀口，试试刀锋快不快。

“这样，我跟玛莉雅来割，莲娜，你在后边，收起来、扎好。来，我来扎几个给你看看。”

符拉西也夫娜挥动镰刀，割了一把麦穗，做给莲娜看，该怎样把它们弯过来卷成麦束。

“小黄雀，你把麦捆拿去堆起来，知道吗？”

“知道了。”

符拉西也夫娜看了看天空。从森林后面慢慢升起一轮玫瑰色的洁净可爱的红日。

“是时候了，”符拉西也夫娜说，“希望一切都是顺顺当当的！咱们开始吧！”

她高高举起一把镰刀，一面割，一面走，一面很有节奏地挥动双手。

在右面，和她隔开一步路光景，是玛莉雅在向前移动。

大麦失去了它的怡然自得的风韵，一排排整齐地倒在地上。莲娜扎好了几个麦束，把它们塞在自己腰里——那种样子是她在一张画片上看到过的。

小黄雀的劲头来了，眼睛看着两旁。旁边地里的一切，也都生机勃勃。大麦开的花像是姑娘们的小花辫，又像是小伙子们漂亮衬衫上的花纹。远远地可以看到一个个清楚的小人影，活像装了发条似的挥动着双手。

从远处的地里传来了机器的轧轧声。微风吹来断断续续的谈话声。银色的麦浪上面有一阵阵的暖气荡漾。蚱蜢的叫声尖锐刺耳。

莲娜束好了第一捆麦。

小黄雀接过了麦捆，拿到干净的地方去。这捆麦出乎小黄雀意料之外的重。她拎着这捆麦走，尖尖的麦草刺得她的手掌好痛。

这样过了几个钟头，小黄雀已经不老是向两旁看了。符拉西也夫娜和玛莉雅已经走得老远老远。莲娜不慌不忙地跟在她们后面，弯着腰扎麦束，小黄雀就把麦捆拿去堆起来。她们的手给麦草上的刺弄得很痛。

她先是提着拿麦捆，后来放在肩上拿，再后来抱着拿，她觉得麦捆的分量一捆比一捆来得重。田里的麦草管刺痛脚掌，小黄雀的脚底已经红肿了。莲娜看来也不见得好受。她努力使自己不掉在割麦人后面太远，她一手抓住一束麦穗把它结成麦束，用膝盖压住它，又弯身去抓另外一束。她累得满脸是汗。尘土扑在她被汗水涔湿了的眼睑上。一小撮一小撮金色的头发从辫子下松开来，莲娜也顾不得把它们弄好。

地里的麦才割好小小的一块。

太阳已在天空中快乐地散步了，它照到小黄雀的后脑上。有时，玛莉雅和符拉西也夫娜停下来，从挂在腰间的小背包里掏出磨刀石来磨磨镰刀。马上四面八方都响应了起来："锵——锵——锵"——整个大地响起了银铃一般的声音，这声音是丰收的报信者。

小黄雀觉得自己再也走不动一步路、再也拎不起一捆麦的时候，符拉西也夫娜叫了一声：

"吃饭了！"

小路上远远地可以听到马蹄得得声。一个皮肤黝黑、穿着军装的人勒住了马。符拉西也夫娜急急忙忙向他跑过去。

"好啊，符拉西也夫娜！怎么，在收割校田的麦子吗？"

“您好，纳鲍科夫同志，您也知道该收割了……”

“我知道，我知道，是好事情。什么事到了你的手里，我就不用操心了。那边怎么样了？”骑马的人朝地里侧了侧头。

“困难，可是对付得了。”

莲娜站着，垂着两条疲乏的手臂。

“你怎么不介绍介绍，符拉西也夫娜？这一定是新来的老师吧？”

“对了，这是莲娜。”

骑马的人从马上弯下身来，注意地看着莲娜，伸出一只手，说：

“我是区委书记纳鲍科夫。你累了吧？”

莲娜点点头。

“好了，歇一会儿吧。符拉西也夫娜，你别叫姑娘们干活干得太多了。你以为人家都像你那样结实……您，莲娜同志，要是需要什么，请不要客气，尽管打电话来给我或者来找我。开始工作的时候总是不很容易的……”

纳鲍科夫敬了个礼，准备赶马走了。可是，符拉西也夫娜抓住了马勒。

“不，你等一等，纳鲍科夫，”她很严肃地说，突然改称区委书记为“你”①，“你告诉我，你在田里骑马骑了多久了？”

“清晨四点钟出来的，怎么？”

“我的好人呐，”符拉西也夫娜惊讶地说，“瞧你还问呢！我知道你这么大的时候就是这副脾气。”符拉西也夫娜比了个离地一米那么高的样子，“你老是那么坐不定，立不定的。清晨起你就什么也没吃过，是不是？没吃过，是不是？”

符拉西也夫娜非常严肃地诘问他。

纳鲍科夫从马上弯下了身子，亲热地把一只手放在符拉西也夫娜的肩上。

“说真话，我的司令员妈妈，我在‘灯塔集体农庄’吃过早

---

① 俄语中称呼对方有两种方式：一是“您”，表示客气和尊敬；一是“你”，表示随便和亲昵。中国话里也有这种情形。

饭了。”

“撒谎你可当心点儿！”

符拉西也夫娜放开了缰绳，那匹马好像因得到自由而非常高兴，立刻撒开蹄子飞跑。小黄雀看着骑马人的后影。他刚骑到旁边一块地跟前，人们就向他跑了过来。似乎机器的轧轧声也响得更起劲，割麦人的活也干得更快了。

玛莉雅把一块麻布铺在地上；符拉西也夫娜解开了一个放着烘土豆的小包。

可是小黄雀却不能吃；她只想躺下来把两只手伸到凉水里去浸浸。莲娜也垂下头坐着，她的两只手在发抖。

“累坏了你们了，好姑娘，”符拉西也夫娜亲切地说，“不要紧，慢慢会习惯的。开头总有些困难。小黄雀你躺一会儿吧。”

小黄雀四肢伸直躺在地上，不知不觉地睡着了。

她醒过来的时候，玛莉雅和符拉西也夫娜已经割得很远了。小黄雀微微一动，背有点痛，两膝也不肯弯起来。头几步路可真难走，腿好像两段木头一样。当小黄雀用一双热辣辣的手抓住一束有刺的麦束时，眼泪已经在她眼眶里涌进涌出了。不过莲娜却一个人在做两个人的事：扎麦捆并且去堆好，因此就落在割麦人后面更远了。

小黄雀咬紧嘴唇动手干活。哦！起先可真不容易，后来背也不痛，脚也走得开了。手上硬硬地结了几个老茧。

* * *

太阳落山以后，符拉西也夫娜放下了活。

“现在你们好回家了，”她说，“要不第一天干活就把你们累倒了。让小黄雀去睡，你呀，莲娜，费心给生一下茶炊。我跟玛莉雅再割一会儿。”

莲娜本来想拒绝回家，可是符拉西也夫娜以主人的口吻赶她们走，于是两姐妹就只好准备回家了。在贴近的一片地里有一部什么机器爬动着，它在挥动两只宽阔的翅膀。

“这是什么？”小黄雀问。

“烧额机。”

“什么东西？”

“这是一种收割机，名字叫烧额机。”

“为什么？”

“老百姓这样叫它，因为在它后面扎麦束——你的额头会烫得发烧，汗流浃背，也没工夫去揩掉[1]。”

“谁在上面干活？”

符拉西也夫娜用手遮住额头看了一看，说：

“也许是米沙。好了，走吧，别多耽搁了。”

到了家里，莲娜烧开了茶炊，给小黄雀吃饱了菜汤。她在屋子里走动得很慢、很吃力；显然，每一个动作都使她疼痛。她的两手肿了起来。

小黄雀不得不费很多时间洗澡，因为麦草和麦管壳粘在她给汗涔透了的身上，惹得她又痛又痒。不过话得说回来，等洗好了澡，裹在凉爽的被单里，也真舒服！

小黄雀侧过身子，正要睡着，忽然看见莲娜又拿头巾包好了镰刀，对自己热辣辣的手看了看，向门外走去。

“你到哪儿去，莲娜？”

“我想再去帮一会儿忙。”

“你已经够累了，我的好姐姐……”

莲娜弯身对着小黄雀说：

“小黄雀，假如爸爸在前线处境很困难，那你准备怎么着：他能在生死关头把自己的朋友丢开吗？……”

莲娜吻了小黄雀一下，就在门外消失了。

生力军

粮食！……小黄雀当然也知道粮食不会自己长出来的，这需要庄员们花不少劳动力；可是她从来也没有想到，收一熟庄稼有这样困难，这样麻烦。她也没有想到，千千万万的人日日夜夜地在关心粮食，关心每一个麦捆，每一颗麦子……

---

① 烧额机是一种最先发明的收割机的名称，用它工作，需要工人特别紧张的劳动。

一到收割的时候，田野里干活的喧闹声就从不停息。城里的工厂日以继夜地响个不休，工人们一刻也不走出车间；前线的战士一面与敌人进行残酷的战斗，一面向前推进；同样，集体农庄的庄员们也不离开田野，不挺直腰板，一步一步地，弯着腰从这块地走到那块地。

庄员们用机器收割，用大镰刀割麦，小镰刀刈草。

这全部工作是由一些能干而细心的人领导着的，他们经常帮助群众，向群众提出意见和要求。

工厂在为前线生产的同时也没有忘记制造收割机，科学家在努力培植粮食的新品种，报纸把集体农庄的消息刊载在战报旁边。区里经常有人来，电话里老是要求报告每天打出粮食的数字。

“粮食，粮食，粮食。”这两个字挂在每个人的嘴上。

所有这些大规模的劳动——前线上、工厂中、农庄田野里的劳动——都是由一个全民的指挥部领导的。这个指挥部就是布尔什维克党。

“符拉西也夫娜，”小黄雀觉得很奇怪，“要那么多粮食干吗？为什么不能稍微歇一下呢？”

“小黄雀，要知道这是战争时期……战士们用枪弹打敌人，咱们用粮食打敌人。”

“粮食怎么能打敌人？”

“法西斯强盗以为把他们暂时占领的那些地方的农庄都破坏掉，咱们的战士就要挨饿了。哼，他们可打错了算盘！事实上咱们在别的农庄里多收了一倍、两倍的粮食，给大家都吃得饱饱的。不过咱们能做到这样也着实不容易啊！”

小黄雀弄清楚以后，就努力要在一小块校田里把活干得更漂亮。

“我也要用粮食打敌人。”她这样想，虽然手已经痛得要命，但她照样弯着身子堆麦捆。

* * *

一个星期过去了。

在校田里，好像一座座城堡似的，堆着许多金黄色的麦草堆，柔和的微风吹得这些麦草堆非常干燥。

小黄雀的皮肤晒得黝黑，人也强壮多了，脸颊也显得红润润的。

一撮头发晒得变了颜色，朝着太阳闪着金光，一双手变得粗糙多了，上面添了不少圆圆的、黄颜色的老茧。

莲娜的脸也比以前要黑得多。

明天就不用下地了。

小黄雀甚至有点舍不得。天蒙蒙亮就起来，踏着露水很浓的小路，听听镰刀割麦的声音有多好；堆好最后一个麦草堆，挺直身子，摸摸腰部，朝四面看看有多好。现在，地里已经一干二净。没有地方凸出一根麦穗。符拉西也夫娜忙忙碌碌地在擦镰刀，用麻袋布把它们卷起来。玛莉雅在抖去衣服上面的灰尘。莲娜在抚平头发。

事情做完了，好回家了！

晚上在暖气腾腾的澡堂子里洗个澡，冲去疲乏的身体上的汗和尘土，拣清头发里的麦草，真是太舒服了。

符拉西也夫娜用香喷喷的桦树笤帚抽打小黄雀[①]。

“只要笤帚打过，保管你全身每一个骨节里的疼痛都会消除。”她边笑边说。

小黄雀高兴得只是尖叫和哼唧。

现在她们都干干净净，高高兴兴地坐下来吃晚饭了。

“小黄雀，明天早晨你多睡一会儿，”莲娜说，“你已经瘦了一点，该好好休息休息。”

“好，”小黄雀同意地说，“我一定舒舒服服地睡一觉。”

这时门响了，进来的是农庄主席。

小黄雀还是第一次看见他。他年纪这样大了！？看他气喘吁吁的，他爬上山来一定费了不少气力。

莲娜跑过去迎接他，从他手里接过帽子和手杖，把他扶到桌旁。符拉西也夫娜用围裙揩干净一条板凳。

“请坐，依万，跟咱们一起喝杯茶吧。”

主席看看坐在桌旁的小黄雀，再看看手忙脚乱的符拉西也夫娜和莲娜，忽然，若有所悟地微笑着说：

---

① 这是俄罗斯人特有的一种洗澡方式。

"看来你们相处得很不错吧？这样很好。鸟儿在发风暴的时候总是往树上躲。姑娘，你要紧靠着她准没错！符拉西也夫娜是个头。她是咱们的大将！不论在哪儿只要她看到有点毛病，就会到村苏维埃去叫一场，我们就会吓得直哆嗦。可是这没关系，她无论如何是个心地好的大娘。"

"哟！你怎么说来着？我说依万！你自己也不是个坐得定的人。上了年纪还挑了这么副重担子。"符拉西也夫娜说。

"有什么办法呢？没人手啊！咱们的军队在前线打仗，咱们就在这儿打仗。等战争结束了，孩子们回来了，德米特里也维奇从前方回来了，到那时候，我就可以休息了。现在，我说符拉西也夫娜，你给想一想：在艰苦的时候我们这些老头子还派到用场，还能出这么一臂之力，不是什么在一旁躺着唉声叹气的：这实在是幸福啊！"

依万老爹一面说，一面注意地朝左右两旁看。

"姑娘，看样子，你的工作已经安排好了？你别客气，要什么只管跑来找我。现在要多的东西是没有，白菜跟土豆总拿得出一点儿的。"

"谢谢您，依万老爹。"

主席坐得更舒坦些，他很严肃地说：

"姑娘，赶明儿你给我们把事情弄弄好。收割的事咱们是做好了，可是掉下来的麦穗还得拾干净。把麦穗一根一根拾起来也能装几麻袋哩。你把少先队员给集合起来，明天下地去，要把地里收拾得干干净净的，像节日前的屋子那样干净。"

"好！"莲娜说。

"你放心，依万，她会把事情做好的。"符拉西也夫娜也说。

"我知道，村子里的大娘们都在像唱山歌似的夸她，说是新来的老师真好极了！收发战报，给孩子们补书本；虽然是城里人，可照样下地干活。群众的眼睛是雪亮的。"

莲娜的脸涨得通红，心里有说不出的高兴。

* * *

第二天清早，在学校的操场上聚集了一大群快乐的小朋友。这是以少先队小队领头的四年级全体学生。二年级里有几个很小的小朋友也来了。只有米沙仍旧没到。

“他人在哪儿？”莲娜问，“为什么他不遵守少先队的纪律？”

“他在打铁场上帮瓦西亚叔叔安打麦机哩。那边需要他。随便什么机器人家都肯让他搞！”萨施卡有点妒忌地说。

玛茵珈站在一旁，噘起了嘴在流泪。纽拉紧紧地拉住她的手。

莲娜走到这两个小姑娘跟前。

“怎么啦，玛茵珈？你为什么哭啊？”

玛茵珈的眼泪淌得更快了。

“谁欺侮你了，玛茵珈？”

“她……”玛茵珈把头转向纽拉。纽拉很气壮地站在那边。

“她？她怎么了你啦？”

“她给我洗了澡了！”玛茵珈很伤心地抽咽着说，“讨厌的拖船。”

孩子们都笑得前倒后仰。

“原来是这样欺侮了她！”

“这个玛茵珈！”

“你们看，你们看，真的很干净哩！”

玛茵珈把一条手从纽拉的手里挣脱出来，跑了开去，像麻雀那样的并起两只脚跳跳蹦蹦地唱起来了：

“拖船，拖船，十二个窟窿！别钉住我，小心自己沉下去，扑通，扑通！”

这时候的玛茵珈看来，好像压根儿没流过泪。到底玛茵珈所做的事，哪些是真的，哪些是故意的：怎么也弄不清楚。

到了田里，孩子们都四下散了开去，各人干起各人的活来。男孩子散在一头，女孩子簇拥在一起。

孩子们先把麦穗拾在各人自己的筐子里，然后倒到大堆上去。他们旁边常常有一辆辆马车驶过，车上载着银色的麦捆。这是姑娘们在把大麦装去晒干。她们当中没有一个人能一声不响就走过去的，总要说孩子们几句：

“哎，小朋友们！动动，别睡觉啊！”

“你们这些孩子实在太小了，你们几个人才能合上一磅干鱼呢？”

萨施卡用低低的声音、一本正经地打断她们的话说：

“走吧，走吧，别耽搁了，我们虽然年纪小，干起活来可并不差劲儿！”

可是克里摩施卡却对干鱼问题认真地回答说：

“七个合一磅。”

孩子们干活的姿势各不相同。小黄雀弯着腰，像一件开足发条的玩具，机械地动着；她老是怕大伙说她比不上别人。她的一撮头发也竖了起来，汗珠不断地沿额头往下流，然后再从她扁平的鼻子上淌下去。纽拉却蹲着，迅速、利落地拾着身边的麦穗，就像用一把小扫帚在扫地。然后再向前走一步，再蹲下去。她的辫子一点也不松，脸颊一点也不红。

席尼雅和瓦丽雅并排走着，把麦穗拾在一只筐子里，一面嘁嘁喳喳地在谈话。

玛茵珈编了一首歌，唱得田里每一个人都听见。虽然小黄雀不喜欢玛茵珈，但是应该承认：她的嗓子实在好，简直比得上莲娜。这丫头编起歌来倒着实有点天才：

“我们这里有条小河浜，
可以摸到鹅卵石。
姑娘们拿起小竹筐，
快去把地里麦穗拾清爽！”

男孩子们在地里到处嚷着乱跑，好像他们不是在干活。可是他们的筐子却愈来愈满，并没有落在姑娘们的后面。

太阳升得高高的；拾起的麦穗也堆得高高的。孩子们因为腰弯得太厉害，好久没有挺直，所以累了。

莲娜拍了拍手，用嘴唇像吹喇叭那样吹起了集合号，好像在喊：

“注意听集合号声！”

孩子们从四面跑拢来了。

“现在休息一下，”莲娜说，“坐成一个圈子。”

莲娜脱下了围裙，把它铺在地上。

“谁有吃的东西，放到这儿来；现在我们来办一个小食堂。”莲娜说完把两块夹绿葱的面包放在围裙上，这是她自己跟小黄雀的。

接着，孩子们都拿出了自己的东西——你放一块大面包，我放一块白面包，他放一个烘土豆，但是也有人什么都没有。这些人眼睛看着一旁。莲娜早就看在眼里了。

“谁有小刀？”莲娜问。

萨施卡把手伸进口袋，鼻孔里哼了半天气才解下一把用一只英国别针扣住的小折刀。他把刀递给莲娜，用一种恳求的眼光望着她说：

“别丢了，莲娜老师，这是战利品。我爸爸从前线给我捎来的。给我，我来给您打开来，您不会开的。这上面有拔塞钻，有罐头刀，还有这么一个小钩子——挖耳洞用的。”

“挖耳朵，不是挖耳洞，”莲娜纠正他，“这大概是你自己想出来的，本来一定有别的用处。”

“这当然是给德国鬼子用的，我们可没有什么用处。”萨施卡慎重地表示深信自己的想法。

孩子们都笑了。

“拿来看看，看看！”

“我也要看！”是克里摩施卡的声音。

“萨施卡，你吹牛，这不是挖耳朵用的，你老是想出些傻事。莲娜，他吹牛。”

“难道有这样大的耳朵吗？”阿辽沙很惊奇地问。

莲娜用眼睛对孩子们扫视了一下，拿起那把小刀把所有吃的东西分成了相等的几份。

“‘你吃胡桃，我吃胡桃，每个人都要分到！’小朋友们，吃吧。”

在孩子们咀嚼食物的时候，莲娜把一根麦穗上的麦粒抖在手掌上，把它们数了一数，告诉孩子们说，一根麦穗上有几颗粮食，地里还留下多少麦穗，全苏联有多少土地，小朋友们用双手拾起来的麦穗能做出又香又软的面包，这些面包可以供多少战士吃饱。

孩子们的眼前隐隐约约浮现出一节节装满粮食的火车和许多大而

圆的面包，似乎还看见战士们在吃饭。孩子们又惊奇又高兴。每个小朋友都觉得他在支援前线。萨施卡跳起来说：

“嗳，站起来吧，我们坐了不少时间了，事情等着我们去做哩。你看玛茵珈：叫她拾麦穗就像个老太太；叫她吃东西，马上就年轻了，快干活吧！”

于是孩子们就以加倍的热情弯着身子干起活来，麦穗愈堆愈高，愈堆愈多。

太阳快下山的时候，迎着他们向地里驶来一辆马车。上面站着一个高大的姑娘，穿着一双很大的男靴，双脚叉开，手里紧紧地握住缰绳。她叫巴莎。她的耳朵旁边插着几朵雏菊，一副雪白的牙齿，衬着一张满是灰尘的污黑的脸，这和她头上的白色雏菊花瓣衬在乌黑的头发里一样鲜明。

“嗳，干活的小朋友们，”她高声叫了起来，“依万老爹派我装你们拾起的麦穗来了！他还关照我把你们送回村子里去。现在把麦穗装上来吧！”她把许多麻袋给孩子们扔在地上，孩子们就一边笑一边你推我撞地把麦穗塞进麻袋去。

这些少年工作者满满地装了十袋子麦穗，把它们扔上了马车。

“好了，上来吧，”巴莎喊了一声，“我这次能来接送你们真是光荣！”

她把鞭子一挥，马车就披尘破雾地驶过田野，沿着小路回村子去了。这爱热闹的巴莎还载着孩子们在大街上兜了三圈。马车陷在车辙里吱吱咯咯，马衔叮当作响，孩子们拉直了嗓门唱着：“我们是红军骑兵队，我们的战绩天下扬……”

累得筋疲力尽的女庄员们也从地里回家去了，她们站在一旁让马车驶过，脸上露出了微笑。一个年轻女庄员在后面喊着：“孩子们，你们真是好样儿的！你们的爸爸回来以后不会为你们害臊啦，我说干活的小朋友们！”

彼得叔叔去串门子

小黄雀给一阵敲窗声惊醒；不知是谁在兴奋地喊着：

“起来，起来，符拉西也夫娜，你要高兴得跳舞了！”

厨房里的地板像一口大钟砰的一声响，——这是符拉西也夫娜从炕上跳下来的声音。莲娜翻了一个身，嘴里嘟嘟哝哝地咕了一声又睡着了。可是小黄雀已经把脚伸进了拖鞋，披上了睡衣向厨房里跑去。难道她那扁平的鼻子能不伸出去吗?

符拉西也夫娜扳去了门上的搭钩。她光脚站着，衬衣上披着一件大衣，她的手在哆嗦，可是她的脸却因听到这快乐的喊声而在微笑。她迅速地开直了门。

贴近台阶停着一辆沾满泥浆的两轮马车，上面像一头大熊一样一本正经地坐着邮递员彼得叔叔，他小心翼翼地拿着放在两膝上面的邮袋。他的一部焦黄胡子在初阳的光线里发亮，像铜的一样，一双眼睛狡猾地眯着，像在微笑。

符拉西也夫娜只顾迎着他扑过去，甚至连那匹垂头丧气的马若无其事地在吃窗下的向日葵也没发觉。

“怎么样？”彼得说，“跳个舞呢，还是请我喝一杯？”

彼得从邮袋里拉出了一只三角形军用信封的尖角。

“你，好人啊，我一定请你喝一桶酒。我还有白面粉做的软面包哩。”

符拉西也夫娜已经拆开信在看了，她脸上现出骄傲的微笑，一双光着的脚踏在给朝露浸湿的地上一点也不觉得冷。

“是米嘉写来的，”她说，“他得了个奖章。当然，应该这样。我们拉古金[①]一家都是这样的。奖章对我们并不稀奇。不过总是高兴的事。这孩子走得那么远！有没有瓦尼亚的信？”

“你可真不知足。你像吃蜜一样，最好再来一勺。瓦尼亚的信还在写，赶明儿我再送来。”

这时，那匹马已经把符拉西也夫娜心爱的向日葵吃光了。

“没有爸爸写给我们的信吗？”小黄雀问。

“小姑娘，慢慢一定会有的。”

符拉西也夫娜忽然想起了什么事。

---

① 符拉西也夫娜一家的姓。

“我真是老糊涂了，彼得，请里边儿来暖和暖和吧。”

符拉西也夫娜对这位邮递员深深地鞠了一躬。

“好吧，就进去坐一会儿，我今天这一天可真够忙的：要送八封从前线来的信！好消息都在我包里。”说完以后，肥胖的彼得就跳下了两轮马车。

符拉西也夫娜就在屋子里忙起来了，她好像年轻了许多。她给彼得倒了茶，把所有的糖果都放在他面前，切下一片一片又香又热的大麦面包，好像不单是一个彼得，而是有十个邮递员给她送来了信。她空忙着把东西摆来摆去，把莲娜叫醒了，要她指给自己看，米嘉信上写的维斯拉河在地图上什么地方。最后她说：

“彼得，你在这里喝一会儿茶，我要到村里去一趟，总得对大娘们把奖章的事讲一下，还要到管理处玛露施珈那儿去告诉她，可怜这姑娘的眼睛也哭肿了。”

彼得喝完了第十杯茶，揩了揩额上的汗，对在一旁发愁的小黄雀看了一眼。

“别发愁，小姑娘，很快就会收到你爸爸的信的。我说到，那就一定不假。干吗这样空发愁，还是跟我一块儿去发信吧。看看人家高兴，自己心头也好快活一点。”

过了一会，小黄雀就一本正经地坐上了两轮车。彼得让她拿住邮袋，邮袋沉甸甸地放在膝上，小黄雀两只手拿着。马儿慢慢地从陡峭的山上走下去，但是它不能抵住车子的重量，就飞也似的冲到了村子的大路上。听见了这辚辚的车声，所有的小屋子都打开了窗子、屋门、大门，大家都满怀热望看着彼得。

有几个人问有没有寄给他们的什么东西，不过大多数人都一声不响地带着恐惧、希望、祈求的目光看着……

彼得对每个人都说上几句：

“玛露施珈，还没有，不过会有的，我对你说一定会有的。你跑出来干吗？上星期五我不是给你送过一封信来吗？还要？你以为他在前线只管给妈妈写信，别的事就不要干了吗？”

彼得很快地驶过一家家有从前线来信的人家，他神气活现地拉着缰绳，好像他那匹老爷马是什么名种的千里驹似的。

“走一个人出来！”他高声喊着，虽然女主人已经站在门槛旁边了。

那些粗糙的手在接过三角形的信封时是多么小心！那些红红的眼睛看着这位愉快的送信使者的时候是多么亲切！大家把大麦面包、白面包塞给他，往他口袋里还塞进了熟鸡蛋。为了得到自己那遥远的、还活着的、健康的亲人的消息，大家愿意把世界上所有的东西给他……

信纸在接到信的人的手里瑟瑟作响，这些手今天拿起镰刀、铁锹、斧头干起活来该多起劲啊！

马车驶到一所小房子门前的时候，彼得皱了皱眉头就拐进了一条小路。

“干吗打这儿走？”小黄雀问。

“轻一点，”彼得不知为什么压低了嗓门回答，“我不想打阿尼西雅奶奶的门前走。她已经有三个多月没有接到信了。唉，真糟糕……”

这时邮袋已经差不多空了，信件、报纸、书籍、寄到村苏维埃和集体农庄管理处的邮包都发完了。

“现在，”彼得庄重地说，“我们到养猪场去看看杜娘婶婶，去向她致个最敬礼：她是个残废的人，是个斯达哈诺夫工作者。她的儿子，”彼得跷起大拇指说，“是个苏联英雄！”

杜娘婶婶和基姆卡

当杜娘婶婶被放在担架上抬进小屋子的时候，她才二十五岁，她的儿子基姆卡才三岁。她面色苍白地躺着，目光呆滞地望着天花板。基姆卡那时并没有哭，只是躲到炕上，闭上眼睛，浑身直哆嗦。这是十七年前的事了。

那年农忙的时候，杜娘婶婶在打麦机旁干活。十七年前，打麦机在乡下还是很少见的，许多小孩子聚在它旁边像鱼似的窜来游去。谁也没有看到，小玛露施珈转眼间竟会跑到打麦机的旁边，离得那么近。机器的轮齿钩住了她的小红衫，卷了进去扯得粉碎，要不是杜娘婶婶，玛露施珈就不能成为今天倍克里亚特村最美丽的姑娘了。为了救玛露施珈的性命，杜娘婶婶牺牲了一只右手。怪不得村里人都说玛露施珈有两个妈：一个妈生了她；还有一个妈救了她的性命。

叶高尔老伯每当对小女儿生气时，总是厉声地对她说：

“你一定得成为村子里最好的工作者，一定得成为农庄里最好的助手，要知道人家为你付出了多大的代价！”

杜娘婶婶在医院里躺了两个多月，出院回家时，人瘦得只剩下一个躯壳，脸上一丝血色也没有，右肩上垂下一只空荡荡的袖子。

从来祸不单行。在这个时候，杜娘婶婶的丈夫又在他去挣钱的一个城里死了。抛下了杜娘婶婶和基姆卡，还有一个吃奶的小女儿西玛，再就是杜娘婶婶的一只胳膊。

要是在旧社会，这样一个女人跟她的孩子，不是饿死，就是在人家窗下讨一点残羹冷饭，要不就在不知哪儿的一条路上从人间消失掉。

可是苏维埃政权帮助了她。当大家准备参加集体农庄的时候，杜娘婶婶第一个报名参加了这个集体的劳动组织。

杜娘婶婶在开会的时候说：

“我只带一只手进集体农庄，不过大伙可以放心，我一定好好干活，就像我重新生了第二只手一样。”

的确，杜娘婶婶在各方面都不落在别的庄员后面。后来基姆卡也大了。他可怜他的妈，努力帮助她。他六岁开始识字，七岁就上学了。

每逢学校的节日，杜娘婶婶总到。优等生基姆卡的母亲是一位光荣的来宾。

光阴如箭，老的更老了，年轻人都长大了。

有一天，基姆卡很晚才回到家里，一本正经地在桌旁坐下来对他母亲说：

“爸爸一辈子迷信、怕事，做儿子的可不像他，我已经加入青年团了。”

家里出现了许多报纸。基姆卡每天晚上读书给妈妈听。那时候他没有想过后来会跑这么远。

空下来基姆卡就跑到养马场去驯马，连最骠壮、最暴躁的马在他手里也会变得温顺驯良。人家老是有事情给他做，他也从不推却。

不过他最起劲的，是到森林里去玩和打猎。

林子里的野草还是湿漉漉的，沿着一条露珠晶莹、泛着银光的小路在脚下铺过去。银松沉重的树枝下闪过一只兔子。一只灵活的松鼠从一棵树上滑下来。山鸡的硬翅膀拍拍作响。这儿是多么地充满生气！睁开眼睛看看吧。

基姆卡成了一个高明的射手、优秀的猎人。他学会了悄悄地像一头野兽那样在森林里移动，打起枪来弹无虚发，还会根据最细微的迹象去发现各种鸟兽。

基姆卡长成了，集体农庄也壮大了，农庄里的人们也老的老，大的大。独手的杜娘婶婶成了农庄里最出色的庄员。她把养猪场管理得井井有条，别的区里常有人来参观杜娘婶婶的工作成绩。

一九四二年间，基姆卡上了前线。他那种爱森林、爱打猎的脾气到了前线对他很有用。

在同一个月内，一边是杜娘婶婶因在后方劳动有功得到了勋章，一边是基姆卡在火线上成了战斗英雄。他的战绩是杀死了一百二十名法西斯匪徒！

马车还没有到达养猪场之前，彼得就对小黄雀说了这么些事情。

基姆卡

养猪场的院子里很静，又宽又长的猪圈里传来了尖叫声、呼噜声和水桶的撞击声。

彼得在车上站了起来。

“杜娘婶婶！”他拉高嗓门叫道，“出来，大娘，我送好消息来了。”

小黄雀跳到了地上。

“我去叫她。”

“别胡来！杜娘婶婶会把你的头都砸扁！闲人是不能到那边去的。这儿的规矩可严哩。”

于是彼得重新鼓起了他的全部力气拼命叫喊：

“出来呀，杜娘婶婶！我送信来了！”

杜娘婶婶走到门槛上，用一只手遮住太阳。

“谁在那儿乱叫？”

等她看见是彼得，就朝着马车跑了过来。

“有信吗，彼得？”

“有信，有信，我的杜娘婶婶……”

杜娘婶婶接过了信，在手中翻了翻，把它贴在胸前，嘴里喃喃地说：

“眼镜在家里，我把眼镜忘了……真糟糕！现在怎么办呢？真糟糕！”

“杜娘婶婶，你就把这信给这小姑娘，她年纪轻，眼力好，让她念给你听。”

“我这就给她念，不过让我先看一下。”

杜娘婶婶拆开了信，向信上看了一会儿，眼泪就挤满了眼眶，扑扑簌簌地落在信纸上。纸上留下了一个个紫色的小点子。小黄雀扯了扯彼得的袖子。

“彼得叔叔，我这可没法看清楚了，你瞧，纸上全弄了些水迹。”

彼得轻轻地从杜娘婶婶手里把那封信拿了过来。

“好了，大娘，眼泪流够了，还是听听你儿子写了些什么吧。小黄雀，你念。”

“‘好妈妈，今天收到了您的两封来信，我非常珍视它们。一封信里附着您的一张相片，另外一封附着西玛的手帕。我在相片上看到了您。当然，您变得多了。当然，好妈妈，您老多了，这是因为您太挂念我的缘故。由于在作战，我不能常常写信给您，再说我们之间的一段路可真不短啊。不要为想念我而伤心，不要哭，我身体挺好，过着美妙的战斗生活。如果我必须牺牲的话，我就英雄地死去，我的死一定要他们①付出极大的代价。只要我还活着，你就别哭，相反的，

---

① 指法西斯匪徒。

正因为我是一个祖国的保卫者，正因为是您把我培养成了这样一个人，您要为此而骄傲！

“‘在读书的时候，我仅仅在地图上看到过、书本上读到过那些省份、城市和我现在渡过的那些河流。我们一面战斗，一面经过了不少地方，每天我都看到法西斯匪帮的惨无人道的兽行，看到血流成河的我们的城镇。但是在学校里的地图上什么也不会变更，一切都将恢复原状，我们要像从前一样过幸福的生活。我跟您将回忆分离后这很长一段时间内的往事，回忆您为我流的眼泪，回忆我在战斗中经过的路程。

“‘现在您跟我一起高兴高兴吧，好妈妈：我很快就可以有一张党证了，跟列宁袋里放过的、现在放在斯大林同志袋里的完全一样。

“‘我还得到了战斗红旗勋章。

“‘现在，我向您，好妈妈，致以遥远的战斗敬礼，并且要求您！为了我们愉快的重逢而保重您的身体。我们一定会得到胜利，我一定会骑着一匹骠壮的战马走到您面前。现在不要忘记您的儿子基姆卡，红军狙击兵，要求您——别哭。’”

不过杜娘婶婶还在哭，不住用一只手揩眼泪。小黄雀的鼻子也开始有点发酸，她的一滴眼泪掉在信纸上化成了一个紫色的小点子。

“哎，真是妇道人家！”彼得说，“把河也要流咸了；这时正该高兴高兴，你们却怎么搞的！”

彼得扯顺了军装上衣，在杜娘婶婶面前立正了说：

“杜娘婶婶，请允许我向您祝贺您的儿子——苏联英雄——荣膺红旗勋章。”

杜娘婶婶拭干了眼泪，骄傲地说：

“谢谢你的祝贺，彼得。请你今天晚上来喝杯茶。我要为这件喜事烤几块牛酪饼。儿子入党和得到勋章的事也不是天天有的。”

“一定来，一定来！现在先分手了，我们走吧！”

“哎，让她在这里玩一会，看看我的猪场。她是城里人，一定会觉得好玩的。”

“好吧，那么，小黄雀，你就留下吧。”

说完以后，彼得就爬上马车赶马动身了。

小黄雀和玛施卡

小黄雀刚要往门里走，杜娘婶婶扳住了她的肩膀。

“你上哪儿去？难道这样就可以进去了吗！我那里全是小猪仔。你在这儿等一等。”

过了几分钟，她回了出来，一只手里拿着一件很厚但很干净的粗麻布工作衫。

“你把这穿上，再把鞋子踏踏干净。”

猪圈房的门槛上放着一方踏脚草垫，上面厚厚地撒了一层白粉。

“进猪栏一定要守规矩。那些猪仔娇嫩得很，要是带进了什么传染病——那就什么都完蛋了。”

小黄雀觉得很奇怪。她以为叫她穿工作衫和踏踏白粉，是为了怕她受到猪仔的传染，但事实却正好相反。她带着一点困惑跨过了门槛。

谁说猪是龌龊的？是谁造的这种谣言？猪的主人倒许是龌龊、懒惰的。要是猪的主人都像杜娘婶婶那样，那我们对猪欣赏也来不及。

这座长房子用石灰刷得白亮耀眼。地板刨得干干净净。阳光和新鲜空气从敞开的窗子透进来。一条笔直的通道两旁做了很高的栅栏。在每一扇小门上都有一块小木板，上面写着猪的名字。

它们的名字有：俏姑娘、白雪公主等。难道你听起来会当是猪吗？

猪栏里没有脏水，没有垃圾，没有剩食。

“瞧，这是我们的母猪跟小猪仔。”

在每一个猪栏里都躺着一头白里透红、非常清洁的母猪，它的旁边有许多滑稽的、鼻子扁扁的、像白瓷做的小猪仔在那里滚来撞去。

“现在我们总共只有五头母猪，”杜娘婶婶叹了口气，“等战争结束以后，我们要重新建设，我要把这养猪场经营得连莫斯科都知道。”

一个年轻的女养猪员跑到杜娘婶婶跟前。

“我已经把水准备好了。可以开始了吗？”

“好。小姑娘，你要看小猪洗澡吗？”

小黄雀连忙点点头。她高兴得话也说不出了。

“当然喽，”杜娘婶婶接着说，“我们还没有很好的设备。譬如没有自来水，只好用桶打水，可是我们无论如何总要保持整洁。”

在最后第二个栏里聚集了二十来头卷着尾巴的小猪仔。它们细声细气地叫着，顿着脚爪，你推我撞，使劲向那扇又窄又低的小门挤过去。

“瞧，它们多喜欢凉快，”杜娘婶婶哈哈大笑起来，“好，你站过来，奥丽迦。”

杜娘婶婶和她的助手奥丽迦拿了两只放着温水的大喷壶，分站在小门的两侧，接着扳开了搭钩。那些猪仔都快活地叫着扑到温和的水头下面。

小黄雀笑起来了：这些小猪滑稽地摇动着矮矮的脚，向上跷起微红的脚踵，拼命地你挤我、我挤你，要是给它们身上少浇一点水，就要抱怨似的呼噜呼噜叫。

奥丽迦还用手给每一头猪仔擦身。

“对了，对了，是要弄得干干净净的。”

“好了，小姑娘，你现在回家去吧，顺路走过一个栏的时候，去看看我们的玛施卡，它在那边透空气，这样的猪世界上恐怕找不到第二头！”

在一片绿色的草坪上安着玛施卡的住宅。栏很高；小黄雀要想好好地看看这玛施卡，就爬到最上面的一根栏档上。她爬上去坐好以后向下一看，可叫她大大地吃了一惊。这东西简直不像头猪。栏里躺着的是一大段淡红色的肉，有一张大嘴，两只牛蒡也似的招风耳朵。细长的眼睛在发怒，使小黄雀感到有点不大对头。

不，她实在不喜欢玛施卡！

小黄雀想爬下来，可是玛施卡威胁似的呼噜了起来。这小姑娘给吓呆了。后来她小心翼翼地把一只脚踏到下一根档上。玛施卡却竖起了一只耳朵。小黄雀只好很快地缩回那只脚。

“玛施卡，”她用很柔和的声音说，“玛施卡，你躺一会儿，我回家去。莲娜大概要不放心了。”

小黄雀重新想爬下来，玛施卡却又那样吓人地吼了起来，把这小姑娘真的完全吓得目瞪口呆了。

于是就开始了长时间的蹲坐。

玛施卡不让这小姑娘爬下来。只要小黄雀稍微动一动，它就竖起一只耳朵呼噜起来。一分钟一分钟地过去了，小黄雀还蹲在那最高的一根档子上，活像蹲在屋檐上的一只鸟。她觉得自己像一个猎人坐在一株树上，树底下蹲着一头凶恶的猛虎，在等猎人疲倦了掉下来，掉在它那血盆大口之中。

莲娜在家里一定不放心了，符拉西也夫娜还说今天要烤土豆饼呢。

小黄雀哭丧着脸看着猪圈房的门，——有没有人从那边走出来。一个人也没有。

远远地走过叶高尔老伯，可是怎么能叫呢？他在老远，而可怕的玛施卡就在下面。叫了以后的结果一定不堪设想。

小黄雀的脚发麻了。

“要是掉下去——那就完了……给它吃掉……就像涅克拉索夫一首诗里写的一样[①]……”小黄雀愈想愈怕，“永远也没有一个人会知道……难道真的给它吃光，只吐出一双镂空皮鞋……”

小黄雀愈想愈伤心，差不多要哭了。她原来想要见到爸爸，要回家，要跟纽拉一起去采黑莓果，还要吃土豆饼，可是现在……什么都完了！

这时候，杜娘婶婶从猪圈房里走了出来。她两边一看，看见了小黄雀，她站住了一会儿。

“哎哟，杜娘婶婶看样子要走开了，糟糕，要走开了！”小黄雀担心地想。

不过杜娘婶婶没有走开，她向猪栏走过来了。

“你在这儿这么久，搞些什么，小姑娘？”

小黄雀不作声，用一根手指招呼她。

---

① 涅克拉索夫是俄国大诗人，他的一首长诗《谁在俄罗斯生活得好》中也有一个小孩子给猪吞掉的事。

“什么？”

“我怕。”小黄雀压低了声音说。

“怕谁？”

“玛施卡……它不让我下来，老竖起耳朵……”

“你这个傻丫头，”杜娘婶婶忍不住哈哈大笑，“玛施卡在睡觉，竖起耳朵是因为苍蝇叮它。”

杜娘婶婶把小黄雀从栅栏上抱了下来，轻轻地拍了拍她。

“快回家去吧，傻丫头！”

现在小黄雀可以吹牛了。现在已经是玛施卡怕小黄雀了。小黄雀可以用光着的脚跟踢它肥胖的身体，用草喂它，对玛施卡的一切顽皮行为她一点也不摆在心上。

不过当时小黄雀对这件事是一字不提，杜娘婶婶也没有出她的洋相。

再也不会寂寞了

小黄雀再也不觉得寂寞了。她老是不得闲。萨施卡每天召开小队会议。九月一日[①]快到了，要做的事还多着呢！

莲娜现在难得离开学校的院子，孩子们也一天到晚挤在那里。

“学校的院子像蜜糖似的把你们给粘住了。”符拉西也夫娜常这样咕哝着。

不管蜜糖不蜜糖，学校的院子里现在是又好玩、又热闹、又快活。

第一，可以做少先队的工作。

第二，有莲娜。她常常讲故事，跟她在一起才不会寂寞呢！

还有——小黄雀和她的书。孩子们差不多全都看过几遍《铁木儿和他的伙伴》，现在又开始看《学校》[②]。

小黄雀出起主意来真是能手。她在干草棚里搞了一个很秘密的地

① 这是苏联学校学年开始的日子。

② 《学校》一书是盖达尔的作品。

方，一伙朋友就聚在这儿：小黄雀、纽拉、萨施卡、阿辽沙、彼佳、玛茵珈，当然少不了克里摩施卡跟矮胖的塔茵珈。有时瓦丽雅、席尼雅两姐妹也来参加。小黄雀给小队起了个名字，叫做“好朋友小队”。莲娜和萨施卡也赞成。

做每一件工作，订每一个计划，好朋友小队总走在前面。他们一块儿干活，一块儿进树林去玩。采来了蘑菇、浆果放在一只锅子里、一只碗里。所有的孩子都很喜欢和这个小队在一起。年纪还很小的小朋友们只想着一件事：什么时候也能入队。

星期六，学校的菜园里在拔菜、摘番茄，拔菜真是件有趣的事！小黄雀顶喜欢拔胡萝卜。拉住叶子，用一点劲就拔出来了。拔出来的胡萝卜又干净、又肥大，像一个绕着纱的纱锭。小黄雀切去茎叶，把胡萝卜扔到一个桶里，那桶就砰的一声响得整个菜园里都听得见。

纽拉和玛茵珈在旁边的一畦地上挖甜菜。萨施卡和克里摩施卡在摘番茄。小黄雀老是不相信这就是番茄。它们又不软，又不红，而是很结实的、碧绿的，像是涂上了光油，亮晶晶的。萨施卡和克里摩施卡把番茄放在筐子里；这些番茄不拿到地窖里去，要放在屋子里。萨施卡告诉小黄雀说，这些番茄就会红出来的。

符拉西也夫娜很满意；她喜欢看到院子里热闹、有很多人、活也干得好。她从谷仓跑到菜园，再从菜园跑到谷仓，拿着一串钥匙叮叮当当地响，她把什么都看在眼里。

“你干吗踩在茎叶上？叶子要用来喂牲口的。干吗用锹子把甜菜弄伤？慢慢要烂掉的……豆荚放在这儿，咱们慢慢有空来剥壳。”

她嚷着、咕着，其实，她真高兴哩。

谷仓里愈来愈好看了。小黄雀到那边看了一看……她啊的一声叫了起来。像在阿利巴巴发现的强盗山洞里差不多①。胡萝卜放在那边，像是许多金块。红的甜菜，各种颜色的萝卜，肥大滚圆的南瓜，嫩绿的豌豆荚，穗子蓬松的洋葱头……

小黄雀想到这许多又好看又好吃的东西将要放进土坑的深处，还

---

① 神话《天方夜谭》中的事情，阿利巴巴偶然发现一个山洞，里边堆满了由四十个强盗抢来的金银财宝。

要撒上沙土，简直觉得非常可惜。不过话得说回来，纽拉说得对，这样一来，今年一冬就能吃上又新鲜、又多汁的蔬菜了。

菜园里冷清一点了：菜畦的土都翻了身，茎叶晒干了，只有白菜还是像本来那样东一棵西一棵的，像待嫁的姑娘一样漂亮。在下雪以前是不能拔白菜的。

本来已经很热闹、很快活，现在更热闹、也更快活了：一年级的迦琳娜老师回来了。她跑到菜园里就嚷：

"你们好啊，小朋友们！"

孩子们从地上跳了起来，向她奔过去，他们个个都是乌焦墨黑的，身上沾满了泥土。

"您好，迦琳娜老师！您好！"

"别走近我，小心把我的衣裳弄脏了……"说着就走到莲娜面前。

"我们来认识一下吧……我叫迦琳娜。"

"我叫莲娜。"莲娜回答的时候注视着迦琳娜，突然吻了她一下。

"你来得正好，要不我总是孤零零的一个人……"

"我们以后就在一块儿。好吧，我能帮你些什么忙吗？"

小黄雀一看见迦琳娜就很喜欢她：她年轻、活泼、头发鬈曲、谈笑风生，嘴里老是唱着歌。她的一双眼睛黑乌乌的像两粒红醋栗，脸色黝黑，嘴角上有一颗黑痣。符拉西也夫娜见了她也很高兴：

"您好啊，迦琳娜！小夜莺飞回来了！"

迦琳娜很快就跟莲娜做了朋友。

"符拉西也夫娜，"迦琳娜说，"青年团委托我来检查一下：开学的事有没有准备好。请把钥匙给我。"

迦琳娜到学校里去了，回来的时候她皱起了鼻子。

"学校里这样子我不喜欢。"

"怎么，不喜欢？"符拉西也夫娜厉声地问，"我已经揩啊，洗啊，哪儿也找不到一粒灰尘。"

"您先别生气，符拉西也夫娜，清洁是清洁了，但是不漂亮！要让新来的小学生走进教室就觉得可爱。小朋友们，要有一点花才好。”

“到哪儿去弄呢？”萨施卡说，“花没有，草地都割干净了，矢车菊也都一起割去了。”

“山凹里还有雏菊跟野蔷薇。”

“野蔷薇放不长，一下子就会谢掉的。”

“小朋友们，那就折几枝美丽的树枝来也行。”

“可是这儿四面只有松树和枞树。”

“那我们就走得远一点，到山背后去，那儿有白杨林。”

第二天，孩子们作了一次远足。他们走了整整一天，带来了许多深红色的杨树枝，还有红酸果树和结着黑色浆果的石南①的树枝。他们把这些树枝插在教室的窗门上面。

纽拉拿来了一盆凤仙花。阿辽沙拿来了几枝插在一个罐子里的天竺葵。

新学生的教室，甚至全校，都装饰得很漂亮，很有生气，使得小朋友个个都希望快些开学。

但是，那两个年轻的女教师觉得还是不够。

“小朋友们，让我们来给新来的小学生们准备一点礼物，”莲娜说，“放在他们每一个人的桌子上。”

于是又搞起了一个很像样的工场。不过这次是在符拉西也夫娜的厨房里搞的，因为学校里不能弄脏，再过一星期就是九月一日了。

孩子们弄来了一些破布、树皮、松果，就动手干活了。萨施卡用树皮刻了几只小船，女孩子们用破布做了几个洋娃娃和笔尖刷子。阿辽沙画了几幅色彩鲜艳的图画，多嘴彼佳很巧妙地用松果和枞树果制成了各种各样的动物：一只细脚的鹤、一头小猪仔，一个刺猬。

虽然这些小礼物并不是什么名贵东西，但新来的小学生们是会非常喜欢的。

就这样干了一天活，矮胖的塔茵珈还要来添麻烦。她的嘴巴老是

① 一种很矮的常绿树，叶子很小，花呈淡紫红色。

龌里龌龊的：孩子们有的塞给她一片面包，有的塞给她一条黄瓜，有的给她一个胡萝卜。一整天嘴里嚼来嚼去，奇怪的是她的肚子怎么不会痛的？大家都忙着看管她，人一多，反而七手八脚的搞不好。一个人给她洗了脸，洗完对另一个点点头，要他把她揩干，而那个人却忘了。塔茵珈就只好带着一张湿漉漉的脸到处乱跑。要不大家就把她放在白菜畦里，自管自去干活了，待会儿想起了，——她已经活像童话中的裘摩伏契珈似的在白菜叶上睡着了！这胖丫头没有一刻安静，老是闯祸。有一次掉在水洼里洗了个澡，有一次捞煤炭弄得浑身墨黑……真拿她没有办法！

* * *

晚上。工作完毕。可是孩子们还不想走。

女孩子们在做捉人游戏。她们唱着：

“把火点亮，把火点亮，别让熄了！眼睛看天，星星闪光，鹤儿飞翔……”

男孩子们还是像平常一样在打球。

小黄雀不知道跟谁玩好。她想去参加捉人游戏，跟快脚的玛茵珈比一比，可是男孩子们叫她过去跟他们玩：

“嗳，小黄雀，到我们这儿来玩！快过来呀！你干吗去跟那些丫头搞在一起。”

小黄雀就挑了一根球棒。

迦琳娜和莲娜坐在台阶上。

“战争结束以后，你还留在这儿吗？”迦琳娜问。

“不知道，我还想升学。”

“学什么？”

“想念数理系，这很有趣。”

“不，”迦琳娜说，“我不喜欢数学。我想做一个园艺家。我要回到乌克兰去，敌人把那边的果园都砍光了。我要重新把花木种植起来。要种得比本来的还要好！”

“学校不管了吗？”

“你怎么说的！”迦琳娜吃了一惊，“我要在空下来的时间去搞。我无论如何不能离开孩子们。现在更离不开了。你知道我们那儿的孩子落在后面多远？他们有两年没有念书。法西斯强盗毁了我们的乌克兰……城市烧毁了，果园砍光了……人们被赶去做苦工……我的一个妹妹现在还不知道流浪在哪儿……将来我们要做的工作多着哩！……"

"那么说，你将来是要离开的了？"

"我要走的，莲娜。我们要恢复一切，重建一切。我们的果园将重新开满鲜花，姑娘们将重新唱我心爱的歌儿。"

于是迦琳娜用低沉的、从胸中发出来的声音唱了起来："哦，红莓花儿开在林子里的小路旁……"

孩子们都停止了游戏，坐在台阶上听。玛茵珈和着唱这歌的叠句，莲娜也忍不住跟着唱了起来……

他们歌唱白色的小屋，歌唱葡萄园、红莓花，歌唱无垠的草原。歌声荡漾在山岗、枞林和茅屋的上空。后来慢慢地静了下来，静得一点声音也没有。这时萨施卡说：

"莲娜老师，讲个故事吧。"

莲娜就开始讲起来了，讲的大半是战斗故事。

孩子们从她那里知道了丹娘、马特洛索夫和迦斯杰洛[①]的许多事迹。莲娜讲得很动听，坐着听上一整夜也不会觉得疲倦。

可是符拉西也夫娜走到台阶上说：

"还不够吗，你们这些夜游神？该走了。"

"马上就走，再等一分钟，"小黄雀要求她。

"去吧！去吧！爸爸妈妈在家里已经等了很久了。"

"我们马上就走，"纽拉恳求她说，"等唱完了我们的《好朋友之歌》。"

《好朋友之歌》——这已经成了好朋友小队的队歌。是莲娜教给他们的。不唱完这支歌，他们就不肯回家。

---

① 这三位都是苏联英雄。丹娘（即卓娅）和马特洛索夫都是中国青少年所熟知的。迦斯杰洛是一个飞行员。一九四一年他率领自己的飞行联队去轰炸德寇的坦克纵队，交战时，敌军的高射炮射中了迦斯杰洛所驾驶的飞机的油箱。机身已燃烧起来，但是英勇的迦斯杰洛把起火的飞机向敌人坦克和贮油最集中的阵地猛冲下去，给了敌人极严重的打击。

“唱吧，玛茵珈。”

“谁坚信友谊，
谁愿意互助，
谁就永远不会跌倒，
任何灾难不会遭到。”

接着孩子们也和着唱了起来：

“要是有谁摔了一交，
朋友就会扶他站好，
忠实的朋友，
在患难中永远和他在一起。”

孩子们就这样唱着歌回到村子里去了。

小黄雀这一天够累的了，她像一块大石头扑倒在床上就睡。

莲娜在桌子旁边还坐了好久，老是把几本书翻来翻去，在上面做了许多记号，看样子是在备课。莲娜显得有些担心，——她在学校里的工作将怎样进行呢？……

夏　末

后天就要开学了。好朋友小队准备最后一次到浓密的森林里去采蘑菇和浆果。

以后什么时候再能出来玩呢？要就在星期天。这就必须功课搞得好，用不着拼命地赶才行。

符拉西也夫娜关照小黄雀不要把“乱七八糟”的东西——花蘑菇、黄蘑菇、桩生蘑菇——采来。

“我晓得你把什么垃圾东西都会拿来，现在要好好地去采点蘑菇了。采点白的跟咖啡色的蘑菇腌起来。老鼠也在安排过冬了，咱们难道连老鼠也不如吗？我已经把木桶都蒸过了。”

田野里光秃秃的，麦子都割得干干净净。大麦已经晒干，燕麦也割下了。拖拉机还在地里轧轧地响着，在为明年夏耕翻松土地。

脚下不时地有几只野鸡和鹧鸪飞过。后面叽叽喳喳地还跟着一窝。这些可怜的鸟儿没处躲藏，现在只好飞到土豆田里去。

萨施卡捉到了一只小鸟，拿在手里，在它的头顶上呵呵气就放走了。这样瘦弱的小东西要来有什么用呢？

池沼里的野樱果红出来了，细细的茎拖得长长的。小黄雀本来想摘它一大把，但是她放到嘴里一尝马上吐了出来。哦，不但硬，而且酸得要命！

"傻瓜，"萨施卡说，"难道现在的野樱果好吃的吗？要天冷了以后才能采呢。"

孩子们在一座小枞林里找到了一块咖啡蘑菇丛生的地方。那种蘑菇不但好吃，而且颜色也很好看。好像许多铜币撒落在绿草地上。小黄雀蹲了下来，这样蹲了一个钟头，只见她不停地挥动着一把小刀子。

回去的时候，在没有走近村子以前，小黄雀的篮子上用枞树枝盖着，进村子的时候，她把树枝扔掉了，好让大家看见她是满载而归的。

她踏上台阶，故意顿顿脚，想叫符拉西也夫娜快点出来看一看。在堂屋里她用一只脚踢踢门，高声地叫着：

"符拉西也夫娜！"

符拉西也夫娜没有答应。

小黄雀把篮子放在地板上，推开门跑进了厨房。

她想再叫一声符拉西也夫娜，可是哽住了：厨房当中站着一个瘦长的陌生女人。她的一对很薄的嘴唇紧紧闭着，一双乌黑的眼睛看起人来很严厉。头发在后面扎成一个很大的结，紧贴着头。她的脸色红润、严肃，但是有一种痛苦的神色，这使小黄雀不由自主地沉默了。那女人把双手交叉放在胸前，小黄雀立刻注意到，她的外套的袖口白得耀眼。

地板上放着一只箱子，炉子旁边是符拉西也夫娜，她不像平常那样，好像有点不安。

那女人很严肃地对小黄雀打量了一番。

“脚要在堂屋里擦干净。”她很安详地说，“牢牢记住这一点。门上有把手，不要用脚踢门。这样会弄脏房门、踢坏鞋子。蘑菇先拿到堂屋里去。”

小黄雀连忙跑出去，像烫着了似的，接着喘了一口气。

“怎么搞的！这个人到底是谁？她是不是就要走的？”小黄雀在堂屋里转来转去，不知道该怎么办是好。还是去找莲娜，召集好朋友小队呢，还是静静地坐在台阶上等里边那位严厉的姑姑走出去。

正在这时候，门推开了一点，伸出了符拉西也夫娜的头。

“去，”符拉西也夫娜说，“在叫你呢。”

当小黄雀在符拉西也夫娜身旁溜过跑进门的时候，符拉西也夫娜轻轻地对她说了一声：

“这是女校长。她要跟你们一起住在这里，我要去看门了。”

女校长对小黄雀回过头来。

“你叫什么名字，小姑娘？”

“塔妮雅。”小黄雀细声细气地回答。

“什么？塔妮雅？……”

那女人突然很快地对小黄雀看了一看，就不响了。

“那么，塔妮雅，”她重又以安详而平稳的声音说，“我们现在要生活在一起了。我喜欢在屋子里保持整洁清静。不然我就不能工作。牢牢记住这点。我叫德米特里也夫娜。”

她对小黄雀说完以后，就掉过头去弄她那只箱子去了。

小黄雀笔直地站在那儿，一眼不眨地看着那弯着的身体。

德米特里也夫娜微微转过头来说：

“你可以走了……塔妮雅……”说着，她的嘴唇突然抽搐了一下。

小黄雀一溜烟似的跑了出去。

她站在台阶上，忧郁地望着远处。

小屋子里寂静无声，不过这已经不是从前那种和平、愉快、轻松的寂静了。

不很炎热的太阳躲在灰色的云层后面。树林看上去阴森森的，只有几处地方的杨树红如火焰。第一阵秋雨稀稀落落地从云层的筛子里落下来。

夏天结束了。

这不平凡的、热闹的、忙碌的假期结束了。

秋天到了。

第二部　秋

九月一日

这一夜小黄雀兴奋得睡也没睡好。当太阳刚刚从森林后面露出一点脸的时候，她就完全醒了。莲娜已经先起来了。她在烧茶煮土豆。

小黄雀一下子就闻到了土豆烧糊的气味，莲娜就站在炉子旁边，倒反没有发觉。小黄雀注意地对她的姐姐看了一眼。莲娜的脸色很苍白、严肃，不像平时的模样。

“她一定很激动。”小黄雀心想，可并没有吭气。

隔壁房间里的德米特里也夫娜开始穿衣服了。

莲娜忽然想起了什么事情似的，她说：

“小黄雀，吃早饭吧，吃好了就到学校去。”

“你呢？”

“我要迟一点去，以后我们总是不一块儿走。记住，小黄雀，在学校里你可别单叫我的名字。”

“那叫什么呢？要是我要问你什么事情呢？”

“要叫我莲娜老师。”

“好。”小黄雀很顺从地吐了口气。她表现了十足的听话。

小黄雀胡乱地吃好早饭，再把书包里的书检查一遍，就跑去上学了。

虽然时候还早，学校门口却已经聚集了很多小朋友。从村子里，从远地的集体农庄，从林子那边，从山背后还有人络绎不绝地往这儿来。瞧，这一群孩子是倍克里亚特村的，这五个是札巴里塔村的，这十个是波留其村的，还有许许多多正在爬上山来。

校门口密密地堆着许多枞树枝。孩子们在走进堂屋之前，都很仔细地把靴子擦干净。学校里必须保持清洁。走廊里的值日生，当然是纽拉，她站在门槛上察看孩子们的鞋子。只听见她的声音：

“把脚举起来看看……回去再擦，鞋跟上还有泥。”

鞋子上沾了泥就别想打她身边混过！在走廊里孩子们碰到了符拉西也夫娜。她对每一群孩子都弯身招呼，表示欢迎：

“好啊，开学好，开学好！祝你们学期开始好，孩子们！五分和四分多得几个，三分、两分——滚开去！咱们不要！”

孩子们笑了，在更衣室里他们把外衣交给女工友娜塔莎以后，就各自跑到自己的教室里去。

德米特里也夫娜校长严肃而镇静地观察着学校的一切，就像一个即将临阵的统帅。她一个个教室看过来——看看清洁不清洁，看看开水桶有没有准备好，看看更衣室里的娜塔莎是不是忙得过来，并且还仔细地观察孩子们……

孩子们打她身边走过的时候，谁都放慢了脚步，稳稳地走。女孩子们偷偷地掠掠头发，男孩子整整自己的衬衫。今天孩子们穿得特别漂亮。

少先队员都系上了红领巾。萨施卡身上的新衬衫笔挺，像铁甲一般。瓦丽雅、席尼雅两姐妹穿了一样的浅蓝色裙子，因此两个人就更加分辨不出了。就连淘气鬼玛茵珈也在纤细的辫子上打了一个红色的蝴蝶结。

在走廊里走来走去的值日老师是玛莉雅。哟、哟、哟，她今天打扮得多漂亮啊，黑色的外衣窸窸窣窣地响，皮鞋擦得雪亮，肩上披一条雪白的羊毛肩巾。容光焕发、神态自若，她从头到脚都打扮得像过节一样。大一点的孩子直向她跑过去说：

“您好，玛莉雅老师！”

“可以进教室了吗？”

“可以，可以，进去吧！”

一年级教室门口站着迦琳娜老师，她在接待新来的小学生。

新来的小学生们一本正经地走着，他们紧紧地握着妈妈或是姐姐的手。

迦琳娜一面帮他们脱衣服，一面笑盈盈地跟他们谈笑打趣，那些小孩子突然自己放开了送他们来的妈妈或是姐姐的手。

迦琳娜把他们两个两个排在一起，母亲们走到她跟前说：

“迦琳娜老师，要是有了点什么，您别太责备了……孩子还小哩……”

小黄雀觉得很可笑：她们有什么要担心的呢？学校里很好嘛，又有趣又快活。她打走廊里跑过去朝一年级的教室里看了一看。

“哦呵！他们的教室里搞得多漂亮啊！”

窗台上是鲜花，老师的讲台上也是鲜花。每一张课桌上都有小黄雀跟朋友们为孩子准备的小礼物。孩子们在这里念书真太好了！

小黄雀叹了口气。她，小黄雀，又该怎样学习呢？她的算术一向不大好。小黄雀想了想，就朝自己的四年级教室跑去。

教室里已经挤得满满的了。

大多数都是本来认识的老朋友，像：纽拉、萨施卡、多嘴彼佳、阿辽沙，还有别的曾经一块儿干过活、一块儿到林子里采过蘑菇、吵过架而又重归于好的孩子。只有几个从远处村子里来的孩子张大着眼睛瞧着小黄雀。这没有什么关系，会认识的。

小黄雀仔细地看着小朋友们。他们的脾气跟城里的孩子不一样。他们比较认真、庄重、沉着。谁也不大声叫喊，谁也不在课桌上跳来跳去，谁也不在黑板上画鬼脸。

大家都规规矩矩地坐在各自的老位子上，还是跟原来的人同坐。只有小黄雀一个人坐在第二张课桌上。

“纽拉，”小黄雀说，“纽拉，到我这儿来……”

“我不能来，”纽拉叹了口气，斜着眼睛对淘气鬼玛茵珈瞟了一眼，“我得跟她一起……这拖船……”纽拉无可奈何地摇摇头。

玛茵珈神气活现地眼睛望着天花板。

在右首跟小黄雀并排的有萨施卡和阿辽沙。左首是倍克里亚特村的巴沙和多嘴彼佳。再过去也都是认识的，一共有二十七个好孩子。

“当然喽，这是全校最好的一班，也许是全区最好的！不，一定是全省最好的一班！”小黄雀骄傲地想。

孩子们有的从书包里掏出一张报纸，有的掏出一张糊壁纸铺在课桌上。

“这是干吗？”小黄雀觉得很奇怪。

“什么干吗？”纽拉回答她说，“课桌是黑色的，溅了墨水看不出来，不小心就把练习簿给弄脏了。铺上一张纸要好得多。”

“说得对。”小黄雀后悔她没有带一张报纸来。

这时纽拉就拿出她自己带来的一张报纸，很平均地分成了两个半张。

“拿去吧，小黄雀。”

现在小黄雀什么也不缺了。

钟响了。还是那种学校里的钟声，小黄雀一听到这声音老是要心跳。

孩子们都紧张起来，一眼不眨地盯住教室的门看。

进来的是一位女教师。大家都站起来，小黄雀也跟着大家站起来。

莲娜完全不像她平时的样子。辫子卷成一个紧紧的结，托在后脑上。黑色的衣服，钮扣一直扣到喉头，衬衣的领子露在外衣领子上面。袖口上也露出雪白的内衣。

“她什么时候打扮成这个样子的？”小黄雀怎么也想不通。

“小朋友们，坐下。”莲娜说。

她的声音很平静，不过小黄雀看出她的手微微有点哆嗦。

“我们已经不是陌生的了，”这位老师继续说下去，“既然这样，我们就可以直接开始上课了。不过先要请班长告诉我，同学们都到齐了没有？”

纽拉站了起来。

“根据名单本班有三十人，今天到的有二十八人。柯里亚生病，米沙缺席，原因不明。”

“好，”莲娜说，“你坐下。这么说，米沙没来上课？”

小黄雀觉得莲娜镇静一点了。

“我们这节课是俄文。把练习本打开。我们来一次听写。我想了解一下你们的程度。”

每当听到“听写”这两个字，小黄雀就会激动起来。她的心有点发抖。因为她非要得到五分不可。

“我们的祖国……”莲娜在念。

二十八个头伏在练习本上面。二十八枝笔划在纸上，嘿！又像平常一样，小黄雀伸出了舌尖……莲娜慢慢地念着，在课桌之间走来走去，每一个学生的练习本她都要看一看。

“小姑娘，”她弯身问席尼雅，“‘首都’这个字你怎么拼的？”

“斯大里察。”席尼雅很有把握地回答。

“为什么？”

“因为这是斯大林同志住的城市①。”

新学年就这样开始了。

* * *

课间休息的时候，孩子们都跑到院子里去。男孩子不是捉人，就是打球；女孩子手搀手儿围成一个圆圈唱歌。

小黄雀跟男孩子们在一起奔跑抢球，直到上气不接下气为止。

迦琳娜老师跟新来的小学生们一块儿玩捉人游戏。纽拉帮着她。那些小孩子在学校里已经习惯了，钟一响就嚷着跑到教室里去。

萨施卡一脸的不高兴；米沙使小队丢了脸，没有做到少先队员全部来学校上课。

“彼佳，”萨施卡在下课的时候说，“你去找找米沙，说他几句。他要是再旷课，我们就在小队会议上批评他。”

“对！”彼佳愤愤地说，“应该好好批评批评他！”

上第四课的时候，莲娜说：

“按照课程表，现在我们是绘画课，不过因为我们还没有图画本子，图画铅笔也不够，所以由我来念一篇小说给你们听。”

孩子们都很高兴，动了动身子，说了几句，在座位上坐得更舒服一点。

莲娜打开了一张报纸。

“《侦察兵索斯诺夫斯基的功勋》。”她先念了标题。

---

① 俄文中“首都”一字应该是“斯多里察”（Столица），这里席尼雅把其中的一个字母“奥”（о）记错了，以为是“啊”（а），而且还说出她的有趣的理由：斯大林（Сталин）住在首都，所以首都也应该拼作“斯大里察”（Сталица）。

孩子们静下来屏住气，聚精会神地听着这少年侦察兵的故事，他们好像跟他一起沿着布满地雷的田野爬过去，一起切断铁丝网，一起埋在雪堆里躺上几小时，一起把一个吓呆了的奸细带到驻扎司令部的土窑里去。

小说念完了，但孩子们还坐着不动……过了一会大家七嘴八舌地提出了许多问题。钟早打过了，可是没有一个人去拿书包……

莲娜满面红光，兴高采烈地忙着回答孩子们的问题。

* * *

"怎么样？"莲娜回到家里以后，一面脱短上衣，一面问。

"什么'怎么样'？"小黄雀不懂她的意思。

"课上得怎么样？你觉得有趣吗？全都懂了吗？"

"全懂了。很有趣，"小黄雀急忙回答莲娜，"不过，算术……"

"得了，这我知道，"莲娜笑了，"你不喜欢算术。"

"小朋友们问：你是不是每天都给我们念小说？"

"我一定争取每天第五节课给大家念。"

小黄雀搂住了姐姐的脖子，说：

"小朋友们说得对，你是世界上最好的老师！"

一切都变了

家里的一切都变了样。小黄雀想尽可能在学校的院子里多待一会儿，虽然晚来已经有点凉飕飕的了。莲娜放学以后也常在学校里待上半天，她在那边改练习本，记分数，准备第二天上课。

在空荡荡的教室里，晚上是很冷、很不舒服的，但是并不想回家去。要是符拉西也夫娜在家里烧好一茶炊茶等她们回去，并且还说上几句亲昵的话，那该多好啊！

可是茶炊因为派不到用场被送进了储藏室，代替它的是两把单调乏味的茶壶。

俄国式的火炉已经好久不生火了。

"这炉子太费柴，"德米特里也夫娜说，"现在学校里用的柴也很不容易买到。我们有一个小炉子就行了。"可怜那个红喷喷的大火炉就给搁起了，从前生了火坐在它旁边多舒服呵！

现在没有人聚在这大火炉旁边了。德米特里也夫娜大部分的时间都在学校里，晚上很迟才回家，喝了茶就上床睡觉。始终是那么安静、有礼、沉着，她从不跟莲娜和小黄雀谈谈，也不向她们问任何事情，自己不妨碍她们，但也不让她们参加到自己的生活中去。她从不讲自己的事。要是教师们或是村苏维埃有人找她，她就去厨房里接待他们。她的房门永远锁着。

的确，厨房里比以前更清洁、更方便、更整齐了。遵照德米特里也夫娜的指示，工友娜塔莎和符拉西也夫娜把墙给刷白了，把门钉上了暖毡。堂屋里放了一方草垫子，厨房里铺了木板，窗台上摆了几盆花。

但是，这间舒适的小屋子的门却难得打开。孩子们也不来看小黄雀了，符拉西也夫娜也不每星期来了。迦琳娜来的时候总是先把门推开一条缝，低声地问：

“德米特里也夫娜在家吗？我在她面前就会觉得手也没地方放。我老是会觉得我的裙子没束正，或是头发散开了。”

“可是她却从来没有责备过谁啊……”

“是呀……不过她身上总像有什么使我发慌的东西，真是要命，当了她的面我怎么也笑不出来！”

“我觉得，”莲娜说，“她一定有什么伤心事。你知道吗，迦琳娜，她有时半夜里会起来在房间里踱来踱去。有一次我甚至听到她哭了。”

“得了，”迦琳娜不加考虑地挥了挥手，“反正她是个好校长。你看，她把学校领导得多好。并且也给了我们很多帮助。别的事情我们可就不用管了。”

“你是这样想吗？……”莲娜不置可否地说。

要想听几句亲切的话，要想得到温暖和关怀，小黄雀跟莲娜还是像以前一样，总是跑去找符拉西也夫娜。

符拉西也夫娜住在一间小小的门房里，这儿有三个人就不大容易转身了。但是里边倒还烧着茶炊、生了火炉，一只猫喵呜喵呜地叫着，不过最重要的是符拉西也夫娜总是聚精会神地听小黄雀跟莲娜的诉说，给她们以善意的忠告，鼓励她们，跟她们同患难、共甘苦。

“符拉西也夫娜，”莲娜说，“我很想为孩子们做点事情。他们现在可真不容易啊：又要念书，家里活又多，还要在农庄里帮忙……爸爸在前线，妈妈也忙得不可开交，顾不到孩子。”

“那你就使他们高兴高兴，想点办法让他们快活快活。”

“我是这么想，应该搞一个合唱队或是演一个短剧……”

“好主意，好主意，孩子们也高兴，我们也可以快活。”

“符拉西也夫娜，”小黄雀说，“你知道吗，今天有一只山羊摔了个半死。”

“哪一只山羊？”符拉西也夫娜着急了，“别是我们的那只洛斯加吧？”

“不，是别人家的。一条狗从大门里窜出来向它扑上去，它逃啊，逃啊，四脚朝天摔了一交！”

“那你们呆着看什么，把狗赶开啊……”

“我们是赶了。”

“那么山羊呢？”

“躺了一会儿，就爬起来走开了。”

“原来这样。”符拉西也夫娜放心了。

莲娜和小黄雀常常这样和她聊一阵，让自己的心胸舒坦一点。不过符拉西也夫娜是很少有空的。

好朋友小队帮助杜娘婶婶

有一次放学以后，萨施卡从村子里跑回来，上气不接下气地说：

“小黄雀，快走，快把我们的小朋友们聚拢来，杜娘婶婶那儿出了事了！母猪玛施卡跑掉了！所有的养猪员都已经找得筋疲力尽，找来找去，怎么也找不到！走，去帮他们找去！”

当然，小黄雀非常起劲。

于是这两个孩子立刻向养猪场跑去。路上拉走了阿辽沙。还拖了正在上山到学校里去的玛茵珈和纽拉，又叫了彼佳。

养猪场里一个人也没有。门上了闩。所有的养猪员都去找那头猪了。

玛施卡住的猪栏下面一根木档断了。木档上还看得出有几根粘在上面的白鬃，尘土里有一个个尖蹄的痕迹。猪栏里乱七八糟的，里边没有了那头肥大的、老是打呼噜的玛施卡，显得十分空虚。

“瞧！”萨施卡说，“这样的木档也给撞坏了！”

“那么，怎么去找呢？”

“怎么找？像侦察兵那样去找，根据脚印、痕迹。”

萨施卡从撞坏的木档上捡起几根鬃毛，说：

“你们看，它是打这儿爬出去的。”

“傻瓜，”彼佳说，“这我们自己知道，既然有一个窟窿，那当然是打这儿爬出去的；你好好往下找吧，你这个自说自话的家伙！”

萨施卡弯下身子，嗅了一下地上的气味，一本正经地说：

“你们看，这儿的草都压坏了，那边一块木片也给弄碎了，必须注意一切，对一个侦察兵来说，任何痕迹都是宝贵的线索。”

“痕迹！痕迹！”玛茵珈咆哮了起来，“随便哪一个傻瓜都看得出它在这里走过。你们看这里的脚印多深。你这个老爷侦察兵！”说着她又唱了起来：

“菜园里，小山上，
开出了红莓花。
萨施卡找玛施卡，——
这真是一个大笑话！”

“你住嘴！”萨施卡说，“你只会说废话！再过去我也一定能找到脚印。”

但是，再过去已是一片绿草地；脚印消失了，萨施卡浸入深思。

“干吗站住啊？向前走啊！”玛茵珈嘲弄他。

“你嗅嗅气味看，嗅啊。”彼佳也随着附和。

“去你们的！”萨施卡愤愤地说，“你们管你们去找，我管我找，我们看谁能找到！”

女孩子们在草地上跑开了，一丛丛灌木、一个个沟凹看过来，嘴里叫着："玛施卡！玛施卡！霍噜——！"

克里摩施卡挥着一根枯枝，不知怎的在叫："啧，啧，啧！"

小黄雀学着萨施卡的样，警觉地观察着草地上的一切，寻找脚印，甚至把一个田鼠洞也看了一下，不知是为了什么。

"你怎么搞的，"彼佳说，"简直昏头了。"

这时大家都觉得非常可笑，他们把小黄雀嘲弄了好久。

小黄雀起先光火了，后来连自己也笑了起来。

不过玛施卡还是没有找到。

"这怎么能行，小朋友们！……"阿辽沙像受了委屈似的说，"眼看养猪员们倒要把它找到了。"

"那也好啊，要是她们能够找到！"

"还好呢！应该由我们找到，不然我们还成什么少先队员呢？"

这个时候，旁边走过了一个不认识的农庄庄员。

"你们在找谁啊，孩子们？"

"找一头猪。"

"找玛施卡！"

"白的身体，左面一只耳朵是黑的……"

"它在那边柳树林后面躺着；我刚才看见。"

孩子们就一窝蜂似的向柳树林奔去。

"这个人真好！"小黄雀说，"他是谁？！"

"不知道，他不是我们村里的。"

"他的脸真讨人欢喜！"

"一定是个拖拉机手或是技术员，这些人对什么都很注意。"

柳树林旁边是一个灰色的、黏嗒嗒的大水塘。玛施卡没有啊！

多嘴彼佳把手插在裤袋里说：

"我们走吧，小朋友们。这个叔叔是在跟我们开玩笑。他什么也没看见。"

"干吗他要骗我们呢？"小黄雀不相信地拖长了声调说。

"当然是骗人了；我一看就看出来了：他的脸很狡猾。"

"人家都在干活，他在草地里跑来跑去干什么？"玛茵珈眯起了眼睛，"他不是什么拖拉机手，简直是个浪荡汉。"

“小朋友们，”阿辽沙用一种可怕的低沉的声音说，“会不会就是他把玛施卡偷去了？”

“他一定想拿它做许多香肠！”玛茵珈叫了起来。

萨施卡不堪烦恼地拾起一块小石头，对准水塘中央的一块灰木头扔去。

突然……那块木头呼噜一声回过头来了。原来是那头淘气的玛施卡掉进了水塘，浑身沾上了灰色的泥浆，从脏水里只露出两只耳朵！

“玛施卡！玛施卡！霍噜……”

“走过来，好宝贝，来，漂亮的姑娘！”

但是玛施卡只是懒洋洋地翻了翻身。

孩子们开始用小石子扔它。萨施卡拿过克里摩施卡手里的那根枯枝，想狠狠地抽它一下。彼佳在跳上跳下没命地喊：

“巴赫！巴赫！巴赫！”他以为猪给吓坏了。

而玛施卡只是不大情愿地爬到水塘边上，再往前就死也不肯动了。孩子们不论用树条打它，用光脚跟踢它，或是对它咆哮，都没用。

“小朋友们，等一等，”小黄雀说，“我想到了一个办法！女孩子们，你们跑到就近的人家去拿些土豆皮来……”

“要来干什么？”

“慢慢会知道的。”

玛茵珈跟纽拉就向村子里跑去。

玛施卡打盹了。男孩子们都看不起小黄雀玩的花样。

“这不会有什么名堂搞出来的，白白地差两个丫头去跑一趟！”

“要有一架起重机才能把它吊起来……”彼佳说。

“也亏你想得出！用起重机吊猪！”

那两个女孩子满头大汗地弄来了一大桶土豆皮。

小黄雀抓了一把放在水塘边上。玛施卡动了动鼻子，耸了耸耳朵，向着土豆皮伸长了身子。但是小黄雀很快地把那堆土豆皮踢远了些。土豆皮发出一股香味，引得玛施卡的鼻孔直发痒。

终于，它不大情愿地、懒洋洋地用那矮矮的脚支起身子，从水塘里爬了出来，一张嘴吞了一口土豆皮，央求似的呼噜了一声。

小黄雀又抓了一把土豆皮扔在自己脚边。

玛施卡马上向小黄雀走去。

于是小黄雀就把桶拿在手里，一面走一面用土豆皮铺了一条美味的路。玛施卡就沿着这条路跟在小黄雀的后面走。

它一面用鼻子哼唧，一面嚼土豆皮，孩子们哈哈大笑，看着这头笨猪。这样，他们一直走到了养猪场。

小黄雀没有想到古老的童话会帮她的忙，没有想到那拇指小孩和那引走独角兽的快乐小裁缝[①]会帮她的忙。

战斗在土豆田里

日子一天天过得真快。

苏联军队还是一步一步向西推进，集体农庄的庄员还是起早摸黑地干活，孩子们还是伏在练习本上写字。

每个人都有自己关心的事，依万老爹这两天老是满脸愁云。

农庄里人手不够。区里派专人传来了命令：限期收起土豆，要是天气突然冷起来，寒气落在潮湿的秋地上——收成就要大大减少。

依万老爹老是到土豆地里去，拄着一根手杖，站在那儿心中盘算着……

微风吹动着他斑白的胡须。

土豆田一公顷一公顷地延伸过去，茎叶给秋雨淋得湿漉漉的，颜色已经有点发黑，可是人手是这么少！

农庄管理处算来算去，考虑从哪些地方可以抽出人来，可是区委会老是催促：快，快，不能让一瓣茎叶冻死！

依万老爹去找德米特里也夫娜校长。她听他讲完以后，坚决地说：

“这样，我去动员教员和大一点的学生，让他们从星期六中午起再加上星期日一整天来帮你们的忙。我自己当然也去。其他的日子我只能把符拉西也夫娜跟娜塔莎借给你们，学习是任何事情也不许妨

---

① 小黄雀引走玛施卡的方法就是从这两个童话里学来的。

碍的。”

“多谢，多谢。”依万老爹说着叹了口气走了。

这时他站在学校的院子里向着远处眺望。

这儿足足需要好几十个顶事的劳动力，靠孩子们帮忙又有多大用处呢？

符拉西也夫娜走到他身边，看了看他。

“怎么啦？”

“不行啊，符拉西也夫娜。我本不想求人帮助，可又没有别的办法。我去打个电话到区委会去，那边也许能出点主意。”

“去，去，区委会里一定能想出些什么主意的。你要打给纳鲍科夫本人。”

“当然，打给他……”

“今儿个晚上我来找你，依万。”

“好……好……”

依万老爹就去打电话到区里去了。

过了两天，区里来通知说，星期六将从城里组织支援队到村里来。

到了星期六，欢迎城里支援队的一切工作都准备好了。

在村苏维埃和农庄管理处的地板上都铺了新麦秸。妇女们拿来了枕头，生了火炉。弄来了一只大锅子放在土豆田里，准备了木屑。开始给干活的人烧土豆和菜汤。虽然是光菜汤，没有肉，也没有油，但是却热腾腾的，发出新鲜青菜和绿色荷兰芹的香气。

庄员们把全部能为贵宾准备的东西都弄来了。杜娘婶婶提来了一桶酸酒，牧场上拿来了许多牛奶渣，并且还为小学生们存了一些牛奶。依万老爹到处察看，样样事都亲加检点。他说：

“人家来帮助咱们，咱们得好好欢迎人家。大娘们，要把什么都端整得好好儿的。铁锹磨好了吗？麻袋准备好了吗？马匹喂饱了吗？”

这时，小路上响起了汽车声。

许多庄员都聚在管理处的台阶上。依万老爹用衣袖擦了擦胸前的奖章，聚精会神地等着。

好朋友小队当然早已在大家面前活跃了。玛茵珈老想爬到围墙上去。纽拉却扯住了她的裙子说：

“下来！你又不是麻雀，要蹲在围墙上。来的是城里人，可是你偏要做出一副乡下丫头的样子！”

可是玛茵珈并不听她的话。

这时，汽车已经在村口响了。孩子们连忙跑去迎接。萨施卡打开汽车门，摘下帽子，说：

“你们好！”

“你们好！你们好！”

两部大卡车坐满了人。车里什么样的人都有！有上了年纪的工人，斑白的胡须，皮肤里嵌着不少金属的微尘；有女青年团员；有军人；有老太太；有戴一副牛角大眼镜的老工程师。不折不扣来了五十名生力军！

人们从车上跳下来，揉了揉有点发麻的腿，立刻就去拿铁锹。

“到哪儿去干活，老伯伯？”一个浑身是劲的小伙子问依万老爹。

“等一等，年轻人。”依万老爹很客气地把他拦住了，举起一只手说。“同志们，”他声音不高，但听得很清楚，“我们农庄的全体庄员感谢你们的帮助。谢谢你们，朋友们。我们不是为了自己而惊动你们，是为了我们的军队。现在，我们走吧。”

人们散开在田野里。干活的方式是两个人一组。小黄雀当然跟纽拉一起。莲娜旁边是迦琳娜。然后是符拉西也夫娜跟玛莉雅。德米特里也夫娜站在磅秤旁边，手里拿着一枝铅笔。再过去，在眼睛所能看到的一大片湿漉漉的土地上，尽是弯着腰在干活的人们。

小黄雀紧紧地抓住粗糙的茎叶往身边拉。纽拉用锹子刺进地去把土掘松。于是泥坑里就露出了淡红色的长长的土豆，好像一头头小猪仔一样。

小黄雀和纽拉立刻又去掘另一棵土豆，另外的小孩子们就把土豆从泥坑里掏出来，放在桶里、麻袋里。连矮胖的塔茵珈也在地里帮忙。甚至左雅家里的几个小娃娃也擦着鼻子围成一堆在干活。男孩子们把一桶桶的土豆提来，过秤以后，就把它们倒在马车上。

虽然地上很湿，虽然一块块灰色的泥土粘在铁锹上，虽然两只手有点冷，虽然在下着凉飕飕的细雨，但这一切都无所谓。大家干活还是干得非常高兴，只听得田野里一片嘈杂的人声。

事实上，并不是个个人都会掘土豆的。

符拉西也夫娜走到了一位老工程师跟前。那老工程师正在望着自己手里的茎叶发怔。他刚一拉叶子，就把它给拉下来了。和他一起干活的一个裹着彩色头巾的姑娘生气地说：

"您怎么搞的，格奥尔吉同志，又扯下来了？"

"又扯下来了，"工程师无可奈何地摊开两只手，"很抱歉，它好像自己会脱下来似的。"

"你干吗这样对人家，"符拉西也夫娜对那个姑娘说，"也许，这位先生还是头一回哩。来，我做给您看！"

工程师和符拉西也夫娜弯下腰。去拔一棵土豆。

"就这样。"

"谢谢您，"工程师说，"这下我懂了：用第一杠杆法。"

那姑娘笑了。

"你别笑，"符拉西也夫娜止住她，"这位同志在工厂里干起他的本行来一定是个能手！"

"在工厂里，那当然。"姑娘用尊敬的口吻说。

"可不是吗。"说完以后，符拉西也夫娜就又忙着去帮别人的忙，把窍门告诉他。

人愈来愈多了。

区里、老远的拖拉机站、林务区都派了人来。可是这时候产生了一个问题：许多妇女把小孩子也带来了，因为没有可以拜托照料的人。小孩子在母亲身边挤来撞去，在秋雨底下淋得精湿，并且还常常掉在黏嗒嗒的泥浆里。呜呜地哭着妨碍大人干活。忙着干活的大人就生气地嘘他们。

"你瞧，"莲娜对迦琳娜说，"这样不行，一定得把孩子们安插在一个地方。小黄雀，嗳，小黄雀！过来；你跟纽拉把这些哭哭啼啼的小家伙给集合在一起，我去找德米特里也夫娜校长，请求她准许把他们弄到学校里去。"

“你怎么啦，”迦琳娜说，“别去！学校里现在是一尘不染的。难道会让你把这些脏小孩放到那边去！”

“干吗要把他们赶到学校里去，”杜娘婶婶插嘴说，“他们在那边又有什么好！不能躺，不能坐，也没茶喝！小黄雀，把他们领到我家里去，不管肮脏干净。生个火炉，烧点菜汤给他们吃。”

“好吧，小黄雀，”莲娜说，“你去叫纽拉、玛茵珈一块儿去。要当心，不要搞得乱七八糟的。现在我就去报告依万老爹。”

这样一来，小黄雀意外地成了幼儿园主任了。

乱糟糟的一群孩子

八个小孩子身上湿漉漉、头发蓬松松地在杜娘婶婶的宽敞的屋子里挤成了一堆。

刚洗得干干净净的地板上，从门口一直到那些小客人的脚下，布满了黏嗒嗒的泥脚印。

小黄雀、纽拉和玛茵珈站在一旁欣赏这一群受她们照顾的宝贝。

“真可爱！”纽拉装出一副严肃的神气，摇摇头说。

“活像下雨天的一群麻雀！”小黄雀笑着说。

“弄得太脏了，太脏了！”玛茵珈在假正经，她似乎没有看见自己一双沾满泥浆的脚，“他们才要人家像船一样拖哩！”

“我们跟他们搞些什么呢！”小黄雀问。

“我来领他们做游戏，”玛茵珈说。

“做什么游戏？”

“做他们会的。”

但是纽拉却不多啰嗦，她脱下大衣，系上了杜娘婶婶的围裙，对她的两个女朋友叫着说：

“还做什么游戏！先得给他们脱去衣裳、鞋袜。让他们全都坐在长凳上：小黄雀，我跟你来给他们脱衣裳，玛茵珈你去揩地板。”

“我不高兴揩地板！你自己去揩！”

“不高兴揩，我们就干脆把你从屋子里撵出去，我们也对付得了。”

玛茵珈乖乖地去拿揩布了。

小黄雀和纽拉给孩子们脱去潮湿的大衣、解下头巾，给他们脱下鞋子，擦了擦冰冷的脚。孩子们觉得很快活。

“好，现在去玩吧。”纽拉说，她给了他们几块木头，在桌子上放了一把豌豆，还把杜娘婶婶藏着生茶炊用的松果给了他们一堆。

“小黄雀，再给他们几把汤匙，让他们敲着玩。我们俩就去生炉子，给他们烧一点菜汤。玛茵珈，你去削土豆。”

玛茵珈本来想埋怨几声，可是一想也就算了，她从桶里拿出了一个很大的土豆，就开始熟练地削起皮来，又薄又长的土豆皮卷成了螺旋形，富有弹力地在空中左右摇晃。

小孩子们从长凳上爬下来，把玛茵珈团团围住，看着弯弯曲曲的削下来的土豆皮觉得很希奇。土豆皮不停地从刀子下面卷出来，像一条不断的丝带，玛茵珈的眼睛里闪着骄傲的光采，一会儿她哼起了一支山歌：

“在我家的院子里，
长长地拖出一条土豆皮。
不要慌，不要忙，——
煮好土豆请你尝……”

从这个时候起，玛茵珈就成了这些小孩子心目中的伟大的女王了。

有人敲了一下窗户。小黄雀看了一看，窗下站着的是多嘴彼佳。

“萨施卡叫我来了解一下，——也许你们需要些什么：要柴还是要水；我就去弄来。”

“彼佳，去拿些干点的柴来，劈得小一点，不然的话，我那炉子就旺不起来了。”纽拉说。

工作很顺利地热烈展开了。

“卜！卜！卜！”院子里只听见一柄斧头的声音。彼佳在劈木柴；纽拉在削胡萝卜；小黄雀在切白菜；玛茵珈在领孩子。

过了一会儿，炉子里有声音了，屋子里立刻暖和起来。

小孩子们在玩松果，互相用豌豆弹来弹去。有一个胖胖的男小孩一面跳，一面模仿着开机枪的声音："噼！啪！噼！啪！"一个有亚麻色头发的女小孩把一块木头包在一块破布里当作小宝贝哄他睡觉。

一切都很好；只是小黄雀觉得屋子里吵得太厉害。彼佳早已回到土豆田里去了。

小黄雀在把茶炊弄旺一点，纽拉在揩几个碟子，突然那个假装开机关枪的男小孩没命地叫了起来。他站在屋子的正中，圆睁着一双蓝色的眼睛，一颗颗很大的泪珠从他的面颊上滚下来。

"怎么啦？出了什么事啦？"三个小姑娘马上跑到他面前，"你嚷什么？"

可是他只是莫名其妙地跺着脚叫："那里边，那里边，那里边！"

小孩子都呆头呆脑地看着他，还是矮胖的塔茵珈把事情说清楚了：

"一粒豌豆钻到他鼻子里去了……"

于是三个小姑娘就试着想用手指头把豌豆拨出来，——不行。叫这个孩子擤鼻涕，——豌豆还是在鼻孔里牢牢不动。

玛茵珈提议用打毛线的钩针把它钩出来，但纽拉不答应。她拿了根麦草，在他另一个鼻孔里触了触痒。那孩子大声打了个喷嚏，该死的豌豆就掉到地板上了。大家这才松了口气。

"玛茵珈，你去把豌豆都收起来给扔掉，要不他们还会搞到耳朵里去的。"

这时菜汤已经烧好了；三个小姑娘把汤倒在碟子、盆子、饭碗里开始喂给小孩子们吃。

那些小孩子一口等不得一口，两颊胀得饱鼓鼓的，还嚷着要再给一点。

玛茵珈在休息，小黄雀和纽拉却忙得不可开交。喂这个吃，给那个倒汤，再给另外一个抹嘴。

萨施卡把门推开了一点，向屋子里张望了一下。

"怎么样，对付得了这些小家伙吗？"

"对付得了，对付得了！"纽拉一本正经地回答，"一切都很好！”

“那就行了。”萨施卡说着就走开了。

这几个小姑娘累了，心里想：“现在跟他们搞些什么呢？”

“现在放他们睡觉，像幼儿园里一样……来一次午睡。”

“不要吵，不要闹，快快来睡觉！……”玛茵珈唱了起来。

她跑到孩子们那边，把他们拉起来一个个放在杜娘婶婶的床上。床上安排了四个孩子，给其余的孩子在地上摊了一件大皮袄。

小孩子们今天一天也很累了，所以并不反抗，很快屋子里就充满了熟睡的呼吸声。

小黄雀筋疲力尽地坐到凳子上，说：

“纽拉，我真希望他们能多睡一会儿！”

“怎么会呢！他们很快就会醒过来！”

“他们醒了，就揍他们几下，这样又会睡着的！”玛茵珈提议说。

“你怎么说得出来的！”

三个小姑娘自己开始喝菜汤。她们谈起话来细声细气，非常小心，生怕把小孩子们惊醒。

玛茵珈已经昏昏欲睡，她蜷伏在一条长凳上打盹。纽拉跟小黄雀洗了碗盏，把屋子里的地板扫了一遍。

这样平静地过了一小时，两小时，到第三小时，床上发出了喘气声。喘气声愈来愈大，还夹杂着哭和叫。纽拉和小黄雀连忙跑到床前，一看都吓呆了：白色头发的卡秋莎把头伸到床头的两根横档中间去了！她的身体躺在垫褥上，头突在外面，好像从牢狱的铁栏杆里伸出来似的。卡秋莎忍住眼泪，拼命地扭动，把身子蜷缩成一团，想把头缩回来，可是两只耳朵阻碍了她。吓呆了的小黄雀跟纽拉也想帮她的忙，可是一点也没有用：耳朵不让头缩回去。

“怎么办，怎么办呢，纽拉？她这样要闷死的啊！”

卡秋莎听到了这句可怕的话吓得尖声直叫，叫得玛茵珈从凳子上跳了起来，别的小孩子也被惊醒了。他们惊奇地从床上往下面看，只看得见那小女孩的身体，他们又爬到地上，绕到床的横侧，好奇地看着卡秋莎的头。

"小黄雀，"纽拉说，"快跑去叫个人来！"

小黄雀向土豆田里跑去。一路上她胡思乱想，好像看到了许多可怕的事：一会儿看到卡秋莎的头掉下了，已经落在地板上；一会儿看到那小姑娘在铁的横档中间闷死了。等她找到符拉西也夫娜的时候，已经哭得喘不上气来了。

"出了什么事啦，小黄雀？"符拉西也夫娜看到这小姑娘就一吓。

"那边……卡秋莎……搞在床上……马上就要死了……"小黄雀说得语无伦次。

符拉西也夫娜不再问下去，她把铁锹朝地上一插就往杜娘婶婶家直奔。纽拉哭得满脸泪痕，一看见符拉西也夫娜就跌跌冲冲地向她扑了过去。

"大婶，快帮帮忙吧！"

符拉西也夫娜走到卡秋莎跟前，试了试想把她拉出来。结果还是给耳朵阻住了。

"拿水和肥皂来。"符拉西也夫娜说。

纽拉和小黄雀立刻冲到面盆那边，一齐去抢面盆，两个人撞了个响头，把面盆也给打翻了，摸了摸撞痛的地方，也顾不得互相看上一眼，倒了点水，就把面盆拿到符拉西也夫娜跟前。玛茵珈已经把肥皂拿来了。

符拉西也夫娜把卡秋莎的头擦了许多肥皂，按住头顶轻轻地往里推，那滑腻的、满是肥皂的头就这样滑出了铁栏杆！

"好了。"符拉西也夫娜松了一口气说。

卡秋莎吵也好闹也好，她都不管，符拉西也夫娜给她洗了个澡，用毛巾给她擦擦干，把她抱在手里，说：

"好了，别吵，别吵，都弄好了！待会儿到我那儿去，大婶给你糖吃！"

卡秋莎听到了有糖吃，马上就不吵了，可是小黄雀却被吓得个半死：要是别的孩子听见了这样有糖吃，都把头伸到横档中间去，那可怎么办？！

不过还好，他们什么也没听见！

“这样吧，小姑娘，”符拉西也夫娜说，“在屋子里你们跟他们会搞得一团糟的。雨已经停了，太阳也露脸了，把他们带到院子里去，在那边他们自己会跑着玩，只要看着点就行了。”

一直到傍晚，一切都很顺利。不一会，太阳慢慢地落到浓密的树林背后去了，燕子在掠着地面低飞，黄昏的微风奏着柔媚的曲子，姑娘们把那些小孩子带进了屋子，这时候一个盛大的音乐会开始了！孩子们尖声喊着、大声嚷着：“妈妈！我要妈妈！我要到妈妈那儿去！”

这时玛茵珈来帮忙了。

“别吵！”她这一声，压倒了各种嗓子的叫喊声，“现在我来演戏给你们看！”

说完，她真的演起来了。

她跑啦、跳啦、打滚啦，接着又装猫叫、装鸡叫，学青蛙跳、学猫在屋顶上打架，最后还唱歌。

小黄雀用一种不得不佩服的目光看着她。这玛茵珈真有一手。

孩子们忘记了他们的悲伤，咧开了嘴在笑。

夜已经笼罩了大地。窗外一片漆黑。树木在嘶哑地呼啸；又下毛毛雨了。

孩子们睡着了，在梦中嘴唇啧啧地响。纽拉跟矮胖的塔茵珈回家去了。

杜娘婶婶从地里回来，和衣倒在凳上就睡熟了。玛茵珈睡在地板上孩子们旁边。

“玛茵珈，”小黄雀轻轻地说，“你先别睡着，我去看看莲娜。”

“你去好了，”玛茵珈说的时候已经快睡着了。

“玛茵珈，你别睡着，应该有个值班的啊。”小黄雀扯了扯她。

“我不睡着。”玛茵珈说着发出了很响的鼾声。

小黄雀对那些安静地睡着的小孩子看了看，再看了看杜娘婶婶，摆了摆手就向农庄管理处跑去了。那边的地板上、长凳上、桌子上都睡满了人。一个女看守人蹲着吹一个小炉子里的火。她打一会盹，向前冲一冲，醒过来再吹两下，就又打起盹来……人们都睡得很熟。今天一天可真把他们累坏了！

在一盏油灯底下，莲娜、依万老爹、玛露施珈、工程师，还有德米特里也夫娜校长在拨弄算盘，计算今天一天收了多少，明天还要收多少。

小黄雀走到姐姐跟前，可是莲娜又忙、又累，连小黄雀也没有看见。小黄雀轻轻地吻了吻她姐姐的脸颊就回到自己的岗位上去了。

* * *

星期日也过去了。

有一半的土豆田已经收完了。

晚上，城里来的人要走了。汽车已经响了，农庄给他们的礼物——几袋土豆——也扔上了汽车，铁锹也装上去了，可是人们还不愿告别。

“格奥尔吉同志，您明年夏天千万要来，别叫我们白等了，”符拉西也夫娜说，“我们这里的夏天可好得很哩。”

“一定来，一定来，符拉西也夫娜。到时候要是有假期，一定来。”

依万老爹在向要走的人道谢，对他们逗留这样一点点时间觉得很遗憾。

“当然，我知道，工厂里的活也是不能耽搁的。”

女孩子们站在杜娘婶婶家的台阶上，旁边围着受她们照料的许多小孩子。每一个母亲去领她自己的孩子时，都衷心感谢地说：

“谢谢你们，小姑娘！”

汽车响起来了，轮子开始转动了，城里来的朋友们在远处渐渐消失了。

村子里突然变得冷清清的，大娘们轻轻地叹了口气又拿起了铁锹。

等了好久的信

彼得真是个仙人！昨天他对闷闷不乐的莲娜说：“别发愁，莲娜，明儿个一定送您的信来。”真的，现在爸爸写来的信已经放在桌子上了，这封已经等了好久的信，是多么亲切啊！小黄雀因为莲娜不在，所以不想拆开它——莲娜马上就该回来了。

小黄雀拿着这封三角形的信翻来转去，贪婪地看着它。这封信一定走了不少路，经过了很多人的手，瞧，角也翘起了，雪白的信封上也有了几个小污点。也许，军事邮递员要带了它在枪林弹雨中穿过草原、森林，爬过布满地雷的田野，泅过急湍的河流……爸爸写这封信的时候也许在坦克里——瞧，信封反面不是有一个小油迹吗……爸爸当时一定在想他的两个女儿……

莲娜回来以后，衣裳也不脱就坐到床上把信拆了开来。不用说，前一时期爸爸是因为某种原因不能写信，以后他将写得勤一些了。在这封信上他这样写着：

“以后如果你们又有一个时期接不到我的信，可别担心。

“现在我们前进得太快了，邮政工作有时候很难跟上我们。我们战斗在兄弟国家的土地上，把一座座城市、一个个乡村从法西斯强盗手中解放出来，劳动人民像迎接亲人、迎接保护人、迎接希望一样的迎接我们。

“昨天敌人逃跑的时候把一座桥炸毁了，就近村子里的农民就自动出来给我们架一条渡桥。他们在冰冷的水里工作了三个钟头，在我们的军队到达以前，把一切都做好了。

“我亲爱的女儿，你们应当骄傲，因为我们的军队、我们的人民奋起保卫全体被奴役的人民，把幸福和自由带给了他们。我永远也不能忘记这些景象：人们吻我们的军大衣；给我们的坦克撒满鲜花；把孩子抱在手里，重复地念着一个用所有语言讲都能懂得的名字：‘斯大林’。我的女儿，把这些事去告诉所有的朋友，好让大家都感到高兴、感到骄傲……”

爸爸还写了很多事情。晚上，莲娜把他的信带到学校里，带到农庄管理处，念里边的几段给符拉西也夫娜、杜娘婶婶、叶高尔老伯听，村子里的人把这件事当作新闻讲了很久。大家都觉得很高兴、很骄傲。小黄雀明白了我们不单是在保卫自己的家、自己的祖国，而且还在保卫整个世界。

第二天送来了安德烈的信。

由于这封信，发生了一件不愉快的事情。

小黄雀一心想叫莲娜高兴高兴，拿了信就飞也似的向教员室里跑。她连门也没敲，猛地一推，朝门槛上一站，满脸大汗，头发蓬松。

“莲娜！”她叫了起来，“莲娜！”

教员室里正在开会。

德米特里也夫娜、莲娜、迦琳娜都回过头来望着她。

“塔妮雅·鲍格丹诺娃[①]，”德米特里也夫娜校长严厉地说，“你嚷什么？你为什么闯到教员室来？你为什么不敲门？”

小黄雀立刻顿住了。

“有一封信……”她轻轻地说了一声，把信向桌子上一扔就跑了出去。眼泪顺着她的脸颊扑扑簌簌地落下来，她机械地用手揩着眼泪，臂挽里挂着一个沉甸甸的书包。

像平时一样，在痛苦的时候，纽拉就会出现在她的身旁。玛茵珈不知打哪儿也来了。

小黄雀哭得上气不接下气，咭咭哽哽地把事情的始末告诉了她们。

“去把花给摘掉！”玛茵珈说。

“什么！”

“我去把校长的花都给摘下来，我爬到她房间里去搞，既然她这么凶！”

“玛茵珈，你别跟我胡扯！”纽拉很严厉地说，“是小黄雀自己不好；谁可以这样闯到教员室里去的！？你也许门也没敲？”

“没敲。”小黄雀自知理屈，呜咽着说。

“是不是！别哭了，小黄雀，莲娜老师马上就要出来……她一定很忙。”

“我去看看她在那儿干什么。”玛茵珈把一只眼睛贴在锁孔上。

“她们坐在那儿，”她憋住嗓子说得很响，“在开会。”

“信呢？”

“信在桌子上，还没有拆开……”

---

① 鲍格丹诺娃是小黄雀的姓。

“我说嘛，”纽拉拖长了声调说，“一定是莲娜老师不能脱身……”

小黄雀揩干了眼泪。

“随便怎么说，是校长不喜欢我，是不是，纽拉？”

“她不单是对你，对随便哪一个孩子都是这样。”

“的确，”玛茵珈说，“她只跟大人说话，对孩子老是眼睛朝天。”

“特别是对小一点的孩子，她就那么板起面孔说：‘去到你老师那儿去，她会把一切都讲给你听的。’”

纽拉若有所思地点点头。

“你们要知道，这并不是没有道理的。这里头一定有什么秘密。”

“有什么秘密！只有年轻姑娘们有秘密！”玛茵珈怀疑地摇摇头说。

这个时候，莲娜终于从教员室里出来了。

“小黄雀，”她很激动地说，“我们到符拉西也夫娜那儿去。”

符拉西也夫娜屋子里的一架老式时钟滴答滴答地在走，炉子下面有一只鸡在打盹，窗台上的天竺葵已经开了花。

莲娜像一阵风也似的向她扑过去，摇着那封信叫道：

“符拉西也夫娜！亲爱的！我的好人！他们在一块儿，两个人在一块儿！”

符拉西也夫娜面色泛白，她从椅子上站起身来，手里的绒线活也落下了。

“谁？”

“安德烈和您的米嘉！来，来，您看！”

“人生的巧事真多！司务长米嘉·拉古金——一个出色的小伙子——把你的信带给了我。他看了看发信地址说：‘您的信是从我们村子里寄来的。’后来弄清楚了，原来他就是你所说的那个严厉的符拉西也夫娜的亲儿子……”

小黄雀在听到“严厉的”这几个字的时候惊恐地对符拉西也夫娜瞟了一眼——她生气了吧？但是符拉西也夫娜并没有介意。

“我亲爱的，我的好姑娘，”她说着抱住了莲娜，“多好啊！多好啊！他们能互相照料，互相帮助，你看着，他们一定会活着挺健康地回来，让咱们看见了高兴！”

莲娜和符拉西也夫娜紧紧地拥抱着向窗外望，望着西方，望着米嘉、安德烈、莲娜和小黄雀的爸爸所在的西方。

米沙来了

第二天，当小黄雀走到学校门口的时候，她看见有许多低年级的小孩子聚集在台阶旁边。不知为了什么，他们一个人也不踏上梯阶，只是踌躇不前地看着一旁。

老师们还没有来。台阶上站着一个高大、宽肩的男孩子，他的一个肩膀很随便地靠在门上，叉开两只穿在大靴子里的脚。肩上背着一只本来放防毒面具、现在装满书本的背包。两手插在袋里，朝后梳的头发衬托出他那高高的额角。他的脸上没有不高兴，也没有怒色，相反，他却带着一种没有恶意的、轻视的微笑望着空中，好像并没看见那群孩子。从他那副紧靠着门、叉着两腿的样子看来，他不想移动一步，也不想放谁进学校去。

“这是谁？”小黄雀低声地问。

“米沙，他不让进学校。”

“谁能不让进学校！”小黄雀十分生气，她跑上台阶走到米沙跟前，“让开！”

米沙用一种轻视的眼光在她身上打量了一下，把头往旁边一扭。

“让开，跟你说话你听见没有！”小黄雀头发蓬松、怒容满面地向他逼过去。米沙挥了挥手，好像在赶走一只扰人清眠的蚊子，把一只肩膀在门上靠得更紧了。

这时小黄雀气得快爆炸了，她双手抓住那男孩子的腰带。米沙很感奇怪地抬起了眉毛，懒洋洋地把小黄雀推了一下。他只是很轻地摆了摆手，可是小黄雀竟倒退了几步，险些儿跌倒在地上。米沙连头也不回一回。小黄雀无可奈何地往四周望了望：好朋友小队里的人一个也没有来。怎么办呢？看来是必须孤军迎战了！

不过这时候莲娜来了。她一只手擎着一架很大的地球仪，另一只手挟住高高的一叠练习本，她把练习本贴在胸前用下颌抵住。小黄雀看见莲娜走近那群孩子的时候放慢了脚步，显然莲娜已经明白了是怎么回事。

“这下又该怎么办呢？”小黄雀担心地想。

莲娜走到孩子们跟前，他们闪开了一条路，用一双好奇的眼睛注视着她。

莲娜很快地按着梯级走上了台阶，好像什么也没看见，她安详地说：

“啊，米沙！来，给我开开门！”

这一瞬间，米沙的眼睛里掠过了一层惊奇的眼光。然后他退开了一点，把门打开了。

“给我把地球仪拿一拿，”莲娜说，“我拿不动了。”

米沙从她手里接过地球仪，就摇摇摆摆、不慌不忙地向教室里走去。

莲娜拐弯进了教员室，孩子们就向学校里涌进去。

小黄雀走进教室的时候，米沙坐在她座位的旁边。他坐在那儿，两手反搁在椅子靠背上，双膝顶住课桌面。他只给小黄雀留下很小一点地方。小黄雀勉强挤了进去把书放好。这时钟声响了。

大家在做文法练习，孩子们都很安静地用钢笔在纸上嚓嚓地写，莲娜在一排排课桌之间的过道上走来走去，米沙慢慢地，但是很执拗地把小黄雀向课桌边上挤。小黄雀的半本练习本已经悬空了，她的一只左脚已经被挤到过道上去了。

小黄雀起先想抵抗，后来她勉强忍住了眼泪没有吭气，为的是不愿妨碍莲娜上课。眼看再过一分钟，她就要跌出去了。正好在这时候，莲娜打米沙旁边走过，就向他的练习本上看了一看。

“米沙，你写得很好，不过不要那么用劲。你瞧这儿，这儿，”她用手指指给他看，“弄脏了。还有，你得稍微动一下。要是你坐的姿势准确些，那你写出来的字就一定更加漂亮。”莲娜用劲把米沙拉在他自己的座位上。

休息的时候，纽拉走到米沙跟前。

“米沙，你的老脾气又来了？又想妨碍全班吗？我们要好好听课，我们不许你妨碍我们。”

“去你的。”米沙懒洋洋地说，不过他的眼睛已经眯了起来，像是要光火的样子。

算术课上遇到了一个很难的习题。孩子们都聚精会神地在做：有的在叹气；有的在搔耳朵；有的嘴里自说自话地在算。瓦丽雅的练习本上已经掉上了几滴眼泪。小黄雀的舌头在嘴边上滚来滚去。她抬起眼睛看，看见米沙放下两手坐着，练习本阖上了放在面前，在懒懒地看着两旁。

小黄雀心想，米沙真是见鬼。接着又自管去解那个习题。莲娜对米沙看了一眼。

“为什么你不做习题，米沙？”

“没什么。”米沙没好声气地说，也不站起来。

“你有什么不懂的吗？”

“没有。”米沙很不经心地说；使人家简直不能明白，这声“没有”是什么意思。

莲娜走到他课桌跟前。

“来，我来解释给你听。”

“不用。”米沙很大方地说。

莲娜微微抬了抬眉毛，打开了他的练习本。

“原来你早已全都做好了！做得又清楚、又准确！好孩子！为什么你不早说呢？你下次不要怕难为情，不要怕，直截了当地说好了。”

米沙的脸立刻涨得通红，像一只下了油锅的虾。

“他大概因为莲娜说了声‘不要怕’动气了，”小黄雀想，“瞧，还握紧了拳头哩！”

但是，莲娜却愉快而亲切地说：

“我马上就给你记上五分。这是一个良好的开端！第一天算术就得五分是很使人高兴的。”

米沙咕哝了一句什么话，好像是“反正都一样”，但是，骄傲的微笑牵动了他的嘴唇。

大休息的时候，孩子们都在哇啦哇啦地谈论着今天的事情，米沙却毫不在意地在学校的院子里逛来逛去，后来走到了一群小孩子那里。

“小家伙，你们干吗垂头丧气的？来捉人好吗？我来做狼。”他嚷着向这群小孩子冲过去。孩子们快活地喊着往四下跑，就在这个时候米沙突然发现小黄雀在注意地看着他，他粗声粗气地叫了一声：“见鬼！”……接着就大摇大摆向教室里走去。

莲娜拿了一张地图到教室里来，把它挂在黑板上，开始给孩子们讲解地图上的山脉、河流、海洋、平原的标志。孩子们听得津津有味，伸长了脖子一眼不眨地望着地图，坐在后面的竟站了起来。莲娜把我们祖国许多海洋的名称告诉他们。米沙把两手交叉放在胸前，漫不经心地看着孩子们。

“你不在听我讲课，米沙！”莲娜严厉地对他说。

“这些我全都知道。”米沙没好声气地说。

“你知道？怎么知道的？”

“他是知道的！”阿辽沙叫了起来。“他想做一个水兵哩！”

“他已经有一顶没舌头的水兵帽了！”

“他要进海军学校哩！”

“胡说！”米沙咕噜了一句。

“静一点，小朋友们！你们下了课再告诉我。米沙，想做水兵你就更应该注意听课。”

“我知道……”

“现在我来给你们讲伟大航海家的故事。”

于是莲娜就讲起来了。她讲的是伟大的俄罗斯探险家德士尼夫、白令、拉普底夫的故事，还讲到了谢道夫的悲惨命运①。

---

① 德士尼夫（一六〇五年左右——一六七二年或一六七三年）。
白令（一六八一年——一七四一年）。
拉普底夫是十八世纪的航海家。
谢道夫（一八七七年——一九一四年）是勇敢的俄罗斯北极探险家。当时他的探险事业得不到沙皇政府的支持，但他不顾一切困难，在一九一二年和几个同伴一起出发航海，在中途因得坏血病而死。

孩子们听着，眼睛一眨不眨地看着老师手里的教鞭在地图上的海洋部分划来划去。

小黄雀斜眼看了看米沙。

现在他已经在课桌上坐正了，注视着莲娜，他的眼睛在闪闪发光，耳朵也有点发红。

“莲娜讲得真好，”小黄雀想，“她真行！”

下课后，米沙走到莲娜跟前，眼睛看着一旁，说：

“要不要给您把地球仪拿去？”

麦哲伦的航海船

第二天，小黄雀非常难过。她才学了别的孩子的样在桌子上铺好一张报纸，米沙就拉住报纸角拉到他自己那边去了。

“你这是什么意思？”

“没什么。”米沙用胳膊支在报纸上。

“这是我的报纸，马上还给我！”

“得了，得了，”米沙懒懒地拖长声调说，“少跟我麻烦，小心我不留神撞了你。”

当小黄雀去拉报纸的时候，米沙故意压紧一点，小黄雀只扯下了几块碎片。

这时莲娜走了进来，开始上课了。

当莲娜讲解完毕、说“把练习本拿出来”的时候，米沙对小黄雀瞟了一眼，得意地笑了笑。

莲娜在一排排课桌之间走来走去。

“塔妮雅，你怎么，今天忘记带报纸了？我来给你一张，不过以后不要忘记了。米沙，你桌子上的报纸怎么破了？要注意整洁。塔妮雅，你分半张给他。”

小黄雀闭紧嘴唇，狠狠地向米沙瞧了瞧，很齐整地撕下半张报纸递给他。

可是米沙并不理睬。

第二节课上，当莲娜讲解文法、在黑板上写例句的时候，米沙掏出了一块木头和一把锋利的小刀开始刨起什么东西来。刀子的声音划破了教室里寂静的空气。

“停止。”莲娜对他说了好几次。可是他只是倔强地耸耸肩膀继续干他的事。孩子们开始转过头去看他，可是莲娜狠狠地用铅笔敲了敲桌子，于是大家重又把脸掉向黑板。刀子尖锐刺耳的声音和刨木头的声音更厉害了。

“米沙，”莲娜严厉地说，“不准再发出响声，听课。”

米沙安静了一会儿，过后又自管自搞起来。

莲娜停止了讲解。

“走出教室去，米沙，你妨碍了所有的小朋友。”

米沙一动也不动。

小黄雀很担心地望着他。

“怎么搞的？”她在发愁了，“他到底在捣什么鬼？可怜的莲娜，她该怎样对付他呢？他是那么结实，莲娜一定着慌了。”

但是，莲娜走到了米沙跟前。

“你听见我跟你说的话吗？”

“我不走。”米沙坐着没好声气地说。

小黄雀很快地对莲娜看了一眼，吓了一跳：她从来没有看到过莲娜这种样子。莲娜的脸色苍白，可是她的神色很镇静，眼光坚定而严肃。她说话的声音不高，可是极有力量，这是一种“铁”的声音，就像有时候爸爸说话那样：

“站起来！”

米沙从眉毛下面抬起眼睛对她看了一眼，站起来了。

“走出教室去！”

米沙震了一震。

教室里响起了坚决的声音说：

“出去。出去！出去，跟你说话听见没有！”

“米沙，”萨施卡很严厉地喊了他一声，“你还是个少先队员……”

莲娜镇静地、冷冷地说：

“我等着。”

米沙低着头走出教室去了。

教室里的人都松了口气。

“我们继续上课。”莲娜很平静地说。

休息的时候，萨施卡走到了米沙跟前。

“米沙，你打我也好，不打我也好，我总要对你说：你是害群之马！我们不容许有人嘲弄莲娜老师！她是个好老师！”

米沙从座位上走了出来。

“是你不容许吗？”

“我也不容许！”纽拉叫着说。

“我也不容许！我也不容许！”

米沙直挺挺地站着，他比他周围所有的孩子高出一个头，他的脸慢慢地红了。但是孩子们包围着他，紧紧地肩并肩站着，毫不畏惧，愤怒地看着他。

“原来是这样！”米沙把身子挺出去，像要打人似的。

可是就在这时候，小小的席尼雅握紧了一双小鸡拳头，朝着米沙冲了过来，虽然她又瘦又弱，还不及米沙肩膀那么高。

“我也不容许！”她那细小的声音因激动而有点断断续续。这并不是可笑的事：在这小姑娘后面像一道铜墙铁壁似的站着全班的少先队员和同学……于是米沙软下来了，他松开两个拳头说：“你们这班家伙！”说完，就在一张课椅上坐了下来。

好像并没有发生什么特殊的事情，可是孩子却非常兴奋。

地理课上莲娜叫到了米沙。他在课桌里翻了一阵才走出去，手里捏住一件东西。他拿起教鞭，背对着同学，搞了一会不知什么玩意儿，然后走到地图前面，先把该讲的讲了，接着他把话题转到了麦哲伦①的航程上面。

“一五一九年麦哲伦出航。他在一天黎明出了港……”

米沙举起教鞭，用它指着地图，大家看见在教鞭的尾梢上缚着一条小小的航海船。有桅杆、有风帆、船前还有木头的雕像，——一点

---

① 麦哲伦（一四八〇年——一五二一年）是葡萄牙航海家，在十六世纪初叶，他和几个同伴向西航行，抵达菲律宾群岛时他被土人所杀害。他的同伴仍旧继续前进，终于在一五二二年完成了航行世界一周的伟大事业。

不假，一艘麦哲伦航海船。

这条船平稳地顺着蔚蓝色的浪涛驶去，经过许多海峡、海洋，孩子们仿佛觉得他们真的看见了一条船在火地岛附近与风暴搏斗。

“真行，”莲娜说，“米沙，你真行！你想到做这么一条船是好的；不过这应该在家里做，不应该妨碍自己跟别的同学听课，也不应该在学校里弄得肮肮脏脏的。这次回答功课，我给你打一个五分。不过在休息的时候要把垃圾收拾掉、把教室打扫干净。”

休息的时候米沙没有走出教室。孩子们以为他要收拾垃圾了，可是，从关着的门里突然传出了乒乒乓乓的响声和喘气声。打钟以后门一开，孩子们看见教室里完全变了样子：课桌搬了地方，都堆了起来，像狂风暴雨吹打下的一群绵羊。课桌之间的通道没有了。讲台莫名其妙地被倒放在窗台上，直挺挺地伸着四条细长的桌腿，好像在求饶，在这堆乱糟糟的东西中间站着满身灰尘、头发蓬松、汗淋如雨的米沙，他一个人在努力把课桌一张一张排起来。他听见喧嚷声把头掉了过去，他的眼睛里掠过一种困惑的神色。

“米沙，”莲娜厉声问他，“这是怎么回事？”

“我来不及……”米沙嘟哝着说。

“来不及什么？”

可是米沙已经不说下去了，再也不能从他嘴里探出一个字来。课没法上了。等孩子们在课桌上跳过去，胡乱挤到自己座位上，静下来，一节课只剩下二十分钟了。

放学后，莲娜叫米沙留在学校里。她跟他留在教室里。他们在那儿谈些什么——可不知道，不过莲娜回家的时候非常高兴。

“小黄雀，你知道他为什么刚才把教室里的东西都翻了过来？”她抱住小黄雀说。

“为什么？”

“他只是嫌你跟他两个人坐的那张课桌太小，他想换上最最后面一张最大的——可是没来得及。在这狭窄的教室里抽出最后一张课桌可不是怎么容易的，所以才弄得一团糟。他不是个坏孩子，”莲娜若有所思地继续说，“可是我还是觉得有点困难……”

莲娜感到困难的是什么

莲娜的确感到非常困难。她时常觉得能力不够，经验、知识、时间太少。她常常长吁短叹，神经质地对小黄雀说：

“我懂得太少了，小黄雀，我的经验太少，我真担心。”

莲娜每天总要从学校里带回去一叠练习本，有时改的是俄文练习本，有时改的是算术练习本。小黄雀老是很感兴趣地看着她姐姐手里的一枝红铅笔在那儿划来划去。一会儿划去一个字母，一会儿添上一个，或者在空白的地方有粗有细地写上几个很好看的字：“写得好一点”。

“小黄雀，你老是看着我干吗？你做你的功课。”

可是小黄雀说她好：

“你怎么全都知道的！哪儿该怎么写，哪儿该怎么写，连哪儿该用逗号都知道！”

莲娜笑了。

“我怎么能不知道呢！不然就不会让我来教书了。一个教师应该懂得一切。”

“一切？”小黄雀问。

“是的，一切。”

“世界上的一切？”

“是的，世界上的一切。”

莲娜改完了练习本就开始准备明天的课。写提纲，翻参考书。解出所有的算术题。然后把明天的课讲给小黄雀听，讲完了以后就说：

“好吧，提问题吧。”

小黄雀不知道该提些什么问题。想来想去，有时胡乱地想出一些事情来问。这时莲娜就生气地说：

“你怎么搞的，小黄雀！这样笨的问题教室里谁也不会提出来的。”

“要是玛茵珈提了呢？”

“胡扯！”

“对了，席尼雅会提的，”小黄雀执拗地说，“她什么都喜欢问。既然我提到这问题，她也会提到的。”

可是过后小黄雀又觉得很对不起莲娜，她提的问题委实太简单了，好像是一个一年级小学生。当莲娜给她解释的时候，她常常会突然跳起来说：

“等一等，等一等，我好像想到一件有趣的事情了！我要跑去问德米特里也夫娜校长，可以不可以在上课时这样做。”

昨天，莲娜老是坐着想什么，然后轻轻地说：

“哦，我怕……”

小黄雀吓了一跳，她向黑暗的窗外看了一看，看看门有没有搭上钩。

“你怕谁，莲娜？”她轻轻地问。

“不是怕‘谁’，我是怕干不了。你要明白，妹妹，我们的小朋友们将来要做各种各样的工作：要恢复旧的、要建设新的、要安排新的生活，应该由谁来培养他们呢？由我。你知道，小黄雀，这个责任有多么重大吗？”

“我知道，”小黄雀说着，很尊敬地看着莲娜，“嗯，我知道！”

* * *

有一天，莲娜在讲解前缀[1]。小黄雀不知是因为头痛呢，还是因为秋天的阳光太强烈的缘故，总之，小黄雀一点也没听懂。

她望了望米沙，——米沙在画鬼脸。对纽拉看了看，——纽拉一眼不眨地注视着莲娜，脸上非常紧张，显然她努力想听懂，但是听不懂。

这时德米特里也夫娜校长走了进来。她在最后一张课桌旁坐下来，老是在记录。小黄雀已经不在听莲娜讲了：她注意地看着德米特里也夫娜校长的铅笔，小黄雀老是觉得莲娜讲得有点不大对头。

“真要命！”小黄雀在想那位校长，“她又记了些什么了，待会儿莲娜要挨骂了。”

莲娜这一课上得不好。她问阿辽沙新课，——阿辽沙胡扯了一

---

① 俄语中词的组成部分有前缀、词干、后缀、词尾等部分。

通。问纽拉，——纽拉支支吾吾地说不清。问到彼佳，他索性直挺挺地站着，对所有的问题都保持沉默。

“哎哟，糟糕了！”小黄雀悲哀地想，“大家什么也不懂。偏偏又来了德米特里也夫娜校长！”

放学后，莲娜被叫去见校长。

小黄雀的心完全沉下去了。

她回到家里，生起炉子，烧好菜汤……后来炉子也熄了，菜汤也凉了。小黄雀又重新生炉子，重新热菜汤……直到很晚莲娜才从学校里回来。

“好姐姐，她骂你了，是吗？我早就知道了！”

“不，小黄雀，”莲娜微微一笑，“她一点也没有骂我，只是分析了我这一课，指出为什么孩子们不懂我讲的东西。她教会了我；你瞧着，——明天可有趣哩。真的，她帮了我的大忙。”

“好吧，”小黄雀很快活地说，“要真是这样，我也把她的菜汤给热一热吧！”

* * *

第二天第一节课就是文法。莲娜和萨施卡一起走进教室。他们带来了许多奇怪的玩意儿：一个水瓶、几只茶杯、盆子、一块抹布、一张吸墨水纸，还有一个漏斗。

孩子们好奇地在座位上抬起身子。真好玩！要这些东西干什么……

“小朋友们，你们知道我这瓶子里是什么？”莲娜问。

“水！”孩子们叫了起来，“水！”

只有玛茵珈像平时一样，顽皮地叫了一声：

“汽水！”

“当然是水，”莲娜说，“水可以怎么样？”

“水可以倒，倒！”

莲娜在黑板上写了一个大字：“倒”。

“现在我们来看，我还能拿水做什么……”

莲娜拿起水瓶在一只杯子里倒进了半杯水。

“倒进！”孩子们叫了起来。

于是在讲台上开始了有趣的魔术表演。莲娜的一双灵活的手忙忙碌碌，水咕嘟咕嘟地响，杯子叮当叮当地敲。孩子们明白了是怎么回事，就喊出了各种各样的小字眼，莲娜根据这些小字眼，拿水做了各种玩意：她把水“倒满”一只杯子，把两只杯子里的水“并倒”在一只杯子里，“再倒”进另一只杯子，“倒溢”在一只盘子里，“倒翻”在桌子上。这些小字眼有多调皮！它们能改变词的意思。昨天孩子们还什么也不懂，今天他们的眼睛却一眨也不眨地看着莲娜，一切都清楚、明白了。

萨施卡骄傲地对小黄雀看了看说：

“莲娜老师真聪明！瞧她想得多有意思！一切都懂得了！”

小黄雀谦逊地一声不响，可是，回到家里以后，她给德米特里也夫娜校长的花仔仔细细地浇了一遍水。

小黄雀到打麦场去没去成

星期二，莲娜对孩子们说：

“放学以后不要走开，我们到农庄打麦场去帮忙。麦子干了，明天要开始打了。我们要提前把粮食交给国家。我们要准备好一切。白天，不能停了课去工作，——我们在放学以后去帮忙。”

放学后全班学生成群地向农庄的打麦场走去。粮仓的门开得笔直，叶高尔老伯和巴莎已经在那里指挥大家工作。在一株枝叶茂密的松树下有几根木头，木头上坐着五个老大娘在等候工作，叽叽咕咕地在说些什么，时而不耐烦地摇摇头。

“帮忙的人来了，”巴莎低低地说，“好吧，干起来吧！”

她很快地分配好了工作。

男孩子们抖清和打掉麻袋里的尘土准备装麦子。萨施卡用斯达哈诺夫工作法工作：他两手各拿一只麻袋，同时把两只麻袋向一株白桦树的树干上敲。去年留下来的麦壳、嵌在麻袋缝里的麦粒、尘土向四处飞扬，吃得饱饱的母鸡懒懒地啄着食物。黄叶慢慢地盘旋着从白桦树上落下来。

彼佳、阿辽沙和别的男孩子也不落萨施卡之后。节奏均匀的砰砰声荡漾在村子里，听起来还以为打麦场上好像在古时候那样有几十根打麦棍在干活哩。

女孩子们拿起打去尘土的麻袋仔仔细细地察看。不能有一个小窟窿，不能让珍贵的粮食漏掉一颗。

在这以后，还要经过纽拉的检查，她一点小毛病也不放松，最后她就把麻袋整整齐齐地堆在一起。

孩子们干活干得很和睦、很快活。他们谈论着学校里的事，互相开开玩笑，唱唱歌。

只有米沙把两手插在裤袋里，懒洋洋地在打麦场上闲逛。他走到女孩子们跟前，漫不经心地用脚踢踢一堆麻袋。

“你们干活努力吗？”

“我们很努力，”小黄雀立刻光火了，“只有你在贪懒！”

“你闭嘴！”

“干吗闭嘴！小黄雀说得对，快去帮助别人。”

“你也来了！叫我去干小孩子干的事吗！”

玛茵珈已经在米沙面前跳起舞来，一面还唱着：

“大家都在打麦场，
高高兴兴来帮忙，
只有米沙吊儿郎当，
跑来跑去尽闲荡！”

米沙已经眯起眼睛握紧拳头。他正想请玛茵珈吃两下，可是这时候叶高尔老伯带着几个做帮手的姑娘从小屋子里推出了一架打麦机。于是米沙就丢开玛茵珈跑了过去。

立刻他比谁都忙了起来，他一会儿对几个姑娘哇啦哇啦地叫，一会儿又跑进粮仓，一会儿又打着呼哨，不过，他显然是在干活。他在打麦机上涂了些什么东西，用锤子敲敲，拿着一串钥匙叮叮当当地响，他把两只手伸到小黄雀所不懂而且害怕的齿轮里去，叶高尔老伯常常叫他：“米沙，把那个弄好，把这个弄好。”

米沙又迅速又乐意地做着这一切工作。

小黄雀若有所思地端详着他。

“纽拉，你瞧：他跟我们在一起，什么也不肯做，在那边就干得那么好。”

“他在装腔！”玛茵珈轻蔑地说。

“真是个十足的庄稼汉！”纽拉带着尊敬的口吻说。

有好几匹马从农庄的马厩里被牵到打铁场里去。

那边也用得着米沙。他一下子拉住了两匹马的马勒，一本正经地吆喝着它们，故意在女孩子们旁边走过。

“小心点，当心踩了你们！”他懒洋洋地说。

姑娘们把新鲜的麦草放到马槽里，还撒上一点燕麦。马儿要走一段很远的路：它们要把粮食运到区里的粮食收集站去。

孩子们在打麦场上一直工作到天黑。

早晨，学校里很难上课。打麦场上紧张、热烈、和睦地干活的声音通过开着的气窗传到教室里来。带动打麦机的拖拉机在轰隆轰隆响，什么东西在发出吱吱咯咯、叮叮当当的声音。在清澈的秋空中，叫喊声、姑娘们的歌声、驾车人的吆喝声，马车的辚辚声，响成一片。

孩子们的头不时掉向窗外。莲娜从来也没有说过这么多要大家注意听课的话，今天的习题好像特别难，文法规则也好像特别枯燥。

小黄雀的练习本上出现了一个墨团团。纽拉的练习重做了两次。阿辽沙在低声叹气，米沙百般难受地翻来转去，连那张课椅也在他下面叫苦。

终于响起了等了好久的钟声。孩子们从座位上跳出来，急忙把练习本和书本塞进书包，嚷着像潮水一样向门外涌去。可是小黄雀必须留着。

“你忘记了今天你是值日生了？”莲娜严厉地说。

小黄雀只好噙住眼泪，洗黑板，扫地，抹课桌。

弄好以后，莲娜就叫她回家去吃饭、准备功课。

第二天刚放学，小黄雀就一口气往家里直奔，去放书包。她大衣也不脱，站着把一个冷土豆往嘴里塞，一面看看窗外，看看说定在那里等她的纽拉有没有走开。

这时，符拉西也夫娜走了进来。

“小黄雀，”她说着，一面走过来，一面在裹头巾，“我想要你今天代我在学校里值班，我要去帮他们打麦。如果德米特里也夫娜校长或是其他人要什么东西，你马上跑去找我。”

符拉西也夫娜说完就转身向门外走。

小黄雀的眼泪迸出了眼眶。

“符拉西也夫娜！”她叫道，“我也要到打麦场去，孩子们都在那边，大家都在帮忙，只有我……”

可是符拉西也夫娜很严厉地对小黄雀看了一眼。

“你可以想一想，谁在那边能多做些事：你还是我？你想的只是自己，我想的是工作！”

符拉西也夫娜转身就把门砰的一声关上了。

结果，在这凄凉的晚上待在学校里值班的命运还是落到了小黄雀身上。她从学校的窗子里看出去，看见莲娜从山上跑下去，一边把一条大围裙系在大衣外面；看见工友娜塔莎拿了几只麻袋走过。可是学校里却是静悄悄、空荡荡、冷冰冰的。小黄雀在走廊里徘徊，低声抽泣。

第三天她就不等人家把她耽搁住了。她胡乱地把书本扔进课桌，一溜烟出了教室，从山上向下直奔。

已经走过了那株孤独的枞树，走过了玛莉雅老师的家，走过了农村消费合作社，打麦场上节奏均匀的工作声音愈来愈近了……突然玛露施珈从管理处的窗子里看见了她。

“小黄雀，”她叫了一声，“小黄雀，快来！”

小黄雀在任何事情上都不能对这位“美丽公主”表示拒绝。

“什么事，玛露施珈，快说，我没空啊！”

“小黄雀，”玛露施珈说，一面匆匆忙忙把一些文件塞到桌子抽屉里去，“你在这里坐一会儿，我要到打麦场去一趟。”

“你说什么，玛露施珈！”小黄雀发急了，“我也是到打麦场去呀……”

“好好，小黄雀，亲爱的，只要一刻钟。人家干的活都是像样儿的，每一分劳力都有个着落，可是我就得搞这个劳什子！”

玛露施珈愤愤地把算盘摇了一下。算盘珠子像受了委屈似的发出一阵声音。

“小黄雀，一刻钟，好不好？……”

“好吧，不过不许超过……”

一刻钟过去了，一小时又一刻也过去了！……

小黄雀真的又倒了霉。

从打开的窗子里可以看到打麦场的一角，那边有许多人在忙着干活，弥漫着一阵深蓝色的烟雾，跑过许多孩子，有的拿着麻袋，有的拿着扫帚，接着驶过了一辆装得很重的马车。空气里充满了金属的叮当声、磨锉声、车轮的辚辚声，还有很响的叫喊声。

在管理处里只有寂寞的钟声，圆圆的钟摆慢吞吞地摆动着，一只金苍蝇在天花板下乱撞，它也像小黄雀一样做了意外的俘虏。

干吗玛露施珈要叫她坐在这儿呢？今天谁也不会到管理处来，所有的人：依万老爹、工作队长们、农庄庄员们、老师们、孩子们——全都在打麦场上……只有她，小黄雀，多么不幸……

忽然电话铃响了。

小黄雀震了震，向发出铃声的地方瞟了一眼。电话里的小锤子一个劲儿地敲着圆圆的、发亮的小帽子，那个金苍蝇吓得在空中乱飞，电话铃的声音又响又急。

小黄雀怀着一颗别别跳的心走到电话机旁边，不很自然地拿起了耳机。小锤子的敲击声往她耳朵里直钻。小黄雀害怕地对耳机看了一看，重新把它贴在耳朵上。

“喂，”她轻轻地说。

“是怎么搞的？”耳机里一个男人声音气咻咻地叫着，“为什么没有人接电话？是倍克里亚特村吗？”

小黄雀咽下了一口唾液，提高了嗓子说：

“倍克里亚特！是倍克里亚特村。”

“你是谁？”

小黄雀又对耳机看了一看，无可奈何地望了望两旁：管理处里只有她一个人。

“你是谁？是谁在听电话？”耳机里这样反复地问。

小黄雀舔了舔干燥的嘴唇，扯顺了衣裳，高声说：

“我是小黄雀。是小黄雀在接电话。”

耳机里的声音因惊奇而沉默了。

“是怎么回事？！开什么玩笑？”耳机又重新发出巨响，“是倍克里亚特村吗？！是不是农庄管理处？”

“是倍克里亚特村……”小黄雀急忙说，“我在值班。”

“一点也不懂，”耳机里的声音说，“纳鲍科夫同志，你来听听看这是在搞的什么鬼？……”

“等一等，别着急，”另一个声音应道，“我来听。”

于是另一个声音——小黄雀所熟悉的纳鲍科夫同志的声音——叫她了：

“小黄雀，是你吗？”

“是我。”

“你是不是莲娜老师的妹妹？”

“是的。”

“你怎么，一个人在管理处吗？”

“是的。”

“玛露施珈在哪儿？”

“在打麦场上。她叫我在这里坐一会……”

“原来是这样！喂，小黄雀，你马上跑去找玛露施珈，对她说，区里打电话来，叫她马上报告打麦打得怎样了。告诉她，说是所有的集体农庄都报告过了，只有你们还没有。马上就去，明白吗？”

“明白了。”小黄雀答应得很干脆。

“好吧，再会……小黄雀，”纳鲍科夫说着放声大笑，“你把我的一个同志吓坏了。”

耳机里啪哒一声就不响了。

小黄雀再听了一会儿，吹吹耳机，然后小心地把它放在搁钩上。

“现在怎么办呢？值班人是不应该随便走开的，可是又要跑去叫玛露施珈。”

这时德米特里也夫娜校长走进了屋子，手里拿了本笔记本。她跟平常完全不同：面色红润，身上沾满尘土，系一条蓝色的大围身，头上裹着一条头巾，黑色的头发里像雪花一样落进了好些麦壳，几根麦草贴在她的绒线裙子上……

“鲍格丹诺娃，”她觉得很奇怪地说，“你在这里做什么？”

“我在值班，”小黄雀顺从地吸了口气，“玛露施珈关照的，”突然她抽噎了起来，“可是刚才来了个电话。”

“哪儿打来的？”

“区里，催报告。”

“我正是为这件事来的，我马上就打电话去。你回家去吧。已经不早了。该睡觉了。”

“回家？！”小黄雀的眼泪扑簌簌地掉在桌面上。

“你看见吗，那边今天的事已经都完了，明天我答应让你也能做一点工作。”

小黄雀垂头丧气地没讲什么。

“回家去吧。”

德米特里也夫娜校长走到电话机旁边。

外面已经完全黑了。打麦场上的打麦机也不响了，可是还有人声和风车声。一盏盏的灯擎在看不见的手里亮着。什么人在高声地笑，马车在轧轧地响……

小黄雀叹了口气，就回家去了。

红色车队

在农庄管理处门口排着七辆马车。妇女们从粮仓里拖出一袋袋的粮食，使一把劲把它们放上磅秤。玛露施珈把每袋粮食的重量记在一本又大又厚的账簿上，然后让她们再把袋子放到车上去。

“拖这些袋子可不是我们老太婆干的活了。”

“我们老了，陶姆娜，过了年纪了……”

“不要紧，加一把油还能胜过年轻人哩！”

这时，磅秤已经在秤另一袋粮食的重量了。

巴莎跟米沙的两只右手紧紧地拉着，上面放上一袋三普特[①]重的

---

① 1 普特合 16.3 公斤。

粮食，然后两只左手拉住了压在麻袋上，跑着搬到马车上去。萨施卡跟多嘴彼佳也想搬一袋，可是搞了半天，怎么也搬不动，只好放下手来，躲到大人的背后去。要是给玛茵珈看见了，可就倒了霉了，她准会当山歌儿唱开去。

依万老爹敲着一根手杖到处走，看看车轮有没有上油，马和车有没有配好，麻袋口上有没有缚好绳子。

每辆马车旁边都站有几个驾车的姑娘，穿着男靴、男裤，戴着大手套，可是又裹着头巾。

她们的母亲塞给她们放着各种各样干粮的小包，让她们在路上吃。

叶高尔老伯在最前面的一辆马车上竖起一条横幅，上面写着："后方的战士支援前方的战士。"

小姑娘们希望她们的车队是最漂亮的车队。可是农庄的那几匹老爷马的样子实在不够神气。

"姑娘们，"小黄雀喊了起来，"到这儿来。"

那些女孩子把她围住了。克里摩施卡也在向前挤。小黄雀跟她的那些女朋友咬了一阵耳朵，她们就跳跳蹦蹦地各自向家里跑去。

回来的时候，她们把从家里拿来的一小包一小包的东西塞在小黄雀手里。

乘大人在把粮食过秤、抬走、放下、盖好的时候，小姑娘们就动手打扮那几匹马。

她们给马儿梳光鬣毛，把鬣毛结成小辫子，打上淡红色、浅蓝色、深蓝色的丝带。在第一匹马的颈圈上还插了一朵大红的纸头玫瑰花。依万老爹向车队掉过头来一看，可光起火来了：

"这是什么玩意儿？是谁想出来的？简直是在开化装舞会了！马上给我拿掉！"

可是小黄雀向他跑去，说：

"依万老爹，您别生气……这样不是漂亮得多吗……用不着拿掉！"

"不错，是漂亮得多。"姑娘们支持小黄雀说，"现在又没有鲜花。用什么来打扮呢？就让它去吧！"

“好吧，好吧，”依万老爹让步了，“不过这玩意儿要拿掉。”

那朵玫瑰花只好拿掉。

可是女孩子们不肯让步，又折了几枝枞树枝来装饰马颈圈。

“上车啦！”依万老爹喊了一声。

大家忙起来了。驾车员爬上麻袋，坐稳了。叶高尔老伯很严厉地对车队看了看，说：

“都坐好了吗？”

这时米沙在向最前面的一辆车跑去。他换了一身衣服。穿了一件新衬衫，靴子擦得雪亮，便帽落在后脑勺上。他背着一架手风琴，刚爬到麻袋上面，就拉了起来。在悠扬的乐声中，妇女、老人和喊喊喳喳的孩子们一直把车队送到农庄的出口处。

依万老爹摘下帽子，对出发的人们深深鞠了一躬，他说：

“一路平安，一路平安！让咱们的粮食去支援祖国吧！”

米沙闯了祸

第二天米沙没到学校。孩子们说，他送车队一直送到区里去了。

米沙过了四天才到学校里来。

“米沙，”莲娜说，“你为什么缺课？”

“我送车队去了，”米沙说。

“有谁派你去的吗？”

“没有……因为那时姑娘们干不了，反正这里的功课，我能赶上。”

“一个人应该首先尽到自己的义务。你只要想一想：在这样困难的时候，祖国还是希望它的孩子能够念书，并且准备了一切条件。学习就是你的首要义务。其他的事由大人代你做。要记住这点。”

米沙直挺挺地站着，固执地申述理由：

“我又没有去玩，我在做事嘛。”

可是他这样做还是使自己吃了亏。

自修文法的时候，米沙给许多规则搅昏了头。小黄雀斜着一只眼睛看他的本子，她奇怪米沙不知在乱七八糟搞些什么。第二天在地理课上他支支吾吾地答不出功课。后来又做不出习题。一星期完了的时候，他的成绩日报表上记上了三个两分。

教室里变得不大安静了。近来米沙的脾气很坏，他像吃了生米饭似的老是欺侮人。

星期六，孩子们在教室里贴上了墙报。右角的“大鲟鱼”[①]栏里画着一幅漫画：米沙拉着手风琴坐在一辆由三个两分搭成的马车上。

阿辽沙很动了番脑筋，漫画画得很滑稽，一看就认得出是米沙。

孩子们站在墙报旁边，大声地笑着：

“这是米沙，米沙！瞧，他爬上去了！他在赶那几匹好马哩！阿辽沙画得真好！”

玛茵珈抖动着裙子打了个转，马上就唱出了一支山歌：

“一群鲣鸟飞过，
飞到粮仓上，
看我驾起两分的马车，
去赶到市上！”

这时米沙走进了教室。孩子们便不响了，只是嬉皮笑脸地看看他，散开了各自坐到自己的座位上去。

米沙走到墙报跟前，对那幅漫画凝视了一阵，接着把头往里一缩，好像在准备跳起来。

“他要撕墙报了。”小黄雀想，可是米沙沉住了气，把两只手插进口袋，一摇一摆地走到了自己座位上。

上课的时候，只见他闷闷不乐，心不在焉。

这一天快过去了，可是发生了一件不愉快的事情。瓦丽雅在作一周分数统计。她用红铅笔在格子里填上五分，用绿铅笔填上四分，用可怕的黑铅笔填上两分。本来，黑铅笔她是不常用到的。

可是这次米沙使全班丢了脸，瓦丽雅很难过地在削黑铅笔。可是

---

① 苏联有一本著名讽刺画报叫《鳄鱼》。这里的“大鲟鱼”栏可能是模仿《鳄鱼》而命名的。

她有点不相信自己的记忆，走到米沙跟前，一点没有恶意地问：

“米沙，这星期你哪几门功课得了两分？”

米沙不响。

“把成绩日报表给我，米沙。”

米沙掉转头去把背朝着她。

“米沙，我正忙着呢。”

“走开……”米沙懒得开口，只是爱理不理地说了一声。

平时谨慎的瓦丽雅这回竟没看出他的怒气，她拉住了放在课桌上的成绩日报表的一只角向外拖。

米沙跳起来，把瓦丽雅当胸一推。瓦丽雅哎哟一声，倒退了几步，撞在一张课桌上放声大哭。

女孩子们都叫了起来，萨施卡一纵身向米沙扑了过去，教室里打起架来了。纽拉和席尼雅跑到瓦丽雅跟前。小黄雀向两个正在打架的人冲过去。

“住手！住手！萨施卡！米沙！这太不像话了！”

她拉住他们的衬衫，腰带，可是这两个孩子正打得起劲，一个劲儿地把她推开去，一直到她自己闪到角落里去为止。孩子们吓得贴着墙壁。阿辽沙坐在座位上，用两手遮住脸，多嘴彼佳在教室里跑来跑去，嘴里叽里咕噜地在说：

“要用水来冲开他们……用水……”

只有玛茵珈漠不关心地看着他们打架，当萨施卡占上风的时候，她轻轻地说：

“对！好！再来一下！再给他两下！”

这场架愈打愈凶。女孩子们跑去叫莲娜。她们哭哭啼啼、呜呜咽咽地冲进教员室，抢着告诉给莲娜听。

莲娜面色发白，从座位上跳起来。她正在看的练习本也从桌子上掉了下去。

“你留在这儿，莲娜老师。”德米特里也夫娜校长很镇静地对莲娜老师说，说完自己向教室走去。女孩子们就跟在她后面跑。

德米特里也夫娜校长把门开直，朝门槛上一站，用响亮的声音极有威力地只说了一句：

“住手！”

两个孩子立刻就不再打下去了。他们气喘吁吁地互相往后退。萨施卡的衬衫也扯破了。米沙的一只眼睛慢慢地在肿起来。

“拿了书本回家去，在没有知道教务会议的决议以前，不准到学校里来！”

这两个孩子眼睛也不抬，乖乖地走出了教室。

“全班同学放学以后都留下来等一个钟点！”德米特里也夫娜校长说，说完就向教员室走去。

孩子们一声不响，垂头丧气地坐在座位上。瓦丽雅在轻轻地抽泣。玛茵珈本来想把编出来的一支歌唱下去：“喂，新闻来了……米沙跟萨施卡打架了……”——可是大家都对她吆喝，叫嘘，她只好一声不响，把头巾拼命往下拉，一直拉到额角上。

过了好一会儿莲娜才走进来。小黄雀立刻看出她的眼睛哭过了。

莲娜在讲台旁边坐了下来，用手压了压鬓角。

“唉，小朋友们，小朋友们，你们搞成了个什么样子！”

教室里的孩子回答她的是一声嘈杂的叹息。

“现在怎么办呢，莲娜老师？”纽拉很惭愧地问。

“怎么办？”莲娜疲惫地摆了摆手，“我也不知道怎么办……德米特里也夫娜校长坚持要把这两个孩子从学校里开除出去。”

“什么？萨施卡也要开除？”

“是的，萨施卡也要……”

这时，孩子们都从座位上跳了起来。他们围住了那张教员桌。他们又难过、又气恼、又愤恨地向莲娜申辩是非……

“萨施卡不应该开除……”

“他是为了保护瓦丽雅才……”

“他不是坏蛋……”

“这都是米沙不好……”

瓦丽雅哭得更响了：

“萨施卡不应该开除，不应该！他为了我才……这都是我不好……”

“静一点，”莲娜说，“静一点，小朋友们！当然，萨施卡的错比较小，但是无论如何……在教室里打架……好在今天的教务会议会把一切都搞清楚的。大家坐好，孩子们……现在我们上课。”

课，当然没有上好。

难堪的日子

小黄雀好几次醒来又睡去，睡去又醒来，一会儿把灯蕊捻低，一会儿又把灯蕊捻高想看看书，等到莲娜开好教务会议回来，小黄雀已经疲惫不堪了。

这时候，德米特里也夫娜校长的房门也响了一声，所以小黄雀没有敢问莲娜什么。

莲娜慢慢地脱了衣服，吹熄了灯，脸对着墙躺下来。忽然，小黄雀听到一阵伤心的低泣。

她有生以来从未看见莲娜哭过。无论是在爸爸到前线去的时候，无论是好久得不到爸爸来信的时候，无论是她——小黄雀——生伤寒、卡嘉阿姨肯定她快死了的时候，她都没有哭过。而现在莲娜却躺在那儿哭了。

小黄雀的心里充满了对莲娜的怜悯。她从床上起来，轻轻地跑到莲娜床边伏在莲娜身上，紧紧地抱住了她的姐姐。莲娜把面孔埋在她的肩头，几颗热泪滴在小黄雀的颈上。

“好姐姐，你怎么啦？你受了欺侮了？别哭，别哭啊，莲娜！我们离开这儿……别哭，亲姐姐！”小黄雀自己也呜呜咽咽地哭起来了。“一定是德米特里也夫娜校长怪你了吧？”

小黄雀神经质地打了个寒战，她的牙齿格格地抖着。她发疯似的吻着莲娜的额角、脸颊、鼻子……莲娜不哭了。

“不要紧，不要紧，小黄雀……一切都过去了，妹妹。”

“告诉我，出了什么事。”

“那两个孩子决定不开除了。决定给米沙半学期的操行成绩打四分，并且决定在教务会议上批评他。还要在小队会议上检讨他的行为。”

“萨施卡呢？”

“决定给萨施卡本周的操行打四分。”

“他们批评你了吗？”

“批评了，但完全不是因为你所想的事而批评我。是因为我头几次遇到困难就灰心而批评我。德米特里也夫娜校长说：万事起头难，但是，如果你热爱你的工作，就必须勇往直前。而我，”莲娜抽噎了一阵，“热爱而且愿意做个教师；玛莉雅老师说我对班内同学太一团和气了。所以我没把米沙教育好……是的，我没有教育天才。”

“有的！”小黄雀坚定地说，“有的！你有很大的天才。孩子们都这样说。”

“真的吗？”

“真的，真的。的确是有天才。大家都得听你的话，要不我就把他们……”小黄雀用拳头对她幻想中的一群不听话的孩子扬了扬。

两姐妹谈了很久。当她们互相紧抱着睡熟的时候，星星已经放出苍白的光芒了。

* * *

过了两天，萨施卡和米沙回到学校里来了。

教室里很静，休息的时候听不见愉快的谈话声和唱歌声。孩子们千方百计地对萨施卡表示关怀。

不知是谁在他桌上铺了一张干净的报纸。纽拉给他的墨水瓶倒进了纯净的墨水。阿辽沙送给他一张图画，上面画着一辆棕色的坦克对一群棕色的法西斯强盗射出棕色的炮火。阿辽沙实在没有别的颜色铅笔了。

连多嘴彼佳也把他唯一的一块橡皮切成两半，把一半塞给萨施卡。

少先队员们去叫米沙来开小队会议叫了好几次。可是他没来。少先队员们非常愤怒。甚至平时不大声响的阿辽沙也要求把米沙开除队籍。但是，莲娜不答应。

现在班里都不再理睬米沙了。他走进教室，小黄雀就把自己的书收起来坐到后面的一个座位上去。

米沙非常郁闷，但很安静。他自己会躲开孩子们。休息的时候他常去找低年级的小孩子玩。

小孩子们很喜欢他。他把他们驮在背上，给他们在小溪旁边造堤坝，抱着他们涉过水塘。他的学习一天比一天坏。常常旷课、迟到、乱做课外作业。他瘦了，眼睛也陷了进去。很明显，他非常抑郁。

莲娜跟孩子们谈过几次，要他们跟从前一样友好地对待米沙。孩子们异常顺从地看着她说："好的，莲娜老师"，"当然要这样，莲娜老师"。他们不去嘲笑米沙，照常跟他打招呼，可是一条无形的界线把他们跟米沙隔了开来，连莲娜也拿他们没有办法。

"我们没什么呀，莲娜老师，"萨施卡说，"我们没惹他，要是说友好……我跟阿辽沙好，小黄雀跟纽拉好，难道不可以吗？"

莲娜也变得沉默、愁闷，老是在想什么，很少跟小黄雀说话。

家里一点也没有趣味。只有跑到门房里去找符拉西也夫娜才可以高兴高兴。

连天气也阴沉沉的。不断地下着毛毛雨。有时还落一场小雪，一下子又在泥泞的地上融化了。

下毛毛雨的时候，校园里在拔菜。虽然收成还是那么好，符拉西也夫娜的钥匙还是那么叮当响，但是从前的那种快乐没有了。

好朋友小队在一块儿干活，米沙一个人在一旁。当瓦丽雅用尽力气要把一袋白菜拖到粮仓里去的时候，米沙走到她跟前说：

"我来帮你拿。"

可是瓦丽雅狠狠地向他瞪了瞪眼睛，从牙齿缝里吐出了两个字：

"走开！"

接着，她回过头去叫着说：

"萨施卡，萨施卡！来帮帮忙，我拿不动了！"

这时小黄雀看见米沙拐到一间草屋后面，靠在一堵墙上。米沙哭了。

第二段歌词

一天晚上，莲娜在改练习本的时候对小黄雀说：

"米沙又得了一个两分，这孩子简直不在念书了，他开头学得多好……现在这一切实在该纠正了。明天召开好朋友小队会议。我再跟你们谈一次。”

第二天放学以后，好朋友小队在教室里集合。克里摩施卡不知用什么办法知道了这件事，也来了。符拉西也夫娜也来站在门边。

孩子们很庄重地散坐在一张桌子的四周，一声也不响。

“现在，”莲娜说，“你们已经不应该再恨米沙了。他已经受够了惩罚；现在要帮助他改正缺点。他的学习愈来愈糟了。”

孩子们吵了起来。女孩子们还是坚持不与米沙和好。

“我们不高兴跟他好，”小黄雀马上就抢着说，“谁叫他耍流氓手段，打女孩子！”

“去他的！”玛茵珈挥了挥手。

“莲娜老师，”纽拉很理智地说，“硬好是好不起来的。”

至于男孩子的看法又另是一套。

“他不配做少先队员。”

“是他自己不跟我们好，莲娜老师！”

“一点也不错！他老是神气活现！”

“他一到，马上就会打架！莲娜老师，您想，这算是什么作风？”

克里摩施卡安慰大家说：

“鸡（只）要他敢，我就跟他不客气！”

但是符拉西也夫娜很严肃地摇摇头说：

“哎，你们这些小公鸡，只知道叽里呱啦地叫，抖着鸡毛吓人……你们这是存心不要一个同志。你们不想想，你们可以靠大人过活，他们给你们吃的、穿的，还给你们写字本。米沙要养两个老年人。还要在农庄里干活。这是容易事吗？”

“不管这些，无论怎么样，打架总是不可以的！”

“您要知道，莲娜老师为他受了多少委屈！”

“瓦丽雅身上到现在还有伤痕呢！”

“好吧，”莲娜叹了口气说，“你们不愿帮助米沙，这是你们的事。我们的会议就开到这里为止。照例来唱《好朋友之歌》吧。我们这个歌里的第二段是怎样的？”

莲娜说完就大声唱了起来：

“要是有谁摔了一跤，
朋友就会扶他站好，
忠实的朋友，
在患难中永远和他在一起……”

“是这样的吧？”

房间里静下来了。孩子们垂下了头。

“这样吧，”萨施卡说，“明天星期日，我们去看米沙好了。……”

草地上的风帆

米沙家的一座小房子是孤零零的。四周是一片宽旷的草坪，上面长着茂盛的青草，有的地方还有几枝枯萎的野玫瑰。草坪上拂着信风。两扇被风吹得轧轧作响的门旁竖着一根很长、刨得很光的旗杆。上面飘扬着一面小小的红旗。屋顶上耸出几根有横档的木杆，每根与每根之间都缚有绳子，还有一个旧的马车轮，顶在一根车轴上，不知是作什么用的。

“他那边的是什么东西？”小黄雀仰起了头问，“无线电呢，还是什么机器？”

“我也不知道，他前些时候搞了个什么东西，以前我没看见过。”

“这一定是预测气候的。”彼佳说。

“我晓得，我晓得！”玛茵珈尖叫了起来。

“你晓得什么？”

“他这只是摆摆样子的。”说罢，她又唱起来：

“菜园里的树枝上，
蹲着乌鸦和寒鸦，
可是米沙的屋顶上，

木杆车轮咿咿呀。”

纽拉狠狠地扯了扯玛茵珈。

“住嘴，我们是来讲和的，你偏捣乱。你要捣乱，还是给我去念念《托帕德金将军》[①]的好，你还没有把这首诗念熟哩。”

玛茵珈不响了。

那两扇歪斜的门关得密不通风，萨施卡抓住门环，敲了一下，没有响声。再敲一下，还是没有人应。孩子们犹豫地在那里徘徊。

“也许，他压根儿就不在家，”阿辽沙说，“我们就去对莲娜老师说：我们去过了，可是他不在。”

“本来有谁在这大白天待在家里呢？”萨施卡说，不过并没有放下门环。

但是小黄雀打破他们的迟疑说：

“在家不在家，总得弄个明白。”

她很果断地走到门口，用力把一扇小门推了一下。小门打开了。

玛茵珈没有向前闯，这是她有生以来的第一次。最勇敢的反而倒是克里摩施卡。

“把我抱过去。”他看见门槛很高，就对萨施卡说。

萨施卡把他抱了过去。于是孩子们在克里摩施卡的统率之下涌进了米沙家的院子。米沙光着脚，衬衣的腰带也没有束好，他在台阶旁忙着铺一级新梯阶，原来的一级已经腐烂了被放在一旁。

他看见了进来的孩子们，就挺直了腰板，手里的斧头没有放下，默默地看着他们。他的脸渐渐变得有些苍白。一撮头发压在他的眼睛上；风吹动他的衬衣，但是他动也不动。

那些孩子也很警觉地不作一声。

要是米沙的奶奶不走到台阶上来，真不知道他们在这儿会僵持多久，像是冤家，又像是朋友，并且这种无声的和解也许根本就不会有什么结果。

米沙的奶奶看见了孩子们，没有觉得奇怪，只是很慈祥地说：

---

① 这是俄国大诗人涅克拉索夫的一首著名故事诗。

“啊，是米沙的朋友来了吗？好极了！好极了！看到孩子们要要好好的，我就打心眼里高兴！进来进来，里边儿坐，好孩子！你站着干吗，米沙？请客人屋里边坐呀。我去盛些菜汤、拿些饼给他们吃。今儿个是假日，我烤了一些饼。好吧，米沙，你招待招待客人吧。”

米沙还是那么一声不响，也不放下手里的斧头，走上台阶，把门打开了。孩子们惶惑地一个跟着一个，轻轻地、几乎是踮着脚尖走进了屋子。米沙的奶奶已经在炉子旁边忙了起来，把红喷喷的土豆饼摆在桌上，请孩子们吃，嘴里不停地说：

“你们我全都知道，孩子。米沙对我都讲起过。我自己什么地方也不去，老了，多亏米沙，他把什么都讲给我听。这个眼睛骨碌碌的，一定是老师的妹妹；你，小伙子，是萨施卡！我知道，全都知道，米沙常夸你们哩；别客气，我的小客人，吃啊！我们有面粉，土豆也多的是。都是他——我们的养家人——挣来的。吃吧，好孩子！”

可是孩子们一块东西都没有吃。

真是要命！米沙对奶奶一点也没讲：没讲起打架的事，也没讲起学校里大家不理睬他的事。只是说别人好。

孩子们的目光不敢互相接触。连克里摩施卡也一声不响地看着米沙，一眼也不眨，虽然他不知道是怎么回事。不过这样并不妨碍他努力地把热腾腾的饼往嘴里塞。

忽然，米沙的奶奶出去了。难堪的沉默笼罩了这间屋子，这时小黄雀忍不住了。

“好了，”她说得很响，“我们吵过了架，现在要讲和了！来吧！米沙，啊！？我们重新做朋友，好吗？”

米沙的脸涨得通红，看着小黄雀伸出来的一只手直发怔，后来他突然点了点头，紧紧地握住了小黄雀的手，握得她的手指咯吱咯吱地响。这时大家都从座位上跳起来，围住了米沙，拍拍他的肩膀，握住他的手，大家都笑嘻嘻的。克里摩施卡拼命拿汤勺在桌子上敲。

玛茵珈装腔作势地朗诵起来：

“我们不再过那倒霉的日子，

我们和米沙重归于好！”

彼佳轻视地皱起鼻子说：

“去你的，讨厌！你以为你是涅克拉索夫！”

当米沙的奶奶重又走进屋子的时候，她愣住了，她做的大饼一下子都没有了，孩子们的舌头，一下子竟动得那么快。

“你家的屋顶上是什么东西？”

“是我的一条船。”

“什么船？”

“是一条船。一切都是真的，有船桅、船帆，还有舵。”

“啊！？让我们看看！”

“走，走。不过……”

“不过什么？”

“你们不会在村子里乱说吧？”

“以少先队员的称号保证，不在村子里说……”

米沙慢吞吞地说：

“玛茵珈也……”

玛茵珈马上明白了。

“看在上帝分上，我不当山歌唱……”

纽拉严厉地止住她说：

“又要上帝了？”

“噢，不了，不了……看在……”玛茵珈用手掩住了自己的嘴。

孩子们踏着一把轧轧作响的小扶梯爬上了屋顶。那儿真的像一条船的甲板。堆着许多刨平的木板。并且还用薄板条做了船舷。船桅杆上的一根钉上挂着一架望远镜。虽然，这望远镜没有镜片，但倒是一架真正的航海用的望远镜。

米沙不知从哪里拿出了一顶没有舌头的水兵帽，他变成了一个船长。

“小朋友们，我现在要张帆了，你们站到船舵那边去。把船沿着航线开去。”米沙说完，对轮子那边点头示意。

女孩子们张大了嘴，萨施卡、彼佳和阿辽沙向轮子那边跑了过去。轮子轧轧地响起来，开始转动，活像一个真正的舵轮。

“小心！”米沙喊着说，“把帆张起来。”

他拉着几根绳索，桅杆上升起了一面真正的船帆。虽然，这面帆只是用两只麻袋做成的，但是马上鼓起了满帆的风，吹得缆绳呼呼地叫，孩子们觉得他们的船像是离开了原来的地方，乘风破浪，沿着绿中带褐的大河漂往神异的、浩瀚的、遥远的大海中驶去。

小黄雀深深吸了口气，开始唱起莲娜教给孩子们的一支阿尔迪克[①]的《航海歌》：

“波涛上面海鸥飞翔，
人们沿着大海远航，
张起帆篷迎着风浪，
让它吹得像个大酒囊！”

孩子们也和着唱了起来：

“加把油，
添把劲！
乘风破浪打起浆，
让海水飞溅，
像喷泉迸涌，
一直喷到云霄上！”

“向右舷！”米沙喊着，“前进，朋友们！”

米沙变了

米沙跟以前简直判若两人，现在他学习是多么用功，对同学是多么亲热，看起莲娜来的眼光是多么诚挚！

---

① 阿尔迪克是全苏少年先锋营，在黑海海滨的克里木，背山面海，风景如画。

半学期快过去了，所有的孩子都在埋头用功。莲娜近来常常在学校里给学习差的学生补课。

小黄雀准备功课的时候多，玩的时候少。有时符拉西也夫娜走进房间，严厉地说：

“去去！又搞成这副样子，瞧你脸色都像草地上的青草似的了，去，快去玩一会儿！”

小黄雀只好穿上外衣走出去，可是她在院子里觉得很无聊。孩子们都看不见，——全都在准备功课，——况且家里的事儿还有那么多。

鸟儿也不歌唱，只有胸脯金黄色的四十雀[1]忙忙碌碌地在马厩旁跳跳蹦蹦，啾啾唧唧地叫：“静——齐——维”，“静——齐——维”。在高高的白云下面，有一群候鸟在向南飞，——忽然，它们像石子一样落在树上：飞得累了，休息一会。

几头白嘴鸦在练习飞翔，准备远行。

“白嘴鸦飞，快下雪了！”符拉西也夫娜说。

到处是一派清秋光景。

小黄雀在空旷的院子里徘徊了一会儿，就回家做功课去了。

现在米沙可紧张得厉害。他有很多功课脱掉了，没学到，不懂。莲娜去找依万老爹，要求他暂时不要叫米沙去做农庄里的任何工作。

依万老爹叹了一阵苦经。实在很困难！工作还没有做完。拖拉机在田野里轰隆轰隆地响，忙着在土还没冻起来以前把最后的一批土翻松。人们在忙着拔白菜，拾菜叶，掘保藏秣草的地窖。还要准备藏菜蔬的地方，还要修理机器，还要……还要……可是人还是这几个，没有增加。米沙的一双灵巧的手是多么宝贵！

“好吧，要怎么办，就怎么办吧，莲娜，”依万老爹叹了口气，“对于你的学生来说，学习当然是第一桩要紧事。我们就等几天吧，没有他也还能对付。”

莲娜很满意地回到了家里。

“好了，现在米沙要空一点了；不过必须好好地帮助他。萨施卡

---

① 一种鸟的名称，叫声是“静——齐——维”。

去帮助他补算术。你，小黄雀，去帮他补俄文。”

“他不会听我的话的。”

“怎么不听！会听你的话的！他对我说过，一定不得一个三分。”

小黄雀怀疑地摇摇头。

现在米沙每隔一天到小黄雀那儿来一次，小黄雀给他讲文法规则，叫他听写，给他做补充习题。

符拉西也夫娜笑着说：

“这才对了，你瞧他们，一只熊[1]，一只黄雀，一点也不错！”

米沙很听话，有一次忽然又倔强起来了，他说：

“我再也不写了！怎么，你忘了！我还有学校里的功课哩！”

小黄雀神气十足地放下铅笔，说：

“请便，不过我要去告诉莲娜老师。”

于是米沙马上重新把练习本拉到自己面前，说：

“好了，你算了吧！一下子就要搬嘴弄舌了。你念吧。”

“‘把树枝扔到池塘里去[2]。’”小黄雀念着。

“干吗老是把垃圾向池塘里扔，”米沙自言自语地说，“又来了！垃圾填满了，谁来清除？叫庄员吗？我还是写别的好。”

“你要写什么别的东西？”小黄雀发急了，“这是在教你辨别清音和浊音词尾呀。”

“我是在辨别清音和浊音，只要对了就是了。”

于是米沙写上：“不要把树枝扔到池塘里去。”

做好功课以后，米沙并不马上回家。他先给她们两姐妹打好水，劈好柴，把台阶附近打扫干净。然后一定要跑到教员室门口去等莲娜出来，从她手里接过练习本、放书的皮包和地球仪，送她到家里，问她：

“您还要什么吗，莲娜老师？”

---

① 米沙的爱称“米式卡”一字有熊的意思。

② 俄文中的“树枝”和“池塘”两字念法相近，一般常把这两个字放在一个句子里作听写材料。

“不要了，不要了，米沙。快回家去吧，你家爷爷奶奶他们等久了。”

米沙把帽子扣到额上，但还在门口踌躇不定。

“也许，还需要什么吧，莲娜老师？”他一边说一边望房间里瞧。

“没什么了，米沙，”莲娜笑了，“去准备功课吧。”

米沙突然很严肃地说：

“您有一只鞋的鞋跟脱掉了，把那双鞋给我拿去。我爷爷钉鞋跟钉得很好，我明天早上给您带来。”

说完了也不管莲娜反对，从床下拿了一只鞋就向门外跑。

厨房里的谈话

德米特里也夫娜校长在厨房里喝茶，莲娜跟小黄雀在自己的房间里做事，这时符拉西也夫娜走到门槛上，神色严肃而庄重。看来，她来一定是有事情。

“我是来找您的，德米特里也夫娜校长。”

“你要什么，符拉西也夫娜？”

“土豆藏好了，菜也拔了，锅子也洗干净了……”

“什么？什么锅子？”

“铁锅子，小火炉子我也修理好了。”

“我一点也不懂，”德米特里也夫娜校长生气了，“什么炉子？什么锅子？你说清楚些。”

“过去在这时候，校长就开始给孩子们安排点心了，天快大冷了，咱们学校里从别的地方来的孩子，上学要走三公里路，回去还要走这么多路。他们的小肚子老是唱空城计。回家的时候已经很累了。要是在他们走以前，弄点热东西给他们吃，走起来就要有劲得多。他们的学习可不是件容易事儿。”

“所以你想……”

“弄些点心给他们吃，反正咱们的粮仓跟地窖都装得满满的。有土豆，有白菜，还有各种各样的菜蔬。当然，鹅肉是没有。”

莲娜和小黄雀在听这场谈话。

德米特里也夫娜校长不响。符拉西也夫娜也不再多说。

“是这样的，”德米特里也夫娜校长若有所思地说，“这笔收成我另有用途。我想把它卖掉。该买点实物教材，修理修理课桌椅。你自己也知道，学校里缺的东西很多。目前国家没法照顾我们。”

这时符拉西也夫娜在一条长凳上坐了下来，解下她的头巾，好像这东西碍住她的呼吸。

“唉，德米特里也夫娜校长！学校您是爱护的，一颗螺丝钉，一道门闩您都管到了，可是把孩子们忘了。”

“你说什么！你这是什么意思？！”

“为什么我不说！我年纪也比您大几岁，眼光也比您远。您同情国家，可是国家是关心孩子的。等战争结束，咱们也许还把这学校拆个粉碎。造一座七年制学校。咱们也许在里边铺拼花地板哩。”

小黄雀跟莲娜像两只耗子似的不敢声响。符拉西也夫娜好像“沸腾”了。

“也许还要安电灯，旧的窟窿用不着修补了。孩子们呢，孩子们咱们还得保护。这不是养一头小牛。咱们快下土了，他们可要去工作。我这么说，依万也这么说，您可以去问随便哪一个大娘。”

德米特里也夫娜校长默默地在搅和杯中的茶。

“你原来是这样。”她严厉地说。

“是这样。我要保护孩子。”

德米特里也夫娜校长突然一下子从椅子上站起来，走到窗前。

“孩子……”她说，“你要保护孩子……”

她的话里有一种特别的声调，使得小黄雀惊恐地直看着她的姐姐，活像一只木鸡。

这时符拉西也夫娜也静了下来。

只听见隔壁的钟在滴答滴答地响。

“你说得对，符拉西也夫娜，”德米特里也夫娜校长这时的语调已经很平静，“你就这样做吧。不过得记住：我不许任何人放弃原来的工作来搞这件事，也不能让这件事妨碍学校的教学。不能打乱学校生活的程序。”

“我们不会打乱程序的，”符拉西也夫娜对她解释，“早上值日的孩子早一点来，把锅子放好，炉子自己会烧。不要搞什么肉圆子，弄点土豆羹就行了！放了学就给他们吃。”

“那谁做这些事呢？”

“就叫莲娜老师去搞。叫她分派孩子们值日。莲娜老师，你过来。”

莲娜走了进去。

“你都听见了？”

“听见了。”

“好吧，开始的时候先召集你班上的少先队员来干这个活，他们必须做榜样给大家看，叫他们先带头，以后再让其他的孩子来搞。”

做点心

“哦呵！”小黄雀抽了口气。

“好家伙！”纽拉拖长了声调。

“这锅子里爬得进一条小牛！”玛茵珈唱着说。

真的，那锅子的高度只比小黄雀差一点儿。要削多少土豆，切多少白菜，舀多少水才能把它放满啊！

“怎么，在欣赏这家伙吗？”符拉西也夫娜走过来问，“对了，你们三个人对付不了。今天头一次我跟娜塔莎来帮你们的忙。明天再挑几个孩子。男孩子也叫几个来。”

“他们会说：做饭是女人的事。”

“前线的炊事员是什么人？都是男人。让他们来劈柴，担水。现在用不着多啰嗦，动手干活才是。这是给你们的土豆、白菜……把土豆皮削掉，白菜切好，放在锅子里。过一会加七桶水，那边有盐、葱，这让我自己来放。小心看着，菜要洗得干净。动手吧！”

于是就干起来了。

她们削土豆削了半天。食指上起了老茧。土豆皮削得满地板都是；膝盖上、靴子上都是土豆皮。可是把土豆扔在锅子里看也看不见。

“你们等一会！”纽拉说，“我去叫瓦丽雅，她们两姊妹总是来得很早的。”

纽拉回来时把瓦丽雅带来了。现在有四个女孩子了。

这四位小女主人一起削土豆，土豆皮堆成了一座山。把土豆扔在锅子里，还只有小半锅。

“姑娘们，我去把席尼雅叫来好吗，”瓦丽雅说，“她在教室里没事做！到上课还有半个钟头哩。”

于是席尼雅也叫来了。现在有五个女孩子了。这五个女孩子一面削土豆，一面看着门外，看有没有谁来帮忙。

“等一等，”小黄雀说，“我去把松林村的派莎叫来。哦，她干起活来可真快！”

松林村的派莎也来了，她拿起削皮刀马上就干。现在有六个女孩子了。可是土豆还只有半锅。

玛茵珈已经像火车头一样在喘气了，纽拉摇摇头说：

“难道这些都吃得了吗？”

“当然喽！一百个人哩！”小黄雀快哭出来了。

幸亏这时符拉西也夫娜走了进来。

“你们怎么啦，小姑娘们？难道全都是土豆烧汤吗？一半也够了。切一点白菜跟胡萝卜，再加一点水。生炉子和烧汤的事我自己来管。”

那几个女孩子都高兴起来。切白菜——这很简单：白菜自己会在刀下散出来。她们干得比较快了，说话也快活多了。这时萨施卡从窗外朝里边张了一下。

“什么，在做饭？”

纽拉很正经地对他说：

“我们是在做饭呀，你们可老是在闲逛，吃的时候你们来不？快去把男孩子集合起来，去拿水。”

说到做到。女孩子们才看了看，男孩子已经拿着水桶来了。萨施卡跟彼佳一个人提一桶，阿辽沙跟一个同学两个人提一桶，而米沙一个人竟提了两桶！

一下子，锅子就满了。女孩子非常快活，哇啦哇啦地叫符拉西也夫娜快来，正好这时钟声响了。大家连忙洗洗手，解下围身，就跑到教室里去。

* * *

放学以后，那几个小女主人才放好了书，就跑到厨房里来了。锅子里咕嘟咕嘟地响，飞溅着喷香的土豆浓汤。厨房门口聚集了许多小孩子，他们敲着从家里带来的盆子、汤勺，把好奇的鼻子伸进门缝里来闻那股香味。

“哦呵，好香啊！”

“不晓得分得多不多？”

“我要吃一满盆！”

“我要吃一桶！”

“我把一锅子都吃光！”

“你们来分好不好？”符拉西也夫娜问那几个女孩子。

“好，我们来分！”

“好吧。不过别烫痛了。玛茵珈！给他们排好队，不要一齐挤进来。”

玛茵珈跳到走廊里，喊着说：

“一年级，一年级！别吵嘴，别打架，排好队！”

小孩子们排好了队，依次走到厨房门口，把各自的盆子递过去，很尊敬地看着小黄雀和纽拉。

小黄雀拿着一个勺子在给每个人舀一份汤。小孩子们小心地走过去，手里捧着盆子自管自去坐好：有的坐在窗台上；有的坐在教室里的座位上。迦琳娜帮着他们，大家看着这些一年级小学生吃得两颊饱鼓鼓的，都很快活。在他们之后，就是大一点的学生吃了。

过后，孩子们高高兴兴地一个跟着一个走到街上，打厨房窗前经过的时候，大声喊着：

“谢谢！谢——谢！谢——谢！”

“瞧他们吃饱了以后，跑得多神气，”符拉西也夫娜在后面看着他们说，“像是兔子在第一场大雪里跑，活蹦乱跳，浑身是劲。”

“我们烧了土豆羹，孩子们回去都不冷。”玛茵珈唱了两句。

好朋友小队的日记

命令

给少先队第一小队——好朋友小队

团小组长玛露施珈通知：现在有三个祖国保卫者的家属需要我们少先队的帮助。

我命令：

一、 纽拉去叫玛茵珈一同去帮左雅家洗衣服；

二、 米沙去给阿妮西雅奶奶修理屋顶；

三、 萨施卡去给玛莉雅老师劈柴，并且要把柴堆到柴房里去。

应报告执行任务情况并记录在小队日记上。

时刻准备着！

小队长萨施卡

* * *

昨天我和玛茵珈在左雅家里洗衬衣和外衣。当然，左雅帮了忙。洗得很干净，就是缺少靛粉[①]。晚上左雅跑来说：她妈妈很高兴，她妈妈说：“左雅，你去说谢谢孩子们。”

纽拉

我和小黄雀想去给符拉西也夫娜洗地板，因为她也是战士的母亲。我们带去了拖把，可是她说：“这是玩什么把戏？！我又没有残废，我还可以帮助几十个人。你们还是去把阅览室弄弄好。你们既然能把学校里的书修补好，希望你们也到那边去整理整理，不然，我们老太婆连休息休息的地方也没有。”说完就把我们推了出来。

席尼雅

---

① 靛粉是洗衣服用的一种蓝色粉末。把洗净的衣服在放了靛粉的水中浸过，可以使衣服更加洁白。

必须去跟莲娜老师、迦琳娜老师谈谈阅览室的事。

萨施卡

昨天米沙给阿妮西雅奶奶修好了屋顶。他还在上面钉了一块板，可是阿妮西雅奶奶站在院子里哭……她说："他们没把我这苦老太婆忘掉……"米沙很敏捷地把一切都做好了。要不是我只有一条腿，我也爬到屋顶上去了。那就能把这件事做得更快些。

阿辽沙

我给玛莉雅老师劈好了柴，堆在柴房里。克里摩施卡帮忙搬柴。

萨施卡

我受托把报纸念给叶洛霍夫老大爷听！因为他的眼睛不好。我念得连汗也念出来了，可是他说："我不要这么个文书，叽里咕噜的一点也听不懂。还是叫女教师家的那个短鼻子小姑娘来好。"难道我的口齿不清楚到这种地步！

彼佳

我们在五大堆干草的周围挖了几条小沟，为的是不让耗子爬到干草里去。班里全体同学都干了活。

小黄雀

全体少先队员开始收拾草灰拿到农庄的粮仓里去。到现在为止已经收拾了九桶。

纽拉

莲娜老师关照要把好的坏的全都写上。昨天发生了一件糟糕的事。我们看见杜娘婶婶在台阶旁边放了几只大木桶。木桶是空的。我们以为她没工夫担水。于是把全队的人都集合了起来，到小河里去打水。搞了半天，打了二十五小桶的水。提起来很吃力，还要上山。这时杜娘婶婶走来了。我们躲在木头堆后面，以为她马上会高兴得跳起来。可是她看了看竟叫起来了："是谁跟我捣乱？我辛辛苦苦洗了半天，还蒸过，准备腌白菜用的，可是谁给我把这些桶都倒满了浑水！"当时玛茵珈说："我们逃吧！"萨施卡说："小朋友们，糟了，我们做了傻事了。"彼佳说："倒掉好了，我们又不是存心捣乱。"纽拉说："小朋友们，我们应该走出去把一切都告诉她。”于是我们走出来把一切都告诉了她。起先杜娘婶婶还怨我们，后来也没有什么，她笑了。我们帮她把水倒掉，重新把木桶蒸过。

小黄雀

符拉西也夫娜对我们说，应该去帮助陶姆娜奶奶。她有四个孙子，她年纪很大了，对付不了。屋子里脏得很。我们在那边搞了两天。揩墙壁，刷炉灶。纽拉和派莎给她的几个孙子缝补衣服。符拉西也夫娜给了几枝嫩树枝，我们就把这些嫩树枝种在一个盆子里，放在窗台上。现在屋子里变得又清洁又漂亮。

小黄雀

小队决议要帮助军属拔菜，不然，菜可能冻死。我们集合了全班同学。星期日一天，给七户军属拔了菜。

彼佳

莲娜老师说，纽拉老是给玛茵珈缝补衣服是不对的。干吗要当拖船拖呢！应该教她自己补。萨施卡说男孩子也要学会补衣服，否则到前线去怎样办。于是我们就开了一次小队会专门学习缝补衣服。纽拉教大家补袜子。符拉西也夫娜教了补衣服。现在瞧玛茵珈还敢不敢破破烂烂就来上学！学补衣服学得最好的是席尼雅。

瓦丽雅

阿辽沙、小黄雀和派莎帮助叶高尔老伯把土豆倒进了地窖。

彼佳

星期日小黄雀、纽拉和玛茵珈在托儿所工作。帮助那边的人给小孩洗澡，带小孩散步。托儿所里的人非常感激我们。要求我们以后再去。

纽拉

好朋友小队（四年级）十月份下半月工作计划：

一、 筹备十一月六日①的表演会；

---

① 十一月七日是伟大十月社会主义革命纪念日，好朋友小队决定在节日前夕的庆祝会上演出。

负责人莲娜老师

二、 举行小队会议，听迦琳娜老师的报告："为什么我们要庆祝十一月七日这一天"；

负责人小黄雀

三、 整理阅览室。

负责人纽拉

小队长萨施卡

又热闹起来了

有一天，符拉西也夫娜说：

"妇女们起早摸黑地干活。干活的时候人多，不痛快的念头钻不进脑子里去，可是到了晚上在屋子里坐着，纺织、打毛线、补衣裳的时候，就想起难过的事了：有的挂念儿子；有的惦记丈夫；有的什么都想到。要是你们把阅览室整理好，我们每天晚上就可以待在一起听听懂事的年轻人说话。"

"好，"莲娜说，"我们一定做到。可是你们的阅览室为什么老关着呢？"

"因为管理员到前线去了。这件工作委托了玛露施珈，可是一个农庄会计员在这么忙的时候还顾得到这些事吗？就说是我们，在夏天也想不到书本、想不到什么晚会；可是现在夜长了，老睡着背脊也要睡麻了。大家都想待在一块儿聊聊天。"

"还多讲什么呢？"萨施卡说，"要做，就做！"

* * *

阅览室门上的锁生了锈。米沙转动钥匙的时候涨得满脸通红。小黄雀站在一旁念念有词："开，芝麻！开，芝麻！[①]"

---

① 神话《天方夜谭》中有一篇《阿利巴巴和四十大盗》（见前第 319 页注），阿利巴巴偶然发现那些强盗用"开，芝麻！"和"关，芝麻！"的咒语使满藏财宝的石洞自行开关。阿利巴巴就用同样的办法得到了许多财宝。这里小黄雀是借用神话里的咒语。

终于，门打开了。

哦！墙壁剥落了，角落里都结着蜘蛛网。书堆在桌子上。书上厚厚地落上一层灰尘。

“嗨，这儿要好好搞一下……”彼佳说。

“需要人手。”米沙说。

“而且还要有头脑。”

可是纽拉，像往常一样，把大家七嘴八舌的空头主张拉到实际工作上去。她说：

“需要揩布、温水、硷水、石灰。”

不一会，工作就热烈地展开了。

女孩子们洗刷墙壁，揩凳子，卷去蜘蛛网，掸去书上的灰尘。

米沙拿了一把小梯子，把它搁在桌子上，开始给天花板刷粉，彼佳帮他的忙。萨施卡把一本本的书掸去灰尘，把书名记在一张纸上，然后把书放到橱里去。有时他看一本什么书看出了神，就干脆坐在地板上，忘掉了世上的一切。于是阿辽沙就用责备的口吻喊他：

“萨施卡，萨施卡……”

萨施卡震了一震，难为情地笑笑，就把书放好了。不过他给自己做了一个记号，以后一定要把那本书看完。

阿辽沙在一张旧裱绵纸上写了几个美术字：“欢迎阅览！”

玛茵珈一面擦玻璃窗，一面拉开了嗓子唱歌。

工作很多，可是喧闹声、叫喊声、嬉笑声更多。

克里摩施卡身上溅了好些石灰水，他浑身都是一个个白点，活像一块黑地白点的印花布。

小黄雀从一张方凳上摔了下来，额角上碰了一个小肿瘤。矮胖的塔茵珈吃饱了炉灰。只有纽拉干得又迅速、又稳妥，又利落。

傍晚时，孩子们都累了，可是工作还不能说快完了。虽然，天花板已经刷得雪白，玻璃窗上已经没有一个污点，可是地板却比以前更脏了。

米沙用石灰水刷天花板的时候挺大方，溅得地板上都是白色的石灰水，黑脚印踩在上头，就构成了圆形、锯齿形、环圈形各种不同的图案。

小黄雀四下看了一看，急得把揩布也跌落在地上。

“姑娘们，”她害怕地说，“我们怎么也弄不干净了。”

可是，这时候堂屋里传来了人声和水桶的撞击声……

符拉西也夫娜站在门槛上，围裙的下截撩了起来，手里拿着一桶热水。她的后面有几个人笑着朝屋子里看：有玛露施珈、有养猪员奥丽迦还有巴莎。

“真是好样儿的，”符拉西也夫娜说，“孩子们，真是好样儿的！干了不少活了。现在我们来接班了，我们来把事儿都搞完！你们快回家去吧，也许明天的功课还没有准备好哩！”

“好好洗把脸，要不人家看见你们会吓坏的。”玛露施珈笑着说。

孩子们高高兴兴地跑到了外面。

圆圆的、光线微弱的太阳快落山了。河面上升起一缕轻雾。从阅览室敞开的窗子里传出一阵阵面盆、水桶乒乒乓乓的声音。

第二天，孩子们把阅览室布置得非常漂亮。许多领袖的画像和阿辽沙写的标语都挂了起来，纱窗帘也挂到了窗子上。桌上铺了杜娘婶婶捐赠的桌布，摆上了象棋、跳棋、游戏用的骨牌。女孩子们把上月份的报纸订了起来，还建立了值班制度。

现在，莲娜把情报局发出的战报和通告也张贴到阅览室里来了。前线的消息令人非常兴奋，大家都想当天就知道，等不及看报纸。

农庄庄员们已经习惯于跑到阅览室来看战报了。然后他们就在报纸堆里消磨一会儿时间，或者看看书。

有一个星期六，符拉西也夫娜对莲娜说：

“今儿个有全体娘子军要开到你的阅览室里来。干吗要在每家屋子里都白白地点上一盏火油灯呢！我们就在一盏灯下坐坐好了。”

从那天起，每逢星期六，妇女们就都聚在阅览室里。

她们有的缝衬衫、做皮烟袋送给前线的儿子、丈夫。有的结绒线手套，这种手套的一只食指是分开的——这是专门给前线的战士用的。

莲娜和迦琳娜读报、念书、讲我们的战士走到的那些国家的情形。

当读书报的人累了的时候，姑娘们就唱起歌来。几条男孩子的嗓子也和着她们，迦琳娜和莲娜也跟着大家一起唱，嘹亮的俄罗斯歌声荡漾在静寂的村子里，响彻了秋天的夜空。

过了些时候，迦琳娜就正式着手组织了一个虽然规模不大、但阵容整齐的合唱队。

在那些日子里，农庄里出了一些神秘的事情：依万老爹到区里去，回来的时候和许多别的东西一起带来了一只四面钉紧的小箱子。他不把它给任何人看，只让叶高尔老伯和米沙在他家里对这小箱子施“魔法”。你要把米沙从那里拖也拖不出来。

女孩子们忙着她们自己的事，她们在准备演出。

当然，莲娜在帮助她们。玛茵珈在教大家唱一支新歌。彼佳在做体操表演给大家看。小黄雀跟纽拉在排练乌克兰舞，连矮胖的塔茵珈也要朗诵一首诗。

不过这一切暂时还在严格地保守着秘密。

十一月六日

栅栏上，粮仓的墙上、合作社附近、农庄管理处旁边出现了一张一张的通告。这些通告是由阿辽沙用各种颜色的铅笔画的，画得很好看。上面写着：

“一九四四年十一月六日下午三时举行伟大十月社会主义革命二十七周年庆祝大会。大会程序：

一、 宣布开会，全体肃立，奏乐，唱国歌；

二、 农庄主席作总结报告；

三、 给奖；

四、 表演。

请全体庄员以及苏维埃机关工作同志准时参加。

大会地点：阅览室。”

大会的前夜，米沙就住在符拉西也夫娜那里。

女孩子们很晚还在学校里忙着赶制服装，排练节目。阅览室里传出了歌声。这是莲娜和迦琳娜在排练合唱。

第二天一清早，太阳刚刚出来，米沙和叶高尔老伯就爬上了阅览室的屋顶。米沙像一只猫似的在屋顶上忙个不停，一会儿从梯子上滑下去跑进屋子，一会儿又爬上屋顶，一会儿再跑下去。可是叶高尔老伯并不从屋顶上爬下来。他们在那儿干什么——小黄雀和别的女孩子都搞不清楚。

萨施卡、阿辽沙、彼佳和别的几个男孩子不放任何人走近屋子。

他们很神气地把女孩子们嘘开。对大人，萨施卡就很有礼貌地说：

“女同志，对不起，委员会请您打那边走。”

“什么‘委员会’？”小黄雀因为好奇，脸上都有点发热了。

女孩子们试着向正在萨施卡旁边打转的克里摩施卡进攻，他一定全知道。可是克里摩施卡鼓起了嘴，像一个气球，神气活现地把爸爸留下的一顶帽子拉到眼睛上面，一本正经地说：

“他只要一嘘，我就吓死了！”

“谁嘘？”

“那里……”克里摩施卡的两只手乱指了一阵。

女孩子们从他那里什么也没打听到。

近中午时，女青年团员都集合在台阶旁边，她们用枞树枝、小红旗把台阶装饰起来，然后挂上一幅斯大林同志的崭新的画像。

莲娜召集了好朋友小队的全体队员，再一次对大家检查了一遍，给他们整好了红领巾，掠平了头发，还给萨施卡在衬衫上缝上一颗钮扣，接着她就把孩子们排了队，有组织地带到阅览室去。

阅览室里已经挤满了人。有的肩挨肩地坐着，有的挤在门口，有的站在窗边。

主席团桌子的旁边坐着依万老爹、杜娘婶婶、符拉西也夫娜和德米特里也夫娜校长。

好朋友小队的队员挤到前面，集中在右面的一个角落里。

左面的一个角落遮着一幅彩色印花布的帷幔。小黄雀想到那边去看看，可是米沙用教训的口吻说：

“叶高尔老伯说的：‘谁要是闯到那边去，面责莫怪！’”

大会开始了。

首先由依万老爹讲话。

德米特里也夫娜校长也讲了话。然后依万老爹做农庄工作的总结报告。

小黄雀并不在听。第一，她搞不清公顷、公担、过磷酸盐这些名称，不过主要的是她非常害怕忘了等一会要朗诵的诗句，所以塞住了耳朵用相当高的声音偷偷地在背诵，一直到依万老爹很生气地回过头来问：

“谁在后面叽叽咕咕地说话？别扰乱！”

小黄雀才吓得住了嘴，这时开始有趣的事了：对优秀工作者给奖。

依万老爹站起来，把一个突击队员叫到桌子跟前，对他宣读管理处的决议，握了他的手给他奖品。四周的人都劈劈啪啪地拍手，得奖的人鞠了个躬，大家都感到非常高兴。

杜娘婶婶得了一件衣料；符拉西也夫娜得了一双新毡靴；巴莎得了一双套鞋，亮闪闪的好像漆皮的一样。

然后德米特里也夫娜校长代表学校表扬迦琳娜老师和玛莉雅老师，并送给她们各人一瓶香水。

“完了吗？”小黄雀问依万老爹。

“不，还没完，”他一边回答，一边捋着胡须，突然对小黄雀眨了眨眼睛，“还没完！”

“庄员们！”他说，“咱们还有一些人工作得也非常好。这些人整理了阅览室，拾清了收割后地里留下的麦穗，在打麦场上帮过忙，”依万老爹笑了一笑，“还给杜娘婶婶的木桶里装了水，在学校里修补过书本……”

农庄庄员们都笑了起来，向着角落里那群孩子看。

可是依万老爹很严肃地说：

“孩子们从来没有这样积极、友好地帮助过我们。为此要感谢莲娜老师！”

“他们配得上称‘好朋友’。”杜娘婶婶插了一句。

莲娜站起来，满脸通红，垂着头去揉衣服的皱边。

这时全场都响起了掌声，孩子们拼命地拍手，拍得小黄雀的耳朵里嗡嗡地响。米沙还顿着脚。

“农庄决定奖给莲娜老师一头小猪！莲娜老师，明天您可以到养猪场去随便挑一头。”

这时，大家拍手拍得更响了，符拉西也夫娜突然举手说：

“请让我说几句，依万同志。”

“你说吧，说吧，符拉西也夫娜。”

符拉西也夫娜整了整头巾，扯顺了外套，注视着庄员们。

“亲爱的乡亲们，”她说得不很响，“我想说，你们干了很多活，流了很多泪，可是不要以为谁也没有看见。全苏联都看见了……在劳动中，不单是孩子们，就连我们老太婆、老头子都相处得很好，咱们是一家人，咱们谁要是缺了谁就什么也干不成。我说得对不对？”

“对，对，”妇女们都叫了起来，“对，符拉西也夫娜。”

然后，表演会开始了。

米沙拉了手风琴。小黄雀朗诵了一首诗。彼佳穿了短裤背心作了精彩的体操表演：他把头顶着地倒竖起来；两条腿叉开平贴在地上；手撑在地上走路；一个光脚跟差点打在依万老爹的脸上。

这时，米沙走出了阅览室，不知去干什么。

过后是玛茵珈唱歌。小黄雀甚至怀疑：难道这是玛茵珈？玛茵珈站得笔挺，像一株白桦，眼睛睁得圆溜溜的，眼珠好像是绿色的，头发不知怎么的竟那么平服，她的嗓子真好，只听见音波荡漾，像水银泻地，又像杜鹃夜泣……

她唱的是《一株孤独的山楂树和小河对岸的一株橡树》。屋子里鸦雀无声，杜娘婶婶的脸埋在新衣料里，连符拉西也夫娜也浸入了沉思。

玛茵珈唱完了。大家多么亲切地看着他！小黄雀简直有点羡慕。

“真不错！”依万老爹对莲娜说，“你的孩子们真出色！要好好地指点这个好歌手。”

“可是没有人指点她呀，依万老爹！”

“什么‘没有人’？”依万老爹生气地说，“咱们这儿没有，城里有。把她送到城里去。等战争结束了，咱们自己来办一所音乐学校，怎么着。不光是咱们一个农庄里有这样的孩子，在‘列宁遗训’农庄和‘曙光’农庄里也可以找到。把几个农庄的歌手集合起来，就能办这么一所学校。”

“那才好哩！”莲娜赞叹了一声。

“你放心，咱们什么都会有的，只要打垮敌人！”

接着，小黄雀跟纽拉开始跳乌克兰舞。

小黄雀刚回过头来面对着观众，大家就笑了起来。小黄雀跳得很认真，她想：“他们在笑什么？”

纽拉对她低声说了一句：“胡子，胡子！”

小黄雀摸了摸脸，她脸上只有一撇胡子！另外一撇掉在地上了。

但是小黄雀并没着慌：她索性把另外一撇也拉去了！

这时，符拉西也夫娜打起了拍子，姑娘们也跟着她打，小黄雀跳得又轻快、又高兴，仿佛两只脚自己会跳似的！

忽然，米沙跑进了屋子，撒开一条粗嗓子叫道：

“快，快，依万老爹！区里电话来了！马上收听！！”

依万老爹立刻像一个小伙子似的从座位上跳了起来，猛地把帷幔一拉：里边放着一只崭新的小箱子，很结实，外面漆得亮晶晶的。

“无线电！”小黄雀啊的一声喊。

“无线电！无线电！”姑娘们也都嚷了起来。

“静一点！”依万老爹喊了一声，接着就扭开了开关。

对全国人民的讲话

阅览室里响起了一个人讲话的声音，大家听见了马上都站了起来。这就是每个人都熟悉的那个声音，即使是在最危急的关头，当许多城市在熊熊的火焰中燃烧，工厂和人们都向东疏散迁移，前线每天传来不利的消息的时候，这声音也是那么镇静，那么坚定。

当白天黑夜、黑夜白天一列列的火车向西飞驶的时候，当受伤的儿童住满了医院的时候，当熟了的黑麦成堆地被烧去、升起黑烟的时候，当牲畜群在森林里嗥叫、人们亲手把自己艰辛和愉快的劳动果实炸毁的时候……这声音坚强有力地使大家安静了下来。在危急的时刻，他坚决保证要赢得最后胜利。现在这声音正在对倍克里亚特村的庄员们——对杜娘婶婶、对玛露施珈、对符拉西也夫娜、对阿妮西雅、对全国、对全世界讲话，他说：诺言已经实现，“到本年终结时已把德寇赶出苏联国境”。

“他们为什么哭？”莲娜想，“是不是哭自己的儿子没有活到这个时候，是不是在想自己艰辛的劳动、酸痛的双肩、未成眠的夜晚、手上的老茧、罐子里的清菜汤、妇女儿童所不能胜任的重担？”

不，这不是那种眼泪。不是那种催人衰老的眼泪。

瞧，人们现在骄傲地挺着胸膛站着，在向前看，晶莹、愉快的眼泪缓缓地在红润的脸上流下来。

现在斯大林同志在给前方战士和她们——这个小乡村里的普通妇女——分配工作。

“苏联妇女和我国光荣青年在工厂中，在集体农庄中和苏维埃农庄中担负起劳动基本负担，他们所建立的举世无比的劳动功勋将载入史册永垂不朽。为了祖国的光荣与独立，劳动妇女和青年男女在劳动战线上表现出了英勇精神。他们真对得起他们那些抗拒德国法西斯凶徒而保卫祖国的父亲和儿子，丈夫和兄弟。”

于是大家都觉得他们不是站在一旁作一个同情的旁观者，而是和全国人民一起日以继夜地在共同缔造胜利。

“……在我国领土上从此永远扫除了希特勒妖氛。现在红军只须执行最后一个使命……进到法西斯野兽底洞穴中去，打死那只受了伤的法西斯野兽，并在柏林城上高树起胜利的旗帜。”

“对，在柏林城上高树起胜利的旗帜！”小黄雀想，“基姆卡将骑着战马进入柏林，爸爸、安德烈还有萨施卡的爸爸、纽拉的哥哥都将在这被法西斯盘踞的土地上挺进。”

“我们伟大祖国万岁！消灭德国法西斯寇贼！”

阅览室的窗子给喧嚷声震得格格作响。人们用粗糙的手热烈鼓掌，用沉重的靴子拼命顿脚……

这时迦琳娜挥了挥手，姑娘们都不言而喻地明白了她的意思。于是立刻唱起了这时唯一合适的一首歌：

“同志们，我们来歌唱，
歌唱最伟大的人，
歌唱最敬爱、最英明的领袖，
歌唱伟大的斯大林！”

第三部　冬

严　寒

冬天到了。

整个大地：田野、小河、林中的空地、村里的街道，都覆上了又厚又密的一层雪。雪堆得很高，栅栏和篱笆只有顶上的一段露在外边。雪堆到了房屋的窗口，把窗子也快堆没了，但还是不断地往屋顶上落，落在地上的就一堆一堆地向台阶上堆砌上去。只有人脚踩出来的通到学校、井台、合作社、农庄管理处去的几条小路，使雪的洁白的表层上出现了纵横交错的沟痕。

要是稍一侧身，或是向旁边跨一步，两条腿马上就会陷在雪里，甚至会陷到齐腰的地方。要想脱出身来可不大容易。

夜里，隆冬的寒风掀动林中的树木，刮下枞树枝上厚厚的积雪，风侵袭到村子里，在烟囱里呼呼地怒号，咆哮。

玻璃窗上结的冰花像棕榈树，又像凤尾草，要是想把窗上一小块地方的冰化开，用一只眼睛贴在上面看清外面的情形，就得呵上半天的气。

外面冷得不得了。

熊闻着它那鲜美的脚掌，在洞里打盹；獾睡着。鸟儿在向人间靠拢。几头灰鹧鸪栖息在打麦场上寻找遗落的麦粒。神气活现的小山雀一大群一大群地飞到山楂树上，贪婪地啄着鲜红的山楂果。可是树上的果实已经不多了。精明的主妇早就摘下了低一点的枝条，把它们缚成一束一束的挂在两扇窗的窗框之间，——这些酸涩的山楂果可以酿酒、做饼。

各种各样的鱼都钻到了水的深处。鲤鱼陷在淤泥里打盹。鳊鱼躲进了芦苇丛。

在森林的边缘，晚上总有一些灰色的影子在晃动，——饿狼出来觅食了。

人们现在还在忙着。密林中可以听到锯树的声音。这是庄员们在采伐干燥坚实的冬树。医院、学校、幼儿园都需要木柴。即将大兴土木的祖国也需要坚实的木板和木条。敌人已经被赶到离祖国边境很远的地方，可是敌人破坏的痕迹还散布在祖国的大地上。

苏军的大炮还在轰鸣，直捣野兽的巢穴。终年积雪的喀尔巴阡山上和波美拉尼亚平原上已燃起苏军战士的篝火。尽管战斗还很激烈、很紧张，人们却已经在把木材、砖瓦、水泥、钢铁运到被破坏了的地方去。建筑师们已经在埋头设计图样，向往着从瓦砾中复兴起来的地方将比从前更美丽、更富饶。

倍克里亚特村的姑娘们也是为了这幅美景，才不怕陷在雪中，把一株株千年的古松、浓荫匝地的枞树砍下来。

村子里可以听到锤子的叮当声：农庄庄员们赶着在大冷以前把牲畜场弄得暖和些，把该修的机器修修好。

远村的小学生们滑雪来上学，寒光闪烁的星星在冬日的清晨送他们走，傍晚的时候又在家门口迎接他们。

不安的一夜

小黄雀做功课正做得头昏脑涨的时候，莲娜回来了。她站在房门口，调皮地望着妹妹，把一只灰色的麻袋往地板上一放。袋子里什么东西在动。小黄雀愣住了。

莲娜刚把袋子解开，里面就伸出了一个圆圆的淡红色的鼻子，鼻子上有两个滑稽的小孔。

小黄雀直跳地跳起来。

“给了？”

“给了。”

“叫什么名字？”

“瓦西卡。”

这是一头很滑稽的猪仔，全身淡红色，很干净，两只耳朵透明的，白睫毛，匀整的脚上有贝壳似的爪蹄，一条小尾巴卷成了螺旋形。

小黄雀简直看出了神。

姐妹俩把瓦西卡放到地板上，瓦西卡就像煞有介事地满屋子乱跑起来，东闻闻西嗅嗅，一会儿又细声细气地叫几声。

莲娜拿来了一盆温牛奶，把瓦西卡的嘴揿在盆子里，瓦西卡就咿咿呜呜地开始吃它的早点。

瓦西卡吃饱了以后，满足地呼噜了一阵，忽然打了个呵欠，露出了几颗细小尖锐的牙齿。

这时，莲娜弄来了一只垫着麦秸的箱子放在角落里。两姐妹把瓦西卡放进箱子，给它裹上一方小地毯，瓦西卡把鼻子埋在麦秸里没多久就睡着了。

当然，小黄雀今天温习地理的成绩是不会得到五分的了。她老是离开桌子跑到箱子跟前去，一会儿给瓦西卡盖得暖一点，一会儿又觉得这小猪仔太热了。傍晚，她忽然怕起来了：瓦西卡会不会闷死了？

事实上，瓦西卡身上很暖和，它睡得很香，淡红色的皮肉老是一动一动的。

“它不过是因为紧张和兜了个圈子所以觉得累了。”莲娜这样解释。

两姐妹吃好晚饭，熄了灯，上床睡觉的时候，以下的一切都开始了。

瓦西卡忽然醒了过来，尖声尖气地直叫。小黄雀从床上跳下来跑到它跟前。只见瓦西卡站着把两只前脚搁在箱子边上，用一种刺耳的声音在叫喊：“维——维——维……”

小黄雀安慰它说：“你怎么啦，小瓦西卡！快睡觉。小心把德米特里也夫娜校长吵醒了！”

她让小猪仔躺下来，在它厚实的背部抚摸了一阵。瓦西卡不响了，只是舒舒服服地嘬嘬嘴唇。

小黄雀回到自己被窝里把被子裹好，想把一双冻僵的脚焐焐热。忽然，小猪仔又“维——维”地叫起来，叫声非常执拗而且带着责备的口气。

“嗳，小黄雀，”莲娜说，“叫它别闹，要是把德米特里也夫娜校长吵醒了，又要生麻烦！”

小黄雀重又跑到箱子跟前，瓦西卡又不响了。可是小黄雀才回到床前，那叫声又起来了。

“真要命。”小黄雀摇着头说。

“怎么办呢？”莲娜绝望地问。

“它一定是想起了妈妈。”

隔壁房间里德米特里也夫娜在梦中咕噜了一声，眼看就要醒过来了。

莲娜把瓦西卡抱起来放到自己的床上，给它用被子裹好，把脚伸到它身上。这样它也许会以为旁边睡的是它的妈妈。

瓦西卡不作声了。莲娜睡得舒坦一点，快要睡熟了。

砰！瓦西卡忽然砰的一声跳到地上，满屋子乱跑起来，一面没命地尖叫。莲娜跟小黄雀吓得一齐从床上跳下来，在漆黑的屋子里乱撞，向发出叫声的地方去寻找这头强盗猪仔。

小黄雀的额角在桌子上撞了一下。莲娜碰翻了一条长凳，她一把抓住了瓦西卡，用手掩住它的嘴，小心翼翼地像抱一个婴孩似的把瓦西卡放到原来的地方。

过了一会，这一切又重演起来：尖叫、乱跑、乱跳……

两姐妹弄得实在苦透了，决定把瓦西卡放到堂屋里去。她们光着脚穿上毡靴，披上皮袄，拉住箱子，穿过厨房，把箱子拖到堂屋里去。

到了堂屋里瓦西卡立刻跳了出来。这时，两姐妹冷得牙齿格格响，她们一连擦了几根火柴才找来一个盖子把箱子盖上。可是瓦西卡一下子就把盖子给弄掉了。

“你安静一下行不行！”小黄雀绝望地对猪仔说，“安静一下吧！莲娜，你来把盖子揿牢。”

于是莲娜用力压住木板盖，小黄雀把堂屋里所有她抓得到的东西都拿了来：一只熨斗、一只水桶、一块砖头、两根木柴、一个放着土豆的筐子……姐妹俩把所有的东西都压在盖子上了。

瓦西卡骚动了一阵也就不响了。

“是该这样嘛。”莲娜说。

姐妹俩手拉着手，屏住气，踮起脚尖溜过被月光照得很亮的厨房，钻进被窝，立刻睡熟了。小黄雀梦见了田野、炎热的夏天、林中空地上的棕色蘑菇，——忽然雷雨大作，雷声直在她的头上轰响，冰雹打在屋顶上。小黄雀给一阵响声闹醒了，在床上坐了起来。

真的，又有雷响的声音，又有冰雹敲打屋顶的声音，而且好像还有玻璃打碎的声音，有谁在低声地喊，莲娜也醒了。

“怎么回事？”小黄雀惊恐地问。

“瓦西卡把盖板给掀掉了。”

瓦西卡从箱子里伸出了鼻嘴，拼命地叫喊。箱子盖板上的茶壶滚了下来，稀里哗啦地在地上打转；土豆散得满地都是；木柴也落了下来；水桶乒乒乓乓地响……

门忽然打开了。门槛上站着德米特里也夫娜校长，手里擎着一枝点亮了的蜡烛。

讲故事

第二天早上，德米特里也夫娜校长声色俱厉地对莲娜说：

“莲娜老师，要搞好工作必须很好地休息，我认为我跟您在这个问题的看法上是不同的。因此我想跟您分开来住。我现在就搬到校内的一间房间里去。”

她马上把工友娜塔莎和符拉西也夫娜叫来，让她们把她的东西搬到学校里去。

莲娜抑郁地踱来踱去。小黄雀在低声哭泣。

“哼！我们错在哪里，错在哪里？”小黄雀呜咽着说，“这是奖给我们的……”

玛莉雅老师、娜塔莎，甚至符拉西也夫娜也怪两姐妹不好。只有迦琳娜哈哈大笑，她高兴地说：

“这下可好了！你们可以舒服一点了。不过还不知道她叫谁住到你们那儿去哩。”

被派到两姐妹家去住的正是迦琳娜。

于是小黄雀不哭了。

“符拉西也夫娜，好大婶，我们以后将生活得多好啊！跟迦琳娜老师在一起永远也不会寂寞，孩子们也可以常到我们家来了。”

“话是不错，”符拉西也夫娜不置可否地摇摇头，“年轻人当然喜欢跟年轻人在一起，不过牲畜是给人好处的，牲畜得有牲畜的住法，应该让它住在牲畜栏里，可不该去打扰校长。那才是正经的！”

从那个时候起，门上的铰链因为老是开关，甚至松了开来，常常听到门轧轧地响。老是有人跑来，一会儿是米沙，一会儿是纽拉，一会儿是符拉西也夫娜、玛露施珈、杜娘婶婶，有时连依万老爹也会来走走。这个要问问题，那个要学习上的帮助；这个要写信，那个要求用地图指给他看，他儿子或是兄弟现在在外国什么地方。

到了晚上那就简直不是个家，而是个俱乐部。那个大炉子又生了起来，茶炊又嘶嘶地响了，烧土豆的铁锅又吐泡沫了。

符拉西也夫娜在角落里纺纱，她拉呀拉呀把线拉得长长的，然后突然把纺锤扔在地板上，让它跳一阵舞再把它提到半空中。那纺锤悬在空中转着转着，像一条上了钩的大鱼。

莲娜和迦琳娜的周围散坐着许多孩子，他们到处乱坐：有的坐在小板凳上，有的坐在长凳上，有的坐在箱子上，有的就干脆坐在地板上。谈天的谈天，唱歌的唱歌，读书的读书。只有一点是规定得很严格的，就是手里一定要有点事做。

女孩子们在给前线的战士们做皮烟袋；男孩子们在削铅笔，糊信封。快过年了，应该准备点儿礼物。

过了一会儿，有人提议说：

“莲娜老师，您讲个故事吧。”

于是莲娜就只好讲给大家听。

她是打哪里知道这些故事的呢？这些故事里没有王子，没有老妖妇，也没有凶恶的七头蛇，只有战士和飞行员，英雄和领袖……

“这样故事你是打哪儿知道的？”迦琳娜问。

“听来的。”莲娜说。

“哪儿听来的？”

"是在那儿……"莲娜胡乱地挥了挥手，笑着说。

小黄雀一声不响。她不止一次看到过莲娜晚上伏在一本厚厚的练习本上嘴里自言自语，手里的笔不停地写……

"你们听好，"莲娜说，"我来给你们讲……讲飞行员迦斯杰洛[①]的故事。这个故事叫做：

"鹰之泉

"小朋友们，要我来给你们讲迦斯杰洛的故事恐怕讲不好。他的一生实在太伟大了，他为祖国献出了自己的生命。

"这是我不讲你们也知道的，每一个生活在我们国土上的人，永远也不会忘记他的名字。

"我现在来把你们还不知道的事情告诉你们。

"在迦斯杰洛的飞机冲下来触地的地方出现了一口井，这口井又宽又深。里边冒着湍急的泉水。水热得像火，亮得像太阳，清得像水晶。

"井的周围有几株高高的白杨，树顶直耸云霄，这些树常跟风儿、云儿聊天。

"要是一只兔子、一只老鼠或是一只灰狼跑到井边，马上就会逃开去。因为井水烫得要命，而且亮得刺眼睛。

"喜鹊和乌鸦也不飞到井边来，鹌鹑、鹧鸪也不敢走近。

"在朝阳初升或晚霞布空的时候，有许多老鹰从四方飞到这儿来。它们蹲在高高的白杨树上，闲谈它们在世界上看到的一切。有时它们飞到井沿上，望望井水，喝几口热腾腾的泉水……

"当太阳落山去睡觉的时候，鹰儿们就到井里去洗澡。强劲的翅膀拍着井水，四面激起的水花像下毛毛雨一样，高高的白杨哗啦哗啦地响，天空中的白云越飞越快……

"一年一度，在迦斯杰洛牺牲的那天，鹰儿们从全国各地聚集到井边：有的来自东方，有的来自南方，有的来自西方。它们在井的四周坐下，放下翅膀，蹲在那儿像石头一样。

"白杨树站在那儿好像护灵的卫兵——一动也不动，太阳整天高

---

① 迦斯杰洛的故事见前第 323 页注。

挂在井的上空，并不往西边落。

“人们觉得很奇怪，他们从屋子里走出来，用手遮住日光朝山坡上望，你问我，我问你：

“‘怎么我们的鹰儿一只也看不见，我们的鹰儿藏到哪儿去了？’

“今天不用去找鹰儿，它们全都到迦斯杰洛那儿去了。现在它们正坐在井边，望着水晶似的井水，喝热腾腾的涌泉呢……

“孩子们，你们去找一找这口井，也去看看亮晶晶的泉水，喝几口鹰儿在里边溅拍过的热水，让你们也变成鹰儿吧！”

“我们一定能找到，”米沙说，他看着炉子里熊熊的火焰，“一定能找到！”

“他们会找到的，”符拉西也夫娜很有把握地附和着说，“会找到的，你放心好了，莲娜老师。”

于是大家都觉得那口奇妙的井好像就在这里附近什么地方的山岗背后、森林那边；要是找到了它，喝上几口晶莹的泉水，就能去建立任何功勋；米沙将在怒涛汹涌中击沉法西斯强盗的军舰；萨施卡将驾着飞机在空中翱翔；小黄雀将在激烈的战斗中给几十个战士包扎伤口……不过要是那口井离倍克里亚特村很远很远，那怎么办呢？反正都一样，一定能找到！

彼得叔叔在校门口徘徊

校门口一片喧闹、喧嚷、尖叫、嬉笑的声音：原来是孩子们放了学在滑雪橇。

小黄雀很快活。

她快活是因为阳光普照，雪显出一层淡红的颜色，闪出灿烂的光芒，穿毡鞋的脚踏上去发出咯吱咯吱的声响；她快活是因为眼睫毛上结了冰花，变得又软又长，像白雪公主一样；她快活是因为寒气刺着她的鼻子和脸颊；她快活是因为孩子们在尖叫、喧嚷。

许多小雪橇排成了一长列。萨施卡叫了一声：

“走吧！”

小黄雀就撒开两腿飞了起来，从山上往下直飞，一不留神给埋进了一个雪堆。这时萨施卡从上面滑下来，正好摔在小黄雀的身上。彼佳却敏捷地在靠近小黄雀鼻子的地方站定了脚。克里摩施卡在路上跌倒了，现在他正坐在自己的大皮袄上往下滑。不知从谁的脚上脱落了一只毡靴。玛茵珈一面往山上爬，一面拉直嗓门哇啦哇啦地唱：

“风儿啊，风儿啊，
你不要刮我的鼻子，
快回你的老家去啊，
把寒气带回去啊！”

小黄雀多少有点做作，她气喘吁吁地往山上爬，拖着小雪橇。既然你爱滑雪橇，也得爱拖雪橇！

她看见彼得叔叔在校门口。他没赶车来，手里也没拿邮袋。小黄雀本来想叫住他，可是这老邮递员的脸上好像有一点异样，使小黄雀没敢去喊他。她扔下雪橇，离开孩子们，开始注意他的行动。

彼得站在校门口，可是并不走进院子去。他揪着自己的胡须，心不在焉地望着脚下的雪。他从校门口走开去，重又回过来，这样来回走了好几次。后来小黄雀看到他摆了摆手，才下定决心向着大门走去。可是他不把门开直，只是微微地打开一道缝，努力不使铰链发出响声，就这样他偷偷地溜进了学校。过了几分钟，他跟德米特里也夫娜校长一起走了出来。

小黄雀跟在他们后面，保持着相当的距离。

德米特里也夫娜校长没裹头巾，肩上披了一件皮袄。她跟彼得说了几句话，后来就慢慢地向着符拉西也夫娜住的门房间走去。彼得站住了脚，看着她的背影。德米特里也夫娜在门槛旁回过头来向老邮递员挥了挥手，于是彼得就弯着腰轻轻地从院子里走了开去，小心地踏着大步。德米特里也夫娜校长走进了门房。

这一切都使小黄雀很不高兴。

太阳还是照得那么亮，山上传来孩子们的笑声，可是小黄雀刚才那种心头的高兴没有了。她把雪橇塞在檐棚下，站定了一会，想了一阵，就拖着脚步去看符拉西也夫娜去了。

从堂屋到门房的门都开着。符拉西也夫娜躺在地板上。她的斑白的发辫拖在地毯上，弯弯曲曲的像活的东西。符拉西也夫娜轻轻地把头在交叉的两手上撞，牙齿缝里迸出了呻吟的声音。

她旁边跪着德米特里也夫娜校长，她抚摸着符拉西也夫娜的双肩，轻轻地对她说着什么话，一颗颗细小的泪珠骤雨般地从她的眼睛里落到符拉西也夫娜白发斑斑的头上。符拉西也夫娜的手里捏着一张纸，旁边地上有一个揉皱了的信封。

小黄雀站在门槛上直发怔。一定是发生了什么可怕的、不能挽回的事……

小黄雀把两手压住胸口，屏住呼吸从门房里溜了出来。门口站着杜娘婶婶、阿妮西雅、娜斯佳老大娘。玛露施珈把额角靠在蒙上了一层霜的墙上，两肩微微颤动着在低泣。

“她怎么啦？”杜娘婶婶问小黄雀。

小黄雀压根儿还什么也没明白，可是她完全被一种极度悲痛的心情控制住了，只是一个劲儿地摇头。

“这样吧，大娘们，”杜娘婶婶说，“去跟她一块儿哭吧。大家的眼泪总能把悲哀冲淡些。多不幸啊！儿子还是那么年轻就牺牲了！”

这时小黄雀才完全明白。符拉西也夫娜的第二个儿子瓦尼亚牺牲了！她抽噎着往外直奔，去找莲娜去了。

德米特里也夫娜校长的秘密

符拉西也夫娜现在变得又瘦又黑，一双眼睛深深地陷了下去，嘴唇闭得紧紧的。院子里再也听不到她的愉快的声音，再也听不到钥匙的清脆的叮当声。她躲开人群，不再去围炉聊天。小黄雀知道，符拉西也夫娜把她空下来的时间都去给农庄干活了。

“她成天干活，干活，”娜塔莎说，“不想睡也不想休息。打哪儿来这么多的力气！”

小黄雀老是看见符拉西也夫娜走进德米特里也夫娜校长的房间，也看见德米特里也夫娜从符拉西也夫娜的门房里走出来。一股莫名的妒意折磨着小黄雀。她努力使符拉西也夫娜看到她，可是放学以后符拉西也夫娜不大待在家里。

有一天晚上，小黄雀在学校里一条昏暗的走廊里撞见了符拉西也夫娜。她垂下两手站在那儿，低着头，在想什么痛苦的事。一桶热水放在她的脚边，水汽遮住了她的脸。

小黄雀走到符拉西也夫娜身边，默默地看着她。符拉西也夫娜把眼光转到这小姑娘身上，轻轻地说：

"小鸟儿，怎么啦？过得好吗？"

小黄雀不回答她，只是挨近符拉西也夫娜悲痛地哭了起来。符拉西也夫娜把她紧紧地搂在自己怀里，默默地从角落里一扇黑暗的小窗里看出去。然后把一只手放在她的头上说：

"好了，小黄雀，别哭了！"她在安慰自己，也在安慰小黄雀，她又说，"一定要活下去！我要活到胜利！我要帮助大家。不是我一个人哭，许多妇女都在哭。难道这样就灰心了吗？也许，米嘉还会回来。"她满怀热望地说，说完默默地看了看小黄雀。

"你总还记得，咱们不是常常谈到德米特里也夫娜校长的吗？走，我带你去看看。走，走，别怕，她不在家。"

德米特里也夫娜校长的房间里收拾得很干净，有一股针树叶和青草的气息。

在角落里的一张小桌子上，许多鲜花和几根新折的枞树枝装饰着一张很大的相片。相片上是两个孩子——一个七岁左右的男孩子和一个五岁左右的白白胖胖的女孩子在玩一只毛绒做的小熊。

相片的下角写着："托利克和塔妮雅。一九四一年摄。"

"'塔妮雅'！原来她有个女儿也叫塔妮雅！所以德米特里也夫娜校长从来不叫我的名字！"小黄雀想。

"你瞧，"符拉西也夫娜说，"两个……她有两个孩子——一个也没留下。他们的妈妈亲眼看见自己的孩子给法西斯强盗杀死。在渡河的时候……那些该死的强盗滥炸孩子和老人。活命的很少。德米特里也夫娜校长也受了伤。她没救出自己的孩子——两个一起给炸死了……别人家的孩子倒救出了两个。后来她在医院里躺了好久。这时候她的丈夫又在前线牺牲了。小黄雀，你想想，要把这样的悲痛、这样的不共戴天的仇恨藏在心里是好受的吗？”

小黄雀惊恐地看着那张相片。符拉西也夫娜继续说：

“所以她连看看孩子都觉得难过。小黄雀，你看人人都有不同的伤心事。有的人甚至心都凉了，像一块石头……人们一起住着又是为了什么呢？就是为了能嘘寒问暖，能互相帮助……咱们还像瞎子似的！看不到别人的心。所以……哦，孩子，你该回家去了……”

小黄雀轻轻地溜出了房间。

矮胖的塔茵珈把“冰山”融掉了

当然啰，小黄雀把全部情形一古脑儿都告诉了莲娜和好朋友小队里的小朋友。孩子们都很激动，要不是莲娜老师，他们又会做出许多傻事来。米沙马上就要到德米特里也夫娜校长的房间里去给她修理些什么东西。玛茵珈说她要到林子里去摘些新鲜的枞树枝，纽拉决定要缝一块小餐巾。

“这些东西并不怎么需要，”莲娜老师说，“柴有娜塔莎给她拿，枞树枝跟餐巾平白无故的也没什么用处；这样只会使她觉得奇怪，触痛人家的创伤。还是努力关心她一点，要是她对你们严一点，冷淡一点，你们也不要竖眉毛瞪眼睛的。”

于是孩子们就努力去关心她。他们一天要看见德米特里也夫娜校长三十次，每次都始终如一地对她说：

“您好，德米特里也夫娜校长！”

阿辽沙还是溜进了教员室把校长办公桌上的铅笔都削削好。纽拉在吃点心的时候总是把土豆羹倒满一只瓷盆拿到教员室去给德米特里也夫娜校长吃，她把盆子放在桌上，很有礼貌地说：

“您吃吧；吃热的，营养很好哩。”

起先德米特里也夫娜校长还什么也没注意到。后来，她的眼睛里也闪现出惊奇的眼光来。她有时忽然盯住一个孩子看上半天才转过头去。

有一天，她从合作社回来，手里提了一只沉甸甸的筐子，她在把自己的一份教员口粮领回去。米沙看见了她，立刻从街那边跑过来，对她说：

“德米特里也夫娜校长，给我，我给您拿回去。”

“不用，杰帕雷[①]，我自己拿吧。”

米沙很平静地看着德米特里也夫娜校长，他的样子很殷勤。

“您拿不动，我反正要到学校去。”

说着他就从她的手里拿过了筐子。两个人默默地并排走着。到了校门口校长接过了筐子说了一声：“谢谢你。”

接着，她忽然若有所思地从米沙的头上看过去，又说了两句：

“你是变了吧？你完全不像……”

米沙不开口。

* * *

学校里在上课。院子里一个人也没有。

德米特里也夫娜从区里回来，带来了许多练习本和学校里用的玻璃，她走进茅屋想拿点东西，也没把门关上。

不知从什么地方来了个矮胖的塔茵珈，她穿着冬季小大衣，裹着绒线大头巾，更显得矮胖了。她坐在雪地里用木片在挖一个坑。突然，在茅屋的门槛上出现了一只鹅，又白又大，鼻子上有一块红瘤。那鹅站在那儿，眼睛睁也睁不开，但是过了一会儿就高高地举起一双冻得发红的脚，神气活现地向塔茵珈走了过来。塔茵珈拿木片对它扬了扬。

“走开，死鸭子[②]！滚开去！”

那鹅并不喜欢她这样，于是就伸长脖子呷呷地叫起来。塔茵珈看了看它那双恶狠狠的小眼睛，很害怕，吓得双手乱摇，连哭带叫地说：

“去，去！我怕！”

可是那鹅反而向她猛扑过来，把她摔倒在雪地里，拍拍翅膀刷地一下打在她胖胖的脸颊上。

塔茵珈拼命叫喊着站了起来，她想逃跑，可是她的毡靴和头巾叫

---

① 杰帕雷是米沙的姓。

② 塔茵珈把鹅当作了鸭子。

她没法跑。那鹅还在呷呷地叫，继续向她扑过来。

这时德米特里也夫娜校长走出了茅屋。塔茵珈抽噎着向她扑过去求救，一面没命地叫：

“妈妈！妈妈！塔妮雅①怕！”

德米特里也夫娜校长迎着她跑过来，赶开那只鹅，把她抱在手里。塔茵珈用双手搂住她的脖子，把小脸贴在她的面颊上，流着眼泪咭咭哽哽地还在叫：“妈妈，妈妈……”

德米特里也夫娜校长把她紧紧地抱在自己怀里。

“别哭了，孩子，别哭了，我已经把鹅赶走了……别哭了，别哭了，好孩子。”

钟声响了。孩子们跑到院子里一看，惊奇得呆住了。纽拉困惑地跑到德米特里也夫娜校长跟前。

“她怎么会到这儿来的，真要命！快回到牧场上妈妈那儿去，听见没有？”

可是塔茵珈还在低声抽噎，她不理纽拉，只是紧靠着德米特里也夫娜校长，撒娇似的拖长声调说：

“我不去，我要跟她在一起。”

“别惹她，纽拉，”德米特里也夫娜校长说，“她吓得很厉害，让她在我这儿定定神。”

说完她就抱着矮胖的塔茵珈，用很快的脚步向自己房间走去。这时塔茵珈已经在笑了。

孩子们都张开了嘴看呆了。

校长怎么对瓦洛娃叫起“纽拉”②来了！

* * *

从那时候起，矮胖的塔茵珈常常从妈妈带她去的牧场里溜出来，跑到学校的院子里来。她一点也不怕陌生，大模大样地直往德米特里

---

① 塔妮雅是塔茵珈的另一种叫法，这里是她自己称呼自己。事实上塔茵珈、小黄雀和校长的女儿都是同名的。

② 瓦洛娃是纽拉的姓。因为这位校长很严肃，平时喊孩子们的时候，总是叫姓，今天叫了纽拉的名字，所以大家都觉得很奇怪。

也夫娜校长的房间里跑。

要是德米特里也夫娜校长不在家，塔茵珈照样会跑到教员室去。她走到德米特里也夫娜校长身边，很骄傲地说：

“我已经来了。”

晚上，塔茵珈就在家里夸耀德米特里也夫娜校长给她的新手套、厚袜子、小围裙。她常常神气十足地看着她的兄弟姐妹，满不在乎地对他们说：

“今天我喝了咖啡。”

纽拉不得不常常到德米特里也夫娜校长那里去找塔茵珈。起先她总是很不好意思地站在门口，等德米特里也夫娜校长给塔茵珈裹好围巾送出来。有一次，德米特里也夫娜校长忽然问起她家里的情况，纽拉就不厌其详地把她的人口众多的家庭的情况告诉了她。

有时德米特里也夫娜校长还问她别的孩子的事。

于是慢慢地，萨施卡、阿辽沙，甚至连玛茵珈也跟着纽拉常到这里来。孩子们跟德米特里也夫娜校长之间的一座冰山融化掉了，现在孩子们也把她列入那些不仅为他们所尊敬，而且为他们所热爱的老师中去了。

院子变成了饭桌

阅览室里静悄悄的。没有妇女们结绒线针的声音，她们把绒线活搁在膝上，把纺锤塞在围裙的口袋里。

莲娜在念报上一则报导某地方师团的卓著战功的通讯。

妇女们怕听漏了字连呼吸都不敢大声。她们的嘴角上挂着骄傲的微笑。每个人都在想：“也许，我的亲人也在那里！”

“不错，”杜娘婶婶说，“我们的亲人没有辜负大家，庄稼汉没给我们丢脸！”

“当然啰……”

“那还用说！”

符拉西也夫娜重又拿起绒线针。

“大娘们，我这样想。咱们的孩子在外边没有娘给他们做点吃的，委实也闷得慌。在新年以前，咱们亲手包点饺子给他们捎去不好吗？这几天咱们这儿冷得紧。把饺子冻得硬硬的像一个小铃铛，新新鲜鲜地送到他们战地用的小锅子里去。咱们的孩子吃得好吃的时候，就一定会因为家乡的亲人没把他们忘记而高兴。”

当然，谁还会拒绝做这样的事呢！于是就说定了。

* * *

星期天，附近几个村子里的妇女，天刚有点发白就起来了。

有几家人家的发面缸跟铁罐在乒乒乓乓地响——这是妇女们在用强壮的手搓面团。有几家的切菜刀一刻也不停——这是在剁木盆里的肉。大家毫不吝惜地在肉里放进许多葱，放进许多亮晶晶的小冰块。很多妇女为了包饺子从冰窖里拿出了藏着准备过年吃的东西。这儿在筛面粉，那儿在打一张张圆圆的皮子。姑娘们没穿大衣，把头巾往头上一裹，从一个屋子里跑进另一个屋子，面孔冻得红红的，一面走，一面招呼：

“你们做得怎么样了？”

“快满三百只了。”

“我们快满四百只了……”

“别吹了！”

“瓦莉亚，给一点细盐行吗，我们的都是粗盐！”

“当然行，你只管去拿好了！”

天冷得真厉害。烟囱里升起来的烟像一根根整齐的柱子。雪咯嚓咯嚓地在响，红喷喷的太阳裹在寒烟里，好像裹在一方毛绒的头巾里，它在倾听切菜刀、擀面杖的响声和姑娘们响亮的说话声……

学校里挤满了人。当然，好朋友小队也在那儿。课桌上铺着一块块很大的木板，地板上放着装了面团的发面缸，老师们和娜塔莎、玛露施珈很灵活地推动擀面杖在做一张张的皮子。

萨施卡和彼佳把皮子放在筛子上拿到两隔壁的教室里去。那边有女孩子们在符拉西也夫娜的指导下把皮子和馅包成圆圆的小饺子。

小黄雀气喘吁吁的像在挪移高山。她的饺子做得可并不高明：不是太长，就是歪歪斜斜的。不过她很卖力，只是不得窍门罢了。纽拉做得又快又好，连玛茵珈也不落后。符拉西也夫娜忙得不可开交：自己又要做，又要教别人。

“包的时候要有折纹，姑娘们，要有折纹让里边的汁可以流动。小黄雀，你用大指头托住皮子，瞧，这样……”

“哦，这么多！……”小黄雀说，“要这许多干吗？”

“你以为给每个人吃一只吗？我一个人就要吃三四十只哩。”纽拉说。

“我要吃六十只！”

“我要吃一百只！”

“别吹牛了……”

德米特里也夫娜校长原来是一个做饺子的能手。皮子在她的擀面杖下滚来滚去，打得又薄又圆，简直像用圆规画的。她手里包出来的饺子就像一只只白色的小鸟。

孩子们不时地跑过来看她为什么能做得这样好、这样快，她也不赶他们，反而微笑着跟他们打趣，手上的活却是愈做愈快，只听见她老是对她的下手莲娜这样喊：

“莲娜，再给我些面团！莲娜！我这儿的快完了！”

邻近几个村子不断地把做好的饺子用大筐子装着集中到这里来。这里就把那些饺子放在木板上、筛子里、藤篮里拿到学校的院子里去。所有的桌子都从教室里搬了出去，可是还不够。于是只好把一扇扇的门从铰链上拆下来抬出去。

瞧，整个大院子都铺满了饺子。这些饺子有的放在桌子上、门上、木桶的桶底上，有的就干脆在雪地上铺几条被单放在上面，好像从全世界各地飞来了一群一群白色的小鸟。孩子们在院子里跑来跑去，因为大人关照他们要看好饺子不给麻雀、快乐的四十雀、猫和狗吃掉。

冻得像冰块似的饺子叮叮当当地被放进一只只大筐子往区里送。

* * *

我们的祖国辽阔广大。从边疆到边疆，火车得走上几个星期。一艘艘轮船在南海北洋中冒着黑烟；一辆辆汽车在崎岖的山路上行进；一匹匹骆驼摇头晃脑地在一望无际的大沙漠中慢慢地走着……大森林中，高山上，穿过冻土带，穿过草地铺着千万条大路、村道和小径。

隆冬严寒之中，在军队休息的地方燃起千万堆熊熊的篝火。马儿在打鼾，把鼻嘴伸在放着美味嚼谷的马鼻袋里。小铁锅在火上烧着水。行军的人从布袋里掏出叮当作响的饺子，把它们抛进锅子，一会儿在寒冷的空气中就腾起一阵阵扑鼻的香味；冻僵了的人们解开领子，袒开皮袄，夸着关怀他们的妻子和母亲。

到处都在吃饺子：坐在家里的圆桌旁也吃；在新年庆祝会上也吃；在积雪的途中也吃……

对于一个在异国闻得祖国、家乡做来的饺子香的战士说来，这东西是多么亲切啊！战士们伸出手小心地从司务长手里接过放着妈妈做来的饺子的小筐子。里边不单装满了饺子，还装满了关怀和温暖，装满了祖国人民珍贵的敬意！

两位贵客

符拉西也夫娜接到一封不长的信，信上写着：

> “妈妈，我写信给你的时候是在医院里，别怕，我已经快好了。我旁边的病床上是安德烈。你别去把莲娜吓坏了，——他也快恢复健康了。要是没有他，妈妈，你就不会看到我了，我早就葬在冰冷彻骨的海底了。你一定会为我拥抱他的。领导上答应给我们两星期的假期回家。妈，你等着电报吧，做一点萝卜饼，再把澡堂子里的火生得旺一点。
>
> 拥抱你
>
> 你的儿子米嘉
>
> 关照玛露施珈，叫她别走开。”

符拉西也夫娜不仅关照了玛露施珈跟莲娜，还关照了所有的人。

符拉西也夫娜每隔几分钟就要跑到莲娜那儿去，用诚挚的眼光看着她，好像在冰冷的大海中救了米嘉的不是安德烈，而是她——莲娜。

至于莲娜呢，她每天夜里简直不让小黄雀睡！老是跳起来向窗外看，有时会裹上头巾，在结了冰花的玻璃窗上用热气融开一小块地方发痴似的望上个半天。一会儿不知怎么的又去烧起茶来了。

迦琳娜敲着墙壁说：

"睡吧，你坐不定立不定的忙什么？"

"风雪大得很。要是他们这时候来了，又冷又饿……"

"这么深更半夜的有谁冒着大风雪打区里来呢？"

"不过……"

因为久等的缘故，时间显得特别漫长。符拉西也夫娜、莲娜、玛露施珈常常到最意想不到的地方去等彼得。

"有电报吗？"

"没有，"彼得生气了，"要是有，我早就跑来了。"

终于，电报来了。

从中午起，莲娜跟符拉西也夫娜就站在山上向远处望，真有些望眼欲穿。

村道上驶过一辆汽车，滑过几部载货的雪橇，都过去了……

符拉西也夫娜要去打扫教室，莲娜也要去改本子了。

这时米沙走到这两个等得不耐烦的人跟前，柔和地说：

"你们去好了。我们在这儿轮流值班。别担心，我们不会错过的。"

于是好朋友小队的队员开始轮班坐在栅栏上守望。尽管这样，莲娜和符拉西也夫娜还是不放心，她们常常跑到台阶上来问：

"看见了没有啊？"

"看不见啊，看不见啊……"

农庄管理处的台阶上隐约可见有一个姑娘站着。玛露施珈也在极目盼望。

大家已经不想痴等下去了，这时正在值班的玛茵珈忽然大声尖叫起来，叫得全村都能听得见："来啊，来啊，来啊，快来啊！"

原来是她看见从粮仓后面滑出了一部雪橇。上面跳下了黑簇簇的两个人，在往学校那边走来。

莲娜跟符拉西也夫娜不用玛茵珈说就懂得了她的意思，连忙跑去迎接，她们俩在狭窄的小径上一面跑，一面裹紧皮袄，肩膀撞来撞

“你怎么啦，妈！我们又不饿。我们在舰队上也吃得很好。你知道水兵吃的菜汤是什么样儿的吗？那真是……”

符拉西也夫娜更生气了。

“水兵吃的菜汤？！你怎么能对妈说这样的话！妈一定去做点连你们首长也没吃过的菜汤让你尝尝！”

她真的去做菜汤了。

安德烈跟所有的孩子都相处得很好，不过他对米沙特别关心。小黄雀常常看到他们在谈话，米沙急于想当个水兵的愿望使安德烈很喜欢，这一阵子他教了米沙很多东西。

“你一定能成为一个水兵，米沙，一定的，”他常鼓励这个孩子，“不过你必须在七年制学校毕业时得到‘优等’。你来找我，我帮你去进海军学校。”

米沙怀着崇拜的心情看着安德烈。

但是，那种每天像过节一般快乐的生活并没有持续多久。他们来了以后第四天，米嘉就走到莲娜和安德烈跟前，踌躇不决地说：

“莲娜同志，让安德烈跟我去吧。”

“到哪儿去？”莲娜吃了一惊，“让你们到哪儿去？”

“是这么回事——我们这儿的姑娘们起早摸黑地在树林里砍松树，她们很吃力……趁我们在这儿，应该去帮帮她们。”

安德烈已经在拔毡靴了。

“当然，司务长，难道能不帮忙吗。莲娜，你有棉衣没有？”

从那时候起，莲娜在学校里安静得多了。孩子们不对窗外望了，听课也注意一点了。符拉西也夫娜报告她烹饪术上新成就的声音也不到处都听见了。

近中午时，姑娘们把两个水兵赶出了树林，她们说：

“去吧，去吧……”

“帮忙也帮够了啊……”

“派你们来是休养的，你们倒干起活来了。”

“干一会，也够了啊！”

于是只好服从。两个水兵回到村子里以后，符拉西也夫娜就严禁他们出去走动，也不放孩子们去找他们。

只有晚上在莲娜和小黄雀的小屋子里非常热闹。几乎全村的人都聚集在厨房里。

德米特里也夫娜校长和依万老爹也常来，有一次连叶洛霍夫老大爷也来了。

在这里，孩子们一声不响地听水兵讲光荣的苏联舰队怎样在寒冷的大海中作战。

符拉西也夫娜这才知道安德烈怎样救了她的儿子米嘉，怎样把受伤的朋友从激烈的战斗中带出来，怎样自己受了伤还把米嘉背在肩上。

孩子们盯住讲故事的人看，他们准备无止无休地听下去……

大人们纷纷向两个水兵提出问题：

"现在我们的军队打到哪儿了？"

"处处都打到，老大爷：打到波兰、罗马尼亚、匈牙利……"

"那么柏林呢、柏林就快拿下了吧？"

"这我可不能准确地告诉你们，现在正在向柏林去的路上挺进。"

"孩子，孩子，"阿妮西雅奶奶问，"战争快结束了吧？"

"老大娘，胜利已经不远了，不过马上还要进行最激烈的战斗。要知道野兽们是不甘心就此死亡的。法西斯野兽现在连牙齿和脚爪也在派用场了……"

星星向窗里张望，深夜笼罩了大地，可是人们还是不肯散去，还在问长问短地问那两个水兵——历次伟大战斗的目击者和参加者。

珍贵的纪念品

两个水兵的假期还没有满，可是安德烈已经不好意思地对莲娜说，他跟米嘉就要走了。

"你也明白，亲爱的，"他对莲娜说，"沿海地带的战事非常紧张……我们不能在这样的时候老是休息，吃麦饼……说不定我们的部队也正在那边作战……"

"你凭什么想到是你们的部队在作战呢？"莲娜说。

“当然，只要是有海洋的地方，就有海军……至于究竟是我们的部队还是别的部队，这不是主要的……那边需要每一个战士……让我去吧，莲娜……在我们的军队正向前挺进的时候，我们不能安稳地坐在这儿烤火……”

“你去吧，”莲娜说，“你说得对。”

* * *

他们要走的那天到了。

符拉西也夫娜又变得冷冰冰的了，嘴唇闭紧了站在炉子旁边给他们做路上吃的麦饼，她心不在焉地拿到什么就会落掉。不是铁铲子乒乓响，就是铁叉掉在地上。不知怎么的，杯子、碗盏倒没有遭殃！

莲娜看着安德烈在整他的简单的行装，她默默地把辫子在一根指头上卷来卷去。她脸上那副样子小黄雀连望都不敢望。

玛露施珈老是跑到自己家里去。一会儿给米嘉拿来了厚袜子，一会儿拿来了围巾，一会儿拿来了手套……她的两只手在发抖，说起话来也是断断续续的。

全农庄的人都来欢送这两个水兵。依万老爹送来了一些鸡蛋；杜娘婶婶烤了一块猪肉。妇女们为两个水兵拿来了牛奶、软饼，给他们路上吃……这一整天，门就没关过。这一整天，雪在人脚下咯吱咯吱地响个不休。人们踩出了一条很阔的路通到小屋来，好像是给雪橇或是给拖拉机走的。

安德烈不停地摆着双手。他说：

“我们要装这许多东西，简直得组织个车队才行。”

虽然他这样说，可是就在这个时候孩子们又送来了许多礼物。有的送枞树果；有的送树皮做的小船；有的送树枝；而克里摩施卡不知打哪儿弄来了一只睡得很熟的小刺猬，他把它放在安德烈的箱子里，说：

“你收下吧！”

小黄雀在屋子里乱转，不知做什么好。玛茵珈坐在地板上把安德烈的一双靴子擦来擦去，大概要擦破了才肯罢休。

米沙的脸色阴沉而苍白。

安德烈在箱子里翻了半天，拿出了一本漆布面子的大本子。

“你过来，米沙。坐下。不要发愁。我跟你还要见面的，我相信你一定能成为一个水兵。为了不让你白白浪费时间，你把这拿去吧。”

安德烈把那本漆布面子的本子递给米沙。

“这里头有很多东西：有玛氏电码入门、旗号使用法、航海术语字典、打结法……你先把这些东西弄清楚再说。”

米沙小心地双手接过本子，把它贴在胸前，突然，呜呜咽咽地从房间里跑了出去。

这时大家都已经聚在门口。叶高尔老伯赶着一部马拖的雪橇来了。大家跟两个水兵拥抱，告别……

雪路上的旋风低低地卷起雪花。那雪橇越来越小，越来越难看清那两个站得笔直的人影。

人们还站在门口看着已经空无一物的雪野。只有符拉西也夫娜、莲娜跟玛露施珈匆匆地各自往家里跑。大概是去哭了。

游戏当了真

米沙跟他的本子可说是形影不离。他把本子揣在怀里，把腰带束得紧紧的。他用报纸把它包好，把每一页都摊得平平整整。他读了一遍又一遍，有时还偷偷地在上课的时候拿出来，轻轻地对小黄雀说：

“瞧，这上头写的是什么。”

“放下去，小心给莲娜老师看见。”

于是这本子又放进了怀里。

米沙迷恋于当一个水兵的思想传遍了全班。

上课前和休息时从四年级教室里常常传出奇怪的笃笃声。这是孩子们在学用玛氏电码通话。男孩子们手指上的关节已经变得又红又肿。女孩子们也开始敲起铅笔和钢笔杆来了。孩子们几乎不用嘴说话，只是互相传递写着玛氏电码的纸条。

要看懂一张很小很小的字条也得花上个半天。

“一划，两点，”小黄雀在译电码，她头发蓬松、满脸是汗，“一点，一划，三划……‘给我……铅北……’什么‘铅北’？‘铅北’是什么东西？”

“你译错了，”米沙轻轻地说，“完全不是这么回事。瞧，一划，一点，一划，是‘铅笔’。阿辽沙要铅笔。”

但是这时候，莲娜老师严厉地对正在叽叽咕咕讲话的孩子们看了看，用铅笔在桌子上敲了几下。

于是那些劲道十足的孩子明白了，这是“静！”的意思。

“莲娜老师，您真行！”米沙忍不住赞叹了一声。莲娜这才恍然大悟，她笑着说：

“孩子们，你们把我也传染上了！”

男孩子们都束了腰带到学校里来，带子上打着许多莫名其妙的结：双扣海军结、套圈结、绳头结。

全班同学在回答一切命令、要求和建议的时候，只用短短的一个字：“是！”

后来，迷恋于海军常用语、打结、电码的空气一下子转到地图、航程、岛屿上去了。

孩子们常常拿一连串的问题去问莲娜老师。放学以后，男孩子趴在地板上看各种地图。他们画了许多幻想出来的海岛和有港湾、灯塔的国家。

莲娜实在忍不住了：

“孩子们，你们爱好这些东西当然不坏，但是这样并不会学到做一个水兵所必须具备的真正的知识。我们好好地来搞一下。我们来组织一个地理研究小组。自己来搞各地带的实物材料、模型、全景、图片。”

“慢慢再开一个展览会。”纽拉提议说。

这时，只爱陆地的、早已对大家迷恋于学航海的现象发腻的萨施卡出了一个新的主意：

“莲娜老师，我们搞一个展览会来迎接红军节①，不要搞什么地理展览会不好吗？”

“会上可以展出我们的战绩……”

---

① 二月二十三日。

“还可以展出我们飞行员的战功……”

“还可以展出我们护士的劳绩……”

“我来画图，”阿辽沙自告奋勇地说，“只要多给我几枝铅笔，不然单用棕色铅笔和绿色铅笔是搞不出什么名目来的。”

“我还会造挺好的城堡。”彼佳说。

“难道我们给战士们做的皮烟袋不能展览出来吗？”纽拉不大好意思地说。

问题和建议多得没有个完。

“好，”莲娜说，“孩子们，我答应你们明天把一切都考虑好，订一个展览会的筹备计划，第五节课我会把一切都告诉你们的。”

莲娜跟德米特里也夫娜校长谈了一谈。德米特里也夫娜校长很赞成这个主意。她关照符拉西也夫娜说，孩子们需要什么东西，就到学校贮藏室里去拿好了。

迦琳娜老师也答应帮忙。大家决定在每天第五节课筹备展览会。本来课程表上这一节课也是绘画、劳作或是唱歌。

工作热火朝天地展开了。

一到第五节课，教室就弄得简直不知像个什么！又是黏土，又是沙子、纸张、胶水、木板、马粪纸、青苔、松果、抹布……

有的在粘东西；有的在刨木板；有的在画图。连克里摩施卡也届时必到来帮大家的忙。低年级的小学生常常聚集在门外，把鼻子扁贴在玻璃窗上向教室里看，不过他们当然是不许进去的。

显然，所有的工作，除了缝绣以外，都是在米沙领导下进行的。他做了许多精采的玩意儿。简直奇怪，瞧他那双粗糙的手，怎么会做出这么多好东西来的：有火柴盒那么大的头角峥嵘的牡鹿拖着北方的小雪橇；有撒着粉笔灰当积雪的小树；有罐头做的银色小飞机……

可是阿辽沙的事情并不顺利。

大家为了一个人

萨施卡跑到莲娜家里激动地说：

“阿辽沙在哭。”

“为什么？出了什么事了？”莲娜也有些激动。

“他没法画图。”萨施卡愁眉苦脸地说，他愤愤地把帽子揉成一团朝一条木凳上猛地一扔。“纸头没有，”萨施卡扳下第一根指头；“画笔没有头，”萨施卡又扳下第二根指头；“颜料没有……”说着用拳头向窗外扬扬像是在吓唬什么人似的。

“哦，”莲娜拖长了声调说，“这样不行。”

沉默笼罩了这间小房间。

小黄雀为了不打扰莲娜沉思，踮起脚尖蹑到房间的角落里，到自己的一只小箱子里去翻寻。她在她那小书、小纸人、丝带等一大堆宝贝里翻了半天，掏出了一块圆圆的、几乎还没有用过的颜料，慎重地把它放在桌子上，说：

“拿去吧！”

萨施卡失望地把那块颜料翻来转去，叹了口气说：

“是金色的……用这种颜料能画出些什么来呢？……”

“不要遇到一点困难就先灰心，”莲娜说，“萨施卡，你去跟孩子们说说看。叫大家都去找一下，画笔我们用自己的头发来做。我小时候老是这样做的。叫米沙刨几根很好很光的杆子，我们用线把头发扎上去，再用鱼胶粘在线上，这样就成画笔了。纸头问题我来想办法。”

小黄雀一向是急性子，她马上就干了起来。当天晚上就已经听到剪刀喀嚓喀嚓的响声了，罐头里也烧上了鱼胶。原来是小黄雀在剪自己的头发给阿辽沙做画笔。

纽拉刚跑到门口就给吓呆了：

“你在干什么，小黄雀？”

“做十五枝画笔。”小黄雀庄严地宣称。

“你瞧瞧你自己！”

小黄雀跳到了镜子跟前。

真的！弯弯曲曲的头发很多地方没有剪齐，额角上面竟露出了光秃秃的一块。

“哎哟，莲娜要骂了！”

“活该！谁叫你乱来一通！把刷子拿来！我来想点办法，给你梳一梳！”

于是，这个好朋友把小黄雀倔强的头发浸湿了做成一个个奇妙的波浪。有几处破绽给掩盖住了，可是那块光秃的地方还在额角上面发亮，跟农庄里的一条小牛汪卡头上的一模一样。这还不要紧。等到纽拉走到桌子跟前一看，可把她给笑坏了，笑得她两根辫子在背上乱跳，眼泪也快笑出来了。

“小黄雀，”她笑得连话也说不动了，“你以为……用这些个……逗点[①]能画画吗？”

一点也不假，鬈发扎起了许多画笔，桌子上摆着十五个缚在杆子上的逗点！真是糟糕。

莲娜写了一封长信给在城里教书的老同学米拉和高立亚。

过了一个星期，四年级收到了一个邮包。

彼得驾着车赶到学校里来，把班长纽拉喊出去，叫她在一本乌糟糟的厚簿子上签了个名，就慎重地交给了她一个小盒子，上面写着：“倍克里亚特村小学四年级少先队员收。某市基洛夫区第七小学少先队员寄”。

大家屏住气聚在米沙旁边看他仔仔细细地把几颗小钉子拔出来放在一旁，小心地把盒子打开。

上面放着一封信，那些不相识的朋友在信上写着：

> “亲爱的小朋友们！我们的米拉老师告诉我们说，你们在筹备开一个有意义的展览会，并且说你们缺少纸张和颜料。纸头我们也很缺乏。但是我们开了个会，现在把搜集到的东西全都寄给你们。颜料当然不多。请把展览会的情况写信告诉我们。此致少先队的敬礼。
>
> 第七小学第四中队全体少先队员”

纸头是各色各样的：有从练习本上撕下来的，有几张是花纸，还有信笺和两张很大的厚白纸。颜料只有三种颜色：黑的、蓝的和

① 小黄雀的头发是鬈曲的，剪下来像一个个逗点。

绿的。

“好了，现在你好干活了。”萨施卡把盒子交给阿辽沙，对他说。可是阿辽沙却困惑地望着放在他手心里的那三块颜料，眼睛里慢慢地挤满了泪水。

“没有红的和黄的我什么也做不出来。”他满腹委屈地拖长声调说。

孩子们又泄了气。

符拉西也夫娜来帮忙了。

“小黄雀，赶明儿一早你到我这儿来。也许我能帮你们点儿忙。你多搜集几个罐子，另外得束上一条围裙。”

第二天，天刚刚有点亮，小黄雀就跑到符拉西也夫娜那里去。门房里已经生起了炉子，桌上的茶炊在嘶嘶地响。符拉西也夫娜束了一条肥大的裙子站在凳子上，正在从一把葱头里拣大的往下摘。

“接好了，小黄雀！”

滚圆的葱头发出丝绸似的亮光，好像几个小球似的，从上面飞下来落到小黄雀的手里。

“放在桌子上。现在你削葱头，我到贮藏室去一趟。”

小黄雀削着削着，眼眶里的泪水在涌上涌下，鼻子里辣蓬蓬的。真是啼笑皆非。

葱头已经削好了摆在桌上。白白的像鸡蛋一样。小黄雀把葱皮扫在围裙里，转身就向堂屋里跑。在门槛上跟符拉西也夫娜撞了个满怀。符拉西也夫娜像新年老人似的，身上盖上了霜，面孔红彤彤的，手里不知拿了些什么树枝和小草。

“上哪儿去？小黄雀，衣服也不披一件，外面冷得很哩！”

“我只到堂屋里去把皮扔掉。”小黄雀爽朗地回答。不料符拉西也夫娜猛地扳住了小黄雀的肩膀。

“站着！把皮扔掉？！天哪，你要去把皮扔掉！快放到桌子上去！”

小黄雀惊恐地把一堆葱皮仍旧抖在桌上。符拉西也夫娜放下了树枝和几束干枯的花草。桌子上弄得乱七八糟。小黄雀莫名其妙地看着，一声不响。

“咱们就是要用这来做啊。”符拉西也夫娜说着把树枝和葱皮翻了一阵。

“用这做？”

“当然喽。”

“做什么？”小黄雀更加糊涂了。

“做颜料啊！”

“啊！”小黄雀不大相信地摇摇头。

“你不信？瞧着：这种淡黄的小花叫做金丝桃花，是生在野里的。这玩意儿好做红颜料。这是马草酸。这草可好得很，能治肚子痛，也能给咱们做棕色颜料。葱皮好做黄颜料。你冒冒失失的竟要去扔掉！”

小黄雀窘得要命。

“得了，快干活吧！”

小黄雀在厨房里跑来跑去抢着帮忙，有些地方也许是给符拉西也夫娜越帮越忙。她把草根在一个小臼里舂，把金丝桃花擦来擦去，把葱皮撒在一个小铁锅里。一只只大大小小的罐头里的汁在炉子里烧滚了。符拉西也夫娜就把它们搅和在一起，加进了些什么药料，闻闻气息，看看颜色，甚至还尝尝味道。符拉西也夫娜把通到外面的门打了开来，从里面飘出了一缕缕淡蓝色的水汽。

阿辽沙、萨施卡和米沙站在台阶旁不敢走进来，怕符拉西也夫娜骂他们。

一直到深夜，符拉西也夫娜才把小黄雀撵出去：

“去吧，去吧，这儿已经没你的事了。它要蒸到明儿早晨才好。”

“‘它’是谁？”

“颜料啊。”

小黄雀满腹狐疑地看了看那几个白白的、削去了皮的葱头，看了看干枯的草，就回家去了。台阶旁已经没有孩子了。第二天早晨打上课钟以前，符拉西也夫娜把阿辽沙叫到了自己屋子里，阿辽沙从里边出来的时候兴高采烈，手里拿着三个小杯子，里边装满了鲜艳的液体颜料：红的、黄的和棕的。

红军节终于到了。

展览会直到正式展出的前一天，才布置好三个教室。莲娜亲自到依万老爹那里去代表学校邀请农庄管理处、村苏维埃全体工作人员前往参观。可是说句老实话，成年人都嘻嘻哈哈地不把孩子们这种举动当作一回事：

“你们有什么东西可展览的！”

“到那儿去，我真是吃饱了饭没事做！”

不过到了第二天大家的情绪都很兴奋，可以说是特别兴奋。早晨收听了斯大林同志的命令。大家老是一会儿看看收音机，一会儿又看看地图。迦琳娜站在地图旁把许多小红旗搬来搬去。鲜红的小旗飘扬在捷克斯洛伐克、匈牙利、德国的上空。小红旗在解放了的国家里插得越多，人们就越高兴，好像太阳也照耀得越光明。

庄员们走到地图跟前，用因为劳动而变得粗糙的手指量着，——离柏林还有多远。

“不远了，同志们。”迦琳娜说。

过了一会儿，德米特里也夫娜校长邀请大家，说：

“莲娜同志领导四年级的学生举办了一个庆祝红军节的展览会，学校想请你们去参观参观。”

这样一来，还好意思拒绝吗?

不用说，当然是全体参加。

于是庄员们到学校里去了。

每一个教室的门口都笔端笔正地站着几个系了红领巾的男孩子，向来宾行着少先队的敬礼表示欢迎。

教室里有女孩子们招待，她们一面引导庄员们参观，一面给他们讲解。庄员们笑着走进去，脸上挂着随便的微笑，可是过了一会儿他们不笑了。

这里有些东西的的确确值得一看。

一年级教室里展出了苏联各地区的分图。墙上挂着一张张图画。桌上放着冻土带、大森林、草原地带和南部的模型。

一部套上了牡鹿的雪橇在雪白的原野上奔驰过一座座小帐篷。棕榈树上纸剪的树叶摇晃着。一座座白色的乌克兰草舍粘在一个用镜子做成的亮晶晶的池塘的周围。

二年级教室里，孩子们在讲红军和游击队的故事。一尊尊高射炮高高地竖起木头的炮口。

用枞树枝做成的一个撒满沙子的碉堡威严地张着它的许多枪眼，几条救护狗用一只救护船拖着一个受伤的战士。一个无线电报员在安军用无线电台。有许多游击队员出没在枞树林中。

三年级教室里是几个女孩子骄傲而愉快地在充当主人。

这儿展出的是孩子们准备送到前线去的礼物。有许多很考究的手帕、手织的手套、围巾、袜子和大批的皮烟袋。小姑娘们在这些小袋子上绣着许多少见的花朵、飞鸟和亲切的字句："给亲爱的战士，纽拉赠""向英雄致敬""祝你健康"……家长们满口称赞，大为惊奇，甚至还夸耀了一番。

"你看看，依万诺夫娜，这是我女儿做的。啊，真难为了她，我压根儿不知道她竟是这样一个能手！"

"是不错。我儿子的成绩你看见了吗？在二年级教室里，他做了个多好的城堡啊！"

"我还老是骂我的女儿：'你放了学老在学校里搞些什么鬼？一点也不替替妈的心力……'瞧她，原来是个好样儿的……"

孩子们已经有好久没有人用这样温柔的眼光看他们，这样慈祥地拍拍他们了。做父亲的老是在忙着干活的手已经有好久没有这样友爱地落在孩子们的肩上了。

在最后的一个教室里，一切谈话都停止了：这儿的墙上挂着阿辽沙画的一幅图画，四周用枞树枝装饰着。

画上是卓娅站在绞架旁，她白得像堆在她一双光脚下的雪，她矫捷得像她背后的一株白桦。柔嫩的小雪花从雪堆里长出来，爱抚着她的脚掌，卑鄙的敌人在她严峻而无畏的目光下吓得往后直退。

妇女们看了这幅画呜呜咽咽地哭起来，一点也不怕难为情地揩着眼泪。

农庄的铁匠——大力士瓦西亚——把儿子紧搂在怀里，若有所思地对他说：

"你有出息，我的好儿子阿辽沙……"

人们在学校里看了好久，但还是不肯散去。大家坐在走廊里谈着即将来到的胜利，谈着儿子和丈夫在迈步挺进的别的国家，谈着即将到来的和平生活。

孩子们觉得他们做了这一天里的要人。

辛苦的莲娜

小黄雀望着伏在桌上的莲娜，心里想：

“我啊，我当不了老师，说什么也当不了！”

过去，小黄雀以为当个老师算不了什么：走进教室，讲讲课，出一个题目或是来一次听写，布置布置课外作业，——这就完事了。还有，高兴给谁两分就给谁两分，高兴给谁五分就给谁五分。

“换了我当老师，就每天给玛茵珈打两分。这是为了教育。好让她不再胡来。要是阿辽沙，我就经常给他五分，——可怜，他的脚有毛病。”

过去小黄雀就是这么想，可是现在只有摇头。

“不，不，当老师不是件容易事。又难又忙。莲娜就老是为这个烦恼，为那个伤脑筋，为大家着想，为大家担心……”

“譬如说：瓦丽雅的算术得了两分，莲娜就在放学以后留在学校里给她讲解。回家以后，累得不像个人……”

“你就随她去吧，莲娜。两分就两分，跟你有什么关系！”

“你说什么，小黄雀！”莲娜吃了一惊，“你怎么说出这样的傻话！要是工人在工厂里出了废品，跟他有没有关系呢？”

“这当然，他该好好地工作啊！”

“我也该好好地工作啊。要是瓦丽雅压根儿是个懒姑娘，我们就要用全班的力量使她转变过来。可是她是用功的，就是觉得吃力。所以我应该帮助她，否则我的产品中就会出废品。”

再拿玛茵珈来说。随她破破烂烂的去好了！可是莲娜不这样，她在这学年开始时特地提早到学校去，叫玛茵珈梳头，叫她去找符拉西也夫娜给她钉钮扣或是补窟窿……一天又一天，一月又一月……真的，玛茵珈现在换了一个人——她变得很整洁……一双手打早上起就是干干净净的……莲娜有时还跟她一起唱唱歌。

昨天，莲娜延长了上课时间。下课钟打过了，而她还在解释习题。不过，没有一个孩子生她的气。整整延长了十分钟哩！

莲娜一下课就跑去找德米特里也夫娜校长，小黄雀听到莲娜说话的声音有点发抖。莲娜说：

“德米特里也夫娜校长，怎么办呢？昨天我的材料讲完了，时间还多三分钟，可是今天就延长了整整十分钟。”

“别着急，莲娜，”德米特里也夫娜校长说，“您备课的时候首先必须准确地计算时间。慢慢您就能掌握时间了。开头的时候，我们总是有困难的。这不是您第一个遇到这样的问题。暂且您就把我的表拿去用吧。”

人家工作完毕回家以后，或是看看书，或是补补袜子，或是上亲戚朋友家走走；而莲娜一吃了饭就去伏在写字桌上。每天改本子。又有俄文练习本，又有算术练习本。然后还要备课。有时还要去学生家里访问访问。

莲娜起得很早，梳洗很是考究，每天总要把大衣熨熨平。

“莲娜，你怎么变得这样爱打扮了！”

“我不是爱打扮，小黄雀，我既然要求孩子们整整洁洁地走进教室，那我自己就应该做到无可非议。”

“当个老师真不简单，”小黄雀叹了口气，“我就做不到……你说的什么？……无可……”

“无可非议。”

“对，无可非议……我还是做个医生的好，能为人类造福。”

这下子莲娜可生气了。

“小黄雀，你说的什么蠢话！医生、工程师、指挥官是谁教出来的？是教师！没有教师世界上就什么也做不出来。没有教师就没人造房子。世界上最重要的职业就是教师！一个孩子成为一个好人或是坏人，这都跟教师有关系！”

“是啊，那我们大家一定都能成为好人了！”小黄雀说着，紧紧地搂住了莲娜。

奖　赏

三月。

别的地方已经可以嗅到很浓烈的春的气息了，冰雪融化成水一滴一滴畅快地从屋顶上流下来，麻雀啾啾地叫着；可是这里却正当大风雪季节。一簇簇乌云低低地在地面上空浮动。大风漫无目的地在原野上、森林中旋卷，刮起地上的干雪。

符拉西也夫娜每天从早晨起老是很担心地望着天空，要是突然起了暴风雪，她和工友娜塔莎就去敲学校里的大钟，免得孩子们迷了路。

如果在放学前刮暴风雪，德米特里也夫娜校长就关照离家较远的孩子留在学校里住。厨房里经常为他们准备了几张枕被齐全的搭铺。

依万老爹常常从农庄里拨来一辆马车送小一点的学生回家。

那些居住在森林中的动物遭到了严重的饥荒。松鼠和田鼠已经把它们的贮藏物都吃光了。小鸟儿觅食也越来越难了。兔子常常来光顾菜园。牡鹿和麋鹿也常到村边的干草堆上来吃草。饿狼出没在森林中，它们肆无忌惮，一点也不怕人。

邻近的村子里近来常常讲起那些灰色恶狼猖獗的情形。不是拖去了这家的狗，就是吞食了那家的山羊，有一次竟有一群狼跟着彼得一直跟到庄子边上。幸亏他向它们开了枪。

孩子们不敢单独上学，他们成群结队地走。每一个人的腰间都带有一个粗布袋子。里边放着桦树枝、刨花和一盒火柴。要是林子里闯出狼来，孩子们就拿出树枝点着了扔在路上。狼是怕火的，就不会走近来了。

不过，到现在为止孩子们还没有受过这样的惊吓。

* * *

大休息的时候，符拉西也夫娜走到教室里来说：

“德米特里也夫娜校长关照小黄雀、纽拉、米沙、萨施卡和玛茵珈到教员室去。”

孩子们都紧张了起来。

“有什么事吗，符拉西也夫娜？”

“我也要去吗？”

“我们又没淘气！”

“我不知道啊，孩子们，我一点也不知道……不过一定不是为了什么不好的事才叫你们。”

小黄雀掠了掠额发，纽拉把玛茵珈检查了一番。大家洗净了手，郑重其事地向教员室走去。

德米特里也夫娜校长站起身来迎接他们，她的眼睛亲切地看着他们。

“孩子们，是你们在陶姆娜奶奶家干过活的吗？”

“是我们……”

“好，这个荣誉就属于你们。”

于是德米特里也夫娜校长递给纽拉一封有十几个签名的短信。

孩子们急于想看那封信，你推我撞地嚷着。

“让我看……”

“是谁寄来的？……”

“你把我遮住了……”

“等一等，孩子们，”德米特里也夫娜校长说，“纽拉，你把信念出来吧。”

纽拉就念了：

“‘亲爱的孩子们：我们的战士拉宾[①]收到了他母亲的一封信。她在信上对他说你们帮助了他的家庭，孩子们，我们全队都感谢你们对军属的关怀。我们写这封信给你们的时候是在遥远的外国，我们一面战斗，一面挺进，一步一步走向胜利。当我们知道有人在照顾家里的亲人并且知道祖国的孩子是这样好的时候，我们打起仗来就更有劲了。

某迫击炮队全体战士

拉宾、费袭宁……’”

下面还有十个签名。

孩子们惶惑地一声不响。

---

① 拉宾是陶姆娜的儿子。

“怎么啦，你们是当之无愧的。”德米特里也夫娜校长说。

一直到走出了教员室，孩子们才猛省过来，嚷着，谈着，兴奋地向教室里跑去。

那封信被看了又看，念了又念，从一个教室传到另一个教室，家家户户都讲着这件事，在阅览室里入了迷似的念着这封信。后来阿辽沙给这封信画了个框子，孩子们就把它挂在教室里。

第二天他们写了封回信给战士们，向他们保证一定好好学习、照顾军属、互相关心。纽拉把这封信抄了三遍，一直到大家认为能够寄给战士们为止。

德米特里也夫娜校长给了他们一个非常漂亮的大信封。

小黄雀到霍尔姆村去

“瓦丽雅！”

“在！”

“萨施卡！”

“有！”

“米沙！”

“到！”

小黄雀点着孩子们的名字，把缺席的人记在点名簿上。今天教室里的人好像特别少。天色看来一定要起大风雪了。风吹着窗户，潮雪打在玻璃上。

“纽拉！”

“没到。”

小黄雀不安起来。

“谁知道纽拉为什么不来吗？”

“我知道，”玛茵珈说，“我们去看过她，她生病了。脸涨得通红，浑身发抖，一点东西也不吃。她妈妈已经有一天一夜没回家，牧场上在生小牛。家里的孩子大哭小喊。我们拿了点柴到她家屋子里生了个炉子。真糟糕！说不定快死了！”

“你说什么？”小黄雀吃了一惊。

“胡说！”萨施卡挥了挥手。

“纽拉生病你们去告诉过斯杰潘诺夫娜没有？”米沙问。

“没有，我们来不及去，要紧到学校来了。”

“那么放了学你去告诉她，叫她马上回家，要不纽拉一个人是不行的。”这时上课钟响了。

小黄雀根本没有心思上课。她怎么也算不清算术题上的饼干要多少钱，糖要多少钱。小黄雀只是在惦记纽拉。她在那里不知怎么样了？可怜的纽拉，弟弟妹妹有五个，要喂他们吃，给他们喝。单单一个矮胖的塔茵珈就够她受的了！小黄雀是多么可怜纽拉啊！她的眼眶里挤满了泪水。

“小黄雀，”米沙碰碰她，说，“你把除法做错了。”

“让它错好了！也许纽拉在那里真的快死了……我们还向战士们保证过要互相关心哩。纽拉的爸爸不也在前线吗！……”

下课以后小黄雀也没来得及跟姐姐商量，因为莲娜匆匆忙忙到教员室去了，今天要开教务会议。

这时小黄雀对孩子们说：

“好朋友小队的队员们，我们必须立刻去帮助纽拉，不能把她扔在那里不管。”

可是孩子们犹豫地向窗外望着。

“我今天得留在学校里，”玛茵珈说，“快起风暴了。”

“我也想……”

“我也……”

孩子们很为难，大家也知道必须帮助纽拉。

小黄雀恼了：

“你们还算是‘好朋友小队’的队员！进林子采浆果就去，打球就去，听故事就去……可是当一个同志有了困难，那你们的全部友谊就完了蛋！是谁保证要同甘共苦的？算了，我一个人去。”

“你等一等，小黄雀，”米沙想说服她，“我马上就去告诉斯杰潘诺夫娜。”

“斯杰潘诺夫娜到草地里拿干草去了，”阿辽沙说，“要到晚上才回来。”

“这样吧，孩子们，”米沙说，“我去找符拉西也夫娜去。她会想办法，也许能弄到一辆马车；我就跟她一块儿去。”

“有马车那我也去，”玛茵珈说，“那边要人帮助料理家务，这你是不会的。”

“我们去住一夜也不要紧。”瓦丽雅、席尼雅两姐妹说。

可是符拉西也夫娜不在门房里。

“再等一个钟头，教务会议开好了，我们就把一切都告诉德米特里也夫娜校长。”米沙打算这样做。

但是小黄雀已经急得像热锅上的蚂蚁。她觉得需要立刻去帮助纽拉，必须马上就去，不能等上一个钟头！

她把玛茵珈叫到走廊里，说：

“玛茵珈，她病得很厉害吗？”

“很厉害，很厉害。”玛茵珈说完闭紧了嘴唇。

“这样吧，”小黄雀说，“玛茵珈，你别声张，我马上就去……你不会说出来吧？”

“噢……”

小黄雀裹紧了皮袄走到台阶上。

哦，外面可真冷呵！

乌云几乎要触到地面了，狂风阵阵刮起，林中的枞树在惊慌地呼啸。

小黄雀把皮袄裹得更紧一点，向大门口走去。

玛茵珈没穿大衣跑到台阶上。

“小黄雀，等一等我，小黄雀！我跟你一块儿去，等我穿上衣服。”

可是小黄雀已经听不见她的叫喊了……

暴风雪出人不意地掀起了。路上卷起一阵阵白色的旋风，松涛在怒号，一株株松树都弯下了身子把干硬的雪撒下来。枞树痉挛地晃动着树枝。雪一圈一圈地在枞树的黑色树干四周飞舞，刺骨的寒风使人透不过气来。小黄雀背着风歇了一会重又上路，其实，在这一片白茫茫的、像沸腾的牛奶似的雪地里哪里还说得上有路啊！

干雪直往皮袄的领子、袖子和毡靴里钻，使小黄雀无处躲藏。她的两只脚埋在雪里；两步以外就什么也看不真了。

小黄雀撞在一株树上，擦破了面颊，她站定了。暴风雪在疯狂地咆哮，一会儿像狼叫，一会儿像铃响。小黄雀的双颊覆上了一层薄冰，她不断地用一只已经湿透了的手套去揩它。睫毛上结了冰，两只脚冻僵了……

回去吧？可是霍尔姆村已经应该就在附近了，那边纽拉正躺着发热，孤单单的无人帮助，纽拉，小黄雀曾经向她作过友谊宣誓的纽拉……

小黄雀重又顽强地向前走，走来走去总是陷在雪里。皮袄的前襟老是被风吹得飘起来，小黄雀不得不和它进行搏斗，她走不上几步就要停下来喘喘气……

暴风雪也像开始的时候一样出人不意地停止了。

狂风不知刮到什么地方去了。松树虽然还有点颤抖，但已经能够站直身子。被风刮去了积雪的枞树舒坦地展开了疲倦的、绿里带蓝的枝条。洁净的天空中寒光森森的星星在一闪一闪地眏眼睛。卷雪的低风转缓了，但还在脚下盘旋，把雪撒在毡靴上。过了一会儿连卷雪的低风也平息了。小黄雀用头巾角揩干了湿漉漉的脸，抖去了皮袄上的雪，她四下一看立刻明白了：她迷了路。她嘴里觉得发燥，肋骨下隐隐作痛。

“不要紧，不要紧，”她自己在安慰自己，“我不会走得离村路太远的。村路一定就在这里附近。向右，就在那株松树背后。”

于是小黄雀就向右走去，雪一直没到她的膝部，她每走一步总要用力地把那双冻得梆硬的毡靴从雪里拔出来。但是树林愈来愈密，雪愈来愈厚，村路却没有。

“我搞错了，我该向左走。”小黄雀想了一想就向左拐了个弯。

松树淡漠地看着这个在雪地里彷徨的小姑娘。

“可不能害怕，不能害怕，”小黄雀努力使自己保持镇静，“我想起了该怎样在树林中辨别方向：‘必须根据星位、青苔、树桩上的年轮[①]来辨别方向……’我只要看看哪儿是北，哪儿是南，就能够找到

① 青苔的较暗的一面朝北，较亮的一面朝南。年轮窄的一面朝北，宽的一面朝南。

路了。”

这些话小黄雀都说出了声，为的是想打破这冬林中的难堪的静寂。星星没有帮小黄雀的忙。她好容易找到了大熊星，对那柄擦得雪亮的银汤勺看了好久[①]，可是它一点也没有告诉她怎么找到道路。青苔呢？年轮呢？这些东西都埋在有一尺厚的雪底下，怎么去找呢？小黄雀在拨开几根树枝的时候把一只手套丢了，现在只好对右手呵呵气，把它放在胸前取暖。

小黄雀的一双脚打着寒战，心扑通扑通地跳着，嘴唇开始有点发烧。

“不管怎样我也不怕，”小黄雀自言自语，“一点儿也不怕。我走得不错，再走十分钟，再走半小时，我就可以走到霍尔姆村了。”

月亮高挂在森林上空，淡蓝色的月光射在雪地上。她——熟悉自己的道路的月亮——看来笑眯眯的很高兴。

忽然小黄雀怕起来了：在洁白晶莹的雪地上她看见了刚才丢失的一只红手套！这样说来，她还是在老地方打转。

一下子她开始觉得呼吸困难。这小姑娘倚在一株松树上，解开了头巾。

她连手套也不拾起来。她再也走不动了，即使是一步、一小步也走不动了。她将这样站在松树下，像涅克拉索夫诗中的达利雅[②]一样。

不过可以放心，大家会找到她的，一定会找到她的。大概米沙已经告诉了莲娜，也告诉了符拉西也夫娜。他们会驾着马车来找她的，那时她就可以躺在干草上睡呀、睡呀、睡……

现在可以在树桩上坐一会儿。小黄雀拼命地在赶掉瞌睡虫。不行，不能睡着。睡着了会冻死的。一定得想一件什么事情……纽拉……可怜的纽拉……她病了……她躺在床上一定是睡呀，睡呀，睡……忽然，小黄雀从树桩上跌下来跌倒在松软的雪里，一只手压在

---

① 大熊星座的七颗星我国一向叫北斗，把这七颗星用直线连起来就像个有柄的斗。西洋人又说像汤勺，四颗星构成勺底，三颗构成勺柄。

② 达利雅是涅克拉索夫的诗歌《严寒 · 通红的鼻子》中的一个年轻农妇。

头下。松树严厉地看着这个躺在它们脚下的小姑娘。

不好了

玛茵珈回到了学校里。孩子们已经走开了。米沙在打扫教室，等符拉西也夫娜和德米特里也夫娜校长来。

玛茵珈的心中放不下：对米沙说呢，还是不说？……

“米沙，”她鼓足了勇气说，“米沙……”

“你怎么啦？”

“小黄雀去了……”

“哪儿去了？”

“霍尔姆村，去看纽拉去了……”

米沙又惊又怒：

“你怎么会放她走的！为什么不告诉我或萨施卡？！”

“她叫我不要说……”

米沙也不再多问了，他停止了打扫，就向山下的牧场跑去。也许斯杰潘诺夫娜回来了，她驾上一匹马车能赶上小黄雀。

斯杰潘诺夫娜倒是真的回来了。她正在把干草从马拖的雪橇上往下卸，还没来得及放开马匹。她听完米沙含含糊糊、急急忙忙地讲了那回事情以后，气得皱起了眉头。

“唉，玛茵珈这个多嘴丫头！老是嚼舌根。我刚才拉干草去的时候回家去过。纽拉没什么大不了的病。只是伤了风有点咳嗽，就这么大的事儿。连热度也没有。白白地害得小黄雀跑去看她。”

这时忽然刮起了寒风。斯杰潘诺夫娜和米沙担心地望了望天色。

“不对！”这挤奶妇说，“不对，快发风暴了！那小姑娘一个人在林子里怎么办。米沙，你去对牧场里的人说，我出去一会儿，我也许能在刮风前追到那小姑娘。我马上就回来。”

斯杰潘诺夫娜立刻坐上雪橇赶着马儿就跑。

米沙把这事告诉了牧场里的挤奶妇，自己也不回家去了。

他留在那儿帮妇女们给母牛喂食，帮她们打扫牛栏，用沙擦奶桶，一面又老是担心地向窗外望。望来望去还是不见斯杰潘诺夫娜的影子。

风暴来了以后，米沙更是坐立不安。挤奶妇们工作的时候也都心不在焉，一会儿叹气，一会儿侧耳倾听，一会儿跑到门口去张张。终于听见了雪橇的声音。斯杰潘诺夫娜浑身是雪，像个雪人，猛地推开了门倚在门框上。

“那小姑娘没有，”她嘶哑地说，“我一直追到霍尔姆村。她没去过。糟了！”

“糟了！”挤奶妇中有一个人也附和着叫了起来，“糟了！”

“怎么办呢？”

“米沙，你快到学校里去告诉一声校长和莲娜老师。大娘们，你们把萨符拉斯加[①]套好赶到马场上去。我去找依万老爹。”

农庄上发出了紧急的铁梆声[②]。

“不好了！不好了！不好了！快去找人！快去找人！”

一个小姑娘在林子里走失了，立刻整个农庄都去找寻。

妇女们一面走，一面裹上头巾，从屋子里奔出来。孩子们拿起了滑雪板。

莲娜和符拉西也夫娜顶着迎面刮来的风，匆匆忙忙地从学校里跑了出来，德米特里也夫娜校长费力地跟在她们后面追。

没有人讲话。没有喘息和混乱。人们迅速、利落地套好了所有的马匹，点了灯，准备停当就沿着村路向树林出发。斯杰潘诺夫娜不得不再到霍尔姆去一趟，仔细地看看路的两旁。莲娜和符拉西也夫娜跟她一起去。其余的人都在林边跳下了，把马匹交给孩子们看管，各自提着点亮的灯，沿着洁白无瑕的雪地一直走去。

林子里仿佛飞起了许多萤火虫。

风暴平息了。

人们互相呼喊，对每一丛灌木，每一个土丘都要弯下身去看看。

莲娜坐在雪橇上，脸色疲惫而苍白。

“我没保护好，”她想，“我没保护好小黄雀，我的妹妹，我没把

① 马名。

② 用铁棒或木棒敲击一段挂起的铁轨表示情况紧急，跟我国农村敲警锣差不多。

她看顾好……我的可怜的小妹妹……她是多么害怕啊。一个人在暴风雪里。而我，我那时却坐在暖和的房间里，没看好她，没保护她，没帮助她……”

莲娜眼巴巴地看着林子，看得眼睛都发酸了。

米沙站在一匹马旁边。他自己也没注意到是谁把缰绳塞在他手里的，这使他不得不留在林边。多嘴彼佳在离他不远的地方并住冻僵了的两条腿在跳着。

萨施卡把马系在一株松树上，自己攀上了一株高大的枞树。沉重的皮袄和毡靴使他爬起来很不方便。他费力地从一根树枝攀上另一根树枝，累得满头大汗，后来他只好把皮袄扔掉。那皮袄落在雪地上，好像一只给打死的大鸟。

“萨施卡，你看见什么了吗？”

“什么也没看见，都是白的。”

“你看得仔细点，朝树下看看。”

“我是在看。”

整个林子里都响着叫喊声，叫小黄雀，或是互相叫喊。人们带来的牛铃叮叮当当地响。昏黄的灯光落在蓝幽幽的雪上。但是月亮却照耀得那样明亮。过了一会儿，妇女们慢慢地回到马群那儿去了。

她们垂头丧气、一声不响地走近雪橇，抖去身上的雪，拍拍毡靴，坐下来歇一会儿，她们低声地在商量。

“这儿没有，都找遍了。”

“应该从那边找起。”

“我们到狐狸狭地去，再打那边直穿过去。”

“嗳，她怎么会到狐狸狭地去呢？她走的是村路，应该在这里附近。”

“要是她抄小路走了呢？”

这个推测使大家猛省了过来。

“天哪！那边有个兽洞，有狼啊！”

于是妇女们忘却了疲倦，重又点起灯挥鞭赶马向狐狸狭地飞驰而去。

米沙躲在一株松树背后。

玛氏电码

“小黄雀不会抄近路的，她连拐弯到那条路上去也不会……她一定在这里的什么地方，村路附近……”米沙想，“我一定要把她找到。不然我怎么能去见莲娜老师呢。”

米沙把腰带束束紧。那本心爱的书在他怀里窸窸窣窣地响。

“要是安德烈在这里，他决不会就这样算了，他一定能找到她，他一定能出个主意。”

米沙把滑雪板缚好，把绳子从滑雪板上牵到腰边。

“要命，灯也没有！不要紧，有一盒火柴放在口袋里也行。”

在这浓密的针叶林中很难踩出一条滑雪路来。雪松得很，老是陷下去，仿佛要拖住他的脚似的。必须常常绕过大树、灌木丛，像雪地里的兔子那样迂回前进。必须常常拨开树枝，保护眼睛。每跨几步路米沙就停下来，把手放在嘴边叫喊：

“小黄雀，小黄雀！”

森林不回答。

只有一只受惊的兔子突然从一丛灌木后面窜了出来，惊恐地贴紧耳朵，后脚推前脚撒腿飞跑。

在高高的松树上有时可以看到有一只没冻死的啄木鸟在忙着。可是一会儿你又会看到一只深蓝色的死乌鸦跌在雪地里。这可怜的鸟儿经不起暴风雪。连乌鸦都……那么可怜的小黄雀会怎样呢？

“小黄雀！小黄雀！”米沙叫着，他的声音有点颤抖、嘶哑。

突然，林子里响起了一个孩子的叫喊声，这喊声很可怕，末了变成了呜咽和凄厉的尖叫。

米沙打了个寒战站住了。是小黄雀？！

但是叫声又在他头上响起来了。原来是只猫头鹰！它蹲在一株松树的一根低垂的树枝上，它的鼻子像钩爪，头像猫。一对黄眼睛一眨不眨地望着米沙。

“死鸟！”米沙搓了个紧紧的雪球向那阴鸷的鸟扔去。猫头鹰懒洋洋地从原来停息的树枝上飞下来，扑着坚硬的翅膀，飞到另一株松树上，还是那样把一双黄眼睛盯住米沙瞧。米沙有点害怕了。他加快了脚步，愈叫愈响，愈叫愈勤。忽然他的声音哑了。嘴里吐出的只是嘶哑的声音。

月亮不知落到什么地方去了，星星变得白茫茫的。林子里愈来愈黑暗了。米沙拿起一根大棍子，开始用它在一株会发响的松树上敲。

"三划，一点，两点，三点，一划。小黄雀！小黄雀！小黄雀！"他拼命地敲。

死一般的静寂。

突然，不知从左边什么地方传来了一阵低弱的回击声。一点、一划、两点、三点……哎哟，小黄雀搞错了……不过这并不要紧，就让她搞错吧，只要敲就好……

米沙朝着发出声音的地方奔过去，脸撞在枞树枝上给抓破了，帽子也丢了。

"敲呀，敲呀，小黄雀，敲响一点！"

笃，笃，笃！

敲击声愈来愈近，米沙跑到了一块空地上。

平滑、洁白的雪像一方没有踩过的地毯铺在空地上，在一株高大的松树上蹲着一只红头顶的啄木鸟，它停止了工作，惊奇地看着这位不速之客。

米沙已经有许多年不像现在那么想哭了。他垂着头，慢慢地从空地上走过去，突然他撞在一个树桩上，差点儿没把滑雪板撞断，定睛一看，呆住了……

树桩后面有一个人躺着，弯着腿缩做一团，是小黄雀。

米沙话也说不出，喊也喊不出。滑雪板使他不能跪下去。他把滑雪板解下来扔开了，人立刻陷在雪里。他浑身打战，慢慢地对着小黄雀弯下身去。

"冻死了？！"

但是，当他的一只手碰到了她暖和的脸颊时，米沙迸出了一声嘶哑的、因呜咽而变得断断续续的喊声：

"活着哩！小黄雀！活着哩！"

狼来了

米沙和小黄雀在村路上走。米沙紧紧地握住那小姑娘的手。他老是觉得她可能又会失踪，那时又要找苦了。

他一只手扶住那小姑娘，另一只手背着滑雪板，走起路来很不方便。好在踩开的路似乎自己会在脚下跑过去。不像在那边密林里那样。

森林后面白茫茫的月亮开始往云层的厚被子里躲。林子里一片昏黑；虽然灰暗，但还很清楚地看得见每一根树枝。

米沙老是担忧地朝小黄雀望。那小姑娘走得实在太慢了，她拖泥带水地搬动着两条腿，不说话，也不讲自己的事，一声不响。

"小黄雀，"米沙问，"你吓坏了吧？"

"吓坏了。"小姑娘慢吞吞地说。

"可是你总晓得我们会找到你的吧？"

"晓得的……"

米沙弯身对小黄雀说：

"你怎么啦？累了吗？"

"累了。"小黄雀说着，突然从她圆睁的眼睛里滚出了几颗泪珠。

"累了……"小黄雀喃喃地说，"累了……我要回家……我要到莲娜那儿去……"

"快了，快了。我们很快就走到了。"米沙安慰着这个小姑娘，一面很焦急地望着她的脸。

很清楚，非常清楚，小黄雀病了。她的两颊和额角又红又热，嘴唇在发烧，嘴巴半开着，眼睛里没有一点生气，闭拢的眼睑下扑扑簌簌地淌着眼泪。"糟糕！"米沙心想，"她走不到家了。我该怎么办呢？要是有个人在路上经过就好了！不要紧，实在没法的时候我就把滑雪板藏起来，把小黄雀抱着走。"

"再耐一会，小黄雀，只要耐一会儿……我们站一会，歇一下再走。等一等，你猜怎么着？我把滑雪板藏在那儿。你能记牢这棵树吗，小黄雀？我们明天来拿滑雪板。你可别忘了地方。”米沙唠唠叨叨地说个没完。小黄雀没精打采地站着。米沙藏好了滑雪板，在一株枞树上折了一根树枝做记号，接着他抱住了小黄雀。

“你好好地靠着我。你知道吗，我们这么着：走一百步停一会。再走一百步……”

米沙还没说完，路旁的灌木丛里忽然闪出两只阴险的绿眼睛，在盯着他瞧。狼！

米沙打了个寒战。他很快地带着小黄雀转到路当中。这样好一点，这样它不会冷地里扑过来。这些家伙现在饿得什么都不怕了。只要别让小黄雀看见。千万别让她吓着……

米沙又开始唠唠叨叨地说起来了，想分分小黄雀的心，自己却惊恐地盯着林子瞧。两只绿眼睛在右边熄灭了，又在左边亮了。“它在打转。”米沙心里很着急。这孩子努力把话说得响些，顿着脚，拍着一双僵硬的手，可是狼并不怕，它继续跟他们做着这种可怕的游戏。

绿眼睛一会儿在右边、一会儿在左边、一会儿在前面、一会儿在后面发亮，愈来愈近了。终于那野兽公开地走到了路上。这是一条饿疯了的老狼。它已经看准这两个孩子没有护身的东西。它小心地跟在后面，还保持着一定的距离，但是眼看着马上就要扑过来。现在已经无法瞒过小黄雀了。

“你等一会儿，”米沙镇静地说，“站到这儿来，站在我前面。”

“什么？”小黄雀问，她差点要哭出来了。

“不要紧的，有一条小狼钉着我们，我去吓唬它一下。”米沙望着小黄雀，心里急得要命。

“好，你去吓它一下吧。”小黄雀懒洋洋地说。

米沙很快地掏出火柴，拾起一根枞树枝。但是擦着的火柴一会儿就熄灭了，冻得梆硬的树枝根本别想点着。“拿什么烧呢？”米沙一面想一面手忙脚乱地在口袋里摸。什么也没有。只有怀里的一本珍贵的本子在窸窸窣窣地响。

“不，不能烧这个，”米沙在自言自语，“我们最好还是马上爬到树上去，到早晨就有人来找我们了。”

那狼走得更近了。已经看得清它那夹紧的尾巴，紧贴脑袋的耳朵，愈来愈紧张的、瘦长的身体。

“小黄雀穿着皮袄、毡靴，她爬不上树的。”米沙心想。

米沙从怀里掏出那本子。海军结、电码……米沙闭上眼睛横着心肠撕下了几页。他把它们搓成了一个小圆球点着了抛在路上。狼立刻闪到一旁，一动不动地站在那儿凝视着火团。米沙钩住小黄雀的胳膊，拖着这哭哭啼啼的小姑娘往前直跑。

可是纸烧完了，狼又追踪过来了，米沙只好再扔一个火球，再往前跑，累得满头大汗，他几乎把小黄雀抱在手里了。

纸烧熄了，又重新再扔再跑。米沙已经不考虑，也不等待救援了。他机械地撕着那珍贵的本子，擦着火柴，拉住病弱的小姑娘的手跑着、跑着……

突然，他听见了铃声，于是他就点着了最后几张纸，拼命地叫了一声，这叫声划破了寒冷的夜空：

“快来啊！救命啊！快！快来啊！”

不知是谁的声音在回答：

“来了！”

铃声更响了。那狼停下来突然溜进了灌木丛。从大路的转弯角后面飞出了一部雪橇。

斯杰潘诺夫娜赶着马橇飞奔而来。莲娜站在雪橇上，抓住斯杰潘诺夫娜的腰带。符拉西也夫娜没等雪橇停就跳了下来，及时地扶住了摇摇欲坠的米沙。莲娜从米沙手里抱过小黄雀。从米沙的怀里落出来那本本子的一张硬封面，摊开了掉在白皑皑的雪上。

第四部　春

病

夜。油灯发出劈劈啪啪的声音，烟不断地朝上冒。一颗一颗小火星从灯芯上爆出来，在玻璃灯罩里跳一会舞就熄灭了。大概是灯油点完了。

莲娜并没注意到这上头。她用力压住两鬓，老是在想一件事：“怎么办？怎么办？”

床上传出嘟嘟哝哝的声音。小黄雀神志不清地说胡话已经说了几天了，一刻也没有停过。全是说的纽拉：

“再忍耐一下，我就来了……再过一片林子……不过那边像是有狼……我马上就……”

纽拉早已好了，可是小黄雀却……她患了格鲁布性肺炎……怎么救？！

区里请来了一位医生，他看了病摇摇头说：

“需要消发地亚净，这是唯一能救她的药……”

但是消发地亚净没有。

吸血器、各种针剂、压定布[①]都没有用。小黄雀还是在床上辗转反侧，呼吸起来嘶哑而带有杂音。体温表上纤细的水银柱老是向上升。

迦琳娜的房间里也点着灯，那边也睡不稳。

厨房里的一条板凳上，米沙在打盹。

孩子们的友情多亲密、多深厚！他们一分钟也不离开这屋子，不分昼夜轮流值班。莲娜老师要这样、要那样的，也能帮助一下。

纽拉简直赶也赶不走。她总觉得是她不好，才叫小黄雀害了这么重的病。小黄雀明明为了她才迷失在林子里，才在冰天雪地里躺了几个钟头。

玛茵珈大大地变了。只有一双眼睛还是原来那样，她不再嚼舌根，不再乱说了。对于这个多嘴多舌的丫头，这是一次沉痛的教训！试想，她下次还敢胡说八道吗？

莲娜的心绪非常混乱，头愈垂愈低。她终于伏在桌上睡熟了。

迦琳娜轻轻地走进房间，把一块头巾披在莲娜肩上，然后又走到小黄雀床前。

小黄雀眼睛紧闭着躺在床上，给寒热烧得满脸通红，她老是嘟嘟哝哝地乱说。糟糕，真糟糕！可怜的小姑娘！在这一向嘻嘻哈哈的女教师眼眶里也涌出了眼泪。

她拿了冰袋走到厨房里。米沙一下子醒了过来。

"要什么吗？小黄雀怎么啦？好一点了吗？"

"还是那样。米沙，你去拿点雪来。"

米沙跑到外面，回来时装满了一袋雪。

时间一小时一小时慢慢地拖着，每一小时都充满了不安和恐惧，使人心惊肉跳。

天终于亮了。台阶上突然起了一阵不知是谁的急速的脚步声。门打开了。门槛上站着符拉西也夫娜，一身的出门打扮。脸上的神气使米沙立刻跳了起来，她憋着喉咙朝里面喊：

"迦琳娜老师！迦琳娜老师，您来！"

"什么事，符拉西也夫娜？有什么事吗？"

"药，要的药……叫什么的？"

"消发地亚净！"

"对了，对了，消发地亚净，区里打电话来。他们弄到了要用的药。我马上就上拖拉机站去，那边答应借一辆卡车。我很快就回来，对莲娜老师说一声！"

符拉西也夫娜走了。

---

① 一种涂湿药的布带，用来勒在病人患处。

“迦琳娜老师，”米沙兴奋地问，“这么一来，小黄雀有救了？”

“有救了，米沙，一定有救了！”迦琳娜说着把一只手放在米沙的肩上。

周围都是亲人

小黄雀坐在床上，脸色憔悴而苍白。她还不大能动弹，手里拿本书也吃力，看看书吧，很容易疲倦。最舒服的还是安静地躺着向窗外望望。

窗上的冰花融化了，窗外是一片蔚蓝色的天空，万里无云。像小黄雀一样软弱无力的阳光照进了房间。一滴滴融化了的雪水在叮叮咚咚地响。一只小鸟含羞地在窗下啾啾地叫。大概是一头梅花雀。空中传来了像是吹喇叭的声音。小黄雀知道这是爱叫的雁儿在向北飞。

近处田野里传来很响的轧轧声：拖拉机开来耕田了，虽然有些地方还铺着一层泥泞的白雪。

是春天了！

莲娜和迦琳娜在学校里。这一阵子的工作特别忙。再过一个月，学年就要结束了。

厨房里，符拉西也夫娜在轻手轻脚地忙个不停。哦，这个符拉西也夫娜啊！她简直不给小黄雀一刻安静！才喂过了粥，现在，——小黄雀叹了口气，——大概又要拿牛奶来了！

不错，符拉西也夫娜拿来了一大杯牛奶，她一进来就先瞪着小黄雀，说：

“喝！一滴也不许剩！”

“符拉西也夫娜！”小黄雀乞怜似的说，“我在这个杯子里洗澡也能洗了！”

“还说话！”符拉西也夫娜又气又惊，“好人儿啊！还说话！你瞧瞧，你还像个什么！看了你就叫人心疼！好人儿啊，瞧你还说话！”

屋子里没有什么“好人儿”，可是符拉西也夫娜说得这样感人，小黄雀只得眯起眼睛一口气把一杯牛奶喝完。

“好，这才好！真是聪明孩子！我要奖给你一勺蜜。”

“哪儿来的蜜？”

“阿妮西雅奶奶拿来的。她刮了最后的一杯拿了来！全都是为了你！”

小黄雀疲倦地阖上了眼睛想：“是的，全都是为了我。昨天玛露施珈拿来了一双袜子。纽拉拿来几枝新绿的柳枝。枝上的幼芽饱鼓鼓的眼看就要胀破。杜娘婶婶送来了一大块热面包。”

“符拉西也夫娜，”小黄雀问，“他们都是好人，是吗？”

“都是好人！”符拉西也夫娜说，“咱们这儿都是好人！不过现在很多东西还不够，再说大家都有伤心事，等战争结束了，他们可就能好好地显身手了！”

“符拉西也夫娜，”小黄雀要求她，“你给我讲讲，他们怎样显身手呀！”

符拉西也夫娜自己也被美好的理想迷住了。

“头一桩，”她说着把绒线活往膝上一放，“我们要造一所自己的医院，请个好大夫，你吃的那种药，叫什么的？”

“消发地亚净。”

“对，对，到那时要多少有多少。谁要，就——请用！”

“还有呢？”

“还要办一个七年制学校，要装电灯，辟果园……”

“那时有多好啊，符拉西也夫娜！”

“当然喽！不过现在得睡觉！”

符拉西也夫娜给小黄雀盖好了被子就到厨房里去了。

但是睡觉可睡不久。

学校里已经放学了，来探望小黄雀的人一刻也不断。纽拉常常特地跑来把学校里的新闻告诉她：

“小黄雀，米沙总是五分、五分，他一定是优等生！瓦丽雅可不行！今天又得了个两分！”

“是算术吗？”

“是算术！”纽拉叹了口气，“莲娜老师为她伤透了脑筋。”

“萨施卡呢？”

“萨施卡说：‘我一定要做个作家，我要写一本很厚的书。’我们老是笑他。小黄雀，你快点好吧！我们要搞一个晚会迎接五一节。老师们说，柏林快拿下了！”

“真的？！”

小黄雀吃了一惊：她病了已经有这么多久了！她压根儿也不知道外面的情形。

“这还会假？！现在每天都在谈论进攻柏林的事，我们的庄员们老是在听广播……谈来谈去都是这一件事。都说胜利快到了。”

纽拉才走，玛茵珈就把头从门外伸了进来：

“纽拉在吗？”

“不在，不在！”小黄雀笑了，“怎么，你怕吗？”

“不是，我不怕，我是有点想她。她现在已经不管我了。她说：‘现在你已经能自觉了。’可是，尽管这么说，我还是把裙子在门闩鼻子上扯破了……怎么这裙子老是东扯西拉的！”

玛茵珈呆呆地看着那块扯破的地方。

“给我一枚针，让我快一点把它缝好。”

接着米沙从林子里带来了一大把枞树枝。在这蓝幽幽的树枝上已经长出了浅绿色的枞针。房间里立刻添了春意和森林气息。

门一分钟也关不上。一个刚走，一个又来了。傍晚，莲娜回来把大家都赶了出去。

“去吧，去吧，孩子们！小黄雀脸色都变了，她累了。”

莲娜坐下来改本子，小黄雀在回想一天中她所听到的一切。

“莲娜，我们的军队快拿下柏林了，是吗？”

“是的，小黄雀，快了，不过战斗非常激烈。七点钟我要去听广播。”

许多大人工作完毕以后也常来看小黄雀。有时是玛露施珈、有时是杜娘婶婶，德米特里也夫娜校长每天都来，哪怕是只待五分钟也要来一趟。

莲娜不再让孩子们进屋子，可是窗外时常出现孩子们的脸。他们把鼻子平贴在窗上，像一个白色的小饼，对小黄雀挥手问好……

然后，莲娜就喂小黄雀吃东西，给她洗脸，把她当小孩子裹在被子里，小黄雀舒舒服服地睡去，蒙眬中在想：

“养病的时候，周围有这么多亲人可真太好了！”

报信者

人们迫不及待地等待着战争结束。似乎有激动得窒息的可能。我们的军队已经在通到柏林去的要道上作战。虽然敌人在拼命顽抗，残酷的战斗展开在原野上、山谷中、市街上和河岸旁，但是从隆隆的炮声、飞机声、嘚嘚的马蹄声中已经愈来愈清楚地听得见胜利的步伐声……

大家都觉得再过一天、两天、一个星期，大地上就会出现两个奇妙的大字：“和平”。那时百花齐放，生活将变得意想不到地美好……

符拉西也夫娜从教员室里拿来了一张椅子，她把它放在台阶上以后，就开始仔仔细细地打扮小黄雀。

符拉西也夫娜把所有的东西都裹到了小黄雀的身上：莲娜的头巾、符拉西也夫娜自己的围巾、手套。等小黄雀给打扮得像矮胖的塔茵珈的时候，符拉西也夫娜就像抱婴孩似的把她抱起来，抱到台阶上，让她坐在椅子上，用被子裹好她的脚。

“坐在太阳里好好透透空气，舒坦舒坦。”她严厉地说。

小黄雀好奇地望着两旁。她觉得所有的一切都好像是第一次看见：黑油油的田野上人们在忙个不停；苍翠郁茂的针叶林中，幼嫩的桦树叶吐出了新绿；春水荡漾的小溪在潺潺地流着。

一座座小屋衬在洁净的天幕上，显得阴沉、黯淡，但是春天的太阳暖洋洋的，照在擦得亮晶晶的玻璃窗上反射出各种各样的光彩。

不知哪里有一条小溪在不停地流，水声琤琮，沿着大路流过来，它陶醉在阳光和春风之中；一头笨拙的长脚小牛垂着两只像牛蒡花似的耳朵，莫名其妙地甩着梢上有穗的尾巴。

学校的院子里静悄悄的：是星期日。但是村子里却不断传来工作的喧嚣声，其中有一种没听见过的轻松的声音：“笃、笃、笃”“笃、笃、笃”。有几十把锤子在敲。

“这是什么声音，符拉西也夫娜？在敲什么？”

“今天孩子们在做椋鸟窠。大家决定要在每家屋子旁边都筑上鸟窠，他们正干得起劲哩。这全是莲娜想出来的。她真会出主意！”

“椋鸟已经飞来了吗？”

“今天不飞来明天就要飞来了。它们的侦察员已经来侦察了。瞧，瞧——在看哩，看老家是不是还在，里边有没有外来的鸟？”

真的，一只墨绿色的快乐小鸟在一座房子前盘旋了一阵以后，正蹲在台阶的顶棚上，往老窠里张望了一下。第二只也接着飞来了，于是它们唱起歌来，嗒嗒地叫着，吹着它们椋鸟自己的口哨。

符拉西也夫娜到屋子里做事去了，小黄雀觉得很寂寞。

“怎么一个小朋友也不来，莲娜连星期天也不能在家里坐一会！”

突然，小黄雀看到村子里有些异样。有两个女人向管理处跑去。跑得很快，一面还在裹头巾。铁匠从铁铺里走了出来。在新鲜的空气里，他的围身、头发、结实的肩膀上升起了一缕轻雾，——仿佛这人会出烟。售货员从合作社里冲出来，也急急忙忙地向农庄管理处跑。

一个穿红衣裳的姑娘，一定是玛露施珈，站在管理处的台阶上，把两手放在嘴边喊着，可是小黄雀听到的只是“啊！啊！啊！”。

“符拉西也夫娜！”小黄雀叫道，“快来！”

“什么事？”

小黄雀什么也不说，只是对下面村子里指了指。

这时村子里每座屋子都有人出来向农庄管理处跑，他们跑跑停停，挥着双手，聚成了许多人堆。

“小黄雀，你安静地坐着！我跑去打听一下。难道是真的吗？难道已经拿下了？”

符拉西也夫娜披上棉衣就向下跑。她碰到一个人，像是德米特里也夫娜校长，说了些什么话，突然小黄雀看见，那两个已经上了年纪的女人像小孩子似的，在大白天里，在村中大路上紧紧地拥抱了起来。

“这是怎么搞的，是怎么回事？”

这时，忽然整个空气都开始震荡、喧嚷、呼啸、歌唱……

上千只快乐的小鸟飞到了村子里，飞到了学校院子里，飞到了森林的边缘上。它们像雨点似的落在树上、屋顶上，它们啾啾地叫，唱着歌，在阳光中沐浴。椋鸟飞来了——这是胜利的春天的报信者！

它们的歌声和着琤琮的流水声、白桦的飒飒声，仿佛阳光也在叮当地响，像是紧张的琴弦。

符拉西也夫娜气喘吁吁地跑上台阶，她那断断续续的、像年轻人似的声音盖没了喧闹声，对着小黄雀喊：

“小黄雀！咱们的军队打进柏林了！打进柏林了！”

头巾从她的头上落了下来，银丝般的白发散落在高高的前额上，符拉西也夫娜连哭带笑地重复着命令中的话：“……在柏林城上高竖起胜利的旗帜。”

光荣属于我们的人民！

奇妙、狂欢的日子到了。谁也不能干活。莲娜跟迦琳娜常常从家里跑出去。没改的练习本放在桌子上，一放就是几个小时。符拉西也夫娜老是待在村子里不回家。人们常常簇拥在一起，不用说是在谈柏林的事。铁铺里的锤子声常常突然停下来，不用说也是谈柏林的事。德米特里也夫娜校长常到村子里去，不用说是去打听新闻。

好朋友小队在收音机旁轮流值班，他们经常跑去把收听来的消息告诉小黄雀。

“每幢房子旁边都在打……”

“国会大厦起火了……”

“什么国会大厦？”

“我也不知道，大概总是一幢重要的房子。”

“我们的军队已经包围了柏林市中心……”

敌人在垂死挣扎，为守住每一幢房子而进行疯狂的顽抗，但是无论怎样，胜利已经掌握在苏联军队的手里了！

一天、两天、三天过去了。到了第七天夜里。人们只是想待在一起：从一个屋子走到另一个屋子，挤在农庄管理处门口。

小黄雀家里的门怎么也关不上。孩子们、妇女们不断地涌到莲娜的房间里来看地图，他们在柏林的字样上插上了一面最大、最好看的红旗。

但是法西斯强盗还没有投降。

人们等待受降，他们一会儿跑到管理处去听广播，一会儿又回来看地图。

当小黄雀终于上床睡觉的时候，全村还在兴奋和激动之中。

小黄雀醒来时，看见莲娜和衣蜷缩在床上，米沙坐在厨房里的桌子旁睡着了，迦琳娜的房间里还点着灯。

一清早，一阵响亮的喊声把所有的人都叫起来了。

彼得拼命赶着他的老马在村子里驶过。他站在两轮车上用全力扯开他的粗嗓子喊："胜利了！胜利了！胜利了！"

他这样喊着驶过倍克里亚特村的每一条街道，然后就转上大路向霍尔姆村驶去，仿佛想一下子把这个等了好久的消息报知所有的村子、报知全国和全世界！

人们从屋子里奔出来，望着他的背影，他们互相拥抱、流泪、欢笑，又拥抱，又流泪……

莲娜紧紧地抱住了小黄雀。

"小黄雀！和平，和平的日子到了！战争结束了，爸爸还活着，安德烈也快回来了！和平，小黄雀，和平的日子到了！"

迦琳娜跑进房间拉住小黄雀就跟她一起满屋子地跳起舞来，她那洪亮的声音响彻了整个小屋子：

"和平，和平，和平！战争结束了！再也没有人在前线牺牲了！生活将多么美好！工作将多么愉快！"

几百个庄员从倍克里亚特村、扎巴里塔村、霍尔姆村、奥西诺夫茨村拥到管理处门前的街道上，米沙只得接好天线把扩音机放到台阶上来。当那个熟悉、安详、亲切的声音开始讲话的时候，人们都静了下来，屏住呼吸。在这艰苦、壮烈、英雄的四年中，人们等待着、渴盼着听这几句话：

"战胜德国这一伟大胜利日来到了……

"我们为了祖国自由与独立所担当的莫大牺牲，我国人民在战争过程中所忍受的无数困苦，后方及前线上献给祖国的紧张劳动，并没有徒然过去，而是获得了完全战胜敌人的结果……

“亲爱的男女同胞们！我向你们祝贺胜利！

“我们伟大的人民，胜利者人民光荣啊！”

尾　声

克里姆林宫钟塔上的大钟正敲十二下，在莫斯科、在列宁格勒、在乌克兰的农庄、在别洛露西亚的森林、在达格斯坦的山峰、在土尔克明尼亚的乡村、从黑海到白海、从喀尔巴阡山到堪察加半岛都听到这钟声。全国人民在这愉快的钟声里互相祝贺一九四九年的新年！

小黄雀把自己的甜酒酒杯举向爸爸的香槟酒杯，举向安德烈，举向莲娜，举向卡嘉阿姨……

他们回到城里的老家以后已经是第二次迎接新年了，那只猫马尔富特在桌子底下呜呜地叫。墙上，妈妈的相片在微笑。爸爸的脚微微有点跛，安德烈的一只手受了伤，不过最重要的是大家终于重新团聚了！

小黄雀已经读到八年级，除了爸爸以外，大家都不叫她小黄雀了。

莲娜现在师范大学深造；安德烈不久将成为一个工程师，而卡嘉阿姨不离开工厂了。

“我不愿像土拨鼠似的躲在洞里。我要跟大家一块儿工作。”

还有坐在桌旁的第六个人是谁？条子的紧身衫裹住了胸，高高的额上淡黄色的头发剪得很短，腰带上的铜牌擦得雪亮……那当然是米沙了。

他就要回学校去销假，他讲起倍克里亚特村的事情来怎么也讲不完：

“你们认不得这个村子了！我们学校的地基上造了一所七年制学校，符拉西也夫娜的理想实现了——铺的都是拼花地板。家家屋里都有电灯。依万老爹的儿子，现在的农庄主席，老是在考虑再造些什么。他想在原来是我们阅览室的地方造一个俱乐部。”

“这样吧，”安德烈说，“等莲娜大学毕了业，我们就到那边去；我去造房子，莲娜去教书。”

“那我呢？”小黄雀的老脾气没改——她又噘起了嘴唇。

“你毕业了以后也去找我们。我要在你来到之前造好一座宏丽的医院，你就来当这医院里的主任医师。”

“你可以经常有很多……那个……那个叫什么的？噢，……消发地亚净。”米沙笑着说。

“哼，”小黄雀用轻视的口吻说，“什么消发地亚净！我呀，我要发明一种药，能治所有的病。”

小黄雀问长问短地问米沙旧日那些小朋友的事。

“萨施卡一心一意要做个作家。现在他已经到区里进十年制学校去了。”

“那么我亲爱的朋友纽拉呢？”

米沙愈谈愈起劲：

“这你知道的，她常写信给你。”

“信是常有，可是从你那里知道更有趣。”

“纽拉说：‘我要像莲娜老师一样去教孩子们。’整个假期她都在幼儿园里跟孩子们搞在一起……她真像莲娜老师……”米沙接着放低声音结束了这句话：“现在她长得可真好看。”

“玛茵珈在音乐学校里学唱歌，我们常接到她的来信。”

“多嘴彼佳就要成为一个拖拉机手到拖拉机站去工作了。”

“派莎呢？安珈呢？左雅呢？”

“孩子们真好，”安德烈说，“真不愧为好朋友小队的队员。”

“他们一定会成为出色的人。”卡嘉阿姨表示同意。

莲娜支住下颔，唱起了那支心爱的歌：

“学校的大家庭使我们成长，
我们是同学，
是朋友，
这就是我们的力量……
谁坚信友谊，
谁愿意互助，
谁就永远不会跌倒，

任何灾难不会遭到……——”

米沙和小黄雀也和着唱起来。

窗外，热爱劳动、团结友好的祖国正在一秒钟也不停止地飞速前进！

绿山谷集体农庄

[苏联] 安东诺夫　著

主要人名表

第五秘密农作队队员

彼嘉　哈里东的儿子。
费佳　彼嘉的同学。
多里亚　彼嘉的同学。
柯西卡　彼嘉的同学。
季莫非　彼嘉的弟弟。
廖丽雅　亚历山大的女儿。

其他人物

亚历山大　绿山谷集体农庄的农艺师。
哈里东　绿山谷集体农庄的主席。
杜霞　农艺实验所主任。
华西亚叔叔　牧场主任。
叶高尔老爹　看守人。
克拉芙其雅老师　乡村学校的教师。
高路鲍夫　拖拉机队队长。
高沙　农业机器站站长的儿子。

1. 一封信

爸爸跟赶车的老爹找农业机器站站长要求换马去了，廖丽雅在长途旅行以后觉得很累，所以一个人留在马车里。她裹在一条宽大的羊毛头巾里，坐在几只手提箱中间打盹。闭上眼睛的时候，她觉得马车好像又在漫长的、布满小水塘的路上行进，那一望无际、白雪皑皑的原野好像又在慢慢地转动，两旁许多松了下去的雪堆里照旧露出一根根枞树枝，它们本来是挡雪用的，现在已经斜了下去，没有用了。

太阳快要下山。太阳的上面是黄颜色，下面是橘红色，好像它的全部热气都沉到下面去了。这些日子的天气有点变幻莫测，虽然冬季已经过去，可是春天还没有正式降临。路上有些地方的雪已经融化。有的人还驾着雪橇，有的人已经在赶马车了。

农业机器站空旷的院子里渐渐静下来。办公处开门关门的声音愈来愈稀落，时而有一些心事重重的陌生人从楼梯上跑下来，可是爸爸还不见回来。

办公处隔壁一所精致的白色小屋子里点起了灯。可以看见窗上挂着镶有花边的窗帘，窗框之间装饰着一束束鲜红的山楂果。

要是听老爹的话，在这里过一夜，明天再走，那该有多好啊。

可是不能过夜。

第一，爸爸要到绿山谷集体农庄去当农艺师，那边人家从上星期起就已经在等他了；第二，今天早晨在省城里有人交给爸爸一封信，是写给绿山谷集体农庄一个庄员的，这是一封很紧要的信，装在一个厚纸信封里，上面写着："特 · 捷 · 李森科寄"①，要爸爸尽快交给一个姓伊凡诺夫的人。

廖丽雅觉得有什么东西在她腰间推了一下，她醒了过来。

她睁开眼睛一看，看见一个马鼻子。那鼻子大得出奇，两个淡红色的鼻孔真有点可怕。它的两只耳朵之间垂着一绺黑色的鬣毛，左耳旁给剪去了一块三角形的毛。那鼻子毫不费力地把一只沉重的手提箱掀在一边，像挪开一个火柴盒那样轻便，然后从油布下面扯出一束干草。

“滚开！”廖丽雅喝了一声。

那匹马鼓起黑得像灌满墨水的眼睛，毫不在乎地瞪了她一眼，鼻子里哼了一声，卷起一股尘土，然后又从廖丽雅脚下扯出一束干草。

“爸爸！”廖丽雅吓得叫了起来。

“别怕，它挺驯顺的。”有一个人平静地说。

马车旁站着一个十二岁光景的男孩子，他歪戴一顶能遮住耳朵的暖帽，帽子的式样很像夏伯阳戴的高皮帽。

那孩子拉住马带，把马嘴扳开，掏出一块湿漉漉的铁轴。可怕的马把头摇了几下，摇得嘴里的口嚼格格响，脖子向台阶那边伸去，一下子从梯级上咬下一块木片。

“请把它拴住吧。”廖丽雅把两腿闪开了些，求着他说。

可是那孩子没听到她的话。他钻到马肚子下面，想抬起它的后腿。那马不肯。

“喂，别淘气！”孩子轻轻敲了一下它的膝盖说。

那匹马回过头来，很不乐意地看了一眼，把腿抬起了一点。孩子把马蹄上一块冰壳敲去，两手在它亮晶晶的臀部擦了一擦，然后走到廖丽雅跟前。

“干吗把你裹在头巾里？”他打趣着问，“也许热了吧。要不要我来给你解开？”

“请解吧。”廖丽雅冷淡地答应了，那男孩子像跟小娃娃那样跟她说话，她觉得很不高兴。

很快就露出一个三四年级的女学生的一张小脸蛋儿，她的脸晒成

---

① 特洛菲姆·捷尼索维奇·李森科（1898—1976）是苏联的学者、生物学家、农艺学家、苏联农业科学院院士（一九三八年起任院长）。

了浅黑色，一个短鼻子微微向上翘起。耳根旁露出两条乌黑的小辫子和两个压皱了的蝴蝶结。

“你瞧瞧这个零件，”孩子从雪橇里拿出一个破齿轮，有点不好意思地说，“我拿来想把它焊一下……”

“这是做什么用的？”

“选别机[①]上的。”

“真有趣。”廖丽雅很客气地说，她努力在想，为什么要焊这个铁齿轮。

“你叫什么名字？”

“我叫廖丽雅。您呢？”

“我叫彼嘉。你怕布朗干吗？”

“哼，我才不怕呐！”廖丽雅讽刺地笑了一下，“我还能摸摸它呢。您瞧着。”

她从后面向布朗走去，老远就伸出一只手，碰了碰它的又柔软、又温暖的毛。

“您瞧，我摸过了。”她说，可是，真倒霉，彼嘉正忙着把雪橇里的干草扒拢来，所以什么也没看见。

他扔了一把干草在马的面前，才回过头来对廖丽雅说：

“你高兴的话，就骑在它身上。”

“哦，不，我不要！谢谢。”

“骑吧。你心里一定很想骑……”

“我骑不上：太高了。”

“骑吧，我来扶你上去。”

“骑上去也不要紧，不过我的脚上都是泥巴。我会把它弄脏的。”

“那算得了什么。它反正要洗刷的。”

再要推辞也没有理由了。她由彼嘉扶着，爬上了布朗拖的雪橇的车挡，再小心翼翼地爬到马背上。

马背又宽又平，像一张桌子。可是没有什么东西可以抓。廖丽雅

---

① 选别机是一种把农作物按品种等级分开的机器。

只好抓住马鬃，皱紧眉头坐在上面。

“好玩吗？”彼嘉在下面问。

“好玩极了！”廖丽雅应着，其实她怕得要命，生怕布朗会突然走动起来，“请把我扶下来吧，它一定很吃力了。”

“笑话！就是十个像你这样的人骑在它身上，它也不在乎。载重一吨半的卡车拖不动的东西，它拖了就走。像第二工作队运粪肥的时候，别的马只能拖六堆，可是它能拖十堆。有一次，要把钾盐从站上运走，它比所有别的运输工具都强……”

廖丽雅一面听着彼嘉说，一面焦急地等候一个适当的机会要求彼嘉把她从布朗身上扶下来。可是彼嘉却在讲什么钾盐啦、过磷酸钙啦、发酵的畜粪啦[①]，忽然他没头没脑地问起廖丽雅有没有骑在马上走过路……

“没有，差不多从来没有过。请扶我下来吧。”

“要不要我带你骑着走一会？”

“哦，不，不，我不要！”

“你抓牢些。”彼嘉说完，轻轻吹了一声口哨。

布朗晃了晃耳朵，像装上滑轮似的小心地走动起来。

廖丽雅连自己也觉得突然地哇的一声哭了。但是布朗仍旧一步步走着。每走一步，廖丽雅就在它背上跳一下，为了怕滑下来，她几乎全身躺到马背上，喊声愈来愈高。彼嘉也愣住了，他站在那儿莫名其妙。

“廖丽雅，你在干什么？”从远处传来爸爸的声音，“马上把马勒住！”

“我在骑……骑……马……啊！”廖丽雅边哭边喊。

爸爸跑到布朗跟前，气愤愤地喊着“站住”“停下”，把廖丽雅从马背上拖下来，抱到干燥的地方把她放到地上，掴了她一下。

喘过一口气以后，爸爸向彼嘉责问：

“这是不是你的马？没有马鞍难道能骑人吗？你说，能骑吗？”

彼嘉垂下了头，用鞭子在地上画着圆圈和螺旋线。

① 这些都是肥料。

“好一个女骑手！”一个满脸胡碴的人用低沉的声音说，他刚从办公处出来走到台阶上，“亚历山大同志，这就是您的好学生吗？”

“就是她，”爸爸说，“走一步路都得当心她……在家里我只放她跟姑姑一块儿玩。”

“你是打哪儿来的，小英雄？”满脸胡碴的人问彼嘉。

“我是来焊齿轮的，站长同志。我打绿山谷来。”

“打绿山谷来？好极了！亚历山大同志，您的交通工具有了。这匹好马能比我们这儿所有的马更快地送您到目的地……”

“您想让这个孩子送我去？”爸爸觉得很奇怪。

“那有什么不好呢？我们这儿的孩子都挺能干。再大的事情交给他们办，我们也放心得下。”

“人家不愿意就算了……”彼嘉说。

“你别不高兴！”站长慢慢地说，“我们快点把行李搬上去……必须立刻把农艺师同志送到那里。你要知道：他要去送一封很重要的信。”

不多一会，手提箱已经搬到雪橇里；爸爸笨手笨脚地把羊毛头巾裹在廖丽雅身上，然后跟站长告别。

他们的雪橇离开农业机器站的院子时，天已经完全黑了。廖丽雅舒舒服服地坐在手提箱中间，倾听着有节奏的马蹄得得声和在远处黑暗中行驶着的一列火车的隆隆声，她又打起盹来了。雪橇一会儿在雪地上轻轻地滑过去，一会儿在湿土上沉重地拖过去。

“小家伙，你这样一个人在夜里赶着雪橇，不害怕吗？”廖丽雅听见爸爸的声音，知道他又高兴了。

“有什么可怕的？”彼嘉反问了一句。

“可怕的东西多得很哩……狼啊，老妖婆啊。”爸爸半开玩笑、半认真地说。

“我们这儿的狼都打光了。说到老妖婆，那是吓唬吓唬小娃娃的……现在我们那儿……”

下面的话廖丽雅没有听见。她睡着了，梦见她一直住的那个城市的街道，梦见糊着玫瑰色糊壁纸的小房间，梦见学校里许许多多把成绩考查叫做“小姑娘大惊小怪”的女同学……

她觉得一只脚有点发麻，醒了过来。黑暗中什么也看不清。只有老远的地方闪着一点一点微弱的电灯光，还有就是羽毛似的长长的白云在漆黑的天空中泛着微光。

彼嘉在跟爸爸说话。

“有时候赶路经过丁柯夫冰谷倒是有点提心吊胆的……”彼嘉说。

“那边有些什么？”爸爸问。

“那边有很多水。上面是雪，可是雪的下面流着冰雪融化的水。去年这时候沃洛吉卡走过——连人带橇都陷了下去。”

“我们也要经过那个冰谷吗？”

“当然！”

“会不会把脚弄湿？”

“不单把脚弄湿，也许要浸到齐脖子的地方洗个澡呐。”

接着是一阵沉默，廖丽雅又听到远远的地方火车行驶的声音。

“年轻人，为什么我们不走大路？”爸爸忽然问，从他的声调听来，廖丽雅知道他又开始生气了。

“您自己说要快一点赶到。所以我们抄近路走……”

“而且又是雪橇，不是马车……什么都是乱七八糟的！”

“雪橇比马车好。瞧，那就是丁柯夫冰谷。布朗，放慢一点儿……”彼嘉对马说。

廖丽雅把身子抬起一点向前看，那匹马小心地俯下臀部，沿着披上一层霜的深谷陡坡走下去。雪橇一会儿侧向这边，一会儿倒向那边，可是彼嘉叉开两条腿，稳稳地站在前面，像焊在雪橇上面似的。

坡度终于稍微平坦了些，廖丽雅看见一条大约有二十米宽的雪带平铺在谷底。马走到这条带的边沿，就停下来嗅嗅雪。彼嘉抽了它一鞭。那匹马摇摇尾巴，可是一步也不走。

这时可以听到雪底下的水在潺潺地流。

“怎么啦？”爸爸问。

彼嘉从雪橇上跳下来，用鞭子戳戳地上的雪，然后扯了一下布朗的马勒。那匹马挺住身子不走。

“这儿不能过去。”彼嘉想了想说，“这儿深得很。它知道。”

彼嘉重又站到雪橇上，扯动缰绳，赶着马沿雪带的边沿走。这样走了不少时候。

“要是在白天，我们马上就能找到可以走过去的地方，”彼嘉说，“白天看得出哪儿的雪是白色的，哪儿是灰色的。”

“那么什么地方能走到大路上去呢？”

“要走到大路上，就得回到农业机器站……不过您不用担心。我们就在这儿过去。”

彼嘉赶着布朗向那条雪带横穿过去，手里挥着鞭子。但是那匹聪明的马神经质地踏着脚向后倒退，鼻孔里喷出气来。

“小弟弟，我们还是步行过去的好，到了那边再把马叫过去。”爸爸提议说。

“不行！步行过去会陷得更快些。”

彼嘉抽了布朗一鞭，吹了一声口哨。那匹马惊慌地拖起雪橇往雪地里走去。

起先一切都很顺利。布朗平安地走过谷底的四分之一路程，走过一半，走过四分之三了。雪很坚实，雪橇底下的滑木擦着雪的表面发出轻微的轧轧声。

以下的一切发生得非常快，廖丽雅连害怕都来不及。发出了一阵响声，好像是什么东西烧开了的声音，布朗已经陷了下去，水浸到它的肚子。

“快站起来！”——彼嘉嚷着。

接着廖丽雅给夹在爸爸的胳肢窝下，那雪橇像一条小船似的在雪水中倾斜着向岸边浮去。再过一会儿，那匹浑身湿透、鬣毛鬈曲的马，已经拖着雪橇上坡了。

“看样子我们浮过来了吧？”爸爸问。

“浮过来了。现在您看到了，为什么雪橇比马车好。身上一点也没弄湿。”彼嘉说。

“不错，的确没有弄湿。现在没事了吧？”

“没事了。要是过了达尼洛夫冰谷，那就算到家了。”

“要不是为了那封信，我怎么也不跟这个小家伙来！”爸爸喃喃地咕噜着。

达尼洛夫冰谷顺利地经过了，没多久，廖丽雅就看到路的两旁一座座房屋的黑魆魆的轮廓。这就是绿山谷集体农庄的几个村子中的一个。

经过这次辛苦的长途旅行以后，终于看到了你将在那里生活、睡觉、做功课的房屋的灯光明亮的窗子，这该使人多高兴啊！……这座房屋对你还是陌生的，黑暗中连它是什么颜色也看不清，可是它的窗子里的灯光在欢迎你，天井里树影憧憧，大门里面有一头小狗在忽高忽低地汪汪叫着，到明天它就会喜欢你，摇着尾巴跟你亲热……

廖丽雅从雪橇里爬出来，伸了个懒腰，用脚摸索着梯级，走上台阶。

"两位贵客，请进来。"有人站在门口用悦耳的声音说。

廖丽雅怀着好奇心向黑暗中走去，一不小心撞在一个木桶上，但是马上有一只可亲的手抱住她，慢慢地引她走上正路，并且打开了一扇方形门。廖丽雅走进一间清洁的房间，里面散发着刚洗干净的地板和烤热的面包的气息，在明亮的灯光下，她眼睛也睁不开，那双亲切的手很敏捷地解开她背后的羊毛头巾的结。

廖丽雅转过身去。她面前站着一个宽脸庞的姑娘，睡眼惺忪地微笑着。

"靠左边一点，亚历山大同志，"她一边听着门口的响声，一边用清脆的声音说，"我们打清早起就等你们来，等来等去不见人到……在这个季节，汽车是开不到我们这儿来的……"

"您是农艺实验所主任吗？"爸爸站在门槛上问，"人家对我说起过您。"

"关于我的事有什么可说的……"姑娘谦虚地说，"你们一定冻坏了！喝杯热茶，马上就会暖和的！"

"先不忙喝茶，亲爱的叶芙多吉雅……我把您的父名给忘了。"

"就叫我杜霞好了，干吗那么客气！……"①

"先不忙喝茶，亲爱的杜霞同志，我请您帮我找到伊凡诺夫。"

---

① 叶芙多吉雅就是杜霞，前面一个是正名，后面一个是爱称，把正名和父名连起来称呼是表示尊敬、客气。

“伊凡诺夫？”杜霞重问一遍，“我们这儿姓伊凡诺夫的人很多。您要找哪一个？”

亚历山大同志掏出那封信，朝信封上看了一看。

“我也不知道哪一个。这儿只写着：彼·哈·伊凡诺夫收。这封信是李森科院士写的呢！”他郑重地添上一句。

“哦，让我看看。不错，是李森科写的……彼嘉，李森科给你写信来啦。”

亚历山大同志正在脱大衣，一条手臂才从袖子里退出来，听了这话，他愣住了。彼嘉刚把一只手提箱拿进来，他马上接过那封信，把它翻来翻去看了半天，然后用牙齿撕去信封的一条边。好奇的廖丽雅走到他身旁。信封里有一张小便条、一张米丘林像，还有一包用蜡纸包起来的东西。

“真的寄来了，”彼嘉说着就动手拆开那个小纸包儿。

“你也先得把信看完呀！”杜霞用责备的口气说，“让我来念给你听。”

她拿过那张便条，走到灯前，用她那歌唱似的声音念起来：

“敬爱的彼得·哈里东诺维奇[1]！请原谅我没有立刻回信。昨天我出差回来（我是去看一些橡树苗的），才看到您的明信片。您的意见很对，应该大胆培植新品种，什么也不要怕。但是，请原谅，彼得·哈里东诺维奇，一公斤新品种的小麦我实在不能送给您。目前，这样的麦子我们不是论斤计算，而是一粒一粒计算的。现在寄上二十粒种子，附带有一个条件：您必须把收成的情况准确地告诉我。您的第二个要求根本无法满足。我没有时间去照相。现在我送给您另一个人的相片——我想您一定会满意的……”

“他也许以为你是一个农艺师，或是什么负责同志哩。”廖丽雅插嘴说。

“附带说一下，亲爱的彼得·哈里东诺维奇，”杜霞继续往下念，“‘相片’这个字您拼错了一个字母。在您这样一封头头是道的信里看到这个错误，我简直很惊奇。连标点在内，信里一共有四个错

---

① 彼得就是彼嘉，哈里东诺维奇是他的父名，伊凡诺夫是他的姓。

误，要是我把它拿给您的俄文老师去看，她会给您打上个两分……”

彼嘉急忙把信从杜霞手里抢过去，跟相片和小纸包一起藏到口袋里，然后问亚历山大同志：

“可以把马卸下来了吗？”

2. 第五秘密农作队

这封附有种子的信，彼嘉已经等待很久了。

还在去年冬天，他就在庄员的日历[①]上看到：科学家们培植了一种名叫“小精灵”的小麦，每公顷能收七十公担。

彼嘉看到这样新奇的事情，就迅速果断地行动起来。他从墙上拿下一张有图画的明信片，上面有一行字：“命运能叫我们离别，但不能叫我们变心。”字的下面有一对青年男女在接吻。他简单扼要地说明了自己希望至少能有半公斤的“小精灵”种子。然后他贴上一张从旧信封上揭下来的邮票，写好地址：“莫斯科省莫斯科市李森科院士亲收”。

接到回信以后，彼嘉突然觉得自己的责任很重大，而且感到有点儿胆怯。第二天上课前一小时，他就跑到学校里去跟朋友们商量。他有三个好朋友：费佳——班里功课最好的学生，他能用心算做习题，会抖动耳朵；还有怕羞的多里亚和懒惰的柯西卡。不过柯西卡有一个特长，他最会出主意；根据他的建议，在供给牧场用水的大水箱里装了一个巧妙的活动浮球，水箱里的水一满，抽水机就会自动停止。此外，柯西卡还发明一种夹带字条的作弊方法：把预先写好的字条用橡皮圈缚住，一松手字条就马上会缩到袖子里去。

费佳还没有到学校。彼嘉没等到他来，就和多里亚、柯西卡坐到最后一张课桌上，把他所知道的关于“小精灵”的一切都讲了，还把信给他们看。

孩子们仔细地看了那个厚纸信封、那张题着“我和您的老师”的

① 苏联的日历上通常利用空白的地方（像每张的反面）介绍各纪念日及历史事件等，在农村使用的日历上就介绍一些农业方面的科学知识。

米丘林像、种子，连包种子的那张薄纸也仔细看过。然后彼嘉把相片、信、种子都放回信封里，他说，从现在起他要对农业科学院负责了，他要求朋友们考虑一下从何着手工作。

孩子们开始认真思索。

“我们把信封吹满气炸掉它。”柯西卡提议说。

彼嘉很痛心地瞪了他一眼。

“我这是开开玩笑的……”柯西卡有点不好意思地继续说下去，“我看，这些种子很宝贵。要是卖给识货的人，每一粒我看能值到十卢布。”

“彼嘉，当心别让人家把你的种子拿走了，”多里亚说，“他们召集管理处开个会，就能作出决定把种子夺走。他们会说，这不是孩子搞的玩意儿。有一次，我在桥边捡到一根橡皮管，连这个也叫他们拿走了。这根橡皮管做一个弹弓可好哩！”

“有人知道你得到种子的事吗？”柯西卡问。

“没有。只有杜霞晓得。还有新来的农艺师。还有廖丽雅。”

“哪个廖丽雅？”

“农艺师的女儿，跟他一块儿来的，她叫廖丽雅。对她我们只要吓唬一下就行了。”

“她会像条小鱼那样，一声不响。”柯西卡肯定地说。

经过这次简短的商量以后，决定把麦子作春化处理，暂时先让它们晒晒太阳，挑选一块可靠的地方播种，用转弯抹角的方法探听，该怎样进行试验地的工作，怎样进行观察。

彼嘉跑回家去，把种子撒在干草棚的窗边。他回来的时候，多里亚和柯西卡正在跟费佳交头接耳。他们俩已经对费佳说了一大堆关于“小精灵”的鬼话，彼嘉不得不把一切从头至尾再讲一遍。费佳侧着头听，他那胖脸上的睡意还没消除，好像对他说的不是关于“小精灵”的事，而是关于什么普通的“密尔都隆卡”或者“敖德萨十六号”的事①。

“真是个冷血动物，”彼嘉心想，“什么也打动不了他。”他正打

① “密尔都隆卡”和“敖德萨十六号”都是小麦品种的名称。

算把这件事重新讲一遍，可是多里亚对他腰间推了一下，低声说：

“克拉芙其雅老师来了！”

走进来的是一个年老严厉的女教师。孩子们马上跑到自己的座位上坐好。

克拉芙其雅老师对她的学生都很了解，可是学生对她更了解。这时，她从皮包里掏出一本厚厚的、夹着许多书签的书和一本有图画的杂志；她平常记分数的笔记本却没有拿出来。全班的学生都松了一口气：老师不问功课了。

“小朋友，我们今天来上一堂问答课。”老师说。

立刻响起了一阵愉快的喧哗声。克拉芙其雅老师喜欢偶尔布置几堂课，让学生向她提出任何问题。不知为什么，孩子们把这样的课叫做“反问课”。

校长知道了这个新花样，有点担心，他在教学会议上提出了一个问题：“反问课”会不会降低学生的成绩，会不会损害教师的威信。

克拉芙其雅老师说，她尽可能不使这些后果产生。于是校长放心了。

克拉芙其雅老师一宣布上“反问课”，马上四面提出一连串的问题：

“听说星星上有人住，这是真的吗？”

“为什么叶高尔老爹给罚去五个劳动日？”

“为什么动物一生下来就开始走路，而人不会？”费佳问。

“走动掘土机是不是真的不会走路？”

“为什么二月份只有二十八天？”

“为什么柴油比较便宜的时候，偏偏制造用汽油的拖拉机？”费佳问。

“为什么有一个多月不到我们这里来放电影了？”

“菠萝出在什么地方？”

“名叫‘小精灵’的小麦究竟是怎么回事？……”多里亚开始说，他看到柯西卡暗地里在对他扬拳头，便咽住了。

可是克拉芙其雅老师已经听到了多里亚的声音。

“你对‘小精灵’感到兴趣吗，多里亚？”她问，一边向他的座位走过来。

多里亚看了一眼柯西卡，喃喃地说：

“不，不感兴趣，我不过是……”

“这种小麦有一段很有趣的故事，”克拉芙其雅老师说，“小朋友，你们要不要听？”

“要听！”全班都嚷了起来，盖没了某一个孩子的孤单的声音，那孩子一个劲地问：“为什么不到我们这里来放电影？”

“有一次，在遥远的乌兹别克斯坦，”老师开始说，“庄员们在田野里看到几株奇怪的植物。那种植物很像小麦，不过秆上长着不止一颗穗子，而是一大把、一大串穗子。谁也不知道，这种从来没有看见过的小麦是打哪儿来的。有一个年轻的女庄员，名叫裘丽萨拉，她播下了那种奇妙的种子，得到的收成超过七十公担……”

“是每公顷吗？”柯西卡问，他很逼真地装出一副惊奇的神气。

“是的，小朋友，要是折合公顷计算的话，每公顷的收成超过七十公担。裘丽萨拉带了一捆那种小麦到莫斯科去参加农业展览会。会上有几个从格鲁吉亚共和国卡赫蒂亚来的庄员看到了，向她要了两颗。可是第二年裘丽萨拉什么也没有得到：那种小麦不知怎么的变成了普通小麦……”

彼嘉两手支住头听着，老师觉得，他好像看到了乌兹别克斯坦发烫的土地，看到了一片麦浪和伤心的裘丽萨拉。其实彼嘉想的完全是另一回事。他在想，克拉芙其雅老师的皮包里放着一本有裘丽萨拉的照片的杂志不是偶然的，她把“小精灵”解释那么久也不是偶然的：也许，农艺师已经把那封信和种子的事在全村说开了；也许，管理处里已经在想妙计把那些种子弄到手……

“卡赫蒂亚的庄员们的‘小精灵’却长出来了，”这时老师又说下去，“于是政府委托科学家们在集体农庄的田地上培植这种品种。‘不过，’——政府叮嘱科学家们说，——‘要好好工作，别让一粒种子糟蹋掉。’这是很容易理解的，因为格鲁吉亚的庄员总共只有两颗麦穗。”

“看来总要给他们拿走的了。”彼嘉叹了口气说。

“寄来几粒种子？”费佳问。

“二十粒。”

“在哪儿？”

“我把它们放着作春化处理。”

“放在哪儿？”

“干草棚的窗边。”

“你这傻瓜。”费佳仍旧带着不慌不忙的神气说。

“怎么？”

“麻雀早把它们给啄去了。”

彼嘉脸色顿时发白，他从座位上跳起来，打惊奇的克拉芙其雅老师身边跑过，跑到门口叫了一声：“克拉芙其雅老师，可以出去吗？”也不等回答，就奔出了教室。

直到第三课上课前他才垂头丧气地回来，身上弄得稀脏。

“怎么样？”费佳问。

“剩下十九粒……”彼嘉回答，眼睛望着别的地方。

“会不会信里本来只有十九粒？”

“不。我们数过好几次。是有二十粒……啄去那一粒种子的麻雀我也看见的。它就当着我面啄去的。我已经认出了这只麻雀。它逃不出我的手掌！”

时间呆滞地拖延着。

几个朋友一声不响，闷闷地坐在位子上，他们回答功课都回答得不好，连素来镇静的费佳也得了一生中第一个三分，这使大家都十分惊奇。

傍晚，他们聚集在还没有完全盖好的谷仓附近。这是一块空地，有苹果树和灌木丛把它和村子隔开，即使妈妈从窗户里伸出头来生气地喊叫孩子们去吃晚饭，这儿也不会听见。

孩子们在盖谷仓的木头上坐下来，开始讨论：怎么办？

“今天走出学校的时候，简直连路也给堵住了，”彼嘉说，“工作队长和挤奶员们都来问：从莫斯科给你寄来的是什么样儿的信啦，信上写些什么啦，寄来几粒种子啦。区里已经来过电话。农艺师亚历山大同志关照明天把种子拿给他看。”

“我早知道！”多里亚说，“要是他们知道了麻雀的事，那就会全都给拿走。”

“这件事要瞒起来。”柯西卡建议。

“怎么能‘瞒起来’呢？”彼嘉激动地说，“人家信托我，可是我就溜之大吉吗？”

“那么我们就宣布，”柯西卡调皮地眨眨眼睛，“麻雀把二十粒种子都啄去了。”

“这是干什么？”

“很简单。这样一来，农艺师会摇摇头就此罢休。而我们把种子去播在什么地方，谁也不让知道，这不就完了吗？”

“这叫做撒谎。”费佳说。

“那么你们等着瞧吧。”柯西卡苦笑了一下，“他们会把种子全都拿走，到那时候，你，彼嘉，又有什么脸去见院士？”

“我就写信告诉他：事情的经过是这样的，请不要生气，一粒种子叫麻雀给啄去了。这是由于我的疏忽。”

“你这样太叫人家失望了……”柯西卡不同意，“我的提议让大家来表决。我赞成。”

他举起一只手，又威吓地望了多里亚一眼。多里亚把身子从他那儿移开了些，但举起了手。出人意料的是费佳也支持柯西卡。

“自己说这是撒谎，自己又赞成！”彼嘉带着责备的口吻说，同时也举起了手，“不过，朋友们：我们一定要拿出全副本领，要从十九粒种子得到二十粒的收成。”

“能得到吗？……”多里亚怀疑地拉长声调问。

“现在我们非得到不可！谁要是不相信，或者害怕，——就让他马上退出。”

“对，”柯西卡同意，“就这么办：我们去对每一个人说，所有的种子都不见了。过两天，我们就开始播种。不能让任何人知道这件事。”

“我可都听……见……啦！”突然传来一个像唱歌似的声音，接着从谷仓后面走出彼嘉的弟弟——六岁的季马。在柯西卡的倡议下，大家都叫他季莫非，因为他做事情总是一本正经，考虑周到。

季莫非走到他们近旁，在最下面的一根木头上坐下来。

“走开！”彼嘉严厉地说。

“你们让不让我加入？”

“去你的！做你的游戏去。”

“我不要做游戏。我要跟你们在一起。”

“这里都是少先队员。你还不是少先队员。等你入了队，再让你参加。”

“那就让我入队……”

“柯西卡，你坐得近些，给他一个巴掌！不过别太重。”

柯西卡一挥手——季莫非从木头上飞了开去，他爬起来以后，大声哭着向村子里跑。

“我去告诉你妈妈！……”他远远地嚷着，“哼，那时候你可……”

“去，去，”柯西卡什么也不怕似的说，“要不我追上来，再加两下。”

季莫非不哭了，他幸灾乐祸地说：

“我把你们在这儿说的话去告诉大家。”

孩子们互相看了一眼，但这时候发生了一件事，使他们没有继续想下去。村道那边传来一阵有节奏的、愈来愈响的隆隆声，不多一会，从树丛背后出现了一辆拖拉机。拖拉机后面拖着两节有窗子、窗帘和小梯的车厢。第一部拖拉机后面走着第二部。它后面挂着几架左右摇摆的崭新的播种机。响声愈来愈大，孩子们觉得，那些沉重的机器开过时使木头都震动起来。接着出现第三、第四、第五部拖拉机，后面拖着许多耘土机、圆盘耙和一部犁铧，季莫非对每一架机器都用可怜的声音招呼：“叔叔，抱我坐上吧！”

拖拉机队到农庄来了。

领头一部拖拉机的驾驶员是高路鲍夫，孩子们老远就认出来了。他的一条不知什么种的心爱小狗彼列若克也跟在机器旁边一起跑着。高路鲍夫的打扮不像是来工作，倒像去看电影。他穿着一身很合身的新衣服，由于在箱子里放了好久，有点皱了；一双纹皮靴子的打裥的靴统擦得雪亮；戴一顶小舌头便帽，这种帽子只有在区中心的大商店里才买得到，但就连那里也不是天天有的。高路鲍夫的拖拉机上插着竞赛优胜旗，履带闪着亮光，散热器上的铁字新涂上一层漆，这部拖拉机显得那么干净漂亮，好像它也跟主人一起准备上电影院去。

当队伍更驶近一点的时候，孩子们看到高沙——农业机器站站长的十岁的儿子——也在高路鲍夫身边。高沙坐在那儿，努力模仿高路鲍夫的样子，可是他做得并不成功，因为迎风飘扬的红旗老是把他连头也给遮住。

“高沙，你也到我们这儿来了？”柯西卡喊了起来。

“是到你们这儿来！”

“待多久？”

“一个礼拜！”

“那么学校呢？”

“我们那儿在检疫[①]！”

“好极了！”

几分钟后，拖拉机队在谷仓后面消失了，接着是一片异常的寂静，仿佛有人把孩子们的耳朵塞上了棉花。

“派到我们农庄来的是最好的一队，”彼嘉说，“第五拖拉机队！”

“为什么它是先进队呢？因为五是最吉利的数字。”多里亚解释说。

“当然比两好[②]，”柯西卡也同意，“我提议我们培植‘小精灵’的工作队叫做第五农作队。谁反对？”

没有一个人反对。孩子们都有点发愁。沿着村道轰隆隆响着的那股力量是多么伟大，可是他们只有四个孩子，而且培植小麦新品种的工作又是多么复杂，其间的差别实在太大了。

突然爆发出一阵哭声。这是季莫非想起了刚才受的委屈，向村子里跑去哭诉了。

“他这样会闹得人人知道的！”彼嘉不安地说，他立刻站起来跑去追赶弟弟，“季莫非！你别怕。我们让你加入。”

---

① 在苏联，如果发现流行病或有学生患了传染病，学校里必须进行消毒检疫。

② 苏联学校采用五级记分制。五分最好，两分不及格。

季莫非不相信地回过头来。

“真的让你加入！你做我们的……你要做什么呢？……好，就做农艺师吧。”

“我做些什么事呢？”

“做什么事？你只要看真的农艺师做什么，你也做什么。不过不能让任何人知道这件事。要不然——马上叫你滚！”

就这样，当天晚上正式组成了第五秘密农作队。

3. 开始时遇到的困难

新来的农艺师亚历山大同志不中孩子们的意。

村子里一传开种子不见了的消息后，亚历山大同志就把彼嘉叫到自己家里。看来，农艺师很喜欢做教育工作：当关于种子的事已经谈到再也没有什么可谈的时候，他发现彼嘉把帽子戴得像大盗夜莺①，于是就详详细细地解释，大盗夜莺是个什么样的人。以后，他看到房间里有许多脚印，便惊奇了好久：彼嘉怎么连走进房间以前应该把鞋子踏干净这一点也不懂。后来，到了实在没有什么可以吹毛求疵的时候，农艺师就开始绕着彼嘉踱步，伸出一根干硬的手指解释说，做任何事情都要有头脑；在作出决定以前，必须反复考虑；又说，“少先队员”这个字是从拉丁文来的，它的原意是“走在最前面的人”。

在这一次难堪的谈话的整个过程中，廖丽雅自始至终坐着看教科书，很明显，她是在替爸爸害羞。

彼嘉又是疲倦，又是沮丧，他忍不住了，决定承认说几乎所有的种子都完整无恙。但这时候他爸爸哈里东同志走了进来，趁着他跟农艺师在大声地谈着什么钾盐的时候，彼嘉悄悄地跑了出去，他很满意，因为他在房间里观察到了不少东西。

彼嘉的爸爸也不喜欢那个农艺师。一天晚上喝茶的时候，彼嘉听到他对妈妈说：

“昨天他把我赶来赶去忙了一整天。我实在累坏了，就对他说：

---

① 俄罗斯民间传说中的人物。

‘所有的田地都画在图样上，我们去看图样吧。’可是他说：‘不，我要看看小区地形。’我的事情一大堆，可是他走来走去，像个开足了发条的玩具，一会儿看看小区地形，一会儿摸摸泥土。我以为城里人总习惯坐办公室。谁知道完全不是那样！昨天把我一个人赶得好苦，可是今天呐，他把全体管理处的人都动员起来了。一清早，他就召集管理处人员开会，一切都循规蹈矩，还拟了个议事日程。接着开始讨论怎样快一点按计划生产。照往年的情况，总得搞一些半休耕地。可是，他把手指向图样上一指，说：‘二号田地上为什么有个缺口？’我对他解释：‘因为那边长着一片柳树林，所以有一个缺口。’他说：‘我们去看看是什么柳树林。’于是就把全体管理处的人都带到黑峡谷那边去。走哇，走哇，大家的鼻子都叫树枝给刺得出血。一直走到玛拉莫露施卡河边。后来，一切都结束以后，他就去串门子，一家一家去问，他们打算在自己房屋附近的地上种些什么。真是个怪人！好像除了关心房屋附近的土地以外，他就没有别的事似的。”

“他自己没有地，所以特别关心人家的，”彼嘉的妈妈鲁凯丽雅说，“他的妻子在哪儿，他说起过没有？”

“没说过。看来他好像不愿提起这件事。我已经关照过杜霞，叫她常常去看看他们，收拾收拾房间……为了彼嘉的事，他骂了我一顿。他说：‘您怎么不把他的信拿走？’我对他解释说，我要求过让我看一看信，可是没有得到同意。他说：‘谁不同意？’我说：‘当然是儿子同志啰。’”

后来，彼嘉好像觉得爸爸美妙而陌生的声音唱起来：“小……区……地……形。”妈妈也用陌生的声音和着：“图样上看不出小区地形。”但这是他在梦里听到的，醒来的时候，家里一个人也没有，连季莫非也不在，窗外射进灿烂的阳光。他很快就穿好衣服，跑去把小朋友们集合起来。现在应该找一块地方播种了。

这几天，春天已经愈来愈近地降临到绿山谷集体农庄来了。小山上的雪全融化了，井里的水也满了许多，一条条小路给踩平以后已经干燥，母牛闻到从地里钻出来吸取阳光的小草的味儿，一个劲儿地嗅着滋润的泥土。雪堆都软绵绵地松了下去，甚至那么轻巧的季莫非也常常陷在里边。

无数活泼的小溪从四面八方向玛拉莫露施卡河奔流，它们一路上卷走许多麦草、去年落下的枯叶、垃圾，冲坍了许多松软的雪堆。仿佛有一个看不见的人急着要去温暖和冲洗一下大地，好让庄员们早点能够下地干活。

孩子们讨论了好几天：把那些珍贵的种子播在什么地方呢？终于决定在二号田地后面柳树林中一小块空地上开辟试验地。这是一块空旷、偏僻的地方；战时在那边抓到过一个敌人的伞兵。这天清早，在到学校去以前，彼嘉和费佳、多里亚、柯西卡一起到空地上去，打算把泥土翻松。他们约好了打菜园走到田野里去，免得给亚历山大同志看见：要是给他看见他们拿着铁锹，他马上就会猜到全部底细的。

二号田地上，拖拉机轰隆隆地响。孩子们一个接着一个爬上小山谷的陡坡，看到一片黑油油的田野上，高路鲍夫的拖拉机拖着一长排“锯齿”耙。紧靠通向柳树林的村道，在一块耙松的地上站着亚历山大同志，他在用尺量耙深。

“你们在下面等一等，”彼嘉关照他的朋友们，“他马上就会走开的。”

“你们瞧，你们瞧！”多里亚忽然低声说，“季莫非！”

真的，季莫非费力地拖着一双粘满泥巴的靴子在耙松的土地上走。他走到亚历山大同志跟前，喘过一口气以后，问：

“叔叔，你这是在干什么？”

亚历山大同志把季莫非从头到脚打量了一番，回答说：

“我在量土耙得深不深。种子放下去以后，要使它们觉得又暖和，又潮湿。懂了吗？”

“懂了。”

“你是谁家的孩子？”

“农庄主席哈里东同志的儿子……你的眼镜是不是放大的？”

“是放大的。好了，去吧，去吧。别打扰我！”农艺师说完，向拖拉机走去。

季莫非想了一想，也跟着他跑去。

“他这是干什么？”柯西卡担心地问。

“那有什么奇怪？既然我们派他当农艺师，现在他就在学习嘛，”彼嘉解释说，“好了，现在我们走吧。”

孩子们老远就发现柳树林那边有点不大对头。打那边传来人声和斧声。树梢上升起一缕黑烟。

彼嘉跟朋友们商量了一阵，决定先去侦察一番。

有十来个庄员在把一株株柳树掘松，砍去树根，清除地上的石子。一个穿着油布罩衫、裹着灰色围巾的姑娘——农艺实验所主任杜霞——在把干树枝搬到火堆旁边去。虽然杜霞并不特别漂亮，她的女朋友却都很羡慕她，因为各种装束和她的脸都很配称：有肩带的绸衫也好，白色的实验所工作服也好，袖子上有搭钮的棉袄也好，就连这件长长的、钉着厚纸大扣子的油布罩衫穿在她身上也很相称。

“谁让你们来毁坏树木的？”彼嘉大失所望地问，“从前你们骂我们，现在又自己来破坏。”

“这些树木能有什么好处？”杜霞回答说，“这又不是北方葡萄[①]。只会占地方。”

“这种工作没有好处。”

“怎么没有好处！亚历山大同志估计，我们这么一来，二号田地差不多能扩大一公顷地。”

“不管怎么样，总没有好处，这儿地势太陡峭。”

“高路鲍夫看过了，他负责翻耕。”

“这儿从来没有长出过一点东西。”

“我们能叫它长出来！亚历山大同志说过，能长出来。”

“哼，你的亚历山大同志样样都知道！”

但是，彼嘉知道多说也没有用，于是就回到朋友们那里，告诉他们，乘现在还不迟，必须另外找一块地方。

“快一点，上课要迟到了。”多里亚说。

“在尼古拉松林那边有一块空地，”费佳沉思着说，“在放牧地附近。要不要跑去看看？”

尼古拉松林很远，在村子的那一边。离上课还有四十分钟，要是

---

① 一种带刺的灌木，果实很大，又酸又甜。

跑着去，可以看一看空地，也来得及赶到学校。

孩子们拖着铁锹跑去。路上，他们又遇见了农艺师。亚历山大同志把一枝很粗的土壤测温器插到地里，蹲在测温器前面，用一枝新铅笔在他的新笔记本里记着什么东西。

“彼嘉，你瞧，季莫非在往回跑！”柯西卡笑了起来。

孩子们站住了脚。

季莫非跑到农艺师身旁，问：

“叔叔，您这是在干什么？”

农艺师震了一震，转过身来。

“你又来了？”他严厉地问。

“又来了。”

“我知道你又来了。”

“您在干什么？”

“量温度……你老是跟着我转，不厌烦吗？”

“不厌烦。”

“我看，这两位农艺师没有我们也能把事情搞清楚，”柯西卡说，“走吧！”

尼古拉松林那边又静，又荒凉。在去年留下来的断草残茎中寂寞地突出几个这一冬来发了黑的白杨树桩，树干还是很早以前就砍去的。潮湿的土地上只有一些很浅的小窝窝，这是兔子脚印（大概是夜里有一只兔子逃避狐狸追赶时留下的），别的什么也没有了：没有大路，也没有小径。谁也不上这儿来，因为这里没事可做。在砍去树木的空地左边，看得见围着柳条和木桩的放牧地，右边是一排稀落落、光秃秃的灌木，再过去就是彼嘉赶雪橇送亚历山大同志经过的达尼洛夫冰谷。

孩子们在灌木丛中踱了一会，找到两块比较好的空地，还找到第三块更好的空地。后来又发现第四块最好的，最后发现第五块甚至比第四块还要好。“这里将奠下一座城市的基础。”多里亚从灌木丛中走出来郑重地宣布，可是他突然惊恐地张开嘴巴呆住了。牧场主任华西亚叔叔正在量着这块砍去树木的空地的长度，迎面走过来。他把那根长尺使用得十分灵活——好像它自己在搬动两条木腿，而华西亚叔叔还得用手掌握住它，免得自己落后。

必须向华西亚叔叔打听一下，农庄打算在这里做些什么。

华西亚叔叔今年二十二岁。他是个不慌不忙的人，喜欢弄清楚不懂的事。点着了一支烟以后，他说，农庄里的饲料基地不够，这个问题农庄的领导上多年来一直没有解决。而事实上，就在尼古拉松林后面的这块地方，冻结着一公顷半适合放牧的空地。牧人们不愿到这里来放牲口，他们怕母牛在树桩上碰伤了乳房。现在决定把一直到灌木丛前的树桩都连根拔掉，把牲口赶到这里来。华西亚叔叔接着又说，这个问题早该解决了，他个人也好几次提过这个问题，但是都遭拒绝，他们认为人手不够。直到亚历山大同志来了以后，才帮助提出了这个问题……

“把所有的土地都抢走了！”当华西亚叔叔继续往前测量的时候，柯西卡气愤地说。

“这是正确的。”费佳冷淡地说。

“正确是正确的，可是我们到哪儿去播种呢？”彼嘉问。

“哎呀，上课一定要迟到了！”多里亚愈来愈担心，“我们现在先去上课，吃了饭再想办法。”

孩子们抄近路直穿尼古拉松林和农庄的果树园，向学校跑去。

在果树园里几株潮湿的、光秃秃的苹果树中间，看守人叶高尔老爹在踱来踱去，嘴里骂着：

“日子本来过得满好，不愁吃不愁穿，可是见他们的鬼，不耐烦了，偏要把好端端的一个农庄搞得乱七八糟……那伙没头脑的东西，真是该死！”

“老爹，你这是在骂谁啊？”柯西卡问。

“骂该骂的人……到夏天让他们换个看守人来，我不在这里待下去了。在那边小山上，打开辟果园的那年起，我就有一所草屋盖着。地方又清静，旁边就是玛拉莫露施卡河——能捉鱼，还有，在那里人家谁也看不见你，你倒看得见人家。可是现在他们关照要从那边搬走。要在那边的什么地方筑堤坝，把玛拉莫露施卡河挡住。农艺师带着测地的家伙来过，他说，夏天不能通到那小山上去了，因为玛拉莫露施卡河泛滥了，这座小山就要变成一个岛。瞧着吧，要变成一个岛！那伙没头脑的东西，真该死……”

起先，对叶高尔老爹的话谁也没有特别注意。直到上第二课的时候，费佳扔了一张小纸条给彼嘉，纸条上写着，比老爹的小山更适宜做试验地的地方找也不用找了。

孩子们约好晚上六点钟以前到那边去开始工作。

在约定时间前半小时，彼嘉带了铁锹，穿过果树园向那边走去。

叶高尔老爹给赶走的那块地方做试验地非常合适。在一座小山岗南边平坦的斜坡上，长满一大片灌木丛，不知怎么会保留着一块不大的、光秃秃的空地，它的轮廓像个数目字“8”。要到这块空地上去，只能打果园那边走。山岗的北坡陡峭地直下玛拉莫露施卡河，这条小河浅得很，叶高尔老爹用最简单的方法就能捉到鱼：他只要小心地搬开河底的石头，把睡在石下的小鱼用叉子刺住就行了。

河对面就是田野，站在山岗上，只要把矮树往旁边拨开，就可以清楚地看到高路鲍夫拖拉机队的绿色小车厢，甚至能看到在踏脚上黑黑地蜷缩成一团的小狗彼列若克。

穿过有刺的荆棘，彼嘉看见季莫非已经在空地上了。放学以后，彼嘉把挑定的地点告诉过弟弟，可是他怎么也想不到季莫非会到得比谁都早。

季莫非蹲在那里，他身旁的地上插着一枝量体温的热度表。

“要热度表干什么？”彼嘉很觉奇怪地问。

“量温度，”季莫非回答，他一眼不眨地看着热度表，“一定是热度表坏了。我整整看了一个钟点——什么名堂也没看出来。”

“热度表是从妈妈那儿拿来的吗？”

“是从妈妈那儿拿来的。在抽屉柜里拿的。”

“要是她发现了怎么办？去，快拿回去！”

季莫非往家里跑去。

过了一会，另外几个孩子也来了，于是，第五秘密农作队的四个队员动手用锹子把土掘松。

大家干得都很愉快。田野里传来拖拉机有节奏的隆隆声，可以听到高路鲍夫在疲倦地向话筒里喊着：“别辽卓夫农业机器站！别辽卓夫农业机器站！[1]”还可以听到载着谷物的马车队驶过小桥时的响声。好几百人在辽阔的田野上进行着伟大的、祖国需要的事业。

在这块隐蔽在灌木丛中的窄小空地上，四个孩子，没有马车队和耘土机，也没有拖拉机和广播器，但也在做一件大事——掘松土地准备播种“小精灵”。

他们一面工作，一面讨论了几个组织问题。第一，决定每天晚上轮流派一个人在试验地值班，到夜里十一点为止。第二，每个队员管理几粒种子，负责使它们出苗。彼嘉、费佳和多里亚每人得到五粒种子，而柯西卡，因为他最冒失，只得到四粒。

虽然土因为干燥而有点硬，不容易掘松，但是工作进行得很快。直到柯西卡说“你们瞧，一条蚯蚓给切成了两半”的时候，大家才停下来休息，但也只有一会儿。

很快，土壤给掘到二十厘米深，并且捣得很碎，用发酵的畜粪搅和了；接着，孩子们就在地上爬着，你撞撞我的头，我撞撞你的头，把各人自己的种子都埋到地里去。

“不过这样总不大好，”费佳说，“至少应该给季莫非保留一粒。”

“他还小呢，”彼嘉不同意，“才只六岁。”

“我们的农艺师会动气的。”

“不。我不能信任他。”

“我有一粒普通的‘密尔都隆卡’种子，”柯西卡得意地笑着说，“我们把它种在边上，对季莫非就说这是‘小精灵’。让他去照料。”

这个建议通过了。一粒“密尔都隆卡”就种在十九粒“小精灵”的旁边。

“好了，现在没事了，”多里亚搓搓手说，“大功告成！”

“现在才刚开始哩……”彼嘉若有所思地说，这话好像是对自己说的，他仔细地听着远处拖拉机轰隆轰隆的响声。

---

① 拖拉机队到农庄去工作时，用无线电和农业机器站保持联系。

4. 黄 昏

绿山谷集体农庄的黄昏多好哇！太阳工作了一整天，把自己的热量慷慨地分送给田野以后，带着疲倦、昏黄、寒冷的余晖慢慢地落到远处的森林后面。不肯贪闲的潮湿的风，在大地上空飞了一天，突然静息下来，昏昏欲睡，懒洋洋地吹得拖拉机队车厢上的小旗微微飘动。活泼泼的溪水，一天来冲乱了许多小石头和贝壳，这时带着轻微的潺潺声在自己的河床里流着，准备舒舒服服地过一夜……田野里拖拉机隆隆地响着，机前强烈的灯光照亮了翻松的土地。车厢里传出高路鲍夫的声音："我是第五拖拉机队！我是第五拖拉机队！"河边响起第一阵青蛙的呱呱声，但是，所有这些声音只有更清晰地衬托出黄昏的恬静。一天过得很满意，这时候正该好好休息。

就在这样的一个黄昏，在拖拉机队一节车厢的踏脚上，在电灯光下，坐着彼嘉和多里亚，那个从农业机器站来的孩子高沙在给他们念屠格涅夫的一篇小说《白静草地》①。

"于是叶尔米尔就骑了马去拿邮件，"高沙用神秘的声调念着，这样可以恐怖一些，"于是叶尔米尔就骑了马去拿邮件，他在城里耽搁了一阵，回去时喝得醉醺醺的……他，就是那个狩仆叶尔米尔骑马走着，忽然看见……"

"狩仆是什么人？"多里亚问。

"这是从前养猎狗的用人，"彼嘉不耐烦地解释说，"地主们打猎的时候带他们一起去的……高沙，你往下念。"

"他，就是那个狩仆叶尔米尔，骑马走着，忽然看见：在落水鬼的坟墓上有一只鬈毛的、很好玩的小白羊在走来走去……"

"可怕！"多里亚把身子缩做一团。

"一点也没有什么可怕，"彼嘉很瞧不起地笑了笑说，"一头小白羊有什么了不起！"

---

① 屠格涅夫是俄国的大作家，他在这篇小说中描写一群孩子在白静草地讲鬼故事的情形。

“怎么，一点也不可怕？”高沙很不高兴，“你再听下去：‘叶尔米尔下了马，把它抱了起来，可是那小羊直盯着他看。那个狩仆叶尔米尔害怕起来了，心想：我怎么从来也没见过羊这样直盯着人看的；不过这不要紧；他开始抚摸小羊的毛，说：“嘘，嘘”……可是那羊突然露出牙齿，也对着他说：“嘘，嘘”’……”念到这儿，高沙用手指按住最后一行，回过头来对彼嘉说：“现在你再说一点也没有什么可怕吗？”

河边的青蛙还在单调地呱呱叫着。车厢里的广播扩音机扭开了，接着响起一个洪亮的声音：“第五拖拉机队，第五拖拉机队……”

“第五拖拉机队在收听，站长同志。”高路鲍夫说。

“为什么不打发高沙回来？”

“他不肯。”

“怎么——不肯？好，你把他叫来。”

高沙啪的一声合上了书，带着一脸不愿意的神气走进车厢。

“你告诉他，说爸爸在大发脾气，大骂山门。”挂在墙上的扩音机里的声音说，“对付他用别的办法不行。”

“我已经在这儿了，爸爸。”高沙对着话筒说。

“你为什么不回家？”

彼嘉向车厢里张望了一下。高沙垂下头站着，默默地用脚在地板上划来划去。

“用脚画图也画够了！”扩音机里的声音说。高沙震了一震，愣住了。“妈妈让你待多久？”

“一礼拜。”

“可是你住了多久？”

高沙不响。

“明天就回家，要不我把你……”

可是这时候收音机里有什么东西坏了，严厉的声音和一阵鸟叫似的噪声混成一片，等高路鲍夫把收音机弄好的时候，扩音机里的声音已经在问：

“知道了吗？”

“我想我们该走了，”彼嘉对多里亚说，“八点过了。今天试验地是你值班吗？”

“是我。”

“去吧。时间到了。”

多里亚提心吊胆地向黑暗中看了看。

“你怕那白羊吗？”彼嘉怀疑地看了他一眼问。

“我才不怕呐！你把我当做《白静草地》里的人吗！”

彼嘉整了整上装，回家去了。他很快就完全消失在黑暗中，只有他的靴子还在谷地那边嚓嚓地响了好久。

多里亚向小河那边望了望，又看了看在星空映衬下一座黑魆魆、毛茸茸的小山，他好像觉得小山一会儿变大，一会儿又变小。他屏着呼吸站住了。突然，小山上亮起两只明闪闪的眼睛。多里亚向右边走几步——眼睛不见了；向左边走几步——又亮了。也许，这是星星透过灌木丛射出来的光，也许不是星星。谁晓得……

多里亚在车厢边徘徊了一阵，叫了一声高沙。高沙走了出来。

“跟我一块儿去！”多里亚提议，他尽可能把话说得愉快一些。

“到哪儿去？”

“去坐一会。有一个很好的地方……”

“只要能把时间挨过去就行了，”多里亚心想，“他不会猜到的。第一，我不露一句口风；第二，黑暗中什么也看不清；第三，反正他明天要回农业机器站去了。到那边我只跟他聊聊天。”

两个孩子到了玛拉莫露施卡河边，顺着一条独木桥走到对岸，向潮湿的灌木丛深处走去。

“你把我带到哪儿去？”高沙莫名其妙地问。

“你瞧——一块空地。这儿还安着一条长凳。不是很好吗？我们坐一会。”

“干什么？”

“我不过是……可惜，没有把《白静草地》带来。不然我们念一会多好……”

“你怎么啦？这么黑的地方，字母只有用手指才摸得出来。”高沙有点害怕起来了，“你到这儿来干吗？”

“我……我……老是在这儿坐的。”

“夜里？”

“当然不是白天。是夜里。”

“一个人？”高沙的声调中带有很明显的不安。

“当然一个人。哎，这儿不能去！”

“为什么不能？”

“不能踩到这上面去。坐到这儿来！”

“到底为什么不能踩？”

“那边是一块……这个……一块中了魔法的地方……”

“你啊，朋友，一定有点神志不清……去你的！我以为你叫我有事情呢……”

说完，高沙不安地回顾着多里亚，急忙往回走去。

“我才不害怕哩！”多里亚喃喃地说，可是他感到自己已经怕得凉了半截，“决不害怕！”

远处漆黑的天空中闪着星星。陡坡上好像有什么东西发出沙沙的响声，扑的一声掉在小河里。

“高沙！”多里亚叫了起来，连声音也变了。

“你怎么啦？”是小山背后传来的声音。

“高沙，你快来！我要告诉你一件事！”

“什么事？”高沙问，他不敢走出灌木丛。

“你别怕。真的，我告诉你。不过，不能让任何人知道这件事。”

就这样，多里亚破坏了诺言，第五秘密农作队的秘密给一个住在别辽卓夫农业机器站的旁人知道了。

5. 新来的

过了几天，孩子们又担起心事来了。空地上只长出一根绿草，——这是给季莫非的种子“密尔都隆卡”出的苗。别的苗一棵也不见出来：埋在土里的“小精灵”种子没有一点动静。

上课以前，孩子们集合在学校里开始研究这是什么道理。

费佳像平时一样冷淡地说，这样搞下去不会搞出什么名堂来，因为一开始就没有按照农艺技术的基本规则去做。全区都知道，绿山谷集体农庄的土壤酸性很重，以前，为了要得到中等的收成，曾经把土地撒过好几年的石灰。可是叶高尔老爹的草屋那边的空地，当然从来也没有人想到去撒石灰，所以，“小精灵”在那边不一定能长出来。彼嘉说，这一点应该事先考虑到，做事情应该三思而行，又说“少先队员”这个字的原意是“走在最前面的人”，少先队员是不应该惊慌失措的。他提议浸一点石灰，暂时先把试验地浇浇石灰水也好。但是要浸多少石灰，浇多少石灰水，第五农作队的队员一个也不清楚。拿这件事去问农艺师或者杜霞又很危险：他们马上就会猜到这是怎么回事。

四个朋友一直在动脑筋，他们什么也没有注意，一直到课桌板发出乒乒乓乓的响声，学生们都站了起来。克拉芙其雅老师已经坐在桌旁，校长携着一个黑眼睛小姑娘的手，站在老师旁边。

“小朋友，我来给你们介绍一个新朋友，”校长说，“她叫廖丽雅。”

那小姑娘看来的确很“新”，她穿着新的咖啡色外衣，系着一条干干净净的白裙子。

“你的爸爸在哪儿，廖丽雅？”克拉芙其雅老师问。

“在外面走廊里。”

“他为什么不进来？”

“不知道。大概怕难为情。”

全班都笑了起来。克拉芙其雅老师沉下了脸，笑声停止了。

廖丽雅向她的座位走去，跟彼嘉打了个招呼，可是他不知为了什么觉得有点窘，装作没有看见她。虽然克拉芙其雅老师开始在翻她的记分册，随时有被叫到黑板旁边去问的危险，但是大多数孩子还在偷偷地注视着廖丽雅。当然，大家早就知道农艺师带来一个女儿，可是她不大出来，所以很多孩子还是第一次看到她的脸。

廖丽雅规规矩矩在课桌旁坐下，从系着一个小钥匙的书包里拿出几本用发光的橘红色纸包着的练习簿。一根棱形的玻璃笔杆，一本跟爸爸那本一样的笔记本和一个香水盒，后来大家才知道，盒子里装满了钢笔尖、颜色铅笔、橡皮和一些小纸条。所有这些东西，她都井井有条地放在课桌的自己一边，然后把手放到课椅背后，使身体不会弯下来，她甚至对坐在旁边的一个女学生也不看一眼，只是凝视着老师。

“她真会装腔。”孩子们这样想。

不过廖丽雅完全不是一个爱装腔的人。下课后，女同学们把她团团围住，她很高兴地对她们说，她还从来没有在乡下住过，又说目前她对绿山谷集体农庄不大喜欢：街上又脏；又没有人行道；电影院也没有，可是不看电影很容易落在生活后面；晚上又黑又怕；昨天夜里有人在果园里像杀猪似的大叫……廖丽雅说得很快，很有条理，好像在读报。在她说最后那句话的时候，站在近旁的多里亚惊恐地回过头来看看，自言自语地说了一句：“有这种错觉的人还少吗？”就走开了。

后来，廖丽雅问起谁是班里功课最好的学生，大家把费佳拉到她跟前，费佳把耳朵抖动了一下，逗得大伙儿都很快活。廖丽雅则开始问算术课上正教些什么，可是这时柯西卡挤了进来。

“你做一做这道题，”他说，“已知：一个人从窗外爬进来。求证：他怎样爬出去。你知道吗？”

廖丽雅怀着好奇心默默地把柯西卡打量了一番。

“你不知道？那你听着，”柯西卡说，“假定他要从门口出去，但是我们不放他走。于是他只有一个办法——从窗子里爬回去。”

“您老是这样笨的吗？”廖丽雅问。

“不，只有星期五才笨。”柯西卡一点也不窘迫地回答。

有什么办法呢：这天正好是星期五。

第二课下课时，大家不再那么围住廖丽雅了，她就自己走到彼嘉跟前，带着教训的口气说：

“熟人应该打个招呼。”

“你好……”彼嘉没有好声气地说。

接着是一阵难堪的沉默。

“真可惜，种子都给麻雀吃掉了，”还是廖丽雅打破了沉默，“我很难过……”

“你以为我不难过吗？两夜没睡着：做梦老是看见麻雀。”

“您人也瘦了。”

“遇上这种倒霉事哪胖得起来。”

“这不要紧！很快您一定又能得到种子了。”

“打哪儿得到？”彼嘉紧张起来。

“我写了封信到科学院去。您别着急：我详详细细地向他们解释，出了什么不幸的事，又说，您一点也没有错。我还请求他们另外寄一些种子来。信写得很好。我写了三天。”

“信寄出了吗？”彼嘉问。

“昨天想寄出的，可是找不到邮筒。真奇怪：这么大一个村子，连邮筒也没有。不过您别着急！信很快就会到的。今天一早我把它交给了一个女邮递员。她答应把信带到邮局去。”

“谁要你……”彼嘉还想说些什么，可是他只挥了挥手。

“您不是自己对我爸爸说的吗……”

“我是对你爸爸说的，不是对你！我又没对你说过种子都给啄去了。唉，你呀！”

“这么说，种子还在？”

“这你不用管……”彼嘉支吾着说，“必须把信追回来。”

幸亏邮递员——柯西卡的姊姊——在到村苏维埃去以前，先到学校来了一趟。但就连这样也还靠柯西卡帮忙才从她那儿把信讨回来。

上最后一堂课的时候，廖丽雅收到一条小纸条，上面写着：“回家去不许对任何人说关于种子的事。否则你就糟糕。”她把纸条藏在香水盒里，自己也写了一张：“我跟老师一块儿回去，要不柯西卡会打我的。”接着又来了回答：“不用怕，他不会碰你。我送你回去。”

放学后，廖丽雅跟彼嘉一起回去，他们默默地走了一会。

“我以为您自己不好意思第二次写信到科学院去，所以我就写了。”终于，廖丽雅用满腹委屈的声调开始说，“我怎么知道您对我爸爸说的不是真话，怎么知道种子还在呢？反正我没有做什么不好的事。相反，我尽量想做得好一些……”

彼嘉瞟了她一眼。廖丽雅眼睛望着前面，紧张地抬起眉毛，每说完一句话，总要摆一摆手，好像她不是在跟彼嘉谈话，而是独个儿在排练一段台词。

“也许，您以为我在羡慕您收到信，而我没有收到？……我可是一点也不羡慕。一点也不！我只羡慕一个人——保尔·柯察金。”

“为什么羡慕他呢？”彼嘉问。

“因为，为共产主义而奋斗——这是世界上最大的幸福！”

“那你就奋斗，不要羡慕。”

“我怎么奋斗呢？我应该学习。在家里收拾打扫。”

彼嘉望了望廖丽雅调皮的翘鼻子，他觉得她怪可怜的。

“吸收她加入我们的工作队怎么样？”他想，“要是需要知道农艺学方面的事情，她完全可以从她爸爸那儿打听到。她是个聪明的小姑娘。”

“我们正在为共产主义做点事情。”他小心地说。

“什么？”

“你不对任何人说吗？”

“以少先队员的诚实保证！”

“我们在培植‘小精灵’。有十九粒种子！”

“那有什么了不起？你的十九粒种子对共产主义有什么用！”

“怎么没用！要是我们培植成功了，过两年可以把我们这儿所有的田种上这种小麦。将来把全苏联的田都种上。到那时候，粮食堆得满山遍野！面包要多少有多少。”

“要多少有多少？……”

“当然。到将来，你瞧着，所有的东西都能要多少有多少……将来，等我长大以后，人家问起来，谁为共产主义做了什么？那时，莫斯科的人说：‘譬如，面包便宜得差不多不要钱。这是为什么呢？这是因为绿山谷集体农庄的彼嘉·伊凡诺夫的农作队培植了“小精灵”的缘故。’”

廖丽雅严肃地望着他，她在想，当他长大成人的时候，人家会不会这样谈论他呢，于是她说：

“彼嘉，你们要我加入吗，啊？”

“今天你来参加我们的会议。我们讨论一下。”

6. 杜　霞

农艺实验所里一口橱的最上面一层，放着一个个装满泥土的小袋子，——这是亚历山大同志拿来准备化验的土样。杜霞看到这些小袋子，有点不高兴。她还在去年秋天化验过土质，亚历山大同志也知道这一点。可是这位农艺师什么都喜欢亲自检查，——看来，这是他的脾气。

廖丽雅被吸收加入第五农作队的那天，空地上的"小精灵"出了苗。就像听到口令似的，从地里一下子钻出十九根嫩绿色的小茎。廖丽雅在大家愉快的情绪的影响下，不假思索地同意去完成队长彼嘉交给她的任务。这次任务是：瞒过亚历山大同志和杜霞，从橱里随便拿一只小袋子带到空地上来，半小时以后再拿回去放在老地方。廖丽雅就住在农艺实验所的那座房子里，做这件事对她说来并不困难。不过，要是有人告诉她，彼嘉把袋子里准备化验的土壤倒了出来，把空地上掘起来的土壤装进袋子，那她说不定会犹豫起来；可是她一点也不知道，所以准确地完成了她的第一次任务，并且觉得很幸福。

从此以后，孩子们每天都在农艺实验所附近挤来挤去，唯恐错过农艺师动手化验的时刻。但是他没有空。土地干燥了，播种开始了，亚历山大同志一天到晚在田野里忙着。

过了一星期。一天，彼嘉正在吃晚饭，一面考虑着也许要到邻近的农庄里去打听撒石灰的办法，突然柯西卡跑来叫他，上气不接下气地对他说：

"杜霞在拿袋子了！"

彼嘉连忙吃完了煎鸡蛋。他们跑到外边，一直奔到农艺实验所门口，爬过栅栏。费佳已经拿着练习簿和铅笔站在灯光明亮的窗下。彼嘉脱去靴子，踏在费佳宽阔的背上，小心地向窗子里望进去。杜霞穿着白色的工作服，把一只只袋子放在天平旁边。彼嘉等着。门开了，华西亚叔叔走进来。杜霞跟他说话，可是说些什么，彼嘉可听不见，因为窗子关着，并且在附近的俱乐部那边，姑娘们在手风琴的伴奏下高声唱歌。

"你干吗用脚踩我！"费佳生气地说，"我的背又不是石头的。"

"糟糕！"彼嘉回答说，"一点都听不见。"

但这时华西亚叔叔翕动了一下鼻子，走到窗前，打开了一扇小气窗。

“这么说，今天又去不成了？”彼嘉听到他的声音。

“你自己也看到，实在没有空……别去碰消毒器，华西亚。”杜霞在老远的地方说。

“小伙子们都在散步，弹曲子，”华西亚叔叔气愤地说下去，“可是从你嘴里只听到‘根瘤菌粉’[①]和‘消毒器’！白天黑夜待在这儿，像个一百岁的老太太。”

“你生什么气啊，我说管理处委员同志？”杜霞微微一笑，“化验土质的事不是你自己决定的吗？”

“可是早已化验过了。”

“亚历山大同志不相信我，他关照还要拿些土样。你先等一会，等他化验过两三份土样，他会看到一切都很好，那时我们就走。”

“我知道，你又要一整夜把水从这个瓶里倒到那个瓶里。散步是怎么也散不成了。不过，关于一天劳动的时间是有规定的。”

杜霞对华西亚叔叔看了一眼，她站起来，把手搁在他肩上。

“这也值得生气吗？”她像看一个小孩子似的看着他说，“你自己也知道——春天到了。”

“正因为春天到了……”华西亚叔叔说着去搂住她。

彼嘉很窘地干咳了一声，他命令：“放我下来！”等费佳弯下身子后，彼嘉从他背上爬了下来。

“没什么看头，”他不好意思地向孩子们解释，“老是说些无聊的话。什么消毒器啦，根瘤菌粉啦，总之……”

实验所里传出亚历山大同志生气的声音，费佳又得弯下背去。

彼嘉从窗里看进去，看见农艺师在把一件外衣挂在钉上，华西亚叔叔一面向门外走去，一面戴上便帽。

亚历山大同志在桌旁坐下，把试管架移过来。孩子们盼了这么久的工作终于开始了。杜霞把一份称好重量的土壤交给农艺师。他把土壤倒在一个试管里，再倒进一种什么水，然后走到灯光前，看里边有什么变化。

彼嘉装进空地上的泥土的那个袋子排在第三。要不是季莫非出现

---

① 对豆科植物用的一种细菌肥料。

在实验所里的话，农艺师很快就要化验到这一袋了。

季莫非进来以后，小心地随手把门关好，他擤了一把鼻涕，问：

“叔叔，您这是在干什么？”

“你连这里也会来？”

“也会来。您这是在干什么啊？”

“我在化验土样的酸性，”农艺师严厉地说，“懂吗？”

“不知道。”季莫非想了一想以后回答。

“现在你走吧。”

“我叫他不要老跟着农艺师转，可是他还是自管自地做，”彼嘉喃喃地说，把一双冻僵的脚在费佳背上踏着，“哼，到家里我再跟他说话！……”

这时候亚历山大同志对试管里望了望，很满意地微微一笑，他对杜露说了几句话，彼嘉没有听清，杜霞也高兴得涨红了脸。接着她解开第二个小袋子，一切又重新开始。对于第二袋里的土样，亚历山大同志也很满意。

“快了！”彼嘉低声说。

“什么？”柯西卡也压低了声音问。

“在化验我们的了。”

亚历山大同志把土倒在试管里，再加进一点水。彼嘉看见水变成了红色。

“您瞧，杜霞同志。”农艺师高声嚷起来，就像杜霞在街上似的。

离窗很近的地方出现了她的吃惊的脸。

“这土的酸性重得可怕！”农艺师继续说，“这种土上什么也长不出来。必须好好撒几遍石灰！”

“写上，”彼嘉说，“必须撒石灰。”

费佳的背上支持着彼嘉，又要记录，很不方便，于是他把练习簿交给柯西卡。柯西卡写下了那句话，慌忙中写错了两个字。

“这里有点不大对头……”杜霞莫名其妙地望着试管说，“我明明化验过的。这是三号田地的土样。亚历山大同志，我在去年秋天就……”

“那准是化验得不到家，亲爱的，”农艺师打断她的话头，“你们这片田地每公顷非得撒上十吨石灰不可。每公顷十吨！”

“写上，”彼嘉说，“每公顷撒十吨石灰。”

“我们的试验地得撒两公斤。”费佳立刻算好了。

谁也不觉得奇怪，因为大家都知道他的心算本领高强。

现在本来可以走了，但是彼嘉还向窗子里望着，他心里产生一种不安的、沉重的感觉。

杜霞两手紧抱着头，弯着腰坐在椅子上，她的一条辫子垂在一旁，只有一枚发针把它夹住。

蒙蒙的细雨开始一滴两滴落下来。孩子们爬出栅栏，各自回家去了。

彼嘉落在朋友们的后面，他站住了脚，想了一会，自己也不知道为什么仍旧回到了实验所门前。

天下着小雨。在灯光明亮的窗边，雨珠闪着微光。雨打在街上勉强可以听见一片像耗子在干草堆上来回奔跑的响声。

农艺实验所里的灯熄了，只有装在门前的一盏小灯照着潮湿的梯阶。

杜霞走到台阶上。她把大衣的前襟裹紧了些，然后小心地踏着铺在一个水塘里的砖头，走到一条小路上。彼嘉看到她的一条辫子仍旧垂在一旁，只有一枚发针把它夹住。

“应该把那玩意儿送给她。”他想。

有一次，一个指挥官路过这里，送给彼嘉一块望远镜上的水晶镜片。它永远藏在彼嘉的左手裤袋里。这是一块稀奇的镜片：要是透过它看一个人，会变出三个不同颜色的人来。

彼嘉正想去追杜霞，可是听到前面有谈话声，又站住了。真的：华西亚走到了杜霞跟前。

“算了吧，明天给她。”彼嘉打定了主意。

“是谁在那边走？”传来一个惊恐的声音。原来是廖丽雅拎着一个提桶站在台阶上。

“是我。怎么啦？”彼嘉生硬地回答。

“哦，我道是谁！”廖丽雅高兴地说，“来，到檐棚底下来。在下雨呐。”

“这种雨我才不当它一回事呢！”彼嘉冷笑一下，但还是走上了台阶，“你上哪儿去？”

“爸爸关照把土倒掉。他今天不大高兴。是杜霞同志把他惹恼的。”

“他自己不好。”彼嘉说，“你们才来不久，根本不了解她。你瞧着，她样样都会。修理显微镜、拍照片，——什么都会。像她这样的人，我们村里压根儿就找不出第二个。”

“我也会拍照。”廖丽雅有点不服气。

“她还会讲故事，她能照书上的背出来。只要一闭上眼睛就会讲起来……”

“我也会讲……”廖丽雅执拗地打断他的话。

“她什么都会。她也许知道得跟克拉芙其雅老师一样多……”说到这里，彼嘉有点害怕，甚至向四周环顾了一下，“不，当然，她知道得不如克拉芙其雅老师那么多。不过，克拉芙其雅老师不会打排球，可是杜霞打得好极了。她只要把球这么一敲，就在对面落地！”

“得了吧！”廖丽雅不知为什么生气地说，“如果你愿意知道的话，我也会打排球。不过我不高兴打。”

“她当辅导员的时候，她多么关心我们。她说：‘我跟你们在一起伤了多少脑筋哦！’所以我要把这玩意儿送给她……”他掏出那块望远镜的镜片，有点舍不得的样子看了看它，说，“我还能给自己弄到这样一块。你说对吗？”

廖丽雅不响。

“她也用得着这玩意儿。你说对吗？”

廖丽雅不高兴地耸耸肩膀，意思是叫他别再唠叨下去。

第二天，他们在教室里见面的时候简直跟陌生人一样：连招呼也不打一个。

但是，当克拉芙其雅老师朗诵《钢铁是怎样炼成的》这本书的时候，彼嘉偶尔向廖丽雅望望，发现她有时候也在斜着眼看他。他想：“她一个人，离开了妈妈，总有点可怜，又要做饭，又要打水。”

克拉芙其雅老师把书合上了。

教室里静寂无声。

“小朋友，你们都看到了，”老师开始说，“在保尔的行为中非常显明地表现出苏维埃人的一个主要特征：对祖国和共产党的无限忠诚。”

“我们看到了。”柯西卡说，其实老师在朗诵的时候，他在玩笔尖儿，什么也没有听见。

“现在我们来谈谈，我们应该成为怎样的人，我们应该具有怎样的性格。谁愿意说？费佳，你等一等……多里亚，你说。”

“我要做一个什么都不怕的人。”

孩子们哈哈大笑起来。大家都知道多里亚是个胆小鬼，他甚至对女同学有意见也要到老师那里去告状。

“说得对，多里亚！”克拉芙其雅老师鼓励他，“应该在自己身上培养大无畏的精神。应该不怕任何困难。坐下……费佳，你要说什么？”

“我要学会热爱自己的事业、自己的工作。”费佳说。

“对。这很重要……还有谁要说？……等一等，费佳，你刚说过。柯西卡，你说说看。”

柯西卡站起来，费力地集中思想。他刚才正在把廖丽雅的小辫子缚在课椅背上，所以还没有想好回答。

“我要做……我要做……”他开始说，“噢，克拉芙其雅老师……问题是怎么的？”

“问题是：你要做怎样的人？”

“我要做一个永远快乐的人。”

全班同学又大笑起来。

“这很好，”克拉芙其雅老师说，“当然，应该乐观，快活。不过你忘了补充一点：还要懂礼貌。”

“还要懂礼貌。”柯西卡顺从地重说了一遍。

“那么就该把廖丽雅的辫子解开，并且向她道歉。”

柯西卡哭丧着脸解开那个结，说：“对不起。”

“谢谢。”廖丽雅摸摸辫子回答。

“不应该回答‘谢谢’，应该回答‘没关系’。”克拉芙其雅老师纠正她。

“没关系。”廖丽雅纠正了过来。

“你等着瞧，回家的时候——我叫你尝尝这‘没关系’的味道！”柯西卡低声吓唬着她说。

“小朋友，谁还能说出苏维埃人的一个非常重要的特征？”老师问。

全班的人都给难住了，大家默不作声。

克拉芙其雅老师对彼嘉望了一眼，从皮包里拿出一份报纸。

“很多年前，”她开始说，“在一千九百十二年，我们党的领袖列宁和斯大林开始出版《真理报》，报上说的是应该怎样在地球上争取幸福。沙皇政府有好几次想消灭这张报，封闭了它好几次，但报纸就换一个名称出版。封闭了《真理报》——又出版《真理之路》。封闭了《真理之路》——又出版《劳动真理》。列宁和斯大林把报纸的名称换了好几次，但有两个字始终保留在报纸的名称里。很明显，人民的导师极其重视这两个字……可是我们忽略了。谁还能说出苏维埃人的一个特征，一个非常重要的特征？”

课桌上举起的手形成一片树林。只有彼嘉垂下眼睛坐着。

“等一等，费佳，”老师说，“彼嘉，你难道不晓得？”

“不晓得。”他没精打采地说。

“你想一想。”

“既然不晓得，有什么可想的。”

老师打开了那张报纸，说：

“你看见这张报纸的名称吗，彼嘉？”

“看见了……”

“叫什么？”

“《真理报》……”

“那么我们还没有说出的苏维埃人的那个特征是什么呢？”

“应该说真话[①]。”柯西卡在提醒他，声音很响。

“不晓得，克拉芙其雅老师……”彼嘉固执地说。

---

① “真理”和“真话”在俄文中是同一个字。

“好吧，那么你说，多里亚。”

“应该永远说真话。”

上课的时候，彼嘉的心绪很乱。当廖丽雅邀请他在三天后到她家去过她的生日的时候，彼嘉恶声恶气地说了一句含糊不清的话。他疑心老师谈起说真话的事不是偶然的。难道她在猜疑什么了吗？但即使她不猜疑，也是不好的。必须今天就去跟杜霞解释清楚，她一点也没有错。不然，她就哭得太冤枉了。

午饭后，彼嘉找杜霞找了好久。终于在三号田地上找到了她。她在拿土样，不时有人走到她跟前，一会儿是农艺师，一会儿是华西亚叔叔，一会儿又是高路鲍夫。直到傍晚，她才独个儿留下来，彼嘉可以跟她说话了。

他看杜霞用小锹在地上掘一个个小潭，说：

“不要掘了。”

“要的，彼嘉。”杜霞回答说。

“不要了。我送你一件玩意儿好吗？”说着他从口袋里掏出那块镜片。

“我要它有什么用，”杜霞露出一丝苦笑，她看到那件礼物一点也不觉得高兴，“你回家去吧。时候不早了。”

“你也回去。不要再化验土质了。你本来是对的。”

彼嘉的声音显得很有信心，很坚决。

“你怎么知道的？”

“因为……因为我们把土换过了。”

“‘我们’是谁？”

“总之是我换的……。我从另一个地方掘了一点土，放在农艺师的桌子上。瞧，这就是他本来的土。都在这里。”彼嘉从怀里掏出一个报纸折成的袋子。

“你怎么好意思开这种玩笑？”杜霞说，她还不完全相信他，但已经很高兴了。

“我不是开玩笑……我也需要化验土质。”

“干什么？你难道播下‘小精灵’了？”

彼嘉叹了口气，望望给晚霞染红的天空，又望望那个报纸折成的袋子，说：

“播下了。我领你去看。不过当心，不能让任何人知道这件事。”

他们走到那块空地时，天已经完全黑了。

掘松的试验地附近坐着一个值班人——季莫非。他不是坐在长凳上，而是干脆坐在地上，因为刚才在长凳上扎了一根刺。他腋下夹着一根缚有绳子的木棒，倒挺像一枝枪。

“一切都好吗？”彼嘉问，他竭力要让杜霞知道，他的工作安排得多么有条有理。

季莫非不答话。

“睡着了！”彼嘉推推他的肩膀，“你这算是值的什么班！你为什么睡觉？”

“我没有睡……”季莫非开始不断眨着眼睛，他惊慌地盯着杜霞看，“我故意闭上眼睛这样坐着。”

“没有人来过？”

“没有。只有现在杜霞姑姑来了。”

“这你不说人家也知道。这张纸是什么？”

“什么纸？”

“在你枪上的。”

木棒上飘着一张白色的小纸条。彼嘉把它撕下来，伸手到每只口袋里去找火柴。杜霞把大衣敞开，迎风站着；彼嘉借着火柴光念出字条上用印刷体大字写着的一句话：“用滴滴涕药剂洒在麦苗上。”

“这是谁写的？”他带着瞧不起的神气问季莫非。

值班人放声大哭起来。

潮湿的地上留着许多由一双大靴子踩出来的很深的脚印。

7. 谁写的字条

农庄看守人叶高尔老爹这两天要是无意之间来到这块空地上，他一定会非常惊奇。

去年，这里有一间草屋，地上还插有两根猎熊的长矛可以烧茶，现在，叶高尔老爹会看到一道用铁丝筛子做成的栅栏，在栅栏里边疏松的地上，长着二十簇天鹅绒般柔软、绿宝石般青翠的麦苗，天真地迎着微风和阳光伸出它们的幼芽。

他会看到安在灌木丛附近的一条有靠背的长凳，一块漆了颜色的三夹板木牌，上面贴着通知、值日表、给第五农作队的命令、米丘林像，还有一张画着许多甲虫和蛆的彩色图片。这张图片是廖丽雅问爸爸要来的，她拿到试验地来让大家知道，哪些对农作物不利的害虫必须消灭。

叶高尔老爹还会看到一块钉在木杆上的牌子："严禁闲人入内"，牌子下面可以看到一张洋铁皮，上面画着骷髅；这张洋铁皮就是前两天从变电所里不翼而飞的。

但是，现在叶高尔老爹在粮仓附近看守，一次也没有到空地上来过。

孩子们一开始猜测是谁写的字条时，就明白这一点。

叶高尔老爹由于没有看牢那些筛子，他给主席结实地训了一顿；假如老爹到空地上来过，哪怕只来一次，他当然早就把栅栏拆掉，把筛子拿回去了。而且字条也不是他写的；大家都知道，直到现在老爹写起字来还带着"ѣ""ъ"[①]。

杜霞也不可能写这张字条。如果她以前知道试验地的事，那么她马上就会猜到为什么彼嘉要掉换土样。孩子们差不多全都在怀疑华西亚叔叔到空地上来过。这种怀疑是有根据的。

两天以前，多里亚和柯西卡把放在牧场附近的一堆石灰装了一桶，拿到空地上去，那时，华西亚叔叔发现了他们。

柯西卡穿过果树园，已经走近遮住空地的一片灌木丛时，才发现他。

"不要回头看，"他对多里亚说，"有人在钉我们。"

"谁？"多里亚吓了一跳。

"华西亚叔叔。不要回头看。要是给他知道我们拿了牧场的石灰，嘿，你可就倒霉了！"

"为什么我倒霉？是你拿的。"

---

① "ѣ"这个字母在俄文中已经废除了，"ъ"的用法也经过了改革。这里是说叶高尔老爹只会用老式的书写法。

“我一共才抓了两把，可是你倒了一满桶。”

“是你叫我倒的呀！”

“还说我叫你倒的！这是公共财产。不过你别怕。我能救你。”

华西亚叔叔走到两个孩子跟前站住，两手插在腰里，一声不响。

“瞧我们的华西亚叔叔，”柯西卡说，“干活总是比人家早。”

这个牧场主任经常在管理处会议上受到表扬，有一次，甚至在全区畜牧工作会议上也受到表扬；所以，柯西卡的好话一点也没有使他变得和善些，他严厉地问：

“你们把石灰拿到哪儿去？”

“拿到苹果树那儿去，”柯西卡回答说，一面睁着一对浅蓝色的大眼睛看他，“要把树干刷白。”

“叫主席写个条子到仓库去拿刷树干的石灰。牧场里的不许拿。应该遵守制度。明白吗？”

“明白，”柯西卡立刻应声说，“这很对，我们那里什么制度也没有。只有牧场上有制度。”

“明白就好了！”华西亚叔叔说，口气已经缓和了些，“注意，下次不准这样。”

他点着了一枝烟，回头走开了。看来，他还是乐意听人家说牧场好的话。

“差点儿出毛病！”柯西卡说，“要是他问刷子在哪儿，——那就完蛋了！刷子我们可没有啊……”

多里亚哈哈大笑起来，可是他突然省悟过来，回头看了一下。幸亏这回头的一看。华西亚叔叔站在远处，手插着腰正在看他。两个孩子连忙拿起石灰桶，开始在苹果树丛中弯弯曲曲地兜圈子。终于，华西亚叔叔在风中呆立得厌了，他又点了一枝烟，不知向什么地方走去，——大概是上牧场去。但是，谁知道他头脑中在转些什么念头！也许？他只是装做向牧场走去，其实在悄悄地开始察看两个孩子往哪里跑。

第五农作队里一知道这次经过，彼嘉就派柯西卡去调查华西亚叔叔穿的靴子是什么号码[①]，并且在全队大会上作报告。

① 根据靴子的号码，可以知道靴子的尺寸大小。

大会在五月初——廖丽雅过生日的那一天——召开。队员全体出席。廖丽雅乘这个机会请所有到会的人到她家里去，同时还关照大家不必送礼物——其实这话是别有用意的。孩子们并排坐在长凳上。只有季莫非被安排在出现字条时他正在睡觉的地方，为的是让他更进一步认识自己的过失。可是季莫非并不很难过：在开会的时候，他把那根当枪用的长木棒四面刨光，他干得十分起劲，弄得空地上都是刨花。

费佳担任记录。

柯西卡报告说，华西亚叔叔在一只放在牛栏门口消毒用的箱子上留下一个靴印，他量过了尺寸，得出的结论是：那个偷偷走到空地上来的人穿的靴子要大两号。

事情愈搞愈糊涂了。

多里亚怀疑是克拉芙其雅老师写的，可是孩子们全都叫起来说，克拉芙其雅老师一双靴子也没有，她老是穿高统套鞋，就是在地上最泥泞难走的秋天，她也穿了套鞋去帮助掘马铃薯。

“剩下的只有一个人，”费佳慢吞吞地说，“亚历山大同志。”

大家都把头转向廖丽雅。

“我对爸爸什么也没说过。”她急忙说。

“你可别撒谎。”费佳警告她。

“我从来不撒谎。”

“也许不小心泄露了秘密。”

“我也没有泄露过秘密！”

“你把眼睛对着我……很清楚。一定泄露了秘密。不用再看了。”

“很清楚，一定泄露了秘密。”季莫非也附和着说，一面刨着他的木棒。

廖丽雅不知怎么才好。

“彼嘉，他们怎么啦？”她用颤抖的声音问，“我一点也不知道。”

“你对大会说真话，”彼嘉说，他把头侧向一边，避开那一对向他求救的眼睛，“那样你会觉得好一点。”

“你也不相信？”她轻轻地问。

“承认吧，那样你会觉得好一点！”季莫非说。

“又不是在问你！”彼嘉很生气地扯了他一下，“你看，地上弄得一塌糊涂。快把刨花收拾干净！”

季莫非受了委屈似的抽了几下鼻子，开始在草地上爬。忽然，他跳起来大叫一声，活像看见一条毒蛇似的：

“彼嘉，你来看！”

“干吗？”

“又是一张字条。”

“在哪儿？”

“喏。”季莫非指着一株矮树，倒退了几步。

真的，在长凳后面一株矮树的小树枝上有一张白色的小纸，跟上次的一张完全一样，上面用同样的印刷体大字写着：“施肥前要把肥料磨细，和泥土拌和。”

“我们自己也知道要磨细！”彼嘉说，仿佛那位不请自来的顾问就站在这儿灌木丛背后。

“好了，现在一切都清清楚楚了！”柯西卡在大家看过字条以后下结论说，“一定是亚历山大同志写的。我听见他时常叫嚷要大家磨细钾盐……”

“可是我又没对他说过！”廖丽雅叫了起来。

“这么说，是我说的不成？”

“事情很清楚了！”费佳说。

“事情很清楚了！”季莫非附和着说，他重又去干自己的工作。

廖丽雅傲气十足地把头一摇，她的两根小辫子也跟着滑稽地向上一翘，她说：

“既然你们不相信，那我就走好了！……”

她霍地从长凳上站起来，略略迟疑了一会。但是谁也不挡住她。于是她用哆嗦着的手指从木牌上撕下那张画着甲虫和蛆的图片，把它卷起来，然后乘孩子们还没有看出她眼睫上的眼泪，匆匆地穿过灌木丛向果树园走去。

“我们在记录上怎么写呢？”费佳问。

“人也走了，还写些什么？”彼嘉说，“明天再说吧。”

“明天再说吧。”专心在搞自己的工作的季莫非附和着说。

“我提议：我们跟她去，一面走一面开会。”柯西卡说。

苹果树已经开花了。

所有的树枝，即使是最细的，都开满了娇嫩的小花，仿佛全世界的粉蝶儿都飞到这座果园里来休息了。那些刚开的小花朵是那么娇嫩、纤弱，似乎只要高声说一句话，它的声音就能震得花瓣寂寞而哀愁地落到地面上。喜欢自言自语的叶高尔老爹又在果园中低声说起话来了。

几株苹果树本来从早到晚一直互相摇摆着光秃秃的树枝，现在都紧张地呆立在那里，唯恐轻盈得像空气一般的小花朵掉下去。那些习惯于在树枝上吵闹的寒鸦，也远远地绕过开满繁花的树木，约好在远处的栅栏和篱笆上相会。

在苹果树的透明阴影下，廖丽雅面色苍白，紧闭嘴唇，很快地走着。跟她并排走的有多里亚和柯西卡。稍后一点走着费佳，他常常弯下一条腿来记录大家的发言；和他一起走的有彼嘉。季莫非拖拖拉拉地掉在最后，他一面还在把他的枪刨光。

“你只要说少先队员的老实话，保证没有对爸爸讲过，那就没有事了，”多里亚在说服那小姑娘，“说少先队员的老实话！”

廖丽雅紧绷着脸走着，头也不回。

“你就说少先队员的老实话吧，”季莫非也在相劝，“那有什么了不起？”

“我数到三，”柯西卡说，“要是你什么也不说，我们就把问题交付大家表决。一……”

廖丽雅加快了脚步。柯西卡追上她，又叫了一声：

“二！”

廖丽雅走得更快了。

“三！”柯西卡说，“赞成不到廖丽雅家去过生日的举手！”

廖丽雅忍不住回过头来一看。第五农作队的队员们举起手走着。她咬了一下嘴唇，不让自己失声痛哭，加快脚步跑出了果树园。

费佳在计算票数。

“你呢？”他问彼嘉。

“我反对。”

“什么？我已经写上了‘一致通过’，你为什么反对？”

可是彼嘉怎么能回答呢：为什么？……他连自己也不知道为什么。

8. 生　日

亚历山大同志好久没有这样兴奋的心情了。

他喜欢做菜，每逢女儿生日，他干起来特别起劲，有很多人认为男人做这种事是不可宽恕的弱点。隔天夜里，他亲手烤好一方大蛋糕，一面不断地惊叹着一年一年过得那么快，一面用奶油在蛋糕上写下标志廖丽雅年龄的数目字“11”。早晨，廖丽雅收到很多礼物：爸爸在村合作社买了一个最好的洋娃娃，要是好好儿把它摇一下，它就会闭上眼睛；妈妈从城里寄来一本《安徒生童话集》——这是一本豪华精装的书，里边有许多插图，从封面的标记可以看出，这本书是花了一百五十卢布从旧书店里买来的。

亚历山大同志今天这样兴奋还有一个原因。

在春耕忙碌的日子里，他时常得跟工作队长、拖拉机手、农庄主席，甚至跟杜霞争执，晚上回家的时候，他总觉得疲倦、孤独，像受到人家无理的欺侮似的。

他觉得农庄庄员都生他的气，谁也不买他的账。

可是这天，人们仿佛都变了样。

杜霞虽然因为化验土质化验得不正确，给他教训了一番，但是她今天却打扮得漂漂亮亮，高高兴兴地跑到亚历山大同志家来，向他道喜，吻他，不等同意就帮他摆生日的宴席。虽然今天是星期日，华西亚叔叔好几次走到窗前叫她到邻村去看电影，可是她不去，直到桌上屋里都收拾得跟这隆重的节日完全配称以后才走。

过一会，又来了个老是和他争执的对手——农庄主席哈里东同志。他给廖丽雅带来了礼物——一只全白的、没有任何花饰的厚瓷牛奶杯。这些日子以来，他跟亚历山大同志还是头一遭谈得这样心平气和，没有一点争执。亚历山大同志说，白杯子摆在花桌布上非常好看，甚至可以说相当艺术化；哈里东同志同意说，白杯子摆在花桌布上的确相当艺术化。亚历山大同志说，不妨在二号田地上耘一遍土，因为下了几场雨以后地面上结了一层硬壳；哈里东同志也说，二号田地上的确结了一层硬壳，耘一遍土这个主意的确不坏。

其实，杜霞和哈里东同志的来到还远远不如拖拉机队队长高路鲍夫的光临更使亚历山大同志惊奇。据亚历山大同志看来，这位“别辽卓夫农业机器站最好的拖拉机手”——报上提到他的时候常这样写着——是破坏农艺技术规则的一切行为的主要鼓动者。每当工作队长们说起在大路旁播种的事，高路鲍夫就大谈其保养技术装备、节约燃料、两次修理期之间的行驶期限和其他跟农艺学毫无关系的事情。亚历山大同志曾经跟高路鲍夫大吵大嚷过好几次。可是忽然之间，这个高路鲍夫竟一下班就跑到他家里来，身上穿着工作服，戴一顶小舌头便帽。

“请转交给您的女儿……”拖拉机队队长把一个有柄的小巧玲珑的匣子递给亚历山大同志，不大好意思地说，“这是个百音匣。只要把那个柄像拨钟表的时针那样转动一下，它就会唱起来。收下吧，收下吧！这玩意儿对我一点用处也没有。战争一开始就搁在家里。上面的漆已经有点剥落了，我们又上了一层颜色。”

“百音匣管百音匣，可是筑堤坝的事你落后了！”农艺师严厉地警告他，“连一半还没有填好。”

高路鲍夫叹一口气，走了出去。

亚历山大同志把百音匣的柄转了几下。马上传出一阵悠扬的乐声，仿佛许多玻璃小铃在里边叮叮当当地响。这时农艺师懊悔以前不该为播种的事常骂高路鲍夫：也许大路旁播种机转动起来的确有困难……

每来这样一个人都使农艺师快乐。不过给亚历山大同志带来最大的快乐的是廖丽雅。

在这以前，他一直以为廖丽雅在乡下很寂寞。在大城市里，她有不少朋友：房间里常常挤满从邻家院子里跑来的许多小姑娘，她们好动，喜欢叫嚷。可是在这里，虽然他们在农庄里已经住了一个月，却没有一个人到廖丽雅家里来过，晚上，她总是一个人在家里——不是做功课，就是看书。但是今天早晨，廖丽雅要到什么地方去，临走的时候要爸爸去向邻居多借些汤匙、刀和盆子，因为有大批客人——五个男孩子，说不定还有两三个女孩子——要来。亚历山大同志心想："我的女儿到底交到朋友啦！"

农艺师认为这是一个最重要、最令人高兴的发现。

其中有这样一段原因：在动身到农庄来以前，他跟妻子吵过嘴。廖丽雅的妈妈花了很多时间苦苦劝他不要走。她是在中央医院做医生的，无论如何不愿离开自己心爱的工作岗位。起先，亚历山大同志不太重视她的反对。她常常是先反对而最后又同意的。但是那时候偏巧老奶奶来玩几天。在她的参加之下，这场争执变得严重起来，而且拖了很久，终于吵了嘴。老奶奶教廖丽雅的妈妈对亚历山大同志说，要去他一个人到农庄去。最后算是这样决定了。可是当亚历山大同志表示要带廖丽雅一起去的时候，争执爆发得更厉害了。老奶奶说，在学年快结束的时候让孩子抛下功课是愚蠢的做法；至于叫她孤零零地离开妈妈，待在农庄的小木屋里，——那更是愚蠢了。但是亚历山大同志坚持要带走。于是奶奶去找亲戚朋友帮忙。他们也问过廖丽雅比较爱谁：爱爸爸还是爱妈妈？廖丽雅感觉到这话问得蹊跷，所以回答说既爱爸爸，也爱妈妈，爱的程度绝对一样。并且还以防万一地加上一句：她还完全同样地爱老奶奶。

争执把亚历山大同志的行期耽搁了几乎两星期。最后，由奶奶倡议，决定让廖丽雅跟爸爸去，到秋天再让小姑娘自己决定比较喜欢什么地方。

"不用难过，她会回来的！"奶奶对妈妈说，"城里人在农庄里一定住不惯。不过在乡下过一个夏天对她并没有什么不好。无论怎么样，譬如住一次别墅。"

所以，当亚历山大同志知道廖丽雅交上了朋友以后，他高兴极了。这就是说，小姑娘开始习惯了，在这新地方已经不陌生了。她不见得再会想到回城里去。那时候她妈妈也会离开她的医院到乡下来。当然，她不会没有工作做：邻村也有一所医院。

亚历山大同志这样想着，同时把一切都布置好准备迎接客人。

他开了几瓶柠檬水，把花盆从窗台上搬到桌上。那几个土盆子对桌上精致的食具有损雅观，于是他想了一想，又把花盆搬回到窗台上。可是没有花总不大漂亮，而且，桌布上已经留下了两个潮湿的污印。亚历山大同志把土盆用白纸包了起来，重新放到桌上。直到确实没有什么可做的时候，他望了望表。已经一点多了，可是廖丽雅说客人在十二点以前就要到齐的。

亚历山大同志拉开窗帘向外面望望。井台旁停着一辆路过的小卡车，司机正在向散热器里加水。司机倒完了水，把一个压瘪的水桶扔进车厢，车开走了。其他一个人也没有，只有几只给汽车惊散的母鸡又走到大路上来。

亚历山大同志在桌旁坐下来沉思。近来廖丽雅变得不大听话了，这总不大好。她每天乘爸爸忙的时候，不声不响不知跑到哪儿去。跟妈妈在一起的时候不这样的。应该问问她常在哪里，在做些什么。

门口响起轻微的脚步声。钉在门下的一块松垂的挡风草席在地板上拖，门慢慢地开了。廖丽雅走进来。

"快去换衣服！"亚历山大同志叫了起来，"你到哪儿去了？客人都快来了。"

"我不换衣服了，爸爸。"廖丽雅说，她甚至对大蛋糕也不看一眼，就走到用板壁隔开的小房间里去。

"你怎么啦，孩子？"亚历山大惊奇地问，一面向她走过去。

"没什么，爸爸……"

"我看得出来——眼睛还湿着呐。出了什么事？"

"没什么……"

"那你为什么要哭出来的样子？"

"我不哭……"

"我看得出来！瞧，下巴已经在发抖了。"

"爸爸，你什么也不要说好不好？"廖丽雅恳求他，"不然我……真的要哭了。"

"当然！瞧，眼泪已经流出来了。你怎么啦？"

廖丽雅把身子转过去，头搁在椅背上，她的肩膀开始一耸一耸。

"好了，小姑娘……够了，"亚历山大同志弄得不知怎样是好，"你瞧……你听，多好的音乐。"

他拿起百音匣，把柄转了几下。玻璃小铃叮叮当当地响起来了。

"你到底出了什么事？"他继续说，"你哭什么？孩子，你的一切都是光明的，光明还在前面呐。要是我的童年是这样的话，难道我会掉一颗眼泪？"

"当然会掉！"廖丽雅呜呜咽咽地回答。

"好了！哭哭也该够了。"亚历山大同志忍不住了，"快去洗把脸，换件衣服。客人马上就要来了，可是你还在大哭大闹。太不像话。"

"客人不来了。"

"什么？"

"不来了。我们闹翻了。"

亚历山大同志疑惑地望了一下女儿，然后把手一摔。他的兴致一扫而光，他开始怜惜花在那些不必要的布置上的时间。而且，田里正在施肥，可是他却在烤蛋糕。太不像话！

"别难过，爸爸，"廖丽雅说，"我们两个人也能对付。你说对吗？我这就去热一热茶。"

"两个人就两个人吧！"亚历山大同志坐下来，倒了两杯柠檬水，他又想起了心事。在遥远的城里，他的妻子一定也在过女儿的生日，她的桌子上一定也放着柠檬水，她今天一定也跟他一样的愁闷。

廖丽雅端来了大茶壶。

"我们来干一杯，孩子。"亚历山大同志举起一杯柠檬水，为了驱散烦恼，他不住啮着嘴唇，"我跟你的关系会这样复杂，这完全是因为生活把人们改变得太快了。我在你的年纪完全不像你那样，将来你的孩子跟你还有更大的不同。从一方面说，这是好的；从另一方面说——不好……"

有人敲门。

"进来。"亚历山大同志说。

进来的是彼嘉。廖丽雅兴高采烈地嚷着向他跑过去。

彼嘉从口袋里掏出望远镜的镜片，生硬地说：

“这玩意儿你收下吧。我根本用不到它。”

“你瞧！”亚历山大同志笑了起来，“你还说——客人不来了……彼嘉，坐到这儿来。廖丽雅，把杯子给他。”

门外有什么东西发出沙沙声，接着有人在外面把门拉了好久。

“还有人来！”廖丽雅活泼起来了，“我还是去换衣服。”

门开了。季莫非走进房间，不等人家请就拿着他的木枪在大蛋糕旁边坐下来。

“你来干吗？”哥哥皱起眉头问他。

“来过生日。”

“你不是在表决时反对的吗？”

“他们要我举手——我就举手。”

兄弟俩还这样谈了好久。亚历山大同志仔细地听，可是什么也不懂。当廖丽雅换了新衣衫出现的时候，彼嘉对她说：

“你别怕。总而言之，谁也不会把你赶出去。”

“真的吗？”廖丽雅高兴得不得了。

“季莫非，怎么好久不见你了？”亚历山大问，他给这种没头没脑的对话弄得无聊极了，“从前你整天跟我跑，可是现在怎么连人影也不见了？”

“我不让他老是跟着您跑，”彼嘉说，“免得打扰您。”

“他把我的裤子藏了起来，”季莫非说，“不穿裤子跑不成：太冷。”

“的确。”农艺师有点心不在焉地说。

他觉得他在这里使客人受到拘束。虽然廖丽雅又快活了，并且显出她是个殷勤好客的女主人，但是还没有真正的快乐气氛。

造成了好几次冷场，有一次，彼嘉对农艺师斜瞅了一眼，嘴里说：

“今天日长是十七小时十六分。”

“日真长！”廖丽雅说。

“最日长的一天是六月二十二号。”说完，彼嘉又瞟了农艺师一眼。

“日是长了，”季莫非说，“可是还叫人家九点钟就睡觉。”

“我看还是走开的好吧？”亚历山大同志心想。但是他没有走成。出乎意料地又来了几位客人：穿着一双不换的高统套鞋的克拉芙其雅老师和两个捧着鲜花的女孩子。等快乐的叫喊声停下，祝贺完毕，老师把一个用缎带缚住的狭长小包交给廖丽雅。同时，她跟廖丽雅讲好一个条件：要等大家都走开，她一个人留下来的时候才能解开这件礼物。不过，这个条件没有做到。在大家谈话的当儿，好奇的季莫非离了座，走到放礼物的小桌子旁，乘没有人注意，他把缎带解开，打开了那个小包。

“瞧，彼嘉，一个热度表！”他说。

廖丽雅回头一看——“啊”的一声呆住了。季莫非手里拿着一个土壤测温器。

“克拉芙其雅老师，她要土壤测温器有什么用？”亚历山大同志觉得很奇怪。

“那怎么知道！说不定要用到。”老师意味深长地眯缝起眼睛回答。

还好，关于测温器的事再也没有谈起过。过了五分钟，彼嘉招招手把季莫非叫过来，凑在他耳朵上说：

“一切都明明白白了：字条是克拉芙其雅老师写的。去叫朋友们来吧。”

不多一会，费佳、多里亚和柯西卡都来了。

如果详详细细地叙述这个生日是怎样过的，需要很多时间。总的说来，过得非常快乐，因为第二天早晨柯西卡额上起了一块青肿，这是捉迷藏时撞出来的；季莫非吃蛋糕吃得肚子痛。百音匣的转柄因为转的次数太多，也坏了，只好由高路鲍夫拿去，像他所说的，进行“彻底修理”去了。

9. 演　出

夏天到了。学校里开始放假。

空地上十九株高大茁壮的、从未见过的麦秆愈长愈高，旁边一株普通的“密尔都隆卡”麦秆，就是季莫非照料的那株，显到又小又萎缩。

“十九颗奇妙的种子长起来了！”杜霞说，她有时也跑来欣赏欣赏“小精灵”。

孩子们热情高涨地照料着各人的麦秆。在廖丽雅过生日以后不久，又出现过一张字条，不过这一次他们并不十分激动了。大家肯定这是善于保守秘密的老师写的。

但是，放假以后，克拉芙其雅老师到莫斯科自己亲人那里去了，要去住一个月，这期间，空地上又出现一张字条。

这件事愈弄愈神秘莫测。

根据柯西卡的主意，孩子们把空地四周灌木丛里的树叶密密地撒上牙粉，在果树园里布下岗哨，开始注意谁的身上染着了白粉。但是，这个办法一点也没有用。只有季莫非整整有一个星期弄得从头到脚都是牙粉。

除了培植“小精灵”以外，孩子们又添了一件新的工作。村子后面不知不觉地出现了一座很大的土坝，这样一来，玛拉莫露施卡河的两面就受到限制，河里的水现在只得在两道土堤中间一片狭窄的凹地里流动。只要把堤坡铺上草皮，就可以把凹地也填没了。孩子们时常跑到土坝上去，帮着成人们把草皮切成一块块方块搬过去。他们做这件工作也给记上了不少劳动日。晚上，他们集合在俱乐部里，在华西亚叔叔的领导下排演话剧《小雪花》①。正像华西亚叔叔着手干的任何事情一样，这个话剧排演得很认真、很仔细。那个黑人孩子的角色由彼嘉扮演，美国教师的角色由多里亚演。廖丽雅演一个任性的小姑娘，这个角色她演得很好。在演出的前几天，华西亚叔叔到城里去向省里的一个剧院租来许多假发，甚至还租来两套大礼服。

恬静、明朗的夏天到了，一丝风也没有，每天早晨一群牲口走过后，路上就腾起一股潮湿而燠闷的气味，经久不散。

---

①《小雪花》是苏联女作家柳比莫娃写的。主题是暴露美国歧视有色人种的法西斯教育思想。黑人孩子狄克（绰号小雪花）是一个各方面都很好的学生，但一个富翁的女儿安琪儿拼命排挤他，要她父亲用恶势力压迫他；美国教师塔克是一个无耻的人，他为了自己的地位，不惜向富翁卑躬屈膝，遵照他的意志迫害善良的黑人学生。

空地上也很静。偶尔有一只毛茸茸的野蜂有事飞过这里，才扰乱了一会儿宁静，有好久能听到它东冲西撞地在灌木丛上空乱窜，飞过玛拉莫露施卡河，远远地在路旁一簇雏菊上面回旋，最后关上了它的小引擎，安安稳稳停在雏菊的白色花萼上。

傍晚，空气在不知不觉中泛出了蓝色，但还是透明的。天空渐渐向大地靠近，玛拉莫露施卡河上笼罩着层层的雾，不知怎么发出一股焦味儿，雾看起来黏糊糊的，仿佛碰着它会弄脏衣服似的。

在雾中，小河的说话声听得更清楚了：跟石头——它总是激动、生气地说得好快；跟水草——总是友好，温柔地喁喁絮语。

天上亮起了灿烂的大星星，当你仰起头来望着这一片星空的时候，你会清楚地感觉到大地在转动。

演出前的两天，突然变了天气。刮起了东风，晚霞预示着将要下雨。白天，邻区的上空乌云密布，一条条灰色的云带向地面拖下来。孩子们都很高兴；要是雨季来到，田里的活就要搁下来，来看戏的观众会多一些。

的确这样，在演出那天，打清早起就下雨，两点钟没到，俱乐部里已经挤满了人。附近村子里的姑娘们来了，高路鲍夫领头的拖拉机手们也来了。费佳站在门口检票。一群小孩子在向他求情：

“放我们进去吧，费佳！”

“我们不坐位子的！”

“我们坐在地上好了！”

费佳用自己的身体堵住入口，他认为没有必要跟这群小家伙答腔。突然，他看见季莫非也在小孩群中。根据第五农作队大会的决议，在开演的时候，季莫非应该在空地上值班，可是他竟到这里俱乐部来了。

“你为什么到这儿来？”费佳厉声问。

“给雨淋得浑身透湿，冷得很……放我进去看看，费佳！”季莫非叹起苦来。

“明天我们专门为小孩子演一场。今天不行。”

“放我进去，费佳！”

“对你说过了——不行！”

“那我就去对大家说，”季莫非拖长了声调说，“你知道我去说什么？”

“进去吧，进去吧！”费佳急忙说，他只好把这个调皮的值班人放进了场子。

“他可以进去，我们就不可以！”那些小孩子觉得不公平，都愤激地叫嚷起来。

“我们去告诉克拉芙其雅老师！”

“他不放就不放：我们爬上屋顶去闹它个天翻地覆！”

“一定叫他们演不成戏！我们去向窗子里叫喊！”

这时候，演员们正在台上化妆。彼嘉在脸上厚厚地抹着黑色油彩。多里亚穿着肥大的礼服站在镜前，把一撮从皮袄上扯下来的山羊毛粘在鼻子下面。廖丽雅已经完全作好登场的准备，她坐在角落里，用手指塞住耳朵在背台词。当舞台上出现季莫非的时候，彼嘉非常光火，但暂时不去跟他谈话——现在顾不到教训他。季莫非很快就讨到了拉幕的差使，随即坐到舞台侧面，他为了把稳一点，用双手抓紧绳子，使谁也不能把他从这个地方拖开去。华西亚叔叔满头大汗地在台上走来走去，指手划脚，还得压低了嗓门给多里亚解释：教师塔克是个反派人物，所以他穿的大礼服又肥又长，倒是挺好的。

“快到拉幕的时候了吗？”季莫非喊了一声。

华西亚叔叔用手指吓唬了他一下。还得等提示人费佳来到。

终于，费佳也到了。演员们各就各位。华西亚叔叔庄重地摇了一下铃，这个铃是特地为了这次演出从保持挤奶量最高纪录的一条母牛身上解下来的；他说：

“开始了。要记住我们说好的话：不要看台下。要看我。我就在那边台侧。”

“现在可以拉幕了吧？”季莫非问。

华西亚叔叔又用手指吓唬了他一下。费佳爬到提示人的箱子里。廖丽雅出去宣布演员表。

“现在即将上演话剧《小雪花》，”季莫非听到廖丽雅响亮的、故作镇静的声音，“《小雪花》由彼嘉·伊凡诺夫扮演……”

多里亚嘴上带着两撇八字胡髭从台侧走出来。

“快离开舞台！”费佳在提示箱里嘘他，“马上要开演了！”

“彼嘉！”多里亚并不理他，叫了一声。

“什么事？”

“又是一张字条。”

“什么字条？”

“喏。你看。”

他把一张写着印刷体大字的纸条递过去。费佳从箱子里钻出来，走到演员们那边。纸条上写着：“为什么试验地上没有一个人值班？”

“你在哪儿发现的？”彼嘉问。

“桌子上。就在化妆的地方。”

听到廖丽雅宣布完毕以后，季莫非就伸手去拉绳子，幕开了。观众眼看着多里亚跑到后台去，费佳也只得钻回提示箱去。观众原谅了这种情形，甚至还向提示人拍手，只有华西亚叔叔呻吟了一声，像是牙齿痛似的。

演员们马上跑到各自的位置上，柯西卡——他演校长汤姆逊，对费佳眨了眨眼睛，念出了第一段台词：

“小绅士们，请进来！这个教室很凉爽，你们在这里消消火，是再合适也没有了。你们的意见怎么样？……”①

戏开演了。

外面的雨愈下愈大。苹果树上的石灰给冲掉了，所有的小沟和洼地都灌满浑浊的水，母鸡都给赶进了地窖，铁屋顶上只见水花飞舞，俱乐部墙上的戏报也落下了，在地上拖了一阵，给遗弃在大路中央。几分钟内，雨水把土壤灌到了饱和点，被灌饱了的土地开始把水倾泻到玛拉莫露施卡河里去。

在有节奏的雨声中演完了第一幕。

幕间休息的时候，华西亚叔叔把演员们夸奖了一番，他关照费佳，叫他在提示的时候声音轻一点，并且把季莫非撤换了，因为他刚

---

①《小雪花》的第一幕，两个学生——狄克（小雪花）和查利——刚打过一场架，校长（一个正直的美国人）把他们带到教室里来，要他们互相道歉。

才出了洋相。

这一幕结束以后，彼嘉在台上看见季莫非坐在第一排爸爸和高路鲍夫的中间，看样子，他对自己被撤职的事一点也不懊恼。

观众注视着那个留着山羊胡子的教师塔克对黑人孩子狄克叫喊：

“住嘴：说话要有礼貌！把课桌排好！狄克·邓普塞，坐到位子上去！把手放在桌上！狄克·邓普塞，你怎么敢这样对待女孩子？”①

塔克从礼服的前襟里掏出一根长尺，向提示箱那边看了看，打了一下狄克的手。然后望望坐在台侧的华西亚叔叔，又打了两下。

但是，演狄克的彼嘉完全忘了这时他脸上应该显出痛苦的表情。他给出现在场内的叶高尔老爹吸引住了。叶高尔老爹浑身湿透，走到农庄主席身边，指着窗外对他说了几句话。接着，哈里东同志和高路鲍夫戴上便帽，脸色紧张地向出口走去。季莫非也从座位上溜下来，钻到舞台前面。彼嘉知道叶高尔老爹受托察看安装在土坝旁边的测水杆。一定是玛拉莫露施卡河里的水大大涨高了。不会是别的……

这时，教师塔克仍旧念着他的台词：

“只有野蛮的禽兽才会这样做，你这种举动跟禽兽一样。你要对这件事负责。”

说罢，他望了望华西亚叔叔，又用尺把狄克打了一下。

在这以后，狄克应该用扣人心弦的声音说：“塔克先生，我没有碰痛她！我不过是拨开了她的手。”

但是彼嘉怎么也说不出这些话。提示箱里费佳的旁边出现了季莫非，他们竟热烈地交谈起来。过后，费佳用手指向彼嘉一招，等他走近来的时候，轻轻地说：

“我们的麦子快淹没了。”

立刻，彼嘉竟从台上跳到场内，跑了出去，这使华西亚叔叔大吃一惊。接着，塔克先生和汤姆逊校长也摇摆着大礼服的尾巴，跟他冲

---

① 这是该剧第二幕第四场的末了。富家女安琪儿要打黑人女孩蓓蒂，狄克拨开了她的手，这时正巧塔克走进来，安琪儿装哭，说狄克打她。塔克不问情由就打骂狄克。

了出去；廖丽雅也穿着短衫和跳舞软鞋在他们后面跑出去。

费佳钻出箱子，抖去了身上的灰尘，镇静地对正觉得莫名其妙的观众看了一下，宣布说：

“同志们，现在休息！”说完，他跳下了台，跑去追赶他的朋友们了。

雨哗哗地倾倒着。四周笼罩着一片潮湿的雾气。

淋得湿透的孩子们沿着果树园向他们的空地飞奔。彼嘉脸上的黑色油彩往下淌着。他这时才想起，两天前土坝已经筑好了，下这样大的雨，河里水一定涨得很快。事情很不妙。果园左边已经形成一道很宽的小水湾，几株幼小的白桦树已经有一半浸在水里。这时雷声隆隆，好像在嘲笑这群孩子。

彼嘉给荆棘抓破了衣服，他穿过灌木丛跑到空地上，突然又缩回来：试验地上高路鲍夫正在抢救麦苗。他拿着那块“严禁闲人入内”的木牌当锹子把土扒开，在麦子周围筑起一道堰堤。

“您到这里来干吗？”彼嘉惊奇地问。

“先别说话！快来帮忙！”高路鲍夫大喊。

幸亏灌木丛中藏着两柄铁锹。孩子们马上动起手来。

“在这样的时候，你怎么不派人值班？”直到麦子已经没有危险的时候，高路鲍夫责备彼嘉说。

“原来是他写的纸条！”费佳猜到了。

“这样说来，字条是您写的？”柯西卡问，他把大礼服裹紧了些。

“是我。很抱歉。怎么，我的建议有什么不对吗？”

“不，不。您的建议很对。”彼嘉说，“您怎么会知道我们这空地的事？”

多里亚呆在那里不动。他已经明白，空地上的事一定是高沙告诉高路鲍夫的。

“我自己偶然发现的。”高路鲍夫很知趣地朝多里亚看了一眼说。

“既然这样也就算了！不过您得注意，不要让任何人知道这件事。”彼嘉关照他。

“我一定守口如瓶！”

可是，热心的华西亚叔叔、叶高尔老爹、亚历山大同志和哈里东同志也已经在向空地上来了。

10. 烦恼重重

夜里，雨停了。第二天清早，华西亚叔叔套上布朗，赶车到牧场去。天空洁净如洗，温暖的大太阳在附近的尼古拉松林背后过了一夜，现在升到绿山谷集体农庄的上空。在新鲜、纯净的空气中远远传来一阵鸡啼声，接着邻村的公鸡也响应着啼起来。

街上焕然一新：一株积满尘土的老榆树把多节的树枝伸展到俱乐部的台阶上空，树叶绿油油的；俱乐部的窗框在阳光下闪闪发亮，好像刚涂过一层黄色的油漆；白桦树的树干像白色的薄纱在发光。母鸡高兴得闭上眼睛，喝着小塘里浅蓝色的雨水。

肥沃的黑土吐着芳香。屋顶上积着的最后一点雨水，严格地遵守次序，一大滴一大滴掉下来。华西亚叔叔的车轴在一株榆树干上撞了一下。老树的树枝上立刻降下一阵大雨，就在布朗的身边闪过一道彩虹。华西亚叔叔在一家家天井前经过的时候，有几只燕子像用弹弓射出来的子弹那样掠过，几乎擦着了他。家家天井里都在晒衣裳：廖丽雅的短衫、彼嘉的上装、季莫非的小裤子、高路鲍夫的工作服。工作服旁边，倚栅栏搁着那块字迹给雨水冲得看不清楚的木牌：“严禁闲人入内”，——它也在晒太阳。俱乐部门口晾着两套沾满泥浆的大礼服。

华西亚把牧场的工作安排好以后，便赶车回去了。路上，他遇到杜霞闷闷不乐地走着。

“这么早你上哪儿去？”他问。

“上空地去。这下亚历山大同志简直把我们的孩子们闹苦了。你也该去劝劝他别管他们的事。”

华西亚叔叔把布朗拴好，跟杜霞一起向果树园走去。

虽然还早得很，空地上已经有许多人。除了孩子们和农艺师外，这里还聚集着工作队长们、叶高尔老爹、哈里东同志、高路鲍夫，还有一个区里来的什么专员。

“小精灵”已经在结穗了。它结的穗子很特别，每根麦秆上不像普通的那样只结一颗穗子，而是结一大把穗子，叶高尔老爹看着这奇妙的麦子直害怕。哈里东同志那颗庄稼人的心完全体会到这件事的重要性，他脱下帽子站在“小精灵”前面。那位区里来的专员在记下孩子们的姓名，准备把详细情形向报馆报导。

彼嘉、费佳、柯西卡、多里亚和廖丽雅垂头丧气坐在长凳上听亚历山大同志说话。农艺师激动地在空地上踱步，不让任何人走近翻耕了的试验地，他说：

“朋友们，你们的小麦比我们这地方一般结穗的时期早两星期结了穗，你们要认识到这一情况的全部重要意义。由于某种不可理解的偶然原因，你们把这种无上珍贵的谷物的成熟期缩短了整整半个月。请你们认识到这一点，我的朋友……”

“我们认识到了。”彼嘉回答说。

“‘小精灵’的成熟期很长，”农艺师继续说，“这个问题到今天为止一直是在农业上普遍种植‘小精灵’的主要障碍。为了解决如何缩短‘小精灵’的成熟期这个问题，我们的科学家们花了多年的心血。可是你们解决了这个问题。你们要明白——一个具有全国意义的问题解决了！”

“我们明白。”彼嘉又回答说。

“现在，如果我跟你们能够把你们在空地上盲目采取的各种方法和措施一步一步重新整理出来，我们就能向祖国贡献一件出色的礼物……”

“干吗要重新整理！”费佳打断了农艺师的话头，“我们天天记日记。”

“好极了！你们的日记在哪儿？……嗨，你来干吗，小弟弟？”

最后一句话是对季莫非说的，他刚来到空地上。

“他也是我们队里的。”彼嘉解释说。

“这可太胡闹了！”亚历山大同志摊开了两手，“不应该让这么小的孩子也参加重要的工作……去，季莫非，玩儿去。”

“我不去。这儿结着我自己的一颗穗子。”

“不用着急。我们会使你的穗子结好的。”

“我要自己来。”

“季莫非，对你说走开，就走开吧！”哈里东同志说。

“你们要赶我走，我就把空地的事去告诉大家。”季莫非含着泪花子说，他还不知道现在他这种威吓已经失去任何意义了，“彼嘉，为什么他们要赶开我？”

“亚历山大同志，您把这问题处理得不对，”华西亚叔叔严肃地干咳一声，说，“不应该去妨碍他们。”

“当然不应该！”杜霞也接嘴说，“瞧他们种出了多好的麦子，可是您偏要解除他们的工作。”

“杜霞同志，难道您不明白在这块空地上解决了一个有全国意义的问题？”农艺师嚷了起来。

“说得对。”专员也说。

“那明明是孩子们自己解决的。”

“可是怎么解决的呢？是偶然的。盲目的。只要走错一步就会前功尽弃……”

“为什么是盲目的？”杜霞微微一笑，“是您帮助了他们，亚历山大同志。”

“我不可能帮助他们。我一点也不知道。”

“事实上是您帮助的。您为他们作了土质化验……不要管这些事情吧，亚历山大同志！让他们干下去。”

“我怎么能不管这些事情？他们是孩子呀！”

“他们哪是孩子！当他们抱在手里的时候才是孩子。可是一会走路，那就尽管把真的拖拉机、必要时或者把摩托车交给他们也不要紧。”

“我看我们还是别去妨碍他们，怎么样？”哈里东同志对农艺师说，“瞧他们垂头丧气的样子。”

“难道我要妨碍他们？我只要他们不得我同意不要到试验地来。”

“您这说法不对，亚历山大同志。”华西亚叔叔说。

“要是弄坏了‘小精灵’，谁负责？是他们还是我？”

“这倒不错，”哈里东同志表示同意，“他们能负什么责任！他们究竟还是孩子。我们只能叫你负责。绝对不能让这样好的麦子糟蹋掉。”

“那就请容许我监督他们的工作。”

“怎么样，孩子们？”哈里东同志问。

“让他监督好了。”彼嘉叹了口气，“不过我们还是要派人值班。还希望不要把我们的命令撕下来。”

“我们就不撕吧，亚历山大同志？他们没有命令怎么行？”

“让它们贴着吧。”

“那就这样说定了！”哈里东同志说。

人们开始散去。等空地上没有人以后，季莫非拿着一个装满浑浊液体的罐头，悄悄地从玛拉莫露施卡河那边穿过灌木丛走到空地上。他提心吊胆地四面张望了一下，蹲在那株“密尔都隆卡”的麦秆旁边，开始浇土。

“以后他们不放我来看你了，”他伤心地对麦秆说，“叔叔不许我来看你……你快长大吧，长得像彼嘉他们的一样。你实在太小了——比谁都小。大的多好，小的真可怜。小孩到处都给赶跑。我这是最后一次喂你了……”

“你在这儿干吗？”他背后有人说话。

季莫非震了震，把罐头也掉下了：他后面站着农艺师。

“我在浇水……”

“我早就猜到了！难道这样可以的吗？”

“当然可以。我浇的不是别人的，我浇的是自己的麦穗。”

“不，它们都会死掉的！”农艺师把手一拍说，“我已经对你的朋友们说过，施肥过多麦子要结空穗的。你懂吗？要结空穗的！”

“我不知道。”这句话是季莫非的护身符。

回到家里，亚历山大同志气咻咻地把这件事告诉了廖丽雅，可是她认为爸爸说的这件事没有什么大不了。

直到第二天，她到田里去给爸爸送了早点，把包早点的一块印花布手帕拿回家的时候，她才明白季莫非使全队都连累上了。

路上她碰到彼嘉。

“你上哪儿去？”她问。

“我只是走走。”

“爸爸说不久区里有人要来看我们的试验地。有几个新闻记者要来。还有摄影记者。”

“让他们来吧。”

“爸爸要知道一些材料准备他们问！什么日子播的种，怎样施的肥。我对他说，这在我们的日记上全写着。我们把日记给他，你说好吗，彼嘉？”

“不给！”彼嘉斩钉截铁地回答，“他是有学问的人，让他自己去研究。”

“那怎么行？我已经答应他了。”

“你答应了？可是他不让我们到空地上去。”

“你说什么，彼嘉？”

“他不让我们到空地去，”彼嘉的声音颤抖着，“昨天我跟值班的费佳一起去，可是叶高尔老爹挡住去路不让过去。他说：‘不许过去！’我们说：‘我们到自己的空地上去。’可是他说：‘谁都一样——不行！’我们以为老头儿没听懂，就说：‘我们到“小精灵”试验地去。’可是他说：‘正是不许到试验地去。’我们说：‘为什么不许？’他说：‘不许就是不许……’”彼嘉没有再说下去，他只把手甩了一下。

他爬上一座小土丘，在一块石头上坐下来。廖丽雅站在一旁。白云的阴影慢慢地从山岗上移下去，路上一会儿阴暗，一会儿光亮。远处在割草。女庄员们裹着白头巾在大路和麦田中间割了一行又一行，一根杂草也不放过；再过去，沿着鲜花盛开的田野，马拖的割草机在走动，走过的地方就留下一条条暗绿色的、潮湿的割痕。蜜蜂嗡嗡地忙碌着，蚱蜢在青草里踏着它们的小缝衣机唧唧地唱。周围正在进行着平静的、无间歇的工作。

“去割一会儿草吧！”彼嘉说。

廖丽雅明白了：他因为给人家夺去了“小精灵”，闲得没事可做，所以很苦恼。

“我说彼嘉，等你七年级学校毕业以后，到城里去看看。”

她说。

“那边我有什么没见过的？”

“到那边去你会觉得好一些。那边有机器，有公共汽车。”

“难道我们这儿没有机器？”彼嘉冷笑了一下，“我们这儿的机器在城里只有电影院里看得到。你看见电影《幸福的生活》里的联合收割机了吗？那就好了。可是在这里你能看见真的联合收割机。”

“不管怎么样，总是城里好！那边有小花园，有公园。”

“可是我们这儿——你看：到处是阔叶林、针叶林。这样的森林能使你迷路。这可不是你的小花园比得上的。”

“可是城里有商店！”廖丽雅固执地坚持着。

“商店对我有什么用？森林对我就像消费合作社一样：什么地方有白蘑菇，什么地方有红蘑菇，什么地方有草莓子——我都知道。走去就拿得到。在你们那边城里，人们都得坐在办公室里写各种各样的文件——跟学校里一样。可是我们在阳光下、暖风里干活，我们的土地也是呱呱叫的。”彼嘉对廖丽雅看了一眼，毫无保留地说下去：“我不用化验就知道土质。化验——这仅仅是为了更放心一点。你只要把土给我看看颜色，闻闻味道，我就能告诉你，它需要什么肥料。连爸爸也常对华西亚叔叔说：‘彼嘉长大起来，一定是个种庄稼的能手。’”

“随你便吧。”廖丽雅说。

“你要给送回城里去吗？”彼嘉想了一想问道。

“还不晓得。爸爸叫我自己决定。我决定怎么样——就怎么样。”

“那你决定怎么样呢？”彼嘉注意地看着她。

“简直不晓得怎么好……从前在空地上干活的时候很有趣。可是现在又寂寞了……也许要走。”

“你说什么！”彼嘉激动起来，“我们一定还能找些活干。不会老闲着的。”

“找到了活干——再像‘小精灵’那样给拿走。是吗？”

彼嘉不回答。他的脸渐渐开朗。他直盯着自己前面看——仿佛空气中写着什么字似的。

"你先等几天，"他突然站起来说，"'小精灵'仍将是我们的！你先等几天回城里去。"

一路上，直到村子前，彼嘉愉快地吹着口哨，两个人一直走到农艺实验所门口，彼嘉说：

"去对你爸爸说：费佳今天把日记拿来。让他去看。"

11. 管理处会议

过了一星期，绿山谷集体农庄来了一个摄影记者、一个采访员和区农业处的一个代表。

同日，亚历山大同志得到了农业科学院的答复，他曾向该院报导"小精灵"提前成熟的事。

科学家们的信写得很谨慎：照他们的意见，"小精灵"在绿山谷集体农庄试验地上缩短成熟期这一事实还没有说明任何问题。这个特点未必一下子就能永远巩固下来。别的地方也发生过较早成熟的个别情况，但是很可惜，所得到的种子在第二年长出的却是普通的小麦。

亚历山大同志先对采访员说，希望他不要向读者作过分的渲染；然后领客人们到空地上去。

这时出了一件使人啼笑皆非的事，全区的人以后把这件事当作笑话传说了很久。

空地上的"小精灵"不见了。

本来种着小麦的地方，只剩下一个四方形的黑色深洼，洼底跳着一只青蛙。很明显：孩子们把麦子掘起来，移植到别的地方去了。于是大家分头去找那些孩子，但是，除了季莫非以外，一个也没找到。而季莫非又啥也不晓得。

区里来的客人们踱来踱去，不住地摇头，然后也就回去了。

晚上，哈里东同志召集了管理处会议。还请了刚从莫斯科回来的克拉芙其雅老师和没有把麦子看住的叶高尔老爹出席会议。

"哈里东同志，必须采取措施对付您的彼嘉，"亚历山大同志激动地说，"否则，他会把我们的俱乐部也掘起来搬走的。"

"这孩子什么也不怕。"老爹说。

“你认为这不好吗？”杜霞问。

“等你有了孩子，你就知道好不好了。”

“要是他们移植得小心，那还不要紧。要是把根弄断了怎么办？”华西亚叔叔若有所思地说，“你怎么没有看牢呢？”

“叫我怎么看得牢呢！他们用调虎离山计，先派柯西卡来逗我，引我去追他……我以为他在果园里，一定是来偷苹果的，我就跑去抓他。一会儿追到那边，一会儿追到这边……就是这么回事。”

“应该动员团支部来做教育工作，”华西亚叔叔说，“杜霞，你是团支部书记，对少先队员们也应该注意。”

“顺便提一下，你们的共青团员也常来摘苹果，”叶高尔老爹说，“就是这么回事。”

“等一等，老爹。”哈里东同志站起来，用铅笔敲敲桌子，说：“我有这么个建议。第一：委托杜霞了解彼嘉把麦子移植到什么地方去了。第二：把他的第五农作队全都派到浸水的草地上去帮助我们的庄员割草。让他们在那边清清头脑。没有他们，这里的麻烦事也已经多得数不清。你们认为怎么样？”

“我认为，彼嘉和他的朋友都没有错。”克拉芙其雅老师低声说。

“那么请问是谁的错？”亚历山大同志冷冷地问。

“主要是您的错。因为您不信任孩子们，因为您妨碍了他们的创造精神。”

“这么说，您要我们放手不管？让他们高兴怎么做就怎么做？”

“不，为什么要这样！应该帮助他们。但要巧妙地帮助。亚历山大同志，在您看来，他们培植出‘小精灵’这回事是偶然的。其实这里头没有任何偶然的因素。杜霞帮助了他们，高路鲍夫帮助了他们，我也给他们帮了一点小忙……”

“您也知道？”亚历山大同志觉得很奇怪。

“不，我不知道。但是我在世上生活了这么多年，不可能猜不到这件事。我还时常在课堂上讲，怎样搞试验地的工作，怎样记日记……”

“怪不得他们有这样详细的日记！”亚历山大同志猜着了。

“每当说这种话的时候，看到彼嘉、廖丽雅、费佳、柯西卡和多里亚的眼睛闪出光芒，我真高兴。”老师微微一笑，“您瞧，我向您说出了他们全体的名字，虽然谁也没跟我谈过他们的事。”

“只要知道他们把麦子移植到什么地方就好了……”亚历山大同志窘困地说。

“何必呢？”老师说，“要是他们遇到困难，他们自己会来向您请教。请相信我——他们自己会来。”

最后，决定让孩子们得到安静，不去干涉他们的事情。

12. 又是一封信

八月的绿山谷，庄稼快熟透了。在道旁路过的时候，只要肩膀碰一下沉甸甸的麦穗，它就会好久好久地在后面点头，好像在祝行人一路平安。

每天早晨天刚亮，农艺师和哈里东同志就到田野里去，唯恐错过开始收割的好时辰。

到处开遍了鲜花。

在孩子们丢下的空地上，在赤杨丛的树枝中间，野草开出了无数小花，像一盏盏带有淡紫色荷叶灯罩的奶油色小灯。在那里，白得耀眼的帝目花吐着淡幽幽的清香，答谢温暖的阳光的抚爱。花丛中有些地方，黄澄澄的山楂树上结出一串串结实的楂果，像一颗颗泛着暗淡的金光的扣子，它们毫不讲理地用自己苦涩的药水气味盖没了所有别的香味。

尼古拉松林中一片文雅可爱的石南树丛点缀着远看像枞针的小叶，开满了紧贴在细小的干树枝上的粉红色花朵。

再过去，在达尼洛夫冰谷旁，山坡上开遍了紫红色的伊凡茶花——一种高傲的小花，伸展着像沾了墨水的吸墨水纸似的花瓣。

丰饶的夏天仿佛没有尽头，直到在一个刮风的日子里，白桦树上像一根过早的白发似的闪出第一张柠檬色的黄叶，人们才想到，真正的、寒冷的秋天已经不远了。

农忙季节又开始了。亚历山大同志又是一天到晚不在家。

联合收割机出动了。

一辆辆空车，有的沿着村道，有的干脆沿着刚收割完毕还没有踩平的土地轰隆隆驶过，然后又慢吞吞地，载着满满的、结实得像石头的一袋袋麦子回到选别机那边去。选别机上空整天尘土蔽日。传送带整天不停地把闪着丝光金黄色麦子送到大卡车上。联合收割机来来往往，经过的地方就留下划着一道道黄线，给剃成了平顶头的土地和麦秸堆成的一座座小山，高路鲍夫的小狗彼列若克最喜欢在上面晒太阳。

一天，亚历山大同志为了在麦秸堆里找到一颗没有打干净的穗子，正在跟高路鲍夫争论，柯西卡的姊姊——邮递员——骑着自行车到他跟前，交给他一封信。这几天，柯西卡的姊姊送信和送报不用到村子里去，她出了村苏维埃，就到田野里去走遍一个一个工作队，因为全农庄都是一致行动的，这时节谁也不待在家里。

亚历山大同志认出是妻子的笔迹，也不看一下，就把信往口袋里一塞。

这一个月以来，妻子写来的信都是千篇一律的。她催廖丽雅回到城里去，一次一次地提醒他，城里的学校九月一日就要开学了（好像乡村里的学校不是九月一日开学似的），又说，廖丽雅应该争取时间补上脱下的功课（好像她在乡村学校里什么也没学到似的），还担心来不来得及给廖丽雅的衣服鞋袜整理好（好像廖丽雅在这里过的是没人管束的生活似的）。

过了两小时左右，人们把饭送到打麦场上，华西亚叔叔走到亚历山大同志身边。

“这样不对，亚历山大同志！”他眼望着旁边坚决地说，“您要知道，杜霞同志也需要休息。我们牧场的马也有休息日……人当然不用说了：最宝贵的资本——就是人。可是杜霞同志不是从早到夜待在实验所里，没有一点休息，就是连人影也不见。”

“可是这跟我有什么关系？”亚历山大同志觉得很奇怪。

“您可以用自己的威信影响她。女共青团员们每天晚上在俱乐部那里弹琴唱歌，可是她老待在实验所里把几只玻璃试管弄来弄去。脱离群众……”

这样的话华西亚叔叔已经对亚历山大同志谈过不止一次，看起来这样的谈话就没有个完。

“我不是早跟您说过，我没有强迫她在规定时间以外工作！”农艺师愤愤地说，“是她自己不走嘛！”

“您可以叫她在七点以后停止工作。必要时——把实验所锁起来。锁我可以给您。”

为了想法摆脱华西亚的纠缠，农艺师把信掏出来略略看一遍，信上是熟悉的医生笔迹——俄文字母“T”总是用拉丁文的写法。使亚历山大同志觉得惊奇的是这封信的语气跟以前大不相同了。

在信的开头，妻子说已经收到了廖丽雅寄来的明信片。廖丽雅说她正忙着一件很要紧的、责任重大的事，暂时无论如何不能回家。引了廖丽雅的几句话以后，妻子写着，她决定亲自到乡下来，看看那些无知无觉的大人把什么责任重大的事压在这小姑娘瘦弱的肩上，并且要来实地了解以后，再决定以后该怎么办。

“怎么样，锁我可以给你。”华西亚叔叔又说了一遍。

“什么锁？”农艺师心不在焉地问。

“锁实验所的。”

“哦，对了，锁实验所的……可是，干吗要把它锁起来呢？”

“我不是对您解释过了吗，”华西亚叔叔不耐烦地说，“杜霞同志只要在消毒器旁一坐下，那就直到深夜见不到她。可是她无论如何应该参加群众活动。必须想办法解决这个问题……”

但是，亚历山大同志已经不在听他了。那封信愈来愈使他感兴趣。

“还必须考虑一下钢琴怎么处理，”妻子在信里写着，“我委实拿不定主意：还是把它带走呢，还是卖掉？我的头都发晕了！”

农艺师把信整整齐齐地折好，藏到口袋里，对华西亚叔叔微微一笑。

“刚才我们说到哪儿？”他愉快地问，“哦，对了，我想起来了！我答应去说服杜霞同志，叫她像你说的那样，不要脱离群众。”

“那就对了！”华西亚叔叔说，他弄不懂为什么农艺师一下子变得那么高兴。

“不过，华西亚，你要知道，家庭生活——这不是闹着玩的。不是闹着玩的……”

亚历山大同志打算把这个话题发挥下去，可是给彼嘉打扰了。

这位第五农作队队长满头大汗，跑得气喘吁吁，看得出，他找农艺师已经找了很久了。他的脸色苍白，神情紧张。

“你怎么啦，小弟弟？”亚历山大同志问。

彼嘉也不回答，只是松开了一个拳头。他手心里脚朝天躺着一个黑色的小甲虫。那甲虫感到了自由，振着弹簧似的翅膀移动一下，再一跳，跌到地上。

“叩头虫。”亚历山大同志说。

“它是不是要咬麦根的？”彼嘉问。

“它倒不咬，可是它的幼虫，蛆……”

“麦蛆。”华西亚叔叔提醒他说。

“对对，麦蛆既能伤害麦秆，也能伤害麦根。”

“走！”彼嘉扯了一下农艺师的袖子。

“哪儿去？”

“到我们的新空地去。不过您别着急……那边并没有发生这样的事……”

“我可以去吗？”华西亚叔叔问。

“现在无所谓了。走吧。不过那边还不太像样……”

一路上彼嘉总觉得他们走得太慢。而农艺师愈来愈可怜彼嘉了。

“彼嘉，我从前讲到你的‘小精灵’的意义时，有点儿夸大了。”他小心地开始说，“事实上科学家们对你创造的奇迹并不太……我是说并不太……乐观。”农艺师故意用些意义不明的句子，为的是不要使彼嘉太失望。“他们来信说，使种子早熟需要好几年的功夫。原来不只是你一个人，也有别人种出过这样的小麦。可是第二年什么也没有长出来。不过你别难过……”

“那有什么关系，”彼嘉说，“他们没有成功，可是在我们绿山谷能成功。您瞧，我们这儿的土多好！……你说对吗，华西亚叔叔？”

“对。”

“再过十年，也许过二十年，但总长得出来！你说对吗，华西亚叔叔？”

“对。不过你再要到牧场来偷石灰可不行了。”

沿着放牧地，像一条平整的带子似的长着一大片灌木丛，“小精灵”现在就种在灌木丛的后面。

华西亚叔叔想起，今年春天，他在离这儿不远的地方跟孩子们谈过话。

在那块新的空地上，第五农作队全体队员紧张地坐着。杜霞正在仔细地察看“小精灵”茁壮而沉重的麦穗。

“原来你在这里！”华西亚叔叔看见了杜霞，说，“是不是你跟他们一起搬的家？”

“哪里！他们上星期才头一次放我到这儿来，”杜霞回答，“他们这里可严得很……亚历山大同志，您瞧，多美啊！”

“奇妙的麦子！”农艺师赞叹了一声，“英雄的麦子！……噢，廖丽雅，告诉你一个好消息：妈妈快要到我们这儿来了。”

“搬来？”

“大概要搬来。”

“这么说，一切都很好喽？”彼嘉问。

“不错，今后我们能过得更快活了！”农艺师微微笑着回答。

“我不是问这个。我问的是‘小精灵’是不是一切都很好？”

“‘小精灵’也很好。我看，可以把它收割了。”

“我也劝他们收割。”杜霞说。

“他们呢？”

“他们说：太可惜了。说是舍不得下手。只有季莫非把他的‘密尔都隆卡’的穗子拔下了。”

“不过‘密尔都隆卡’拔得太早了，”农艺师看了看那颗穗子说，“小家伙，你怎么乱来的？它还没有熟透呐。”

季莫非垂下了头。

“我们不让他碰，可是他仍旧拔下了。”彼嘉解释说。

“是的，我……拔……下……了！”季莫非忽然哭了起来，“他们说要给甲虫咬坏的，我就拔下了……”

“他给叩头虫吓坏了。”彼嘉说。

“给叩头虫吓……坏……了……”季莫非哭着说。

“哭什么呀？”柯轻卡轻蔑地说，“你的穗子上总共只有四十粒麦子。”

“不，六十粒……”

“可是这里每根麦秆上结一百四十粒……”

“同志们，开始收割！”亚历山大同志隆重地宣布，然后他走到一根高大茁壮的“小精灵”麦秆前面。

“不，我们自己来！”廖丽雅叫了起来。

“好吧，自己来就自己来！”亚历山大同意说，“华西亚、杜霞同志，我们走吧。没有我们，他们可以干得挺好。”

大人都走了。

“第五农作队，站队！”彼嘉说。

孩子们排好了队。

“我可以吗？”季莫非问。

“好吧。你也去排好，”队长答应了，“小朋友们，大家瞧吧，虽然麻雀啄去了我们一粒种子，我们仍旧从十九粒种子培植出……费佳，培植出多少？”

“两千六百六十粒。”

“瞧。两千六百六十粒种子。”

“还有季莫非的四十粒‘密尔都隆卡’！”柯西卡取笑着说，“一共是两千七百粒……”

“得了，你别笑了。这有什么可笑的！”彼嘉打断了他，“我们的麦子缩短了成……成……成熟期。它本来要到九月成熟，可是我们的麦子现在已经熟了。所以说，我们的种子有全国意义。今后还要把‘小精灵’播种好几年，让它习惯我们的土壤。我们以后年年播下我们的种子好不好？”

“好。”季莫非说。

“我们大家一起干活好不好？”

“好。”多里亚回答。

“廖丽雅，你也跟我们一起吗？”

“当然跟你们一起。”

“那么我们就决定：要顽强地工作，一定要在我们这儿培植成功早熟的‘小精灵’。到那时我们把我们所有的田地都种上‘小精灵’。那时粮食将多得堆不下！……现在就收割麦穗——各收各的。”

孩子们一声不响地干了起来。

远处传来拖拉机的轰隆声、马车队的辚辚声和火车的隐约可以听见的汽笛声，一定是廖丽雅的妈妈乘这列火车来了。

阿尔玛斯山谷探险记

［苏联］罗森菲尔德　著

重要人物表

维斯科夫斯基　苏联地质学家。
安德烈　苏联电影摄影师。
格兰尼雅　安德烈的妹妹。
江彭　蒙古老学者，教授。
李昌　江彭的仆人和汽车司机。
刘英信　中国某游击队队长。
王才良　刘英信的儿子，游击队员。
刘小英　中国姑娘，游击队员。
克留格　德国飞行员。

关于本书作者

本书作者罗森菲尔德曾经在苏联《共青团真理报》工作过十五年以上。一九二五年春天该报刚创办的时候，他就在那里工作了，当时他才十九岁，从此，他就把自己的一生和这份报纸联结在一起。

罗森菲尔德担任过《共青团真理报》新闻组的采访员、外勤记者。编辑部经常交给他各种各样的任务。起先他写些首都日常生活中的新闻和关于运动竞赛的报导。后来，还是在一九二五年和一九二六年，他随同各国青年工人代表团走遍苏联国内许多城市，他到过乌克兰、格鲁吉亚、乌拉尔，以及他曾在那儿生长、学习并开始工作的列宁格勒。他不仅向外国朋友们介绍祖国的情况，并且自己也对祖国有了进一步的认识，他了解了祖国的各种大规模计划以及到处展开的伟大工业建设的热潮。他逐渐养成了自己的“新闻写作风格”，他的文章的特色是明快、简洁而富有表达力。读者一看他的短评（即使是不署名的）就认得出来。他经常报导各种性质的代表大会情况，并时常在红场上用无线电广播，莫斯科人曾经不止一次听到过他的声音。编辑部常派他去采访汽车竞赛和试验飞行橇的新闻，派他乘试验气球飞行。

他到许多地方旅行过。记得有一幅为纪念《共青团真理报》创办十周年而绘制的彩色大地图，上面标出了该报特派记者们海、陆、空三方面旅行过的各种路线。罗森菲尔德的路线从边疆到边疆走遍了全国。如果把这些路线达成一条线，它可以环绕地球好几圈。

新闻报导、为报纸工作是他的特长，他那好动、活跃而刚毅的个性需要做这种工作。他对国内的一切新事物永远抱着强烈的兴趣。每次出外旅行归来，他会一连好几个钟头津津有味地讲述他所认识到的人物，介绍他在旅途中各种经历和险遇。他是一个出色的讲故事能手，同时他也力图在报刊上如此有声有色地向读者讲述，使读者自己能和作者一起体味那种使他激动的经历。他碰到过好些勇敢、机警的人，他们善于克服突然产生的不平常的困难，关于这些人的题材，一年比一年使他感到兴趣。同时，他渐渐觉得报纸的篇幅对他已经是太挤了。

他的最初两本书是《在卡拉库姆大沙漠》和《卡拉库姆大沙漠的宝藏》。在这两本书里记述的，是一九二九年夏天科学院院士阿·叶·费尔斯曼和地质学家德·伊·谢尔巴科夫到土库曼无水的黑沙漠作极有趣的考察的情形。罗森菲尔德当时是随考察队一起去的。

一九三〇年夏天，苏联科学院的一个考察队应蒙古人民共和国政府的邀请出发到蒙古去。在两个月内，罗森菲尔德随同这个考察队的一个小组从东到西横穿了整个蒙古。他极感兴趣地观察着这个国家新事物的萌芽在成长，在二十五年前的当时，人们认为这个国家是个谜，这也不是毫无根据的。无论在草原上的歇脚地，在戈壁阿尔泰的积雪山脊或者在一望无际的蒙古大沙漠上，他始终写着日记。其中有见闻录，有文献，有资料，也有书中的摘录。他看到了许多东西：看到过惊心动魄的喇嘛庙会，看到过在蒙古一个集体农庄草拟第一次社会主义竞赛合同的情形，看到过一位高龄老教授所发现的、刻在覆满青苔的石碑上的成吉思汗的墓志铭，他还看到革命青年团员们组织蒙古第一所幼儿园的工作情形。后来，从这些见闻录中，除了好几篇很有趣的报纸特写外，又产生了一本记述这次旅行的新书：《汽车周游蒙古记》。

任务和旅行接踵而来。一九三二年罗森菲尔德曾两次到过中亚细亚，到达近阿富汗边境的瓦赫士山谷。后来又乘过苏联第一艘飞艇。一九三二年秋天，他在连拿金矿，一九三三年春天，他参加了一个救难工作队到达斯匹次卑尔根群岛的岸边，那里有一艘“玛雷金”号破冰船遇了难（他有一本书叫《冰夜》，描写了这次经历）。

一九三三年秋天，罗森菲尔德到坎达拉克沙海湾观察打捞“萨特阔”号轮船的情形，次年，即一九三四年春天，他乘“克拉辛”号破冰船去作环球旅行，当时这艘轮船正急于从列宁格勒经过巴拿马运河驶往楚科特卡去参加救援“赤留斯金”号轮船遇难人员①。

通过这几次航海和旅行，罗森菲尔德收集了许多资料，可以写好几本新书给青少年阅读。他挑选了惊险小说的体裁。

《阿尔玛斯山谷探险记》②是他的第一部惊险小说。

这本书在一九三六年出版。当然，读者在地图上或各种旅行指南上既找不到阿尔玛斯山，也找不到阿尔玛斯人。但是，当你看完这本书以后，你就会相信书中所描写的一切都是事实，至少有可能产生。书中所描写的许多自然景色和人物，在一九三〇年罗森菲尔德作蒙古旅行的时候就为他所牢牢记住了。

一九三七年出版了罗森菲尔德的第二部惊险小说——《海洋的秘密》。

这本吸引人的小说描写了一个秘密的日本军事基地“蓝太阳堡垒”，描写了大胆的领航员果洛文、快活而勇敢的水手长巴库达和阿穆尔河一个打鱼姑娘尼娜·萨马林娜等人的惊险奇遇，这本小说不仅少年读者爱读，甚至许多成年读者也爱读。

当然，这两本书不是没有缺点的。书中主人公的行动并不都是合情合理的。但是尽管这样，对生活的深刻了解和写作天才仍然使作者创作出了这些有趣而令人难忘的好书。

在伟大卫国战争开始的时候，罗森菲尔德放下了搜集新的题材和写新的、引人入胜的惊险故事的工作，到前线去了。一九四二年，他在哈里科夫前线与敌人作战时英勇牺牲。法西斯的枪弹在他巨大的创作才华刚开始显露之时就夺去了他的生命。

姆·切尔年柯

---

① 一九三四年十月，“赤留斯金”号轮船在白令海峡附近被冰块冻结住了向北漂泊，一九三四年二月被冰块撞毁。由于苏联政府及时采取措施，留在大冰块上的“赤留斯金”号人员全部得救。

② 原名《阿尔玛斯人的峡谷》。

涅瓦河之夜

（代序）

八月中旬的一个晚上，我在列宁格勒乘船沿涅瓦河到基洛夫群岛去。这是一艘装璜得很漂亮的小轮船，它满载着喧嚷欢乐的旅客，溅着平静的河水迅速地飞驰着，在这壮丽的河面上，在雄伟的花岗石河岸的背景下，它显得像是一件有趣的小玩具。轮船折向小涅夫卡河，桥洞下响起一阵汽笛声，接着从下面钻出一艘一模一样的小轮船，那是从群岛回来的。旅客们静默了一会儿，努力想认出对面船上有没有熟人，当那条船从一旁驶过时，我邻座的一位乘客用胳臂肘碰了我一下：

“喂，您听：有人在叫您呐。”

真的，在挤在船舷上的一大堆人中间，露出了一个年轻人的高大身形。他使劲地挥着手喊道：

“认出了吗？……是维斯科夫斯基！……我是维斯科夫斯基呀！记得蒙古的事吗？”

轮船很快地驶过去了。那叫喊着的人奔到船尾喊道：

“您听得见我的话吗？……我是维斯科夫斯基……您打电话给我，电话号码是5348……有很多有趣的事……”

……维斯科夫斯基……蒙古……当邻座的乘客刚碰了我一下，我刚听到维斯科夫斯基声音的一刹那，我马上就知道是他。在无边无际的蒙古草原上，任何人只要碰到一次，你就永远不会忘记他的，难道我能忘记五年前跟我一起在蒙古西部的草原和沙漠上旅行的地质学家维斯科夫斯基吗？

暮色苍茫中，文化休息公园点起了灯。但这时候，我的心离涅瓦河很远很远。脑海中闪过了一座座坟丘和蒙古阿尔泰山青色的山峦，在那里，我们曾在饿豹的吼声中入睡，在猛鹰的啼声中醒来。这是一九三〇年夏天的事。应蒙古人民革命政府的邀请，苏联科学院组织一个综合考察队到达蒙古。好几个地质学家、地理学家和天文学家的小队出发到这个广大国家的各个角落去。我当时是《共青团真理报》的特派记者，跟教育部某代表同行，这位代表是去了解各队的工作情况的。

在两个月的时间内，我们乘汽车行驶了三千公里的路程——从蒙古首都乌兰巴托到科布多，然后到靠近苏联边境的科什阿加奇。

一天夜里，我们在离预定的歇脚地还有十五公里的地方停了下来，就在草原上安营过夜。我们用干树枝点起了篝火，扎好了一个蒙古包，在篝火旁躺了下来。这时刻，三个旅行家在这伸手不见五指的黑夜里感到很孤独，教育部某代表——一位老蒙古通——躺在一张熊皮上翻来覆去，好久不能入睡。这位老人夜里失眠时总喜欢讲各种各样的故事，他不爱令人难受的静寂，他会一连好几小时回忆过去的经历，努力不让我们入睡。老人时常以他的不可思议的幻想使我们惊奇，他那严肃的声音能使许多光怪陆离的奇遇听来合情合理。

“明天要热了。”蒙古通哼唧着，在熊皮上伸了个懒腰，“得早一点起来。明天中午以前我们要到达扎萨克图汗。我们到底可以看到人了！现在，连我这样一个半生在草原上度过的人也开始感到有点儿凄凉了。像你们看惯了热闹的大街和广场的京都人，在这里的滋味也就可想而知了！五天以来，我们没碰上一个骑马的人。在这样荒凉的地方，哪怕就是碰上阿尔玛斯人，你也会不由自主地高兴起来的。”

“阿尔玛斯人？阿尔玛斯人是什么样的？”我们向老人靠近了些，我们知道他这下准是又要讲述什么离奇故事了。

我们的确没有猜错。

“你们问阿尔玛斯人吗？……难道你们没有听到过阿尔玛斯山和无路可通的峡谷里的神秘怪人么？哦呵！那你们就应该知道一件神秘莫测的事情，这件事吸引了我已经有三十年了……有一次在黄沙漠附近一个光明草原村里，”他开始说，“那时刮着大风雪，蒙古人都躲到帐篷里。忽然，牧地上所有的狗都狂叫着向山岗上跑去。牧民们也跟着狗跑出去，他们看到了一件怪事，大家都吓呆了。一个浑身长满黑毛的人在狂风中乱窜，一边没命地吼着。

“‘契凯姆皮？’（‘你是谁？’）——蒙古人叫了起来。那个神秘的人看到人就跑了。暴风雪一下子平静下来。第二天，蒙古人在雪地上发现了他的痕迹——这是人的脚印，但是这脚印非常奇怪。雪地上清晰地印着爪子和一个向前突出的大脚趾的痕迹。脚印穿过草原向阿尔玛斯山那边伸去，在一个无底深渊的悬崖旁消失了。

“我知道了这件事后，就认为这大概是个野人——一个阿尔玛斯人；我再说一遍，关于这种人的传说我听到过很多。我可以讲许许多多三十年来从牧民那儿听到的类似的故事，但是我担心你们听了会以为这些都是神话或是愚昧无知的人的迷信。不过，这些故事却使我深信阿尔玛斯人可能直到现在还存在着。你要是看一些关于中亚细亚的游记，就会发现里面常常提到一些神秘的怪人。马可 · 波罗[①]讲到过他们，后来普兰诺 · 迦耳宾尼[②]也讲到过。所有这些事实都是从很久很久以前流传下来的。但也有较晚的一些史料，有我们这时代的文献。

“一九〇六年，彼得堡[③]一位巴拉廷教授带着一个骆驼队考察归来。在太阳下山的时分，领队人四下张望着，想找一个过夜的地方，忽然他大叫一声，跪倒在地上。骆驼队停住了，这时大家看到在沙丘上有一个像猿猴似的、披头散发的人形。他站在夕阳底下，伛着身子，垂着长长的手臂，好奇地望着人们。巴拉廷激动得非常厉害，他要求蒙古人赶上去把他抓住，可是引路的人一个也不敢去。那个阿尔玛斯人慢慢地后退，躲到沙丘背后去了……唉，要是有几个年轻小伙子多好啊！”老人幻想着说，“那就可以组织一个探险队，出发到黄沙漠的中心去……需要一支有经验的、不怕困难、不怕危险的队伍。你们想象一下：就譬如咱们几个吧，现在正在深入到没有水的沙漠地带去，走进无路可通的峭崖险谷……突然发现了长满黑毛的怪

---

① 马可 · 波罗（1254—1323）是意大利旅行家。1271 至 1295 年间曾经过中亚细亚旅行到过中国（在中国居住有 17 年左右）。他是最早向欧洲人介绍中亚细亚和中国情况的人之一。

② 普兰诺 · 迦耳宾尼（1182—1252）也是意大利旅行家。1245 年负有外交使命前往蒙古汗国。他搜集了许多有关各东方国家和民族的资料。

③ 即当时苏联的列宁格勒。

人！……”

老人最后几个字拖得很长，接着他用袍子裹住了身子，马上就睡着了。

篝火熄了，黑暗更浓了。

阿尔玛斯人……这是神话、传说、迷信呢，还是事实？在无路可通的深山里，可以假想现在还住着野人吗？

脚步声打断了不安的思绪。有人在向帐篷走来，我也不知道这是谁，就跳起身来迎着他跑去。

一条强烈的手电筒光线直刺我的眼睛。

“小心点，同志，”我听到了一个平静的声音，“把枪收起来。我是不幸搁浅在沙漠海里的人。”

手电筒又一闪，一个瘦长身材的年轻人很有礼貌地行了个礼，开始自我介绍：

“我是地质学家维斯科夫斯基。如果我没有猜错的话，”他朝汽车那边点了点头，“你们是往我们那儿去的。我真走运！”他笑了起来。“我得救了。说真的，要是你的马伤了腿而你不得不步行的话，在这里是很容易死掉的。地质勘探锤是当不得指南针的，您说对吗？今天天刚亮我出来勘测，我的马突然扭伤了腿，我只好在土岗上过夜。”

忽然来了这么个人，惊醒了老人和他的秘书，我们就跟这位新朋友直谈到天明。太阳升起后，汽车继续向前驶去，我跟维斯科夫斯基一起步行。他牵着一匹跛马。路上，我把夜里蒙古通讲的故事告诉了他，他一面听，一面放慢了脚步。

“是啊，”他若有所思地说，“很有意思。不过我应该对您说，我对这一切是很认真的。牧民们所说的阿尔玛斯山还根本没有经过科学的研究。连我们这样的人也分辨不出是真是假，这是很难想象的，但是事实毕竟是事实：没有一个人到过无路可通的阿尔玛斯山。因而产生了许多传说和迷信，这是十分自然的。但是有了现代的交通工具，我认为到山那边去是可能的……如果有一个装备良好的探险队，那……”维斯科夫斯基扯了下缰绳，热情地说，“我一定很高兴参加这样的探险队！”

在扎萨克图汗镇歇脚的那几天中，地质学家一直在蒙古通的身边，他们俩时常避开别人，在一起长谈。我和地质学家一起乘车走了二十天，两人之间形成了紧密的友谊关系。回到苏联以后，我们还时常通信。维斯科夫斯基曾从帕米尔高原和远东来信，刚才，他又在涅瓦河的轮船上出现了。

……5348。这是他的电话号码。我也不上公园，立刻换上开往夏园的轮船回到城里。看到第一座自动电话亭，我就打了个电话——半小时后，我们已经在施米特中尉桥的灯光下互相握手了。

“多好啊，我们又见面了！”他说，“我正打算给你写信哩。但是信上能够写得完吗……我三天前才从蒙古回来。我在学术委员会工作了两个月，本该六月初回列宁格勒的。可是我已经有五年没有休假了，所以决定在蒙古度过假期。您永远也想象不到我到过什么地方……您猜猜看……猜我到哪儿去了？”

“找阿尔玛斯人去了。”我回想起在一起旅行的情况就开玩笑地说。

但是维斯科夫斯基却一本正经，用低沉而坚定的声音回答说：

“找阿尔玛斯人去了……对……我到过那儿了！……我找阿尔玛斯人去了……”

夜里，我跟维斯科夫斯基，沿着涅瓦河的河滨马路走了一整夜，我们忘记了时间。早晨，早班电车已经在城里开动了，我们到维斯科夫斯基的住所去，翻了好几本日记，看了许多资料。这些记载证实和补充了地质学家所讲的惊心动魄的故事。我征得了维斯科夫斯基的同意，答应他的要求，只更换了一下事件参加者的姓名，现在把那天夜里在涅瓦河畔所听到的一切向读者转述。

在老江彭家里

六月初，维斯科夫斯基结束了在乌兰巴托的工作，下决心要到黄沙漠去旅行一次，他带了当地朋友写的一封介绍信去找一位蒙古老学者江彭，希望他提一些意见。

历史学家兼考古学家江彭，从春天起便居住在鲍格道乌尔山上，夏天，乌兰巴托的居民常到那边的别墅里去避暑。鲍格道乌尔是蒙古首都郊外唯一还存留着树木的地方。人民革命政府宣布鲍格道乌尔的树林和动物为国有，禁止采伐和狩猎。

在离城两公里的地方，维斯科夫维基涉水渡过了泛滥的土拉河。地形从这里开始渐渐趋高。直到走近目的地的时候，他才第一次开始考虑江彭将会怎样接待他。乌兰巴托的熟人认为有责任把这老人的怪脾气预先告诉地质学家。二十年前，完全俄国化了的江彭辞去了彼得堡大学的教职，回到了祖国。国内接二连三地发生了许多巨大的变迁——中国军阀的占领、温根男爵的侵袭[①]、人民革命政府的成立，——但是江彭却关在自己屋里不参加国内的政治生活。他在自己的书房里足不出户有二十年之久。渐渐地这老人被人遗忘了，但从科学会议的讲坛上还可以听到他的名字，他的著作被译成欧、美、亚洲许多国家的文字。江彭在彼得堡完成学业后，曾在蒙古的沙漠地带作过数次大规模的考察，发现了两座死城和成吉思汗征战时代的许多古碑。在中国，江彭曾因在北京郊外发掘到古代文物而获得荣誉。他发现了许多明朝奠都的文献。由于多次发掘的结果，使江彭对北京种种名称的历史考据工作颇获成绩，因而声名远扬。譬如：北京又名燕京和顺天府。马可·波罗的游记中称北京为汗八里城。

老学者依靠他的著作译成外文所得的版税生活。蒙古政府给他规定了一笔可观的养老金，三年前，在他六十岁生辰那天，人民教育部还赠给他一辆汽车，夏天，他就乘了这辆汽车到鲍格道乌尔来。

按照在别墅避暑的人的指点，维斯科夫斯基离开了大路，走进一座浓密的树林。他听到脚边发出轻微的、断续的吱吱声，就站住了一会儿。从草堆里跳出一只棕黄色的土拨鼠（蒙古话管这种土拨鼠叫“塔尔巴冈”），它看见人一点不怕，用后爪支住身子站起来，好奇地看着维斯科夫斯基。大树的周围都是石块。维斯科夫斯基爬到丘陵的顶上。下面，在一片阴暗中，在树荫下，在长满青苔的山沟里，有一股看不见的地下泉水在汩汩作声。维斯科夫斯基四下环顾，找不到一条小路，他已经决定向下走了，突然觉得自己背后好像有人站着。一个身材矮小的中国人，提着满满一篮蘑菇，脚穿一双厚底毡鞋，不声不响地走近了他。他穿着一件皮外衣和一条紧窄的黑裤子，样子跟在城里建筑工地上干活的砌砖工人一点也没什么不同。那中国人做了一个很有礼貌的手势请他停下来，同时操着极流利的俄语很客气地问：

“您是在找大路吗？如果您允许的话，我可以指点您。”

说着，他矫捷地越过石块，同时不让蘑菇落掉，领维斯科夫斯基走到一条蔓草丛生、隐约可辨的小路上。

“往下走。那边就是大路，”他说，“那儿有汽车……您就可以看到城市了。”

“可是我是从城里来的呀。我想找江彭教授的别墅。”

那中国人重又行了个礼，请他在前面走，说：

“江彭教授的别墅很近。”

几分钟后，维斯科夫斯基看到了一座白色的大帐篷。但是到了这里，那个引路人跨到他前面，请他稍等一会。维斯科夫斯基觉得很奇怪、那中国人竟走进了帐篷，接着从里边传来不很响的谈话声——显然，是一个老人在唠唠叨叨地责骂走进去的人。很快，那中国人端了一张小巧精致的漆凳出来，说：

“请原谅……教授请您等一会。”

---

① 温根男爵是一个白俄反革命头子。他曾经疯狂地阻挠在蒙古建立人民革命政权。

帐篷里起了一阵忙乱。在低沉的咕噜声中仿佛有人在移动家具；两扇木门终于打开了，一个头发花白、身材像个少年的瘦小老人匆匆向维斯科夫斯基走来。维斯科夫斯基立刻看出，教授穿着很长的黑礼服，感到很不自在。肥大的袖口从孩子般的小手上垂下来，老人把头侧向一边，用指尖把袖口捺住。又高又宽的浆领撑住了他的下颚，当教授转动时，一条用宽紧带扣住的领带就从他的脖子上脱了下来。

"请原谅。因为李昌去采蘑菇，把我交给鲍格道乌尔的精灵照应。我希望您不要介意！……请吧……"

这个宽敞的帐篷是一个很像样的圆形房间，铺有油漆地板，里边放着一张写字台、几个书架和一张铺着毡毯的床榻。江彭先给客人移过一把雕木的安乐椅，然后自己在桌旁坐了下来。那个中国人已经换上了一件黑绸长衫，搬来了一张矮得像方凳似的桌子，还拿来两只磨得很光滑的木碗。

"谢谢，李昌。你给贵客敬一碗咱们的粗茶，陪一个不是吧。"

维斯科夫斯基不知道从何说起，他好奇地凝神看着老学者颧骨突起的小脸。一双充满稚气的明亮的大眼睛在浓浓的白眉下炯炯发光。他长着一副洁白齐整的牙齿和中国式的小胡子。

"喝碗茶提提神吧。"教授递过木碗，"这玫瑰木碗是我四十年前从西藏带来的。它从前曾散发过极好的香味。"

"您一个人住在这儿吗？"维斯科夫斯基突然不由自主地冒了一句。但他立刻觉得很冒昧，又说："请原谅，如果我打搅了……"

"哪儿的话！"江彭看出了客人的窘色，连忙截住他的话头，"现在我完全没事。您大驾光临的事，人家先通知过我了，所以我很殷切地等待着您。跟我在一起的有李昌，"他又补上一句回答了那个问题，"今年，我们这两个隐士过了这么多日子的隐居生活，总算出了头，真是可喜可贺。我结束了对青石崖东坡上最后一个记号的研究工作。可以绝对准确地断定，三条线的记号是一个猎人射箭的形象。图案已经完全译出，过两天我就通知俄罗斯联邦科学院。对不起，我说得出了神……这种话题未必能使您感到兴趣。言归正传，人家已经把您的打算告诉了我……说吧，年轻的朋友，我听着。"

维斯科夫斯基激动得很，他感觉到教授聚精会神地在听着他，他把准备了好久的话对教授说了，江彭也不打岔，只把手掌在膝上擦着听他说。

“请您明白……我没有任何要求，但是我很想研究那些山岭。虽然有草原啊，沙漠啊！……但是有了现代的交通工具，五六百公里，即使是在沙漠上——也不算很远。我只想看看那些古代有许多传说的山岭。究竟是什么东西造成这许多传说和迷信说法的呢？我想租一辆汽车。我有足够的钱。这次旅行大概需要一个月光景。如果遇到不可克服的困难，我就回来……不知您能不能帮助我？请您跟我谈一下这个谜一样的地区吧，如果可能的话，还请您在您认识的蒙古老人中介绍一位向导。我只要求一点：请不要认为这是荒唐的行为……”

“您说哪儿话！”江彭不同意地说，“我很重视您的崇高的愿望。您的愿望应该得到有力的鼓励，您完全可以对我提出要求。您要知道，年轻的朋友，阿尔玛斯山在离我们此地有五百公里的黄沙漠中心。如果乘汽车，我们或许能通过这段非常艰难的路程。至于说还没有任何人访问过阿尔玛斯山，那可不对。据我了解，曾经有好几个探险队到过那儿，但是还没有人能深入到山里去。深渊好像一道非常宽阔的护城沟，使陡峭的悬崖完全无路可通。据到过那边的人说，万丈深渊底下有声音传出来，因此我们有根据猜想下面有水。而在有水的地方……也就可能有人。山脉像一条由几千公尺高的秃崖联成的锁链，连绵数十公里。现代的地质学家当然可以寻找通路试试，但是当年我的朋友们一看到那些神话式的悬崖，就只能放弃他们的大胆幻想了。”

“这么说，”维斯科夫斯基小心地问，“您也劝我放弃我的希望吗？”

“完全不是！”江彭叫了起来，“我永远也不会容许自己破坏青年学者的计划！不但如此……而且……我还要自告奋勇来帮您的忙。”

“真的！”

“我属于您！是这样。我们不要耽搁，立刻就实现您的理想，我们一定可以到达阿尔玛斯山。我做了二十年的志愿囚徒，现在，该结束了。在临死前，我要尽情地呼吸一番草原和沙漠的空气。古代王朝的研究，束缚了我五十年。够了！年轻的朋友，我要跟您一起到草原，到沙漠，到山上去！把我带去吧，我完全听候您的支配！”

“这是从何说起呢？”维斯科夫斯基惊呆了，“您是想……一起去？……”

“如果您不拒绝跟我这个老家伙在一起，我就跟您去。我的经费、我的汽车和我的李昌都听候使用。李昌不但是个好厨师，而且是个好司机哩！”

“我简直说不出……”

“别说了，我亲爱的，别说了。咱们用五天时间作动身准备。一切必需用品由我们准备。您同意吗？伸出您的手来！……李昌，快来！”

江彭兴奋地拍了下手。李昌已经在门口出现了。

“李昌，开一瓶酒，把咱们家的陈年老酒拿来，咱们来庆祝谈判成功，祝这成功的时辰大吉大利！……您几岁？”兴高采烈的江彭一面从瓶里倒酒，一面问，“二十五？这酒的年龄比您大二十岁。我二十年没有动杯了！”

“为您干一杯！”维斯科夫斯基说。

“为年轻人干杯！”教授庄严地高举酒杯，“为那些跟他们在一起就使人变得年轻的人干杯！”

* * *

直到日落西山，帐篷里还在谈话。老学者和地质学家决定把这次旅行保守秘密，在教授的“别克”牌汽车离开乌兰巴托以后好几天，蒙古首都的人们才得知江彭突然出行，他们都很惊奇。

最近的神话

在沙漠的边缘，在阿尔丹-采兹克的庙宇附近草原上有一个歇脚地，一长队从张家口到乌兰巴托去的中国商人在那里宿夜。夜空下点起了一堆堆的篝火，羁住前脚的骆驼朝四下慢慢走着，客栈周围停着一排车挡竖起的双轮大车。在熊熊的火光下，只见一件件蓝布长衫在那里时闪时现，商队的人们把咩咩叫着的羊群赶到火堆旁，空地上响起了一片嘈杂的人声。木栅栏旁停着几辆汽车：和商队一起到此的还有一个到蒙古来作巡回演出的中国流动剧团。大家都没有注意到还有一辆汽车开到这个歇脚地来——这是一辆载得满满的咖啡色“别克”牌汽车，车身两旁系着装水的小桶。

一个老婆婆按照习俗，从帐篷里拿出一把干粪来生火。中国司机留下他的两位乘客，向草原上睡着牲畜群的圈栏那边走去。

“这是在人群中过的最后一夜了，”江彭说，他撩开裹在身上的毛毯，从车里走出来，“明天我们就要在黄沙漠里过夜了。”

山岗后喇嘛庙黑魆魆的围墙和飞檐隐约可见。远远传来兴奋的狂喊声。

“这是喇嘛晚上念经。”江彭细听着说，接着，他拉住维斯科夫斯基的手走上了山岗。

从高处看去，宏伟的呼律庙全景尽收眼底。从烛光闪烁的黑洞洞的门里跑出了许多小喇嘛——蒙古话叫做“班弟”；他们披着长长的袈裟，争先恐后地跑着，一边叫喊：

“霍拉尔达依！……霍拉尔达依！……（集合啦！集合啦！）”

铜鼓和罐鼓声宣布晚课开始。喇嘛们在矮凳上坐下来，开始以低沉的声音喃喃地念着经。在庙堂深处，一尊金身佛像在烛光下闪烁。

“念经就要完了，”江彭自言自语地说，“我要去瞻仰一下庙宇。”

老人和维斯科夫斯基走下山岗，来到篝火旁。天色已经完全黑了。

李昌回来了，腋下挟着一头小羊。

“朋友，我要离开您一会儿，不会超过一小时的。”教授突然说，“我已经说过，我要去瞻仰一下本地的呼律庙。那儿有我认识的一位老喇嘛，如果他还活着，我希望能找到他。我们吃晚饭时再见。”

江彭很有礼貌地摘下帽子，拄着拐杖走远了。维斯科夫斯基目送着他，看见土丘上有一个张灯结彩的露天剧场。李昌仿佛猜准了他的心意似的，劝他说：

“您高兴的话，可以去走走……车子有我照看。”

在中国剧团演出的那个剧场里挤得水泄不通，有两百多观众，有坐的，也有站的。点得灼热的煤油灯发出窒人的煤烟味，场子里烟雾腾腾。维斯科夫斯基走到第一排，在舞台的地毡旁的草地上坐下来。演员们穿着笨重的锦缎戏衣，很镇静地用刀剑在厮杀，在嘈杂的谈话声中很难听出他们的声音。

然而观众使维斯科夫斯基感到的兴趣要大得多。草原的骑士们手拿短鞭，一本正经地在谈论着牲畜和牧场的事。一个上了年纪的蒙古女人梳着有角的老式发髻，脑勺上戴着一顶男式圆顶帽，嘴里叼着一支香烟，若无其事地在给一个婴孩喂奶。忽然，场内鸦雀无声，大家的目光都集中在台上。牧民们和客商们在原地一动不动地伸长了脖子，紧张地凝视着屏帷后跳出一个手执白棍的妖怪。观众感受着这充满悲剧气氛的一瞬间。

“妙极了！”维斯科夫斯基的耳边突然响起一阵笑声，“一个极有意思的镜头。”

维斯科夫斯基疑惑地抬起了头，他看见一个戴宽檐皮帽的淡黄头发的汉子。那人并不注意维斯科夫斯基的疑问目光，没看出或者不愿意看出他的惊奇神色，落落大方地伸出了手。

“从莫斯科来还是从列宁格勒来？”陌生人喋喋不休地问道，“我们认识一下吧。我是电影摄影师安德烈。您怎么到这儿来的？在这不用担心下雨的歌剧院里相逢可真愉快，您说对吗？哈——哈——哈！我们不会搭不上电车吧[①]？”

这个自称安德烈的人，在一分钟内就说出了自己的详细情况。他是出差到乌兰巴托来摄取一年一度的民族军事体育节——“那达慕”——的实况的。可是真见鬼，在列宁格勒人们竟没有告诉他“那达慕”是在八月举行的，而现在还只是六月初。那就找些活干干吧。总不能回去呀！闲着无事两个来月可不是闹着玩的！这段时间内，在列宁格勒和莫斯科不知要发生多少大事呢！趁等待“那达慕”的当儿，电影摄影师决定了解一下这个国家的风土人情，所以现在他乘着他的“道奇”牌汽车在周游附近的游牧地。

“您到哪儿去？要是有什么趣事的话，我就马上可以一起走。”

“我要到草原去作一次小规模的地质勘探，”维斯科夫斯基支吾着回答，“这对于您是毫无兴趣的。”

“您听我说，”安德烈叫了起来，活像他们俩从小就相识似的，“我大概要跟您一起去！说真的，我真是一个人逛够了。我发誓，这一定很有趣。”

“不，可惜不行，”维斯科夫斯基沉着地说，“我不是一个人，还有一位老学者跟我一起。他和我都有重大的任务。”

“不是一个人？”安德烈高兴极了，“那就更有趣！我当然去，我和你们一起去！”

“不，”维斯科夫斯基忍不住了，他斩钉截铁地拒绝说，“您不可能跟我们去。这是一段艰苦漫长的路程，无边的沙漠，没人的地方……”

“得了吧，别转弯抹角啦！”安德烈生气了，“您听听您自己说的话吧。您刚才说是一次小规模的勘探，现在却几乎是到卡拉库姆[②]去探险了。您直截了当地说吧，是不愿带我同去。”

“不愿，”维斯科夫斯基冲口说道，“我很惊异您这种不恰当的坚持劲。我们不想多带人，也不要任何人一起去。”

---

① 安德烈是在开玩笑，事实上当地根本没有电车。

② 卡拉库姆是苏联一个大沙漠。

“可是我呢？”安德烈真心觉得受了委屈，“您反对我哪一点呢？如果我没有猜错的话，您该是个共青团员吧。甚至可以说，您一定是个共青团员，而我也是……怎么，您以为我会成为你们的负担？我有自己的‘小道奇’，我把车加足汽油，咱们就走。怎么样？”

维斯科夫斯基不知道还应该说些什么，好摆脱摄影师的纠缠，他愤然把身子转开，向他表示再谈下去没有意思了。但是安德烈继续说着，恳求着，要不是维斯科夫斯基惊奇地发现这个劲头十足的摄影师突然不作声了，这两个列宁格勒人的会面还不知道会怎样收场呢。安德烈不但住了口，他仿佛把维斯科夫斯基也忘了。一个顽强的念头攫住了他的心，他略加思索以后，很快地向出口走去。终于得到安宁的维斯科夫斯基松了口气，重又开始看戏，接着就把这位纠缠不清的同国人忘了。

离剧场不远，停着安德烈的一辆载满帆布的汽车。这辆美国“道奇”车，或者，像摄影师所说的“小道奇”，在黑夜中勉强可以认出来，安德烈的脚步合着鼓笛声的拍子走着，刚一发现那熟悉的轮廓，就向汽车奔跑过去。

他打开了车门，坚决地叫道：

“露莎尔卡！最亲爱的露莎尔卡，睁开您的美丽的眼睛吧。”

没有人答应他的叫唤，事实上也很难想象在一堆堆硬绷绷的帆布里有着生物。安德烈不耐烦地揿了几下喇叭。可是仍旧没有人回答他。于是摄影师开始去扯车上的东西。帆布动了一动，皮座垫上站起一个年轻姑娘。安德烈也不让她在酣睡之后醒一下，马上吩咐说：

“马上整理一下！给您三分钟时间打扮——我和您要去作一次拜访。”

安德烈称之为露莎尔卡[①]的姑娘，显然已经习惯了摄影师的怪脾气，虽然如此，她仍然目瞪口呆地瞧着他，很明显地在等待他把话说明白些。

安德烈仿佛害怕错过时机，急急地对她说了一连串更加莫名其妙

---

① “露莎尔卡”是童话中一种类似人鱼的女水妖，这里是他给妹妹起的绰号。她是个游泳能手。

的话：

“我相信他不会拒绝你的！……敬爱的露莎尔卡，请您跟我去……那家伙简直是铁石心肠！不过我相信，这是一个出色的小伙子，是自己人。”

安德烈一面说着话，一面把姑娘抱了起来，把她放到车灯前，开亮了灯。在她狼狈地整衣裙、梳头发的当儿，摄影师把她从头到脚打量了一番，对她的外表感到满意后，很有把握地说：

“好极了！照飞行员的说法，你的能见度[①]好极了。他不敢对你拒绝的！……”

安德烈熄了车灯，拉了姑娘就向中国剧场走去。

乘他们俩走到剧场去的短短一段时间，我们来讲一讲露莎尔卡是什么人，读者就会了解他们之间的奇怪关系了。但是先得提一提这姑娘的真名字：她叫格兰尼雅。十八岁的格兰尼雅是摄影师的妹妹。首先，我们需要描写一下这对兄妹之间从小形成的不寻常的亲密关系。

国内战争时期，安德烈兄妹俩在基辅省成了一对无父无母的孤儿。安德烈比格兰尼雅大七岁，当他们被收养到孤儿院、送到列宁格勒去以后，十岁的哥哥就变成了对妹妹非常爱护、体贴入微的慈母。他一步也不离开他的小妹妹，警觉地照顾着她，不让人家欺侮她，后来，当他长大了，进入技术学校以后，仍旧每天去看望她，悄悄地把她的衣裳和袜子带走，给她补衣服，无论把格兰尼雅交给谁照顾他都不放心。

安德烈十七岁就自力更生了，他得到了一间独用的房间，便把妹妹接来同住。同志们觉得这个淡黄头发的健壮小伙子很奇怪，因为他虽然很天真活泼，可是又不跟任何人交朋友，只忙着照顾他的妹妹。早晨他给她准备早点，给她喝茶，送她上学，晚上一下班回来，便跑去接她回家。渐渐地格兰尼雅长成了一个大姑娘，考入了体育学院，她已经能独立生活了，这时安德烈才依依不舍地放她到宿舍里去住，以后只要一有空，就到体育学院去，而且在她房间里就像主人一样发

---

① “能见度”是航空术语，天气晴朗，能见度强；遇到阴雨，能见度就弱。这里借用来当作“外貌”的意思。

号施令。

格兰尼雅是个高大、美丽、发育健全的姑娘，她衷心地爱着她的哥哥。她同样不能一天离开他。但是安德烈的举动，旁人看了实在觉得莫名其妙。安德烈和妹妹在一起的时候，老是显得很严厉，跟格兰尼雅谈话总是一本正经，声色俱厉，称呼她做“小姐”“郡主”或者“夫人”。最近她创造了四项列宁格勒游泳新纪录，他开始高傲地叫她做露莎尔卡了。

安德烈每次因公出差，分离总是很难过的。不管他到哪儿——中亚细亚、远东、海上、北极的冰山，——他每天都给格兰尼雅写信。旅行回去的时候，他总是出人不意，给他妹妹来一个措手不及。而且每次重复着同一个场面。出差回来后，他常常在中午出现在格兰尼雅房间里，一肚子疑虑地把她的东西一件件都翻遍。

有一次他这样突击检查，一个女同学吓坏了，爬到了床上，也不敢走出房去叫格兰尼雅，只是惊慌地瞧着平时很和气的安德烈眼睛闪着光在翻箱倒柜，把妹妹的东西搞得乱七八糟，甚至还爬到床底下去。

“您找什么呀？”她惊慌地问，“格兰尼雅在花园里。我可以把她叫……”

“不准动！”安德烈怒喝一声，“我在找信。我相信一定有各种各样的小伙子在追求她。我用生命发誓，我要把他们的手脚都打断。”

在这种情况下，体育学院最漂亮的姑娘、游泳健将格兰尼雅竟没有所谓“男朋友”。谁也不愿冒险，谁也不敢请她逛公园或者看电影。要是某人不知道有安德烈这个人，不知道他的脾气，想和格兰尼雅一起在花园里或者沿着涅瓦河岸散一会步，那时，安德烈的骇人的形象就会突然出现，好像从地底下钻出来似的。他不打招呼，也不说一句话，只在一旁并排走着，然后看了一下表，根本不理睬有第三者在场，他抓起格兰尼雅的手，阴沉沉地下令说：

“圣安东尼钟塔上的钟已经敲过十二点了！最亲爱的小姐，自左向后转，回家开步走！”

这次出差到蒙古来，安德烈取得领导上的同意，把妹妹也带了来。

“……他对你不会拒绝的。”安德烈确信地重复说，一面把格兰尼雅领进剧场，穿过牧民的人丛，走到维斯科夫斯基跟前。“我来介绍一下，”他友好地碰了一下地质学家，若无其事地为格兰尼雅作介绍，“这是我的妹妹……第一流的游泳健将……我叫她露莎尔卡！……”

维斯科夫斯基比刚才更加惊愕了，他抬起眼睛，遇着了姑娘羞答答的目光。

“对不起，”他向摄影师喃喃地说，“我不明白您……”

“你求呀，”安德烈悄悄推了一下妹妹，“我们希望您不至于拒绝……”

“我好像已经向您解释过了……”

“是的，解释过了，”摄影师连忙说，“但是您要明白：在‘那达慕’举行前两个月叫我干什么呢？再说……再说……我的妹妹，游泳健将……”

“但是在沙漠中，”维斯科夫斯基调皮地微微一笑，“她恐怕英雄无用武之地吧。”

格兰尼雅窘得不得了，她回过头去，几乎是用恳求的目光看她的哥哥。但是安德烈丝毫不动摇。

“不管怎么样，”他坚持着说，“您一定得带我们去。我感觉到我的嗅觉告诉我，这是一次极有趣的旅行！”

维斯科夫斯基再也耐不住了，他已经想坚决打断安德烈的话，但是这时候，剧场里出现了李昌。

“在等您呢，”他叫维斯科夫斯基，“教授回来了。”

维斯科夫斯基高兴极了，他朝摄影师和他的妹妹点了点头，迅速地跟着那李昌走了。

*　*　*

“您要不要散一会步？”站在汽车旁的江彭向维斯科夫斯基邀请说，“反正我们的羊肉还没有烧好呢。”

“我乐意奉陪，”维斯科夫斯基还听到安德烈的声音，所以急忙表示同意，“随便往哪儿都行。”

“好极了！我想告诉您一些事情。”

江彭引着地质学家慢步向表示附近有庙宇的几座佛碑那边走去。远处，庙宇的飞檐显露出一片青色。

老学者挽着维斯科夫斯基的手，说：

“我想告诉您一个传说，也可能实在有这件事。我认识的那位喇嘛丹比苏伦还活着。二十七年前我们在这一带认识，当时我正从北京回来。这个和尚跟我很合得来，后来他到乌兰巴托来看过我好几次。有一次我们谈心，他告诉我一个从老年人那里听来的传说。八十年前，此地是一个大歇脚地。有一天，正好过‘察姆节’，所有的居民都到庙前去看戴鬼脸的仪仗队，帐篷里的人都走空了，只剩下一个女人在给一个才满两月的病孩喂奶。但连她也耐不住了，她把婴孩暂时放下，跑去看喇嘛们跳舞去了。过了一会，她就回到帐篷里。

“节日正在最热闹的时候。喇叭声震天，人们唱歌跳舞。菩萨的神舆也接出来了，突然一声恐怖的号叫响得整个草原都听见了，人群中闯进一个发疯似的女人，她倒在地上失去了知觉。她的丈夫连忙骑马赶到歇脚地。他冲进帐篷，接着叫喊一声向后倒退。只见一个黑色的怪物弯身面对着躺在毡毯上的婴孩。那是一个披头散发的黑女人，正在给小孩喂奶。她一看见那个蒙古人，抱住孩子就向草原沙漠跑去……

“您听下去。大约在二十年后，有一年秋天，几个蒙古人在傍晚时分赶着牲畜从牧场回来。太阳已经落山，从沙漠那边出现了两个人。蒙古人骑马迎向他们走去……突然，牧民们全都吓呆了。那正是两个阿尔玛斯人。走在前面的是一个裹着兽皮的高大小伙子。一个驼背的阿尔玛斯老太婆拉着他的手。赶牲畜的人吓得挤成一团。歇脚地所有的居民应声纷纷跑来。这时阿尔玛斯人转身往回走了。老太婆气喘吁吁地渐渐落在后面。她妨碍着小伙子，使他也跑不快。于是他就把老太婆抱起来向山岗后跑去。在这样沉重的负担下，他累得精疲力尽，终于倒了下去。阿尔玛斯老太婆叫喊起来，很明显是在叫他跑，不要管她，自己赶快逃命。牧民们终于醒悟了过来。他们纵身下马，石头像雨点似的向那个阿尔玛斯女人扔去……现在我们去见喇嘛，”教授突然中断了故事，说，“我想从他那儿得到关于路程的补充资料。”

喇嘛在庙门口等待客人。他领着他们穿过宽大的院子走进佛殿。在昏暗的佛殿上，在绕着金线的蜡烛微光下，几尊长着虬髯的金刚——人世间的守护神——显得更高大了。菩萨的金像发出黯淡的微光。维斯科夫斯基拉着江彭的手，小心翼翼地移动着脚步。

在一座殿上，靠墙摆着几只书架，上面放着很多书籍。

“这是一百零八卷佛经，”喇嘛骄傲地说，“二百二十五卷注释！一个人花一生也来不及研究其中玄妙。”

大殿中央的顶上，垂着一个大镜球。和尚庄严地举起手，说：

“佛光普照世界。”

老喇嘛十分客气地打开殿门，把客人带进一座没有窗的圆殿。他点亮了灯，一张张金钱豹皮像蓬松的大胡子在天花板上摇晃。喇嘛从墙上摘下一面盾牌，把它递给江彭，教授招招手对维斯科夫斯基说：

“您用手摸摸看。”

盾牌上张着棕色的兽皮。维斯科夫斯基摸了摸这一张干硬的、羊皮纸似的皮革。

江彭跟喇嘛交谈了几句，握了握他的手，于是他们重又经过黑森森的大殿，穿过院子，出了庙门。

离开了喇嘛，江彭轻声笑着说：

“您别见怪，我把您拉进了僧院。不过丹比苏伦喇嘛深信那盾牌上的皮……是蒙古人从被打死的阿尔玛斯女人身上剥下来的……”

* * *

天还是完全黑的，李昌就已叫醒了维斯科夫斯基。空中繁星闪烁，月光皎洁。东方只露出一点点亮光，但是地质学家根据经验知道，朝霞马上就要射出光芒，太阳就要升起。一缕青烟在潮湿的草地上蠕动，远远地有几匹吃得饱饱的马儿在慢慢地走动；蒙古人走出帐篷，在清晨的静寂中向畜群走去。

旅行家们向一座帐篷走过去。一个花白胡子的蒙古老人把手放在冒烟的炭火上取暖，他不大乐意开口地迎接客人们。李昌倒了几碗奶茶。铁锅里放着新鲜的冻羊肉。

蒙古老人给每人分了一块肉，开始吸一根长长的旱烟管儿。

李昌按照教授的手势，走出帐篷，到汽车那儿去，拿了一满杓羊脂饼干回来。

“好心的李昌，”江彭庄重地说，“把羊脂饼干送给这里的主人吧。这可以使你成为我国古老传统的优秀保存者。李昌，再去拿一小桶汽油到这里来。”

李昌立刻拿来了一小桶汽油。蒙古老人的眼睛里发出了愉快的光芒。

“牧民们最欢迎的就是这种礼物，”江彭对维斯科夫斯基解释说，“他可以用汽油搽小马驹的尾巴。许多人相信，狼怕闻汽油的气味，就不敢侵犯马群了。”

跟帐篷主人告辞后，旅行家们坐上了汽车。这时太阳已经升起，汽车出发了。

李昌把车从商道折向一边，开上了草原。“别克”汽车向前疾驶，不时越过土拨鼠的洞穴，地方越来越荒僻了。头两个小时，旅行家们行驶了约一百公里的路程。牧地早已过去了，畜群也不见了，在无边无际的草原上，在透明的空气中，一眼可以望出百里开外。

太阳还没有升到天心，从草原深处出现了两个黑点，两个猎人迎面朝汽车走来。疲乏不堪的马匹勉强移动着脚步。两个猎人也是累得精疲力尽，但他们还是一点不露倦色，照例跟过路的人打上半天招呼：

“桑 巴依努！（你们好！）”

“桑（好）。”江彭回答。

“阿莫尔 桑 索奇 巴依努？（你们过得好吗？）”

“桑，”教授重说了一遍，“桑。”

“马尔 苏鲁克 桑 巴依努？（你们的牲畜和马群好吗？）”另一个猎人问，但在他向汽车投了一瞥之后，就改口说，“汽车的心脏健康吗？”

那两个蒙古人跳下马来，把倦马的前脚缚住，蹲下来吸旱烟管儿，一面继续道着寒暄。

“一路上好吗？”

“路好走吗？”

江彭也向猎人问好，问他们路上和打猎的事。牧民们对一切问题都用一个字回答："桑"——也就是"好"，他们不住地吸着烟，磕出了烟灰又装上烟丝。

"索因 尤 巴因？（有什么新闻吗？）"教授问。

这表示可以开始普通的谈话了。

"我们在草原打了四天四夜的猎，"猎人说，"我们在猎狼。"

"可敬的旅人有水没有？"另一个问，"要是能给我们一杯水，我们很感谢。"

江彭做了个手势，李昌解开了行军用的贮水桶。

"谢谢！"两个猎人很有礼貌地道了谢，小心地把嘴唇凑近杯子，"我们已经有四天没喝水，没吃东西了。"

"你们打的野兽在哪儿呀？"江彭问，"我没看到你们的狼啊。"

"好汉不撒谎！"猎人大笑着回答，"不瞒你们说：夜里我们没把野兽看住，狼群都溜到山里去了。这时节夜里黑得很。"

另一个猎人天真地附和着他的同伴：

"有这么句老话：枪法不准的人老是怪袖子太长。在一阵暑气之后，我们的眼睛本该是睁着的，可是偏偏在峭崖里睡着了，野兽都给跑了。"

"那么他们的枪呢？"维斯科夫斯基觉得奇怪，"教授，您问问他们。"

"要枪干什么？"猎人淡淡地回答江彭，"瞧，有'塔舒尔'[1]。我能用'塔舒尔'把最凶猛的野兽脑袋打得稀烂。"

"祝你们平安幸福！"年长的猎人站起身来说，"两手空空回去真丢人。我这还是头一遭……"

"失败是成功之母呵，"江彭试着安慰他，"下次打猎……"

"可是名誉呢？"猎人苦笑着摇摇头，"大伙要指责我们……被人们指责的男子汉，就跟掉在泥浆里的白马一个样。再见吧！"

"别克"汽车在草原上又走了三小时。此后，再也没有遇到一个人。

商道渐渐消失了。沿路闪过最后一批刻着咒文和颂词的石碑。在

---

① "塔舒尔"是一种包铅的皮鞭，它是牧民不可缺少的防身器。——原注

杂乱的草地上，有一块已经有裂缝的平整的石碑在阳光下发出光亮，石上刻着文字。

“‘唵 嘛呢 叭咪 吽’（观音大士，法力无边）。”江彭念着。

后来还遇到两块这样的石碑，这是表示人迹到过的最后一个标记了，上面刻着：

“百邪回避！”

“奠祭邪恶精灵！”

江彭意味深长地向维斯科夫斯基看了一眼，用低沉的声音说：

“到尽头了！……再过去我们碰不到人了！”

汽车翻过一座座山岗不停地行驶着。最后，李昌降低了速度，从驾驶盘旁探出头来。他仿佛在谛听着什么声音。

“安心坐着吧，最敬爱的船长，”教授说，“在这绿色的海洋中，我们不会碰见任何人的。”

“我在挑选停车的地方。”李昌回答。

在一座高高的土丘旁，李昌把车掉了头，旅行家们就在荫处安顿下来。他们取下了毡毯和帆布，突然清楚地听到汽车的声音。土丘背后驶出一辆“道奇”。维斯科夫斯基认得那是昨天看到的摄影师。安德烈从头上摘下彩色的鞑靼圆帽，欣喜若狂地挥着手喊道：

“好哇，朋友们！我终于赶上你们了。你们飞驰得这么快是到哪儿去啊？你们的那位司机真行！我们作了一场真正的竞赛！你们大概打算吃饭了吧？好极了，我也饿坏了！”

在黄沙漠

夜里，两辆汽车停下来过夜，大家都睡着了，维斯科夫斯基凑着篝火的亮光，在记述白天所得的各种印象，时而烦恼地望望帐篷附近随便安顿下来的摄影师，关于安德烈，他写了下面几行：

“他是个厚脸皮还是个无赖呢？不过，也可能是个天真的人，我简直不知道该怎么摆脱这位不请自来的同路人和他的妹妹。我跟他说话时所用的否定语调，一点也不起作用，对他一点也不产生影响。不知怎么的，安德烈竟博得了教授的好感，江彭还以为我跟摄影师是老相识哩。他妹妹的样子怪可怜的。怎么对教授解释这次愚蠢的误会呢？安德烈若无其事地跟我们同行。他单手驾驶的技术倒挺高明，一面还唠唠叨叨地对教授讲着不可思议的寓言和笑话。老头喜欢他这样唧唧呱呱，直到刚才临睡之前，还对我提到安德烈：

“‘这个小伙子奇怪、滑稽，但是非常可爱。’

“怎么办，怎么摆脱这个淡黄头发的饶舌鬼呢？只有希望明天，最迟过两天，等他对单调的旅程感到枯燥乏味之后，那时他就会回去了。一定会回去的！

“……但是江彭好像有了变化！”他继续往下写，“这位鲍格道乌尔山上的隐士可真识他不透。看看这老人的精神抖擞的小身材，谁能相信他有六十八岁，并且有二十年闭门不出，过着隐居生活呢。江彭简直闲不住——青年时代的回忆燃烧着他的心，他不时地停下车来，用手杖向天边指来划去给我们讲述坟丘，发掘出来的地下城和古代死城的废墟。古代的回忆就这样滔滔不绝地从他嘴里流出来。他会在一座毫无奇特之处的山岗下逗留，用充满幻想的声调述说：

“‘谁知道千百年来，在这些枯草下埋葬了什么呢？在这些千年巨石下面躺着什么人？是勇士呢还是目睹丰功伟绩的人？’他常常作这种类似的推测。

“晚上，他叫李昌把车折向一座残崖，津津有味地把它四面八方察看了一番，探问道：

“‘这石崖的轮廓有点像一个拿着长矛的骑士，是不是？’

“教授又兴奋又疲倦，他气喘喘地爬遍了许多石崖。他在一块石头上发现了一些古代的、神秘的、科学上向来没有谈到过的符号，它们已经磨蚀得模糊不清了。他仔细地看着那些符号，脸颊几乎碰到了石头，他那副兴高采烈的神气简直不是言语所能形容的！

“‘鹿……鹿的符号！……’他喃喃地说，一面把那些符号描在笔记本上，‘这是原始文字！它们是从哪儿来的呢？是为纪念辉煌胜利而刻上的图案呢，还是把悲恸的大事镌刻在石头上的呢？这个符号有点像土耳其文的“a”。哦——哦——哦！这个毫无疑问是一个人像。他好像拿着什么东西。大概是打猎回来，满载而归吧！又是一些字母……不，不，这是鹿角。这里有鹿繁殖过吗？也许是过路人想起自己故乡的禽兽，而刻上这些图案的吧？等一等！这一定是土耳其文的“a”。李昌，你瞧瞧！’

“古代的幻影追随着我们的‘别克’，可是老教授对于现代大事却是一窍不通。譬如，他听着关于面貌焕然一新的苏联的情况时，脸上现出孩子般的好奇神情；听到关于法西斯暴徒把许多书烧掉、关于许多学者被逐出德国、关于种族主义理论的时候，他不住地眨着明亮的眼睛——总而言之，我今天不得不给他上第一课通俗政治常识，这是一个少先队员应有的常识。这老人是个热心的人，我能认识他，这次能和他共同旅行，我感到很高兴。李昌是个出色的司机，也是对教授体贴入微的保姆。我对他也同样感到有异常的兴趣；需要对他作进一步的认识。

“现在教授正睡在蓝色的蒙古包里。

“安德烈把他的‘道奇’停在一旁，他安静地在给摄影机装胶片。”

再下去，日记上所记的纯粹是专业性的内容，那是对于地形的初步地质观察记录，这些东西我们且把它略去，继续讲我们的故事。

维斯科夫斯基抓住了一个适当的机会，走到格兰尼雅身边，默默地请她跟着他走，他走到离火堆相当远的地方，使安德烈听不见他的话。

“您听我说，”他严峻地说，“我认为您是个严肃而聪明的姑娘……至于您哥哥……”

“他很好，”姑娘垂下眼睛，轻轻地说，“请您相信，他……”

“他可能是一位优秀的摄影师，并且从您跟他一起走这点来看，他也许是个好哥哥，但是我劝您跟他谈谈，劝他离开我们。”

格兰尼雅听了维斯科夫斯基的语气，情绪很低落。她答应说：

“好……我对他说……我们离开……”

她转过身去想走了，但是维斯科夫斯基显然被姑娘的可怜样子感动了，他说：

“等一等……请您明白我的意思。我对您并没有什么不满意的地方……”

他又觉得自己话说得不恰当，立刻改变语气，阴沉地说：

“总之，我一切都说了，只希望我能安心看到明天一早您就和您哥哥离开！”

“好……”格兰尼雅用低得几乎听不出的声音说，“您可以放心。”

安德烈一看妹妹不在，便着急了，他放下了摄影机。就在这时候，格兰尼雅回来了，于是他急忙在车上铺开帆布。

“躺下睡吧，我的露莎尔卡。明天一早就要上路呢。”

“你说，”格兰尼雅犹豫不决地说，“你有没有注意到人家不满意……”

“你说什么呀！”安德烈打断了她的话头，“他们都是些挺好的人！会有什么闲话呢？我们继续走。他们将会非常高兴的。要是觉得无聊，我们就向后转。暂且先走了再说！你认为怎样，啊？”

格兰尼雅向维斯科夫斯基那边瞅了一眼，突然不由自主地说：

“当然！……我完全同意你的意见。”

早晨，维斯科夫斯基走到教授的帐篷里，看到江彭正在作一种奇怪的打扮。教授跪在一面破镜子前面，弯着腰，扭着脖子在整衣领，把领结扣得紧紧的。

“您这是干什么，教授？”维斯科夫斯基很诧异，“这是在草原上啊！……”

江彭回头瞥了一眼，意味深长地压低嗓子说：

“我们这儿有女士啊。”

太阳升起以后，两辆汽车出发了。格兰尼雅低头坐着，竭力不和维斯科夫斯基的眼光接触，但是安德烈却很开心。

* * *

第二天，草地渐渐让位给没有人迹的砂砾地带，江彭看到地平线尽头的一座座驼峰似的乱岗，郑重地宣布说：

“朋友们，跟造福人民的草地告别吧。草地[①]到尽头了！古代的中国人把蒙古人的国家叫做草地。”他解释着。

一块块光秃秃的、有裂缝的石碑在阳光下发出反光，波浪形的沙丘亮晶晶地一闪一闪。可是一下子景色全变了，石头陷入很深的流沙中。美丽的白云好像给暑气熬得没神气似的，一动不动地高悬在沙丘上空。道路越来越难走了。在高达六十度的酷暑下，大家从陷在沙堆中的“别克”车里走下来。安德烈也停下自己的“道奇”，帮助维斯科夫斯基推沉重的“别克”。江彭遇到这种场合总是从车上跳下来，也不放下手杖，握紧小拳头，鼓着腮，用尽全力来推汽车。

四天之中，旅行家们出乎意外地顺利行驶了四百五十公里。

一天，在太阳下山之前，专心地研究着地图的教授，忽然关照李昌把车折向东方。维斯科夫斯基并不反对，他耐心等着他解释中途折道的原因。暮色中，沙漠里现出一块块圆形的巨石。

“亲爱的朋友，请您原谅我这个老头儿，”江彭说，“但是不去凭吊一下世界有名的古迹，那简直是罪过……”

江彭怀着歉意移开目光，下了车向一方巨石走去。维斯科夫斯基和安德烈跟着他走过去。果然不出所料，巨石上有古代的题词。

“文字！”教授狂喜地叫起来。

这次连维斯科夫斯基和安德烈也惊奇非常。在平滑的大石块上，弯弯曲曲地刻着非常清楚的文字，看起来，这些字好像是昨天才用尖

---

① 这两个字教授是用中国话说的。

刀刻出来的。

“一六二四年，”江彭说，“诗人卓克托塔依契王公在这里口述自己的思想和心绪，他的话就被刻在石上。当时他想起了抚养他的一个女人霍洛芙图，为了从遥远的征途向她表达自己的感情，他吩咐在石上刻上下列字句，以传不朽。”说到这里，江彭热情地念出刻在石上的字句：“‘白鸡年孟秋，二十一日立秋，卓克托塔依契跨马登察察尔里克北面之杭爱山。王公登山远眺……东望之下，不禁黯然神伤，泣曰……’”

激动万分的江彭喃喃地念完了怀念霍洛芙图的字句，接着低声念道：

“‘王公述时，泫然泪下，从人铭记王言，并于四年后录下，鼠年新月十八日，巴什丹钦偕保格大里哈音刻于石上……

“‘巴什丹钦偕保格大里哈音，’”教授愈念愈有劲，“‘为表彰可汗伟业，于成吉思汗诞生后四六四年刻此题词。成吉思汗诞生之年为水马年……

“‘湛湛白日，’”江彭念到最后一句，“‘彼等录卓克托塔依契语于玉石上！’”

在路上，教授好几次这样吩咐忠实的李昌把车折向一旁，寻访和发现古代的碑文、墓志铭和坟丘。他的同伴也学到了许多以前不知道的东西。

一次，教授在一座坟丘上数了十八块高大的巨石。

“在这个地方，”他解释说，“葬着一位骁勇善战的可汗。他曾经征服十八个像他那样的可汗和王公！”

还没到两天，安德烈已经完全征服了老学者。教授发现一块一半埋于沙中的墓碑，但他没敢让汽车耽搁，只惋惜地叹一口气坐到座位上，让李昌继续开车。

“阿尔玛斯山在召唤着我们，”他说，“要不然我至少会在这儿待上三天三夜，把这些奇妙的碑文永远记住，直到老死。”

“可敬的教授，”安德烈从他的“道奇”车上叫道，“要是您需要的话，这些墓碑将永远在您的手头！”

“这话怎么讲？”江彭皱起了眉头，“我很尊重您的机智，可爱的小伙子，但是……请您不要对我这个老头儿开玩笑，因为我一生中，这是最后一次看到这些迷人的雕像了。”

“完全不是这样！您将会每天看到它们。我可以为您把这些个成吉思汗的东西拍下来，要多少拍多少！”

于是安德烈把墓碑从各个角度拍了下来。

江彭高兴得忘记了一切。

“多幸运啊，”他对维斯科夫斯基说，“有这么一个迷人的小伙子做我们的同伴！”

慢慢地维斯科夫斯基对摄影师的同行，也就无可奈何了。在旅途中最困难的时候，快乐的安德烈会用他无忧无虑的心情给大家打气，热情地帮忙把“别克”汽车从沙坑里推出来；而他的小“道奇”却一次也没有陷下去过。但是格兰尼雅使维斯科夫斯基很不安。维斯科夫斯基觉得自己对这个沉默寡言的姑娘产生了一种莫名的好感，他把这种感情当作怜悯，因此暗地里很烦恼。

安德烈的妹妹没有任何表示，她的举动愈沉静，就愈引起维斯科夫斯基的烦恼。

黄沙漠用难忍的暑气迎接了旅行家们。黄沙的闷气和干亢的热浪迎面扑来。在沙漠的阳光下，格兰尼雅很快地晒黑了，黝黑的脸庞上，她的一对蓝眼睛闪出更加迷人的光芒，头发变成了耀眼的金色。连老江彭和沉默寡言的李昌也不时赞赏着这姑娘，仿佛头一回看到她似的。当然，维斯科夫斯基也注意到了这种变化，他常常发现自己不由自主地注视着安德烈的汽车。每当在这种情况下，沉着的地质学家——摄影师说他是“石头人”——就会恼恨起来。有一次，他忍不住违背了自己的意志尖刻地刺了一句，其实这和他的性格是完全不符的。当安德烈的汽车正好在旁边并排行驶的时候，他向格兰尼雅喊了一声：

“晒黑了吧？”

格兰尼雅和蔼地笑了笑。

“您错了，”维斯科夫斯基大声说道，“您大显身手的地方是在加格雷[①]，在海滨浴场！……”

---

① 加格雷（现名加格拉）是阿布哈兹苏维埃社会主义自治共和国的一个滨海城市，气候温和，是疗养胜地。

从此以后，格兰尼雅尽量避免和严厉的地质学家打任何交道。她在篝火旁帮助李昌，给江彭铺床褥，这使教授又感激，又不好意思，连话也说不出来，他会打躬作揖谢上半个钟点。她还给哥哥装上底片板，虽然如此，可是只要维斯科夫斯基对她瞅上一眼，她就会觉得自己好像是个多余的人。

后来，格兰尼雅坦白地承认，当她哥哥采取新的决定时，她衷心地感到轻松愉快。这是在旅行的第七天。

第七天早晨，安德烈第一个醒来，他攀上一个最高的土岗，朝四下眺望了一下，他肯定再过去就是无边无际的沙漠了。

"再见吧，同志们，"他下了土岗，走进帐篷宣布说，"我觉得寂寞了，我要走了。我们的汽油正好够回去的路上用。"

"我不敢耽搁您，"教授依依不舍地说，"但是我个人很舍不得和您分手。除此以外……我简直不能想象您孤单单的怎么能走上七天的路……"

"是呀！"无忧无虑的摄影师第一次露出愁容，"我是有些走过火了。我们的食物、水和汽油倒是够用的，可是孤单单地回去是够寂寞的。我赌咒，当时我是以为你们的旅行很快就可以结束的。咱们大伙一道回去好吗？"

"我事先对你说过，"维斯科夫斯基提醒他，"应该三思而行。"

"一切都会好的，"安德烈又若无其事地晃晃脑袋，笑了起来，"我将日夜赶路。可是叫我上哪儿给你们报告我的行驶纪录呢？"

旅行家们没精打采地慢慢喝着茶。老学者一声不响，而维斯科夫斯基竭力把自己心中对安德烈的好感抑压下去，想保持镇静冷漠的态度。

"我再送你们一程，"摄影师提议说，这使教授很满意，"对于一个好司机来说，十公里算不了冤枉路。"

于是两辆汽车重又向沙漠驶去。

"停下！"安德烈叫了起来，他的车冲到前面，"地平线上有一个湖泊。"

沙丘后面，有天蓝色的水在闪光。

"我没有白送你们！"安德烈喜得手舞足蹈，"我要洗个澡——然后再回去。”

“那是沙漠幻景，”李昌模模糊糊地说，“没有水。”

“不管怎么样，我要去看个究竟。格兰尼雅，拿出你的游泳衣来。你马上可以打破全苏纪录了！”

摄影师全速开动汽车，但还在他回来以前，维斯科夫斯基和江彭就相信李昌的话是正确的。幻景一会儿就消失了……

“小道奇”慢吞吞地开了回来，突然东方又闪出一池波平如镜的蓝水。

李昌也不问他们，就满怀信心地折向湖边去，但当“别克”已经驶到水边的时候，他又愤然扳转了驾驶盘。

“你疯了？”江彭叫了起来，“我们都热得精疲力尽……我们要洗个澡……”

“不行！”

“可是这并不是幻景啊！”

“的确不是……不是幻景……”

“可怜人啊，你的头脑热昏了！向前开！”

“是。”

两辆汽车开到岸边，除了李昌，所有的人都惊呆了：他们面前是一片闪闪发光的、石块似的硬结晶盐层。

“等等，等等，”安德烈拿出摄影机，叫喊着，“等十五分钟！我得把这个地方拍下来。太有趣了，太有趣了！”

使我们的旅行家意趣索然的沙漠，很快就用惊心动魄的险遇补偿了他们。安德烈刚拍完湖景，山岗后掀起一根根沙柱，隆隆声愈来愈响，好像地震一般，脚下的土地都在颤动。李昌从帆布下面抽出一支枪，急忙坐到驾驶盘边，汽车披尘破雾地驰走了。

“羚羊！”江彭猜到了，“是羚羊！”

像死一般寂静的沙漠，突然响起了闹声和千百只脚的奔跑声。在蔽日的尘土后面，隐约可以看到千百只淡黄色的羚羊。它们像在空中飞奔，沙漠上仿佛掀起了热旋风。安德烈左手掌住了驾驶盘，在前面飞也似的疾驶，一面用手枪射击。他妨碍着李昌，被他打伤的羚羊往空中一窜，跑得更快了。

“不要开枪！”江彭拼命叫着，“不许开枪！”

安德烈射完了子弹，却落后了。那时，李昌暂时把驾驶盘松了一下，接连放了两枪，接着马上又坐下来。一分钟后，他刹住了车。沙漠上躺着两只羚羊，挺直了细长的白腿。

成千只黄色的羚羊冲过山岗，旋风似的向地平线的尽头狂奔。它们跑着，几乎是脚不沾地，在飞沙的浓雾中跑掉了。

“是怎么回事？我明明打中的，我看到它们向上跳起来的，”安德烈觉得莫名其妙，“李昌，这是你打中的羚羊吗？”

李昌把一只打死的羚羊提起来，指着一处很小的、勉强看得出的伤口，说：

“要从旁边打进去……打它的心。”

“啊，你真是最残酷的暴君！”教授跺着脚，咆哮着，“你怎么敢打死被称为草原和沙漠之花的最尊贵的动物！”

李昌窘得扭过脸去，把羚羊系在车后。

“我们有鲜肉吃了，”他低声说着，好像很抱歉似的，“我们很需要鲜肉。”

三个男人在汽车边忙着。格兰尼雅走开去，想着什么心事，踏着沙地慢慢踱步。弯弯曲曲的无叶灌木丛使她想起大树。她想起了俄罗斯的夏天，惆怅地环顾着，不知不觉地愈走愈远，仿佛山岗背后有荫凉的绿林、溪水和河流。

突然，离她两三步路的地方，几乎就在脚边，响起一阵轻微的叫声，好像沙地里有小狗在走着玩。格兰尼雅惊奇地站住了脚，她真的看到两条还没有开眼的、笨拙的小狗似的动物。“它们是打哪儿来的呢？”她觉得怪有意思，同时又感到莫名其妙，向着它们弯下身去，忽然，一个毛茸茸的黑影落在她眼前的沙上。后面传来一声狂怒的吼声。格兰尼雅回头一看……就吓愣了。

一头灰色的大母狼，张牙舞爪、毛发竖立地准备跳过来。它狂怒地嗥叫着，身子往下一蹲，朝姑娘扑来。就在这刹那间，响起了一声枪声。母狼笨重地、仿佛从空中掉到格兰尼雅的脚旁。姑娘惊得呆了，她往响起枪声的地方一看，只见维斯科夫斯基在迅速离开去。他冷冷地藏好了短枪，连看也不看格兰尼雅一眼，就往回走去。格兰尼雅也摸不清究竟是怎么回事，她抱起了两头小狼，向汽车跑去。

“刚才枪响是怎么回事？”她听到江彭在问。

“没什么，”维斯科夫斯基回答，“一头狼。大概刚才就是这狼在追羚羊群。从今以后，它再也不会惊扰那些胆小的羚羊了！……”

歇夜的时候，李昌忙着做一道新的菜肴。摄影师再也不提离开的事了。打猎吸引着他，他心急地等待着明天，发誓打不到羚羊就不回去。

李昌托着一大盘热气腾腾的羚羊肉，端来给正在休息的旅行家们。

“多嫩啊！”教授尝了一口羚羊肉，赞叹着说，“真是异香扑鼻！说实在的，李昌，你真是一个手段高明的烹调能手！你简直是古代秦朝和汉朝的御厨化身。”

月亮躲入云层。备受赞扬的李昌开始安扎帐篷。安德烈咬着嘴唇，给手枪上子弹，教授在打盹，等待李昌唤他入帐篷。维斯科夫斯基专心坐着写日记。微风中传来低沉的声音，昏昏欲睡的教授晃着脑袋，语无伦次地喃喃说着：

“夜里的人声……据说那是被成吉思汗打死的士兵在呻吟……不过这是风在吹送巨石的响声……土壤在膨胀……沙土在松坍……”

李昌突然震了一下，一条毛巾从他手中脱落，帐篷坍了。

“有人在走过来，”安德烈伸长了脖子。

维斯科夫斯基把日记本合上。他也听到了脚步声。李昌跑到车前，开亮了车灯。

在车灯耀眼的亮光中站着两个黑糊糊的人形。

摄影师哪儿去了？

紧张的沉默持续了一分钟光景。两位来客用手挡住车灯的亮光，一动不动地站着，维斯科夫斯基已经看清了他们穿着黑色的工作服……因为他站得最近，所以第一个身材高大的汉子走到他跟前。惊愕万分的旅行家们听他说着德国话[①]。

“晚安！我很荣幸，能在沙漠中跟诸位相识，你们是什么人？我是飞行员克留格，”他自我介绍说，“这是我的随航机械士梅尔。”

“请坐，”教授回想着过去学过的德国话，忙着邀请，“想不到有这样愉快的相遇！”

“我们一路上遇到了许多不愉快的事情，”飞行员说，他靠近篝火，坐了下来，“我们是被迫着陆的。我们在沙漠上已经待了一个星期，昨天把最后一块饼干都吃光了。”

“李昌！”江彭激动着喊了一声，“快把你的美味羚羊肉拿来！快！”

“你们是欧洲人吗？”飞行员从江彭那边转过头去问维斯科夫斯基，“请问你们是从哪儿来的？”

“从列宁格勒来的，”维斯科夫斯基和安德烈异口同声地说，“从苏联来。”

飞行员惊讶地抬起眼睛，拈了下小胡子，若有所思地重复这两句话，像回声一般：

“从列宁格勒来……从苏联来……”

“盖诺逊[②]！”安德烈以他平时谈话的口吻叫了一声（这是他所知道的唯一的一个德文字），“盖诺逊，请用肉。”

李昌端来了一大盘烤肉，他弯身凑着江彭的耳朵叽咕了一阵。

“天已经黑了，”学者耸耸肩膀说，“能打什么猎呢？”

“猎野羊……这儿附近有山，山里有野羊出没。”

“可是我们有客人啊。得好好招待一下才是。”

“帐篷我搭好了。茶也热了。肉也端上去了。我去去就来。”

“去吧，去吧，你这个打猎迷。”

“请吃，”维斯科夫斯基把肉移到客人面前，“回头你们把你们的险遇告诉我们。”

“我现在就说，”克留格一面切肉，一面说，“我们没有工夫耽搁。我们是……游客。一星期前我们从……（他说出了中国东北的一个城名）起飞，路上遇到了风暴，我们为了躲避风暴，迷失了方向，把燃料用光了。我们这段简单的经历也就到此结束。我们的飞机就停在离这里不到一公里半的地方。由于给沙丘挡住了，你们看不见我们，而我们听到了汽车声，就朝着你们的火光走来。现在我主要是想了解一下，你们能分给我们多少汽油，使我们能继续飞行。我们的老式‘BMW’型飞机哪怕用汽油也能飞得很快。”

维斯科夫斯基注意地听完了飞行员简短的故事，他一开始就不喜欢飞行员那种冷冷的、有点像强制要求的口气。

“毫无疑问，”教授急忙说，“我们一定分给你们。”

“但是，”维斯科夫斯基斟酌着每一个字眼说，“二十升未必能使你们满足吧。”

“你们有多少燃料？”克留格生硬地问，“你们的存量有多少？”

“极少，”维斯科夫斯基抑住心头怒火说，接着又使教授大吃一惊地加上一句，“请原谅，但是您的说话态度很使我惊奇：您仿佛在命令……”

“我们处在毫无办法的状态中已经有一个星期了……”飞行员垂下眼睛喃喃地说，“请原谅……请您明白我们的情绪……神经……”

“只有一个办法，”安德烈在维斯科夫斯基把刚才一段谈话翻译给他听以后，说，“盖诺逊跟我走。我们开足马达——过三四天就到歇脚地了。到那里他们可以购买汽油，然后再用汽车把汽油运到他们

---

① 下面这些话是由精通德语的维斯科夫斯基翻译的。——原注

② 德语“同志”的意思。

的飞机那儿去。”

维斯科夫斯基怀着非常感激的心情接受了摄影师的建议，他把这建议翻译给两个德国人听。

“不，这不可能！”飞行员仍旧用刚才那种口气表示反对，“有另外一个办法。看样子，你们粮食很充足。你们把全部燃料借给我们，让我们飞走，过一昼夜我们就用飞机把汽油运来送还你们。”

江彭茫然沉默着。维斯科夫斯基不打算多谈了，他说：

“我们把这个问题留到明天早晨解决吧。”

“祝诸位晚安，”飞行员站起来，按军礼挺直身子，喀嚓一声碰齐了靴后跟，“好吧，早晨见。梅尔，咱们走吧。”

“你们到哪儿去？”老学者伸出手去，“就在我们的毡毯上歇息吧。不用客气……”

“不，我们得守在飞机旁边。”

“我跟你们一起去。”安德烈站起身来说，“维斯科夫斯基，你对他们说，我想去看看飞机。明天我要把汽车和飞机在沙漠中会见的绝妙镜头拍下来。”

“高兴之至，”飞行员重又喀嚓一声碰了下靴后跟，“飞机就在附近。”

“露莎尔卡，把底片板拿来，”摄影师关照他的妹妹说，“明天我们的摄影工作将非常紧张。”

两个德国人跟安德烈和格兰尼雅走了，就在这当儿，李昌回来了，他悄悄地靠近火堆坐下来。

“怎么样，夜神给了你些什么礼物？”教授用责备的口吻说，“我放你去的时候，满以为你真的会给两位游客带来野羊呢。”

“他们不是游客……”李昌用低得勉强听得出的声音说，“我到过飞机跟前。他们是拍照的……拍照绘地图……”

“你到过飞机跟前！”维斯科夫斯基惊讶地说，“你看见了？……”

“我到过，我看见了……”

“你怎么敢？”教授愤然说，“李昌，我没有看透你！”

教授怒气冲冲走进帐篷去了。维斯科夫斯基留在火堆旁把这次不平凡的遭遇记在日记本里。他写了两小时光景，直到天已经快亮了，他忽然想起安德烈，便把日记停了下来。他怎么过了这么久还不回来？摄影家的迟迟不回来，使这位地质学家很是焦急不安。他不知不觉已经对这个快活的小伙子产生了好感。维斯科夫斯基放好日记本，走上一座土岗。两个飞行员手里拿着包裹迎面朝他走过来。

“摄影师哪儿去了？”维斯科夫斯基预感到事情不妙，问道，差点儿叫了起来，“为什么他不跟你们一起？姑娘在哪儿？”

“他……是这么回事……”克留格走到紧跟前说，“他愿意留下……”

“摄影师究竟哪儿去了？”维斯科夫斯基叫喊起来。

但在这时候，飞行员一拳把他打倒了。他抓住两手，用整个身子压到维斯科夫斯基身上。随航机械士用手帕扎住了他的嘴，从怀里拉出绳子，把地质学家的两手反绑起来。高大的克留格按住维斯科夫斯基，低声命令着：

“脚……抓住脚……”

接着对准头部又是一击，维斯科夫斯基失去了知觉。

他昏迷中听到汽车打他身边开过。不知过了多少时候，当维斯科夫斯基睁开眼睛，仰天翻过身来的时候，在晴朗的高空中，一架闪闪发亮的“容克”式飞机正在向东飞去。

* * *

我们不想把读者的注意力停留在维斯科夫斯基和江彭这次探险的第一次险遇上，这儿且说李昌怎么解救了教授，然后又怎样解救了地质学家和安德烈。

德国人打昏了地质学家，把他缚起来以后，偷偷地走到帐篷跟前，向睡着的教授袭击，他们用手枪威胁赶来援救的李昌，把两个人都绑起来，然后驾着“别克”向飞机驰去。

江彭躺在倒下的帐篷上呻吟，他看着李昌翻来覆去地转动着，用力想挣脱缚在手上的绳子。但是老挣不脱，于是李昌就放弃了这种徒劳无望的打算。太阳渐渐升起。李昌平静了下来。但江彭觉得这阵静寂有点蹊跷；他鼓起全力，把身子稍微抬起了一些，看见李昌已经在另外一个地方——他爬到了火堆的余烬跟前。李昌向后仰倒身子坐着，他圆睁着眼睛，咬紧嘴唇。他的脸苍白得厉害，肌肉紧张，下颌痉挛地抽动着。

过了一会，躺在篷布上的江彭觉得有人在摸他的脸。李昌把手帕从他嘴上解下，然后解开了他的手脚。

“李昌，你用什么仙法挣脱绳索的？是谁救了我们……”

李昌苦笑着，伸出一双灼伤的手和几段烧断的绳头给江彭看。

李昌和江彭找到了维斯科夫斯基，给他松了绑，于是三个受尽折磨的人出发去寻找摄影师。他们很快就发现了安德烈：他躺在空“别克”车旁一堆乱七八糟的罐头盒子中间。

可是格兰尼雅在哪儿呢？维斯科夫斯基首先发现摄影师的妹妹不在。安德烈也被捆绑起来，嘴上扎着手帕；他一看见江彭和地质学家，便哼唧起来。他想抬起身来，但当即失去了知觉。他的脸上覆着一块干血斑。李昌跪下去，把摄影师头上的伤口指给江彭看。很明显，他是被一种钝物或手枪柄击伤了。花了半小时工夫才使安德烈恢复知觉。安德烈醒来以后，往四下里看了一看，痛苦地呻吟一声。

“您妹妹哪儿去了？”维斯科夫斯基喊叫起来，“这儿出了什么事？格兰尼雅……她人呢？”

安德烈的脸变得认不出来了。愤怒的眼泪直淌，他向天空伸出一只手。

“他们把我击昏了，”他喘着气说，“我什么也没看见……他们把她掳去了……”

“强盗！”教授举起手来叫喊。

他踮起脚尖，挺直身子，像是想去抓什么人，他气愤得浑身直发抖。

“卑鄙的沙漠强盗！”他几乎是号叫着，“把一个不能自卫的年轻姑娘掳去！即使把他们千刀万剐，也不足以……”

“这两个‘盖诺逊’大概是法西斯匪徒，”安德烈喑哑地说，“这是法西斯的阴谋诡计。”

“法西斯匪徒？”江彭连声问道，“维斯科夫斯基，您说，这就是您对我讲过的那种人吗？可是他们不是跟红胡子①一个样吗？”

“教授，”安德烈露了一个苦笑，“您这发现已经是太迟了。也许，这是您生平第一次作不及时的发现吧。”

“说老实话，”江彭端详着自己那双还留有绳痕的手说，“我这么大年纪学习政治，对我是够吃力的了。”

* * *

我们匆匆结束了第一段落，中间略去了这一天的许多细节，对陷于绝境的旅行家们的心情和某些谈话没有加以叙述。那两个德国人抢走了全部汽油，他们为了容纳燃料，乱七八糟地留下了好几堆没用的废物。飞行员把他们的降落伞也丢弃了。虽然“别克”车厢里还剩下几箱食物，但是荒漠中的遭难者们的处境确实令人担忧。

这儿且引一段维斯科夫斯基日记中的话来看，他在这天写道：

“我们陷于绝望的境地，我甚至不愿去想我们没有水，不能继续前进，也不能回去。如果没有奇迹发生，我们这个小小的探险队就没有生望了。但是必须前进。可以步行，但必须前进，前进！阿尔玛斯山近了。说不定那儿有水，那我们就有可能……但是格兰尼雅，格兰尼雅呢！……可怜的姑娘呵！那两个空中强盗把她劫走是为了什么目的呢？我们怎样去救她呢？我现在什么也想不出……我过去对待她太严厉了，我现在又是多么懊悔啊！这要怪那个感情冲动的安德烈不好。他为什么要跟在我们的后面呢？但这是责备他的时候吗？可怜的人现在正痛苦地熬着不幸。应该支持他……不，还是别写了。我觉得连最后一点忍耐力也快失去了……”

德国人把安德烈的“道奇”车里的存油也几乎全部抢走了，只剩下半桶汽油，他们不得不想法解决这个不能解决的问题：怎样脱险。中午，朋友们怒火稍息，开始吃昨天剩下的羚羊肉，他们没留意到手上还包着绷带的李昌拿了他的枪去打猎去了。但是他马上又从沙丘背后出现了，高声喊着：

“前面有山岭！离这儿五十公里的地方有山岭！”

---

① “红胡子”是指过去在旧中国东北劫掠的武装土匪。这些匪徒曾被帝国主义集团利用来为他们服务。

江彭激动地拥抱维斯科夫斯基，说：

“山岭！我们的山岭！”

“五十公里？……”

“既然这样，我们走吧，”安德烈附和说，“山旁也许有水和野兽。半桶汽油足够我们用了。”

朋友们沉痛地离开了“别克”。李昌把食物搬到“道奇”车上，把德国人扔下的几个袋子也带走。探险队出发了。

阿尔玛斯山黑魆魆的峭崖直耸云霄。“道奇”翻过许多土岗，太阳下山前在离深渊一百米的地方停了下来：汽油用光了。旅行家们竭力避免互相对视，下了车，在石头上坐下来。

李昌跟往常不同，他没去开食物箱；他不生火，也不把帐篷从车上拿下来。中国人不离开驾驶盘，挺直了身子坐在车上，一眼不眨地望着山上。维斯科夫斯基从沉思中清醒过来，他朝李昌望的方向看了一眼，不由得闭上了眼睛。他不相信这是真的，他怕幻景马上会在空中消失。教授的一只手轻轻地搁在他的肩上，仿佛抑制着叫喊，令人感动地小声问：

“您为什么，为什么不说话，我的年轻的朋友维斯科夫斯基？您明明看到了……您看到了山上的烟……维斯科夫斯基，那边点着火堆……”

维斯科夫斯基睁开眼睛，他终于相信了：从阿尔玛斯山的峡谷里有一缕烟徐徐升向暮色苍茫的天空。

在深渊底里

再说四个朋友到了神话般的阿尔玛斯山的深渊边，他们在夕阳余晖中看到山上升起一缕神秘的烟火。江彭紧紧抱住维斯科夫斯基，像小孩子似的把他那白发苍苍的头贴着年轻的地质学家的肩膀上，激动得喘息起来，不时以兴奋的目光望着阴森森的悬崖，低声重复着：

“山岭……我们的山岭！”

从深渊底下发出遥远的、隐约可闻的激流声。仿佛在什么地方轰隆隆地驶过一列火车，除此以外，寂静中再也听不到别的声音。鹰儿在高空中翱翔，眼看着一缕青烟渐渐消失在愈来愈浓的暮霭中。

幻景！沙漠教会了旅行家辨别自然幻象和真象。维斯科夫斯基知道，幻景通常在中午太阳当顶的时候产生，而现在是黄昏时分，夕阳鲜明的余晖眼看就要在嶙峋的山巅消失。峭崖的峰峦映得火一般红，但顷刻就转暗了。山岭在黑暗中隐去了，维斯科夫斯基直到看见自己的身影在沙地上晃荡时，才猛省过来。最先发现山上有烟的李昌已经用空箱子的木板燃起了火堆，教授盘腿坐在毡毯上，捏着鞋尖沉思地摇晃着。只有安德烈不明白是什么东西使得教授和地质学家这样惊奇。

“山里有人，”他断言道，“这好极了。不过，如果这些人跟昨天那两个‘盖诺逊’是一路货，我主张马上开枪，别等他们向我们走来打听汽油的事。燃料我们是没有了，至于说到接待客人的礼节，那我愿意立刻采用合乎礼仪的方式。”

摄影师想起了那两个德国人，把掌上的手枪往上抛了一抛。

他由于所说的话没有得到什么反应，于是就生气了：

“是怎么回事？怎么，你们变成木头人了？依我看，最奇怪的事已经过去了。为什么你们不说话？的确，这烟很灵验……”

“哦，安德烈！”学者抬起两手兴奋地说，“您可知道，您可想象得到，我们在这时刻，是一件何等重大的历史事件的目击者？您能想象得出是谁在这山里吗……让我们拥抱吧，我的年轻朋友，我衷心向您祝贺！您将是我们地球上第一个拍下神秘怪人的电影摄影师！”

“露莎尔卡……”安德烈带着悲伤喃喃地说，“要是我知道能在什么地方找到我的露莎尔卡就好了！”

江彭为自己的感情冲动而觉惭愧，他抱住了摄影师，把长着硬髭的脸颊贴着他的头，说：

“亲爱的小伙子……请您相信，我也跟您一样难过。这是我们共同的不幸，但是……但是我们是处在有世界意义的大发现的前夕啊！……”

江彭把阿尔玛斯山的历史和神话告诉了安德烈。听得出神的安德烈高兴得发疯，忘记了一切，但是过了一会，一想起格兰尼雅，他又感到心都裂开，难以忍受。他把牙齿咬得轧轧地响，向沙漠中走去。当他在汽车旁走过时，他看见了维斯科夫斯基。年轻的地质学家照例在写日记。他脚边躺着两头小狼——格兰尼雅的小狼。维斯科夫斯基抚摸着它们，好像在沉思中，他没注意到摄影师。

安德烈垂下两手，迈步向黑暗中踱去。

* * *

在深渊边缘上，维斯科夫斯基这夜借着篝火的光几乎写满了一整本簿子：

“大家都睡着了，终于只剩下我一个人了！江彭走进了他那‘富丽堂皇的宫殿’（他给帐篷起了这样的名称）。可怜的安德烈也稍微平静了些。他刚才从教授那儿知道了我们这次旅行的目的，高兴得忘记了一切；他已经着手准备了，把他的摄影机装上胶片，并且教会了李昌怎样在拍照时把对物镜递给他。他向深受感动的江彭有声有色地描述，说未来那部关于阿尔玛斯人的影片在银幕上出现时将怎样轰动一时。让他乐一下吧，可怜的人……我也很幸福——目的似乎已经达到了，但是想到格兰尼雅的失踪，又令人焦急不安，使我们的欢乐愈来愈被冲淡。

“一堆堆篝火燃烧着。这简直难以令人相信，但山里确是有人居住的呀！山谷里有人生活着。就像江彭事先对我说过的那样，我们怎样才能到达这些庞然耸立的悬崖，这个问题依然没有解决。横在面前的是一个无底深渊。一看到阿尔玛斯山，任何一个地质学家都会进一步肯定一种新的理论，这种理论就是证明在中亚细亚还没有完成山岳形成的过程。很明显，这个地区经常遭到地震。现在我在一个深渊旁边写日记，这个深渊不过是一道巨大的裂缝，这是一次非常激烈的地震所造成的。这深渊有一千多米深。岩石崩裂了，从山脉的线条轮廓看来，这里比任何地方都更清楚地看得出，形成逆掩断层的现象仍在继续中。一个古老的欧洲来的地质学者居然能在这里看到了最雄伟的实物标本！明天我将会有一系列新的发现。哪怕是把这条山脉作一番极简单的描写，也将有巨大的意义。我们这样容易（！）到达的地方，实际上是地理学上的一个空白点。任何地图上都没有标明横亘在蒙古和中国之间的这片广大的沙漠是属于谁的。

"明天再看吧。天一亮我们就去勘察。这里用得到安德烈的摄影机了。只要能够在我现在这个地位，我想每个地质学家都会不惜一切的……不过话又说回来了，有谁愿意留在这没有交通工具的沙漠中，处在我和我的好朋友们现在所处的境地呢！我们怎么回去呢？打猎也许能救我们免受饥饿，可是没有汽油我们只得坐着等死。但是，在这古代的玄妙神话即将真相大白、神秘的荒山青烟袅袅的时候，却为未来担忧而扫兴，这难道是理智的吗？甚至到了现在，只要想起我们所看到的一切，就会激动起来。李昌和江彭刚才也望着山岭，那就是说，我所看到的并不是幻景……青烟徐徐升向天空，现在不能不相信：山里住……"

维斯科夫斯基的日记上一个字写到一半就中断了，日记本中余下的纸页上什么也没有写。

究竟是谁妨碍了维斯科夫斯基，使他没能结束对过去一天的描写呢？究竟是谁使我们失去了继续引录游记的可能呢？

但是我们先得从不幸的安德烈说起。他心如刀割，非常痛苦，看不见眼前的一切，只管在沙漠上走着，篝火的星火远远落在他的后面。突然，他停下了脚步。前面轻轻传来一阵单调的歌声。他不相信自己的耳朵，屈身谛听着，他浑身打了个冷战，接着机械地走了几步。

朦胧的月光滑过沙丘。沙漠仿佛活动了起来。就在附近的土岗后面，重又传来了歌声，是尖细的女人嗓子……安德烈加快了步伐——现在没有疑问了，女人的嗓音听来很近，于是摄影师不问情由，向前跑去。奇怪的歌声愈来愈近。安德烈纵身跳上土岗，他愣住了。他面前竟站着一个苗条的中国女子。

乌云消散了，月光皎洁，他在离自己两三步路的地方，看见一个中国姑娘。那姑娘看到了安德烈一点也不窘，仿佛在等他似的，中国姑娘一动不动地继续唱着，只是微微一笑。摄影师像中了魔法似的走到姑娘跟前，拉起了她的手。

“你是谁？”他很惊诧地问。

就在这一刹那间，那姑娘的脸变了样。她弯下身子，闪到一旁。但见空中扬起一条轻缆，安德烈从头到脚给绑了起来，他还没来得及开口，姑娘就猛地一下子把他推倒在沙地上。

……维斯科夫斯基的日记记到一半就被人打断了，掉在沙地上，因此下面发生的事，我们都是根据他的口述转录下来的。

“我专心一志在写日记，脑子里充满着一天来的见闻遭遇，”地质学家后来告诉我说，“所以对周围的动静一点也没有发觉。我的同伴们早已都睡着了，谁也没来妨碍我。忽然，在离我十来米外的汽车旁边，好像有什么东西掉下来，就像有一个沉甸甸的袋子从车上滚下来似的。我想站起来，但已经晚了：一块又宽又长的被单套到了我的头上，有一人用粗绳子把我捆了起来，——我立刻变成了一个木乃伊，不过一双脚还可以活动。他们猛地一扯使我站了起来，在我背后推了一下，命令我走。于是我给裹没了头走去，看不见路，也不知道要把我带到哪儿去。两手被紧缚在腰间。我常常跌跌撞撞，失去平衡，但马上就有人把我扶住，并扯着绳头，叫我走得快些。过了一些时候，我觉得沙漠消失了，从脚底下透出一股潮湿的凉意。他们对我胸口一推，无言地命令我仰天躺下，于是我就向下滑去，头碰着锋利的碎石子。躺着往下降落，约摸有一刻钟光景；我听到有人在我身旁爬行，碎石子纷纷在他们身下散落。押着我走的人不下于二十名。我听得见他们的低语声和断断续续的呼吸声。最后我的脚支着了什么硬的东西，我站起来，像被牵住缰绳的马往前走去。走到一个地方，我犹豫不决地站住了；松软的土壤开始颤动，我险些儿摔倒，但立刻明白，我是在绳桥上走。动荡不稳的绳桥摇摇摆摆，下面响着隆隆的水声。又是下降，我们踏着由石上凿出来的梯级走，后来我的左肩碰到了有许多凹痕的石壁。一种出于本能的自卫感使我懂得这里要特别留神，谁也没有警告过我，我自己紧挨着石壁走去。我好像知道右边是深渊。

“我被牵着走了一个钟点光景。又是一推——我倒在又冷又硬的地上。在窃窃私语声中，我被缚在某一个人的热溜溜的背上。接着是一阵脚步声，人们走散了，我头上的被单被扯了下来，于是我茫然若失地看到自己在深渊的底里。

“黑魃魃的悬崖峭壁直耸入渐渐发亮的天空。在这狭窄的山涧沟里，除了背对背缚在一起的江彭和李昌外，一个人也没有。根据我背后的嘶哑声我知道，我自己是和安德烈绑在一起。摄影师默默躺着，一动也不动。

“我清楚地记得：首先映入我眼帘的是一小片新鲜的草地。我惊奇地望着从石头缝里长出来的绿草。晨雾中一道浅蓝色的光线射进了狭窄的峡谷，一轮紫红色的太阳开始在峰顶照耀。黎明时的美景，使我暂时忘却了刚才的事。这次突如其来的袭击使我们都很惊异，因此我们好像都成了哑巴。

“‘鼓声响了，’教授说，我不禁打了个寒颤，心想，他莫非疯了。

“‘什么鼓声？’我叫了一声，努力想看清他的脸，‘您听到什么了’

“‘早晨到了，’教授叹了口气，‘这山使我想起中国古城的鼓楼。古时从鼓楼上打鼓，报告居民天亮了天黑了。’

“那时传来了一阵脚步声，这是一阵缓慢的、不慌不忙的脚步声。从一块巨石背后，走出了两个手拿步枪的中国人。一个花白胡子的老汉摇摇摆摆地端着步枪。他的蓝棉袄上交叉挂着子弹带。他穿着一条肥大的马裤，束着一条白布腰带，模样有点像一个中世纪的哥萨克。在他后面两步远走着一个小伙子，他敞着皮外套，穿着一双系带的黄色高统皮靴。

"那两个中国人蹲下来，直盯着我们看，眼光里露出憎恨的神情。他们一言不发，把步枪放在地上，掏出长长的旱烟管儿，一边仍盯着我们看，一边装着烟草。第二个中国人，就是那个年轻小伙子，用打火铁划出了火，递给那老汉，可是他不接火。他扔下烟管儿，抓起了枪。枪口对准我的胸膛，用全身的重量顶着我，破口大骂起来。"①

维斯科夫斯基永远记住他的刺耳的、狂怒的声音。老汉怒冲冲地咒骂着俘虏们，威胁着要随时随地枪毙他们，李昌绝望地喊道：

"你听我们说，你先打听一下我们是什么人！"

"闭嘴，你这卖国奴！"老汉把枪一挥，"我们知道得很清楚，你们像狼似的在沙漠上乱窜，像蛇似的爬到山里来，到底为的是什么。你们这班卑鄙的胆小鬼，真是来找死！"

"老汉，在你面前是一些有学问的人呐！"李昌叫了起来，"他们是研究石头和土地的。"

"强盗！"教授愤怒地大声喊着，"我们是和平的旅行家，科学的公仆！你们把汽车里一个背包拿去吧，我所有的钱都在里边。拿去——这是你们所需要的一切……"

"你放心，"老汉冷冷一笑，"钱我们自会拿的，可是这赎不了你们。钱！"他怒不可遏，平空跳了起来，把棉袄袒开，用拳头捶着胸膛。"你们那些该死的臭钱！为了钱，你们用大炮轰我们，从坦克车上向我们扫射，乘铁甲车追我们，乘飞机炸我们。钱！你们悬赏两万大洋要我刘英信这颗白发苍苍的脑袋。可是他先得用两颗子弹干掉四条狗命。钱！我们像野兽似的带着妻儿住在峡谷里。可是，可是……"那中国人挖苦地说，"你们四处奔跑都是枉费心机的！你们永远也别想知道进我们这山的路。你们最后一次看看这山吧。"

"老人家，我以先父之灵起誓，你听我李昌说几句话吧！这都是些有学问的人。两个是从苏联来的。是俄罗斯的青年学者！……维斯科夫斯基，安德烈，"李昌问，"你们有没有证件护照留在车上？"

"当然有，"安德烈应道，他在一切最不可想象的场合都保持着

---

① 在峡谷中进行的谈话，由李昌和江彭担任翻译。——原注

自信，又说：“李昌，请你告诉他们：要是没有通行证不许到这儿来，我愿意立刻离开此地……”

“九天以前，”老汉怒气未消，打断了安德烈的话，“我们截获了两部白俄和日本人乘的汽车。金钱使你们——日本人、德国人、白俄——勾结在一起。他们带着机关枪追我们。被雇佣的德国军官乘了飞机在我们头上盘旋，扔炸弹。可是没有任何力量能把我们消灭。我们要歼灭一切敌人！让你们的魂灵把我的话转告他们吧。”

那个自称刘英信的老汉喀嚓一声扳开了保险，命令那个年轻的中国人道：

“把他们靠到岩石上。两颗子弹结果四条狗命。”

老汉瞄准了维斯科夫斯基，但又停了下来。

“别开枪，停下！”几个声音同时响起来，接着，从石崖上跳下几个人来，他们拿着从旅行家们的汽车里找来的几个旅行背包。

维斯科夫斯基看见其中一个人手里拿着他的出国护照。上面金色的国徽一闪。那个人气喘吁吁地把护照递给刘英信，老汉把枪背在肩上，听那些把他围住的中国人说完。他仔细看过那些物件。有人递给他另一份红面子的护照。刘英信向俘虏们转过身去，非常抱歉地说：

“在我今后的余生中，我决不饶恕自己这个重大的错误！”

他说完这话，向维斯科夫斯基走去，用一把锋利的弯刀割断了绳索。年轻的中国人也给江彭和李昌松了绑。

刘英信一躬到地，双手合掌，低声说：

“弟兄们……请原谅我这不中用的老头吧……”

在阿尔玛斯山的峡谷里

当维斯科夫斯基在列宁格勒涅瓦河边把那曲折离奇的故事讲给我听的那天夜里，他曾要我保证以后在用特写方式发表他的游记时，要略去一些情节，因为照实发表了，可能使隐伏在黄沙漠深山中的中国游击队遭到损害。

花白胡子的游击队长攀上了一座很高的石墩——一座崩裂的断岩，举起了一只手，等大家静下来后，发表了下面一篇激昂慷慨的演说：

“弟兄们，勇敢的战士们，妻子们——我们孩子的母亲们！今天太阳给我们带来了幸福，因为在你们面前的是从快乐国来的人们，我们向这个国家高呼‘万岁’！”

“万岁！”游击队员们高举起步枪，刺刀闪闪发亮，高呼着，“苏联万岁！”

“帝国主义迫害我们，毒害我们，想饿死我们，但是中国工农红军正胜利地战斗着在高山大河上挺进。我们在配合我们的弟兄们。敌人永远也不会知道通向我们这个堡垒的路，我们是抓不住的，我们要坚持到和强大的红军胜利会师的日子。红军正以排山倒海的势力从江西向北进军，红军已经控制了九省，现在，我们的旗帜已经在贵州、四川、西康和甘肃那些开遍鲜花的大地上飘扬。苏维埃中国万岁！”

接着又有几个人站到石墩上致敬讲话。维斯科夫斯基代表旅伴们致答词。出乎他意料之外，江彭也攀上了石墩，举起手杖，要求说几句话。

“山里的人们！”教授激动地说，“请容许我称呼你们为弟兄——刚才你们这样称呼我，其实我是不敢当的。你们的祖国一向被诗人盛赞为‘花之国’[①]‘务农知礼之邦’。一个学者只要研究一下贵国历代的文献，就能知道中国人民这些世纪以来在帝王、官吏、封建主和高利贷者的压迫下过着多么悲惨的生活。

“游击队弟兄们，你们正在为反对千百年来的压迫者而斗争。我相信：你们一定能以光辉的胜利来完成这一伟大的历史使命的，你们的战功，将盖过成吉思汗的光芒。

“我的祖国蒙古在苏联人民帮助下变成了一个自由的国家。但是我……我本人却一向不问政治，不参加斗争，对世事漠不关心。但在这些时候，我可懂得了比我一生中所知道的更多的东西，虽然我已经是行将就木的人了，但我愿意把全部生命献给你们和像你们这样的人！”

游击队员们怀着敬意领客人走到山洪谷地。在汹涌的瀑布声中，有几个姑娘正在用炭火烤肉，几只大铁桶里的粥沸腾着。远远传来马的嘶鸣声。

“敬爱的刘英信，”江彭说，“我们很荣幸地在庆祝我们会面的这个快乐日子，可是我现在应该把我们在路上遭到的一件大不幸告诉你。”

教授详细讲述了所发生的事，中国老汉默默地听完了，他不答话，只是挽住江彭的手，做了个手势，叫其他的旅行家也跟着他走。刘英信领他们走到一座石崖的顶上，给他的儿子发了一道命令，朝着沙漠那方伸出一只手去。

那个中国小伙子——游击队长的儿子，蹲下身去，放好一面鼓，等他父亲把手一挥，他就擂起急鼓来。

“你们瞧，”刘英信说，“沙漠上有动静呐！”

老汉的儿子刚一停止擂鼓，远远传来了同样的信号鼓声。山里响起了回声。

太阳渐渐偏西。暮霭开始笼罩山头。

“沙漠上有动静呐！”刘英信感到自豪而庄重地重复了一遍，“瞧，到处有我们的人。”

---

①“中华”的“华”字在古代就是“花”的意思，这里的“花之国”就是指“中华”。

暮色苍茫中，只见沙漠远处火光一闪。火光熄灭后，刘英信很有把握地说：

“我们在最短时间内就能得到关于你们那位姑娘的消息……我不能向你们公开我们的秘密，现在，咱们正站在这石崖上，可是信号火光已在飞越沙漠。一小时后，在沙漠边上第一座城里的我们的人，就能打听到一切了。第一个飞马赶到峡谷来的送信人，会给我们带来消息。哦，我们的力量可大哩，我们的力量比我们的敌人——日本鬼子——所想象的和所知道的要强大得多。沙漠上的每一颗沙粒都有生命！……”

刘英信说着，开始从石崖上下来。下面点着一堆堆篝火，许多年轻的中国人在旋转舞蹈。江彭把老汉对他说的话翻译给朋友们听。

安德烈高兴极了，他马上想起了他的摄影机。

“李昌，”他猛然想了起来，“要快乐，也应该工作！你请同志们把摄影机和装底片板的袋子拿来。从这一分钟起，你就在为苏联新闻电影制片厂服务了。”

李昌把摄影师的要求翻译了过去。原来天亮的时候游击队员们已经把汽车里所有的行李都搬进了峡谷。安德烈一听，立刻向他的几个袋子跑过去，抽出了底片板，突然大吃一惊，坐到地上。

“李昌，”摄影师牙齿格格响着，呻吟着说，“他们把底片板打开了！……胶片漏了光。快，快，请他们把摄影机拿来！那里边还装着胶片……哪怕拍一点儿也好……”

李昌和游击队员们交换了两三句话后，困惑地耸耸肩膀，说：

“他们说……他们以为这是新式的机关枪，所以……把摄影机也打开了。”

“漏光了……全部胶片都漏光了！”安德烈捧住了头。

这时江彭坐到席上，紧紧挨近了刘英信，声音很轻但很坚决地问：

“您听到过关于阿尔玛斯人的事吗？您说，您有没有在山里看到过什么出色的墓碑、雕像、图案或者神秘野人的脚印？”

“去把何谟昌叫来，”游击队长下了道命令代替回答，“叫他到我这儿来。”

刘英信派去的两个人领来了一个龙钟的老人。他头上盘着一条斑白的发辫，肩上披着一条棉被，脚上穿着一双狼毛靴子。

“何谟昌，”刘英信指着江彭响亮地说，“你面前是个大人物。到时候我会叫你，那时你就领这个人到鬼门谷和梦乡洞去。”

老人把头侧向一旁，用长而弯曲的小拇指甲在耳朵里搔了一下，微微翕动着嘴唇，恭顺地说：

“行。我晓得了。”

七　天

峡谷里的篝火熄了。李昌像往常一样扎好帐篷；教授和维斯科夫斯基已经就寝。只有安德烈一个人仍旧坐在石头上。等他确信大家都已睡去之后，他四下里看了看，向帐篷里张望了一下，松了口气，然后毅然顺着峡谷走去。

“她们就在这儿附近，”他自言自语着，“是一个美丽的姑娘，我一定要找到她。”

安德烈顺着石块爬上去，翻过高大的圆石向前走，仿佛这里的路他早知道似的。他路上时而遇到几个在站岗的游击队员。他们亲切地向他招手，丝毫不加阻拦，让他通行，然后以好奇的目光目送着他。

许多石窟中都睡着人，妇女们在灶边哄孩子睡觉，安德烈连声道歉，把手贴在胸前，用手势向她们问长问短，急切地希望她们能懂得他的意思。

“一个年轻的姑娘，”他指手划脚比着模样，“她还会像牧童一样灵巧地使绳索。她在哪儿？她住在什么地方？”

那些中国妇女不懂他的意思，只是莫名其妙地摇摇头。

寻找了一个钟头左右，我们的摄影师对于找到那姑娘已经绝望了，他正想往回走，突然听到山路那边有响声。再过一分钟，他就看到了一片宽广的谷地。许多姑娘在月光如水的谷地上跑马。她们弓着身子，头紧贴着马鬃，手执长矛，沿着一个圆圈奔驰。在圆圈中央，昨天那个中国姑娘正骑在马上大显身手，同时注视着她们。

她做了个手势——女骑士们立刻把长矛向上扔了出去。一面木制的盾牌靠石壁放着。女骑士们一齐从背后抽出弓箭。那姑娘又做了个手势——箭像雨点似的在空中飞着射在盾牌上。

“好啊！”安德烈忍不住兴奋地拍手叫了声好，“好啊，女骑士们！”

谷地上一下子鸦雀无声。姑娘们聚成一堆。指挥着这支奇妙队伍的中国姑娘惊讶地抬起头来，看见了摄影师。她开玩笑地对他扬了扬马鞭。但是这难道能阻止热情的安德烈吗！他一下子冲下去，跑到她跟前，抓住了马镫。姑娘们笑着、惊叫着跑开了。

那中国姑娘显然觉得很窘。她对摄影师说了些什么，可是他听不懂。于是她扯动坐骑，挥起套索。安德烈又像昨天那样给捆住了倒在地上。

“饶了我吧，”他恳求着，“不要再表演了……这是重复不得的呀。”

安德烈求饶的哀怜声调显然打动了姑娘的心。她跳下马来，跑到俘虏跟前，解开了绳圈，让他坐在自己旁边。

“谢谢，”安德烈道了声谢，“你叫什么名字？”他问，“我想知道你的名字，美妙的姑娘。”

中国姑娘微笑着不作声。

“我，”摄影师指着自己说，“我叫安德烈。”他又说了一遍，“安德烈……我叫安德烈。”

“安……安……”姑娘费力地学着。

“安德烈……安德烈。你呢？”

姑娘懂了。

“刘小英。”她回答说，接着又害臊地用衣袖掩住了脸。

“好极了！我们现在开始互相了解了。我带你上列宁格勒，上莫斯科好吗？”

“莫斯科……莫斯科，”姑娘身子一震，霍地站起来，“莫斯科。”

“莫斯科！……对，这是我们的首都。”

“莫斯科。”中国姑娘说，她已经沉入了幻想。

就这样，他们在石上一直坐到天亮。他们虽然不通语言，但是这又有什么关系呢？

兴奋的安德烈滔滔不绝地说着。太阳渐渐升起，他们手拉着手遍山漫步，直到江彭发出惊慌的叫喊声，安德烈才向帐篷跑去。

“这是什么意思？”江彭由于激动而神经质地把一小片纸给维斯科夫斯基看，他几乎是叫喊着，“您听，我把这张字条念给您听。这是我在枕边发现的。哦，李昌，你怎么这样大胆啊！”

教授颤动着嘴唇开始念道：

“‘我敬爱的好心的先生！我暂时要离开您一下。我求您不要去打听我是到哪儿去的。不管您到什么地方，我一定会回到您的身边。如果您要离开阿尔玛斯山，我也能很快地跟您在一起。祝您永远平安。至死忠实于您的李昌’……他到哪儿去了呢？”江彭痛苦地喊着。

“您放心吧，老学者。”后面传来了说话声。

大家回过头去，看见是刘英信。

“他会回来的。他离开了你，但这是……必要的……”

江彭不敢多问，也就不作声了。

太阳已经升起，这时，离开山头的两个人，已经在远远的沙漠里了。

* * *

李昌和队长的儿子王才良[①]骑马穿越沙漠。他们没带干粮，也没带水。傍晚时，王才良停住了马，两手卷成筒形，放到口边学着豹叫，喊了一声。附近一座土岗上马上有了动静。无叶灌木丛向两旁分开，倒了下去。从沙地里探出一个人头。

“他们将给我们水，给我们换马。”王才良平静地说，“你们好啊，朋友们！”他喊了声，“刘英信老人家问你们好！”

由于种种原由，我们不必过多地叙述这两个中国人——李昌和游击队长的儿子——一路上的情形。

“‘沙漠上有动静呐’。”李昌想起了刘英信的话，他相信在沙漠的各个秘密角落到处都有游击队的岗哨。王才良一声召唤，沙漠上、石堆里、无叶灌木丛中和坟丘背后马上有人出现。中国小伙子向他们转达山里战士领袖的问候，于是那些沙漠上的人们眼睛立刻闪现出喜悦的光芒。人们给他们俩拿来凉水、干肉，并给他们换马。他们

---

① 刘英信和王才良两人大概至少有一人是化名，所以父子不同姓。

是怎么生存在酷热的沙漠上的，这对李昌始终是个谜。他一心只想着这次出行的目的。有一次，在路上的第四天的傍晚，他们遇见一个快马疾驰的骑士。

按照草原和沙漠的常例，迎面遇见的人应该停步，可是这个骑士看也不看一下他们俩，就打他们身边飞驰过去了。

“这是送信人，”王才良解释说，“他现在到刘英信那儿去。他要以我们一半的时间走完这段路程。”

……第六天的傍晚，沙漠到了尽头。地平线上透过迷雾，现出一幢幢房屋的轮廓。

王才良下了马，说：

“我们夜里从这儿步行过去……夜里有人给我们送衣服来，那时人们就会认不出我们的本来面目了。”

送信人带来的消息

李昌走后，江彭处处感到不便。他时常埋怨，像个小孩一样茫茫然左看右望，活像忘记了或是遗失了什么，维斯科夫斯基总是百般想法为老学者解闷消愁。

安德烈夜里总是小心翼翼地离开峡谷，直到天亮才回帐篷。

在来到阿尔玛斯山峡谷的第六天上，三位朋友遭到了一件惊人的不幸，跟这件事比较起来，他们以前所有的遭遇——法西斯飞行员的袭击和格兰尼雅的被劫——都算不得什么了。

一阵拖长的锣声在峡谷中响起了回声。游击队员们从四面八方跑拢来，刘英信走到岩石上。他一旁站着快马赶到的送信人。

送信人深深鞠了一躬，把一只沉重的皮包交给刘英信。

“弟兄们，大家来听消息，”刘英信说，一边从皮包里掏出几份邮件和几卷纸，“我们马上可以知道世界上发生些什么事了。”

背包里还掉出几份日文、中文和英文报纸。跟江彭一起走过来的维斯科夫斯基拾起报纸，正想交给刘英信，突然他好像感到眼睛里蒙上了一层雾。他摇晃了一下，把报纸直拿到眼睛前，惊愕万分地抓住心口，说：

“教授，您瞧瞧，别是我疯了吧？”

江彭向报纸看了一眼，大叫起来。安德烈跑了过来，他不知道出了什么事，也向报上看了一眼，但顿时脸色发白，拉直了嗓门叫喊道：

“露莎尔卡！妹妹！格兰尼雅！”

报纸的第一版上刊登着格兰尼雅的照片。格兰尼雅穿着绣花的日本和服微笑着，照片上方登着黑体大字标题：

“她因为从布尔什维克的国家脱身而感到幸福。”

“‘……从布尔什维克的国家脱身’……”维斯科夫斯基念着。

“您是在嘲弄我！”安德烈从维斯科夫斯基手中夺过报纸，喊着。“这不可能！可是……可是……她穿着和服……她在微笑！……”

安德烈捧住了头跪了下来。他看着照片，把报纸翻来覆去地揉弄，牙齿咬得格格地响，束手无策地望着维斯科夫斯基。

“报纸用三种文字出版，”江彭说，“看，到处是她的照片和同样的新闻。”江彭念着：“‘从苏联脱身的青年女运动家格兰尼雅现下正在布尔什维克国家境外享受最幸福的环境。读者只要看一下照片，就能明白她的衷心的喜悦……’”

“够了！”安德烈惊恐地打断了他，“我受不了！……格兰尼雅……难道这真是她吗？”

“是的，这是您的妹妹，”维斯科夫斯基愤怒地肯定说，“是她！”

安德烈失望之余，把报纸撕成碎片，茫茫然环顾四周。

游击队员们站着保持紧张的沉默。他们不明白，但是感觉到一定发生了什么不幸的事。

安德烈闭上眼睛，像挨了打似的弯下腰来，但接着就清醒了，他吃力地站起身来，眼睛也不看地质学家，只冷冷地问道：

“我刚才没听清楚：您好像说了些什么？”

“说了，”维斯科夫斯基回答，“我说这是您的妹妹……”

安德烈骄傲地昂起了头：

“在这种情况下，您错了：我不认得她！无耻的叛徒不可能做我的妹妹！”

* * *

“不幸啊，大不幸！”这天江彭不断说着，“多少不幸事啊！我的李昌哪儿去了？”

夜里维斯科夫斯基下定决心要离开峡谷，他把这意思告诉了江彭。

“可是李昌……”学者呻吟着说，“怎么办呢？……”

“只好相信他了，他信上不是写着……”

“您说得很对，”江彭表示同意，“我从来也还没有对我的李昌的忠诚怀疑过。对，对，我们走……”

深夜，维斯科夫斯基听到安德烈的话声。

摄影师在离帐篷不远的地方跟某人谈话。

“刘小英，”安德烈说，“你……你永远也不会做叛徒……可是她……她！刘小英，我要疯了！……”

安德烈的声音中断了，接着地质学家听到了一阵痛哭声。

……第二天，憔悴的旅行家们把他们的打算告诉了刘英信，开始准备动身。

“亲爱的刘英信，”江彭把游击队长引到一旁，畏畏缩缩地说，“你记得我请求过你帮我找那些神秘的……”

“刘英信的诺言永远能兑现的……把何谟昌叫来。”老汉拍了下手，说。

何谟昌老汉立刻来到，江彭在进峡谷的第一天就见过他了。

“这是何谟昌老汉，”刘英信怀着异常的敬意说，“他已经有一百四十岁了。他是我们祖父的祖父。他知道山里的全部秘密，是他领我们到这无路可通的峡谷里来的。他知道全部秘密。”刘英信重复了一遍，接着提高了嗓门对老人说：“何谟昌！时候到了，你领这位学者到鬼门谷和梦乡洞去吧。”

“行。我晓得了。”何谟昌说。他那双穿着毛茸茸的狼皮靴的脚哆嗦着。

江彭跟那老人比较起来好像一个少年，他搀着“祖父的祖父”的手，跟他一起沿着小道走去。

学者离开了两三个钟点。他回来时是一个人，何谟昌没来，江彭直接走到维斯科夫斯基跟前。

“您可别激动，我的朋友，”他气喘吁吁地说，一面从上衣里边的夹袋里掏出一卷像瓷一般很脆的纸，“扶住我，我支持不住了……等我们从这儿出去以后……我发过誓……只有到那个时候我才能告诉您……维斯科夫斯基，我亲爱的年轻朋友，阿尔玛斯人的秘密在我们手里了……”

* * *

中午，刘英信命令敲锣。大家又聚拢来，游击队长宣布：

“弟兄们，客人们要和我们分手了。我们的贵客可惜不能再留在峡谷里了。明天我们要出动。该准备起来，现在正好是送他们上路的时候。请放心，”他对维斯科夫斯基说，“你们到我们这儿来的时候所乘的汽车已经准备好了。以前给我们打坏的两部日本人的汽车上储有大量汽油。现在全归你们支配，一切都搬到了你们车上。桶里也装满了水。”

在鼓声中，游击队员们像受检阅似的排好了队，三个朋友跟阿尔玛斯山里的人们告别了。

“我得请你们原谅，”刘英信有点觉得不好意思，但是坚决地说，“复杂的情况迫使我们……不得不把你们的眼睛扎起来……”

黑手帕扎得紧紧的，于是又像那天夜里一样，脚下晃动着绳桥。维斯科夫斯基踏着绳梯走上去，在悬崖上爬行。激流声逐渐转弱，微风迎面吹来。最后他到了沙地。

“我不要你们保证，”刘英信握了握他的手，“过半小时你们再睁开眼睛。再会了……你们很快会听到我们的消息的。”

当维斯科夫斯基取下蒙布一看，游击队员一个也不见了，流沙上连脚印也没留下来。

“走吧，走吧，”江彭催促着，“回去吧！我有很多工作要做哩。从今以后不管白天黑夜，我都要翻译古代的文稿。我们那些朋友真好，”教授发觉维斯科夫斯基在看他，觉得有点不好意思，“跟他们分手真有点依依不舍呵！……”

“应该用点什么东西酬谢酬谢同志们才对，”安德烈提议说，“虽然他们打破了我的摄影计划，但是他们的确都是好样儿的！我们把这些袋子留给他们吧。”他指着德国飞行员留下的财产。

“好极了！”维斯科夫斯基表示赞同，“降落伞非常有用。这布游击队员用得着，可是要能有更有价值一些的东西就好了。”

“出发了！”摄影师自言自语地说，“就像船长们常说的那样，全速前进！”

安德烈把喇叭拖长声调按了三下，以示纪念这次友谊的会见，接着“道奇”开动了。

在中国东北某城

某城位于沙漠的最边缘。离城一公里是车站的一幢低矮的白色砖房。那里有尘土飞扬的草原，有市场，市场后面是些木头平房，几家围着篱笆的小店铺，竹竿上都装饰着丝带，还有几家修理自行车和留声机的工场。唯一的一家电影院张贴着花花绿绿的电影广告，舞厅门口一块画着一对舞侣的招牌和扩音机里传出的乐声在招徕顾客。衣衫褴褛的叫化在街头流浪，光着的脚扬起了地上的灰尘。有一条胡同里是几家妓院。小城的尽头有一座小巧而华丽的庙堂。这就是在某城所能看到的一切。要不是附近有座煤矿以及矿井边不久前盖造的兵营，这座城简直只可以称为一个镇。在好些茅舍和半塌的房子后边，有一片飞机场，飞行员克留格的飞机就是在这里降落的。

由于我们这个故事的结尾，都有交待，因此，现在且不忙解释，我们先把格兰尼雅那天被绑着抬出飞机的情形详细说明一下。

一个日军上校迎接了飞机。克留格作了报告，指了指姑娘。上校很感激地握握他的手，姑娘被用汽车送到车站附近城里唯一的一幢两层楼砖房里。

格兰尼雅给送进一间昏暗的房间。靠墙放着一张狭窄的沙发床、一张小桌子和几张凳子。姑娘口渴得要命。她看见了一瓶水和一只碗，立刻大喝一气，几分钟后就昏昏沉沉地睡着了。毫无疑问，水里放进了催眠药水。格兰尼雅睡熟了，没听见有人走进了房间。她醒来以后，看到阳光透过窗帷射进来，她想要站起身来，可是……不知是谁在她睡着的时候脱去了她的衣衫。格兰尼雅完全不明白是怎么回事，她忍住头痛，回忆起过去一天的事件，她披上被子，站起身来，拉开了窗帷。窗上的铁栅使她想起了她是在什么地方。凳上放着一包衣服。这是一件颜色鲜艳的绣花和服。格兰尼雅现在怎么办呢？她下定决心，必要时得打破房间，无论如何要从这儿出去。于是她就顺手把那件衣服穿上。短短的和服穿在她身上显得很滑稽。格兰尼雅朝镜子里一瞧，露出了一丝惊讶的微笑，但就在这一瞬间，一股强烈的憎恨控制了她。格兰尼雅推了一下门，肯定门被锁上了，于是就用两拳捶门，过后又抓起一张凳子，打破了玻璃，但是玻璃外面装着铁栅栏……

这姑娘做梦也想不到，就在她穿上和服的那短短的一刹那，一个专门守在墙后的摄影记者拍下了她那偶然的一笑。后来又添油加酱地把照片修饰了一番。就这样在报上出现了被俘的苏联青年女运动员的照片，还加上了一则诽谤性的短文。

没过五分钟，终于因为格兰尼雅大吵大嚷，门打开了，一个穿着长绸衫的老太婆衣声窸窣地走进了房间。

“醒了吗，心肝儿？”老太婆若无其事地以甜腻的声音操着纯粹的俄语问，“天呐，瞧您长得多美啊！”

“这是什么地方？”格兰尼雅冲向那女人，“您是谁？”

“安静些，安静些，亲爱的，您会觉得很满意的……”

“我要求回答！”

“我很乐意向您自我介绍。我们这就算认识了。我是俄国公爵夫人安娜……我希望能跟您交个朋友……”

“公爵夫人？……”

“是公爵夫人，”老太婆欠身说，“您叫什么名字，我的……”

“公爵夫人？”格兰尼雅十分惊讶地喊了起来，“我在什么地方呀？这是怎么回事呀？”

“我的小宝贝，我把一切都告诉您吧。您是在中国满洲某城日军的保护下……他们很有礼貌，您放心……”

“公爵夫人！……日本鬼子……”格兰尼雅依旧莫名其妙，她搓着鬓角，努力想清醒过来。突然，她恍然大悟地叫道：“可是您……您是白俄？”

“是白俄，”安娜低垂下眼睛，说，“您知道这是由于什么原因，我亲爱的……”

“不许这样叫我！”格兰尼雅勃然大怒，“我是一个共青团员，我不要听任何……”

“哦，您怎么啦？您等一下……”

可是格兰尼雅已经不再听她的了。她狂怒地把老太婆猛地推开，飞也似的沿楼梯跑下去。下面许多军人听到公爵夫人的喊声纷纷冲了上来。格兰尼雅认出飞行员克留格也在其中。几个身穿军服、腰系剑带的人一下子包围了她。

如果格兰尼雅早一分钟跑到大厅里——那班军人刚才就是从那里边跑出来的，——她就会听到一席直接关系到她、她哥哥和苏联旅行家的谈话。

飞行员克留格结束了他的报告。

“好极了！”上校最后说，“这姑娘未必能提供我们什么重要的情报。但是，至少她会把他们探险的目的告诉我们。还有四个人留在沙漠上。照您所说，他们没有燃料，也没有水。如果我们派几架飞机去，他们就会束手就擒。克留格先生，请您带领飞机到沙漠去。”

“我遵命……我可以准确指出方位和经纬度。”

“现在，”上校说，“我们必须着手训练这个女共青团员。最好由她写封信给自己人……那就省事多了……”

“上校先生，”一个军官插进来说，“要是她真是共青团员，事情恐怕很难办……”

“胡说！”上校打断他说，“难道您不知道女人的性格？只要给她衣着打扮，吃喝玩乐——她就是我们的了。”

这时，公爵夫人的喊声打断了司令部的会议。

格兰尼雅落到了军人的包围圈中，她暂时平静了一会。

“马上送我到哥哥那边去！”她提出了要求。

“嘿，好大的火气！”上校微微一笑，“的确，她非常漂亮。克留格，您做过俄国人的俘虏，您总懂得俄国话，请您跟这个迷人的姑娘解释一下……”

“小姐，”克留格一边考虑措辞，开始说，“我很荣幸……”

克留格的声音使格兰尼雅失去了自持，她喊着：

“流氓！不是您把我抢来的吗？……我……我……我要杀死您！”

说着，格兰尼雅从楼梯栏杆上抓起一个花瓶，把它向飞行员掷去。克留格及时蹲下身子，不然他早就没有命了。

“带走！”上校喊了一声。

于是副官把格兰尼雅的手反绑起来，把她带上楼去，关上了门。

格兰尼雅在装铁栅的房间里躺了两天。她不放安娜进去，并且开始绝食，她已经在想自杀的办法了。

第四天夜里，格兰尼雅黑暗中听得有声响，仿佛门下有耗子在跑来跑去。她开了灯，看见从门缝底下塞进一张小纸头。

一张字条！格兰尼雅迅速地看完了用歪歪斜斜的俄文印刷体字母写着的十来行字。这是阴谋呢，还是……

她在字条上看到下列字句：

> “为了救您自己，为了您的哥哥，您要按照朋友的忠告行动。这里有您的朋友，他们一定能救您。您装出好像您想通了的样子。什么也不要对周围的人说，也不要现出愤恨，不然他们会把您关进监牢的，从那儿救您出来就比较困难了。莫斯科万岁！看完把字条毁去。
>
> 您的朋友们。”

格兰尼雅不知道把字条翻来覆去看了多少遍，她拿定了主意：“假如这是阴谋，我要冒什么险呢？……我反正不开口，即使拷问我，我也不说一个字……”

当早晨安娜胆怯地走进房间的时候，格兰尼雅很平静。

“请关照给我送吃的东西来。”

老太婆喜出望外：

“心肝儿，您想象不出有多大的快乐在等着您呢！……”

安娜陪着一个女裁缝来给格兰尼雅量尺寸做衣服。第二天，在三个军官监视下，她被用汽车送到草原上去兜了一圈。房间里放上了一架留声机，再过一天，安娜带来了几大纸盒新衣服。格兰尼雅顺从而冷淡地试着华丽的衣裳。

“亲爱的，”过去的公爵夫人好像无意间问了她一声，“也许您要跟上校先生谈谈吧？他一定乐意奉陪……我可以发誓，您把所有的人都迷住了！”

“不，”格兰尼雅回答，“我再等几天。”

“您准备准备吧，这两天您就要跟当地的上流社会人士见面了，”安娜告诉她，“虽然他们是亚洲人，但都是极其文明、极其懂礼貌的人。他们对您的关怀是令人感动的……”

“这两天将有什么事？”

“要举行舞会，您将在舞会上和大家见面，”安娜微笑着说，“那件浅蓝色衣服配上您的金色头发一定非常合适。您会使所有的人都倾倒的。”

格兰尼雅又度过了失眠的一夜和痛苦的一天。即使她作最大胆、最空妄的幻想，她也无论如何想不到面临着的那天夜里她将发生什么事！

晚上，安娜在一个侍女的帮助下开始给格兰尼雅打扮。她穿上一件华丽的浅蓝色衣裳，别着几朵淡白的玫瑰花饰。格兰尼雅照着镜子，认不得自己了，她感到她快支持不住了。

“我怎么啦？这种伪装要来做什么呢？”她暗自想着，勉强控制住自己没把那个嘴里衔着别针在她身边转来转去的安娜一脚踢开。

* * *

乐队奏起了斯特劳斯①的圆舞曲。格兰尼雅随着安娜慢慢地下楼走向大厅，那边已经聚集了许多军人。在明亮的灯光下，到处闪着金饰、勋章、军装。靠墙，像在歌剧院的舞台上那样坐着几个白俄太太，挥着扇子。不少穿了欧洲服装的年轻日本女人在大厅里转来转去。

安娜让格兰尼雅在楼梯转弯处停一停，挽起她的手臂，把她领到旁边一个花瓶跟前，这是原来那个花瓶打碎以后给换上的，她指指下面说：

“小宝贝，今天的舞会上，您将和最文雅的上流社会人士见面，

---

① 约翰·斯特劳斯（1825—1899）是著名的奥地利作曲家，最特别的圆舞曲作者，作有《蓝色的多瑙河》《维也纳森林》等。

这些人物只有在过去圣彼得堡的宫廷舞会上才看得到。您瞧：那边边上坐着扎尔日茨卡雅公爵夫人，彼得堡的第一美人。有一次先王……”

格兰尼雅向安娜指给她看的那个方向看去，她险些儿大笑起来。那位“彼得堡第一美人”原来是个面色枯黄、头发花白、皱纹纵横的老太婆，生着一个尖尖的下巴，她至少有六十岁了。

“在圆柱旁，”安娜继续说，“您看见的是皇家剧院的名演员涅斯薇金斯卡雅。她的微笑曾经使整个首都如醉如狂……”

格兰尼雅又勉强忍住没笑出来。尽管她心里多么难受，但是瞧着这些满脸皱纹、弯腰驼背、骨瘦如柴的老古董，仍然不能不笑出来。

最后，她们终于走到楼下，安娜向大家介绍格兰尼雅。最末一个走到她跟前的是克留格。飞行员小心翼翼地向她伸出手去，当格兰尼雅接受的时候，他倒觉得困惑起来。

格兰尼雅努力不现出丝毫的憎恨，她默默地跟克留格在大厅里走，耐心地听他的含糊不清的话。不难看出，周围在谈话或跳舞的人都以好奇的目光注视着他们两人。突然，在嘈杂的乐声中，格兰尼雅清楚地听到飞机的隆隆声。

克留格鞠了一躬，用他不纯熟的俄语说：

“明天您能看到和拥抱您的哥哥啦……”

“怎么能看到？”格兰尼雅猛地一震，“飞机飞到……”

“到沙漠去……您猜得对……”

“去把我哥哥和……”

“他们四个人都将到这里来。飞机现在飞到基地去，过一小时我也要起飞，在山边赶上他们，好把地点指给他们看……我们跳一次圆舞吧。”

格兰尼雅紧张地思考着克留格的话，机械地跳起圆舞来。

突然，一个熟悉的影子落到敞着的窗玻璃上。格兰尼雅微微一晃，她咬紧嘴唇忍着没叫出声。

是李昌的脸在窗外一闪。

“您不舒服吗？”克留格停下来问，“请到花园里去走走。”

“好的，好的，去透透空气……”格兰尼雅握住他的手请求着。

受宠若惊的克留格向上校投了意味深长的一瞥，一边走，一边对他说了些什么，然后向格兰尼雅解释：

“这是一座美丽的花园！我已经关照过了，谁也不会来打搅我们两人散步。”

克留格在昏暗的林荫道上神气活现地和格兰尼雅手挽手走着，一边大发议论说：

“我明白您非常怀念祖国。我自己也是很难过地离开祖国为日本空军服务的。有朝一日，我一定要回到我心爱的……”

他没说完这句话。灌木丛后几条黑影一闪。不知是谁的强有力的手扼住了他的喉咙，捂住了他的嘴。格兰尼雅跳到一旁，但在这一刹那，她在自己面前看到了一张脸……那是李昌的脸。

“别响！”李昌连忙警告她。

三分钟后，一辆汽车在草原的路上疾驰。一个陌生人坐在驾驶盘旁开车——他旁边是又喜又惊的格兰尼雅。后面坐着李昌和一个年轻的中国人。他们抓住克留格的两手，手枪始终对准他。

开车的人头也不回过来，用冷冷的声调厉声对克留格说：

“您要放明白点，我们是不会有什么损失的。要是您发出半点声音，立刻把您枪毙。乖乖地听话，您便能保住性命。吃枪弹是没意思的——您不是为钞票服务吗？记住：如果我们被抓住，您就立刻完蛋。我们是不会有什么损失的！”

开足马力的汽车猛地在飞机场门口刹住。

“记住！”开车的人又说了一遍。

李昌和王才良的枪口紧紧抵在克留格的腰间。

黑暗中走过来一个哨兵。

“是我，飞行员克留格。”德国人说，并叫出了口令。

大门打开了。汽车向飞机场尽头驰去。

“您的飞机在哪儿？”

“起飞准备都做好了吗？”

“是的，”克留格嘶哑地说，“一切都准备好了。就是没有随航机械士。”

“我们能对付。”

于是开车的人跳下了车。

黑暗中隐约可以看见停着的一架飞机。

在两支枪的压力下，克留格坐上了驾驶舱里他的座位。李昌把手枪交给格兰尼雅，于是她就坐到随航机械士的座位上。陌生人开始转动螺旋桨。在隆隆的引擎声中格兰尼雅听到：

“莫斯科万岁！”

飞机沿着跑道开动。汽车出了大门，在尘土飞扬中消失了。

当克留格在三支手枪的威胁下驾飞机向云端飞去的时候，太阳已经渐渐在升起了。

“请收起吧，”他求着格兰尼雅，“请他们把枪收起来吧。要是他们高兴，他们可以打死我……请您问一声，往哪儿飞。”

“往沙漠，往阿尔玛斯山。”李昌命令说。

“记住，”兴奋的格兰尼雅喊着，“记住对您说的话。要是您出卖我们——我们会牺牲，但是您将先被打死。前进！”

“阿尔玛斯山，我懂了，”克留格点点头，“我很看重自己的生命。”

* * *

飞机浴着清晨的阳光，在沙漠上空飞行。格兰尼雅觉得奇怪，克留格竟变得十分镇静了。她想：“他莫非想好了什么诡计了？”但是克留格明明在向阿尔玛斯山飞去。原来这是另一种原因使他可以不必为自己的命运担忧。

话分两头，他们这架飞机在沙漠上空飞着，而在另一头，一辆汽车载着三个旅行家正在沙丘中行进。

“阿尔玛斯人！……阿尔玛斯人！……”

无边的沙漠。周围一片静寂。沙丘像微波一样起伏，碧蓝的晴空映着亮得刺人眼痛的阳光。汽车缓慢地移动着，仿佛舍不得离开山岭，心乱似麻的旅行家们一直保持沉默。

老学者沉重地叹着气，他终于不去看那些峭崖了，转身对地质学家说：

“我的朋友，现在我该把阿尔玛斯人的秘密向您公开了，我要把我在鬼门谷和梦乡洞看到的东西告诉您。但我先要提到一件小小的历史材料。在中国东北的一个城里……您怎么不在听我的话？……”

“等一下！”维斯科夫斯基紧张地说，“我好像觉得……有飞机！……”

真的，三架轰炸机形状的飞机从东方出现，几分钟后已经在汽车上空打转了。

“不用说，是来追我们的，”维斯科夫斯基肯定地说，“咱们回去！看他怎么样。”

飞机看出了“道奇”的动向，三架轰炸机立刻也转向山岭。

“很明显……一切都清清楚楚，”维斯科夫斯基下了结论，“你们继续行驶，争取离开山地愈远愈好。我留下来。”

“一个人？我不答应，”教授反对说，“把您一个人丢下！绝对不……”

“现在没有时间争执了，”维斯科夫斯基用命令的口气打断了他的话，“立刻用全速离开此地。我得留下！”

江彭像个垂头丧气的小孩一样，抱屈地眨眨眼睛，孩子气地张开嘴巴，连话也说不出来。他只是哀求地伸出两手，希望能阻住维斯科夫斯基。

“我最亲爱的朋友，”他哆嗦着嘴唇喃喃地说，“请您解释一下，您打的什么主意？您会葬送掉您自己的！”

“我得留下，”维斯科夫斯基轻轻推开教授的手，斩钉截铁地重复说，“您放心去吧，否则我们大伙都得完蛋……现在必须这样做。”

“我懂了，”紧皱眉头的安德烈插入了谈话，“既然必须这样，那您就留下来吧。”摄影师掏出手枪，又加上一句：“您放心，万一有什么，我代表您……”

“快躲进去，立刻躲到车上去！只要想办法拖延两三小时的时间，你们的任务就算完成了。不许开一枪。”

“可是假如‘盖诺逊’……”

“那就更不能开枪……绝对不能。随便他们把你们怎么样。主要的是拖延时间。”

“是！我们会周旋！请放心——您不是知道我一向不喜欢多说话的吗？[①]”

于是汽车载着茫然不知所措的江彭向前驰去。三架飞机掠地飞行在“道奇”后面追赶。维斯科夫斯基一动不动地躺在灼热的沙上，直到隆隆的引擎声完全听不见为止。维斯科夫斯基仔细谛听着飞机是不是在往回飞，他肯定飞行员没有发现他，这才向山那边跑去。不到一小时，他已经在深渊边了。

维斯科夫斯基又倦又渴，累得坐到地上。

“刘英信！”他两手合成一个话筒，侧身向深渊下面喊起来，“刘英信！”喊声传到了空旷的深渊里，听起来微弱得很，维斯科夫斯基绝望了，他知道人家听不见他的喊声。

不久前还从峡谷中徐徐上升的烟已经消失。维斯科夫斯基明白了：游击队员发现了飞机，把火熄灭了。于是他开始向深渊里扔石块。沉重的石块掉下去好像在空中融化了似的，无声地落到渊底。

“我孤单单地一个人，”维斯科夫斯基后来回想起当时的情景时说，“我的喊声没有得到回答，我几乎后悔不该离开汽车了。一个人在沙漠里！一个人在神秘的、没有人烟的荒漠里，在这蒙古境外不属

---

① 这里安德烈是说反话，其实是他很健谈的。

任何人的僻地上！我是这庞大的地理‘空白点’上的一颗沙粒。‘怎么办？’当时我想，‘要是没有人答应怎么办？我能找到我们的汽车而脱难吗？’于是我不停地把石块向深渊里抛去……”

手碰到了一些暖和的、富有弹性的袋子。维斯科夫斯基跳起来，凝神看着包好的降落伞，还不知道该采取什么办法。他一面思考着刚产生的一个念头，几乎是无意识地拾起了第二只袋子，解开了上面的带扣，于是一个用皮带缚着的、硬硬的绿帆布背囊掉到沙地上来。维斯科夫斯基手里拿着这个像汽车坐垫似的东西，紧张地回忆着。他从来没跳过降落伞。他没有学过。去年春天他只去过一次航空俱乐部。当时有一个在科里马河流域工作了两年的同志来到列宁格勒；维斯科夫斯基陪他玩了三天，去访问熟人的别墅。因此他脱了两堂跳伞课，被编到下一届去。后来突然又到哈萨克斯坦去考察。现在他想起那时在林子里开留声机，嘻嘻哈哈地跳舞，给树桩绊得踉踉跄跄，结果耽误了跳伞课，他恨透了！

指导员讲了些什么呢？这个背囊和带扣是做什么用的呢？维斯科夫斯基闭上眼睛，想象起当时未来的跳伞员们在那儿集合的一片草坪，甚至想起了跳伞指导员的脸。维斯科夫斯基呆呆地陷入紧张的沉思中，一动也不敢动，他机械地把背囊扔到背后，嚓的一声拉了一下紧紧地缩在铝质带扣里边的钩子。束着这副奇怪套具的维斯科夫斯基向悬崖跨近一步。他犹豫地看了一下一个很大的方形握柄。这是开伞环吧？他一时莫名其妙，为什么这个四方形的柄叫“环”。维斯科夫斯基倒退几步，抓住握柄，冲过去向深渊里一跳。

“当时我以为，”地质学家后来对我说，“我以为心要裂开了，突然我的胸口被压缩得很厉害；我连气也透不过来，天空和岩石在我眼睛里颠倒翻转。我像被打中的鸟似的倒栽下去，我用力扯了一下柄，不相信降落伞会张开。说来也许可笑，但是我耳朵里清楚地响起了留声机的声音，就是在树林子里放送的那架……一幅很长的布从背上一滑，我的头上张开了一个巨大的圆顶帐。我被猛地抛向一边。我从来没有像这一刹那这样高兴过。当吊绳扯紧的时候，我觉得好像有一股不平凡的、强大的力量通过绳索流到我的手中……”

黑魆魆的岩石平稳地摇晃着。维斯科夫斯基很快就降落到一条阴暗的山隘里。他解下降落伞，朝四面环顾了一下。周围是一片荒野的原始世界，在陡峭的悬崖下，许多嶙峋的丈把高的怪石在昏暗中堆在一起，蔽住了天空。

“刘英信！”维斯科夫斯基仍旧像刚才那样喊着，他听不到回答，就用四肢向前爬去。

脚常常嵌在裂缝中，尖尖的石块刺伤他的手。维斯科夫斯基顽强地爬过一块块怪石，很快，岩石向两旁叉开了。

维斯科夫斯基眼前出现了一片宽广明亮的谷地。喜出望外的地质学家做了个动作，打算奔跑，但是他愣住了，身体直僵僵地保持着刚才的姿势。一幅奇怪的景象把他惊呆了：地上散着一堆堆骨头和人脑壳子，远处谷地好像覆着深深的积雪。维斯科夫斯基不知道该继续走去呢，还是另找道路，他转过身去，不由自主地倒退了几步。山脚边的一个山洞里透出烛光。接着从山洞里走出一个弯背的人。肩上披着被单，穿着一双灰色的毛茸茸的靴子……维斯科夫斯基立刻认出了那个老头。

“何谟昌！……刘英信在哪儿？”维斯科夫斯基断断续续地问，“你领我去。”

何谟昌不答话，只用一根手指按着嘴唇，指着透出烛光的山洞，叫他不要作声。可是维斯科夫斯基顾不得老头的警告。他一心希望遇见什么人，就打何谟昌的身边冲进了山洞……接着他退了出来。

烛光下，一个异乎寻常的人弓腰坐在一块平石旁边的稻草席上。他披头散发，裹着一张毛茸茸的兽皮，像一只野兽。听到脚步声后，他回过头来，惊恐地张开了嘴巴。他那哆嗦的手里握着一支毛笔，刚才他在铺在石上的羊皮纸上不知写着什么。这个可怕的人受了惊吓，向山洞深处跑去了。

一双坚强的、青筋突起的手扳住了维斯科夫斯基，使他走出了山洞。

吓得半死的何谟昌拼命吸着空气，摊开两手，气喘吁吁地说：

“阿尔玛斯人！……阿尔玛斯人！……”

这时，刘英信急急忙忙从山上奔下来。

两个俘虏

我们暂且把谷地上的地质学家按下不表——他的命运再也不用耽心了——先来叙述沙漠上的那辆汽车，虽然维斯科夫斯基命令用最高的速度行驶，可是汽车隔不多久就放慢了步子，接着终于被迫停了下来。飞机渐渐降低高度开始着陆，而那辆“道奇”——安德烈的迅速灵巧的“道奇”——却像生了根似的停在沙丘旁一动不动。散热器里的水沸滚了。

三架飞机在离“道奇”不到一百米的地方降落，五分钟后，安德烈对江彭说：

“来了。有七八个人。教授，怎么办？今天您用什么代替美味的羚羊肉招待他们呢？”

八个穿着一色一样联合服的人围住了汽车。一个穿着军人短上衣的矮壮汉子从他们当中走了出来。这日本人那张颧骨突起的脸上露着客气的微笑，他很有礼貌地点点头，操着极流利的俄语跟我们这两位旅行家打了个招呼。

“我们不必相互介绍了，我是队长。显然，”他说，“你们已经猜到了我们的来意。”

“一点也不，”安德烈同样客气地回答说，“也许，是克留格先生派你们来还他所借的汽油的吧？”

安德烈很满意，他对自己能以外交手腕惊住那些飞行员感到很高兴。他一开腔，就无法控制，非要在他们面前把他的卓越口才发挥得淋漓尽致不可。

“我十分佩服，”他继续说，一边思索着他过去看到过的谈话记录中的外交辞令，“我对于竟然能使用普通汽油飞行的克留格先生的驾驶技术深表佩服！我可以断定，他非常喜欢驾驶老式飞机，或者，他就是一位发明使用重油的发动机的专家！”

“哦，您恰巧谈到了中心问题！那位飞行员使用了你们的全部存油。您能不能费神告诉我们，你们是在沙漠上什么地方又搞到汽油的呢？”

“这是先见之明，”安德烈直冲着那陌生人的脸放声大笑起来，“我有经常多带汽油券的习惯，就在附近的一个加油站……”

“够了，够了，”矮小的队长打断了他，“你们到过土匪那里！”

“土匪？”江彭怒不可遏地说，“土匪总是打劫和平的旅客，把他们丢下来饿死的。”

“土匪，”队长似乎没有听见江彭的话，他提高了嗓门，“土匪一年四季躲在山里。这是我们了解得千真万确的。你们到过他们那里，你们要协助我们，为我们领路！”

“您说什么？”摄影师连声问道，他并不掩饰自己明知故问的神情，“我们作了一次沙漠旅行，除了克留格和动物以外，谁也没有遇见过。”

“游击队！我们要知道游击队的下落！”

江彭没等安德烈开口，他向队长跨近一步，高傲而严峻地说：

“我到过……我到过游击队那里。你们要怎么样？”

“我对您的诚实极为满意……”

“你们要怎么样，我问！”

“给我们指路……”

“我们是被扎着眼睛带进峡谷的，”教授打断了队长的话，“不过……不过我即使看到了通路，我以名誉起誓，也决不告诉你们！”

江彭骄傲地挺直身子，并不考虑他的话将有怎样的后果。

穿军人短上衣的人面不改色，重又向摄影师提问题：

“你们其余的同伴呢？”

“现在几点钟？”安德烈反问道，“您不拒绝说声几点钟吧？”

“十七点零六分，”那军人惊讶地看了一下表，“您问这个干什么？”

“我怕我的朋友误了看足球。比赛正五点开始。您喜欢足球吗？”

“我警告您，年轻人，”飞行队长显然恼了，他威胁着说，“事情比您预料的来得严重。您要是再倔强，我们就不得不采取强制手段了……立刻回答：你们看到多少游击队，他们有多少马匹，弹药和存粮的情况怎样？我向你们保证：如果你们回答这些问题，你们将不受任何侵犯，并且能得到自由。”

“既然如此，你们马上就可以离开我们。你们什么也不会知道的。”

“我认为恰巧相反……”

“你们白费心机，”安德烈神情严肃了，他肯定地说，“你们白白地耽误你们自己和我们的时间。”

“回答，我再向您重复一遍，回答！我现在提出第一个问题。请郑重考虑。否则就晚了。”

“上校先生，或者您是别的军阶，请别忽略主要的一点：在您面前的是一个苏联公民。”

“各人将对自己负责。”队长说着，向随同他的飞行员们做了个手势。

摄影师时刻准备好他们的袭击，所以预先把身子靠到汽车上。飞行员们听完了一道摄影师所不懂的命令后，向“道奇”走过来，直到他们逼近的时候，安德烈才从车上拉出一副沉重的摄影三脚架。

“走开！我还有三条腿呢。”

安德烈向后一跳，但他立刻悔恨自己犯了个错误。飞行员们抓住了江彭，把他拖走了。狂怒的摄影师忘记了维斯科夫斯基的叮嘱，冲过去营救学者。不然他又能怎么做呢？安德烈向飞行员们冲过去，挥起三脚架朝碰到的第一个人打去，接着他已经不加挑选了，只是把沉重的三脚架在头上挥舞，像挥动一根很轻的竹竿，逢人便打。摄影师把好些敌人打倒在地，用三脚架狠狠地敲他们，一边扯开嗓子怒吼：

“走过来！叫你们尝尝厉害！我来给你们看一些最精彩的美国武侠片的镜头！”

耳边一声枪响。矮小的队长放下手枪，用一副若无其事的神情冷冷地问：

“打得好。打得妙！不过这样救不了您自己。我劝您投降吧。”

上校的平静的声音使安德烈清醒过来。四个人从沙地上爬起来。

“把三脚架放下。”

“滑稽的小矮人！”安德烈向他走过去。

一个飞行员偷偷地从背后蹑足走到他跟前，用日本柔道的架式扯了一下安德烈的手，把他仰面打倒在地上。

“最后笑的人才是真笑，你们俄国好像有这样一句成语吧？我们先来对付老头儿，”那军人说，“他会最先说出来的。”

那些给安德烈打得落花流水的人跛着腿，抑制着呻吟，把江彭围住。

“准备哈马克！”队长命令，“请原谅，教授先生，但是我们不得不采用我们自己的办法。”

飞行员们从车上拿下几根粗杆子，把它们插在沙里。他们把教授的手缚在两根杆子上，把脚缚在三脚架上，再挖去了他身下的沙，把木箱板堆起来准备点火。江彭被吊在半空中。

“可惜，在行军情况下我们不能搭一张更舒服的哈马克。但是这样对您可以凉快些。我马上命令点火。”

“李昌，”学者呻吟着说，“你在哪儿呀，我的李昌？要知道，”他费力地说着，“当四百多年前哥伦布发现美洲的时候，水手们在一个岛上看到悬在木桩上的绳网。那是野蛮人睡的吊床。当地的土著把它叫做哈马克。水手们当时懂得的第一个印第安字就是‘哈马克’。如今我从现代的吃人生番嘴里听到了这个字……”

* * *

克留格的飞机在沙漠上空飞着。下午四点钟，王才良看见了山岭，他用手势向德国飞行员指示方向。没过两小时，李昌、年轻的中国人和格兰尼雅看到了一辆汽车。但是……他们的高兴瞬息间变成了惊恐。离汽车不远停着三架飞机。

“我完全没有过失，”克留格掩藏着微笑说，“他们是自己飞来的，他们本来应该等我，想不到先到了您哥哥那里……”

李昌碰了一下格兰尼雅的臂肘，用手势请她命令克留格降落。

克留格乐意地执行了这个命令。飞机在平坦的沙地上空盘旋了一阵，停在离安德烈的汽车三公里的地方。两个中国人把克留格结结实实地绑好，把他抛在沙地上，然后跟格兰尼雅一起向汽车那边跑去……

江彭和安德烈怎么样了呢?

拷问还在继续中。

“教授先生，我也不乐于使用极端手腕。我等着……”上校重复了好几遍。

“教授，勇敢一点！”安德烈喊着，“别忘了，您是被他们称为弟兄的。”

“李昌……我的可怜的李昌，”江彭闭上眼睛，以断断续续的声音说，“你还记得细腿的羚羊吗？永远也不要碰那些娇嫩的羚羊，但是……但是……要无情地、毫不怜惜地消灭这些野兽……”

“我可以撤销，立刻撤销命令。只要您保证……”队长做出可怜老教授的样子要求着，“否则立刻烧死……”

队长话没说完，突然不响了。飞行员们震了一震，扔下了箱板。

飞机声！吃惊的队长惶恐地抬起了头，但马上就放下了心，说：

“哦，这不是克留格吗！我们稍等一会——也许，你们跟老朋友比较谈得来。瞧，他已经在降落了。”

上校等了半小时光景。

“奇怪，”他自言自语地说，“为什么克留格不在我们的飞机旁边降落？……不用浪费时间了。”他过了一会下了决心。“点火！克留格来的时候将看到最精彩的场面。在哈马克下面点火。”

飞行员们拿起箱板跑到教授跟前。

“哦，我的李昌！”江彭大声喊着，“你送不了我的终了，李昌！”

“我来了，我的老先生！”小山背后响起李昌的声音，接着，他本人已经出现在小山顶上，“我来了，江……”他拿着手枪冲了下来。

“抓住！”上校咆哮着，“把他们抓住！”

格兰尼雅和王才良随着李昌跑来。格兰尼雅奔到捆绑着的哥哥跟前。

“露莎尔卡！”安德烈高兴得发疯地叫了起来，“是你？”

“把你的手伸过来！”

突然，安德烈的脸变了样。他使妹妹大吃一惊，喊着：

“走开！不许碰我！到他们那儿去，你是他们的……是他们的妹妹和朋友。不许碰我，我是正直的苏联公民！”

“你怎么啦？安德烈？”

在被绑的江彭附近展开了一场残酷的搏斗。两个中国人从这里跑到那里，向日本飞行员开枪回击。

“打得准些，我的李昌！”江彭狂喜地喊着，他的两手被吊了起来，身子悬空摇晃，“消灭这些猛兽！”

这场实力悬殊的恶斗正不知道会怎样结束，忽然沙丘背后传来了隆隆的响声，好似远方的雷声从山背后渐渐临近。

山岗后卷起了滚滚黄沙。在凶猛异常的风暴中，在愈来愈响的隆隆声中传来几声拉长调子的叫喊，于是穿联合服的飞行员们跟着他们的长官毫不犹豫地向飞机跑去。

接着是一阵枪响和马蹄声，骑士们站在马镫上呐喊着冲过来。

只见许多长矛、刘英信的脸、刘小英的苗条的身姿打旁边闪过，安德烈听见了维斯科夫斯基的声音：

“坚持一下，朋友们！”

………………

探险结束和阿尔玛斯人的秘密

（代尾声）

探险结束了……不过，在进入尾声之前，我们还得像在电影银幕上那样描写一下第二天沙漠的早晨。

灿烂、火热的太阳照着起伏波动的沙丘。两辆汽车作好了出发的准备，所有的乘客都在。喇叭拖着长长的、兴奋的声调。刚才围着汽车的一群骑马的人挥着马鞭向山岭疾驰而去。

刘英信老汉从背后抽出步枪，向空中放了三枪，接着催马向已经走远的朋友们赶去。刘小英在一辆汽车旁待了一会。她依依不舍地强笑着，望着安德烈，然后摇摇头，低声说："莫斯科！……"

所有坐在车上的人不约而同地茫然把眼光移向一旁。维斯科夫斯基猛然想起了什么，他伸手到袋子里去掏，拖出了两只小狼。

"我一直为您保存着。"他对格兰尼雅说。

安德烈心里很难过地瞧着他的可怜的"道奇"。

"刘小英，"他说，"我连你的照片都没有。可是……可是我永远忘不了你……"

"莫斯科。"刘小英回答说。

"我们还会见面吗？"

刘小英又重复了一遍："莫斯科。"

但那中国姑娘像突然想起了什么，身子猛地一颤，仿佛在驱散离愁，她挥起马鞭，那匹马笔直地竖了起来，姑娘唱起了歌，那支歌曾经使安德烈不久前在一个月夜里像中了魔法似的在沙漠中寻声走去。很快她就随在疾驰而去的骑士们后面消失了。

又是一阵喇叭声。"别克"装满了日本飞机的汽油，慢慢地开动了。"道奇"上只有安德烈一个人。他不大情愿地转动着驾驶盘，跟在同志们后面，但老是回过头去望着山岭……

…………

维斯科夫斯基最近给我一封信，这里引一段话作为结束吧。他说：

“看了您根据我口述的故事和日记撰写的特写手稿以后，我感谢您遵守了我提出的全部条件，略去了一些暂时还不能公开的情节。

“您不向读者详细介绍我们回来的路程，这做得完全正确。归途很平安，我们在列宁格勒的见面可以作证。不必再叙述游击队员是怎样收拾那些空中强盗的了。那是刘英信和他的同志们自己的事。

“……原来关于阿尔玛斯人的神话是有充分根据的。江彭在梦乡洞中得到一卷保存了几百年的羊皮纸，他现在正着手翻译这份历史性的文稿——这是中国东北某城的方志。我把我从江彭那里听到的告诉你们。我记不起这城的名称了。但它在艾里节 · 列克吕[1]著的《世界地理》上有的。两千多年前，中国古代的一个统治者在这座城的周围修筑了高大的城墙。在古代城墙的城门洞里直到现在还有一座小庙，这庙因为一个神话而非常著名，这个神话在全中国流传极广。千百年前，变成了奴隶的农民们受苦受难，成年累月地修筑城墙和碉堡。一个农妇给丈夫送饭去，在许多死人中发现了丈夫的尸首。她把自己的头对准石上撞去，头破了，城墙也坍倒了。这个女人给葬在她丈夫一起，在为纪念她而造的庙里有一块碑，上面刻着：‘此女流芳百世，秦王遗臭万年。’

“在古代文稿中还述及神话发源地的那个地区的农民骚动。有一个村子的筑城墙的农民起来暴动，他们全部跑到山里去。起义农民的领袖领他们走进无路可通的峡谷。可能，漫长的岁月使他们变成了野人，当他们披着兽皮走到沙漠上的时候，他们的模样就使牧民害怕。关于山里的人们的历史是首领自己写下的，这位首领死后由同乡葬在鬼门谷的一个山洞中。教授看到了用石头雕成的纪念碑，那卷羊皮纸就放在墓中。

“江彭教授在梦乡洞里看到了最后一些阿尔玛斯人中的一个，后

---

① 艾里节 · 列克吕（1830—1905）是法国的地理学家和社会学家。

来我也看到了。他就是给游击队领路、把他们带到无路可通的神秘峡谷中去的那个人。不管怎样，从教授的笔下将出现一部惊人巨著。

“江彭在经历了那许多遭遇以后很快就复原了，他打算到苏联的克里木来休养。

“可惜，我没有遇到过安德烈。他因为迟到而受到了厂里的处分，目前他正在用不间断的出差工作补偿他所耗费掉的时间。

“我将在列宁格勒过冬。”

底下写的都是些私事。

但是使我们莫名其妙的是信的最后几行，说得更确切些是一段附语：

> “格兰尼雅问您好。要是您到列宁格勒来看我们，她一定会很愉快地招待您。要是我不在家（去出差或是考察），她会告诉您我在什么地方。”

好了，我们跟黄沙漠上的四位旅行家告别吧，而那个接受写出他们历险经过这项愉快劳动的人，还剩下一件最轻松的事——那就是只要再写上一个字：“完”。

莫斯科，1935 年

小游击队员

［苏联］杨卡·马夫尔　著

杨卡·马夫尔

尔·鲁比娜

杨卡·马夫尔（原名伊凡·米海洛维奇·菲尧陀罗夫），一八八三年五月十一日生在里巴瓦城。

这位后来成名的作家，自小就知道无情的贫穷。母亲在唯一维持家庭生活的丈夫死了以后，不得不带着这孩子搬到乡下她父母那里去住。她是个聪明、有胆量的女人，她对她儿子的一生起了很大的影响。泥屋里死气沉沉的生活、孤独、繁重的零活没有磨损她的锐气。她是这村子里第一个把自己的儿子送到离家三十五俄里一所小学里去的人。在这个学校里念书是不怎么容易的，因为一百八十个学生总共只有一个教师。

这孩子在小学毕业后，花了很多精力才考入了柯夫诺（今名考那斯）的一所工艺学校，后来又进了波涅维什的师范教会学校，他在毕业之前，因为“不信神”差一点被开除出来。过了一些时候，杨卡·马夫尔以同等学历的资格参加了争取小学教师称号的考试。他在一个“新地”小镇里教书，后来又在离鲍里索夫城不远的裴恰村当教员。

在这个时期里，杨卡·马夫尔接近了一个大学生的革命团体。常常有许多大学生聚在他家里秘密阅读《火星》报。

一九〇六年夏天，由雅库勃·柯拉斯发起，在米高拉也夫希那村里召开了一次具有革命思想的别洛露西亚教师的秘密代表大会。会上马夫尔第一次和柯拉斯会见。警察局侦悉了关于大会的情报。这件事的后果，就是全体参加会议的人被禁止在国立学校工作。过了五年，马夫尔才在明斯克的一所私立学校里找到了工作。

杨卡·马夫尔在苏维埃政权时代才正式成为一个作家。

他在自己第一部中篇小说《独人行》中，就表现出他是写科学冒险小说的能手。他的作品的地方背景常常是中国、意大利、印尼、新几内亚、火地岛。中篇小说《独人行》《在天堂鸟的国家里》《水的儿子》和长篇小说《阿默克》的主题，有的是描写被奴役民族反对帝国主义者的革命斗争，有的是描写人类征服自然所获得的胜利。

杨卡 · 马夫尔以苏维埃时代生活为主题的两个中篇小说《坡列西的鲁滨逊》和《TBT》[①]，培养人们热爱祖国的大自然和劳动，教导人们勇敢地去克服一切障碍。

在杨卡 · 马夫尔的书中，有许多地理方面和自然科学方面的知识，在这些书中，对各国的植物世界和动物世界有美丽动人的描写。

杨卡 · 马夫尔的许多引人入胜的作品，在别洛露西亚为几代年轻读者所爱不释手。甚至不仅年轻读者爱读它们。别洛露西亚的民间诗人杨卡 · 库巴拉开玩笑地自称是马夫尔的第一个读者。

我们收在这本选集里的几篇小说，是在他文学生涯的各个不同年代中写成的。作者不管是写刚开始认识这充满奇迹的世界的小孩或是写比较大一些、已经需要接触生活中一定的困难并且战胜它们的孩子，这些孩子对作者都是非常熟悉、亲切和可爱的。对苏维埃儿童的热爱，正是把这几篇小说连贯起来的一种感情。

杨卡 · 马夫尔的作品，在别洛露西亚出了许多版。

他有好几本书已经译成了俄文、乌克兰文、立陶宛文、波兰文、捷克文和其他许多文字了。

---

① 《TBT》念成“特符特”，是军队中的番号。

一家人家

这件事情，发生在一九一八年一个漆黑的秋夜里。

我站在德聂泊尔河的左岸望着对岸。那里就是我们的M城[①]，它现在落到德国鬼子手中了。而我必须渡到那边去。

河上的浓雾掩住了城市，只能看见城里为数不多的几点亮晶晶的灯火。右岸相当的高，所以看过去那些灯火像是在天空中闪烁。

受托把我渡过河去的一个同志，解开了小船的缆绳，说：

“坐下吧！”

他把一支步枪放在船底上，我身上藏着手枪。为了不发出响声，那同志用一根桨站着摇船。我们就这样开始秘密“越境”——从我们的一边岸上渡到对岸[②]。

小船荡得很轻，即使在旁边也不能听见一点声响。过了几分钟，陆地完全看不见了，我们就像在大海中一样。再过一会儿，对岸才开始隐约可见。我们是在渡向城市的右郊。我们开始辨别出许多树木和房屋的轮廓，辨别出许多窗户里透出来的朦胧灯光……

最紧张的关头，比就要进行的登陆还要危险的关头迫近了。人在岸上可以很快就躲起来，可是船呢，它在老远各方面就看得见它。或许有人在注意我们，可是我们没处藏身。我们一面前进，一面屏住呼吸，紧张地注视着黑暗，侧耳倾听有什么声音。可是岸上的小物体我们看不清，那么，从那里看出我们的小船也就不怎么容易了。谢谢浓雾！

船头终于靠到了岸边。我一跳就跳上岸，向灌木丛生的陡坡跑去。上面也不知是个花园，还是个菜园。突然我后面传来了枪声、吆喝声。在向谁开枪呢——向我还是向我的同志？我朝四周看了一看。小船已经离岸十米光景。沿河有两个人从不同的方向跑来：一个离船近些，另外一个要远多了。

我搞不清楚他们发觉了我们中的哪一个。我沿着一个被水冲毁了的谷地爬到了上面，翻过栅栏，来到一座花园里。可是就在那个时候，狗叫了起来，这对于我来说，比岸上已经沉寂下来的枪声和吆喝声更可怕。

有一条狗在花园深处一座屋子旁边叫着；它并不向我跑过来——一定是在什么东西上缚住了。

我沿着栅栏跑了几步，跳过了它，跳进了邻家的一个院子，再从那儿潜到街上。我开始镇静而坚定地迈大步走，像一个在当地住了很久的居民一样。

离这里不远有一座房子，我就是被派到那里去的。在我面前有一项任务，就是：不要被任何人看见我跑近这座房子。大家都知道，要不被人注意，最容易就是在周围人很多的时候。可是这里街上差不多一个人也没有。这就是说，每一个行人即使不是存心，也会发现另外一个人的。要是我在人群中的话，我就一点也不会注意到在街的另一边和我同方向走着的那个人了。我当时就看出他是个高身材的人，背有点驼，穿一件领子竖起的棕色大衣，戴一顶便帽。他掉头向着我发出脚步声的地方看，我对他打量一下，同样，他也朝我看了一看。要是巡逻队向他问起有没有在街上看到谁，他就可能把我的外形和向什么地方去都说出来。

我向左转了个弯，等那人走开再回到原来的地方。我不得不这样做了三次，才来到我需要去的那条路。在那条路的尽头的十字路口，我忽然看见有三个骑马的人。他们停在那地方不动，显然是在找什么人的踪迹。过了一会儿，其中一个留在十字路口，一个向左转弯，另一个把马转向我这一边来。他骑在马上走得很慢，看来，我没有被他发觉。我敢断定他们正是在搜索着我。

我拐了个弯进了一条弄堂，又拐进了另一条弄堂，朝城外走去。我可以在那边的随便什么地方宿一夜，明天就安安定定回到城里来。

---

① “M”是一个俄文字母，念做“姆”。

② 在那个时期没有军事行动。——原注

愈走过去，小路就愈窄愈脏。在一条小路上，不知从哪一面有一阵马蹄声传到了我的耳里。我兜了好久的圈子，偷偷地走过了几个菜园，终于走到了田野里。

直接的危险已经过去了。我径直地走，溜到了一条小路上。不到十分钟，这条路就把我引到几座屋子跟前。在最简陋的一座屋子里，像迎接客人似的射出了煤油灯的亮光。

“在这穷人的家里，我也许能找到一个藏身的地方。”我想。一点没有想错：他们连看也没仔细看，问也不问我是谁，就让我进了屋子。

“我们怕什么呐？”当我表示对这一点有些奇怪的时候，屋主人这样说。

“好人嘛，我永远欢迎，坏人嘛，自己也不会上我这里来。他能在这儿找到什么呢？除了一堆孩子以外，别的什么也没有啦。”

“他们生来自找苦吃，还叫人吃苦！”女主人叹了口气说。

显然，那些孩子是这家人家的大问题。屋主人夫妇一开口就说到他们，并不是偶然的。

“让他们快一点把自己的脖子扭下来吧！”主人像是自言自语地嘀咕了一句。

“谁？”我惊奇地问。

主人听到我的问话中有诘询的口气，就倒退了一步，注意地看着我，很沉着地说：

“对不起，先生，我不知道您是怎么样的人……或许您对德国人有另外一种看法……我是没有什么可以感谢他们的。”

我笑起来了。原来这位好心肠的主人一面在想他的孩子，一面说的是给他们带来不幸的家伙。他对着别人这样诅咒占领者，却一点也不怀疑自己会找错了对象。

我把一只手搭在他的肩上说：

“好同志！我刚才就是从那边来，我自己正要躲过德国鬼子哩！”

于是我们大家都觉得轻松起来了。

“请坐！”主人夫妇同时说。

我坐下来看了一看。屋子很小，很旧，地上是泥的，开着几个很小的窗子。一张桌子、两条板凳、一只炉子占去了房间三分之一的地位，还有一张吊床——大家都睡在上面。

主人的身材很高，很瘦削，有一把尖尖的胡子；他的年纪在四十左右。一件粗布衬衫穿在他身上像挂在一根棍子上一样。女主人——一个脸上总是一副担心事神气的瘦小女人——年纪可以说三十五岁，也可以说五十岁。

我再看了一下那“一堆孩子”。桌子旁边一个不满十岁的男孩子在注意地看着我的一举一动，听着我的每一句话。他旁边站着一个五岁左右的小孩，挂着一张肮脏的小脸，伸长了脖子。这小孩刚刚睡醒，从吊床上爬下来，睁大了眼睛看着我这个不平常的客人。一个有亚麻色头发、尖鼻子、蓝色大眼睛的八岁上下的小姑娘羞怯怯地坐在板凳的边上。吊床上还站着一个生瘰疬的七岁模样的男孩子，在他脚边，伸手伸脚地躺着一个两岁的女孩子。炉子旁边的木盆里有一个吃奶的婴儿在睡觉。

“难道你们就是这样生活的吗？”我冲出了一句话。

“我们自己也不知道。”女主人的脸上浮现出一丝苦笑。

“我经常到城外去打零工。可是如今的收入又有多少！”主人摇摇手说。

“有地吗？”

“有一个菜园。我们就靠它吃。还有什么话可说呢！”主人自己打断了话头，移近了我问：“您最好是讲一讲那边的情形。我们的军队是不是快来了？”

在别洛露西亚的各个地方，这个问题，我不知听过多少遍了。

我开始告诉他们，列宁和斯大林在号召人民和敌人斗争，工人们纷纷参军……

街上传来了马蹄声。我马上从窗边跳了开去，掏出了手枪。

“把灯熄掉！”女主人低声说。

“不用，”主人表示反对，“这样他们马上就会猜想到我们心虚。”

我同意他的话，自己想走到门边去。

“等一等！”主人止住我，他把脸贴在玻璃窗上。

他的头掩住了整个窗子。我们屏住了呼吸等着。

“他们现在在最靠边的一座房子旁边……”主人低声说，“看样子是要挨户搜查所有的房子……嗬，在敲门和喊叫呐……”

只留下几分钟给我支配了。或许还能跑掉。现在一切要看敌人是不是一定知道我在这个村子里，或者仅仅是怀疑吧了。在田野里没有人看到我，这点我是绝对相信的。只有出城的时候或许在哪条街上被他们发现了，他们于是到这里来碰碰运气。德国鬼子在这里搜我搜得有多紧，这要看他们的消息灵通程度而定了。

无论如何，很难想象德国鬼子会笨到这种地步：搜索时村子四周不放警卫。

这些想法在我头脑里一闪，比这里所描述的要快得多。就在那时，主人好像猜到我在想什么，就说了：

“左边，房子后面站着一个骑兵……”

果然如此——村子被包围了。怎么办呢，试着冲出去吧？

“干吗要去送死？躺到墙边吊床上去，我们再把孩子放在你上面。”女主人向我建议。

“对！”主人表示赞同地说，他并不把头掉开窗子。

我同意了。我立刻在墙边躺了下来，他们把各式各样的破布条一古脑儿堆在我上面，把孩子们横放在吊床上贴住我，头靠着我当枕头。睡着的小女孩也放到这儿来了。连吃奶的婴儿也放在所有的孩子旁边，木盆塞到吊床下面。

“记住，孩子们，”母亲警告他们说，“对谁也不要说一句话。要是德国强盗找到这个叔叔，他们就要把他杀死。听见吗，米高尔卡？”她单对一个小孩说。

“青见[①]了。”这小孩一本正经地说。

我不知道那张吊床从一旁看起来是个什么样子。不过，主人从窗子那边掉转头来时觉得很满意，他说：

“很好！就是最狡猾的德国鬼子也没法猜到了。”

---

① 这孩子年纪还小，说话不清楚，把“听”说成了“青”。

现在我只希望一件事，就是他们快些来。一动不动地躺着非常不舒服。

这一关终于到了。同时发出了叩门和敲窗的声音。吃奶的婴儿马上叫了起来。母亲把他抱在手里就坐在我的头旁边。大概她开始给他喂奶了。

门砰然一响，可以听见靴子顿在地上的声音。

“你们这里有什么人吗？”一个刺耳的声音问。

“快说实话！不久以前有人到这里来过吗？”这是另一个尖嗓子的声音。

“没有，这里谁也没来过。”主人夫妇一起说。

“瞧着吧！要是找到了，把你们统统枪毙！”第一个声音咆哮着说。

他们开始在吊床下、屋角的板凳下乱搜。他们爬上炉灶的时候，差一点碰到了我的脚，连炉子里也看了，因为我听见炉门啪地关上了。

最大的一个孩子坐起了一点，手肘撑在我身上。这一个自然的动作使我很高兴。可是当五岁的米高尔卡开始翻来覆去的时候，我就担忧起来了。

“米高尔卡，你起来干吗？躺下去睡！”母亲对他叫。

她想把他放回原处，可是那个小孩很倔强，就在我背上动起来（后来我们才知道，米高尔卡想坐在我身上要把我“藏得更好”）。

忽然我听到了几句使我非常担心的话。一个德国鬼子努力在使他的声音具有一种温和的口气，就像童话《小红帽》里的狼一样，对那个小孩说：

“米高尔卡，你不是没睡着吗？你今天看见一个叔叔到你们家里来过没有？”

“没有。”米高尔卡急着回答。

“快说实话，小乖乖！那个叔叔很想见我们。他老是在等我们。要是你说了，我就给你糖吃。”

这次米高尔卡可没有急急回答。他母亲没有教过他怎样回答这样的话。他等待着那些外国人会对他喊叫，可是现在他们却许他吃糖。他不知道在这种场合该怎么办。显然，在这时候母亲想去帮他的忙，一个德国鬼子马上威胁地喊住她：

“滚开！”

那女人从吊床上爬了下来。

“别怕，米高尔卡，说，你看见别家的叔叔没有？”还是那个声音重新温和地说。

“没有看见别家的叔叔。”米高尔卡回答。

“你呢？”

“没看见。”是那个女孩子的声音。

“你们呢？”

“我们这里没有什么叔叔来过！”孩子们齐声回答。

“拿灯来，给我们照着！”一个严厉的声音命令。

“就去拿。”主人回答说。

接着他们就在外面屋子里把东西翻来倒去，靴子橐橐地在头顶上的天花板上顿，他们在院子的屋檐下、牲畜栏里找了半天。最后，一切都静下来了。

“走了！”主人走进屋子说。

不过，我是在德国鬼子完全离开村子以后才从吊床上起来的。我和主人夫妇都争着称赞那几个孩子，尤其是米高尔卡。

第二天早晨我进城去，把我的任务完成了。

* * *

从那时起过了二十年。我们祖国的灾难时期像梦一样消逝了。新的、富强的苏维埃国家挺着身子站起来了。在这些年中，我什么地方没有到过呢！我又到 M 城去了几天。

我回忆起那个很久以前的秋夜、简陋的房屋和救了我的一堆孩子。他们现在怎么样了？我是不是还能找到他们的踪迹呢？

这天是休息日，机关里不办公，我没法办我到这里来办的公事，只好坐在旅馆里或者去荡马路。于是我就去访问那几座旧房子。

汽车沿着那条平坦的柏油公路，很快就把我载出了城，那条公路一点也不像我从前走过的一条路了。路程并不太长，即所谓脚边路。

原来是几座破房子的地方，简直耸立着一座小城：厂房、三层楼的住宅石屋、柏油马路、美丽的街心公园、文化宫——总而言之，所有现在在伟大的苏联任何一个角落可以看到的东西这儿都有。到哪儿去找原有的破房子的痕迹呢！

这地方我很熟悉，我认识这里的谷地和山丘。那边就是松树林。这里什么地方应该有一条水沟，水沟旁边就是那善良的主人夫妇的茅屋。可是我所看见的不是茅屋，而是一座白色的石屋。

我走出了汽车，在满是高楼大厦的马路上兜了几周，我老是在想着那些破房子。

我看到过不少苏联的大小城市，可就从来也没有体会到现在那样的一股滋味，没有一个地方曾在我头脑中唤起过像这样的回忆。就是在这里，现在的喷水池边，过去是一座小屋子，我的主人就在它后面发现了一个骑兵。那么说，我投宿过的那间房子，就在那四周有许多孩子在骑脚踏车的花圃旁边了。我还记得，我曾沿着现在的街心花园打这房子旁边走到那棵松树那边去……

曾经让我住过一夜的那家人家，我多么想和它的随便什么人见一见面啊！瞧！那边走着一个美丽的蓝眼睛女人，手里拿着一个背包。让我去问问她看。

“请问，您是不是知道这里有一个姓……嗳嗳……大概是姓高尔涅依契克的人吗？”

“高尔涅依契克我不知道，”那年轻的女人回答说，“而高尔涅依卡倒是有的。”

“从前他的一座破房子，就在这个地方。”我加上一句。

“您打哪儿知道的？”她觉得很惊奇。

“二十年前我在他家里住过一夜，为了躲过……”

“您？！您就是那个人？”姑娘叫了起来，她更惊奇了，“您就在我们家里住过夜！我们把您藏起来瞒过德国鬼子。我还记得那一夜……快进去见见我父亲吧！……”她手忙脚乱起来了。

我差一点奔过去抱住她。这就是那个蓝眼睛、头发光亮、脸色苍白的小姑娘啊！

一个有一张年轻的脸、一头白发的大娘给我们开了门。

"妈，你猜猜看，我把谁带来了！"女儿高兴地叫着，马上又很神秘地低声说，"这就是有一次我们全家藏起来瞒过德国鬼子的人。"

"难道这就是您吗？"母亲拍拍手说，"我怎么也认不得了！"

"您已经完全变了样啦，"我握着她的手说，"要是头发不白，您看起来还比那时年轻呢。"

听到了声音，一个个子很高、头发斑白、有一张刮得光光的圆脸的人走到外室里来了。他摘下了眼镜，折好了拿在手里的一张报纸，好奇地一会儿看看我，一会儿看看莫名其妙地微笑着的妻子和女儿。

过了几分钟，我们大家都坐在一个宽敞而光线充足的房间里，回忆着过去，大家谈得非常生动热烈。

"现在我大概可以给您搞一个比那天夜里较好的宿处了。"主人微笑地说。

"我知道，"我说，"可是我急于想知道您的孩子——我的救星在做些什么。请您告诉我，我很关心他们的情况。"

"我不仅能告诉您，还能指给您看，"主人回答，"今天正好是休息日。现在我们就召集家庭全体会议。左霞，你就负责组织会议，妈妈[1]，你就负责总务。"

主人告诉我，我们的军队来了以后，他就去做工，孩子们都念上了书；后来又造了新工厂……现在他这老头儿是这工厂的生产老功臣。大儿子是领班。左霞嫁给了这工厂的一个工人。他就住在隔壁屋里。

钟响了。房间里走进了一个穿灰色上装、有运动员姿态的青年人。

"这是谢尔盖。他在我们工厂里当技师，"父亲把他介绍了一下，"那时候他是七岁。"

"我也有点记起那天夜里的事了。"谢尔盖说。

在我眼前闪过了一个站在吊床上的、衣衫破旧、生瘰疬的男孩子的形象。

---

① 老夫老妻之间，有不少丈夫是跟着儿女称呼妻子做妈妈的。

我们还没谈上两句话，打另一扇门走进了一个年轻的姑娘，她困惑地站住在门槛上。

“这是尼娜，我们工厂学校的女教师，”父亲说，“她大概已经记不起您了。那个时候她才出生不过几个月呢。”

“可是我却记得很清楚，那时您睡在一只木盆里。”我握着那姑娘的手说。

“关于您的那段事我听过不止一次了！”那姑娘接着说。

主人夫妇的大儿子，安德烈·伊凡诺维奇，一个身材高大匀称的男子，我见到他的时候好像我们是老朋友一样。

“我那时看到您的一个肩膀凸在薄薄的垫子下面，我就把手肘撑在上面。”他对我说。

“还有一个您认识的，”母亲说着就把一个穿深色大衣的、个子高高的、很端正的姑娘指给我看，“她是化学系大学生。她那时候虽然睡着了，可是一切事情她总算是也参加的。”

我想起了那个睡在吊床上的小女孩子。

“那个光荣的，甚至在糖果面前也没有屈服的孩子米高尔卡在哪里？”我问。

“他马上就要到这儿来了，”母亲回答说，“虽然我们时常见面，可不是常常能像今天这样大家聚在一起……”她继续说下去，“我看着您就想起了您在我们家过夜的那个时候，连我自己也不相信，我们就是那些人。”

“我也没想到我们就是那些人，”父亲说，“我和你那时已经老了，而现在可也不过如此啊！”

他两手叉腰站在他妻子面前，像青年人那样顿了顿脚。我们由衷地发出了笑声，可没注意到出去了一会儿的技师已经回到了房间，和他一起进来的还有一个肩膀宽阔、面孔浑圆的飞行员。

“这就是米高尔卡！”父亲叫起来了，“要是他现在想到要坐在您身上，这大概要比那个时候可怕了。”

“好了，现在大家都到齐啦，”女主人说，“请大家到餐厅去吧。”

一张大桌子收拾得像过节一样。雪白的桌布、几瓶酒、分列在几只盆子里的冷荤、鲜花……桌边是一支友爱的队伍：先进的苏维埃工人、知识分子、军人。

高个儿的花白头发的主人举杯站起来说：

“我的孩子！今天是我们的家庭节日。今天我们特别清楚地体会到我们的过去跟现在的不同。让我们为建立我们幸福生活的人干第一杯！”

满头银丝、眼睛里充满了愉快和幸福的可敬的女主人举起杯子，围绕着所有坐在桌旁的人走过，她吻着每一个人，然后掉过头用手帕拭去满眶的热泪。

我呆呆地坐着。在我的视线前出现了一座简陋的房子，一堆睡在吊床上的孩子，一个穿粗布衬衫的、高大而神情沮丧的男人和一个既可说三十五岁又可说五十岁的女人。我现在仿佛还听见她的话：“他们生来自找苦吃，还叫人吃苦！”

我本来想对这位母亲提一提这些话，可是我没有讲出来——用不着使那么一个家庭节日添上一层暗淡的色彩啊。

（一九三九年）

在冰块上

村边架着一座桥横过斯维斯洛契河。从前这里有一个水磨，现在剩下的只是几根烧焦的柱子。河隆隆地向桥下奔腾，穿过了桥洞，水头有的向左，有的向右，慢慢地转入一个小湾。

这里的水面上堆积着一些青草、麦秸和各种各样的废物。有一次米基特卡甚至捡到了一只木鸭，大概是哪一个小孩子在远方的城市里失落了，一直浮过来的。

不过有用的东西难得遇到。浮到这里来最多的是废物，这些废物破坏了美丽平静的小湾的面貌。夏天孩子们用木棒把垃圾从小湾拖到河里去。他们常常很快乐地看着流水把他们推过去的木片卷起来，向四面八方转来转去，再把它带到很远很远的地方。

米基特卡在桥边的时间要比别人多，甚至现在春天里河流解冻的时候，他还是整天整天地在这里。

“你自己看看！”妈妈说，“你不和那些冰块一起掉到水里去才怪呢！”

“不会掉下去的。”米基特卡自信地回答。

起初，当河里的冰密密地浮着，大块的冰一块压一块，格格响和裂成小块的时候，米基特卡在这里没什么可做，只好看看河里激动的样子。不过河里的冰很快就稀少了，轻松自由地在空敞的水上浮了。可是在平静的小湾里，冰块却开始搁住。干吗不去把小湾里的冰块拉出来开开心？玩冰块比玩木片要有趣得多。

米基特卡很起劲地在岸上指挥冰块的飘动。只要有一块刚搁在小湾里，他马上就用棒把它赶出来。

那边桥下浮出了一块又大又厚的冰。它靠近小湾就搁住了。搁着、搁着，后来开始慢慢地转弯，可是终于稳稳地停住在岸边，好像在这里过了一冬似的。

那冰块把小湾完全盖没了。米基特卡没有那么大的力气把它推到水里去。同时他也舍不得把它推开，把它推开不如爬上去好。他小心地用一只脚敲敲它，然后再用另一只脚敲敲，那冰块连声音也没有。那么说来，耽在上面可以觉得很安全了。

米基特卡在上面的确觉得很平稳，像在岸上一样。他重又开始指挥河里冰块的交通。现在他没有心思去触碰打旁边浮过的冰块，没有心思把一块向另一块移过去，也没有心思看它们互相碰撞当消遣了。

可是当他把一块冰移近身旁的时候，却把他站着的那一块推开了。冰块开始从小湾里浮出了一点点，但是玩得出神的米基特卡没有注意到这一点。等到他真的看见的时候，冰块已经离岸一米了。米基特卡叫了起来，他开始大跳其脚……可是冰块被流水托住，带走了。

附近没有房屋，村子里没有人会听见米基特卡的叫喊声，而且冰块已经根本把他带到另外一边了。现在只有一个希望：或许会有人从田野里看到他或者听到他的喊声。可是在这种涨水的时候，有谁会在田野里走呢，离开大路和村落又那么远！

米基特卡叫着，哭着，可是他一想到眼泪没有用处，就不响了。而且暂时还没有什么可怕。那又大又厚的冰块载一个小小的米基特卡是轻而易举的。它不仅使它上面的小客人荡过那条河，而且还要荡过草地、沼泽、赤杨丛呢。在这儿，他夏天捉过小蝴蝶，在那里，灌木丛中他找到过一个鸟窝，他现在要在冰块上掠过所有这些地方，像巴巴宁[①]一样了。

忽然冰块钩住了一株赤杨，停住了。就在那个时候，另一冰块在后面撞了它一下。米基特卡仆倒在冰上面，等到他站起来，他站的那块冰只剩下不到一半了。这一半继续往下浮，可是已经不像先前那样平稳了。米基特卡动一动，它就摇一摇，简直要翻身了。站在上面实在危险极了。米基特卡坐在冰上浑身哆嗦。他又流起泪来，喊叫起来，可又是没有一个人回答。

村子已经远远地落在后面了。右岸上伸展着一片盖满白雪的田

---

① 巴巴宁是苏联著名的航海家，到过北极。

野，左岸上是浸在水里的草地，后面是森林了。这里不一定有人……

终于发现了一个人啦，可是这个人却远在天上哩！离村子十公里有一个飞机场，集体农庄庄员们头顶上，几乎每天都有许多演习的飞机在回旋，他们对这些飞机已经习惯，甚至不去注意它们了。可是这次米基特卡仰起了头，举起双手喊：

“飞机师叔叔，帮帮我的忙吧！”

米基特卡当然知道飞行员不会听见他的喊声，甚至连看也不一定能看到。可是在这样的关头，已经顾不得思考了。

飞机飞得相当低，就在米基特卡的头顶上。它飞得更低了，然后掉头向村子那边飞去，在许多屋子的上空呜呜地响，差点儿把屋顶给撞坏了。人们跑到街上，瞧着，觉得很奇怪。而那架飞机重又在米基特卡头上飞过。几百只眼睛跟在它后面看，可是没有一个人看见冰块上的米基特卡。

飞机又转回来啦！在屋顶上空转了一转，于是人们看见飞行员挥了挥手。

“看啊，看啊，什么东西丢下来了！”大家叫了起来。“快跑，快去接住！”

一件黑色的小东西往地上飞。孩子们接住了飞下来的一只手套，手套上有一行字：“一个男孩子在冰块上。”

飞机又在米基特卡头上转了一会才飞走。

当飞机在他头上飞的时候，米基特卡用一种希望来安慰自己，以为飞行员已经看见了他并且在准备救他。当飞机看不见的时候，米基特卡又被恐怖包围住了。他站着的冰块，又有一小块裂开去了。现在只要米基特卡略略动一动，冰块就摇摇晃晃，每分钟都有翻掉的危险。米基特卡冷得麻木地贴紧冰块横下来，一动也不动。他觉得整个世界都是暗淡而空的。这孩子哭得浑身直发抖。

前面浮着一大块冰。它钩住灌木丛停下了，笨重地转着弯，然后浮了一阵，又钩住了。显然，小冰块比大冰块浮得快，一定会赶上它。

“跳到大的那块上面去不好吗？”米基特卡头脑里闪过了一个念头。

他不哭了，开始注意地看着，心中在打算。用不着等这两块冰紧紧靠近就该跳过去。否则小的一块会撞破或许会翻身的。可得准备好，抓住机会马上跳过去。

恐惧过去了，也不觉得冷了。米基特卡想着别的念头。他蹲下身去，冰块威胁地摇起来。不要紧，只要保持镇静就行。

离开大冰块只有半米了……近了……更近了……一、二、三！米基特卡用脚踢开了本来站着的冰块，跌倒在大冰块上面，它不过稍微侧了一侧罢了。

米基特卡甚至高兴得笑了起来，因为他跳得多顺利啊！这块冰可以载他到岸。要是它碰碎了，可以再到别的冰块上去。再不然路上还会碰上这么一棵大树或是一个小岛。而且，这里水也不深，下面就是草，涉水也可以走到岸上。他真是个傻孩子，还有什么可怕的呢？……

赶来救米基特卡的人们都惊奇地看见他觉得在冰块上像在家里一样：又安全又愉快，仿佛他根本没出过什么事似的。

这些人，大概连米基特卡自己也在内，都不明白，当一个人忘了恐惧，开始想办法和行动的时候，就会成为那个样子的。

（一九四一年）

马克辛卡

在一个长满各种各样树木——有针叶树，有白桦，有橡树——的山岗上，在一个宁静的角落里，有一座儿童之家[①]。下面是小溪、柳林、草地。离此不远有一个火车站。火车的汽笛声在孩子们的心里产生了一种希望，爸爸或者妈妈到他们这里来看什么人了。可是到底来看谁呢?

有些孩子相信他们的父母迟早会来的，并且会把他们领回家去。不过这样的孩子并不多。另外一些孩子却知道他们的父母已经不会来了。

儿童之家里有一群四五岁的小孩。这些孩子一致相信他们的爸爸明天就会上他们这儿来。来的不是妈妈，而只是爸爸：佩着肩章、奖章、手枪的。

作为这种信念的根据可以要多少有多少。战争已经结束了。现在各人的爸爸，在打死了或是活捉了许多法西斯强盗之后，都应该回家了。卡嘉阿姨、大孩子们，连在沙地上玩耍的小孩儿们全都这样说。

沙地是在山岗的向太阳的一边，那儿长着几棵很高很高的松树。不光是小孩儿，连大一点的孩子也都喜欢在那边玩。那座山岗老是有许多孩子在忙碌，远看它就像是一个真的采矿场。

在这里，每一个孩子都会找到自己对劲的玩意儿。用沙子可以做成铁路和反坦克战壕，在松树根旁可以堆一座真正的土窖；可以烤面包，做洋娃娃，建筑城市，甚至可以在沙地上洗澡。

小孩子们用锹子、木桶、小车做工，拿几只盒子和普通的门牌搬来弄去，有时他们就在这里打球，开汽车。他们有木蛋和布娃娃。这里还常常辩论生活中最重要的许多问题。譬如，当卫国战争刚结束的时候，他们马上就提出问题：爸爸在这次战争中起了什么作用。第一个发言的是尤拉。他说：

“我的爸爸打死了许许多多法西斯强盗！”

“我爸爸打死了这么多，还有这么多，再加上这么多的法西斯强盗！”鲍立亚马上就说，一面用手指着几棵树和四周的许多山岗。

“我爸爸把所有的法西斯强盗打死在那边，那边，到处都是我爸爸打死的！”谢尼亚说。

不管他还能不能记得他的爸爸，每一个在这里玩的小孩子都觉得必须说这样的话。他们都有权利对战事问题发表意见，因为他们每一个人都经历过战争。他们才一两岁就经历到了。

他们头脑中是否还保留着对那些日子的回忆呢？当然啰，印象是留下了的，这些印象甚至很鲜明，不过它们是下意识的、相互之间连不上的。譬如，尤拉很清楚记得有许多房子被烧毁了，可是他不知道就在一座房子里，他的母亲、祖母、姊姊和哥哥给烧死了。鲍立亚记得有一座树林，记得有许多人在奔跑，叫喊，开枪，可是他不知道他被找到，就是在这树林里他那死了的母亲身边。谢尼亚只记得妈妈把他带在小雪橇里的时候，他觉得很快乐。甚至连被法西斯强盗用手枪射过、绰号叫“老兵”的阿辽沙（他面颊上直到现在还留着一个创疤），这么一个老成而谨慎的阿辽沙的脑海中，也没有留下任何印象，除了一个德国鬼子的钢盔和他的黑色小胡子以外。

孩子们一听人家谈到我军占领了某一座城市，他们每一个都认为这主要是他的爸爸一手干的。现在战争结束了。每个孩子都可以等待父亲回来了。

第一个幸运儿是谢辽查。他本来老样子在过，忽然卡嘉阿姨和保姆一起叫他：

“谢辽查，快来！你爸爸来了！”

谢辽查马上打坐着的地方跳起来，他跑得多快啊！他后面跟着尤拉、鲍立亚、阿辽沙、马克辛卡。卡嘉阿姨拉住了谢辽查的手领他去。其他的孩子就在后面跟着。

---

① 儿童之家是孤儿院。

卡嘉阿姨带着谢辽查走进饭厅，把他领到一个穿军装的人跟前，说：

“他就是您的儿子！”

那军人抱起了谢辽查，开始亲他的脸，摸摸他的头，一面说：

“啊，你已经长得像个大人了！简直认不得了！”

谢辽查怕羞地什么也没说。他只是调皮地用一只小眼睛看着挤在门边的小朋友们。他知道大家都在羡慕他，所以觉得很自豪。显然，这孩子很想说一声：“啊哈！”

可是那时卡嘉阿姨叫孩子们从门边走开：

“孩子们，去玩吧。不要挤在这里。好好去吧！”

马克辛卡是一个好孩子。谁也不能说他一声不好，卡嘉阿姨和娜斯佳都称赞他，因为马克辛卡即使在他根本不想吃东西的时候也努力地吃，即使在他一点也不想睡觉的时候也安静地躺着。卡嘉阿姨一叫他，他马上就答应：

“我没有弄脏！”他指着自己的一件蓝条子长衫。他的袋口始终露出一块雪白的手帕，而鼻子里却老是拖着一条发亮的鼻涕，因为手帕和鼻涕无论如何没有碰过头。

“我知道，马克辛卡是好孩子！”卡嘉阿姨说，“不过你要用手帕揩鼻涕呀。”

马克辛卡就慢吞吞地用两只手去抽出手帕，揩去鼻涕，就马马虎虎地放回口袋里去。

第二天在“采矿场”上没有谢辽查，他跟他爸爸到别的地方去了。

“我爸爸明天也要来了！”尤拉坚决地宣布，好像他刚接到电报。

可是当时符拉其克比他说得更快（符拉其克的父亲已经在塞瓦斯托坡里战役中牺牲了）：

“我爸爸今天就来，而且还带给我一支枪！”

“我爸爸要给我带一架飞机来！”谢尼亚简直喊了起来，“我就乘了飞机飞。”

这些话都听在托立亚的耳朵里。他才不过八岁，却以为自己是个十足的大人了。他还记得他的父亲和母亲。

托立亚懂得谢尼亚那些孩子气议论是完全没有根据的；他嘲笑地说：

“乘你的飞机是飞不起来的，因为这是给孩子玩儿的。我爸爸倒要给我买一辆真的可以骑的脚踏车哩。”

那时马克辛卡觉得不能再这样沉默下去了。必须去挽救他自己的尊严和他爸爸的荣誉。他站得笔直，郑重其事地说：

“我爸爸将给我带来一只兵舰！”

孩子们静了下来。还有什么话可说，没有东西能敌得过兵舰。

尤拉觉得他已经落后很远了，可是他并不着慌，他叫道：

“我爸爸会给我带来一百只兵舰！”

“我爸爸会带来一千只！”阿辽沙宣布说。

不知是谁连“一百万只”也说了出来。

可是上面所发表的一些话并没有引起任何印象。说话的人自己也不相信自己说的话，他们只不过是为了不落在人家后面而说的。

类似的争论经常发生，尤其是当儿童之家里真的来了谁的爸爸的时候。一个夏季里这样的事情有过三次。有时也还有妈妈或是姨母婶婶来领孩子。可是她们的来到总不能像一个英雄的爸爸来到那样会引起大家的议论。所以每个孩子最喜欢夸耀自己的爸爸是并不奇怪的。符拉其克，马克辛卡，父亲已经在斯大林格勒、布加勒斯特、柏林等战役中牺牲的许多孩子都这样地想。孩子们并不知道这件事，即使有人决定要把一切都告诉他们，他们也不愿意知道。

有一天（这事发生在八月里），在一条从火车站通过来的路上出现了一个军人。他的左手手臂上搭着一件外套，右手提着一只皮箱。远远看得见他胸前有不少的勋章和奖章在闪闪发光。

马克辛卡这时正在花园的一个角落里捉一只不平常的金甲虫。可是他一看见那个正向儿童之家走来的军人爸爸，就把甲虫忘了。

会不会这是他——马克辛卡的爸爸？

到儿童之家的一条路，是要沿花园的栅栏旁边走的。马克辛卡冒着被荨麻刺痛的危险，把头从栅栏的木板之间伸出去，眼巴巴地望着那个愈走愈近的人；那人很快地移动两条腿，只看见靴子一闪一闪。

那个军人是个阔肩膀、身材很高的人——要是马克辛卡站在他旁边，大概不会到他的靴子。这位军人的脸上容光焕发，显得和蔼可亲，胸前的勋章和奖章发着光。马克辛卡眼也不眨地看着他。可是怎么知道这是不是他的爸爸呢？也许爸爸自己会认得马克辛卡罢？……

这孩子努力把头从栅栏的空隙中伸出去，尽可能伸得远一点。他的脸突出在荨麻和牛蒡中间，像一朵白色的花。眼睛像两块煤一样地燃烧着。这双眼睛即使是看着那位大叔的背，他也会站住脚的。

“小弟弟，你要钻到哪里去，啊？”那位军人笑着说，“你要钻不回去了。我来帮你忙，好吗？”

“我马上就会钻回去的！”马克辛卡回答了一声，就向后退了一步。

他用这一点来表明他并没有碰到任何倒霉事儿。

那位军人一点不站住，继续往前走。马克辛卡隔着栅栏在花园里跟在他后面跑。他只是在想：“这是谁的爸爸？”并且马上有一个强烈的愿望在暗示他：“会不会是我的爸爸？”

这孩子走进儿童之家的时候，那位军人叔叔已经坐在饭厅里，看样子是在等着谁。不会就是在等他，马克辛卡吧？……这孩子的心跳得很厉害。他躲在门背后注意着那位一忽儿站起来走到窗子跟前、一忽儿又坐下去的叔叔。

为什么没有人到这里来呢？卡嘉阿姨在哪里呢？她是每次都知道谁的爸爸来了，应该把谁叫来的。

不，显然这不是别人的爸爸，一定是马克辛卡的爸爸了。马克辛卡马上认识他了。他老是在想着这样一个爸爸，甚至从前小时候就见过他。他穿着靴子，佩着奖章，又健壮，又和善。爸爸不认得马克辛卡，只因为他现在已经长大了……

马克辛卡垂下了头走进饭厅，开始侧身走近那位军人。而那位军人正坐着沉思，两肘支在膝上。马克辛卡怕羞地微笑着挤到他的两膝中间，并且身不由主地挨到他的胸前。

那位军人把他一把抱住，摸摸他的头说：

“我的孩子，就是你吗？就是头钻出在栅栏外面的那个吗？好小子！你叫什么名字？”

“马克辛卡。”这孩子低声回答，一面摸着那军人胸前的奖章。

“马克辛卡？挺好的名字。我们战场上有好些个马克辛卡打死了许多法西斯强盗。他们只要‘哒，哒，哒’打一排子弹，马上就有许多法西斯强盗两脚朝天飞走了。你看我们的马克辛卡多棒！”

“为什么你不带我去打仗呢？”马克辛卡责备那位军人。

“我的好孩子，我当时不知道哪儿去找你呀！”那位军人大笑起来。

他笑的时候，脸变得更好看，更和善了。

马克辛卡靠得他更紧了，用手把奖章翻来翻去，碰碰皮背带。这位客人动一动，皮背带就轧轧地响，它的气味真好。马克辛卡从来没有觉得那么快乐过，在他的心头也从来没有感到那么温暖过！他把面颊贴在那位军人的手上问他：

“兵舰给我带来了吗？”

就在这个时候，那位军人不知发生了什么事。他不再笑了。好像什么东西吓了他一跳，他把一只手从马克辛卡那里缩了回去。后来他忽然又抱住了这孩子的双肩，用严肃的眼光看了他一眼。

那位军人站起来，急急忙忙地弯身去开他的皮箱。

就在这一刹那间，饭厅里走进了卡嘉阿姨，和她一起还有托立亚。托立亚叫了一声“爸爸！”，就向那位军人扑过去。他也迎着托立亚走去，抓住他的两腋，把他高高地抱起来，然后把他靠紧了自己，吻了一吻说：

“你已经长得这么大了！”

他回头又看见了马克辛卡。这孩子站在皮箱旁边，垂下两手，悲哀地瞧着他们父子俩。眼看他的眼睛里就要滚出两颗泪珠来了。

那军人的快乐重又消失了。

“这孩子是谁？”他轻轻地问卡嘉阿姨。“他有父母吗？”

“这是我们光荣的马克辛卡，”卡嘉阿姨低声回答，“他父亲在斯大林格勒战役中牺牲了，母亲是被法西斯强盗害死的。他连一个亲人也没有了。”

“我请求您无论如何要安慰他，”军人说，“他大概是把我当作他的父亲了。”

那位军人把儿子放在地板上，很快地打开了皮箱，开始在里边翻寻。他一样接着一样地拿出了两块巧克力糖、一本图画书和一艘大兵舰。

“喏，拿好，马克辛卡，”他说，“这是带给你的。”

托立亚气得几乎要放声大哭了，他说：

“我呢？我一样也没有吗？”

“好孩子，你，不要生气……”父亲回答说。

马克辛卡连一动也不动。他向一旁的什么地方看着，两颗泪珠已经从眼睛里滚到面颊上来了。他知道谁也不能把这位叔叔变成他的爸爸。

卡嘉阿姨拉住了马克辛卡的两手，吻他，抚慰他。

“看，我的好孩子，给你带来了多好的兵舰！”她说，“谁也没有那么好的兵舰。这本书多好看啊！”

卡嘉阿姨站着，使马克辛卡不能看见那父子俩。

那位军人就在这时，手忙脚乱地关好了皮箱，拉住托立亚的手，轻轻地走了出去，像是做了什么不好的事情，觉得自己有了什么过错似的。

屋子里很亮，很舒适。在这里托立亚有着自己的一个角落。那儿什么都有——小书本儿呀、玩具呀……

桌子旁边坐着爸爸和妈妈。

“我到现在还不相信我们大家真的会在一起！”母亲说，“这好像还是昨天的事：你在前线的某个地方，我在医院里，托立亚和奶奶不知道在哪儿……”

父亲皱了皱眉头，好像突然什么地方发痛似的，他说：

“你知道，那个孩子老是站在我眼前……”

“我也忘不了他，虽然我没有看见过他。”母亲带着温和的微笑说。

“他在那边生活得也不错，像在家里一样。他有很多小朋友……”

托立亚愉快而又幸福地跑到父母跟前，挨在父亲膝边问：

“爸爸，你给我买一辆真的脚踏车好吗？”

“好，孩子，一定买。”父亲回答了他，接着对母亲说：“那孩子就是这样挨着我向我要兵舰的。他完全相信在他眼前的就是他的父亲……”

就这样，马克辛卡的名字，连他自己也没有想到地进入了这个幸福家庭的生活里。他不仅占有了父亲的心，而且也占有了母亲的心。有时她觉得，这孩子和她丈夫见面的时候，她也在场。

秋天到了。儿童之家周围的树木发黄了。“采矿场”上一个人也没有。山岗上、疏林里，冷飕飕的秋风自由自在地吹着。

孩子们把他们的建筑工程搬进了儿童之家，现在儿童之家里经常发出像受惊的蜜蜂从蜂房里飞出来似的嗡嗡声。他们把小锅和别的玩具代替了沙子。

一天，卡嘉阿姨走到孩子们那里叫道：

“马克辛卡，到这里来！爸爸来看你了！”

马克辛卡并不感到惊奇。他知道爸爸总会来的。但他到底还是激动得面孔发红了。

卡嘉阿姨挽了马克辛卡的手带着他走。后面跟着阿辽沙、尤拉、谢尼亚、鲍立亚……

马克辛卡马上就认出了那个高个子的叔叔——就是给他带来兵舰，可是不知为了什么缘故当时又不把他带走的那个人。可是现在他自己走近了马克辛卡，把他抱在手里，说：

“马克辛卡，你去准备吧！我们回家去，妈妈在等着你呢。”

马克辛卡重又在自己眼前看见一张容光焕发而又和蔼可亲的脸，他又不由自主地挨近了父亲的胸前。

他用一只小眼睛调皮地看着他的小朋友们。他忍不住说出了声：

“啊哈！……”

（一九四六年）

小游击队员

战争[①]结束后过了两年，我到某区的河滨集体农庄去了一次。组成这集体农庄的三个村子，四周被树林环抱着，有的是走不通的枞林，有的是青翠的松林。树林之外的一些土地不是沼泽就是沙地。沼泽固然不好，沙地也不见得高明。自古以来，这块地方的人们总是生活得很苦。他们对未来也没有什么美好的希望：什么样的地就有什么样的生活。土地可不能重新改造过啊！

可是后来这三个村子合并成了一个集体农庄，那时大家都明白了，生活完全不应该由地的好坏来决定。生活可以按照人们的意志来建设，集体农庄的力量能够改造土地。从土地本身看来，它可以改造得好一点。必须挖一条水渠穿过沼泽洼地，多余的水就可以沿这水渠流入河中了。要这样就必须把两个村子所在的、高高的沙岸掘断（还有一个村子在沼泽的另一边）。一部分掘出来的泥土可以放在近旁沙地上。

从这几个村子形成的时候起，人们从来没有像现在挖水渠那样热情地干过活。可是工程还没有完竣，战争爆发了……

河滨农庄是为数不多的几个没有被德国鬼子烧毁的别洛露西亚集体农庄中的一个。由于这个偏僻的角落离要道较远，加以游击队的活动以及最后苏军的到来，所以法西斯匪徒就无法胡来了。

农庄主席安东·斯切潘诺维奇·波塔帕契克不厌其详地把他们战后所获得的成就指给我看。水渠已经开好，有一股新的流水流进河中。沼泽虽然还没有完全被征服，可是那边有些地方已经可以看见浓密的绿色燕麦，白菜也开了花。原来的沙田上的黑麦，完全不像从前那样了。在两个村子中间的水渠口上，造了一所新学校。

“这里将是农庄的中心，”安东·斯切潘诺维奇对我解释，“首先我们要在水渠上造一座小型的水力发电站，然后再造农庄管理处，造俱乐部。可是目前我们主要的，是在忙着进行基本建设。”

这些基本建设——谷仓、牲畜栏——分布在河流的下游。从那边不时传来一阵阵锤子敲在铁上的悦耳的声音。在绿色的洼地上，有成群的女庄员在干活。两个男人正在从水渠里另外开凿一条不大的支渠。大家都在有组织、有步骤地进行和平劳动。从一旁看来，这劳动并没有什么特殊的迹象。但是无论朝哪里看过去，到处都是人类劳动的果实，到处可以看到人们用两手改造自然的成就。

这位好客的主席请我到他家里去，他的家是一座旧式的农舍，和乡村中其他所有的屋子一样。

“我们祖先的屋子现在是在度它们的残年了。”他说，“您再过六七年来，就会看到这里将是个什么样子了。”

所谓“祖先的屋子”是低、矮、阴暗、向地下陷下去的房子。

一个黑头发的、头上扎了一条白头巾的女主人出来迎接我们。

“阿克茜妮雅，招待客人吧！”主人很愉快地说，他把便帽丢在一条长凳上。

“您好，请坐，”女主人用熟练的动作拭净了桌凳，一面连连让座。

“您当了好久的主席了吧？”我问主人。

“现在是第三年。以前是工作队长。当主席不是件容易事儿，可是能做许多有意义的事情。不过必须做得公正，这样任何人都会支持你。”

一个二十来岁、皮肤黝黑的姑娘走进屋子。

“这是我女儿，”主人给我介绍，“在农业技术学校学习。一年以后我们就有一个自己的专家了。您别看这里是多么偏僻。根据统计，我们农庄再过五年就可以拥有百万卢布。我们的粮食当然不会有多大收成，所以我们要把发展畜牧业和技术作物作为方针。”

透过屋子的几扇小窗射进了一点光线。角落里一张桌子上面的墙

---

① 这里的战争指卫国战争。

上，隐约可以看见列宁和斯大林的画像，在画像旁边的一个围着小花环的镜框里，还有一张照片。

我对这张照片发生了兴趣，就走近一点去看。这张照片上是一个颈上系着少先队红领巾的男孩子。一张瘦削的椭圆形的脸、两片紧闭的嘴唇、一双显出他在深思中的严肃的眼睛、前额上搭拉着的一撮倔强的头发。我发现有一张发黄的、揉皱的字条插在镜框里。

“您高兴的话，可以看一看。”我听见主人的声音。

我把字条拿在手里拆开一看。这一片纸显然是从笔记簿上撕下来的——小学生常常用练习本做这种笔记簿。纸上写着几个已经模糊不清的铅笔字。我弯身到窗前准备看这字条。屋子里的空气变得很静穆，仿佛主人夫妇突然走了出去。我看完了字条也沉默了。

后来我和照片上这个孩子的父母谈了好久，在我的眼前显现了几幅非常鲜明的景象，就像我亲眼看到的一样。

* * *

五年以前，就在这张桌子旁边坐着一个游击队员。他不时地向窗外望，那儿有他的十五岁的女儿卡嘉在大门旁放哨。他把一支自动枪放在身旁一条长凳上。他的妻子在给他整理行装。

一个十三岁的男孩子严肃地皱着眉头，眼睛低垂着，手里在翻弄着什么东西，他用喑哑的声音说：

“为什么不能去？我也可以做一个有用的人：看马，放哨，侦察，必要时还可以学开枪。”

“你要知道，我们没有权利把孩子带在身边！”游击队员在跟他讲道理，“否则的话，还成个什么战斗队伍呢？”

那孩子盯着他父亲看，一面像受了委屈似的说：

“孩子！难道我还是三岁小孩吗？干吗在那个时候要教我们：‘少先队员们！时刻准备着为列宁和斯大林的事业而奋斗！’现在到了战斗的时候，大家又都说我们是孩子了！”

父亲完全没有意料到他会说出这样的话，他沉默了一会，就开始向他解释：

“你说得对，但是理解得还不完全正确。没有人对你们说过十三岁的少先队员应该去作战。他们应该在他们能力所及的地方奋斗：好好地学习，帮助成年人。”

“我是要帮助成年人嘛。”孩子插了一句。

“跟他真是没话可说！”父亲微微一笑，“你要知道，难道只要谁高兴，我们就能把他带到前线去吗？那就要把所有的少先队员都编入军队了。你想那还成吗？”

“要是我干不了，你把我送回来好了。”孩子执拗地说。

游击队员望了望他的妻子，像在向她求救。她也只得尽力帮着他说：

“阿辽沙！”母亲说，“你会给敌人杀死的！”

孩子气呼呼地看了看她，说：

“杀死？爸爸也会被杀死的，还有安德烈叔叔、瓦西里·普罗柯帕契克和许多正在前方作战的红军战士，他们不是都有生命危险吗？”

“你哪里能跟大人比啊！”母亲摇了摇头说。

“我也不打算跟大人比。”儿子回答，“我要尽我的力量帮助大人。波特列斯的安东斯·马卡烈尼亚只不过比我大一岁，大家都在夸他！”

“原来你也是要人家夸你吗？”母亲接上去说。

孩子很不乐意地皱起了眉头：

“我对这并不感兴趣。我只是说游击队里也有像我这样的人。那为什么我就不能去呢？”

父亲想着什么事情，看了儿子几分钟，然后说：

“你去玩一会，我要和你妈在这儿说几句话……”

孩子走出去以后，父亲就从凳子上站起来，开始在房间里踱来踱去。

“你看，阿辽沙的妈，”他很激动地说，“这孩子今天把我的头都给闹涨了！”

“我是每天被他搞得头昏脑涨的，”母亲叹了口气，“我老是担心他会自作主张地跑掉。这可就糟了！”

母亲的顾虑证实了。就在那天夜里，游击队员安东·波塔帕契克归队的时候，他的十三岁儿子阿辽沙跟着他从家里溜了出来。这孩子一声不响，像影子一样跟着他父亲，一直跟到营里，后来就在那边留下来了。

* * *

阿辽沙在队里努力做一切工作：洗山芋，堆柴生营火，看马，拿水，擦枪。他在大雨下淋过，在光秃秃的泥土上睡过。

对于艰苦的游击生活，这孩子不仅在头几天熬过来了，而且是始终如一。他因为参加了一项重要的工作，觉得很自豪和满意。

在部队生活中，阿辽沙最喜欢的是把游击队员们团结得紧紧的同志爱，和他们互相负责的精神。大家做的事他也做。在冷雨淋人的黑夜里，阿辽沙躺在土窖里，想到这时不知在什么地方还有游击队员在站岗，保卫着同志们的生命。当一小队游击队员有任务外出的时候，阿辽沙就想到，多亏这些为了他们、为了大家而战斗的同志，留下来的一批人才能安安稳稳地坐着。

当所有的游击队员得到紧急信号，要去救助他们的同志的时候，阿辽沙的情绪是多么热烈啊！他就是因为自己不能去参加而觉得难过。

不过阿辽沙没有失望。另外一队里的安东斯·马卡烈尼亚不是有自己的自动枪吗，他是直接参加战斗的。现在应该做一切需要做的事，并且要抓紧每一次机会，学会好好地掌握武器了。

在安东·斯切潘诺维奇指挥的一个排里，有一个二十来岁的小伙子，叫尤拉·季休克。他是个乐观、开朗、勇敢的青年，认识他的人都喜欢他。

阿辽沙很快就和尤拉成了朋友。他教阿辽沙开自动枪，开机关枪，扔手榴弹，教他埋地雷，把游击战争的一切规律都讲给他听。阿辽沙跟着他第一次作为一个真正的游击队员出去巡查，带着自动枪和手榴弹。虽然他们没有碰到什么惊险的事情，可是尤拉回营以后却说：

“我现在愿意永远和阿辽沙一起走了。和他一起不会把事情弄糟，他什么都看得见，什么都注意得到。”

在他们作了一次夜巡以后，尤拉说：

“和阿辽沙在一起可以安心睡觉，在黑暗里连刺猬也逃不过他的眼睛。”

不久，阿辽沙接到了一项重要的任务。父亲拿着一张地图给他解释：

“你要到橡树村去。它就在这里……有一次我和你在那边安德烈叔叔家里待过。记得吗？”

“有点儿记得。”

“要是路上有人问你到哪里去，你就说是安德烈·普罗霍尔契克的侄儿，妈妈差你到他家要一点盐。无论如何要记住，安德烈叔叔的妻子叫叶卡吉琳娜，他们有一个十五岁的女儿薇拉和一个六岁的儿子尤齐克。村子里平常管你叔叔叫安德烈·杨努柯夫。如果你把这些都记牢了，那你就什么也不用害怕了。”

“我本来就不怕。”阿辽沙像受了委屈似的回答。

“好，我知道你不怕。”父亲很和气地说，一面把一只手放在他肩上，“我们送你出林子，从那边还得走十八公里。可不用着急。慢慢儿走好了，高兴休息多久就休息多久。主要的是不要让人家注意你。不要让任何人看出你是从森林里出去的。明白了吗？”

“明白了。”

“叔叔把需要说的话告诉了你以后，你就回来，不许记录任何事情，把所有的事都记在头脑里。这是给你的路线图，也要把它记住，然后就毁掉它。今天好好睡一觉，明天一早就动身。”

阿辽沙的父亲和三个武装游击队员把他送到了林边。他们跟他分了手，还看了他好久，看阿辽沙扮着牧童，肩上背了一根鞭子、一只布袋，在路上迈步走着……

七月的天气热得正厉害。在这样的日子里，阿辽沙不知有多少次，无忧无虑地在林中和田间的小路上、草地里、疏林中奔跑过！但这不是说，他现在觉得不及那个时候幸福……

路上，阿辽沙几乎一个人也没碰到。走了八公里他才看见一个村子。他绕过了几座房屋，忽然看见一个警察正对着他走过来。阿辽沙觉得凉了半截，好像心脏停止跳跃，血液停止流动了。可是还好，头脑仍旧清楚，像一架独立的机器一样转得很快。阿辽沙出其不意地呼了一声，吹了一阵口哨，一面跳来跳去地把鞭子抽得劈啪响，一面对着那警察走过去。那家伙一点也没有注意他：难道在路上跑来跑去的乡下孩子还少吗！

走出了村子，阿辽沙觉得累极了。他从路上转了个弯，舒舒服服地在青草地上坐下，从布袋里掏出面包和干酪。跟敌人第一次碰头使他很安心，他觉得更有信心了。他懂得最重要的就是不能慌张。

阿辽沙知道不远应该有一条小河，从那边到橡树村不会超过七八公里了。天黑以前能走到，时候还早。不过两条腿已经很酸了。

阿辽沙休息了大约有两个钟头，还睡了一会儿。

“嗳，起来，袋子要偷掉了！”旁边有一个人说。

阿辽沙跳起身来一看，在他面前站着一个约摸十二岁的男孩子。

“你在这儿干什么？”那孩子问。

“我在休息，”阿辽沙回答。

“到哪儿去？”

“橡树村。”

“你有通行证吗？”

“什么通行证？”阿辽沙暗暗吃了一惊。

“那边桥上，今天要有通行证才能过去。”

“孩子也要吗？”阿辽沙很关心这事。

“不知道。”那孩子冷淡地回答了一声，就自管自走了。

那条河很浅。涉水过去也不费力，可是桥上有三个警察站着。阿辽沙沿着河走，一面注意他们。他首先就想到走远一点，再在那边渡到对面去。可是那几个警察一定在注意整条河岸的动静。要是给他们抓住了，他们马上就会明白他是什么样的人。阿辽沙采取了另一种行动。

他在那个离桥约有一百步的、长满灌木丛的岸上走，走到河边。他故意站在警察看得见的地方，把两手放在嘴边装成话筒大声呼喊：

“尤尔卡啊！我的牛在哪儿！”

这些岗警漠不关心地对他看了一看。阿辽沙重又喊：

“尤尔卡！……把牛赶到这儿来！……”

于是他就开始渡河过去了。那几个警察一点也不过问他，他们注意的是游击队的侦察员，而不是牧童。

再往前走，阿辽沙就没有遇到什么障碍了。

过了一些时候，他看见地平线上远远有一股尘土从左面移过来。阿辽沙知道是汽车在行驶。可是还看不见它们。他爬上了近旁的一个小土丘，便看见了十来辆汽车。

汽车停下来了，德国鬼子在第一辆汽车旁边忙了起来。阿辽沙从路上转了个弯，打灌木丛中蹑到汽车那边。他走得很近，张开了嘴像呆子一样看着，一直看到那些德国鬼子把他赶开。阿辽沙回身走进灌木丛，到他的“牲畜群”那边去，他已经把德国鬼子军服上的不同记号和汽车的形状都记住了。

阿辽沙在傍晚时候到了橡树村。他记得安德烈叔叔的房子，沿着菜园走到了那屋子跟前。

……他在第三天回营的时候，带来了很丰富、很重要的材料，这些材料的价值简直难以估计。

* * *

阿辽沙回营后过了一天，游击队员们就开始准备转移到一个新的地方去。说得更正确些，就是把伤员、妇女和队里的财产搬走。战士们必须留下来打击敌人。他们和营不牵连在一起，行动就可以更顺利，更灵活些。给战士们分出了一定数量的粮食和弹药以后，其余的东西决定搬得远一点，搬到四十公里外的森林和沼泽地带去。德国鬼子每天都有可能发动总攻击。

两百六十名战士中，有三十名必须护送一个由十八辆货车组成的辎重队。安东·斯切潘诺维奇指挥的一个排也参加护送车队。阿辽沙因为没有机会直接参加战斗，觉得很懊恼。

第二天清晨，要走的人和同志们分了手，车队顺着狭窄的森林小道往前走了。前面是侦察队，距离侦察队不远是一支十五人的队伍，然后是货车，再后面还有安东·斯切潘诺维奇指挥的十个人。

林子里很静，只有几只鸟儿在互相呼应。轮子轧轧地响，也有人们轻轻说话的声音，小道像条蛇似的蜿蜒曲折，和别的几条小路交叉。密林过去是疏林，潮湿的枞林过去是干燥的松林。走过了许多草地、小池沼……

中午休息了一会，又走到天黑。大家在松林里的小丘上宿了一夜，第二天早晨又继续前进。

阿辽沙听他们说，很快就要走到一片宽旷的、长满青草的平原了，这片平原展开到十公里以上。从那边还要走十八公里路。

突然前面从左边传来一声枪响，接着是第二声，开始吵起来了。车队停止前进。安东·斯切潘诺维奇在等候命令的时候，准备好了和同志们一起从右方去迎击敌人。可是那边却没有动静。命令来了：命令安东·斯切潘诺维奇·波塔帕契克打击德国鬼子的侧翼，车队继续前进。

“我要和你们在一起！”阿辽沙叫道。

“在后面也必须保护好！”父亲严厉地命令他，“坐到车上去留神注意着。”

父亲跑进了林子。阿辽沙跳上队里的女炊事员安东妮娜婶婶驾的一辆车，准备好了他的自动枪。车队就开拔了。

枪声渐渐地移近后面的货车，同时离大路愈来愈远了，这就是说，他们正在追击德国鬼子。阿辽沙仔细注视着对面的动静，虽然用不着顾虑从那边来的袭击，因为如果那边有法西斯强盗，他们早就一下子两面夹攻了。

突然他看见两个德国鬼子躲在灌木丛后面，正在朝这个方向偷偷过来。阿辽沙甚至来不及考虑应该怎样做，就用自动枪对他们打了一排子弹。之后他才怕起来，就躲在一只麻袋后面。

德国鬼子那边没有任何反应。他不会把他们两个人一下子都打死了啊！

从前面的货车那边跑来了几个人。

“怎么回事？”他们当中的长官安得洛斯叔叔问。

“那边……有两个德国鬼子，”阿辽沙跳到地上来回答，“我对他们开了一枪——就……什么也没有了。”

“你的确看见了德国鬼子吗？”

“的确看见的。”

“为什么他们不开枪呢？”安得洛斯叔叔浸入了沉思。

作为一个长官，他必须马上，一分钟也不耽搁地决定该怎么办。要是这孩子没有弄错，那么这两个家伙一定是侦探。在这种情况下，随时都可能遭到袭击。可是连阿辽沙在内，也只有八个人能抵挡。车队拉得很长，又不知道在什么地方会遭到袭击。怎么分配人呢？要不要派侦察队到林子里去？现在货车就要走到毫无掩蔽的地方了，也许会落到敌人的火力网中。要不要让货车停下来呢？有没有必要发一个通知到正在进行战斗的地方去呢？会不会这根本是一场虚惊呢？为什么德国鬼子不马上像我们所意料的那样两面夹攻呢？

终于决定这样：用散兵线队形在车队右面离大路三四十步的地方移动。如果发现德国鬼子，就卧倒回击，使车队有可能离开。

他们小心翼翼地躲闪着向前跑。一个人也看不到，一点声音也听不见。散兵线上的每一个人，好容易才没有使走在前面、一忽儿隐入灌木丛一忽儿又出现的同志消失在视线以外。阿辽沙在最后，他觉得他好像远远落在大家后面了。

左边的枪声低下去了：不是他们走远了，就是战斗快结束了。

过了几分钟，从右边又传来了枪声。游击队员们卧倒在地上，于是就开始了……

藏身在一株灌木后面的阿辽沙再也看不见什么了，既看不见前面的同志，又看不见德国鬼子。只听见前面传来了枪声。于是侦察时那种心情，重又笼罩了他的整个心灵：心脏压缩得很紧，一动也不动。他的感觉仿佛麻木了；他不觉得恐惧，也并不怎样冲动。阿辽沙不去考虑敌人多不多，能不能击退，也不去考虑自己有没有援兵来到，他会不会和同志们一起牺牲在这里。头脑里根本没有地方容纳这些念头，因为他现在正忙着考虑一个最主要的问题：现在这个时候该做些什么？

看不见敌人，可是前面还在开枪，那么说来，应当潜到那边去帮忙。

过了一会儿，他看见密密地长着小松林的林间小路上有几个法西斯强盗。这里的树木都很矮小，它们的枝条互相错综交织，一直垂到地上。只有根据枪声和松树的摇动，才能猜到德国鬼子在什么地方。他们正在一点一点地向车队的头推进。

阿辽沙是在战斗地点的一边。要是向右边移动，从侧翼绕过敌人怎么样？他们不会意料到这一着，还会当是生力军开到了。

从小路那边起，树林就相当稀疏了。那里展延着一片赤杨丛。离小路一百步左右的地方长着一片小枞林。要是从那边向德国鬼子射击可太好了！

现在阿辽沙知道该怎样行动了。他稍稍退后一点，才开始向旁边走。他就从一株灌木向另一株灌木慢慢地爬，直爬到了小枞林跟前。他卧倒在地上，看见小路的边缘有一个德国鬼子用一条腿跪着，沿着小路不住地向前射击，然后又朝两旁张望。他这样做的确是很不谨慎的，显然，他以为没有任何危险。

“这些狡猾的坏蛋！”阿辽沙狠狠地想着。

他忍住气，瞄准了以后就打了一排子弹。那德国鬼子倒下了。于是小路的各个地方又有几个德国鬼子朝阿辽沙的方向移过来，他就对准他们射击。

游击队员们以为他们的援兵到了，高叫着“乌拉”向前冲过去。德国鬼子开始奔窜，退后了一些。可是他们很快就猜出这“援兵”显然只有一个人。他们就停下来对着小枞林开火。

阿辽沙躲在小草丘后面的洼地里，开始像条小鳗鱼一样打滚，最后他卧倒在一棵老枞树的树桩后面。假如德国鬼子不到他的后方来，他可以在这里支持一段时间。

“一定是阿辽沙在那边！”游击队员们猜到了。

现在这孩子所处的情况非常危急。

七个游击队员不能把德国鬼子从浓密的松林里打出去。能牵制住他们也已经足够了，因为这样可以让车队走开。现在最正确的措施就是渐渐后退。不过得把阿辽沙救出来。

安得洛斯叔叔命令两个战士去埋伏在可以同时向松林和小枞林的出口射击的地方。有几个德国鬼子正在企图从各方面向枞林移近，可是在两个游击队员和阿辽沙的火力下被迫后退了。德国鬼子的进攻减弱了。不过敌人还是可能向阿辽沙的后方作更深入的包抄。

安得洛斯叔叔叫起来了：

“阿辽沙！快退后！”

在两个战士的掩护下，阿辽沙退到了树林里。德国鬼子知道已经把时间输掉，车队已经离开他们，而游击队的援兵倒要来了，于是就开始撤退。

阿辽沙回来以后，安得洛斯叔叔立刻命令：

“赶快前进，赶上车队，也许敌人还要在那边把车队截住呢。”

他们向前跑去了。不过德国鬼子没有来进攻。所有的游击队员于是都回来，开始像捉小鸡一样把德国鬼子捉了出来。有没有人逃跑，那可不知道了。

车队顺利地到达了指定的地点，游击队员们，包括阿辽沙在内，到那边已是半夜了。

我们不再讲大家怎样纷纷谈起阿辽沙，他自己和他父亲觉得怎么样了。只讲讲为什么会发生上面叙述的那件事情吧。

我们前面说到过的那片平原把游击队所在的一大块林地割成了两块。占据这片平原对德国鬼子来说是很有利的。但是平原的四周都是树木杂草和沼泽，此外，游击队还非常机警地保护着它。

在总攻击的前夕，德国鬼子为了减轻他们的任务，决定暗暗派人数不多的几支队伍到这里来。这样的小队行动起来很方便。他们只要在等待总攻击的时候不落在游击队眼中，偷偷地在这儿蹲上几天。

当我们的巡逻兵发现他们的时候，蹲在林子里的德国鬼子根本不打算进攻。

德国鬼子一共有三十个人，游击队赶着他们，一直到别的游击分队来到为止。这一小队法西斯强盗在强大压力底下，全部被消灭了。

还有隐匿在平原另一边的又一小队敌人，也不打算袭击，他们老是跟踪车队。他们看到了游击队的主力离开了，并且车队的守卫队又根本没有什么了不起，他们就企图利用这个机会，但是他们和第一个小队同样倒了运。

* * *

后来就开始了留在别洛露西亚人民记忆中的所谓“封锁”事件了。几百个为人民复仇的人越过了封锁线，英勇地和成千成万受过严格训练、配备齐整的希特勒匪军作战。

少先队员阿辽沙·波塔帕契克和大家在一起并肩作战。游击队员们已经习惯用看一个卓越战士的眼光来看他了。

有一天清晨，远远一个哨所上突然发出一阵激烈的开枪声。这声音很快便蔓延到较近的几个哨所。过了一会儿，大家都明白了，各个地方的德国鬼子都在潜进森林来，这时，通阿辽沙所在的一个哨所的路，已经被切断了……

游击队员守好了自己的阵地。从每一棵树背后，在每一丛灌木后面都有死神在迎候敌人。仗打得又长久又激烈。进攻的一方只不过推进了几米，就是连这一点点也是拼了命得来的。侦察队确定了德国鬼子的人数仅比游击队多一倍。既然这样，那就对付得了他们。

安东·斯切潘诺维奇的一个排，在离开路被截断的一个哨所不远的地方作战。“那边的同志们怎样了？阿辽沙怎样了？”阿辽沙的父亲和他这一个排的战士都在担心。尤拉用一挺手提机枪在扫清道路，全排向前移动了一点。但是在别的路上正有德国鬼子在移动。战线一会儿向这边弯，一会儿向那边弯。

这样过了两小时。后来火力加强了，这是有一支队伍来增援游击队了。于是，德国鬼子不得不撤退。

安东·斯切潘诺维奇很激动地向前移动。那边就是哨所。小丘上的灌木丛中有几条小壕沟。里面堆满了落下来的空弹壳。

阿辽沙和同志们在这里回击过敌人，后来大概是开始转移了。游击队员们头脑中浮起了一个希望：或许他们已经离开了，得救了？

但是很快他们就看见了高斯佳·特卡楚克的尸体。再过去又看见谢尼亚·莫洛卓夫的尸体……

在一旁有一片阳光照耀的小草地。当中有一个树桩，它的四周长满了嫩绿的桦树芽。就在这里，他们看见了阿辽沙……

他向左侧身躺着。头部、右肩和右手上满是鲜血。离他两步有更多的血、德国鬼子穿的灰外套的碎片、一个断手指……显然，这里有过两个德国鬼子。

这幅景象非常显明：阿辽沙在最后一分钟用手榴弹使法西斯强盗和他自己同归于尽……

在阿辽沙的帽子里找到了一张字条：

“爸爸！我们被包围了。高斯佳和谢尼亚牺牲了。但是我决不投降……”

（一九五〇年）

环屋旅行记

妈妈把伊露奇卡带到了院子里。这儿，在院子的一个幽静的角落里，已经放好了一辆摇篮车。离摇篮车不远有一个黄沙墩，那边有几个孩子在玩耍，其中有伊露奇卡的哥哥——六岁的阿尔先卡。

伊露奇卡已经在打瞌睡了；妈妈马上安置她睡下，用一层纱把摇篮车盖上了，不让她受太阳照射，然后对阿尔先卡说：

“看好伊露奇卡。听见吗？我要回去了。”

阿尔先卡正忙着用沙给他那辆载重三吨的小汽车造一个停车场，对现在妈妈托付他的事情当然不感兴趣。但是他回答妈妈说：

“听见了。”

妈妈到家里去了。阿尔先卡继续造他的停车场。伊露奇卡睡着了。一切都很好，就像昨天和前天一样。阿尔先卡很安心，妈妈也不担忧。

一天就这样平静地过去了就好了，但是，偏偏什么地方忽然来了一只毛茸茸的大野蜂。它怎么闯到这里来的，谁也不知道。这里近旁是菜园，里边种些树木、牛蒡和别的植物，它不知怎么会钻进三层大楼的石墙，后来又从伊露奇卡的摇篮车的纱布下面钻进来，在里边发出粗鲁可怕的嗡嗡声。

这么一只毛茸茸野蜂，连妈妈都会给它吵醒，不要说伊露奇卡了。可是她实在不愿意睁开眼睛！

不过这位不请自来的客人的行为，委实愈来愈无理了。它一会儿在这只耳朵边嗡嗡地叫，一会儿又在另一只耳朵边叫，甚至还要爬到鼻子上去。

真是没有办法，伊露奇卡不得不睁大了她一对蓝色的眼睛。她这时看见，有一个很大的、黑乌乌的、毛茸茸的东西在她头上打转。伊露奇卡睁开眼睛以后，那野蜂以为这是两朵蓝色的花，就想飞到上面去。伊露奇卡叫起来啦，拼命挥着两只手拉那层纱。野蜂马上就不见了。

阿尔先卡什么也没看到，什么也没听见。建筑工程正在加紧进行：托立亚气喘吁吁地在盖房子，季马要建一座城堡，丽莉雅在造一座戏院，伏洛嘉已经挖好了一个地窖。

有一个人，不知是哪家孩子的爸爸打旁边走过，问他们：

“喂，你们这几位建筑师，你们在这儿造什么啊？喏，譬如这个是什么玩意儿？”他指着阿尔先卡的建筑物。

“停车场！”阿尔先卡自豪地回答。

“啊，多漂亮的停车场！”这位叔叔说。

他的话没有白说。

“我也要造停车场！”托立亚叫道。

“我也要有停车场！”季马也跟着说。

“我也要有停车场！”

“我也要……”

一刹那间，住屋、戏院、城堡、地窖在这几位建筑师的眼睛里都变成了停车场。可以不费吹灰之力。只要强烈地希望就行。

但是，这阵愉快没继续多久。孩子们头上那爿天突然发黑，有一件大东西向他们中间掉下来了——掉在那许多停车场上……原来是伊露奇卡！

这时的情景简直没法描述。伊露奇卡尽力放声大哭——当然，其中受惊的成分要比痛的成分来得多，因为靠停车场的地上原是相当柔软的。阿尔先卡因为停车场被毁，哭起来了。丽莉雅因为摇篮车撞痛她的头，哭起来了。只有季马和伏洛嘉站在翻倒的摇篮车旁边哈哈大笑。忽然，那个闯祸坯伊露奇卡自己倒笑出来了。

于是大家都安静下来。孩子们把摇篮车放好了，把伊露奇卡也扶了起来，就去动手重建停车场。阿尔先卡作为他妹妹的保护者，本来想把她放回摇篮车里去，可是他遭到了伊露奇卡的反抗，只好由她去。

伊露奇卡就这样争得了自由，这种自由，她在那时以前还没有享受过。

唯一有权支配她的阿尔先卡又去做自己的事了。再也没有人喊住她说："别动！上这儿来！"她是真正自由了，她很想高声喊叫。她用全力使劲地吸了口气，就坐下来拼命地叫，要是她那三十岁的叔叔也这么叫一声（就是说声音再要响二十九倍），那就要把整幢房子里的人的耳朵都震聋了。而伊露奇卡的叫喊只能使她自己耳朵震聋。

现在到哪里去呢？最有趣的显然是阿尔先卡和别的孩子在玩的地方。他们都在忙着工作，正在掘沙地。为什么她不去掘两下呢？

伊露奇卡走过去，把一只手伸到沙里。沙子就簌簌地从手指缝中滑下来。这可好玩呐！……伊露奇卡把沙向上抛，沙子就在空中打转。她心中充满了愉快……再来，再来！……

可是就在那时候，周围响起了一片抗议的声音：

"哦唷，眼睛都蒙瞎了！……房子弄坏了！……走到这儿来！别捣乱！别动！"

阿尔先卡想起自己负有照看伊露奇卡的责任，他采取了严厉的措施：轻轻地在她的小手上拍了一下，抖掉了上面的沙，学着大人口气把她喝住：

"别动！别动！"

又是这老一套的"别动"！他们自己玩耍，而她为什么不能玩？

公道在哪里？

伊露奇卡噘起了嘴，已经准备哭了，可是就在这个时候，丽莉雅带来了一只小猫咪，请它住在用沙盖起来的宫殿里。伊露奇卡当然丢开了哭的念头：旁边有这么一只活龙活现的小猫咪，谁还高兴哭呢！小猫咪根本不想爬进那座宫殿，丽莉雅只好把它放在自己膝上。

伊露奇卡不由自主地给小猫咪吸引过去。她伸出两只手含糊地说："给我，给我！"就一直跨过所有沙地上的建筑物向它走过去。右脚踩垮了停车场，左脚踏平了戏院，后来就跌跌冲冲地跌倒在地上，把其余的建筑物也一古脑儿都搞翻了。

愤怒的咆哮声几乎把伊露奇卡的耳朵震聋了。一个人推了她一下，一个人拉拉她的脚，那时还有人把沙子塞进了她的嘴。这回可真的哭起来了。她所有的敌人于是不再对她咆哮。丽莉雅把她从地上扶起来，擦干净了她的脸，并且把小猫咪也放在她手里。大家都努力安慰伊露奇卡，亲亲她，要求她不要再哭。伊露奇卡于是得了全胜，不响了。

可是又有了新的讨厌事儿啦：那小猫咪实在太重了。小猫咪这名称不过是嘴上说说的，而事实上这已经是一头真正的大雄猫了。它在伊露奇卡说来的确是够重的了，就像一只不大不小的老虎坐在你我的身上一样。你忍受一下看吧！

伊露奇卡抓住猫咪的两腋。它的两条后腿拖在地上。她再向前走一步，踏着了猫咪的尾巴。猫味再也不愿意忍受这样的捉弄，就挣脱了她的手，跑了。

像在每次不顺心的时候一样，伊露奇卡这时又要哭了。可是不知为了什么，又不想哭了。说实在话，当她摆脱了这么个重东西以后，她甚至觉得舒坦了一些。

伊露奇卡沉思起来了。她想：太阳在照耀，有太阳照耀很好。高高的树木一排排立着，有树木也好。绳子上挂着五颜六色的东西，有东西挂着也很好。一只麻雀在她脚边跳跳蹦蹦，这可太好了。它比猫咪小得多，必须把它捉住。

伊露奇卡要去捉麻雀了，可是麻雀却不注意她。它在旁边自管自一跳一跳，仿佛这里一个人也没有。伊露奇卡弯下身去想把它拿到手里，可是麻雀笃笃地跳了两跳，跳远了一点。她在后面又对准了它去捉，可是麻雀跳得更远了。那麻雀一次次捉弄她。伊露奇卡忽然一只脚踏进了一个小坑。她摇晃了一下，挥了挥手，急忙坐下来，使鼻子不致撞在地上。

她满不称心地坐了下来，现在必须表示一下自己的愤恨了。不过先得看一看有没有可以哭给他听的人。妈妈不在这儿，阿尔先卡又在老远，没有人在看她——那么哭又有什么意思呢？谁也不会走过来，不会可怜她，不会抚慰她——哭只是白白地流去几滴眼泪。最好还是不要浪费时间，继续往前走。

伊露奇卡站起来走了几步，看见草地上有一样白色的东西。她无论如何不能就那样走开。她弯下身来把它捡起，真是件好玩的东西：一块蛋壳！不过它很脆：很快就裂成了两个半爿。这东西的味道怎么样？嗯，也没什么好吃，而且还刺痛嘴。还是吐出来吧。

现在做些什么呢？整个世界在伊露奇卡面前，高兴到哪里就到哪里去，谁也不会来阻挡她。在一个才一岁的小孩的生活中，是难得有这种机会的。得赶快走啊！

伊露奇卡面前是一条宽阔的大路。左边是树，右边是老样子的墙。远远看得见一座台阶，台阶旁边站着一个人。他在那边做什么呢？

伊露奇卡决定把这问题弄清楚。

她才上路，忽然看见一只黄色的蝴蝶。它慢慢地在空中盘旋，好像两张翅膀不是生在它身上，像是缚在什么东西上面，它就在伊露奇卡的耳边飞。她看了好久，眼睛盯住蝴蝶，把头愈抬愈高，一直到身子晃了一晃，险些仰天跌倒为止。最后她坐了下来。伊露奇卡知道这里谁也没有惹她，所以也没有哭，就侧着身子开始爬。这时她看见地上有一样东西在爬。为什么这东西会爬呢？爬到哪里去？这究竟是什么东西？

不消说，伊露奇卡的头脑里并不就有这样一连串确切的问题，可是她却一心一意地想猜出这个谜。她本来想伸出一只手去，可是又不敢去碰那爬着的东西。当这东西直向她爬过来的时候，伊露奇卡开始坐在地上后退，后退，终于叫起来了。

旁边走过一个阿姨，亲切地问她：

“你哭什么啊，伊露奇卡？喏，给你饼干。”

伊露奇卡拿了饼干，在手里弄了一会，就塞进嘴巴。那已经爬近她的东西，她现在已经忘了，虽然它已经爬到了她的脚底下。

突然，从旁边发出了一阵叫声：

“喔喔喔！”

伊露奇卡抖了一抖，伸出了拿着饼干的手，呆住了。她旁边站着一个怪物，两腿细长，尾巴很大而色泽鲜艳，头虽小，却很威风。伊露奇卡想起，和它相像的东西她已经看见过，因此也就不很害怕了。

这怪物站着，把头侧在一边，用一只眼睛狡猾地看看那小姑娘。然后它轻轻地挨近她。这时，伊露奇卡的心吓得乱跳。这怕人的玩意儿可比她高，所以它是从上面看下来的。突然，它把饼干啄了一下！

饼干就滚在地下，那东西却叫了起来：

"咯咯咯！……"

随着这阵叫声，不知从哪儿又跑来了几个这样的玩意儿，不过要比那第一个小一点。伊露奇卡对它们所做的游戏感兴趣。其中一个抢了饼干就跑，其余的都去追它。后来饼干到了另一个的嘴里。它们全都成群结队地跟着它跑得很远很远，最后便消失在房子后面。

四周的一切重又静下来。这世界也就好像不大有趣了。伊露奇卡不高兴站起来，也不想到什么地方去。她想起了刚才有一个黑东西在她的鼻子旁边打转，嗡嗡地叫个不停，后来她落下地去的时候，她周围的孩子都吵了起来。她还想起她坐在妈妈手里怪舒服的……妈妈，妈妈在哪儿?

伊露奇卡慌张地四下一看——是不是看得见妈妈。妈妈不在。于是这世界在她眼睛里就没有一件好东西了。

伊露奇卡想着就悲哀起来，眼泪不由自主地从眼睛里扑扑簌簌地滚下来了，她满肚子是怨气，于是拖长了声音哭起来：

"妈——妈——！"

忽然，前面传来了一声大叫，仿佛在回答她的哭声：

"好哇！"

伊露奇卡一看，远远的，在过去第二座台阶旁边，就是刚才有一个人站着的地方，现在有两个人在跳，在呼喊，在挥手。特别是这两个人跳得非常滑稽。难道还能放过不看吗?

伊露奇卡急急忙忙侧过身子，两手撑在地上站了起来。这段路相当长。要翻过几个小土墩，跨过几条斜穿院子的小沟，然后还要绕过田野，走上小路，沿小溪走到那两个正在跳跳蹦蹦的人那边去。

原来他们跳跳蹦蹦不是没有原因的，因为他们筑成了一道堤坝，把河堵住了。他们利用一只脱底的洋瓶把水从瓶口里放出去。效果非常好，不但我们那几位建筑师的头脑冲昏了，而且……

不过伊露奇卡没有跳起来，甚至连看也不去看那堤坝。她决定要马上亲手弄明白是怎么回事。伊露奇卡走到水里去，想拿住那洋瓶的口。于是那一套讨厌的老花样又来了，吆喝声又响了："别动！别动！”那两个孩子抓住了她的肩膀，把她从堤坝那里推开去。

可是这一回伊露奇卡倔强地反抗，当她觉得自己对付不了这两个男孩子的时候，就朝水洼里坐下去。于是那两个孩子就来安慰她，并且高声大笑。伊露奇卡知道她做了一件滑稽的事，也笑起来了。为了更讨好那两个快乐的孩子，她便用手去拍起水来了。

不过那两个孩子觉得这样不好，就赶紧把她从水里拖出来。伊露奇卡于是拿出了她最厉害的武器——放声大哭。可是连这样做也没有用。那两个孩子还是把她拖出水洼，拉到远一点的地方去。他们对她说了许多废话，就回去搞他们的工程了。

伊露奇卡浑身湿透，又是惊慌又是气。她看起来，世界又不可爱了。她又想见妈妈了。可是这个甜蜜的希望是多么的遥远和渺茫啊！伊露奇卡现在在这世界上孤孤单单的……

阳光非常猛，伊露奇卡开始觉得温暖，舒适。她已经不想哭了。可是她继续拖着那干哭声“啊——”，好让大家知道：她受了委屈！

突然，伊露奇卡看到了一个新鲜玩意儿，这东西马上吸住了她的注意。她现在已经站在屋子的另一边，站在大门旁边了。

伊露奇卡的好奇心又霍霍动了，身上产生了一股子劲，脑海中产生一个愿望，要去看一看这还不知道怎么样的地方。

于是伊露奇卡一个人走到街上，自由自在的，像一只小鸟。她背后有一堵墙，像院子里的墙一样。围墙旁边是铁丝网，铁丝网和屋子之间是一丛蔓草。那边黑洞洞的很可怕。街道虽然狭窄，上面还有许多很深的车辙，可是这条路向两端延伸得很远，伊露奇卡一看见，倒抽了一口冷气。这里很静，因为很少有人打这条小胡同经过。

伊露奇卡开始沿着一条车辙走，仿佛是沿着一条很深的堑壕走一样。地上满是有趣的长条条、短杠子、小洼地和小土堆。她去碰了一碰一个土堆，它马上就簌簌落落地倒散了。在另一个地方，伊露奇卡发现了一根稻草，又光滑，又圆，中间还有一个小孔。可是她才用这根稻草在地上划了一划，它马上就断掉了。真气人，老是碰到这样的倒霉事！总算运气好，伊露奇卡失了一根稻草，却得到了一块小石子，后来甚至还有铁钩……

从后面传来了一阵轰隆隆的声音，接着是喇叭声。伊露奇卡望了一望，看见一辆汽车。她见了这么个玩意儿，竟然不感到奇怪！她家的院子里有好几次停过汽车，而且她就在旁边打转，还用手摸过它们。有一次她甚至在里边坐过，阿尔先卡不知怎么弄了一下，汽车里的喇叭就响了。现在这辆汽车的喇叭也在响，显然为的是使伊露奇卡高兴高兴。她索性站住不走了。这又怎么样呢！能听听喇叭声也挺不错啊。这时后面又有一辆车停住了，同样响起了喇叭声。很好听，再来一下！伊露奇卡不知道这儿有这么好玩。

有一个叔叔从一辆汽车里伸出头来，对她挥手。伊露奇卡很高兴，就用笑来回答他，大概那位叔叔也很高兴她那样，因为他从车子里钻出来走近她。可是现在伊露奇卡看见，这个人并不怎样和气，也不太高兴。他用严厉的声调对她说了句什么话，后来就抱住她的两腋，把她带走了。伊露奇卡吓坏了：他要把她带到哪儿去呢？她会发生什么事啊？可是她还来不及叫“妈妈！”，就已经在房子旁边的铁丝网里边了。那几辆汽车已经开走了。

所有这一切事情都发生得这样快这样突然，把伊露奇卡弄得莫名其妙，不知怎样才好。哭已经迟了，再回到街上去也不高兴了。还是去看看在房子和铁丝网之间那片小丛林吧。

这里横着一块块黑色的木板，这是从前的人行道上留下来的①，两侧是绿油油的蔓草。沿这些木板的一条路，是今天全部旅程中最有趣的一段路。花草的茎长得比她的头还高，中间忽然出现了一片光秃秃的平地。四周飞着许多大甲虫和小蝴蝶，还有一大堆一大堆的苍蝇嗡嗡地乱响。在小丛林中有一个动物窜过，那东西很像刚才的小猫咪。另一个地方又有沙沙声和别的响声。伊露奇卡站住了四下一看。那边原来就是那些抢去她饼干的家伙在跑来跑去。忽然间有一团什么东西在眼前跳跃。起先她还以为这就是她认识的那只麻雀，后来她看清楚了，大概是个于她不利的东西，头很大，眼睛突出；有手有脚，仿佛还有手指和脚趾。伊露奇卡呆住了。那时，这一团东西又跳了一下就躲进了小丛林。

① 苏联有些地方的人行道，以前是用木板铺起来的。

这次一切都很顺利地对付过去了。可是又有谁知道在这个地方还会发生些什么事呢！必须赶快离开这儿。

伊露奇卡急急忙忙地走，过了一会儿她走到了一块空地上。在这里围墙转了个弯。在围墙的对面栽着几棵直耸云霄的大树。树木之间是一片片宽广的绿野。

不知从哪里传来了孩子的声音。从拐角后面不时有几个孩子跑出来又躲起来。有一次还出现了阿尔先卡。伊露奇卡非常高兴地叫了起来，可是没有人听见她，也没有人看见她。

那时，伊露奇卡觉得很烦闷。她再也不对任何东西发生兴趣。她只想着一件事，就是：到那边拐角后面去，看看她已经很久很久没看到了的妈妈。

但是路是那么长。首先就要走过一条又宽又深的堑壕，里边甚至看看也可怕。又没有人到她这儿来，妈妈也不来，阿尔先卡也不来。

瞧，阿尔先卡还在跑来跑去，可是为什么不见妈妈？伊露奇卡气得低声而悲痛地哭起来了，现在她是在哭给自己听了。

可是，谁都知道，眼泪是不能消除悲痛的。当伊露奇卡觉得心头上轻松一点的时候，她想：她该怎样跨过这条沟？

她坐了下来，一面拉住青草，向沟底滑下去。当她站好的时候，她的头露在堑壕两边的平面上。这里又是很潮湿。现在伊露奇卡实在是太难受了，她开始哭，不仅是哭给自己听，而且还哭给人家听，直着嗓子没命地哭。她哭了好久，连头也哭痛了，一直到看见阿尔先卡和丽莉雅来了才停止。

她已经用不着自己回去了。丽莉雅和阿尔先卡抱着她走去，重新把她放在摇篮车里。这次伊露奇卡不反抗了。她什么也不想——只想睡觉，睡觉……她睡得很熟！现在即使有十只大野蜂也不会把她吵醒了。

妈妈从屋子里走出来，看了看伊露奇卡，她心满意足地说：

“瞧她睡得多熟！整整一小时过去了，而她却一声也不响。让她睡下去吧！”

妈妈不知道，伊露奇卡已经过了不是一个小时，也许是过了整整一年了。

（一九四七年）

魔　针

[捷克] 叶·马丽尔若娃等　著

捷克斯洛伐克作家的童话

（俄文本序）

世界上没有一个民族没有自己的童话。有俄罗斯童话、格鲁吉亚童话、芬兰童话、法兰西童话、黑人童话和其他许多别的民族的童话。有的讲魔术师和妖怪，有的讲动物，也有的讲人们的生活和劳动，也有的讲英雄的功绩。

童话有滑稽的，有悲哀的，有可怕的，有快乐的。这些童话是谁和什么时候想象出来的呢？这很难说，总之它们是人民创造的。它们过去和现在都在流传着，老的一代讲给年轻的一代听，在世界各个地方都是各样的，而东方的童话不仅是讲的，而且还唱。

在大部分的童话里，人们表达了自己的理想，讲到了战胜祸害的人；他们歌颂英雄、心地善良的人和好同志，责备邪恶、不正义、贪婪，惩罚压迫者。所以到处，在各个国家里，童话的听众和读者在听到和看到邪恶受到惩罚的时候，总是赞扬那些英雄，并且感到非常痛快。

伟大的俄罗斯作家阿·马·高尔基认为，童话对教育人们具有重大的意义。他说："……童话在我面前透露出另一种生活的光，在那种生活中，有一股自由的、无畏的力量存在着，并且追求着更美好的生活。"高尔基建议和民间故事同时，也为儿童出版一些作家想象出来、创作出来的童话故事，——像普希金、安徒生、叶尔萧夫的童话。

捷克和斯洛伐克的作家也和别国的作家一样，很早就关心民间的童话、传说、歌谣。他们特别关心十九世纪的童话，这不是偶然的。捷克有很多年列在奥匈帝国之内，政府千方百计要窒杀捷克的民族文化。小学和大学里都用德文对孩子和青年进行教育，机关里只有用德文写的文件才接受，捷克文的书籍几乎没有出版过。

俄国的伟大十月社会主义革命，对进行争取全世界光辉未来的斗争是一个强有力的号召。在十月革命的思想影响下，进步的捷克作家开始明白劳动者能够而且必须按照自己的方式改造世界，消灭资本主义的祸害和强权。可是过去在资产阶级统治下的捷克斯洛伐克共和国，作家不能公开表达自己的思想，因为捷克的书报检查机关是禁止他们把自己的思想写出来的。为了公开号召大家起来反抗和起义，正直的人们，包括进步作家在内，付出了巨大的代价——他们的自由。在那些黯淡的日子里，有一些捷克报纸常常开着天窗出版，检查机关剔去了许多文章或是文章里的片段——这被剔去的文字，是说到真理的，比方说吧，写到了苏联的幸福自由生活，或是写到了在资产阶级统治下的捷克斯洛伐克劳动人民所担负的力不胜任的重担，以及诸如此类的言论。许多作家常常不得不使用含有暗示的语言——用隐喻的笔调写作，使检查机关无法挑剔他们的小说、故事和论文中的暗示。

许多捷克大作家——鲍任娜·涅姆卓娃、埃尔倍恩、宝尔、依腊谢克等——曾经搜集了许多民间故事，并把它们改写成适合儿童们阅读的童话。后来，在捷克斯洛伐克被希特勒匪帮奴役的年代里，大家对人民所创造的一切更关心了。当时许多作家进行汇集童话、传说和歌谣工作，这是对德国法西斯奴役的一种反抗，是要指出捷克人民从古到今都热爱自由，并且创造了伟大的文化。

本书没有收进作家们改写的民间故事，只收进了作家们自己想象出来的童话。这些故事是在新的捷克斯洛伐克成立前写成的。

收集在这里的几个童话故事的作者，在他们的作品中努力想打开孩子们的眼界，让孩子们看看周围的生活，给他们指出资产阶级社会的一切祸害。

叶莲娜·马丽尔若娃是一个革命女作家。一九二一年捷克组成了共产党，她就加入了党的队伍，把自己一生的大部分贡献给革命斗争。叶莲娜·马丽尔若娃把苏联的情况介绍给捷克的劳动人民，她写了很多作品，号召人民起来争取从资本主义桎梏下解放出来。马丽尔若娃也为儿童写了几本书。这位女作家晚年病得很重，在一九四〇年，还没有等到祖国从法西斯奴役下得到解放就死了。

马丽尔若娃以劳动为主题写了童话《魔针》。绣娘安妮奇卡的针能做出美丽非凡的刺绣品，她不能区别她的两枚针中哪一枚是魔针，聪明的老婆婆对这姑娘解释了，不是魔术，而是劳动把东西做得那么美丽的。因此，劳动者应该了解他们手中有多么伟大的力量。

童话《小姑娘斯薇特林娜》也是叶莲娜·马丽尔若娃笔下的作品，里边讲一个不幸的小姑娘，一个穷人的女儿，父母被关进监牢了。小姑娘知道，这是资本家恶魔用他的锁链把全世界扰乱了。她勇敢地投入了和魔王的战斗，并且战胜了他。这篇童话的作者指出，只有在斗争中才能从资本主义奴役下得到解放。

伊尔齐·伏利凯尔是著名的捷克斯洛伐克作家。一九二五年他去世的时候年纪还很轻，只有二十五岁。伏利凯尔写了很多诗和两篇童话，为每个捷克人所熟悉。他的创作为捷克的人民英雄作家尤利斯·伏契克所喜爱和推崇。

读者可以在伊尔齐·伏利凯尔的童话《偷太阳的百万富翁》中，看到贪婪的资本家可恶到什么程度，劳动人民的阳光他也要夺为己有。但是这种疯狂的统治欲和黄金梦，最后只有使百万富翁自趋灭亡。太阳像自然界的一切礼物那样，必须属于劳动的人。

在另一篇童话《扫烟囱的人》里，作者指出富人是不关心人民的疾苦的。只有穷人了解穷人的苦处，并且互相帮助。这篇童话是用一句捷克的玩笑话做题材的，就是："看见扫烟囱的人就捏紧钮扣，你就能变成幸福的人了。"

尤丽雅·勃罗若娃—马拉的童话《英雄》充满了反抗资产阶级社会的情感。这篇童话写在第一次和第二次世界大战之间的时期内。这位女作家做了多年党的干部，同时还为儿童创作。这篇童话中指出，富豪显贵是如何轻视救他们生命的、来自人民中间的人，如何杀死他。而人民是永远尊敬和铭记自己的英雄的。

童话《伊凡节夜的宝藏》是斯洛伐克女作家符·马尔柯维巧娃-扎土烈茨卡写的。有这么一个神话，说是一个人找到了只有在伊凡·库巴尔节夜（六月二十二日）盛开的凤尾草的花，就可以看到所有埋在地里的宝藏。年轻的读者从尼·瓦·果戈里的小说《伊凡·库巴尔节前夕的晚会》早就知道了这个神话。在童话《伊凡节夜的宝藏》

里，杨柯去找宝藏而闯到一个小洞里，那里藏着许多宝物。但是森林女神告诉杨柯，金子只有在给人们带来益处的时候才是贵重的，武器只有在为自由而斗争的时候才是有用的，美丽只有那些肯把它给一切人看的人才看得出。最后，杨柯明白了他不配得到那些宝物。他回到村子里工作和帮助他的乡亲去了。

在这本童话集里也收集了作家卡烈尔·恰彼克的两篇童话：《一个邮递员的故事》和《一条七头龙的故事》。卡·恰彼克不是一个革命作家，可是他永远同情微小的、不为人注意的人；他总是用正直善良的形象表现他们。

卡·恰彼克写过许多书，其中大部分译成了俄文。恰彼克是一个天才的作家，可是他看不清和资本主义作斗争的真正的道路；他以为世界上的一切都是好的，只要说服穷人和富人，使他们好一点和善良一点就行了。三十年代中，在希特勒占领捷克斯洛伐克的前几年，恰彼克写了一个剧本《母亲》，剧中他发出了和法西斯斗争的呼声。可是他在全部创作中并没有克服掉他的小资产阶级观点。

在《一个邮递员的故事》中，叙述一个善良的捷克邮递员为了把一封没有地址的信送到，并且使两个青年人得到幸福，他在全国走了整整一年。在第二个故事中，作者叙述一个小职员如何牺牲了他所有的一切，去救一条他所喜爱的奇怪的龙。

我们的年轻读者将会有兴趣地读完这本书里的几个捷克斯洛伐克作家的童话故事，并且了解解放前这个国家的人民是怎样生活、怎样劳动和幻想着什么东西的。

小姑娘斯薇特林娜

叶莲娜·马丽尔若娃

在世界的边缘，有一座树木茂盛的密林，那里曾经住着一个凶恶的魔王，他对所有的人造成极大的恐慌。阳光一直想透过这密密丛丛的百年古林，去照亮魔王的那座非常坚固的城堡，可总是劳而无功。即使偶尔有几道光线照到这堡垒的城墙上，也没有办法再照进去了，因为这城堡是没有窗户的。

像一群金发孩子那样美丽的阳光说："这就是一切坏事的根源，这就是魔王仇恨人类的原因。我们的温暖怎么也送不到他的心里去，没法唤起他的爱。"

魔王仇恨人，仇恨太阳。他只爱黄金。有时，他掉转凶恶的黑脸去看上面阳光颤动着的树顶，野蛮地狂笑，并且对太阳喊：

"我不要你那空虚温暖的金子！我爱的是冰冷、沉重、坚硬的金子，人们用来做饰物和钱币的金子。"

于是，他就到城堡里最深的地窖里去，这里藏有他的金子。

那魔王有他的军队——许多奴隶和百头龙。他把这种军队派到和平的国家里去，他的奴隶和龙就为他向人们索取金子。

全世界都开始寻觅金子。富豪老爷们命令大家到地下和水底去挖掘金子，国王向自己的臣民抽税或是发动战争，为的也是要得到金元。

由于严厉的魔王——世界的统治者的命令，富豪老爷们把金子尽量夺取到自己手里来，这样即使把一部分去交给魔王，自己也不会吃亏了。

魔王冲着太阳的脸狂笑着说：

"怎么样，你这老蠢货！你的光线在哪里？你的光线已经被我的金子的亮光压倒了！你的暖气在哪里？你的暖气已经不暖了，因为我的火更热。”

苍白的、被雾气掩没了的太阳哭了，他责备魔王说：

“为什么你要教人们爱金子和互相仇恨呢？”

“为什么？”世界的统治者——魔王反问了一句，“因为人们根本不值得有别的东西，并且也不能有别的感觉。”

“不对！”阳光透过了雾气喊道，“不对！我们曾不止一次地透过孩子们的心。我们知道，人们生来是善良的，是爱金子的欲望使人心变得残酷的。”

“苍白的星球呀，你的话是愚蠢和空的！”魔王嘲笑地说，“就算我准备放弃我对人们的统治权吧，你能不能在这些贪婪的生物中间找到一个人，他敢到我这城堡里来，敢到我那深地窖里来救他的弟兄，并且向我解释，人们没有金子也可以过活呢？如果你找到这样的英雄，并且派他到我这里来，我就放弃对世界的统治权了。”

魔王和太阳的谈话就到这里结束了。

愉快和善良的光线精灵把太阳和魔王这场争论告诉了人们。于是出现了许多敢到阴暗的森林里去的英雄。其中几个到了城堡下面，全被魔王的卫兵杀死了。城堡的地窖里没有一个人到过。

人们每次失败之后，魔王发出像金属一样响的冷笑声。人们说：

“他比太阳还强，没有人能战胜他。”

有钱有势的人用愉快的心情重复这句话，而穷人和农奴却以绝望的心情重复这句话。

“看见没有？”魔王非常高兴，冲着太阳的脸喊，“不能帮助他们！他们不值得人家搭救！”

魔王和他的金子统治着人们，时间愈长，就愈是严厉。富豪奴役人们愈来愈厉害，势力也愈来愈大了。穷人想消灭所有的富豪老爷，可是他们没能商量妥当。

在世界另一头，一座半塌的破旧草屋里住着一个穷苦的人家。不管大人小孩都从早晨工作到晚上，可还是吃不饱。冬天他们没钱买柴，只好到富豪的林子里去拾干树枝。一次，富豪的仆人在林子里抓住了这穷人和他的妻子，就把他们关到监牢里去。几个大的儿子都失散了。最小的女孩子叫做斯薇特林娜，她孤单单地留在草屋里。她哭着叫爸爸妈妈。但是没有人答应。她开始叫天老爷——也没有人回答；叫好心肠的人——也没有人来。

于是，斯薇特林娜擦干了哭湿的眼睛，走出草屋。她也听到过关于魔王的事：那魔王只对富人表示好感，而对所有其他的人，就强迫他们做力不能胜任的工作，使他们受苦，还要他们坐牢。

“我要去找他，要他别再欺侮人们。”这小姑娘自言自语说，就出发到世界的另一头去找那个魔王。

斯薇特林娜走过许多乡村和城市，穿过高山和深谷。她一路走一路讨饭。人们给她面包，让她过夜，但是没有人跟她说一句好话。穷人没有时间跟她说，而富人劝她进孤儿院。

但是她要去找魔王。

斯薇特林娜走到一座浓密的森林前，这里透过树木勉强才能认出路来。陪伴她的阳光消失了，只有她孤零零一个人一直向魔王的城堡走去。那边有许多黑色的妖怪在守卫，在狗窝里蹲着的不是狗，却是一条百头怪龙。

它嗅到了走近的斯薇特林娜的气息，就大吼一声，从狗窝里爬出来。可是它看到了这瘦弱的小姑娘，就发出轻视的吼声：

“这么个小鬼头对我的老爷是没有危险的！让她高兴到哪里去，就到哪里去吧。”

黑色的卫兵敞开了大门说：

“去，小家伙，去！你是谁也吓不倒的。”

斯薇特林娜穿过走廊，穿过大厅。到处都又黑又冷，好像在坟墓里一样。

“魔王，你在哪里？”她叫道。

从深地窖里发出一个不乐意的声音：

“谁？谁敢到我的城堡里来？”

斯薇特林娜跑到地窖门前，开始敲那扇用铁皮包起来的门，说：

“是我，魔王，我是斯薇特林娜！不要怕我，快开门！”

门轰隆一声打开了。门槛上站着那个巨大的魔王。他在昏暗中打量了一下这个小姑娘以后，大笑起来：

“我会怕你？你是这么个蚂蚁一样的东西。”

“我不是蚂蚁，我是人。”斯薇特林娜认真地回答他。

魔王发出一阵恶毒的大笑声。他离开了门槛，鞠个躬，像对高贵的太太那样对她说：

“请进来，敬爱的女客人。您需要什么吗？”

斯薇特林娜也鞠个躬。魔王笑得更响了。这小姑娘开始非常好奇地看一看地窖，要知道直到现在为止，此地还没有一个人来过哩！

这是一间没有窗子的厅堂。地下放着一堆堆的金子和金元，照得整个地窖通亮。借着它们的光，她看见山一样高的一堆人骨——千百万奴隶的骨头。

中间放着一个很高大的王位，这是人的脑壳做成的；坐位是金子的，上面散落着珍珠和红宝石。珍珠是贫穷的母亲和孤儿的眼泪凝成的，而红宝石是战争中流的血凝成的。

“这个王位是我亲自做的！”魔王大声说，“但是我还没有把它做完。我的王位必须高到碰着天花板。当它碰到拱门的时候，我将打穿屋顶，造一座摩天大楼。”

斯薇特林娜仆在地上，她向魔王伸出一双小手说：

“啊，不要这样做！不要再使人们受苦了！如果你愿意做一个无情的人，那么去消灭那些欺侮弱小的强暴的人吧。”

斯薇特林娜愈来愈使魔王高兴了。

“不要吵，小姑娘！”他对她叫道，“这是不行的，我不是天老爷。你去求他好了！”

“我已经求过了。爸爸和妈妈也求过了。可是天上一个人也没有。”

“真的吗？”魔王大笑了起来。

“是……是的。爸爸妈妈给抓到监牢里去了……”

“他们偷了什么东西？”魔王露出牙齿狰狞地笑了一笑。

“只不过在林子里拿了一点木柴。而我们的富豪、国王虽然偷了老百姓整片大森林，也还是自由自在的！”

魔王皱起了眉头说：

“你真是个笨丫头！如果国王坐牢，我不统治人们，这还成个什么世界呀？”

“人们可以自己做主人，把你杀掉。”斯薇特林娜回答说。她简直面色发白，对自己的勇气有点怕了。

魔王立刻从金子和人骨做的王位上站起来喊道：

“什么？把我杀掉！？教人们不爱金子？教人们不贪财？那他们工作又为了什么呢？用什么去付账啊？而且，一句话，他们生活又是为了什么呢？”

“金子对他们又有什么用处？难道可以用纸币做衣服，用会响的金元造房子吗？”

魔王狂怒起来了。这小姑娘说了这样无礼的话，即使是大人说这种话也要关到监牢里去的。

他从作为王位台座的骨堆上跳下来，去追赶那小姑娘。

可是这小姑娘比魔王要来得敏捷和聪明。她抓起地上的一块金子，对准魔王扔过去，就把他打死了。

就在这个时候，像天崩地裂般地一声响，城堡倒塌了，陷到地下去了。在宽阔自由的天空中，太阳——解放了的人类第一个春天的太阳——开始照耀了。

魔　针

叶莲娜·马丽尔若娃

从前有一个穷苦的姑娘，她用花丝和金线绣各种衣衫、头巾、桌布和围裙。她会绣鸟儿、小蝴蝶、花朵、鸡心、星星和苹果。她的双膝上总是放着锦缎、绸子、天鹅绒、亚麻布和透明的细麻布。这个绣娘工作不是为了自己，不是为了使自己快乐，也不是为了装饰自己的衣着或者房间。每星期六，她把做好的活计拿到城里去。有钱人家的姑娘和妇人在衣裳上和桌子上盖着她绣的东西，她们都因为这些东西觉得自豪。

“绣娘安妮奇卡简直有一枚魔针，”看到过她绣的花的人都这样说，“她绣出来的花和鸟看上去都像活的一样！花好像就要开放！鸟好像就要歌唱！”

绣娘安妮奇卡心想：“我真有一枚魔针就好了。那时我可以挣十倍的钱。”

安妮奇卡必须照料她生病的母亲，照料经常要吃的幼弟幼妹。此外，她还有一个未婚夫，她很愿意嫁给他，但他是一个士兵，不可能考虑结婚的事情。

“要是我有了一枚魔针，”安妮奇卡叹息着，“我就给妈妈买药，给弟弟妹妹们吃饱……”

有一天，安妮奇卡坐在刺绣架旁工作到了深夜。一枚细小的针老是忽上忽下地闪动着。安妮奇卡的眼睛发痛，腰里发酸。在一间灯光黯淡的底层房间里又静又沉闷。

妈妈和孩子们已经睡了，安妮奇卡也想睡了。

忽然，门轻轻地打开了，房间里走进来一个很老的老婆婆，头上裹着一条丝围巾。

“晚安，可爱的姑娘！”这老婆婆说，“为什么你还不去睡觉？”

安妮奇卡放下手里的工作，抬起一双疲倦的眼睛，望着这位很晚才来的女客。她认识这老婆婆，这老婆婆就住在安妮奇卡夏天常去采蘑菇的林子后面的草屋里。这老婆婆专门搜集药草、香菜根拿到城里市场上去卖。据说，她好像有魔法。

“我听到了你的叹息声，可怜的安妮奇卡，”老婆婆说，“你希望有一枚魔针，让你能再多做一点工作。”

“是的，”安妮奇卡回答，“我希望能多挣一点钱。”

“那么你为什么不愿意多要一点手工钱呢？”

“这是不可能的，”安妮奇卡摇摇头，“老板是不会多给我钱的。”

“这是因为你自己不向他们多要钱。”

“我已经向他要过了，可是他总是不答应，而昨天他甚至还吓我，说要是我再跟他找麻烦，他就要把活计给另外一个绣娘了。”说到这里，悲伤的眼泪从安妮奇卡眼中滚滚地流了出来。

“可怜的姑娘！”老婆婆很同情她，“除了魔法，大概没有东西可以帮你的忙了。喏，姑娘，把这枚针拿去吧。这是一枚魔针。我是把它带来帮助你的。”

老婆婆把针给安妮奇卡的时候，眨了眨眼睛，并且很奇怪地微微一笑。安妮奇卡以为这是在笑她。就让她笑吧！安妮奇卡很高兴能得到这件怪异的礼物，就从老婆婆手里接过了那枚细小发亮的针。

于是，这女客人就像来的时候一样毫无声息和出人意料地消失了。安妮奇卡惊奇地看了一看刚才那老婆婆站着的地方，并且开始仔细地看这枚针。

从外表上看，这是一枚极平常的针。用它干活可以干得怎么样呢？这倒很有趣。安妮奇卡很快地把一根丝线从旧的一枚针的针孔里抽出来，准备把丝线穿进魔针的针孔里去。可是她的两只手一发抖，把两枚针都掉到膝上去了。到底哪一枚是魔针呢？

安妮奇卡就胡乱拿了一枚针，穿上了一根银色的丝线，并把针插在布上。安妮奇卡本来在绣金羽鸟的一对眼睛。这时她发觉布上有一颗泪珠在发亮。这颗眼泪是安妮奇卡对老婆婆抱怨她的老板的时候掉下的。

安妮奇卡想擦去这颗泪珠，可是它像金刚钻一样发亮，正好就在要绣金羽鸟的一只眼睛的地方。安妮奇卡想把针拔出来，可是由于她的激动和性急，戳痛了自己的手指。一滴鲜红的血掉在白绸上，金羽鸟的头好像发出了辉煌的火焰。

安妮奇卡很快地动手干活，她不去考虑用怎么样的线绣花。她绣好了一只全身的金羽鸟，它的羽毛是五彩、鲜艳、明亮和绚烂的，眼睛像金刚钻一样发亮。

当她刺了最后的一针以后，这只鸟就张开翅膀向上飞，碰到了天花板。这只鸟绣得这么美丽，已经不单是看起来像活的，而是真的活了。

安妮奇卡拍拍手说：

“啊！奇迹！魔力！法术！”

金羽鸟开始唱歌，它把妈妈和孩子们都惊醒了。早晨，所有的邻居都被这美妙的歌声吸引到安妮奇卡家里来。金羽鸟的歌声一直传到兵营里，兵士们也都听到了。安妮奇卡的未婚夫放下了枪想跑到他的未婚妻那里去，可是人家把他抓了起来，而且加上了一个擅离职守的罪名，把他逮捕了。

安妮奇卡继续用那枚魔针刺绣，所有她绣的东西，都在她的手下变活了。蝴蝶和鸟儿飞起来，花朵开放，发出馥郁的香味，星星和鸡心变成了金的，上面镶嵌着宝石，这些星星和鸡心都可以当装饰品戴。

关于这个奇怪的绣娘和她的魔针的新闻传遍了全国。各处走来许多好奇的人，他们来打听和参观这些刺绣品，愿意用礼物和金钱换取它们。

有许多人到林子里去找那个老婆婆，想问她买这样的针。可是他们什么也没有得到。老婆婆非常惊奇地说她根本没有把什么针给过什么绣娘。她从来也没有过什么针，这全都是安妮奇卡梦里看见的，或者是她捏造出来的。

“我根本没有什么魔针，”老婆婆说，“我缝补破布片的时候总是用一枚生锈的粗锥子。”

安妮奇卡的生活过得很好。她再也不必从早到晚为老板干活了。工作对她成了一种快乐了。

关于安妮奇卡奇妙的刺绣的新闻，传到了统治这个国家的女王耳中。她把安妮奇卡召到皇宫里去，吩咐她表演她的手艺。女王是受过教育的，她不相信奇迹。

安妮奇卡照样做了。她绣了一只有金刚钻眼睛、红色冠毛、深蓝色翅膀和珊瑚脚爪的金羽鸟。她绣了几朵玫瑰花和几只蝴蝶、一支孔雀翎、许多有趣的小龙、苹果和各种图案。这些东西都变活了，开始转动了，花朵发出香气，果子使人流口涎，图案变成了珍贵的饰物。小龙特别好玩：它们不比小指头大，装出很吓人的样子，从嘴里吐出火舌来。

女王一声不响。她傲慢地坐在王位上，为了掩饰自己的惊奇，她故意严峻地观察所有这一切奇迹。宫廷的风俗是不许统治者当着臣民的面露出自己的感情的。女王仔细地看完了安妮奇卡的表演后，她站起来对安妮奇卡说：

“好吧！我出于慈悲之心，留下你的礼物，你可以回家去了。从今以后，你绣的一切东西都要交到我的朝廷里来，因为在这国家里出生的、长大的、开花的、成熟的东西都是属于我的。走吧，记住我的命令！”

她伸出一只手给安妮奇卡亲吻。安妮奇卡吻了她的手，哭着回到了家里。她的好日子和幸福都完了。女王派了两个警察和一个监视人到安妮奇卡那里，监视她是不是忠诚地交出她的产品，并且不给自己留下一点来。

“穷人都是贼。”女王说。

所有的皇亲国戚和富人也都是这样想。

可怜的安妮奇卡再也不能拿她的刺绣卖好价钱了。女王付起钱来比原来的老板更吝啬。人愈有钱就愈有势力，掌握对人的统治权力愈大就愈是残酷。

穷苦又降临到安妮奇卡的草屋里来了，这绣娘的工作不再使她快活了。安妮奇卡想起了给她针的那个老婆婆，她就到林子里去找她。

安妮奇卡找老婆婆找了好久，可是不论在草屋里或是林子里都找不到。可怜的安妮奇卡找得疲倦以后，就躺在青苔上睡着了。

她还没有闭上眼睛，忽然像做梦一样看见老婆婆支着一根拐杖向她走近来，头上还是裹着一条丝围巾。老婆婆问安妮奇卡需要什么东西。

"唉！老婆婆，"这姑娘悲伤地回答，"您给我的魔针没有给我带来幸福！您已经帮助过我一次了……我请求您，费神再帮我一次忙吧！"

老婆婆俏皮地像第一次那样笑了一笑说：

"我给你的针已经给你带来了幸福，可是你不会掌握它，你让人家欺骗你。要知道像你这样穷苦的人有千千万万，而你们却听凭一个可恶的女王欺骗你们。你们害怕警察、监视人和主人。他们生活得富裕，正是因为你们生活得苦，因为你们怕他们。"

"就是那么简单吗？"安妮奇卡觉得很奇怪。

"是的，是很简单。"老婆婆回答她说。

"大概您是对的，"安妮奇卡想了一下说，"可是我们什么法子也没有。没有人帮助我们穷人。只有奇迹才能救我们。"

老婆婆点了点头，有点嘲弄地微微一笑。

"我能帮你什么忙呢？"她说，"你老是等待从什么地方得到帮助……好吧，我再帮你一次忙。要听我的话。你可以试试向法庭控告女王。你去找一个叫做律师的狡猾的人。把这个钱袋拿去吧，那里边有钱。靠了它的帮助，你会争取到自己的权利的。不过不要一下子全拿出来；商量好了就多答应他一点，你要始终摇着钱袋，一直到诉讼得胜为止。"

老婆婆不见了。安妮奇卡醒来觉得很懊恼，因为这不过是一个梦。她看了一看——她手里真的有一个钱袋，并且里面钱币叮叮响。

安妮奇卡走到一个律师那里，把一切告诉了他。律师搔搔耳朵，耸耸肩膀，表示女王很难对付。安妮奇卡摇了摇袋里的钱。律师就戴了眼镜去看一本厚书，书上的字是潦草得看不懂的。这本书里印上了国家的全部法律。最后他找到了一条合适的法律，但是这必须绣娘付出大笔的钱。安妮奇卡重又摇了摇钱袋，于是这个机灵的律师表示他一定尽力根据国家的法律打赢这场官司。安妮奇卡还是摇着那个钱袋。

就这样，安妮奇卡的案件提到了最高法院。所有城市的居民和遥远乡村中的农民都知道了她的事。

律师代表绣娘安妮奇卡告了一状，这状纸是用看不懂的文字书写的。状纸的内容大概如下：

“女王把安妮奇卡的产品非法占为己有。当然，国内所有的东西：生长的树、开的花朵、成熟的果子，都是属于这个国家的统治者的。因此说安妮奇卡的产品的所属人不是安妮奇卡，而是女王。但是这样就有一个问题。问题是这样：安妮奇卡所绣的生物、花草和物品，事实上是不是生下来的呢？它们是否生长，开花，成熟呢？这在任何情况下都是不可能的！她的金羽鸟不是从卵中孵出来的，她的蝴蝶不是从蛹子里飞出来的，她的玫瑰花不是从种子长大的，她的苹果也不是树上结的。还有她的饰物，也不是用女王国土中挖掘出来的金子和宝石做成的。所有这些有生命和无生命的物品，都是绣娘安妮奇卡的巧手和魔针做出来和变活的。因此，慈悲的女王——我们高贵的统治者——是不对的，愿万能的上帝给她长寿，而绣娘安妮奇卡是对的。安妮奇卡是她的产品的唯一所有者。”

法官不能不承认安妮奇卡是对的，并且决定让她胜诉。但同时律师却被控告犯了侮辱女王尊严罪。他被判坐十年牢或是罚款五块金元。律师甘心情愿地付了罚款。

但是女王决定要报复。最初，她想把法官和律师都绞死，可是她想了一想以后，决定更聪明地进行合法的行动。她也去请教那个律师。律师于是又沉浸在法律的研究工作中，并且找到了另一条法律，于是法官判决：“既然绣娘安妮奇卡的生物和其他东西不是生出来、长大和成熟的，而是她的一双巧手和一枚奇妙的针做出来的，那么绣娘安妮奇卡是一个女妖，必须烧死。她的针依法应没收归国家所有。”

不幸的安妮奇卡被关进了监牢。城外火烧场上开始堆木柴了。三天以后她将被烧死在这个火烧场上。

这件事引起了全国的愤怒，人民早就不满凶恶女王的统治。他们商量好要推翻女王的王位。安妮奇卡的未婚夫号召他的士兵伙伴起义。

安妮奇卡被人家缚起来，躺在牢里的麦秸堆上哭着：

“老婆婆，好心肠的老婆婆呀！快到我这里来帮我这第三次的忙吧！”

忽然牢里的暗室充满了亮光，安妮奇卡面前出现了那个老婆婆，她很俏皮地微笑着，可是已经不是穿着破破烂烂的衣服了，华贵的衣衫拖到地上，她的前额的上头亮着一颗明星。

“不要哭，不要悲伤，可爱的安妮奇卡！起来用你的巧手绣一只你所能想象得到的最美丽的鸟吧。它将变活了，并且从牢里飞到人们那里去，把你的悲伤和他们的困苦唱给他们听。它将唤起人们起义反对女王。到那个时候，人民就能解放自己了。”

“女王把我的魔针拿去了，我怎么能绣呢？”安妮奇卡问。

老婆婆大笑起来，她说：

“笨丫头！你的外衣上插着一枚针，把它拿出来就好绣了。”

“可是这不是魔针呀！”

“没有一枚针是魔针！”老婆婆大声说，“是你的双手，你的劳力创造了这一切奇迹，你由于正义的愤怒，由于受了压迫而哭，——你的泪珠变成了金刚钻，金刚钻就成了那只奇异的鸟的眼睛。从你的疲倦的手中溅出了血——在刺绣架上就有了做冠毛的一摊血红的颜色。所有这些东西都是你的劳动创造出来的，这不是什么奇迹，也不是什么魔法。但你却不相信这事，而且愿意受人欺骗。你可记得：两枚针掉在你的膝上，你不能把它们区别开来的事吗？你所认为是魔针的那一枚在女王那里。女王坐在宫里的刺绣架旁把针刺进绣品中去，但是她那双懒惰而笨拙的手不会绣出任何活的东西来。她流着泪，可是这是狂怒的和尊严受了伤害的眼泪。要是她戳痛了自己的手指流出血来，从她的血里不能得到用作金羽鸟羽毛的颜色，因为正像人们所说，贵族的血不是红的，而是蓝的。坐下来，安妮奇卡，拿你的一枚旧针干活吧。这是给你的布。”

老婆婆给了安妮奇卡一块亚麻布以后就消失了。安妮奇卡动手干活了。她脸上还没干的泪珠滚到亚麻布上，鲜血从勤劳的手中溅出来。

于是安妮奇卡又绣好了一只金羽鸟，不过它比安妮奇卡过去所绣的还要美丽，还要绚烂。金羽鸟展开翅膀，冲破铁栅飞出了牢窗。

它在人们中间飞了三天，穿过许多小草屋，飞到矿层深处的矿工那里，飞到在野地上割麦的人那里。它到处唱着号召起义的愤怒的歌。

死刑的执行日到了。安妮奇卡被反绑着放上小车送进城，那里已经堆好了烧火的木柴。

女王因为自己刺绣的东西不会活起来，于是更加凶恶，她坐在火烧场正对面的王位上。大臣们劝她赦免安妮奇卡，因为人民实在太愤怒了。可是女王不愿意听这样的劝告。

“人民会平静下来的，”她回答说，“他们看到骚乱的人会有什么结果，他们就会平静下来的。”

在火烧场附近聚集了许多人。大家的脸色都很严峻，个个都握紧了拳头。

当安妮奇卡被带来，正要绑到柱子上去的时候，金羽鸟飞来了。它的翅膀的振动掀起了一阵狂风。金羽鸟用响亮的声音唱起自由之歌。整个大地都能听到这号召起义的歌声。

人们听到了它的歌声，都拿起了锤子，兵士们都拿起武器；大家都冲向王位把它打翻了，他们把女王绑起来，换下无辜的安妮奇卡，把女王在火烧场上烧死了。而安妮奇卡却被宣布为女王，并且被抬着拥进了城堡。

夜里，老婆婆又到安妮奇卡那里来，她又穿得破破烂烂的，手里拄着一根拐仗，她说：

“如果你愿意让我的帮助给你和你的人民带来幸福和好日子，那么你就听我这第四次的话吧：你不要做女王。做了女王，你将像所有的国王一样，统治和压迫人民，并且在你的国家将永远发生叛乱。”

“臣民没有统治者怎么能生活呢？”安妮奇卡问。

“驯服的臣民没有国王不能生活，”老婆婆笑起来了，“但是自由的人民，劳动的人民是能够生活的。而且金羽鸟将成为人类最好的教育者。”

扫烟囱的人

伊尔齐·伏利凯尔

扫烟囱的人总有一张墨黑的脸。他给要扫烟囱的人家带来的不单是梯子，而且还带来幸福。这一点大家都知道，尤其是那些衣裳上有钮扣的人：他们一在扫烟囱的人身边走过，马上就捏住钮扣并且想什么东西。有时候他们的愿望真会实现的。因此人们看到扫烟囱的人，就会及早去捏着钮扣，一直到马路上扫烟囱的人走过为止。如果这不是真的，那就没有人会这样做了。

所以这样看来，只要有一颗钮扣和遇见一个扫烟囱的人，每个人都可以得到幸福的。

这样的事，一个小孤儿叶尼克知道得很清楚。他非常贫困，每天在城外的路上或者人家的地窖里过夜。他幻想着许多东西——譬如，幻想得到甜的圆面包和坐旋转木马的票子，幻想着他死了的母亲能复活，幻想得到裹着头巾的女人在圣雅谷广场上卖的苹果。

小叶尼克除了幻想以外什么也没有。在他的扯破了的外衣和穿坏了的长裤上没有一颗钮扣。这套衣裤是一些好心肠的人给他的，可是您也知道，即使是好心肠的人也不会把最好的东西给穷人的。因此叶尼克所得到的衣服是穿得破旧不堪的，上面一颗钮扣也没有。给叶尼克衣裤的人也不会想到，钮扣对这样一个小孩儿会有用处。只要他能遮住赤裸的身子已经是够好的了。起初叶尼克也没有想到他的衣服上缺少一点东西。只是在知道了扫烟囱的人、钮扣和幸福的秘密以后，他才悲伤地想："我可不会得到幸福了，因为我连一颗钮扣也没有啊！"

这件事使这孩子非常伤心，因为他极想得到幸福。谁不希望得到幸福呢！

从那时候起，他就只是想在什么地方，有什么办法可以得到一颗钮扣。这对于别的孩子或许不难，可是对于叶尼克是不容易的。要是有一个爸爸去买，有一个妈妈来缝，就有钮扣了。可是叶尼克既没有爸爸，又没有妈妈。

叶尼克决定去挣钱买一颗钮扣。他给一个太太把水拿上五层楼，给另一个太太把煤装进一辆蓬毛狗拖的小车，到乡下去买牛奶，总之，他这种年龄的孩子所能做的一切事情他都做了。

但是他始终没有挣到买一颗钮扣的钱。人们说："给这么一个小孩子钱有什么用呢？他根本不懂得钱的用处，给了他一定去买零食吃掉。还是给他一点吃的东西好，这对他倒是更有好处。"

于是人家就给他吃的。一个地方给他面包和干酪，另一个地方给他一点汤和剩饭。叶尼克吃饱了以后，就舒舒服服地忘掉了钮扣的事，并且相信没有它也可以得到幸福。可是每天晚上，当饥饿拼命地折磨他的时候，他想要得到的，没有东西比得上钮扣和所有它会带来的奇妙东西了。这尤其是在他走过服装店，看见橱窗里放着一堆堆各式各样钮扣的时候。有一种钮扣是金子的，雕着美丽的字母，另一种发出海水一般的蓝色。有些钮扣上有四个小孔，有些在发亮的金属表面上看不出小孔。放在最高的地方是一排闪光的大珍珠钮扣，这些钮扣像磁石一样吸引住了叶尼克的眼光。

"这样的钮扣一定会带来最大的幸福！"叶尼克想，"但是我不一定能积好钱来买。这样的钮扣一定是很贵的。"

他那么贪婪地望着这些钮扣，店家的老板娘把他从窗子旁边赶了开去。

"滚开，脏小鬼！你总没有好事情弄出来的！"

她想，叶尼克一定是个小偷。

夜里，当他和十个这样不幸的人一起躺在破布烂条堆上的时候，他梦见了一颗珍珠钮扣和老板娘那张冷淡的脸。

一天，在对钮扣痴心妄想了好久以后，叶尼克在路上看见一个小姑娘。她的大衣上缝着一颗美丽的珍珠钮扣，就是他在服装店的橱窗里看见的那种。叶尼克发现那颗美丽的钮扣只吊住一根线，看样子马上就会掉下来。他一想到，这个小姑娘会落掉这颗钮扣，他可以把它捡起来，于是他的心沉下来了。他的一切痛苦将要结束，明天他就可以得到所有他想要的东西了。

因此，叶尼克不声不响地转过身去跟着那个小姑娘走。他所幻想的事情竟真的发生了。当那个小姑娘走进一家人家的时候，那颗钮扣脱掉了，落在人行道上。这是个心不在焉的小姑娘。只要稍微想一想——她的大衣上总共只有一颗钮扣，失掉了它，她就丧失幸福了！

叶尼克高兴得眼睛发亮。他小心地拾起那颗钮扣，紧紧地捏在手里。这颗钮扣朝着太阳，像宝石一样闪闪发光。他很快地把钮扣藏到口袋里，向四面看了一看。

这小姑娘一点也没发觉，就走开了。

叶尼克在附近一个转角后面不见了。他小心地把钮扣带到他住的地窖里，脱下了外衣，问人家讨了一枚针。从他当睡铺的破布条里抽出一根线来，马上动手把这颗钮扣缝上去，他想在天黑以前结束这件繁重的工作。忽然他想起了那个小姑娘，她一定在哭她丢掉了一颗美丽的钮扣。或许，她并不知道钮扣和扫烟囱的人会带来幸福吧？这小姑娘有一天一定会知道这件事的，可是那时候她已经没有钮扣了。也许她永远不会有了，因为弄到它很困难。小姑娘丢了钮扣，而他捡去了……不，不是捡的，是找到的！要不要去还给她呢？

但是叶尼克无论如何不会这么做，他想钮扣实在想得太久了。

“等钮扣给我带来幸福以后，我就去还给她，并且再加一点东西。可是我是不是能找到这个小姑娘呢？”他想。

他第二天走出去的时候，这颗钮扣就在他的外衣上像一颗星一样发亮。他想，人家看见了他把这样一颗钮扣缝在破衣裳上，一定要笑他。因此他轻轻地用手遮住它。此外，他还害怕碰到那个小姑娘。

叶尼克走着、走着，他一面找扫烟囱的人，一面在考虑他希望得到什么东西。他终于决定要一座建造在水晶山坡上的金城堡，还要一株橘树。

中午，这孩子老远看见一个扫烟囱的人。他浑身墨黑，像个黑人。叶尼克马上转到扫烟囱的人走着的一边街上，手里紧紧捏着那颗钮扣。这孩子的心扑扑跳着，像一柄锤子在敲。

扫烟囱的人走近了。他的眼睛蓝得发紫，像紫罗兰一样。他平静地走着，脸上带着微笑。

叶尼克脸色苍白，一只瘦弱的手愈来愈用劲地捏住那颗钮扣。

“扫烟囱的人走到离我五步的地方，我就默念我的希望。”孩子想。

扫烟囱的人快和他并肩了。在他的黑须下面挂着一丝温和的微笑。

“来了！”叶尼克放低声音默默地念，“城堡，橘……”

哗啦！用旧线缝上去一颗钮扣经不起这孩子捏得那么紧，就脱掉了，像一朵凋萎的花，吊在他颤抖的手上。

叶尼克的希望成了泡影。眼眶里涌满了泪水。他是倒霉透了，他想这一定是因为他为了自己的幸福，把人家的一颗钮扣拿走了所得到的惩罚。扫烟囱的人看见叶尼克哭起来，就走到他身边。

“你怎么啦，孩子？”他问。

叶尼克什么也没有回答，手里紧紧捏住一颗钮扣。扫烟囱的人抚摸着这孩子的头说：

“是不是有人欺侮你，还是你丢了什么东西？”

“我偷了一颗钮扣。我想得到一座城堡和一株橘树。所以我昨天拿了它。”叶尼克又哭起来。

“你是谁家的孩子？”

叶尼克不知道自己是谁家的孩子。一个人逢到人家把他当作自己人，总是觉得高兴的。

扫烟囱的人携着这个哭泣的孩子的手，带着他走。扫烟囱人的手涂满了烟渣，可是叶尼克很高兴，他觉得这只手领他到一个什么地方去。扫烟囱的人把这孩子带到了一间小屋子里，就是昨天那个小姑娘走进去的那间屋子。

“妈妈[①]，丽达，我带来了一个小孩子，他因为想得到一座城堡和一株橘树在哭呐。”

“我不是为了这个哭的！”叶尼克叫道，“是因为我拿了一颗钮扣。”

---

① 老夫老妻之间，丈夫常称妻子做“妈妈”。

“城堡和橘树我没法给你，给你吃顿饭倒还可以。”扫烟囱人的妻子说。

于是他们叫这孩子坐下吃饭，给他倒了满满的一盆汤。一头坐着扫烟囱的人，他已经洗了脸，很干净；一头坐着他的妻子，对面是那个昨天丢掉钮扣的丽达。大家都很和善地对他问长问短，他就一一地回答。他从来没有觉得像在这里那么好过！他告诉他们，他是一个孤儿，他想得到幸福，他怎样找钮扣，又怎样发生了后来的一切事情。

扫烟囱的人和他的妻子微笑着。丽达用一对注意而且惊奇的眼睛看着他。盛着味道很香的汤的盆子里热气腾腾。

“我很喜欢你，孩子。”扫烟囱的人说。“如果你愿意，就留在我家里吧。我教你扫烟囱。丽达跟你在一起也会更快乐的。”

扫烟囱人的妻子点点头，而丽达更高兴得眼睛发亮。叶尼克也很高兴，他由于感激扫烟囱的人，又吃了一大块肉。

于是，叶尼克就开始学扫烟囱了。

做一个扫烟囱的人——就是要给人们带来幸福。扫烟囱的人自己却不能靠钮扣帮忙找到幸福，可是，叶尼克却非常幸福。

他爬上高高的屋顶，从烟囱里下来，到熏黑的炉灶上去。人们喜欢他，因为他会把烟囱扫得那么闪闪发亮，在它下面烧的食物又清洁，又好吃。他使空气能通到人家生的火那里去。这是一种很好的工作。

过了好几年。丽达长大了，像一株小白桦，而叶尼克像一株山毛榉。扫烟囱的人对他俩很满意，扫烟囱人的妻子很喜欢叶尼克，而丽达呢？……她早就原谅了叶尼克拿过她的钮扣的事，并且做了他的妻子。

要是您什么时候遇见叶尼克，您一定会认得他。他像所有扫烟囱的人一样，不过他的口袋里老是装满钮扣。他把这些钮扣送给所有衣服上没有钮扣的人，因为他要给所有的人带来幸福。

做一个扫烟囱的人——就是要给那些有钮扣的人带来幸福。等到大家都有了钮扣，大家就都幸福了。

偷太阳的百万富翁

伊尔齐·伏利凯尔

从前世界上有一个非常有钱的人。地上的一切宝物都属于他，无论他希望得到什么，就可以有什么。百万富翁住在一座非常豪华富丽的城堡里，所有的人都给他服役。可是，这百万富翁有一种病。这种病对生命并没有危险，但是使他非常焦躁，他满身生了可怕的黄疮。白天这些疮要化脓溃烂，夜里就使他疼痛难忍。

百万富翁的财产一天天在增多，可是他的病却越来越糟。这富翁最怕的是那些疮会蔓延到眼睛上来。他可以掩盖住自己的身体，可是，他如果想统治和发财的话，他的眼睛就必须睁着。

生病的富翁决定去请一个医生。一直到现在他还没有去听过医生的劝告：为了不使一个人知道他的那副可怜相，他不放任何人到他家去。富翁害怕妒忌他财富的人会因为他生病而高兴，并且觉得他们比富翁来得幸福。他这样想：谁的钱最多，谁就应该是最幸福的。人们看到了他那奢华的衣饰，汽车和他周围的豪华气派，也会这样想。

富翁请了一个最好的医生，对他说：

“大夫先生，您得好好给我诊疗，告诉我怎样才能使病痊愈。我的病实在是太丑恶了，不应该给任何人知道。所以……您当然会原谅我的……您给我看了病以后，我就要下令把您处死。我不相信任何一个人——如果您活着的话，我也不相信您——会不把我的病告诉别人。但尊夫人以后可以从我这里得到足够维持舒适生活的抚恤金，而您的孩子可以靠我念书。”

医生明白他的死期已到，因为富翁有权力下命令杀死任何人。

“我是一分钟比一分钟衰弱了，”富翁说，“您快一点吧！”

他脱了衣裳，赤身站在医生面前。医生想：“我这么一个完全健康的人，为什么要因为他的这身疮而死呢？哼！他可以杀死我，我也可以杀死他。好吧！我就给他开一种药，要这个人面兽心的家伙非花最高的代价不可。”

“仁慈的国王，”他说，“我知道有一种药能治您的病。也只有您一个人才能得到这种药。您需要太阳，但并不是人们从太阳那里得到的几条光线，而是整个的太阳。您有很多很多的钱，所以我想，您一定连太阳也能从天空摘下来，带到您的宫殿里来。您可以把自己在病房里和太阳一起关一个时期，让它把它所有的温暖都给您，您经过这样的日光浴，不仅可以完全恢复健康，而且可以长生不老。这是我能开给您的唯一药品。您的身上聚集了全世界的病症。而太阳是全世界的健康。”

富翁相信了医生的话。怎么会不相信一个站在坟墓边上的人说的话呢！他只是问了一声：

“您不知道太阳有多贵吗？”

“太阳在所有的人说来是很贵的。可是在您说来可能是便宜的。”

医生和富翁谈完话以后，就被带去杀死了。那个寡妇拿了一笔数目相当可观的钱，孤儿们从富翁办公室里得到了几本装订得很好看的教科书、两把几乎是新的尺和一只放钢笔的文具盒，盒上写着一行字：“好好学习，我的儿子，做一个聪明的人！”

富翁于是考虑怎样把太阳从天上摘下来。他下令造许多架极高的梯子。几百个工程师在制造一架巨大的起重机。许多建筑师在拟订计划，建筑一座太阳能运到里边去的大厦。千百万工人在敲着锤子：他们要为养活妻子儿女而工作。

终于，工程师们在一个黑夜里把太阳从天上摘了下来，并且把它放到那座大厦里去，四面用钢骨水泥的墙壁围起来。从那里连一条光线也透不出去。黑暗笼罩了大地。百万富翁非常高兴，因为他的这件事成功了。

“在黑暗当中，谁也不会知道是我把太阳藏起来的。我将长生不老了，并且要比世界上所有的人强健。那时我再从天上把星星也摘下来，锁到我的宝库中去。它们也将是我的。很快全世界都属于我所有。我将成为一个年轻、漂亮、长生不老，并且是世界上最富有的人。谁还能战胜我呢？”他想。

人们那天早晨醒过来，没有见到太阳照耀，觉得非常惊奇。天空中开了一个红色的大窟窿。救火员和彩画匠白白努力想把这窟窿掩盖住。人们聚集在街上叫喊：

“太阳在哪里？谁偷去了我们的太阳？”

警察拿了手电筒维持秩序。可是这非常困难！人们像是失去了理智，简直没法说服他们安静下来或是散开。

百万富翁下令到处点灯。几十万架枝形的灯在马路上、咖啡馆和饭店里亮着。在首都城外点着三盏昏暗的灯，乡村里人们从箱柜中拿出蜡烛来，恐惧地看着天空。

谁都不知道从什么地方飞来了许多大蝙蝠。

富翁在幻想：“我的病好了以后，我就用太阳做‘盖利奥士牌’[①]火柴、‘太阳神牌’治烫伤的油膏，总之尽可能做一切东西。机灵的人是很容易发大财的……我是多么快乐啊！我第一个想到了这样做。”

但是，城里的人们愈来愈激动了。他们在马路上撞来撞去，像受惊的动物一样。因此，富翁下令到处张贴告示，并且在报上刊载社论：

“黑暗终于来临！百年的仇敌战败了！
这是人类忘我精神的最好证明。

从开天辟地以来，人类就受到最大的恶魔——太阳——的折磨。受难最多的是劳动者，他们中有千百万人在工作中被它的毒光射死。科学证明，在太阳下出生的人百分之百是在太阳下死亡的。太阳的残暴统治已经结束。著名的慈善家——百万大富翁已经下令用款把太阳从天上摘下来了。

这项工作多亏百万富翁惊人的自我牺牲精神，才能够顺利进

① 盖利奥士是希腊神话中太阳神的名字。

行。太阳消失了。全人类将永远感激百万富翁。”

那些有灯的人看了以后，平静下来了，那些没有灯的人还在继续骚动。

富翁把所有的仆人都从新宫殿中赶出去后，就到太阳那里去。他走进大厦，检查所有的进出口。是不是都有卫兵带着马刀和手枪在站岗，检查完毕，他就把自己紧紧地锁在里边。他把钥匙插在锁孔里，为了不让任何人偷看。于是他开始脱衣服。

太阳在燃烧。

“它烧得多妙啊！”富翁心想，“多么大的力气在向我身体里输送！我将会像一个年轻的上帝一样走出去。太阳本来要给多少人幸福和健康！现在我一个人掌握了所有的幸福和健康。把人家所有的幸福都拿来——这是多么舒服啊！”

太阳在燃烧。

“大概是太烫了一点。这算得了什么！应该习惯于一切好东西。只要背上、头上、嘴里、眼睛、胸部和脚不很痛就好了……唉，实在是热得受不住了！它在内外夹攻地吞食我哩！我觉得我快烧焦了。再忍耐一会儿吧！等一等再走开，走开后跳到冰凉的河里去。我将成为最强大、最富有的长生不老的人。可是我现在多么衰弱和可怜啊，浑身发痛！大概是够了。我要走了，我要逃走了，躲起来了……”

他跑到门那里。啊呀！钥匙在锁孔中熔化了，不可能转动它了。富翁白费力气地转动着它，他拼命地拉，但是这里既没有仆人又没有顾问、工人。他只有一个人……

百万富翁开始发抖了，他像暴风雨中的一株树一样倒在地上。你这个吝啬鬼是不能把所有的人的幸福抢走的！你连自己也保不牢！

太阳在燃烧。百万富翁死了。他只剩了一小撮灰烬——比一个铜元还小。他为了医他的怪病而命令建筑的大楼，现在成了他的坟墓。由于他的虚荣心而偷下来的太阳继续在燃烧。

它烧穿了堡垒的墙壁，墙壁像是建在沙子上似的坍倒了，埋到地下去了。

阳光向四处飞去。太阳停在青草上，像一个巨大的金球。

人们高兴极了。可是现在怎么重新把太阳送到天空中去，让大家看到它，让它照耀呢？

跑来了两个小孩子——玛妮奇卡和彼比克。他们可能是从符尔萧维茨来的，也可能是从斯米霍夫来的。他们到底住在哪里，这究竟不关重要。

“我们能把它送走。”彼比克说，“我搬运过不止一次装着东西的皮箱。有一次我给一位先生带这么大一个皮箱，大家都吓呆了。难道就不能把太阳送走吗？”

玛妮奇卡和彼比克把太阳送到空中去了。

“回家来吃午饭吧！”妈妈在后面对他们喊。

“我们就回来，就回来！……”

于是，他们就回去了。

一个邮递员的故事

卡烈尔·恰彼克

既然有许多关于国王、公主、强盗、牧人、武士、魔法师、樵夫和水怪的故事，为什么不来讲一个关于邮递员的故事呢？要知道邮局真是一个鬼地方。那里贴着各种各样的告白："请不要吸烟""请不要带狗入内"，以及其他许多写着禁令的标语。我可以对你们肯定说，那么多的告白和警告，你们即使在巫婆和龙神的接待室里也看不到。由此可见，邮局真是个神秘而有意思的地方。我问问你们，孩子，你们当中有没有人看见过邮局夜里关门之后，里边在做些什么？要是能看上一看才有趣哩！有一个人——邮递员柯立巴巴——夜间在邮局里待过，他把他所看到的一切都告诉了他的伙伴——邮递员和电报员，那些人又讲给别人听，所以这个故事传到了我的耳朵里。而我可不是那种有事只让自己知道的小气人。我就讲给你们听吧。故事开始了。

邮递员柯立巴巴对他的工作已经很讨厌了。每一个邮递员天天得走二万九千七百三十五步路，包括上上下下走八千二百四十九级楼梯。他要送多少报纸、账单、通知和其他不能使任何人高兴的不必要的文件啊！

邮局的办事处是一个故事中也找不到的不快乐的地方。柯立巴巴常这样抱怨他的职务。

有一天他闷闷不乐地坐在邮局里的火炉边睡着了，他不知道已经下班了。敲过了六点钟，所有的邮递员和职员都走了，把邮局锁了起来，而柯立巴巴却留在那里睡着。

将近半夜的时候，他被一阵沙沙声惊醒了，那声音像是许多老鼠在地板上乱跑。

"什么东西？"柯立巴巴想，"一定是我们家里老鼠出现了。应该放一个老鼠笼子。”

当他开始四面看望找寻老鼠的时候，忽然看到这根本不是老鼠，而是邮局里的家神们[①]——有长胡须的小动物，像小鸡、松鼠和家兔。他们头上戴着制帽，肩上也披着披肩，活像一群真正的邮递员。

“原来是这些东西！”柯立巴巴暗暗自言自语，“可是别作声，不要把他们吓跑了。”

他看见一个家神把一堆信札放得很整齐，这些信就是柯立巴巴必须在早上去送出的，另一个在把邮件分类，第三个在秤邮包的分量，第四个在唠叨着一个邮包没有按照规则裹起来，第五个坐在小窗口数钞票，像邮局里的职员做这种事的时候一样。

“我早就这样想！”这第五个家神埋怨说，“这个邮递员又算错了半分钱！必须改正过来。”

第六个家神坐在电报机旁，在上面拍出电报：“哒——哒——哒——哒——哒哒哒——哒。”柯立巴巴懂得他拍出的电报是：

“喂，是电政部吗？电报机旁是三十一号邮局家神。我通知你们：一切都正常。句点。同事家神马特拉福乌谢克在咳嗽。他说他病了，没有来上班。句点。”

“这里有一封寄到康尼巴里王国彭鲍林庞南窦城去的信！”第七个家神叫了起来，“这城在什么地方啊？”

“在到倍尼萧夫城去的方向。”第八个家神说，“伙计，你这样写：‘康尼巴里王国，道里尼，特拉比桑车站，最近的邮局——猫堡垒。航空。’好了！一切工作我们都完成了。怎么样，朋友们，我们玩一会儿牌不好吗？”

“为什么不好呢？”第一个家神说着就数出了三十二封信，“牌数好了，可以开始了。”

他旁边的一个家神拿了这些信就开始洗牌了。

“我切牌。”第一个家神说。

“你快发牌。”另一个说。

“唷！唷！”第三个开始埋怨了，“发给我的牌那么坏！”

---

① 家神是神话中的妖精，住在每一家人屋里。

“我出。”第四个咕了一声就把一封信抛在桌上。

“我压倒你。”第五个叫道，他把他的一封信放在第一封上。

“你一定不能赢我！”第六个喊着把一封信往桌上一抛。

“哦呵！”第七个说，“我的一张牌还要好！”

“我有爱司王牌！”第八个尖声叫了起来，他出了一封信。

“孩子们！”柯立巴巴已经忍不住叫起来了：

“原谅我打扰你们，瓢虫先生，你们这是玩什么牌啊？”

“啊，柯立巴巴！”第一个家神说，“我们不想惊扰您，可是既然您已经醒了，来和我们一起玩牌吧。我们在玩‘捉混蛋’。”

柯立巴巴没有等家神们再请，就去和他们坐在一起。

“这是您的牌，”第二个家神说，他给了他几封信，“可以出牌了。”

柯立巴巴看了看那几封信说：

“请不要见怪，矮人先生，可是我没有什么牌啊！你们给我的只是几封还没送出的信。”

“瞧，这就是我们的牌。”第三个家神回答。

“牌？”柯立巴巴感到非常奇怪，“请不要生气，牌上应该有七点、八点、九点、十点、王子、皇后、皇帝和爱司，而这上面什么也没有。”

“您真是一点也不懂，柯立巴巴！”第四个家神回答，“每一封信的价值大小，要看它里边写的是什么东西来决定。”

“最小的牌，所谓七点，这就是那些造谣说谎的信。”第一个家神对他解释。

“第二种牌是八点，”另一个继续说，“这是一些人写的公文信。”

“第三种牌是九点，”一个指甲大小的家神指给他看，“这是一些写着客套话的信。”

“十点等级要高一些，”第四个说，“这是人们写着一些有意思或者新奇的事情的信。”

“王子，”第五个解释，“这是人们为满足别人需要而寄的信。”

“皇后，”第六个说，“这是好朋友写的信。”

“而皇帝呢，”第七个补充说，“这是在热爱的心情下写成的信。”

“最大的牌是爱司！”一个老家神叫道，“这种信是这样的：信里有一个人在把自己的心献给另一个人。这样的牌能胜过其他一切的牌。这样的信通常总是母亲给儿女，或是爱别人胜于爱自己的人写的。”

“啊哈！”柯立巴巴说，“我想听听你们怎样会知道这些信中写的是什么。我希望你们是不把那些信拆开来看的？你们要是破坏通讯秘密，这是不可以的，我亲爱的朋友。私拆别人的信是不好的。”

“这我们知道，”第一个家神说，“可是，亲爱的，我们是用触觉透过封好的信封，感觉到信中所写的东西。冷淡的信摸上去是凉的，信中的爱愈多，信就愈温暖。”

“噢，这可就是另一回事了。”柯立巴巴说，“不过，既然我们现在坐在一起，我就想问你们一些事情。我想，你们不会生气吧？”

“可以问，柯立巴巴，随便你问什么。”第三个家神回答。

“我想知道，”这邮递员开始说，“你们是吃什么东西的。”

“任何杂物，”第四个回答，“我们这些住在各机关的家神，是像蟑螂一样吃你们人掉在地上的东西的：小面包块、屑粒，虽然人们留给我们的东西不很多。”

“我们邮局里的这批家神生活得比较好。”第五个家神说，“我们有时还像做面条一样煮电报纸条，用邮局里的胶水代牛油涂上去吃。”

“有时我们舐舐邮票，”第六个补充说，“那是很好吃的，不过要粘胡子。”

“我们吃得最多的是面包屑。”第七个说，“您知道，柯立巴巴，办公室里扫地总是扫得不大干净的，所以为我们留下来不少粒屑。”

“原谅我大胆问一声，”柯立巴巴继续问，“你们是住在哪儿的呢？”

“这我们不告诉您，”第八个小老头回答，“要是人们知道了我们家神的住处，他们就会把我们从那里撵出去的。这可不能告诉您。”

“他们不肯说就算了，”柯立巴巴想了一想，“等一会他们去睡的时候，我自己会知道的。”

为了注意家神们的行动，这邮递员在火炉边坐了下来。不过他在那里很不舒服，眼睛睁也睁不开，于是他连五也没有数到就睡着了，像一只土拨鼠那样一直睡到天亮。

邮递员柯立巴巴对谁也不讲他所看到的事，因为，你们知道，在邮局里是不许宿夜的。不过从那时起他送起信来高兴得多了。

“这封信多暖和啊，”他想，“像烧着一样！一定是一个母亲寄的。”

有一次他在把信件分类。

“这是什么？”他觉得很奇怪地说，“封好了的一封信，上面既没有写地址，又没有贴邮票！”

“呣，对了！”邮局局长说，“又是谁忘了写地址就把信投入了信筒。”

这时邮局里正坐着一个人，他要寄一封挂号信给他的母亲。

“既然他会寄出一封没有地址的信，寄这封信的一定是个吃饱了饭没事做的人，”他说，“骆驼、木头、瞌睡虫、糊涂家伙，热昏了。”

“不是！”局长说，“这样的信我们一年可以积满一大堆。你不会相信人们有多粗心！他们写好信，急急忙忙跑到邮筒边，忘记了上面还没有写地址呢。嗳嗨，这样的情形比您想象的还要多。”

“噢！”那个人觉得很奇怪，“那你们把这些信怎样办呢？”

“我们就把这些信留在邮局里，因为无法投递给任何一个人。”

这时柯立巴巴在手里把那些信转来转去自言自语地说：

“局长先生，这封信很暖和，里边写的话都是从心里发出来的。我认为必须把这封信投到应该收信的人手里。”

“可是没有地址也没有办法，只好算了。”局长回答。

“能不能把这封信拆开来看看是谁寄的？”那人说。

“不，不可以！”局长严厉地回答，“这是破坏通信秘密，这是不许可的。”

那个人走了后，柯立巴巴对局长说：

“请原谅我大胆说，或许某一个家神邮递员能给我一些启发，该把这信怎么办的。”

于是他就说出来：那天夜里他看到这里的一些邮局家神，他们用不着拆信就能读信。

邮局局长想了半天说：

“大概这是可以做的。柯立巴巴，您就试试吧。要是家神能告诉我们这封信里写的什么话，可能我们就知道这封信是寄给谁的了。”

当天夜里柯立巴巴就留在邮局里等候。将近半夜，他听到了沙沙声，并且看见家神们又在把信件分类，秤邮包的分量，数钞票，拍电报。工作完毕后，他们坐在地板上开始玩牌。这时柯立巴巴对他们行了个礼说：

“晚安，家神先生们！”

“啊，是柯立巴巴！”一个年长的家神说，“来和我们玩牌吧。”

柯立巴巴不要他们多请，就在地板上坐了下来。

“我出。”第一个家神说，他把一张牌放在地上。

“吃掉。”另一个说。

“我打王牌！”第三个叫道。

轮到柯立巴巴了。他就把那封没有地址的信放在另外三张牌上。

“您赢了，柯立巴巴，”第一个说，“您有一张最大的牌——红桃爱司。”

“那么请问你们，你们怎么知道这是一张最大的牌呢？”柯立巴巴问。

“怎么不知道呢？”那个家神说，“因为这封信是一个青年写给一个姑娘的，他爱她胜过爱他自己呢。”

“您搞错了。”柯立巴巴故意开始和他这样争论。

“无论如何是这样的，”家神回答，“要是您不相信，我把这封信读给你听。”

于是他把信放在自己前额上，闭上眼睛就开始读了：

“‘我亲爱的，最亲爱的玛尔任卡！我写信告数你……’这儿有一个别字，应该是诉，而不是数。”家神说，“‘我已经火得了一个汽车司机的职位，如果你愿一和我介婚，那你就写信告数我是不是还爱我。请迅束告数我。你忠实的弗朗蒂克。'”

“谢谢您，”柯立巴巴说，“这就是我所需要知道的。”

“不用客气，”家神回答，“我通知您一声，这封信中一共有七个别字。弗朗蒂克在学校里念的书不多。”

“我想知道这个玛尔任卡和弗朗蒂克是什么样的人。”柯立巴巴喃喃地说。

“我不能帮助您，”家神说，“信里没有谈到这一点。”

第二天早晨柯立巴巴报告邮局局长，说这封没有地址的信是一个汽车司机弗朗蒂克写给一个姑娘玛尔任卡的，并且在信中表示希望和她结婚。

“唔！”局长说，“这是封很重要的信，应该把它送到那姑娘手中。”

“要是知道了玛尔任卡姓什么和她住在什么市、什么路、几号，我早就送到了。”柯立巴巴说。

“这样是每个人都会做的，柯立巴巴，”局长回答他说，“做这么一件事不一定要邮递员。可是如果那个姑娘还是能收到信的话，我倒也很高兴。”

“好，局长先生。”柯立巴巴提出了保证，“哪怕我必须跑上整整一年并且周游全世界，我也要去找那个玛尔任卡。”

他说完就把信放在背包里背在肩上，拿了一大块面包就动身去了。

柯立巴巴到处走着，走着，他向一切人打听，正在等汽车司机弗朗蒂克的信的姑娘玛尔任卡是不是住在那地方。他这样走过了整个里多密尔日次地方和洛乌恩地方、比尔森、陶麦日里次、比雪克、布台依奥维次、塔布尔、恰斯拉夫和格拉台茨区、依钦区和鲍列斯拉夫区；他到过库特山、里多茂施拉、特列鲍那、伏德那内、苏希察、帕尔齐勃拉姆、科拉德诺、新鲍列斯拉夫、伏蒂茨、特鲁特诺夫、索鲍特卡、都尔诺夫、斯拉诺姆、比尔格齐莫夫，甚至多布鲁施卡、乌比察、格洛诺夫、塞米希任和克拉科尔克也到了，他还去过扎列西叶，——总之到处去打听玛尔任卡这个姑娘。名字叫玛尔任卡的他找到了好几个——捷克一共有四万九千九百十八个玛尔任卡，——可是其中没有一个在等汽车司机弗朗蒂克的信。有几个的确在等汽车司机的信，可是不叫弗朗蒂克，而叫什么都尼克或是拉第斯拉夫，或是瓦次拉夫、约齐夫、雅洛米尔、劳依齐克，或是弗洛里安、依尔卡、约冈、瓦符林涅次，甚至是陶明尼克、温台林和依拉齐姆，就是不叫弗朗蒂克。而另外有几个玛尔任卡在等名叫弗朗蒂克的信，可是他又不是汽车司机，而是锉工或是士兵、木匠、电车售票员、药剂师、家具工人、理发师或裁缝，就不是汽车司机。

柯立巴巴这样走了一年零一天，可是没办法把信送到那个真正的玛尔任卡手里。他见到了许多东西：乡村和城市、田野和森林、太阳出来和落山、云雀飞来、春天降临、播种、收割、森林里的蘑菇和成熟的李子，在查杰茨看到了蛇麻草，在密里尼克看到了葡萄园，在特尔日鲍恩看到了大鲤鱼，在巴尔杜比次吃到了甜饼干，可是过了一年又一天，柯立巴巴闷闷不乐地坐在路旁自言自语：“一切都白费心血！看来我是找不到这个玛尔任卡了。”

他很为玛尔任卡那姑娘惋惜，因为她还没有收到那个爱她甚于自己生命的青年的信。他也很为那个汽车司机弗朗蒂克惋惜，也替自己惋惜，因为他白白地在雨中、酷热的太阳下、大雾中、恶劣气候里走了一年又一天。

柯立巴巴这样坐在路旁独自伤心。忽然他看见一辆汽车驶近了，这辆汽车驶得很慢很慢，速度不超过每小时六公里。

“这大概是辆破旧的车子，”柯立巴巴想，“否则不会开得这样慢的。”

那辆汽车驶近了。柯立巴巴看到这是一辆很漂亮的八汽缸的小汽车。驾驶盘旁坐着一个面带愁容、浑身穿黑衣服的司机，汽车里还有一个同样满脸忧伤、穿黑衣服的主人。

当那个忧郁的主人看到了路旁愁闷的柯立巴巴，他叫那个悲哀的司机停下了车，招呼柯立巴巴说：

“来吧，邮递员，我送您走吧！”

柯立巴巴对他的提议很高兴，因为在长途跋涉之后，他的两条腿实在是酸软了。他坐在那个忧郁的主人旁边，汽车继续死沉沉慢吞吞地移动，就像前面有一辆柩车在行驶一样。

当他们驶行了三公里以后，柯立巴巴问：

“请问，您大概是去赴葬礼吧？”

“不，”忧郁的汽车主人回答，“为什么您这样想呢？”

“因为您是那么忧郁。”

“我忧郁是因为这辆车走得那么缓慢、那么忧郁的缘故。”他以死一样的声音说。

“那么为什么这么一辆漂亮的汽车走得那么缓慢、那么忧郁呢？”

“因为这辆车是一个忧郁的司机开的。”

“啊！……那么请问为什么您的司机那么忧郁呢？”

“因为他在一年零一天前寄出的一封信没有得到回音。”那个忧郁的主人说，“他写给他的爱人，而她没有写回信给他，他就以为她不爱他了。”

柯立巴巴听了这话叫了起来：

“请问这位司机是不是叫弗朗蒂克？”

“他是叫弗朗蒂克·斯伏鲍达。”穿黑衣服的主人说。

“而那个姑娘是不是叫玛尔任卡？”柯立巴巴继续问。

那时候忧郁的司机忧郁地叹了口气说：

“那个一定已经把我忘了的姑娘是叫玛尔任卡·诺娃柯娃。”

“啊！”柯立巴巴高兴地叫了起来，“我亲爱的，原来你就是那个宝贝，那个吃饱了不管事的人、呆子、不安心的懒汉、脑筋不清的、不灵敏的、糊涂虫、怪人、蠢货、心不在焉的、半死人、瞌睡虫、粗心人、鳄鱼、落汤鸡、活宝贝、神志不清的、冒失鬼、木头、半白痴、说空话的、稻草人、没写地址没贴邮票就把信丢进邮筒的该死家伙吗？我的天，我能有荣幸和您认识是多么高兴啊！玛尔任卡一直到现在还没有收到您的信，教她怎么能给您回音呢？”

“我的信在哪儿？”司机弗朗蒂克叫了起来。

“要是你把你的玛尔任卡住的地方告诉我，这封信就可以一直送到她手里了。”柯立巴巴回答，“你这个可爱的小伙子，我把这封信带在背包里走遍全世界找你的玛尔任卡，已经有一年零一天了！我的好小伙子，来吧，一、二！把那个玛尔任卡的地址给我，我走去亲手把信交给她。”

“好邮递员，你不要走到那里去了。”穿黑衣服的主人说，“我送您到那里去。弗朗蒂克，加快速度，我们就到玛尔任卡那里去。”

没等他说完，汽车就震动了一下，开始以每小时六十公里、七十、八十、一百、一百二十、一百五十公里的速度飞驰，愈来愈快，愈来愈快，马达高兴得歌唱，怒吼，咆哮和发出呜呜声，穿黑衣服的主人必须用双手抓住帽子不让它飞走。柯立巴巴抓住了座位，而弗朗蒂克喊着：

“走得不差吧，先生？每小时一百八十公里！哦，我们简直是在空中飞行了！看，路飞得多快！我们生了翅膀了！”

前面出现了一座小巧的白色乡村。这就是里勃尼亚多夫！司机弗朗蒂克说：

“先生，我们现在已经到了。”

“停下吧！”穿黑衣服的主人吩咐，汽车就停在村子的边缘，“我的汽车的速度多快啊！”他很高兴，“柯立巴巴，现在您可以去把这封信交给玛尔任卡了。”

“是的！”柯立巴巴回答，“或许弗朗蒂克亲口去把信上写的话对她说要好一点吧？因为信上有七个别字！”

“您怎么想出来的？”弗朗蒂克说，“我没脸见她：她有多少日子没有收到我的一封信了！”他悲伤地补充说，“况且，会不会她已经把我忘了，一点也不爱我了？瞧，柯立巴巴，她就住在那间小房子里，那里的窗子多干净，像泉水一样明澈！”

“好，我就去！”柯立巴巴说。

他像吹起了邮递员号筒一样呜呜地叫：“来了，来了一个送信人，”同时一直往那座小房子走去。

在一扇玻璃擦得很亮的窗下，坐着一个脸色苍白的姑娘，在给她自己做一件衣裳。

“日安，玛尔任卡小姐！”柯立巴巴叫了一声，“您在给您自己做什么啊？是结婚礼服吗？”

“不，”玛尔任卡忧郁地回答，“我在给自己做一件殓衣。”

“啊！”柯立巴巴很同情地说，“天呐！难道像您这样一位小姐竟病得那么危险了吗？”

“我没生病，”玛尔任卡叹了口气说，“可是我的心痛得快碎了。”她说着把两只手放在胸前。

“哦，哦，哦！”柯立巴巴感叹地说，“亲爱的玛尔任卡，原谅我问您一个问题：您的心是怎么痛的呢？”

“因为我等一封老是没到老是没到的信，已经等了一年零一天了。”

“不要忧伤。”柯立巴巴安慰她说，“我把一封信放在背包里不知道去送给谁，也已经有一年零一天了。知道吗，玛尔任卡？现在我把这封信交给您。”

玛尔任卡的脸色更苍白了。

“亲爱的邮递员，”她轻轻地说，“这封信大概不是我的，上面并没有地址。”

“您就看看吧！……要是这封信不是您的，您就还给我好了。”

姑娘用一双颤抖的手撕开了信，才开始看了一看，她的两颊上就泛出了一阵红晕。

“怎么样？”柯立巴巴问她，“把信还给我吧？”

“不！”玛尔任卡叫了起来，眼眶里涌满了快乐的眼泪，“这就是我等了一年零一天的那封信！您一定不知道我要怎样报答您呢！”

“我现在就告诉您应当给些什么，”柯立巴巴回答，“两个克朗[①]的罚款，因为这封信上没贴邮票，懂吗？要知道我带了这封信已经跑了一年零一天了。我的上司要我收这笔不贴邮票的信的罚款。好，谢谢您！”他收了钱说，“瞧那边有谁在等你的回音呢。”他对站在角落里的弗朗蒂克点了点头。

在弗朗蒂克听回音的时候，柯立巴巴坐在汽车里对穿黑衣服的汽车主人说：

“一年零一天，天呐，我足足拿了这封信走了一年零一天，可是我并不可惜这一点，因为我已经见识了不少东西了。我们的国家不论

① 克朗是捷克的货币单位。

在塔布尔、比尔森，或是在高里次都是美丽的……你瞧，弗朗蒂克已经走回来了！这样的事用口头比用没有地址的信容易解决得多。”

弗朗蒂克什么也没说，不过他的眼睛在闪闪发光。

“我们走吧？”他问。

“走吧，”汽车主人回答，“不过先得送柯立巴巴到邮局里去。”

那汽车司机坐进了车，开足了速度，汽车就平稳、轻松地滑动了，就像是在梦中。速度表上的指针马上就指在每小时一百二十公里的指标上。

“这辆车走得真妙极了！”穿黑衣服的主人高兴地说。

“这大概是因为有一个幸福的司机在驾驶它的缘故。”

大家就高高兴兴地乘到了自己要去的地方，现在我们的故事也就结束了。

一条七头龙的故事

卡烈尔·恰彼克

孩子们，你们一定知道，在布拉格的每一个区里有几个警察是整夜不睡觉的，以防有什么事情发生；譬如：什么地方闯进了一批强盗，或是有坏人在破坏捣乱。一部分警察整夜在岗亭里值夜，另外一部分就在各马路上搜寻强盗、偷儿、家神、鬼魅和其他各种怪物。警察们就这样一整夜地走来走去。为了快一点消磨时间，他们有时也会聚在岗亭里吸吸烟斗，聊聊天。

有一次，他们坐在那里吸烟聊天。当轮到警察胡杰拉讲故事的时候，他装了一烟斗烟，吸了起来，说：

“我来讲伏依杰施街上一条龙的故事。有一天我在这街上巡查，忽然看见教堂旁边有个大蛋。这蛋大得我的钢盔里也放不下。它重得像是大理石做的。

“‘妈呀！’我心想，‘这大概是鸵鸟蛋或者这类动物的蛋。我得把它拿到失物招领处去，或者是去找到它的主人。’

“那时失物招领处坐着我的朋友波乌尔。他正有点腰酸，所以烧了一个小铁炉，屋子里热得像在烤炉里一样。

“‘你好，波乌尔！’我说，‘你这里多暖和，像在鬼婆婆家里一样。报告你：我在伏依杰施街上拾到一个蛋。’

“‘放在那个角落里不就算了，’波乌尔回答，‘坐下吧。我来告诉你，我的腰酸真使我苦透了。’

“我们谈了一会儿。天已经黑下来了，忽然我们听见——角落里有什么东西发出吱吱的叫声和破碎声。我们点起了灯，只看见——那个蛋里孵出一条龙来了。显然，是屋子里的热气把它孵出来的。它不比猎狗大，但是我们马上就明白了这是条龙，因为它有七个头——凭这一点人人都能认出这是龙。

"'原来是这么个玩意儿！'波乌尔叫了起来，'现在把它怎么办呢？要不要打电话叫一辆车子把它从这里弄走。'

"'你知道吗，这样的龙是很稀有的野兽。'我说，'我认为应该登报找寻它的主人。'

"'好吧。可是现在拿什么喂它呢？我们来试试捻一点面包屑，倒一点牛奶给它吃。牛奶对每个小东西都是有好处的。'

"我就把七个小面包捻成屑放在七公斤的牛奶里。你们要是看到那条龙冲过去吃牛奶才好呢！七个头互相推撞，发出嗽嗽的声音，舐牛奶吃时，溅得满屋子都是。后来，这七个头把牛奶舐干净以后，就睡着了。波乌尔把龙关在自己办公室里，里边放着所有人家遗失了而后被找到的东西。以后他就在报上登一则这样的启事：

> "'从伏依杰施街上拾到刚从蛋里孵出来的龙仔一个。特征是：
>
> 一身七头，身上有黑色和黄色斑点。请物主来警察局失物招领处认领。'

"第二天早晨波乌尔去上班的时候，只是说：

"'哦呵呵，简直造反了！是怎么一回事？弄成个什么样子！简直是无法无天了，没话可说！'

"原来这条龙一夜工夫就把放在房间里所有的东西都吞食了：戒指、手表、钱袋、皮夹、笔记本、皮球、铅笔、文具盒、教科书、石弹、钮扣、手套再加上许多公文、文据和会议记录——一句话，把房间里所有的东西连波乌尔的烟斗和铲煤的铁铲都吃掉了。

"'这东西一点用处也没有，'波乌尔说，'这种野兽我这里不能寄放下去！'

"于是，他打了一个电话到护畜会，要他们把这条龙领去收养，像收养那些迷路的狗和猫一样。

"'为什么不可以呢？'护畜会的主席回答说，并且同意来领那条龙。'不过我想知道，'他继续说，'龙该吃什么特别的食物？在博

物学的教科书里，关于这一点什么也没有谈到。’

“护畜会用各种各样的东西喂给这条龙吃：牛奶、腊肠、鸡蛋、红萝卜、饭、巧克力、豌豆、干草、番茄、面包和鹅肉。龙把这些东西都吞吃了。除此以外，它还把护畜会里的书籍、报纸、画、门把手——总之那里所有的东西都吃掉了，并且很快就长得比长毛狗还大。

“那时，护畜会接到一封从布加勒斯特打来的电报，上面写着：

“‘龙仔是一种被魔法迷住的人。详细情形面谈。本人将不迟于三百年后到中央车站。

魔术师鲍斯柯’

“那个护畜会主席搔搔耳朵说：

“‘如果这条龙真是被魔法迷住的人，那我们就不能放它在我们会里，应该送到孤儿院去。’

“可是，所有的孤儿院都这样回答：

“‘既然人变成了兽，那就不是人，而是兽了。被魔法迷住的人我们可管不着。’

“就因为谈判没有得到结果，所以护畜会和孤儿院都不愿意收留这条龙，龙因为如此，觉得很伤心，连东西也不吃了。它的第三、第五、第七三个头更是悲痛。

“护畜会会员中有一个瘦小和不为人注意的谦逊的人。他叫做……开头那个字总是带一个‘恩’音的——不知是诺瓦契克，还是涅拉特，还是诺盖依尔……噢，对了，我想起了：他叫特鲁金纳。

“他看见龙的头一个一个瘦下去，就向会里报告了这件事：

“‘诸位，这是人也好，兽也好，我愿意把它收留在我身边照料它。’

“大家都很高兴地说：

“‘好极了！’

“于是，特鲁金纳就把这条龙领到自己家里去。

“应该这样说，他把那条龙照料得很好：给它梳毛，喂东西给它吃，还常常抚摸它。特鲁金纳非常爱动物。每天晚上下班回家，他就把龙带出去散步，让它活动活动。而那条龙在他身后像小狗一样跳跳蹦蹦，摇尾巴，叫它名字‘阿米纳’的时候，它就会答应。

“有一天晚上，特鲁金纳带着龙在街上散步的时候，碰到一个警察对他说：

“‘特鲁金纳先生，您那头是什么动物？如果是野兽或是凶猛的动物，是不准带到街上来的；如果是狗，必须给它买一个颈圈在颈上挂号牌，并且要缴税。’

“‘这是一条奇种的狗，’特鲁金纳回答，‘名叫龙种狮子狗。是吗，“阿米纳”？……别心急，警察先生，我就去给它买一块铜牌。’

“虽然，特鲁金纳为了买铜牌必须拿出最后一个克朗，但是他还是买了个狗圈。

“一次，这个可怜的人又碰到了警察。

“‘特鲁金纳先生，’他说，‘这样可不行。既然您的狗一共有七个头，那么每条颈上应该挂一块铜牌，因为照章每条狗必须在一个颈上戴一个狗圈的。’

“‘可是，警察先生，’特鲁金纳开始辩白，‘要知道“阿米纳”的铜牌是套在中间颈上的。’

“‘一样的，’警察回答，‘其余六个头没有颈圈。我管不了这么多！我要把您这小狗儿带走。’

“‘请等一等，’特鲁金纳苦苦哀求，‘过三天我一定给“阿米纳”再买六块铜牌。’

“他难过地回家去，因为他口袋里没有一文钱。

“特鲁金纳不再带龙出去散步了，他怕警察把‘阿米纳’抓去卖给马戏班或者打死。有一天，特鲁金纳坐在家里唉声叹气地哭着。那条龙挨近了他，把七个头靠在他膝上，用七对美丽而忧郁的眼睛看了他一眼。

“‘我不会把你交出去的，“阿米纳”。’特鲁金纳说着，拍拍龙的七个头。

“特鲁金纳卖掉了父亲留给他的一只表、一件节日穿的大衣和最好的一双皮鞋，然后买了七个狗圈套在龙的七条颈上。当他带它上街的时候，所有的颈圈都发出叮叮当当的声音，好像这不是条龙，而是一副挂着许多小铃铛的雪橇。当天晚上，特鲁金纳所住的房子的房东来找他说：

“‘特鲁金纳先生，我不喜欢您的狗。的确，我是不大认识狗的，可是人家说这好像是条龙，而我可不能忍受在我的房子里养龙。’

“‘房东先生，’特鲁金纳向他请求，‘“阿米纳”并不妨碍任何人啊！’

“‘我不屑和您说这些，’房东说，‘总之，在正经的住屋里是不应该养龙的，这就完了。如果您不把这东西丢掉，那么从一号起请您把房间腾出来。再见，特鲁金纳先生。’

“他走出去后，把门砰然关上。

“‘你看，“阿米纳”，’特鲁金纳哭起来了，‘现在我们还得离开这儿哩！’

“龙轻轻地向他爬过去，它的眼睛亮得这么奇妙，使特鲁金纳不能忍受了。

“‘你是知道的，我的朋友，我是爱你的。’他说。

“第二天，特鲁金纳提心吊胆地走去上班了。他在一家银行里当文书。

“‘特鲁金纳先生！’上司对他说，‘虽然您的私生活跟我没有任何关系，可是关于您，人家在谈论着许多奇怪的事呐：好像您在家里养着一条龙。您只要想一想——您的上司里头哪一个在养龙！只有国王和苏丹[①]才能享受这种豪华生活，而不是普通人都能享受的。您想，特鲁金纳，您的生活不大对头啊！要就是您放弃这条龙，要就是我把您解职。’

“‘上司先生，’特鲁金纳用低沉但是坚定的声音回答，‘我不抛弃“阿米纳”。’

“于是他就回家去，他是那么忧愁，简直难以形容，他坐在家里非常伤心，从他的眼睛里流出了眼泪。忽然他感觉到，龙把一个头靠

---

① 苏丹是伊斯兰教国家的国王。

在他膝上。他泪眼迷茫地什么也看不见，只是抚摸着它的头，低声说：

“‘别怕，“阿米纳”，我绝不抛弃你。’

“他把龙抚摸着，抚摸着，忽然他觉到龙的头变柔软了，还有鬈发。特鲁金纳擦干了眼泪一看——在他面前跪着的不是龙，而是一个极美丽的姑娘，她正在看着他。

“‘怎么回事？’特鲁金纳叫了起来，‘“阿米纳”呢？’

“‘我就是阿米纳公主，’姑娘回答，‘我因为太骄傲和太凶了，所以被变了一条龙。不过今后我将像绵羊一样温顺了！’

“‘事情是这样的！’在门里传来一个声音。

“那边站着魔术师鲍斯柯。

“‘您解放了她，特鲁金纳。爱能解放人和动物。一切都很顺利地结束了。特鲁金纳，这姑娘的父亲要我转告您，希望您马上到他的王国里去接他的王位。再见，不要误了火车时刻！’

“就这样，伏依杰施街上龙的故事结束了，”警察胡杰拉说，“要是你们不相信，可以去问波乌尔。”

英　雄

尤丽雅·勃罗若娃-马拉

在一个经年和外界不通讯息的偏僻山村里，住着大力士刚扎和他的老母。他是一个身材匀称的漂亮小伙子。他走进房间一定要低着头，免得额角碰到了天花板。

刚扎耕种一块不大的土地，在林子里砍柴，并且帮助邻人——供给全村冬天用的柴。他这样做，还有足够的空暇时间，因为他干起活来又迅速又勤奋。

“妈妈，”一天他对他的老母说，“我要出去旅行一次。我觉得乡村里很狭窄，这里没有我的用武之地。我要做一种工作，使我能成为一个对人们有用的人。”

但是他的母亲很为这个大儿子担心，她总以为他还是从前那个躲在她裙子的褶襞里、晚上缠住她讲故事的刚扎。

“不要走，孩子，”她说，“你在偌大一个不可知的世界里，会像一滴水那样不见了。你走了叫我怎么办？我的眼睛也会哭肿的！”

刚扎很可怜他的妈妈。虽然他很想去旅行，可是他还是在自己的故乡留下来了。

有一次，刚扎坐在树林里的小树桩上想心事。忽然他头上有一样什么东西响，接着一只灰色的大杜鹃落在一株树的顶上。

“欢迎你，旅行人！”一只乌鸦从旁边一株枞树上叫杜鹃说，“外面有什么新奇的事吗？”

“也可以说很多，也可以说没有。”杜鹃回答。

人家向它打听难得传到这穷乡僻壤来的新闻，它觉得很高兴。

“我们很想念你。整个树林里，讲故事谁也不及你。”乌鸦恭维它。

杜鹃略略装出一副威严的样子，用嘴理着羽毛，一本正经地说起来：

“北方一座大森林里出了一个妖怪。这妖怪把城市乡村闹得鸡犬不宁，还要抓人。它的长触角老是在找寻新的牺牲者。它将毁灭全国。国王下令，谁能够救出王国使它免去这一大祸，就可以得到一大笔奖金。已经有许多人去和妖怪搏战过，可是他们都牺牲了。没有一个英雄能够救出全国，使它免遭妖怪的残害。”

“我能救出全国人民！”刚扎兴奋地叫着，从小树桩上跳了起来。

两只受惊的鸟都飞散了，森林深深地叹了口气，睡在山洞里的狐狸叽咕地说：

“神经病，连睡也不让人家睡！”

刚扎向家里跑去。

“妈妈，我还是要走！”他喊道，“世界上有一件很重要的事在等我去做哩！”

于是他把在树林里听杜鹃说的话告诉了母亲。母亲拭干了眼泪，可是很平静地回答：

“去吧，孩子。好汉永远应该到需要坚强的手和勇敢的心的地方去。”

刚扎出发了。他在树林里折了一株小橡树，做了一根木棍。他走着，走着，一直走到十字路口。

十字路口有一棵高大的老杨树，它像卫兵一样望着远处。

“嗳，杨树！”刚扎叫道，“请你指点我到京城去的路吧！”

杨树挺直了腰，用树枝驱散了妨碍他视线的黑云，它说：

“向右走。你会走到一条宽阔的路上去，它自然会把你领到京城里去的。”

刚扎谢过杨树以后继续走。他在想：这个城一定很大，但是由于恐怖，它一定很阴沉，而且一定挂满了哀悼的旗幡。他想，城里的人民一定很悲伤，国王一定很忧郁。

忽然——这时候是黄昏时分——树林中间有耀眼的亮光一闪。

“你领得我对不对？”刚扎问那条路。

“不错，你是在一直朝京城走去。”道路回答。

刚扎再走过去一点，天就更加亮了。他听见了音乐声和喧闹声。他一走进城，惊奇得呆住了：到处是灯光，到处是人。

“难道你们已经把妖怪杀死了吗？”刚扎问。

人们惊奇地看了看他。

“没有一个英雄敢杀它，”他们回答，“我们知道我们的死日已近，可是我们愿意忘掉这事，在最后的一些时间里尽情狂欢。”

“我是来帮助你们的，”刚扎说，“我力气很大，不怕妖怪。”

人们欢呼着把他领到王宫里去，他们说：

“就是他，我们的英雄！他将杀死妖怪！”

刚扎的勇敢使国王很惊奇。他看到了这个镇静、勇敢的年轻人后，很乐意地接受了他的要求，并且答应第二天早晨派一整团兵士帮助他。

刚扎在兵器库中挑了一柄很重的古剑，那柄剑要三个人才勉强能抬起来。第二天早上，他就和兵士们一起出发。

他们走了好久，才来到几座又破又空的村落里。烧枯了的树枝在他们头上流着黄的和棕色的眼泪——落叶。听不见谈话声，也听不见笑声，甚至连鸟的歌声也没有。刚扎把他的队伍散开在离开森林边缘不远的地方，这森林阴暗古老，围住一座高峻的山崖。

“站住，等我叫你们。不要太早出来。”他说完就一个人出去战斗。

刚扎走近了森林边，挥动他的古剑，许多像墙壁一样挡住他去路的老树，如同刈下的麦一般倒下了。刚扎再挥一下——剑里飞出一道红色的电光，沿着灰云滑去，大地在怒吼，刚扎看见山坡上有一个山洞，可怕的妖怪就住在那地方。从山洞里伸出了两只当触角用的脚爪，脚爪上面有几千个脚趾。刚扎两剑就砍去了妖怪的两只脚爪。那时山坡发出轧轧的响声，山洞口张开了，一个庞大笨拙的身体从里边带着咆哮声爬出来。这妖怪的三只眼睛发出凶光。兵士们吓得大叫，拼命逃跑。可是刚扎眼睛看也不看地用剑乱砍，只见火星迸射。当他快要因为疲倦和创伤失去知觉的时候，猛然想起他的母亲和她的话：“坚强和勇敢的人是不怕困难的”，于是一股新的力量在他的筋脉里涌现了。

当太阳落到地平线上的时候，妖怪的尸体冰冷地躺在山坡旁边，土地在吮吸它的黑血。刚扎在林边一条小河旁洗清了他的伤口，喝饱了清凉的泉水，倒在青苔上。

“我终于知道疲倦是什么东西了！”他说完就睡着了。

月亮从云背后探出头来，照亮了附近的山岗，并且开始叫森林里的女神。

“来看英雄啊！他把全国的人从妖怪的魔掌下救出来了，把荫凉的森林还给你们玩耍了，现在他精疲力尽地睡着了。”

青草开始喧嚷，树木之间，五色的披肩起伏飘动，像金黄色的头发亮晶晶地发光，森林女王和她带领的女神们俯身看着睡熟了的刚扎。

“到天上去摘几颗星来奖给他！”森林女王吩咐。

三个年轻的森林女神驾云升入空中，摘下来三颗最美丽的星，一颗放到刚扎的心里，两颗放到眼睛里。

“即使是别人流泪绝望的时候，他也将是幸福的，”森林女王说，“因为他将看到星星的光辉照亮着整个世界，并且在他心里将永远燃烧着银色的快乐火焰，这是由于他建立了功勋的缘故。”

清晨，刚扎的兵士们跑到城里告诉大家，说刚扎一定把妖怪杀死了，因为搏斗开始时的咆哮声慢慢减弱了，到后来完全静下来了。

人们欢呼，跳舞，拥抱，他们因为危险已经过去，感到很幸福。后来他们想起为他们争取欢乐的英雄，就开始准备隆重地欢迎他：他们搭了很高的牌楼，用花环装饰起来，召集了合唱队和乐队；诗人很快地写好了庄严的颂诗；京城的大广场就用刚扎的名字做名字。街上聚集了许多人。大家拿着白手帕，准备挥动它们迎接英雄。可是一天过去了，英雄还没有回来。人们等得又倦又饿。花环上的花凋萎了，音乐家们心急地用两条腿轮流支撑着。下雨了，天晚了，人们都四散回家了。街上和广场上一片寂静。

刚扎醒来的时候，已经快近半夜。他睡得很甜很足，满心欢喜地穿过凯旋门走进了城。

“我们的英雄万岁！”“光荣属于我们的救星！”他看了花环上的

题词。可是刚扎是个谦逊的人，是个真正的英雄。他不好意思地想躲起来。但是站着守卫的一个兵士认出了他，于是把他带到王宫里去。

王宫里正在大吃大喝，尽情狂欢。灯火辉煌得像白天一样，许多大臣和美丽的贵族夫人穿着绸缎的、天鹅绒的、镶花边的华丽衣服，坐在桌旁用金杯饮酒，在大理石的礼堂里跳舞。

当刚扎满身创伤，一脸尘土，穿着一件扯破的衣服走进来的时候，国王有点窘。他手边又没有合这个高大的英雄穿的衣服，只好拿一块天鹅绒的衣料披在他身上。他因为和刚扎无话可谈，也没有空和他谈，就把他搁在一间装饰得金碧辉煌的大厅里，叫来宾们去招待他。漂亮贵夫人用纤细的手编成的花环，就放在英雄的脚边。

刚扎觉得很窘。许多打扮得很漂亮的太太用雪白的手拿着扇子向他走来，把他从头看到脚。她们后面，又来了一批脸上挂着善意的微笑，可是又很高傲的皇族和外宾。他们回到了桌边后，开始低声谈话。

“你看怎么样？”一个来宾小心地问国王。

一个瘦小的老头子——最重要的皇族——咳嗽了几声，耸了耸肩膀。

“是个英雄！”他高声地说着，又向同桌的、在他身边的人低声地说，“不错，他是做了一点事，可是更有意思的事情还有哩。谁知道，——或许他的功绩并没有这样伟大。会不会那妖怪是自己老死的？……”

大家大吃大喝得很起劲，把英雄压根儿忘了。

刚扎在大厅里的一块地方站了三天三夜。他的双脚酸软，肚子饿得发痛，可是他记住了他的功绩，连眉毛也不动一动。

“何必要去破坏那些好人的快乐呢？”他想着，心中一颗星温暖着他。

第三天，刚扎一个人站在空洞洞的大厅里，不好意思地问一个在他身边走过的皇族：

“朋友，请您告诉我，我应该去问谁拿东西吃？我已经三天没吃一点东西了，而和妖怪打了一场，又使我精疲力尽。我不要白吃面包——可以随便给我做一点什么工作。我一定好好做。”

那皇族惊奇地看了看刚扎，说：

“请问您要工作干什么？您是个英雄啊！”

于是他生气地摇着头走开了。

刚扎又这样站了一天，后来他用脚踢开了花环和写着颂诗的羊皮纸，坐在角落里的一张椅子上死了。

他被人用极隆重的仪式殡葬了。

国王没戴皇冠，亲自跟在刚扎的金棺材后面走，他后面是所有悲痛的人民。花环和鲜花堆得像一座山，掩盖了刚扎的棺材。诗人们写了一首哀悼人民敬爱的英雄之死的诗，这首诗写得凄切动人，使人感动，连别人朗诵它的时候，诗人自己也哭了。乐队奏起了《永垂不朽》的挽歌。

皇族们很快就把刚扎忘记了。可是人民中间，一直到现在还流传着关于他的那段传说。

公正的鞋匠

约瑟夫·斯比尔卡

在古代，在每一个麦穗上结一千颗谷的时候，一个乡村里住着一个很穷很穷的鞋匠。他的手艺非常精巧。缝鞋底、钉鞋底、修靴子皮鞋这些事情，没有人能及得上他。

有一次，这鞋匠做了一双高统的猎人靴，做得特别出色。这双靴子非常漂亮，全村的人都跑来看了。这双靴子亮得耀眼，使人不得不用手把眼睛掩起来。

“像一面镜子！”大家异口同声说。

人们散开之后，鞋匠的妻子说：

“你知道吗，我的丈夫，这双靴子随便给人真是太可惜了。你拿去送给国王吧！他将重赏你哩。”

鞋匠听了她的话，把靴子背在肩上，就动身到国王的城堡去了。第三天他到了那里。可是要见国王不是那么容易的。必须先经过三个卫兵：一个站在大门旁，一个站在通进宫去的入口处，还有一个就在金銮殿前。很少人能走到金銮殿里去。

鞋匠走近站在大门旁的第一个卫兵。

“站住！到哪里去？”这卫兵穿着检阅时穿的制服，他叫起来了。

“我要见国王。送礼物给他。”

“要是你答应把国王赏给你的东西分三分之一给我，我就放你进去。”

“有什么法子呢？”鞋匠想，“如果我说不分给他，他就不放我进去了。”

“我答应。”他说。

卫兵就把他放进大门。

在宫殿的入口处，第二个卫兵挡住了鞋匠的去路，他说：

“站住！到哪里去？”

“我是给国王送礼物来的。”

“哦！每个人都是这样想进宫去的。要是你不答应把国王给你的东西分三分之一给我，我就不放你进去。”

“嗨，都是些骗子！”鞋匠想，“每个人都想靠我发财。”他本来想把这卫兵骂一顿，可是一想：“没有办法，他可以打我。要是我说一声不给，他就不放我进去。”

“我答应把国王赏赐的三分之一给你。”鞋匠回答。

于是卫兵就放他进宫。鞋匠沿着大理石楼梯上的波斯地毯走去。当他走到两扇大门前的时候，第三个卫兵拦住他说：

“站住！到哪里去？”

“我要见国王，送礼物给他。”

“这样的人真太多了。你是谁？一个鞋匠，是吗？你记得一句俗语吗：‘鞋匠鞋匠，敲你的楦头，画你的鞋样。’向后转——起步回家去吧！”

“别那么凶，兵老爷，”鞋匠使他平静下来，“放我进去吧。我不是要你白放我进去的。”

“对了，这就不同说法了！”卫兵捻了捻胡须，“要是你把国王赏赐你的东西分三分之一给我，我就放你进去。”

“我一定给，一定给！”鞋匠答应了。

卫兵给他打开金銮殿的门，鞋匠走进去了。殿里富丽堂皇，看得人眼睛要发花。鞋匠不敢看坐在王位上的国王。国王问他：

“你是谁，你要什么？”

“您是问我吗，陛下？”

鞋匠一躬到地，告诉国王说他做了一双非常漂亮的靴子。全村的人都跑来看，他的妻子说，这么好的靴子只有国王才配穿。所以他就把这双靴子带来了。

国王走下王位，看了看靴子，摸摸它们，称赞他的手艺的确不错，并且穿了起来。这双靴子他穿正好，不大也不小。

“鞋匠师傅，”他对鞋匠说，“这双靴子你做得真好。我感激地接受它们，并且要按照皇家的规矩奖赏你。你说吧，你要什么东西？我一定使你的希望实现。”

“伟大的国王，请您下令打我一百木棍。”鞋匠想了一想就说。

国王惊奇得张开了口。

“什么，”他问，“你要我下令打你？”他意味深长地对他周围的大臣眨了眨眼睛，好像要说：“这个小伙子的头脑有点不大正常。”

“我知道我说的是什么话，”鞋匠很认真地回答，“国王，请求您满足我的要求。”

“一个人既然这样愚蠢，那就没什么话可劝了。”国王说着，对一个元帅点了点头，“你下令把这个鞋匠打一百木棍吧，不过叫他们打得小心一点，否则他会被打死的。”

“不要紧，叫他们打重一点，愈痛愈好！”鞋匠快乐地说。

于是就有两个兵士把他抓起来带走。

“谢谢您。”鞋匠对国王鞠了一躬，很快乐地走了，像走去跳舞一样。

鞋匠被带到金銮殿门口站着的卫兵身边时，他低声对那卫兵说：

“跟我去拿你的一份吧。”

这卫兵当然很高兴地跟他走，他留一个伙伴在门口。

在宫殿的入口处，鞋匠低声对第二个卫兵说：

“来吧，朋友，去拿奖赏吧！”

“好极了！”那卫兵回答说。于是他跟着他走了。

在城堡的大门口，鞋匠叫第三个卫兵：

“去拿你的一份吧！”

他们走出了大门，那边已经放了一条刑凳，站着两个兵士，手里拿着棍子。

“元帅大人，”鞋匠说，“事情是这样的：我为了要见国王，就不得不答应这三个卫兵每人拿国王给我的奖赏的三分之一。所以我就要求打一百木棍。现在我请求您，给他们每人三十三下，最后一个再加一下，凑满一百。”

“啊，原来是这样！”元帅哈哈大笑，“现在我明白你那个奇怪的要求了……动手！”

掌刑人一点也不迟慢。他们卷起袖子，先打站在大门口的一个，然后打宫殿入口处的那个，最后打把守金銮殿入口的那个。他们周围聚拢了许多人，喊着说：

“公正的鞋匠万岁！他惩罚了受贿的人！”

国王也从窗里看出去，他说：

“那边是怎么回事？这么吵吵嚷嚷的是什么声音？”

元帅立刻跑到国王那里，告诉他鞋匠怎样惩罚了那些贪财的卫兵，把自己的奖赏分给他们。

“怪不得他那么高兴，并且要求打得重一点！”国王大笑起来。

他把鞋匠叫进来，和气地拍拍他的肩膀说：

“你做得很对！”

后来他吩咐给鞋匠满满一口袋的金元，因为鞋匠使他很高兴。可是鞋匠的口袋是有洞的，在他走到家以前，所有的金元都落光了，只有一只口袋的夹里里面留着一个金元。鞋匠就用这点钱给他饥饿的一家吃了一顿晚饭。

伊凡节夜的宝藏

符·马尔柯维巧娃-扎土烈茨卡

古时候，在一个山脚旁边的小村子里，住着一个穷苦的寡妇。她有一个独养儿子，叫做杨柯。

他们的生活很苦。寡妇的一间小屋子完全塌了，他们常常连买盐的钱也没有。

杨柯长大以后，就到一个财主家去当雇工。他起早摸黑地劳动，可是总挣不到钱。当地有很多穷人，要是雇工对付不了工作，财主可以找到另外几十个这样的人来填他的空缺。

杨柯常常想怎样可以自力更生。可不能永远这样下去啊！

当时人民中间，传说牧人裘洛在一个山洞里找到了一瓦罐金元。有些人认为是魔法帮了他的忙，有些人说这是强盗雅诺希克埋藏的宝物。杨柯知道裘洛的发现以后，也想去觅宝。他从母亲那里，听到过多少关于魔宝藏的故事啊！乡下青年人冬夜聊天的时候，谈过多少关于这样的事情啊！

有一次他听到一个关于宝藏的故事，说这宝藏一年只有一次可以发现——就是在伊凡节夜。讲故事的人说，这天夜里凤尾草开花。谁摘了它的花，地下看不见的宝藏就会为他打开。

杨柯决定去碰碰运气。到伊凡节夜还早呢，可是他老是想着这件事。这个故事使他白天、黑夜、梦中、干活时都不得安宁。他走路时低头沉思，不招呼熟人，不听主人的话，也不照料马匹。最后主人另外找了一个雇工，杨柯就回到他母亲那里去。可是他老是坐在那里想着，或是到山上来回地走着，找寻凤尾草生得最密最美丽的地方。

杨柯有一个未婚妻——就是他的邻居马鲁施卡。她也是很穷苦的。

“我们过了伊凡节夜就结婚，”杨柯说，“那时我们不再那么穷了。”

马鲁施卡几次劝他，说他们只要在一起，再穷一点也是幸福的，她哭着提醒他，已经有许多人在伊凡节夜去找过宝藏，可是没有一个人回家，但是这样的劝说都是白费。杨柯坚持着他自己的想法。

伊凡节的前夜到了。山岗上到处点起了火堆。青年男女跨过火堆，在它周围跳舞。马鲁施卡和几个女朋友唱歌。她叫杨柯到圈子里来，可是他站得远远的，正在焦急地等着半夜到来，因为人家说凤尾草要在半夜里开花。杨柯的头发涨，心扑扑地跳着。要是明天他也像别人那样回不了家，那该怎么办呢？

“唉，”杨柯想了一想，“生活这样苦，那还不如死了好！况且人家说，胆子大的人是会走运的。”

马鲁施卡决定这天夜里看住杨柯，不放他走，要是他去找宝藏，那就跟他一块儿去，和他同甘共苦，同生共死，有祸同当。

可是当守夜人敲过了十点钟，马鲁施卡去叫杨柯跳舞的时候，他已经不见了。他到山里去了。马鲁施卡这一惊非同小可，她悲伤地哭起来了，后来她擦干眼泪，不哭了——她应该到山里去找，也许叫叫他会找得到的。他不会走远的。

马鲁施卡在山里叫着杨柯，喊着许多亲切的话，可是回答她的只有山里的回声。月光像水一样，风吹得树顶摇来荡去。马鲁施卡怕得发抖，但她还是继续走着。她觉得好像有人低声说：“回去吧，不然你就会死的。”这或许不过是风吹树林的响声吧？

明月藏起来了。马鲁施卡跌跌冲冲地走着，灌木的树枝打在她的脸上。她觉得有一只带有许多可怕爪子的手马上就要把她捉去。不，这是灌木丛在抓她的面颊。

她觉得有人在追她，因为她听到后面有急促的脚步声。或许是她的心在扑通扑通地跳吧？这姑娘有几百次想回去，可是她想起了杨柯，就继续向山里跑，一面叫着她爱人的名字。

可是杨柯已经走得很远很远了。他很记得他看到最美丽的凤尾草的地方。它们高高的绿叶子被风微微吹动，非常神秘阴森。谁也不能告诉他凤尾草是怎样开花的，他能不能识别它，魔花会不会给他带来幸福。

明月照着一堵峭壁，杨柯停在旁边。这峭壁很像一座通到山里去的大门。对了，老人们晚上聊天这样说过："石门大开"。现在这门是不是会为他开呢？他能不能看到宝藏呢？他去拿什么呢：去拿一种能给他非凡力气的魔法兵器、金元，还是从未见过的宝物呢？

马鲁施卡对他说过不止一次：

"不要去想金元和宝物。要是你那么想发财，你就去娶磨坊老板的女儿卡嘉做老婆好了，她爸爸会给她一份很厚的嫁妆的。"

她不愿意挡住他的幸福道路。

但是，无论是磨坊也好，富贵的花园也好，都不能吸引杨柯。卡嘉是露牙的，瘦得像一块木片，而且老爱吵架，甚至于和父母也常常相骂。娶她当老婆？永远也不！他爱马鲁施卡，她比所有的姑娘都好。她的眼睛活像两口井，嘴唇像熟了的覆盆子果实，说话的声音像夜莺的歌声。他想为她和他自己的母亲弄到一笔钱和宝物，好好地给她们吃穿，使她们不必一天干活到深夜……

月亮躲进云层。杨柯坐在一块石上等半夜到来。天空中繁星点点，树丛里萤火虫飞来飞去。可是杨柯什么也没有看见，什么也没有听到：他老是盯住长满了凤尾草的地方。

忽然，凤尾草的叶瓣一动。峭壁上空有一只猫头鹰叫了起来，整个一座山开始震撼了。杨柯留神注意。忽然——妙极了！——在凤尾草一枝粗壮的茎上开出了一朵发光的金花。它伸出来并且张开它的花瓣。所有的花瓣都开放了以后，凤尾草停止摇动了，山也平静下来了，像是在等待着什么东西。

杨柯站起身来，跳到凤尾草前摘下了那朵花，把闪闪发光的花瓣碰了一碰峭壁。

石门轰的一声打开了，杨柯看见石门后面有一个金光闪闪的山洞。山洞中间一块高地上站着一个非常美丽的森林女神。她旁边有几个矮人在忙碌地来往奔走：有的用小四轮车运金元，把它们装在布袋里，有的在磨伐拉施卡[①]和擦亮阔皮带，伐拉施卡通常就挂在靠大腿

---

① 伐拉施卡是牧人用的一种长柄小斧。牧人用来砍柴烧火和逢到野兽时自卫，长柄用来赶牲畜。人民起义的时候，伐拉施卡用作战斗武器。

的皮带上。金元发着光，伐拉施卡和皮带也亮亮的，森林女神的一对眼睛炯炯发光。杨柯像着了迷一样站着。忽然，森林女神向他伸出一只手来说：

“你好，杨柯！我在你的手中看到一柄开我们王国的钥匙。你是我的客人。你走近来告诉我吧，是什么东西把你吸引到我们这里来的。”

杨柯行了个礼，走近了森林女神，说：

“是我的大胆和我对幸福的渴望把我带到这里来的。”

“说得很好！大胆和对幸福的渴望能使人勇往直前，并且，要是他在向一个善良的目标前进，还能帮助他克服严重的困难和障碍。要是他的动机不纯，那对幸福的贪求会把他置于死地。你听到我的警告没有？现在把魔花还给我，我将送给你一些礼物。你要我王国里任何东西都可以。你可以得到三件礼物，只要你能正确地回答我的问题。”

杨柯的心跳得很厉害。他想起了坍掉的小屋、疲倦不堪的母亲、马鲁施卡一只做工做得肿起来的手。没什么可以多考虑的。

“给我财宝。”杨柯请求。

“我给你财富。金钱在好人手里能做有益的事。你要多少金元就拿多少吧。”

她才说完，那些矮人就给杨柯带来许多袋装得满满的金元。

“我的好日子终于来到了！”杨柯想了一想，开始把那几个钱袋结起来。

可是，森林女神阻住他说：

“先得对我说，你拿这些钱去干什么？”

“这不难回答。”杨柯笑起来了，“我们的小屋完全坍了。明天我就要雇几个泥水匠给我盖座新房子。不是普通的房子，而是一座宫殿！我胼手胝足苦干到现在了。从此手上不再有老茧了！我要给自己买土地、马匹、母牛，雇用长工和仆妇，叫他们去放牲畜，耕田，割草。我要赚很多的钱！我将要像老爷们那样享受，享受舒服的生活。”

森林女神听了这些话，很是悲伤。

“多下的钱你用来做什么？”她低声地问。

“我要好好地藏起来，”杨柯回答她，“埋在地下不给贼偷去。”

森林女神皱皱眉头，坚决地说：

“既然你要把我给你的礼物埋在地里，就让它现在就变成泥土吧！你只想过好日子——想吃奶饼，而强迫别人为你干活。你已经失去了第一件礼物。记住：只有和别人分享财富和金钱、金钱不会妨碍他劳动的人，才能永久得到我的金子。”

女神讲这些话的时候，杨柯的脸色发白了，他抓住一个钱袋，可是金元的影子也没有了：在袋子里只有黑色的泥土。

“你还问我要什么礼物？”森林女神问。

杨柯立正了。

“啊，伟大的森林女神！”他说，“给我一件用来打仗可以百战百胜的武器吧。”

森林女神对矮人们点了点头。他们就给他拿来一柄挂在一条华丽的皮带上的伐拉施卡。

“强盗雅诺希克的伐拉施卡和他的腰带，已经在这里等新主人等了很久了，”森林女神说，“拿去吧。你将成为一个不能被伤害的人，并且谁也不能战胜你。”

杨柯系上了那条阔皮带，拿起了伐拉施卡。他马上觉得身上有了一股神力。他把伐拉施卡在空中抖动了一下，只听到一阵呼呼声。森林女神止住了他。

“等一等，”她说，“你挑选得很好。在年轻人手里的钢比金子还宝贵。告诉我：你成了不可战胜的人以后，你将做些什么？”

“做什么？”杨柯笑了起来，“你自己说的，武力比财富更强大。谁有力量，谁就能夺取所有的东西。我过去是人家的雇工，现在我要去和那些最强大的世界统治者战斗。他们将屈服在我膝下服侍我。”

森林女神严厉地望了他一眼，挥了挥手，于是伐拉施卡的柄就在杨柯手中折坏了，而那条皮带自己从腰上掉下来。

“你看，”森林女神责备他，“你失去第二件礼物了。记住：谁要是单为了自己去夺取权力，他的武器就失去了力量，正像你手中的伐拉施卡一样变成没用的东西。只有保卫人民自由、为争取穷人和被压迫者的权利的人，才是不可战胜的……告诉我你的最后一个愿望吧。”

杨柯惊惶失措地看了森林女神一眼。在她的散开的金发上，套着一个用山里的铃铛花编成的小花圈。她的一对眼睛像宝石一样明亮，声音像银铃一样清脆。她实在是美极了。杨柯看着她，把两次失去礼物的事都忘了……把马鲁施卡也忘了。

“我能要求我所想要的一切吗？”他问。

“你可以要求这山洞里所有的一切。”她回答。

“美丽的森林女神，请你宽容我这个凡人吧！你能不能答应做我的妻子？”

森林女神从高地上下来，走近杨柯。

“你想要很多东西，”她说，“可是的确，世界上所有美好的东西都张着自己的怀抱欢迎有好心的人。”

杨柯觉得自己是世界上最幸福的人了。

他走近森林女神想把她抱住，可是她把他推开了。

“等一等，”她说，“你先告诉我，我对你是珍贵的吗？”

杨柯正被幸运冲昏了头脑，他说：

“美丽的森林女神，不用怕，我不让你给任何一个人看见！我在这里山上盖一座房子，我将爱你，抱你在手里。我将为你忘掉一切人间的苦难！”

女神把因愤怒而发红的脸从他那边扭开，她说：

“你以为我会因为这样而做你的妻子吗？你不配得到美好的东西，因为只有愿使别人的生活过得更美好，只有歌颂美丽、描绘美丽、把美丽刻在石上，只有使美丽为人们所了解和接受的人，才配得到美丽的礼物。走开吧，糊涂虫！这里没有你那种人耽搁的地方！”

森林女神说完了这几句话，就把杨柯猛地一推，使他跌在山洞外面。于是她命令矮人们：

“把洞口关起来！”

轰的一声，石门关上了。杨柯呆住了。忽然树后传来一阵嘻嘻的低笑声。他四面望望，想看看是谁在笑他，一看四周有许多小姑娘——林妖。她们围着他嘻嘻地笑。传来了一阵神奇的音乐声。一个林妖拉住他的手和他跳起舞来。他挣脱了，可是第二个、第三个以及其他的林妖又来拉他跳舞。杨柯在狂舞之下累得要命，他汗流如雨，可是音乐奏得愈来愈疯狂了。当他实在不能再跳下去的时候，林妖们拉他到圈子里，一面跳舞，一面把他传来传去，一直到他倒在地上，失去了知觉为止。这时不知哪里金鸡啼起来了，林妖们都不见了。天开始亮了。鸟儿在树木上叽叽喳喳地唱起歌来；山像是醒了，只有杨柯半死半活地躺在地上。

马鲁施卡整夜在山里迷了路，当她找到他的时候，他就是这副样子。她叫这小伙子叫了半天，可是他还是睡着。马鲁施卡以为他死了。她跪在他身边悲痛地哭起来。她用手摸了摸他的额角，忽然发现他还有气。马鲁施卡熟悉所有的药草。她四面看了一看，找到了一根用得着的药草，便把它拔出来，放在杨柯的头上。

她看护了那青年好久。太阳已经升得老高，杨柯醒来惊奇地向四周看了一看，不懂自己怎么会在这个地方。直到马鲁施卡提醒他，说他去找宝藏的时候，他的头脑才清楚了。他记起了森林女神说的话，他感到惭愧。他为了幻想奇迹，找寻生凤尾草的地方，白白浪费了多少时间啊！在这些时间里，他可以做多少事啊！可以切好茅草，修理好屋顶，可以做一个牲畜栏，割去整个牧场的草。可以看很多的书，从中知道必须怎样才能得到丰收。可以把这方法教会全村的人，因为农民中有很多人不会看书。可以把爱人马鲁施卡娶到自己家里来。她的一双勤劳的手可以在很多地方帮助他。

杨柯这样想着，把昨夜遭遇到的一切告诉了马鲁施卡。

“我没有得到伊凡节夜的宝藏，”他说，“因为我不配得到它。值得不值得为此灰心绝望呢？我有一双粗壮的手，一副健全的头脑——这就是我的财富。我会工作，我识字——这就是我的力量。用不着到森林女神的王国里去找寻美丽，因为美丽就在每一朵花里，在你的脸上，在你的心里，我的马鲁施卡啊！”

杨柯所想的那些真的做到了。村子里大家都尊敬他，因为他识字，他教人们更好地种田，还热心帮助他们。他和马鲁施卡一起生活得很幸福，很和睦，一直活到了有孙子。

不屈的好汉们

[捷克] 阿·依腊谢克　著

给读者

（俄译本序）

阿洛依斯·依腊谢克（1854—1930）是十九世纪到二十世纪初捷克的杰出作家。他用捷克历史做题材，写过许多中篇小说和长篇小说。在人民民主的捷克斯洛伐克共和国，依腊谢克所写的《古代捷克传说》是最受欢迎的书籍之一。它的内容是作者从古代年鉴和民间传说中吸取来的。这本书反映了捷克和斯洛伐克人民几世纪来争取自由和民族独立的英勇斗争。

在我们这本小小的书里，有两篇传说，便是从依腊谢克这个大集子里抽出来的。

写雅诺希克的那一篇，描写十八世纪斯洛伐克农民怎样反抗压迫他们的匈牙利地主。当时农民处在不能忍受的苦难环境中，国家和地主的捐税压得他们透不过气来。匈牙利大地主对于一点没有权利的斯洛伐克农奴，可以任意地支配。这篇传说是以许多民间神话为基础，歌颂为人民复仇的斯洛伐克农民雅诺希克的英勇事迹。

雅诺希克是历史上真有过的一个人。他生在一六八八年，一七一三年受了毒刑拷打后被处死。关于雅诺希克的传说和歌谣，不仅在斯洛伐克人民中间，而且也在乌克兰和波兰农民中间广泛流传。那些传说都怀着同情，描写他是一个为农民所受的压迫而复仇的人，叙述雅诺希克的高贵品质和他的大公无私精神，叙述他怎样“劫富济贫”。人民复仇者雅诺希克的伟大功绩，直到今天还活在斯洛伐克人民的心里。

在《库特那山城的矿工》这篇传说中，阿·依腊谢克描写十五世纪捷克矿工的苦难情形；叙述捷克库特那山城矿工们的第一次起义。他们要争取自己的权利，改善自己的待遇。这传说叙述了管理矿井的官员们和被收买的皇家总督怎样残酷地镇压起义的矿工。

库特那山城的捷克矿工曾经进行过许多斗争，关于这些斗争的材料对于工人运动的历史是非常宝贵的，因为这是欧洲工人运动最早的证据之一。

雅诺希克

在广大的森林和格隆河上游风景美丽的谷地上空，高耸着一座光秃秃的山，叫做克拉尔秃山。这座山，是有历史性的。在它那雄伟的山顶上，没有树林；在照满阳光的空旷山地上，风一刻也不停。

克拉尔秃山上，有一张孤零零的旧石桌，上面盖满了青苔。不管迷雾天和大雷雨，这张桌子都在那里任凭风吹日晒。大家都忘了，在青草堆、石南树和低矮的山松丛中有这样一张桌子。

从前，在好多好多年以前，这张桌子见过许多客人，秃山四周只听见猎人的喊声和号角声。从前，当匈牙利国土的领主——快乐的马特维王——常到这张桌子旁来坐坐的时候，就是这样的。

每次他在附近李普托夫山或者兹服连森林猎熊打野猪，常常带着很多侍从在这儿歇腿。国王穿着猎装，剑带上佩着金号角。大地主们都打扮得漂漂亮亮——穿着带丝绦的华丽长袍，束着闪闪发光的包铁腰带，头戴高贵毛皮做的帽子，帽子上插着羽毛。他们手拿长矛，腰佩猎刀，晒黑的脸都刮得光光的，只留着两撇漂亮的小胡子。

大家爬到山上，就围着石桌坐下。一群狗躺在猎人们脚边，拼命地大口吸着山上的新鲜空气。仆人和附近一个村子的农民们拿出篮子里的酒菜，摆在桌子上。于是国王和地主们高高在上，面对着一片谷地，坐在石桌旁快乐地大吃大喝。国王欣赏着高山大岭、沿着山坡下降的苍郁茂密的森林和照耀着金色阳光的绿山谷。阳光明亮地照耀着贵族们的白色小屋、耸立在庄院建筑物和农民茅屋上空的堡垒红顶。美丽的斯洛伐克土地伸展得又广又远。

这是马特维王时代的景象……

他死了以后，克拉尔秃山上冷清清了，那张石桌也早给人忘掉了。这时，专横的地主们就在堡垒和领地里无法无天起来。在乡下，农民被迫干着不能胜任的活，没有半点自由。人民受到很大的苦难。地主贵族强迫没有自由的人们日日夜夜白给他们干活。青年人因为害怕服兵役，连觉也睡不安稳。

人们实在忍不住了。常常有年轻的斯洛伐克人为了摆脱地主的压迫，从村子里逃到遥远的山里去。他们在那里成为自由自在的山上好汉。喀尔巴阡山的旷野是他们的家，森林是他们可靠的警卫。

在这苦难的年代，克拉尔秃山又活跃起来了。一伙青年人和他们的首领又坐到石桌旁边上来。不过那不是国王，而是一个山上好汉，名叫雅诺希克，是从戈尔诺特连钦边区的嘉尔霍伐来的。跟他在一起的不是大地主，不是穿长袍和束包铁腰带的贵族老爷，而是一群逃亡的农奴——十一个勇敢的小伙子，他们戴着阔边毡帽，穿着绿色衬衫和白色呢裤，束着阔腰带，脚上是自己用整块皮做的鞋子。他们没有剑，没有贵重的武器，但是每个人腰间都有一柄小刀，用刀鞘套着，腰带里插着两枝手枪，手里拿一把长柄小斧，肩上背着长枪。这些勇敢的小伙子，名叫苏洛威兹、阿丹契克、格拉伊诺加、波都契克、加拉伊、乌果尔契克、塔尔柯、摩哈、裘里察、米哈尔契克，还有狡猾的伊里契克，他是吹风笛的能手。

只有在极冷的冬天，小伙子们才不到克拉尔秃山上的石桌周围来集合。从初春到寒冷的冬天，他们都出去作特别打猎。雅诺希克带领他们去劫取地主的不义之财，打抱不平，保护贫苦受欺的乡亲。斯洛伐克人雅诺希克看到自己的人民在残暴的奴役下受苦，心里说不出得难受。就算不能帮助他们恢复自由，至少也得为他们复仇。

雅诺希克自己和地主们也有一笔账。他和他的父亲曾经受够了残酷的压迫和痛苦。他的老父在很长的一生中，就没有见到过幸福。这个老农民有一个强烈的愿望，希望儿子能过得比他自己好。他听了一个亲戚的话，决定把这个勇敢机灵的孩子送进学校。于是，雅诺希克就在凯日马尔卡学拉丁文和其他几门功课，将来好当一个神甫。老头为了让儿子念书，连最后一点东西也拿出来了。

一个农民竟想让自己的儿子成为老爷，这使一位贵族地主老爷很不喜欢：他因为雅诺希克想不受他统治，心中大怒，就拼命虐待那老农民。在当时，地主的权力是无限的。他虐待和折磨人们，但是人们上哪儿也不能和他评理。谁也不敢处罚贵族地主老爷。

常有这样的事：雅诺希克的父亲才想到自己的地里去干一些紧要的活，就有人来叫他了，于是只好把一切丢下，跑去为地主白干。老像是故意作对似的，正当应该割麦、晒干草或者搬麦捆的时候，瞧——地主的仆人又跑来叫他了。就这样要为地主白干活，一直到自己的干草淋湿，烂掉，庄稼熟得坏掉。收成的十分之一要给地主，这对于老头也是个难关。他怎么也不能使老爷满意——什么都不合他的口味。有时老农民送些鸡或者鹅去，反被赶出城堡，说是这些鸡鹅又瘦又小，要肥一点、大一点的。

地主千方百计压迫和折磨那老农民，可是老农民为了儿子，忍受着一切。每当他实在忍不住了，很痛苦地想到自己摆脱不了这悲惨命运的时候，他就想到雅诺希克，于是自己安慰自己：雅诺希克将不受老爷们的统治，将要成为一个老爷。到那时候，雅诺希克是不会忘记父亲的。至少能让他在晚年过几天安乐生活……

雅诺希克念书很用功；功课在他说来也不难。但是他的学业突然中断了。故乡有人带信来，说他母亲病得很重，离死已经不远了。她要他赶回家去，和唯一的儿子告别。

当时雅诺希克才满二十一岁。他毫不耽搁，就动身上路。故乡到了。但是他跨过门槛，刚和母亲见面，一个留着黑胡子、脸孔黑黑的地主仆人跟着走了进来，很凶地吩咐老农奴和他的大学生儿子一早就去干活——晒干草去。

悲痛万分的雅诺希克勉强听完了仆人的话，但是老头心里一清二楚。虽然平时他总是毫不违抗地去干活，这次也迟疑了。妻子明明已经快死了，眼看着就要断气——这是仆人亲眼看见的。说不定他会去报告老爷吧。如果老农民由于这个原因少干一次活，地主也不能严厉责罚他。因为这是第一次违抗命令。可是雅诺希克怎么办呢？……他把儿子从城里叫来，可不是叫他来给地主白干活的。再说他已经是个大学生，不久就是个神甫了……他怎么能离开快死的母亲呢？老爷应该可怜他啊！

但是老爷们是不会可怜他的。中午仆人又跑来，这次不是一个人了，他带来了几个帮手。他们当着快死的老妇人的面，连叫带骂地向老头和雅诺希克扑过去，抓住他们，捆起来带到城堡里去。

在那边，地主老爷——“地上的上帝”——正在穹隆形的内室里等候他们。在预备好的长凳上，放着几束榛树条。地主一看到老农民和他的儿子，顿时暴跳如雷。他吼着，骂着，命令把他们父子俩放到长凳上去，用皮带结结实实缚牢。他自己坐在一把椅子上，叠着腿，点着了烟斗，开始大声叫喊：

“来吧，把他们重重地打！嗨，管家，你数着！给他们每人一百鞭，打重些！嗨，”他冷笑着对雅诺希克说，“你瞧着！我来教你拉丁文！我来教你做老爷！”

仆人们用尽全力，毫不怜惜地毒打他们。老农民没多久，就痛得昏过去了，管家没数到一百，可怜的老人就被折磨死了。

儿子忍受了毒打，疼得不能站起来，也不能转身。于是，他们就把雅诺希克和他的被折磨死的父亲扔在粪车上，带回他们的村子里去。母亲还有口气，但是看到死去的丈夫和半死的儿子，叹了口气，也就悲痛伤心而死了。

可是雅诺希克养好了伤，恢复了精力以后，就离开村子不见了。他没有回城里的学校，悄悄地上山去了。那边的牧人把他藏在偏僻的帐篷里。就在那里，他经历了一件奇上加奇的奇事。

有一天，他到泉水那边去打水。他那只忠实的狗——对于老家，这是唯一的纪念物了——跟在他后面跑。长满山楂子和野玫瑰的峭壁下面，泉水涌出来。当他舀水的时候，狗在灌木丛中奔来跑去。忽然，它拼命地叫起来，雅诺希克不由得转过身去倾听。他觉得好像有人在树丛里哭。雅诺希克对狗喝了一声，把它赶开，然后钻进灌木丛。

在野玫瑰丛中间，在他面前，像奇妙的幻景一样出现了一个穿白衣服的美丽姑娘。那姑娘感谢雅诺希克把狗赶开，答应实现他的任何愿望。

“我要力气！”雅诺希克想了一会儿喊道。

雅诺希克希望有力气，这不是没有道理的。他下决心要惩罚那些残酷的地主，要为被他们压迫的人民复仇。山中女神于是就给了他一条有仙法的腰带和一柄小斧头。在这柄斧头里，藏着整整一百个人的力气。

只要雅诺希克手里有这柄斧头，谁都不能战胜他。

* * *

从此以后，雅诺希克就开始替自己、替受尽苦难的斯洛伐克人民复仇。穷人们管雅诺希克和他那伙逃亡农奴叫好汉。到处都像接待贵客那样接待他们，在危险的时候，就把他们藏在山中的帐篷里和村子里。天寒地冻，大雪纷纷落在山上和谷地上的时候，雅诺希克和他的小伙子们安安稳稳地住在主人家里，扮成干活人的样子。

但是山毛榉一抽芽，他们就到山里"做买卖"去了……

雅诺希克从来不干流血的事。他自己不杀人，也不准别人杀人。他们只拦劫有钱有势的人。

"把灵魂交给上帝，把钱财交给我们！"好汉们嚷道，他们的武器威胁地闪着亮光。

他们拦劫得最多的，是那些残酷的地主和贵族。雅诺希克发现了"买卖"之后，就从埋伏的地方走出来，用雷一样响的声音喊道：

"上这儿来吧，老爷！你把农民的皮也剥得够了！"

雅诺希克把抢到的东西大家平分。他自己的一份或者送给穷苦的人，或者藏在峭壁的裂缝、岩洞和老树洞里。他有许多藏钱、藏呢料、藏各种武器的秘密地方。据说他还有不少铸得很精良的克列姆尼察金币[①]埋在坑里，不让它们落到地主和强盗手里。

雅诺希克喜爱音乐和歌曲。傍晚，他常常坐在牧人的帐蓬里，兴致勃勃地听人家吹风笛。当姑娘们在草地上围成一个圆圈开始唱歌的时候，雅诺希克老是要求她们唱了一个又一个，还拿黄金来奖赏她们。

逃亡的农奴们常常聚集在高高的克拉尔秃山上，在黑沉沉的峡谷里或者在森林里的安全地方，燃起熊熊的篝火，这时雅诺希克就叫活泼的伊里契克吹风笛。伊里契克吹起了三眼风笛。伊里契克的笛声远远地在群山和森林中飘荡，山上的好汉们乐得心花怒放。雅诺希克坐着吸一根镶着黄铜边、刻着鱼骨花纹的木烟斗，他那愁眉不展的脸

---

① 一种在斯洛伐克克列姆尼察城的造币厂铸造的钱币。

上，皱纹消失了。

雅诺希克最喜爱的地方是克拉尔秃山。有一次他和几个地主在这儿开仗。地主们派了奴仆和一支大军来抓他，结果是一场空，只好逃去。雅诺希克一个人、一把斧头打得他们落花流水，那把斧头砍杀起来，抵得上一百个战士。

雅诺希克有时在普洛塞契谷地，有时在黎马夫谷地。一个将军带领六百名士兵向他进攻，雅诺希克在那儿跟他打了一仗，把他打死了。那将军一死，兵士们就四散逃走了。

雅诺希克喜欢化装出游。有时候他扮成乞丐，从这村走到那村，有时候穿了一件和尚衣服到城里去。要不然，就扮成地主模样，骑了马出人不意地来到城堡里，受到贵客应受的尊敬。然后他随心所欲地带走许多东西，有时候还要把残酷的主人教训一番，然后带领他那些化装成仆人的好汉们，镇静地走了。有时，他用一封三角信通知人家在李普托夫等他，但是第二天，他会在根本没有人等他的地方，在斯洛伐克土地的另一头出现，好像从没有播过种子的地下，长出了一棵野燕麦似的。

官厅布下了罗网抓他，他会像鳗鱼一样滑掉。有时他到离村子不远的酒店里去，和小伙子们一起吃喝玩儿——忽然一下子又不见了。直到第二天，地主们才知道他到过那儿，干了些什么，怎样逃出了他们的手掌。

他就这样在山上闯了许多年。他向地主们报仇，帮助穷人，保护受压迫的人。在许多领地里，在许多城堡里，地主对农奴的态度好一点了——当然，这不是他们发慈悲，而是由于他们害怕雅诺希克来报仇。

雅诺希克是被叛徒出卖而死的。那个阴险的乐师伊里契克，把雅诺希克隐藏的地方告诉了地主，并且告诉他们怎样去抓他。还有一个变节的农民帮助了这个叛徒。雅诺希克跟这个农民很熟，有一年冬天，那农民上山来请雅诺希克去作客，雅诺希克一点没有怀疑到其中有诈，就很大意地坐上他的雪橇。他们刚到村子前面，那农民就骗走了雅诺希克的宝斧。这时，农民的屋子里已经有奴仆和兵士埋伏着了。

雅诺希克才跨过门槛，便滑了一下，跌倒了，原来敌人在他的脚下撒了许多豌豆。奴仆们马上扑到雅诺希克身上去，把他的手和脚都捆起来。不料雅诺希克猛地使了使劲，把绳子挣断了，于是他就动手打那些兵士和奴仆，一面嘲笑着说：

“嗨，你们这些人真是饭桶！”

奴仆们敌不过他，就向门口退却。但是这时候，忽然有一个满面皱纹的老太婆从炕上尖声叫道：

“把他的腰带砍断！”

一个兵士就砍了一刀，砍得很准，一下子把山中女神送给雅诺希克的一条有仙法的腰带给砍断了。带子断了，雅诺希克的力气也就没有了。没有斧头和腰带，他不能战胜这么多敌人。他又给缚住了，放上雪橇，送进了监狱。这事情发生在蒂索维茨附近克列诺维茨的一个农民勃拉格家里。

起先雅诺希克给关在古老的格拉霍夫塔楼里，后来又搬到符拉诺夫堡垒。雅诺希克给锁在墙上，躺在黑洞洞的地窖里，只有在审讯和拷问的时候，才把他从黑牢里带出去。

他很痛苦，很难过。但是雅诺希克担心的倒不是自己，不是自己的命运，而是朋友们——最担心的是苦难的人民。他回忆起自由自在的生活和他那伙逃亡的农奴，就伤心难受，他回忆起和好汉们坐在克拉尔秃山上的情景，回忆起在朝霞里，在闪烁的星光、阳光和月光底下，跟他们一起走遍绿色的森林、群山和谷地的情景。雅诺希克一想起斯洛伐克的人民，就长叹一声，说：

“唉，可怜的人们，现在谁来保护你们呀！”

后来，雅诺希克给带上法庭受审，被判死刑。这是一七一三年三月十三日的事。

在兵士们的包围和人群的陪送下，雅诺希克勇敢地走上绞刑台。当时他还年轻，有充沛的精力。他最后一次向山上望了一眼，最后一次向森林、向灿烂的太阳看了一眼。他一点不垂头丧气，骄傲地昂起了头，迈着坚定的步子。雅诺希克在绞刑台周围跳着舞转了四个圈子，让地主们看看，他是不怕死的。这个善良的山上好汉雅诺希克，就这样结束了自己的生命。

那么那柄宝斧怎么样了呢？

地主们把斧头骗到手之后，用七把锁、七道门把它藏起来。但是它没有给锁住。宝斧开始砍第一道门。砍呀砍的，一道门砍破了，于是开始砍第二道、第三道门……就这样它砍到了第七道门。宝斧砍最后一道门的时候，雅诺希克正被带到刑场。宝斧把第七道，也就是最后一道门也砍破了，但已经迟了——雅诺希克已经咽了气。

宝斧飞到山里，消失了。它在雅诺希克喜爱的克拉尔秃山上劈进一棵树里，从此就永远留在那里。

其余那些山上好汉怎么样了呢？

他们的结局也很惨。这群逃亡的农奴失去领袖之后，敌不住地主的势力，一个一个给抓了起来，关到监牢里，就在牢里死去。有许多人像雅诺希克一样被残酷地处死。

山上好汉们牺牲了，但是大家不会忘记他们的名字。人民用无限的爱怀念着雅诺希克的名字。

人民记着雅诺希克所有到过、住过的地方，记着所有他走过的小路、山洞。流传最多的故事，是关于他藏在老橡树洞和悬崖峭壁的裂缝中的金银财宝。

直到现在，斯洛伐克乡村中有些地方，茅屋里还挂着画在玻璃上的山上好汉的彩画，——他们穿着绿衬衫和白裤子，束着阔腰带，手里拿了长柄小斧，肩上背着长枪。

在漫长的冬夜，老农民回想起古代的事情，一定会讲山上好汉们的故事。他会指给您看图画上挥舞着长柄小斧的苏洛威兹、跳过山毛榉和枞树的格拉伊诺加，还有其余的好汉，但是他首先指给您看的是雅诺希克。老头儿会谈到他的力气有多大，谈到他受过多少压迫，他怎样替斯洛伐克人民向地主们复仇，为了这缘故，地主们怎样迫害他，终于把他杀害。

屋子里一片寂静，只有沉重的叹息声。听的人都为这位善良的好汉叹息。

白发苍苍的老农民一定会挥挥手，说：

“愿上帝奖赏他！要知道他是为了保护人民而牺牲的……但是有句古老的预言，孩子们，你们要相信它；预言上说雅诺希克一定再会来帮助斯洛伐克人的。到那时候，生活就会变好了……但愿他早一点来吧！”

库特那山城的矿工

暴风雨在库特那山城爆发了，这场暴风雨是从矿井底下发出来的，那里不满的情绪沸腾着，穷人辛辛苦苦地干活，却让有钱有势的人享福。地下的矿藏能够使国库堆满白银，也能够使矿工们有很好的收入。但是有一小撮人非常贪心，这就不但使矿工们贫穷，而且影响到国库的收入了。开采到的白银，矿山里的官员并不都送到首都布拉格去；他们还吞没了矿工们一部分工钱。

老爷们蛮横无理地欺压矿工。矿工们用艰苦繁重的劳动换来的工钱，官员们克扣得愈来愈厉害。矿工们得到的工钱，还不到以前的一半，但是工作还是这样多。要靠这几个子儿来维持一家的生活，是无论如何不行的；许多人过着万分贫困的生活。

愤怒的火焰在矿工们的心中燃烧起来了。做工的时候，大家互相诉苦，公开表示他们的想法和决心，要把这些不合理现象消灭掉；再也不能这样生活下去，再也不能容忍这种情形：自己越来越贫穷，而经理和矿山的官员们却越来越富有了。矿工们对国家也很关心。他们知道矿井里能够开采多少矿石和金属，能够炼出多少纯银，——但是官员们送到布拉格去的银子又有多少呢？

矿工们几次要求改善待遇，但是官员、经理、矿工村的村长连听都不愿意听。他们对矿工们压迫得更残酷了。当矿工们聚集在一起，谈谈各人的苦处时，市长就叫监工的，或者叫意大利宫里的雇佣兵把他们赶开。捷克王国造币厂的总经理和许多矿山、葡萄园的经理都住在意大利宫中。有一次矿工们秘密集会，大家考虑了一番，商量了一阵，决定派几个代表去见当时正在匈牙利的国王。

矿工们又焦急又忧虑地等着代表回来，希望国王一听到他们告状，立刻就派人来把一切调查清楚，进行裁决。

代表们悄悄地在夜里出城，又悄悄地回来了。这事发生在一四九六年六月一日的晚上。

意大利宫前面的广场上，很快地挤满了人。所有当时没在矿井里干活的矿工和许多女人都跑到这儿来。很多人都自己安慰自己，心想意大利宫中的老爷们听了代表们带来的消息，态度一定马上会变好的。

但是老爷们的态度并没有变好。从国王那儿带来的消息虽然并不使人满意，但是矿工们并不就此罢休，也没有给吓倒。国王什么也没帮助他们，没有保护他们的利益，连矿工代表的话也没听——因为他们根本没有见到国王。带来的消息就是这样，可是矿工们等待的，却不是这样的消息。代表们还说，已经先有人在国王面前说了矿工们的坏话，他们是得不到国王恩典的了——宫廷里的侍臣对他们这样说，并且劝他们赶紧离开，免得坐牢。

人们连话也没让代表们说完。好像晴天里打了一个响雷，愤怒的喊声从每个人嘴里爆发出来。矿工们的希望落了空。成千上万的拳头向上挥了起来，威胁着意大利宫，几千人的声音骂着，咒骂这座宫殿的主人是刽子手、骗子、恶鬼，他们只会欺压老百姓，诬蔑老百姓。

城堡的锯齿形城头上，出现了矿山里的文书官，他打算说几句话，不料人们愤怒的风暴爆发得更加猛烈了，吓得他连忙乖乖地溜之大吉。

连造币厂的经理也没有办法。他下命令叫大家散去，但是矿工们用怒吼声回答了他，要他让他们去见国王，让国王来公平裁决，要不然他们就不做工，那时候让老爷们自己去采矿吧。

全城到处都把门窗关得紧紧的。大家都感到恐怖。这一夜，谁也没有合眼。

矿工们直到早晨没静下来。他们成群地聚集着，从破茅屋里搬出自己的东西，把老婆孩子带出来，再找来还在矿井里做工的伙伴。

皇家的官员和雇佣兵都没法子把矿工们赶开，没法子叫他们不集会。要对付这成千成万的起义的怒气冲天的人们，武装的兵士还太少。市长、意大利宫中的老爷和城里的富翁们害怕送命，害怕房屋东西给烧掉，所以当矿工们后来离开的时候，他们高兴极了。

天蒙蒙亮，矿工们在库特那山城的街上，像一股汹涌的激流那样奔腾。他们在自己的旗帜下走着，拿起锤子和锄头，有许多人背着枪，直向城门走去，矿工们唱着古老的战歌，响亮的歌声震得窗子都在打颤。虽然国王有命令禁止唱这支歌，谁唱就要处死，但他们还是唱着这支歌。

六千多个矿工走出了城，沿着大路，走上耸立在马林诺和康柯之间的什比茨堡山岗。到了这儿，他们驻扎好营地，按照几个领队人的意见，挖壕沟，筑土墙。

库特那山城里平静下来了，但是这种平静，并没有使那里的任何人高兴。老爷们既害怕矿工，又害怕矿工们走了要亏大本。意大利宫中的人看见矿工们这种大胆的举动，都气坏了，他们拼命想办法，要强逼矿工们干活，强逼他们服从，然后再处罚他们。

皇家官员们写了一封又一封信，在信封上盖了印，叫送信人骑着快马，把它们分送到各个地方。

* * *

过了一天，两天，三天，到了第四天，矿工们仍旧等在山岗上的营地里，看老爷叫不叫他们回到矿上去做工，答应不答应加工钱。但是一个人也没有来；在通营地的大路上一个人也没看见。到了第五天的黄昏，几个武装的年轻矿工在土堤上站岗，警戒地、一眼不眨地保护着伙伴们的安全。

矿工们都睡不稳，几个领队人差不多没合过眼。他们怀疑老爷们在库特那山城里搞什么鬼计，同时担心他们自己在这山岗上待不长，因为粮食快要没了。矿工们很晚才睡着。但是他们没睡多久。天快亮的时候，传来了一阵喧闹声。巡逻队发觉有一大队人马越来越近，他们就站到土墙上去大叫："快起来！"领队人爬上土墙，在晨光中看见黑压压一大群步行的和骑马的人。队伍从北面的柯林城那儿向营地开来。

突然从土墙的另一头传来了叫喊声，原来另外有一队人马从恰斯拉伐由侧面向营地开来。随后大家都看到，从库特那山城里开出了一支人数众多的队伍，向着营地，从后面包抄过来。传来了战鼓和军号的声音；在库特那山城的队伍和其他两个城市的队伍上空飘扬着旗帜。

大家都知道得很清楚，这些军队朝矿工的营地开来，是想从四面八方包围它，把营地团团围住。恰斯拉伐和柯林的居民从库特那山城得到了可怕的消息，说矿工们准备暴动，要把煤坑和矿井毁灭。

当前面的队伍还在看齐整队的时候，突然出现了一支很大的武装队伍，它是从波杰布拉迪来的；在这支队伍里有许多骑兵。当他们在山岗下停下来的时候，天已经大亮了，矿工们看见，率领这队人马的是波杰布拉迪宫堡的总督——托比崔的奥涅克·卡敏尼茨基。

矿工们筑了防御工事的那座高山岗，四面八方都给围住了，山岗的斜坡上布满了敌人的军队。四千多名武装兵士集合起来开到这儿。矿工们按照领队人的命令，分成几批站在上面的土墙后，拿着武器和锤子等候敌人来进攻。大家决定不先开战，但是决不求饶，也不投降。

这当儿，有些人忽然想到，不妨去跟带领军队的人商量一下，不要去跟库特那山城的老爷们商量，要去跟波杰布拉迪的总督商量——据说他是国王的亲信，一切事情都按照国王的主意做的。奥涅克·卡敏尼茨基也许不知道在库特那山城发生了什么事情，为什么矿工们到山岗上来。如果前前后后对他说个清楚，他也许会站在他们一边，帮助他们去见国王，或者把他们告的状向国王报告的。

这时，波杰布拉迪总督拿着闪闪发光的武器，离开了自己的队伍，一个人直向矿工们的营地走来。所有的矿工都跑到土墙外来迎接他，其中一个胡须雪白的矿工名叫奥巴特——他总是代表大伙讲话的——对总督解释说，他们不愿意流血，只要保护自己的权利，同时他们请求国王陛下听一听他们的话。

“要是这样的话，”卡敏尼茨基说，“那就跟我上波杰布拉迪去。我一定向国王陛下争取到你们需要的一切。”

“我们很愿意去，”奥巴特回答说，“不过我们担心自己的脑袋。”

“和我一起去，相信我的话好了——谁也不会为难你们的。”

领队的人相信了他一口担保的话，决定去了。他们把总督的诺言告诉了伙伴们，和自己家里人告别以后，就动身走了。去的有奥巴特和他的弟弟维克托林，有希蒙和普鲁沙两兄弟、杜赫克、乔尔内、库热里、赤膊热里夫、昂德尔热·涅梅茨、维特·克尔赫尼亚维、戈洛什卡来的拉纳、木拉杰克和克拉德。其余的人带着家里的人，回到库特那山城去，静候国王来受理他们的告状，就像总督向他们担保的。

矿工中的几个领队人，跟着奥涅克·卡敏尼茨基和他的人上波杰布拉迪去了。他们几次回头望着库特那山城；向前看，他们就不大高兴。矿工们满肚子怀疑，他们对于成功一点没有把握，他们觉得自己又在老爷们统治下了。

但他们还是相信这位豪爽的总督会履行诺言。

到了波杰布拉迪，总督把他们安置在城堡的仆人室里。吩咐让他们好好吃喝。他们可以自由自在地在一片空地上走来走去，但是他们不敢离开城堡到城里去。吊桥整天不放下来。

到了第三天，总督把矿工们传去，略略审问了一下，答应马上派两个送信人送信给国王，暂时让大家忍耐一下；等国王回信一到，——但愿是好消息——就马上告诉他们。

事实上密报早已经送出了，但是被库特那山城的老爷们收买了的总督寄出的信，跟意大利宫中的官员们呈给国王的奏本完全一样。奥涅克·卡敏尼茨基在信里写道：矿工都是危险的叛逆分子，他们会把国王陛下和整个捷克王国的宝藏——库特那山城——全都抢空和破坏。在送信人回来之前，总督亲自到库特那山城去了一次，把一切都对库特那山城的老爷们说了：他怎样写密报，提出应该把那些矿工判处死刑——老爷们只要为他们准备尸衣就行了。总督为什么要去告诉他们呢，因为他们答应给他一大笔奖金。老爷们首先给波杰布拉迪的总督准备了一堆银子，然后又偷偷地给矿工的领队人准备了十三件用白麻布做的尸衣。

总督刚从库特那山城回到波杰布拉迪，送信人也从国王那儿骑马回来了。他们是在晚上偷偷回来的，所以矿工们一点儿也不知道。第二天，总督把赤膊热里夫、昂德尔热·涅梅茨、维特·克尔赫尼亚维传来，命令他们到克尔日沃克拉特去。他说有人在那边发现一种矿石，想知道这矿石是怎么一种东西；需要由能识别矿石和宝石的人去瞧一下。

三个矿工相信这番谎话，就出发了，临走前和朋友们告了别，以为不久就可以见面，而且是比较幸福地见面的。他们不知道他们永远也不能再见面了，不知道给他们引路的人带着一封诬告信给克尔日沃克拉特堡的总督，不知道他们到了那里，脑袋就要被砍掉，不知道马车里已经给他们准备好了三件尸衣。

三个矿工走了以后的第三天，总督命令把留下的十个人叫来，直到那时，这十个人还不知道送信人已经把国王的命令带来了。这是一天清晨的事。

十个领队人觉得很奇怪，为什么总督一清早就把他们传去。“大概是送信人回来了。”他们这样安慰自己。

但是他们没给领到办公厅里，却给带到一个宽广的空地上，让他们站在一座用三根柱子撑着的阳台前面，阳台就在总督的办公厅窗下。空地上还有着清晨的阴影，八月早晨的阳光，已经在塔楼顶上抹上一层金黄色。空地四周，在塔楼的城墙下，站着许许多多拿着长矛的兵士。

十个领队人给带到阳台前站住，他们感到很惊奇。但他们没等多久。只见奥涅克·卡敏尼茨基从办公厅走到阳台上。他戴着一顶黑色丝绒帽，帽上插着一根黑羽毛，有金色的帽带，穿一件黑衣服、一条黑裤子；他后面跟着波杰布拉迪城的法官日佳尔斯基和城堡里的官员们。

总督拿着国王的命令，严厉地对矿工们说，国王陛下下了命令，吩咐把所有站在这儿的和送往克尔日沃克拉特去的人作为叛贼斩首示众。

矿工们都呆住了。年老的和年轻的筋脉里的血都不流动了，倒不是因为害怕，而是因为总督这样卑鄙阴险地对付他们，实在是太欺人了。起初有一个人喊了一声，接着大家都异口同声愤怒地叫了起来：总督是不要脸的坏蛋，他失去了信用，也失去了人格。

奥涅克脸色阴沉得像一块乌云，他一声不响地点了点头；兵士们把矿工们抓了起来，带回仆人室，两个刽子手已经在等候了：一个是城堡里的索霍尔，还有一个是波杰布拉迪城的柯洛乌赫，两个人都带着有几个帮手。被判死刑的矿工们给穿上白色的尸衣；还领来了两个神甫，准备送他们上死路。

早晨九点钟，十个领队的矿工被两个两个缚在一起，带出了城堡。奥涅克·卡敏尼茨基骑着马，走在一支庞大的武装队伍前面，法官日佳尔斯基和他的助手们跟在他后面步行。关于城堡里发生的事情，已经传遍了全城，一大群人聚集起来伴送这一行受屈的矿工。

大家都对判决表示不满，人人咒骂总督，人人同情这些不幸的被判死刑的人。库特那山城的矿工们穿着白衣服，光着脚，走着这条悲哀的道路；他们的眼睛都花了，丧钟的声音隆隆地在他们耳朵旁边响着。

他们好像在一场噩梦中走着，决定一切的这个结局来得这样突然，这样出人意料……他们谁也没想到会有这样的结果。总督不久以前还安慰他们说，一切都会顺利结束的。

他们遭到无理的欺侮还不算，——现在还要把他们带去处死！他们是有孩子，有可怜的孩子和妻子的啊！“不，这太残酷了！不可能这样！”矿工们反反复复地想着。但这些绳索、这些尸衣和丧钟……不，这一切也许只是吓唬吓唬他们的。老爷们要用死亡的恐怖来惩罚他们。他们只要走到目的地，总督马上就会宣布赦令的。他们一直还以为一定有救，就拿定了这个主意。

他们走过了拉巴河流域大平原上那座很难攻下的波杰布拉迪堡垒，走过了桥，克鲁克村已经落在后面了。矿工们来到了波拉别茨村和克路柯夫村之间那片草地中的伤心地方。一棵老梨树在断头台的上空伸出茂密的树梢，比它更高的，还有一棵苍翠茂盛的橡树。它那些挺拔的树枝垂得很低，差不多快碰到了地上的青草。

这一行人就在那棵橡树旁边停下来，波杰布拉迪总督坐在马上，对刽子手柯洛乌赫说了唯一的一句话：

“动手吧！”

这句话使最后一点希望的火星也熄灭了。矿工们这才明白他们回不去了。一切，四周的一切不是单纯的恐吓，而是可怕的事实。这是他们的死路。

人群中大家都非常同情他们。连已经拿着出了鞘的钢刀的刽子手柯洛乌赫也把刀掷在梨树下面，愤愤地喊了一声：

“我不杀了！”

但是另一个刽子手索霍尔不敢违抗长官的话，他走上前来，执行了那个残忍的总督的命令。

第一个在断头台上被砍下脑袋的是希蒙——两兄弟中的老大。雄伟的橡树的树枝像一座绿色的簷棚，在他上面伸展开来。透过树叶的隙缝，只见刽子手的钢刀一闪，鲜血像喷泉似的直冒，溅红了橡树的树枝；好像在一场暴雨之后，树枝上掉下来一大滴一大滴殷红的鲜血。

在希蒙之后，他的弟弟普鲁沙的脑袋也落了地，接着是乔尔内，再后是奥巴特和他的弟弟——十个人被一个一个杀害了。

同时，在克尔日沃克拉特也在执行死刑。但不是所有被判死刑的人都被杀了。三个矿工当中的维特·克尔赫尼亚维，在他的两个同伴被斩了头以后，猛地挣断了绳索，用一块很重的石头把刽子手打昏了，逃到森林里，就这样保全了性命。

* * *

自从许多无辜的矿工遭到残杀以后，库特那山城的采矿量就一落千丈。不久以后，差不多完全停止开采了。而在矿工们牺牲的地方，却出了一件奇事。在那棵下面曾经行过刑的橡树上，从那时起，结了许多奇怪的橡果：这些橡果的样子活像矿工的帽子。只有一根橡树枝上结这样的果，就是那根曾经被死难者的鲜血溅红的树枝，从那时候起，那根树枝每一年都盖满了红色的树叶。

常有这样的事：逢到大旱的年头，整棵雄伟的老橡树上不结一个橡果，但是在这根树枝上却年年结橡果。那些像矿工帽子的橡果成了圣果。远近大小村庄里的人都来采橡果作纪念。